डॉ. मनोज सिन्हा ने दिल्ली विश्वविद्यालय से एम.ए., एम.फिल और पीएच.डी. किया। उन्होंने यूनिवर्सिटी ऑफ कैलीफोर्निया, बर्कले (अमेरिका) से अमेरिकन पॉलिटिक्स कोर्स किया है। संप्रति वे दिल्ली विश्वविद्यालय के रामलाल आनंद कॉलेज (सांध्य) में राजनीति शास्त्र के एसोसिएट प्रोफेसर हैं। *कोओपरेटिव फेडरलिज्म इन इंडिया एंड यू. एस. ए., मॉडर्नाइजेशन एंड इकॉलॉजी: रेलिवेंस ऑफ गांधियन पर्सपेक्टिव* (अंग्रेजी में) तथा *रीडिंग गांधी* (गांधी अध्ययन)उनके द्वारा लिखित प्रमुख पुस्तकें हैं। डॉ. सिन्हा इंडियन इंस्टीट्यूट ऑफ पब्लिक एडमिनिस्ट्रेशन तथा इंडियन एसोसिएसन ऑफ केनेडियन स्टडीज के सक्रिय सदस्य हैं। वे राष्ट्रीय एवं अंतर्राष्ट्रीय स्तर पर आयोजित संगोष्ठियों में अपने शोध पत्रों का प्रस्तुतीकरण एवं व्याख्यान देते रहे हैं। वे इंदिरा गांधी राष्ट्रीय मुक्त विश्वविद्यालय एवं हिमाचल प्रदेश विश्वविद्यालय से भी जुड़े हैं।

लेखन-मंडल

सुशांत झा, असिस्टेंट प्रोफेसर, महाराजा अग्रसेन कॉलेज, दिल्ली विश्वविद्यालय

मनोज सिन्हा, एसोसिएट प्रोफेसर, रामलाल आनंद कॉलेज (सांध्य), दिल्ली विश्वविद्यालय

प्रवीण कुमार झा, एसोसिएट प्रोफेसर, शहीद भगत सिंह कॉलेज, दिल्ली विश्वविद्यालय

संगीता राय, असिस्टेंट प्रोफेसर, शहीद भगत सिंह कॉलेज, दिल्ली विश्वविद्यालय

शंभू नाथ दुबे, असिस्टेंट प्रोफेसर, आत्माराम सनातम धर्म कॉलेज, दिल्ली विश्वविद्यालय

अभय प्रसाद सिंह, असिस्टेंट प्रोफेसर, पीजीडीएवी कॉलेज, दिल्ली विश्वविद्यालय

डॉ. श्वेता मिश्रा, असिस्टेंट प्रोफेसर, गार्गी कॉलेज, दिल्ली विश्वविद्यालय

प्रदीप कुमार, वरिष्ठ शोधकर्ता, दिल्ली विश्वविद्यालय

मधुमिता, असिस्टेंट प्रोफेसर, रामलाल आनंद कॉलेज (सांध्य), दिल्ली विश्वविद्यालय

प्रशासन एवं लोकनीति

संपादन

मनोज सिन्हा

एसोसिएट प्रोफेसर
राजनीतिशास्त्र विभाग
रामलाल आनंद कॉलेज (सांध्य)
दिल्ली विश्वविद्यालय

ओरियंट ब्लैकस्वॉन

प्रशासन एवं लोकनीति

ओरियंट ब्लैकस्वान प्राइवेट लिमिटेड

मुख्य कार्यालय
3-6-752 हिमायत नगर, हैदराबाद 500 029 (तेलंगाना), भारत
ई-मेल: centraloffice@orientblackswan.com

शाखाएँ
बंग्लुरू, भोपाल, कोलकाता, चेन्नई, एर्नाकुलम, गुवाहाटी,
हैदराबाद, जयपुर, लखनऊ, मुंबई, नई दिल्ली, नोएडा, पटना, विजयवाड़ा

प्रथम संस्करण 2010
पुनर्मुद्रित 2016

ISBN : 978 81 250 4052 1

लेज़रटाइपसेटर
A. & D. Co., नई दिल्ली द्वारा वॉकमैन चाणक्य 12/14.4 में टंकणाकित

मुद्रक
यश प्रिंटोग्राफिक्स, नोएडा

प्रकाशक
ओरियंट ब्लैकस्वॉन प्राइवेट लिमिटेड
1/24 आसफ़ अली रोड
नई दिल्ली 110 002
ई-मेल: delhi@orientblackswan.com

विषय-क्रम

भूमिका

वैश्वीकरण के इस युग में जहां सर्वत्र ''सु जीवन'' (good life) एवं ''सु शासन'' (good governance) के नारे बुलंद किए जा रहे हैं, मशीनों एवं यंत्रों की तूती बोली जा रही है, तथा मानवीय जीवन का प्राय: हर पहलू राज्य के द्वंद्वजाल से आबद्ध है, वहां लोक प्रशासन एवं लोकनीति के अन्योन्याश्रित संबंध का संदर्भ अध्ययन एवं विवेचन के एक महत्त्वपूर्ण क्षेत्र के रूप में उभरा है। लोक प्रशासन जैसे जटिल, गत्यात्मक एवं विकासोन्मुख विषय को सहज एवं सरल ढंग से प्रस्तुत करना हमेशा से एक चुनौतीपूर्ण कार्य रहा है। यही वजह है कि लोक प्रशासन पर साहित्य की भरमार तो है किंतु यह न तो लोक प्रशासन पर एक मानक एवं बोधगम्य पुस्तक की वंचना दूर कर पा रही हैं न ही बहुसंख्य हिंदी माध्यम शिक्षार्थियों की मुश्किलों को ही दूर कर पा रही है। दिल्ली विश्वविद्यालय में अध्ययन-अध्यापन के दौरान इन्हीं दो बातों ने मुझे इस पुस्तक के संपादन का दायित्व उठाने के लिए अभिप्रेरित किया।

लोक प्रशासन एवं लोकनीति की प्रकृति जटिल एवं परिवर्तनशील रही है जिसे समझने के लिए पैनी एवं संवेदनशील दृष्टि की जरूरत है, जो इसकी विषय-वस्तु को सैद्धांतिक ढांचे के भीतर लाकर इसके व्यावहारिक पक्ष का विस्तार कर सके। इस पुस्तक के माध्यम से प्रशासन एवं लोकनीति के सैद्धांतिक एवं व्यावहारिक पक्षों का सम्यक विश्लेषण और समकालीन प्रासंगिकता का मूल्यांकन करते हुए इस कमी को दूर करने की कोशिश की गई है। **प्रशासन एवं लोकनीति** पुस्तक मूलत: इस विषय पर रामलाल आनंद कॉलेज (दिल्ली विश्वविद्यालय) में प्रो. दिनेश सिंह की अध्यक्षता में आयोजित एक सेमिनार में प्रस्तुत विभिन्न विद्वान प्राध्यापक साथियों के आलेखों का संकलन है। इन आलेखों में अंशदाता लेखक साथियों ने विषय-वस्तु की वस्तुनिष्ठता एवं गुणवत्ता को बनाए रखने का भरसक प्रयास किया है।

दिल्ली विश्वविद्यालय के स्नातक पाठ्यक्रम के अनुरूप तथा अध्ययन एवं विवेचन की सुविधा की दृष्टि से पुस्तक मुख्यत: सात भागों में विभाजित है। पुस्तक के पहले भाग *अनुशासन के रूप में लोक प्रशासन* में लोक प्रशासन के अर्थ, प्रकृति एवं क्षेत्र तथा विषय के महत्त्व पर विस्तारपूर्वक चर्चा के साथ-साथ लोक प्रशासन एवं निजी प्रशासन के बीच निहित अंतरों का स्पष्टीकरण तथा लोक प्रशासान के संक्षिप्त विकास के आलोचनात्मक विवेचन का प्रयास किया गया है। सुशांत झा एवं मनोज सिन्हा ने इस भाग के अंतर्गत न सिर्फ 1887 से लेकर अब तक लोक प्रशासन के क्षेत्र में हुए तमाम विकासों को लेखबद्ध करने का प्रयास किया है, बल्कि विषय के पारंपरिक एवं आधुनिक तुलनात्मक उपागमों की संक्षिप्त समालोचनात्मक व्याख्या तथा उनकी समकालीन प्रासंगिकता पर भी प्रकाश डाला है। इतना ही नहीं, लेखकद्वय ने इस भाग में एक ''नीति विज्ञान'' के रूप में लोक प्रशासन के विकास की समस्याओं एवं संभावनाओं पर भी अपने विचार प्रकट किए हैं।

पुस्तक के दूसरे भाग *प्रशासनिक सिद्धांत* के अंतर्गत प्रवीण कुमार ने शास्त्रीय सिद्धांत, वैज्ञानिक प्रबंध सिद्धांत तथा बौद्धिक-निर्णय सिद्धांत का विशद समालोचनात्मक विवेचन करने का प्रयास किया है। इस भाग के अंतर्गत हेनरी फेयोल, गुलिक एवं उर्विक के शास्त्रीय

सिद्धांत की आलोचनात्मक व्याख्या तो की गई है, साथ ही उसकी समकालीन जगत में प्रासंगिकता का भी आकलन किया गया। इसमें वेबर की नौकरशाही के वैध एवं विवेकपूर्ण आदर्श प्रारूप एवं वेबर के आलोचकों के विचारों की विशेष रूप से चर्चा की गई है। इस तथ्य को भी उद्‌घाटित किया गया है कि किस प्रकार वेबेरियन प्रारूप नौकरशाही से संबंधित सभी प्रकार के अध्ययन का आरंभिक बिंदु है। टेलरवाद अथवा वैज्ञानिक प्रबंध सिद्धांत के अध्ययन एवं विश्लेषण में लेखक ने इस सिद्धांत का लोक प्रशासन के सैद्धांतिक विकास पर पड़ने वाले प्रभाव पर विशेष रूप से प्रकाश डाला है तथा एल्टन मेयो के मानव संबंधी दृष्टिकोण से टेलरवाद की तुलना भी की है। इतना ही नहीं, हर्बर्ट साइमन के बौद्धिक-निर्णय सिद्धांत तथा लोक प्रशासन के अध्ययन एवं विश्लेषण पर उसके प्रभाव की समीक्षात्मक चर्चा भी इस भाग में शामिल है।

पुस्तक के तीसरे भाग *विकास प्रशासन* में विकास प्रशासन के निहितार्थ एवं उसकी प्रकृति, उससे संबंधित विभिन्न आयामों एवं विकास प्रशासन की राजनीति पर प्रकाश डाला गया है। विकास प्रशासन का सरोकार मुख्यत: विकासशील देशों से है। साम्राज्यवाद एवं उपनिवेशवाद की समाप्ति के साथ पूरे विश्व के मानचित्र पर एशिया, अफ्रीका एवं लैटिन अमेरिका में कई राष्ट्र-राज्यों का उदय हुआ जिनके समक्ष राष्ट्र एवं राष्ट्रीय विकास की समस्या के साथ-साथ मुख्यत: सामाजिक-आर्थिक व राजनैतिक क्षेत्र में तीव्र विकास की चुनौतियां खड़ी हुईं। इस संदर्भ में पृष्ठभूमि में ''विकास प्रशासन'' का उदय एवं विकास हुआ। ऐसा माना गया कि तृतीय विश्व के विकासशील देशों में प्रशासन का स्वरूप मुख्यत: ''विकास प्रशासन'' का होगा जो मूलत: लक्ष्योन्मुख एवं परिवर्तनोन्मुख होगा। संगीता राय ने अपने इस आलेख में विकास प्रशासन की चुनौतियों एवं संभावनाओं पर विचार करते हुए वैश्वीकरण के युग में विकास प्रशासन की उपादेयता तथा टिकाऊ अथवा धारक विकास की संकल्पना व समालोचनात्मक विवेचन पर विशेष रूप से ध्यानाकर्षण किया है।

इस पुस्तक का चौथा भाग *लोकनीति का बोध* लोकनीति की संकल्पना, समझ, लोक प्रशासन में लोकनीति की सार्थकता, नीति निर्माण की प्रक्रिया तथा नीति-क्रियान्वयन एवं नीति-विश्लेषण से जुड़ी तमाम बातों एवं मुद्दों के अध्ययन एवं विश्लेषण पर प्रकाश डालता है। शंभू नाथ दूबे ने अपने इस आलेख के माध्यम से लोकनीति के निहितार्थ उसके विभिन्न प्रकार नीति-निर्माण एवं उसके कार्यान्वयन से जुड़ी हुई विभिन्न सरकारी एवं गैर-सरकारी अभिकरणों की भूमिका की आलोचनात्मक व्याख्या के साथ-साथ नीति-मूल्यांकन से जुड़ी हुई विभिन्न संरचनाओं के अध्ययन पर विशेष रूप से ध्यान दिया है। उन्होंने भारत में लोकनीति के निर्धारण, कार्यान्वयन एवं मूल्यांकन के तत्त्व पर भी विशेष ध्यान दिया है तथा लोकनीति के समकालीन महत्त्व के औचित्य को सिद्ध करने की कोशिश की है।

समसामयिक विकास संबंधी पांचवां भाग इस पुस्तक का सर्वाधिक महत्त्वपूर्ण अंश है क्योंकि इसके अंतर्गत आधुनिक उदार पूंजीवादी वैश्विक व्यवस्था के परिप्रेक्ष्य में नवीन लोक प्रबंधन के उदय एवं विकास की पृष्ठभूमि, पूंजीवाद के विकास के साथ उसका जुड़ाव, सु-शासन की संकल्पना तथा कॉरपोरेट शासन की संकल्पना का उद्‌भव एवं विकास आदि के तत्त्व पर एक विहंगम दृष्टिपात करने का प्रयास किया गया है। अभय प्रसाद सिंह एवं मनोज

सिन्हा का यह आलेख लोक प्रशासन के क्षेत्र में आए नए बदलावों एवं विकास पर अपनी गहन एवं पैनी दृष्टि डालता है। लेखकद्वय ने अपने इस आलेख में नवीन लोक प्रबंधन की अवधारणा से जुड़ी हुए तमाम संरचनाओं, मुद्दों एवं प्रश्नों पर तथ्यात्मक एवं सांदर्भिक दृष्टि से विचार करने का प्रयास किया है। उन्होंने पूंजीवादी विकास के संदर्भ पर विशेष रूप से बल देते हुए यह दर्शाने का प्रयास किया है कि किस प्रकार मौजूदा उदार-पूंजीवादी वैश्विक अर्थव्यवस्था का स्वरूप लोक प्रशासन एवं लोकनीति के तत्त्व को गंभीर रूप से प्रभावित करता है। इसमें सु-शासन की अवधारणा एवं नव लोक प्रशासन एवं सु-शासन के परस्पर संबंधों को भी उजागर करने का प्रयास किया है। इस भाग में कॉरपोरेट शासन, ई-गवर्नेंस, डिजिटल शासन के विकास एवं विस्तार की चर्चा की गई है तथा भारत के विशेष संदर्भ में इससे संबंधित महत्त्वपूर्ण पहलों, उसकी बाधाओं तथा उसकी संभावनाओं पर भी विशेष रूप से ध्यान दिया गया है।

पुस्तक के छठे भाग *लोकतंत्रीकरण, विकेंद्रीकरण एवं सामाजिक सुरक्षा* में ग्रामीण एवं शहरी स्तर पर क्रियात्मक एवं वित्तीय विकेंद्रीकरण, सामाजिक प्रशासन की अवधारणा के उद्भव एवं विकास, गरीब व पिछड़े लोगों के लिए सामाजिक सुरक्षा आदि बातों का अध्ययन एवं विश्लेषण शामिल है। श्वेता मिश्रा एवं प्रदीप कुमार ने अपने इस आलेख के अंतर्गत लोकतंत्र में विकेंद्रीकरण के महत्त्व को उजागर करते हुए उसके भारतीय संदर्भ पर विशिष्ट तौर पर प्रकाश डाला है। इसमें 73वें एवं 74वें संवैधानिक संशोधन के क्रियात्मक पक्ष को भी शामिल किया गया है। इसके अलावा लेखकद्वय ने सामाजिक प्रशासन एवं सामाजिक सुरक्षा से जुड़े हुए महत्त्वपूर्ण प्रश्नों एवं मुद्दों पर गंभीरतापूर्वक विचार करते हुए इसकी समस्याओं एवं संभावनाओं पर अपने स्वतंत्र विचार प्रकट किए हैं। उन्होंने यह स्पष्ट करने का प्रयास किया है कि भारत में सामाजिक प्रशासन अपनी शैशवावस्था में है और आने वाले समय में इसका वास्तविक स्वरूप उभरकर सामने आएगा।

पुस्तक के सातवें एवं अंतिम भाग *नागरिक, नीति और प्रशासन* में सफल प्रशासन के मानदंड, प्रशासन में जवाबदेयता, स्वैच्छिक संगठनों की भूमिका के साथ-साथ जनसहभागिता, जनशिकायत निवारण, सूचना का अधिकार आदि का समालोचनात्मक विवेचन शामिल है। पुस्तक का यह भाग इस दृष्टि से अधिक महत्त्वपूर्ण है कि इसमें लोक प्रशासन की सार्थकता के लिए तथा एक सफल एवं पारदर्शी प्रशासन के लिए जवाबदेयता, प्रशासन में जनसहभागिता, उसमें गैर-सरकारी व स्वैच्छिक संगठनों की सकारात्मक भूमिका, जनशिकायत निवारण तंत्र के रूप में सतर्कता आयोग, लोकपाल एवं लोकायुक्त तथा सूचना के अधिकार के महत्त्व पर विशेष रूप से बल दिया गया है। श्वेता मिश्रा एवं मधुमिता मिश्रा ने अपने इस आलेख में एक सफल एवं प्रभावोत्पादक प्रशासन के उपर्युक्त सभी मानदंडों के क्रियात्मक पक्षों के अध्ययन एवं विश्लेषण पर विशेष रूप से अपना ध्यान दिया है। भारत के सांदर्भिक परिप्रेक्ष्य में इन प्रयासों की गहन एवं सूक्ष्म पड़ताल करने का प्रयत्न किया है।

इस पुस्तक के संपादन के समापन पर मैं उन सभी सहयोगियों एवं साथियों के प्रति आभार प्रकट करना चाहता हूं जिन्होंने किसी-न-किसी रूप में इस पुस्तक के संपादन की प्रक्रिया में मुझे अपना अमूल्य सहयोग दिया। चूंकि, पुस्तक एक सामूहिक प्रयास का प्रतिफल है अतः

उन सहयोगियों के प्रति आभार प्रकट करना मेरा नैतिक दायित्व भी है।

सर्वप्रथम तो मैं दक्षिणी परिसर के निदेशक प्रो. दिनेश सिंह के प्रति आभार प्रकट करता हूं जिन्होंने इस पुस्तक के आरंभिक चरण में इस विषय पर रामलाल आनंद कॉलेज में आयोजित सेमिनार में व्यक्तिगत रूप से उपस्थित होकर पुस्तक से जुड़े लेखक मित्रों का न सिर्फ उत्साहवर्द्धन किया, बल्कि अपने मूल्यवान सुझावों से हमें लाभान्वित भी किया। उन्होंने हिंदी भाषा में पुस्तकों के लेखन एवं संपादन की आवश्यकता पर बल देते हुए इस प्रयास में अपेक्षित हर संभव सहयोग का आश्वासन भी दिया।

साथ ही, मैं राजनीति विज्ञान विभाग (दिल्ली विश्वविद्यालय) के सभी प्राध्यापकों विशेषकर प्रो. उज्ज्वल सिंह एवं एसोसिएट प्रो. रेखा सक्सेना तथा प्रो. सुषमा यादव (IIPA) के प्रति भी अपना धन्यवाद ज्ञापन करता हूं जिन्होंने इस विषय पर रामलाल आनंद कॉलेज में आयोजित संगोष्ठी के विभिन्न सत्रों की अध्यक्षता की और अपने बहुमूल्य सुझावों से लेखक मित्रों का मार्गदर्शन किया। यह उन्हीं के सुझावों एवं मार्गदर्शन का परिणाम है कि प्रस्तुत पुस्तक अधिक सम्यक, तथ्यात्मक, सांदर्भिक एवं सरल रूप में आपके समक्ष प्रस्तुत है।

इस पुस्तक के संपादन के दौरान मुझे रामलाल आनंद कॉलेज (सांध्य) के प्राचार्य डॉ. एस. सी. शर्मा एवं कॉलेज के सभी विद्वान मित्रों का भरपूर सहयोग एवं समर्थन प्राप्त हुआ जिसके बगैर इस पुस्तक संपादन के कार्य को पूरा करना एक कठिन कार्य होता। इन सबके प्रति मैं अपनी कृतज्ञता व्यक्त करता हूं। इस पुस्तक की संदर्भिका तैयार करने में श्री धरम कुमार ने जिस प्रकार सहयोग एवं समर्थन मुझे प्रदान किया उसके लिए उनका मैं हृदय से आभार प्रकट करता हूं। साथ ही भाषा-दोष सुधार के लिए मैं डॉ. एस.वी.एन. तिवारी एवं धीरेंद्र बहादुर का भी विशेष रूप से ऋणी हूँ।

पुनः यह कर्त्तव्यविमुखता होगी यदि मैं इस पुस्तक के अंशदाता विद्वान साथियों का विशेष रूप से धन्यवाद ज्ञापन ना करूं। मैं सुशांत झा, प्रवीण कुमार, संगीता राय, शंभू नाथ दूबे, अभय प्रसाद सिंह, प्रदीप कुमार एवं मधुमिता मिश्रा के प्रति अपना विशेष आभार प्रकट करता हूँ जिन्होंने कॉलेजों में अपनी अध्यापन की व्यस्तता के बावजूद अपना बहुमूल्य वक्त निकालकर इस पुस्तक के प्रति अपनी निष्ठा एवं ईमानदारी को दर्शाते हुए सही वक्त पर अपने आलेख तैयार कर मुझे प्रेषित किए। इतना ही नहीं, इन्होंने मुझे हर वह सहयोग प्रदान किया जिसकी मुझे समय-समय पर जरूरत पड़ी। यही कारण है कि इस पुस्तक का प्रकाशन संभव हो पाया।

पुनश्च, इस प्रकार का कोई भी बौद्धिक प्रयास परिवार के सदस्यों के भरपूर सहयोग के बगैर संभव नहीं होता है। मैं अपने पिता स्व. डॉ. महेंद्र प्रताप सिन्हा को नमन करता हूँ जो पूरे जीवन में मेरे लिए प्रेरणा स्रोत रहे और सदैव रहेंगे। मैं अपनी पत्नी डॉ. रोजी सिन्हा तथा पुत्र पीयूष वत्स एवं पराग वत्स को विशेष रूप से धन्यवाद देता हूँ जिन्होंने पुस्तक संपादन के दौरान घर के वातावरण को अनुकूल बनाए रखने में महत्त्वपूर्ण योगदान दिया। परिवार के सहयोग ने मुझे कभी थकान का अनुभव नहीं होने दिया।

इस पुस्तक के सही समयानुकूल और सुरुचिपूर्ण प्रकाशन के लिए मैं प्रकाशक ओरियंट ब्लैकस्वॉन के प्रति अपना आभार व्यक्त करता हूं जिसका भरपूर सहयोग मुझे प्राप्त हुआ।

ओरियंट ब्लैकस्वॉन के हिंदी संपादकीय विभाग ने इस पुस्तक के शीघ्र प्रकाशन के प्रति जो अपनी विशेष अभिरुचि दिखाई उसी ने सदैव मेरा उत्साहवर्द्धन किया। पुस्तक के व्यवस्थित संपादन के लिए ओरियंट ब्लैकस्वॉन के संपादक सुश्री निशा राय चौधरी के प्रति मैं अपना विशेष आभार व्यक्त करता हूँ।

अंत में, यह पुस्तक महाविद्यालयों में राजनीति शास्त्र विषय हिंदी माध्यम में पढ़ने वाले छात्र-छात्राओं की जरूरतों को विशेष रूप से ध्यान में रखकर लिखी गई है। इस पुस्तक से हिंदी माध्यम के अध्येता अवश्य लाभांवित होंगे, ऐसा मेरा विश्वास है। पाठकों के सुझावों का स्वागत है।

दिल्ली
21 जून 2010

मनोज सिन्हा

विषय प्रवेश

दिल्ली विश्वविद्यालय में अध्ययन-अध्यापन के दौरान लोक प्रशासन पर एक मानक पुस्तक की कमी सदा अखरती रही। कुछ पुस्तकें थीं भी तो बहुत ही नीरस और बोझिल। हिंदी माध्यम के छात्रों के लिए तो वह कमी और ज्यादा बढ़ जाया करती थी। वैसे भी लोक प्रशासन जैसे जटिल विषय को सरल और सहज ढंग से प्रस्तुत करना हमेशा चुनौती का कार्य रहा। इस विषय की नित्य परिवर्तित होने वाली प्रकृति इसे और कठिन बना देती है।

मनुष्य एक सामाजिक प्राणी है समाज के भीतर ही उसका भौतिक और आध्यात्मिक विकास निहित है। किसी भी अव्यवस्था से बचने के लिए वह हमेशा स्वयं को व्यवस्था में ढालता रहा - कभी मनु की व्यवस्था में तो कभी कौटिल्य की व्यवस्था में, कभी प्लेटो और अरस्तु की व्यवस्था में तो कभी मैकियावली की व्यवस्था में। सामाजिक विकास और व्यवस्था के बीच ही ''प्रशासन'' का भी जन्म हुआ। ''राज्य'' के अस्तित्व में आते ही सभी मानवीय गतिविधियां राज्य के अंतर्गत आ गईं। राज्य ने सार्वजनिक कार्यों को अपने हाथ में ले लिया। ''राज्य'' अपने नागरिकों के सुख-दुख का हिस्सेदार हो गया। ''प्रशासन'' के माध्यम से वह लोगों के दैनंदिन जीवन को नियमित करने लगा। समाज के जटिल होने से राज्य भी जटिल होता गया और ''प्रशासन'' की जटिलता भी बढ़ती गई। इस जटिलता के कारण ही लोक प्रशासन को आधुनिक काल में स्वतंत्र विषय के रूप में पढ़ने की आवश्यकता हुई।

''लोक प्रशासन'' विषय की व्यापकता के संबंध में विद्वानों के बीच बहुत मत-भिन्नता है। कुछ विद्वानों का मानना है कि लोक प्रशासन का संबंध सरकार के तीनों अंगों — व्यवस्थापिका, कार्यपालिका तथा न्यायपालिका— के कार्यों से है। कुछ विद्वान लोक प्रशासन को कार्यपालिका तक सीमित रखना चाहते हैं। इन विद्वानों का कहना है कि अपने व्यापक अर्थ में लोक प्रशासन उस कार्य का प्रतीक है जो सरकारी कार्यों के वास्तविक संपादन से संबद्ध होता है, चाहे वह कार्य सरकार की किसी भी शाखा से संबद्ध क्यों न हो...अपने संकुचित अर्थ में वह केवल प्रशासकीय भाषा की कार्यवाहियों की ओर संकेत करता है (विलोबी)।

आज अधिकतर देशों में राज्य की भूमिका पुलिस राज्य के बजाय ''लोक कल्याणकारी'' राज्य की हो गई है। राज्य चाहे, साम्यवादी हो, या पूंजीवादी, प्रशासन सभी जगह महत्त्वपूर्ण बना हुआ है। प्रशासनिक प्रक्रिया में लोक प्रशासन दोहरी भूमिका निभा रहा है। नीति निर्धारण के लिए वह आवश्यक सूचना और व्यावसायिक आधार तो दे ही रहा है, नीति के कार्यान्वयन और मूल्यांकन में भी मदद पहुंचा रहा है। लोक प्रशासन आधुनिक समाज का अनिवार्य अंग है। इस अर्थ में आधुनिक राज्य को ''प्रशासकीय राज्य'' भी कहा जा सकता है। जनतंत्र में प्रशासन का वास्तविक अर्थ सेवा है। ऐसी सेवा जो जनता को समर्पित है। इस प्रकार की सेवाओं में पुलिस, सुरक्षा, शिक्षा, मनोरंजन, समाज सुरक्षा, राष्ट्रीय सुरक्षा तथा सार्वजनिक कार्य शामिल है।

प्रशासन को भी दो भागों में बांटा जा सकता है, एक लोक प्रशासन तथा दूसरा निजी प्रशासन। सरकारी परिवेश में काम करने वाले प्रशासन को "लोक प्रशासन" तथा निजी परिवेश या गैर सरकारी परिवेश में काम करने वाले प्रशासन को निजी प्रशासन कहते हैं। दोनों तरह के प्रशासनों में कई समानताएं भीं विद्यमान हैं। दोनों ही प्रशासनों में एक जैसे कौशल की जरूरत होती है। इसका सबसे अच्छा उदाहरण भारत में देखा जा सकता है। भारत में अवकाश प्राप्त सरकारी कर्मचारी व्यापारिक और औद्योगिक प्रतिष्ठानों में पुनः नियुक्त हो जाते हैं। इंग्लैंड में भी देखा गया है कि गैस, कोयला, विद्युत और यातायात के साधनों का राष्ट्रीयकरण होने पर उनके अधिकतर कर्मचारियों को नहीं हटाया गया। तात्पर्य यह है कि निजी क्षेत्र की प्रशासकीय कुशलता को सार्वजनिक क्षेत्र में उपयोग किया जाता है और सार्वजनिक क्षेत्र की प्रशासकीय कुशलता को निजी क्षेत्र में। लेकिन एपल्बी जैसे विद्वानों का मानना है कि "सरकारी कार्य तथा स्थिति के कम-से-कम तीन ऐसे पहलू हैं, जो सरकार तथा व्यक्तिगत प्रशासन समेत अन्य सभी संस्थाओं और क्रियाओं के बीच भिन्नता प्रकट करते हैं। वे पहलू हैं - क्षेत्र प्रवाह और विचार का विस्तार, जनता के प्रति उत्तरदायित्व और राजनीति प्रकृति।" लोक प्रशासन की प्रकृति राजनीतिक है और उसका पूरा ढांचा नौकरशाही और लालफीताशाही के गहरे रंगों से रंगा होता है। वहीं, निजी प्रशासन अराजनीतिक, व्यापारिक तथा नौकरशाही से मुक्त होता है।

सभ्यता के विकास के साथ ही लोक प्रशासन का भी विकास हुआ। प्राचीन मिस्र में जलमार्गों के नियमन के लिए कर्मचारी तंत्र का विकास हुआ। ई. पूर्व तीसरी सदी में चीन में प्रतियोगिता परीक्षा के आधार पर लोक सेवकों की नियुक्ति आरंभ हुई। भारत में महाभारत, रामायण, अर्थशास्त्र और मनुस्मृति जैसे ग्रंथों में प्रशासन का विस्तृत वर्णन मिलता है। कन्फ्यूशियस की शिक्षाओं में, अरस्तु की *पॉलिटिक्स* तथा मैकियावली के *प्रिंस* में लोक प्रशासन के सिद्धांतों को खोजा जा सकता है।

आधुनिक काल में फ्रेंच लेखक चार्ल्स जीन बोनिन को लोक प्रशासन की पहली सुव्यवस्थित पुस्तक *प्रिंसिपल्स ऑफ पब्लिक एडमिनिस्ट्रेशन* लिखने का श्रेय दिया जा सकता है। 1887 में अमेरिका के वुडरो विल्सन ने "द स्टडी ऑफ एडमिनिस्ट्रेशन" नामक निबंध द्वारा लोक प्रशासन के महत्त्व को और अधिक उजागर किया। उन्होंने अपने निबंध में राजनीति तथा प्रशासन को अलग-अलग बताया। 1926 में लियोनार्द ह्वाइट की पुस्तक *इंट्रोडक्शन टु द स्टडी ऑफ पब्लिक एडमिनिस्ट्रेशन* प्रकाशित हुई। इसी के बाद अमेरिका के विश्वविद्यालयों में लोक प्रशासन को एक विषय के रूप में शामिल किया गया। चेस्टर बर्नार्ड ने 1938 में एक लेख लिखकर यह स्पष्ट किया कि लोक प्रकाशन के अध्ययन में व्यवहारवादी दृष्टिकोण को अपनाया जाना चाहिए। आज लोक प्रशासन को लोकनीति के संदर्भ में समझा जाना चाहिए। इसमें प्रशासन के संपूर्ण कार्यक्रम की व्याख्या के साथ-साथ राजनीति और प्रशासन की सभी स्तरों पर विवेचना शामिल है।

भारत में स्वतंत्र विषय के रूप में लोक प्रशासन की शुरुआत 1941 में हुई। 1941 में संयुक्त प्रांत (उत्तर प्रदेश) सरकार में इलाहाबाद विश्वविद्यालय ने स्थानीय सरकार के प्रशासन के विषय में स्नातकोत्तर डिप्लोमा शुरू किया। 1950 में डॉ. एम.पी. शर्मा की पहल पर नागपुर

विश्वविद्यालय में लोक प्रशासन तथा स्थानीय स्वशासन विभाग की स्थापना की गई। 1954 में प्रशासन संबंधी विषयों पर अनुसंधान के लिए भारतीय लोक प्रशासन संस्थान (IIPA) की स्थापना की गई। इसी संस्थान के अंतर्गत इंडियन स्कूल ऑफ पब्लिक एडमिनिस्ट्रेशन की स्थापना की गई। आज भारत में लखनऊ, चंडीगढ़, ओस्मानिया, राजस्थान तथा सागर जैसे विश्वविद्यालयों में भी लोक प्रशासन का स्वतंत्र विभाग खोला जा चुका है। इसी के साथ दिल्ली स्कूल ऑफ इकोनॉमिक्स तथा सिहण्डम कॉलेज ऑफ इकोनॉमिक्स एंड कॉमर्स (मुंबई) में भी लोक प्रशासन की पढ़ाई की व्यवस्था की गई है।

प्रशासन में नौकरशाही की भूमिका बहुत महत्त्वपूर्ण होती है। नौकरशाही ऐसी व्यवस्था है जो विशेष प्रशिक्षण प्राप्त तथा कानून का अक्षरश: पालन करने वाली होती है। यह प्रत्यक्षत: जनता के प्रति नहीं बल्कि अपने से उच्चतर पदाधिकारी के प्रति उत्तरदायी होती है। यह अक्सर एक निर्जीव मशीन की तरह कार्य करती है। फाइनर इसे ''मेज का शासन'' कहते हैं। अधिनायकवादी शासन में यह भ्रष्ट तथा क्रूर हो सकती है लेकिन प्रजातांत्रिक शासन में इसे अप्रत्यक्षत: ही सही जनता के प्रति उत्तरदायी होना पड़ता है। अनुभव और दूरदर्शिता के गुण के कारण मॉरिसन का कहना है कि 'नौकरशाही संसदीय प्रजातंत्र की कीमत है।'

अन्य सामाजिक विज्ञानों की तरह लोक प्रशासन भी एक सामाजिक विज्ञान है। इसके अध्ययन के लिए भी सामाजिक विज्ञान की विभिन्न पद्धतियों का उपयोग किया जाता है। इसे मुख्य रूप से परंपरागत पद्धति, व्यवहारवादी पद्धति तथा व्यवस्था दृष्टिकोण के नाम से जाना जाता है। इसके साथ ही लोक प्रशासन को समझने के लिए दो उपागमों की चर्चा की जाती है। आदर्शवादी उपागम तथा अनुभूतिपरक उपागम। आदर्शवादी उपागम में इस बात पर जोर दिया जाता है कि लोक प्रशासन कैसा होना चाहिए जबकि अनुभूतिपरक उपागम में वास्तविक स्थिति क्या है – इस पर बल दिया जाता है। 1930 के दशक में ''हाथोर्न प्रयोग'' के नाम से प्रसिद्ध सामाजिक-मनोवैज्ञानिक उपागम या आधुनिक उपागम का आविर्भाव हुआ। इस उपागम में व्यक्ति को मशीन का एक पुर्जा नहीं बल्कि संवेदनशील प्राणी के रूप में माना गया और प्रशासन में उसकी भूमिका पर जोर दिया गया।

अध्ययन की पद्धतियों की तरह ही लोक प्रशासन के कई सिद्धांतों का भी क्रमश: विकास हुआ। पारंपरिक या शास्त्रीय सिद्धांतों में हेनरी फेयोल का सिद्धांत, गुलिक व उर्विक का सिद्धांत तथा मूने व रैले का सिद्धांत महत्त्वपूर्ण हैं। हेनरी फेयोल ने प्रबंधन पर जोर दिया तो गुलिक और उर्विक ने माना कि संगठन की क्रियाशीलता के निर्धारण में उसकी संरचना का बहुत योग है। मूने और रैले ने संगठन चार्टों तथा मैनुअलों को लोकप्रिय बनाया। बीसवीं सदी के पहले दशक में टेलर ने वैज्ञानिक प्रबंधन के सिद्धांत द्वारा प्रबंधकों तथा मजदूरों के बीच बौद्धिक क्रांति ला दी। उनके सिद्धांत द्वारा ''कर्मचारी'' को रोकने तथा कार्यकुशलता को बढ़ाने में अपार सफलता मिली।

यही लोक प्रशासन विकासशील देशों के संदर्भ में ''विकास प्रशासन'' है क्योंकि विकासशील देशों के समक्ष सबसे बड़ी चुनौती सामाजिक, आर्थिक और राजनैतिक विकास को तीव्र करना है। विकासशील देशों में विकास के कार्यों को ही प्राथमिकता दी जाती है। उपनिवेशवाद और साम्राज्यवाद की समाप्ति के बाद एशिया और अफ्रीका के नवोदित राष्ट्रों

के समक्ष दो ही असली मुद्दे थे— राष्ट्र निर्माण और सामाजिक-आर्थिक प्रगति। इसी पृष्ठभूमि में ''विकास प्रशासन'' का जन्म हुआ। ''विकास प्रशासन'' के अंतर्गत समाज के बहुमुखी और नियोजित विकास पर जोर दिया जाता है। इसलिए यह लक्ष्योन्मुख, नियोजित, लचीला और प्रगतिशील होता है।

किसी भी विकास के पीछे लोक कल्याण की उच्च भावना काम कर रही होती है। लोक कल्याण ही प्रशासकीय नीतियों का मूल होता है। जनता के कल्याण के लिए उसकी समस्याओं के समाधान के लिए सरकार जो भी निर्णय लेती है वह लोकनीति कहलाती है। लोकनीति सरकार के सामूहिक कार्यों का परिणाम होती है। इसलिए इसकी सार्थकता इसके कार्यान्वयन में है। समाज की जरूरतों के हिसाब से लोकनीति का निर्माण होता है। लोकनीति में इस बात का अक्सर ख्याल रखा जाता है कि धन कम से कम खर्च हो। समाज में नवीन नैतिक चेतना के प्रसार के साथ ही प्रशासन के क्षेत्र में भी इस का विस्तार हुआ और नवीन लोक प्रशासन का उदय हुआ। 1968 में युवा शिक्षकों और शोधार्थियों की उपस्थिति में वाल्डो ने नया नारा दिया - नैतिकता तथा सामाजिक उपयोगिता। नवीन लोक प्रशासन में सुविधाहीन वर्गों के हितों का समर्थन किया गया है। महिलाओं, बच्चों तथा कमजोर तबकों के प्रति संवेदनशीलता दिखाई गई है। तात्कालिक सामाजिक समस्याओं के प्रति तीव्र चिंता प्रकट की गई है। कुल मिलाकर नवीन लोक प्रशासन समाज में बदलाव लाने के औजार के रूप में कार्य करता है।

यह बदलाव ही सु-शासन की स्थापना में सहायक होता है। सु-शासन की आकांक्षा में ही गांधी जी ने ''रामराज्य'' की कल्पना की थी। हर एक के लिए सु-शासन के अपने-अपने अर्थ हैं। 1985 में विश्व बैंक की एक रिपोर्ट में विकास के वैधानिक ढांचे की उपस्थिति के साथ-साथ, सार्वजनिक क्षेत्र के प्रबंधन, सूचना एवं पारदर्शिता तथा जवाबदेयता के रूप में, सु-शासन के दर्शन होते है। जबकि ओईसीडी देशों के दस्तावेज में सरकार के राजनीतिक एवं नौकरशाही तत्त्वों की जवःबदेयता, सरकार की वैधता, मानव अधिकार एवं विधि के शासन का सम्मान तथा नीति निर्माण और सेवा वितरण में सरकार की दक्षता को ही सु-शासन माना गया। सु-शासन की प्रतिज्ञा के साथ ही निगमीय अभिशासन को भी इस दायरे में लाया गया है।

बीसवीं शताब्दी में ही लोक प्रशासन को दो और दृष्टियों से देखने की शुरूआत हुई - नारीवादी दृष्टि तथा परिस्थितिकीय दृष्टिकोण। 1963 में अमेरिकी सरकार द्वारा ''इव्वल एक्ट'' तथा ब्रिटिश सरकार द्वारा 1967 में ''अबोर्शन एक्ट'' के पारित करने के साथ ही नारीवाद विचारधारा को बहुत बल मिला। इससे पहले सुप्रसिद्ध विचारक जे.एस. मिल ने ''दि सब्जेक्शन ऑफ वीमेन'' में लिखा कि 'महिला और पुरुषों की जो मानसिक एवं स्वभावगत विशेषताएं हैं - उनमें साझीदारी होनी चाहिए। दोनों के व्यक्तित्व को आदर्श बनाने के लिए ही पुरुषों के स्त्रियोचित तथा स्त्रियों के पुरुषोचित गुणों को एक-दूसरे में समाहित कर लेना चाहिए। यदि संभव न हो तो महिलाओं को विकास के समान अवसर दिए जाने चाहिए।' आज का नारीवाद सभी तरह की सरहदों को तोड़ देना चाहता है, वह अपनी गुलामी की अधीनता की भाषिक पहचान को भी मिटा देना चाहता है तभी तो हेलेन सिकसस लिखती है कि,

'भाषा-पितृ सत्तात्मक समाज की भाषा है चूंकि यह उसके साथ न्याय नहीं करती और उनके प्रति पूर्वग्रह रखती है, इसलिए स्त्रियों को चाहिए कि भाषात्मक प्रयोगों द्वारा भाषा की सरहदों को भी तोड़ें।' इस तरह परिस्थितिकीय दृष्टिकोण में लोक प्रशासन और बाह्य परिवेश के बीच संबंध की जांच की जाती है।

आधुनिक युग में लोकतंत्रीय संस्थानों का प्रारंभ तो इंग्लैंड से हुआ, लेकिन बाद में यह अमेरिका, फ्रांस, भारत आदि देशों में फैल गया, जहां, इसे उदारवादी लोकतंत्र की संज्ञा दी गई। दूसरी ओर, चीन, क्यूबा, उत्तरी कोरिया की शासन प्रणाली को जनवादी लोकतंत्र के नाम से अभिहित किया गया। 'प्रजातंत्र बीसवीं शताब्दी में केवल राजनीतिक नुस्खा, एक सरकारी व्यवस्था या एक सामाजिक व्यवस्था नहीं है। यह एक प्रकार की जीवन पद्धति की तलाश है...और यह एक विश्वास है कि समस्त मानव जाति के लिए ऐसी जीवन पद्धति अति उत्तम है और यही मनुष्य की प्रकृति व विश्व के अनुकूल है।' (मैक्सी) आज शासन का कोई भी स्वरूप लोकतंत्र से अच्छा नहीं है। इसलिए इसकी सफलता के लिए जनता में लोकतंत्र की स्थापना की इच्छा तथा क्षमता होनी चाहिए साथ ही जनता में एक ओर अपने कर्त्तव्य पालन तथा दूसरी ओर अधिकारों की रक्षा करने की इच्छा होनी चाहिए। लोकतांत्रिक संस्थानों में जनता को भागीदार बनाना चाहिए। जनता की भागीदारी सुनिश्चित करने में विकेंद्रीकरण का बहुत महत्त्व है। विकेंद्रीकरण के द्वारा नागरिक के व्यक्तिगत औचित्य की भावना का विकास होता है।

अनुसूचित जातियों तथा जनजातियों के हितों को संरक्षण देने के लिए भारतीय संविधान में विशेष प्रावधान किए गए हैं। अनूसूचित जाति और अनूसूचित जनजाति आयोग का गठन किया गया है। इसी तरह पिछड़े वर्गों के सामाजिक-आर्थिक पिछड़ेपन को दूर करने के लिए मंडल आयोग की सिफारिशों को लागू किया गया है। ये सभी प्रावधान सामाजिक सुरक्षा, प्रशासन की कल्याणकारी भूमिका को प्रदर्शित करते हैं। एक लोक कल्याणकारी राज्य अपने नागरिक के जीवन को विविध रूप से नियंत्रित करता हुआ समानता, स्वतंत्रता और बंधुत्व के लोकतांत्रिक लक्ष्य की ओर ले जाता है। इस कार्य को वह उत्तरदायित्व और नियंत्रण के सधे हुए बोध से करता है। नियंत्रण का उपयोग वह विधायिका, कार्यपालिका आदि के माध्यम से करता है लेकिन सूचना के अधिकार जैसे जनाधिकारों के माध्यम से उत्तरदायित्व से बंधा रहता है।

अनुशासन के रूप में लोक प्रशासन

public administration as a discipline

अर्थ, प्रकृति एवं क्षेत्र और विषय का महत्त्व, लोक प्रशासन और निजी प्रशासन, संक्षिप्त विकास एवं प्रमुख उपागम, लोक प्रशासन के अध्ययन संबंधी तुलनात्मक दृष्टिकोण

एक स्वतंत्र विषय या अनुशासन के रूप में लोक प्रशासन आधुनिक युग की उपज है। कौटिल्य के *अर्थशास्त्र*, मैकियावेली की *प्रिंस* जैसी पुस्तक एवं मौर्यकालीन प्रशासनिक व्यवस्था इत्यादि बातें यह स्पष्ट संकेत देती हैं कि प्रशासनिक चिंतन की जड़ें बहुत पुरानी हैं। उल्लेखनीय है कि 17वीं सदी तक लोक प्रशासन शब्द का कोई उल्लेख नहीं मिलता। 18वीं सदी में सर्वप्रथम अमेरिका के पहले वित्त मंत्री अलेक्जेंडर हेमिल्टन ने विश्वकोश *फैडरलिस्ट* के 72वें अनुच्छेद में लोक प्रशासन शब्द का उल्लेख करते हुए उसके निहितार्थों की व्याख्या की थी। 1812 में फ्रांसीसी लेखक *चार्ल्स बोनिन* ने *प्रिंसिपल्स ऑफ पब्लिक एडमिनिस्ट्रेशन* नामक पहली पुस्तक लोक प्रशासन पर लिखी। 19वीं सदी में ही कई अन्य रचनाएं भी लोक प्रशासन विषय पर प्रकाशित की गईं। किंतु लोक प्रशासन को अपना वास्तविक आधार 20वीं सदी में प्राप्त हुआ और वह एक स्वतंत्र विषय के रूप में विकसित हुआ। 21वीं सदी के वैश्वीकरण के युग में लोक प्रशासन के स्वरूप में व्यापक बदलाव दृष्टिगोचर हो रहा है। सद्जीवन (good life) एवं सु-शासन (good governance)[1] की धारणा के विश्वव्यापी प्रभाव ने लोक प्रशासन को अपनी एक नई भूमिका तलाशने हेतु विवश किया है।

1.1 अर्थ एवं परिभाषा

स्थूल रूप में लोक प्रशासन का निहितार्थ सरकार की क्रियाशीलता एवं निरंतरशीलता है। यह सरकार का कार्यकारी पक्ष है।[2(a)] लोक प्रशासन अभिशासन (governance) की सांदर्भिक

सुशांत झा, असिस्टेंट प्रोफेसर, महाराजा अग्रसेन कॉलेज, दिल्ली विश्वविद्यालय
मनोज सिन्हा, एसोसिएट प्रोफेसर, रामलाल आनंद कॉलेज (सांध्य), दिल्ली विश्वविद्यालय

अनुक्रिया है। एक विषय क्षेत्र के रूप में लोक प्रशासन का सरोकार स्थानीय, प्रांतीय एवं राष्ट्रीय सभी स्तरों के सरकारी मामलों के प्रबंधन से है। यह प्रशासन के अधिक विस्तृत क्षेत्र की एक शाखा है।[2(b)]

शाब्दिक दृष्टि से देखें तो एडमिनिस्टर (administer) शब्द लैटिन भाषा के एड + मिनिस्टर (ad + ministrare) शब्दों से मिलकर बना है, जिसका अर्थ है – प्रबंध करना, व्यक्तियों की देखभाल करना अथवा कार्यों की व्यवस्था करना। इस अर्थ में प्रशासन एक व्यापक प्रक्रिया है जो सार्वजनिक एवं व्यक्तिगत, नागरिक एवं सैनिक, बड़े एवं छोटे कार्य आदि सभी सामूहिक क्षेत्रों में लागू होती है। यही कारण है कि ई. एन. ग्लैडन ने अपनी पुस्तक *एन इंट्रोडक्शन टु पब्लिक एडमिनिस्ट्रेशन* के अंतर्गत लिखा कि प्रशासन एक लंबा तथा अलंकारयुक्त शब्द है, किंतु इसका अर्थ सीधा-सीदा है।[3]

एफ. एम. मार्क्स के शब्दों में 'प्रशासन किसी सचेतन प्रयोजन की पूर्ति के लिए किया जाने वाला निर्धारित कार्य है। यह उन चीजों के घटित होने के उद्देश्य से गतिविधियों का क्रमबद्ध व्यवस्थापन एवं संसाधनों का परिकल्पित उपयोग है जो घटित होना चाहती है।'[4]

जे. एम. पिफनर के अनुसार, 'प्रशासन इच्छित लक्ष्यों की प्राप्ति के लिए मानवीय और भौतिक संसाधनों का संघटन एवं निर्देशन है।'[5] इस संदर्भ में प्रशासन के दो महत्त्वपूर्ण निहितार्थ हैं – सहयोगात्मक प्रयास एवं सामूहिक उद्देश्यों की उपलब्धि।

अतः प्रशासन की परिभाषा सामान्यतया कुछ सामान्य लक्ष्यों की प्राप्ति हेतु किए गए सहकारी मानवीय प्रयासों के रूप में की जाती है। इस दृष्टि से हमारा विविध संस्थाओं व संस्थानों में प्रशासन से परिचय होता है, जैसे – व्यावसायिक उद्यमों में, अस्पतालों में, विश्वविद्यालय एवं सरकारी विभागों में प्रशासन आदि। विषय की जातिगत संकल्पना की दृष्टि से देखें तो लोक प्रशासन प्रशासन का वह संजातीय प्रकार है जो एक विशेष राजनीतिक व्यवस्था में संचालन का कार्य करता है।[6]

यहाँ उल्लेखनीय है कि लोक प्रशासन की कतिपय परिभाषाओं के अंतर्गत लोक प्रशासन को कानून एवं लोक नीति के कार्यान्वयन के सरोकारों से भी जोड़ा जाता है। एल. डी. व्हाइट के अनुसार, 'लोक प्रशासन के अंतर्गत वे सभी कार्य आते हैं जिनका उद्देश्य लोक नीति निर्धारण एवं प्रवर्त्तन है।'[7] वुडरो विल्सन ने लोक प्रशासन को कानून के विस्तृत एवं क्रमबद्ध प्रयोग के रूप में परिभाषित किया है।[8]

मार्शल डियॉफ के अनुसार, 'लोक प्रशासन सुयोग्य प्राधिकारियों/प्राधिकरणों द्वारा घोषित लोकनीति का पालन या प्रवर्त्तन है...लोक प्रशासन क्रियारत कानून है। यह सरकार का कार्यकारी पक्ष है।'[9]

फैलिक्स निग्रो ने लोक प्रशासन की विस्तृत एवं व्यापक परिभाषा देने की चेष्टा की है। उनके अनुसार लोक प्रशासन सार्वजनिक परिवेश में सहकारी समूहगत प्रयास है; यह सरकार के तीनों अंगों – कार्यपालिका, विधायिका एवं न्यायपालिका के अंतःसंबंधों को शामिल करता है; यह लोक नीति के प्रतिपादन में महत्त्वपूर्ण भूमिका निभाता है और इस अर्थ में यह राजनीतिक प्रक्रिया का भाग है; यह निजी प्रशासन से अर्थपूर्ण एवं सार्थक रूप से भिन्न है; लोक प्रशासन हाल के वर्षों में मानवीय संबंध उपागम (human relations approach) से

काफी प्रभावित हुआ है; समुदायों को सेवाएं उपलब्ध कराने के संदर्भ में यह निजी समूहों एवं व्यक्तियों से करीब से जुड़ा हुआ है।[10]

लोक प्रशासन को और भी अधिक स्पष्ट तौर पर परिभाषित करने का प्रयास कोर्सन एवं हैरिस ने किया है। उनके अनुसार, 'लोक प्रशासन का कार्य है – उद्देश्यों एवं लक्ष्यों को निर्धारित करना, विधायिका तथा नागरिक संगठनों के सहयोगार्थ उन्हें साथ लेकर कार्य करना, संगठनों की स्थापना करना एवं उनका पुनरावलोकन करना, कर्मचारियों को निर्देश देना तथा निरीक्षण करना, नेतृत्व प्रदान करना, संवाद स्थापित करना तथा सूचनाएं प्राप्त करना, कार्य पद्धतियों का निर्धारण करना, प्रावधानों को तय करना, कार्य संपादन का मूल्यांकन करना, नियंत्रण स्थापित करना तथा सरकारी अधिकारियों एवं पर्यवेक्षकों के अन्य कार्य करना। यह सरकार का कार्यात्मक पक्ष है। यही वह साधन है जिसके माध्यम से सरकारी उद्देश्यों एवं लक्ष्यों को वास्तविक रूप प्रदान किया जाता है।[11]

एक अध्ययन क्षेत्र के रूप में लोक प्रशासन के मुख्य सरोकारों में निम्न बातें शामिल हैं – जिस तरह कार्यपालिका संगठन बनाए, पुनर्व्यवस्थित तथा समाशोधित किए जाते हैं उनसे जुड़े लोक संगठनों की संरचना; (1) संचार नियंत्रण तथा निर्णय की क्रियाएं, जो संगठनों के गत्यात्मक पहलू हैं; (2) प्रशासनिक प्रक्रिया; (3) सांगठनिक ढांचे में अंतर्वैयक्तिक तथा अंतर्वर्गीय संघर्षों पर विशेष बल देते हुए नौकरशाही के व्यवहार; (4) एवं सांगठनिक परिवेश की पारस्परिक क्रिया जिसके अंतर्गत लोक प्रशासन और इससे जुड़े कारकों तथा बलों के अर्थपूर्ण संबंध इत्यादि शामिल हैं। संरचना, प्रक्रिया तथा व्यवहार के अध्ययन को लोक प्रशासन की एक उभरती हुई शाखा में सरल और सुसाध्य बनाया है। लोक प्रशासन के परिप्रेक्ष्य में एक विषय क्षेत्र व अध्ययन शाखा के रूप में हाल के वर्षों में इसके प्रभाव को स्वीकार किया जाने लगा है।[12]

लोक प्रशासन के अंतर्गत ''लोक'' (public) शब्द की परिभाषा जरूरी है। ड्युवी वाल्डो (Dwight Waldo) ने ''लोक'' शब्द की परिभाषा सरकार एवं राज्य के संदर्भ में की है। ''लोक'' शब्द लोक प्रशासन को एक खास विशेषता प्रदान करता है। इसे सामान्यत: सरकार के रूप में समझा जाता है। इस अर्थ में लोक प्रशासन का निहितार्थ सरकारी प्रशासन से है। इसमें नौकरशाही पर बल दिया जाता है। सामान्य बातचीत में लोक प्रशासन का यही अर्थ लगाया जाता है। यदि लोक शब्द का व्यापक अर्थ लगाया जाए तो ऐसा कोई भी प्रशासन जिसका ''लोक'' पर व्यापक प्रभाव पड़ता हो तो उसे लोक प्रशासन के अंतर्गत माना जाएगा। जो भी हो लोक प्रशासन का अर्थ अमूमन सरकारी प्रशासन से ही लगाया जाता है।[13] अमर्त्य सेन ने भी लोक प्रशासन के केंद्रीय सरोकार के रूप में लोक नौकरशाही को देखने का प्रयास किया है। उन्होंने ''लोक'' शब्द का निहितार्थ सामाजिक-आर्थिक परिवर्तन के सक्रिय सहभागियों से लगाया है, न कि निष्क्रिय एवं मूकदृष्टा सहभागियों से।[14]

संक्षेप में, उपर्युक्त परिभाषाओं के आधार पर यह कहा जा सकता है कि लोक प्रशासन विद्या अध्ययन की वह शाखा है जिसके अंतर्गत लोक नीतियों के सूत्रीकरण एवं कार्यान्वयन पर बल दिया जाता है; इसमें सरकार की कार्यकारी शाखा शामिल है; इसमें प्रशासन की संगठनात्मक संरचनाएं और तंत्र एवं प्रशासनिक प्रक्रियाएं शामिल होती हैं; इसके अंतर्गत

नौकरशाही एवं उसकी तमाम गतिविधियों का अध्ययन एवं विश्लेषण किया जाता है; इसके अंतर्गत सामूहिक गतिविधियों अथवा सामाजिक संबंधों के समन्वय पर बल दिया जाता है; तथा इसमें संगठन एवं उसके परिवेश के बीच परस्पर अंत:क्रियाओं को भी शामिल किया जाता है।[15]

1.2 लोक प्रशासन की प्रकृति

लोक प्रशासन की प्रकृति के संदर्भ में मुख्यत: दो बातों की चर्चा की जा सकती है। लोक प्रशासन से संबंधित एकीकृत एवं प्रबंधात्मक दृटिकोण की चर्चा और कला एवं विज्ञान के रूप में लोक प्रशासन की चर्चा।

लोक प्रशासन संबंधी एकीकृत एवं प्रबंधात्मक दृष्टिकोण
Integral and managerial view of public administration

प्रशासन की प्रकृति के संदर्भ में मुख्यत: दो दृष्टिकोण प्रचलित हैं – एकीकृत (Integral) एवं प्रबंधात्मक (Managerial) दृष्टिकोण एल. डी. व्हाइट ने प्रशासन के एकीकृत दृष्टिकोण पर बल दिया है। इस दृष्टिकोण के अनुसार निश्चित लक्ष्य की प्राप्ति हेतु संपादित की जाने वाली क्रियाओं का समग्रीकरण या योग ही प्रशासन है चाहे वे क्रियाएं लेखा प्रबंधन या तकनीक संबंधी ही क्यों न हो। इस प्रकार किसी उद्यम विशेष में कार्यरत संदेशवाहक फोरमैन, चौकीदार, सफाई कर्मचारी तथा सचिव एवं प्रबंधकों तक के कार्यों को प्रशासन की संज्ञा देते हैं। यही प्रशासन का एकीकृत दृष्टिकोण है। इसके अंतर्गत किसी भी उद्यम में कार्यरत छोटे से लेकर बड़े व्यक्तियों तक के कार्यों को प्रशासन का एक भाग माना जाता है। व्हाइट के अनुसार लोक प्रशासन का संबंध उन सभी कार्यों से है जिनका प्रयोजन सार्वजनिक नीति या उद्देश्य को पूरा करना या उसे कार्यान्वित करना होता है। इस परिभाषा में बहुत से क्षेत्रों की विशेष क्रियाएं आ जाती हैं, जैसे पत्र वितरण, सार्वजनिक भूमि का विक्रय, संधि-वार्ता, घायल कर्मचारी को क्षतिपूर्ति देना, संक्रामक रोग से बीमार बच्चे को अन्य व्यक्तियों के संपर्क से रोकना, जनोधान से कूड़ा-करकट हटाना, प्लूटोनियम का निर्माण तथा अणु शक्ति के प्रयोग का अनुज्ञापन।[16]

साइमन, स्मिथ बर्ग तथा थामसन ने प्रशासन के प्रबंधात्मक दृष्टिकोण का समर्थन किया है। इस दृष्टिकोण के अंतर्गत केवल उन्हीं कार्यों को प्रशासन माना जाता है जिनका संबंध प्रबंध से होता है तथा जो संपूर्ण संगठन को सामूहिक कार्य की संपन्नता के लिए एकीकृत करता है और नियंत्रित करता है। प्रबंध एक ऐसा कार्य है जो अन्य कार्यों को एक समन्वित प्रयास के अंगों के रूप में संयुक्त एवं नियंत्रित करता है। प्रशासन का यह अर्थ ''प्रशासन'' शब्द से स्पष्ट हो जाता है जिसका प्रयोग प्रबंध संबंधी कार्य करने वाले लोगों के लिए किया जाता है। किसी चपरासी या लिपिक को प्रशासक नहीं कहा जा सकता। लूथर गुलिक के अनुसार प्रशासन का संबंध कार्य पूरा किए जाने और निर्धारित उद्देश्यों की उपलब्धि से है।[17]

उपर्युक्त दोनों ही दृष्टिकोणों के बीच कुछ मौलिक अंतर व्याप्त हैं। यदि हम यह मान लेते हैं कि प्रशासन विभिन्न लक्ष्यों की प्राप्ति हेतु किए गए कार्यों का योग है तब चपरासी से लेकर प्रबंधक तक के समस्त कर्मचारी प्रशासन के अंग माने जाएंगे। किंतु यदि हम प्रशासन के प्रबंधात्मक दृष्टिकोण को स्वीकार करें तो केवल उच्च तथा निरीक्षण एवं प्रबंधक के कार्य करने वाले पदाधिकारी ही प्रशासन के अंग माने जाएंगे और प्रशासन का अर्थ होगा प्रबंध की तकनीकें तथा तरीके। लूथर गुलिक ने इन तकनीकों को सारांश के तौर पर ''पोस्डकोर्ब'' (POSDCORB) के रूप में परिभाषित किया है जिसका प्रत्येक अक्षर एक भिन्न अर्थ को व्यक्त करता है। इसके अंतर्गत P का अर्थ Planning या योजना बनाना, O का अर्थ Organisation या संगठित करना, S का अभिप्राय है Staffing या कर्मचारियों की व्यवस्था-नियुक्ति, D का निहितार्थ है Directing अथवा निर्देशन कार्य, Co का अर्थ है Coordinating या समन्वय करना, R का अर्थ है Reporting अथवा प्रतिवेदन देना तथा B का अर्थ है Budgeting या आय-व्यय का ब्यौरा तैयार करना। इस प्रकार पोस्डकोर्ब के रूप में गुलिक ने प्रशासन के मौलिक लक्षणों एवं तकनीकों को स्पष्ट करने का प्रयास किया है।[18]

इस प्रकार स्पष्ट है कि उपर्युक्त दोनों दृष्टिकोणों के अपने-अपने अभिग्रह हैं और अलग-अलग मान्यताएं हैं। किंतु लोक प्रशासन की प्रकृति के अध्ययन एवं विश्लेषण में दोनों दृष्टिकोणों में से किसी एक दृष्टिकोण की उपेक्षा का अर्थ होगा प्रशासन का अधूरा अध्ययन। वस्तुत: लोक प्रशासन के विचारकों द्वारा दोनों ही दृष्टिकोणों का समर्थन किया जा रहा है। वास्तविकता तो यह है प्रशासन एक प्रबंधकीय कार्य है जिसकी अपनी एक कला है। इसके अंतर्गत प्रशासनिक तंत्र से जुड़े सभी छोटे-बड़े कर्मचारियों को भी शामिल किया जाता है और उच्च अधिकारियों एवं प्रबंधकों को भी। आधुनिक वैश्वीकरण के युग में जिस प्रकार प्रशासन की जटिलताएं एवं चुनौतियां बढ़ी हैं उसमें दोनों ही दृष्टिकोणों को स्वीकार किए जाने की आवश्यकता समय की मांग बन चुकी है।

कला अथवा विज्ञान के रूप में लोक प्रशासन
Public administration as art or science

लोक प्रशासन के अध्ययन एवं विश्लेषण के संदर्भ में शायद किसी प्रश्न ने अध्येताओं को इतना उद्वेलित नहीं किया जितना कि इस प्रश्न ने कि लोक प्रशासन कला है अथवा विज्ञान? इस संदर्भ में मुख्यत: दो दृष्टिकोण प्रचलित हैं। एक दृष्टिकोण का प्रतिनिधित्व व्हाइट, उर्विक एवं ऑर्डवे टेड, फाइनर जैसे विचारक करते हैं जो प्रशासन को एक कला मानते हैं। ये विचारक लोक प्रशासन को कला इसलिए मानते हैं कि इसमें क्रिया पक्ष की प्रधानता है। प्रशासन में वही व्यक्ति सफल हो सकता है जिसे दूसरों से काम करवाने की कला आती हो। एल. डी. व्हाइट ने यह तर्क दिया है कि प्रशासन अपने मौजूदा स्वरूप में तो कला है यह विज्ञान है या नहीं यह बात भविष्य तय करेगा। मौरिस कोहन ने समाज विज्ञान विश्वकोश के अंतर्गत लोक प्रशासन को विज्ञान की प्रथम श्रेणी में नहीं रखा है। फाइनर ने भी लोक प्रशासन को विज्ञान मानने से इंकार किया है। उर्विक के अनुसार लोक प्रशासन कला है, न कि विज्ञान। ऑर्डवे टेड ने प्रशासन को एक ललित कला के रूप में परिभाषित किया है।

उन्होंने लिखा है कि 'प्रशासन उन संबद्ध मानवीय संघर्षों या प्रतिस्पर्धाओं को निर्देश देने, पथ प्रदर्शन करने और एकीकृत करने का व्यापक प्रयत्न है जो कुछ खास लक्ष्यों या प्रयोजनों की ओर संकेंद्रित होते हैं। संक्षेप में, प्रशासन एक ललित कला है क्योंकि यह ऐसी सहयोगात्मक रचना के लिए विशेष प्रतिभाओं की व्यापक व्यवस्था तैयार करता है जो आज के सुसभ्य रहन-सहन के आचार-व्यवहार का अभिन्न अंग होती है।'[19] इस प्रकार स्पष्ट है कि लोक प्रशासन शासन की कला है; वस्तुतः यह क्रियाशील शासन अथवा सरकार है।

प्रशासन को आमतौर पर कला इसलिए माना जाता है कि इसमें भी प्रत्येक कला की भांति कुछ सर्वमान्य नियम व सिद्धांत होते हैं जिनकी उपेक्षा कर कोई भी प्रशासक सफल नहीं हो सकता, न ही कुशलता एवं निपुणता प्राप्त कर सकता है। दूसरे, अधिकारी व प्रशासक कुशलतापूर्वक अपने कार्यों का निष्पादन कर सकें इसलिए प्रशासन के अंतर्गत प्रशिक्षण की आवश्यकता होती है। तीसरे, विशेष रुचि एवं गुण भी कुशल प्रशासक बनने की आवश्यक शर्त है। प्लेटो ने प्रशासन को कला मानते हुए दार्शनिक राजा को कई गुणों से समन्वित बताया है। इसी तरह मैकियावेली एवं कौटिल्य ने भी प्रिंस एवं राज के उन प्रशासनिक कौशल एवं गुणों का उल्लेख किया जो एक सफल राजा में आवश्यक तौर पर होने चाहिए। चौथे, प्रशासन इसलिए भी कला है कि अन्य कलाओं की भांति लोक प्रशासन का भी क्रमिक विकास हुआ है और इसमें गतिशीलता एवं परिवर्तनशीलता बनी रहती है। अंत में, प्रशासन एक विशेष क्रिया है जिसमें एक विशेष ज्ञान एवं तकनीकी कौशल की आवश्यकता होती है। अन्य कलाओं की तरह प्रशासन प्रशिक्षण एवं अभ्यास से सीखा जा सकता है। यह इसलिए भी कला है कि इसके अंतर्गत सिद्धांतों की अपेक्षा व्यवहार पर अधिक बल दिया जाता है। वस्तुतः दूसरों पर प्रशासन करने की योग्यता एक कौशल है, एक कला है – यह एक क्रियात्मक कला है जिसके लिए अभ्यास परमावश्यक है।

प्रशासन से संबंधित दूसरा दृष्टिकोण, जिसका प्रतिनिधित्व वुडरो विल्सन, डब्ल्यू. एफ. विलोबी एवं टेलर, साइमन रिग्स जैसे आधुनिक विचारक करते हैं, प्रशासन को कला कम विज्ञान अधिक मानता है। वुडरो विल्सन, जिसे लोक प्रशासन का अग्रणी विचारक माना जाता है, ने 1887 में प्रशासन को लोक प्रशासन के विज्ञान की संज्ञा दी।[20] इसके पश्चात् 1926 में विलोबी ने यह तर्क दिया कि प्रशासन में सामान्य प्रयोग के कुछ ऐसे मूलभूत सिद्धांत होते हैं जो किसी विज्ञान के चरित्रगत सिद्धांतों के सहधर्मी होते हैं। गुलिक एवं उर्विक ने भी अपनी पुस्तक *पेपर्स ऑन दि साइंस ऑफ पब्लिक एडमिनिस्ट्रेशन* के अंतर्गत प्रशासन के विज्ञान संबंधी दावे के बारे में विभिन्न लेखों का संग्रह किया है।

चार्ल्स ए. बियर्ड ने भी यह तर्क दिया है कि लोक प्रशासन उसी प्रकार का सामान्य विज्ञान है जैसा कि अर्थशास्त्र या मनोविज्ञान या जीव विज्ञान, इतिहास और राजनीति विज्ञान। वस्तुतः यह उनके मुकाबले अधिक विज्ञान है।[21] इस दृष्टिकोण के समर्थकों की यह मान्यता है कि लोक प्रशासन विद्या में वह क्षमता है कि वह आने वाले समय में विज्ञान के रूप में विकसित हो सकता है। दूसरे, एफ. डब्ल्यू. टेलर ने अपने वैज्ञानिक प्रबंध के सिद्धांत के अंतर्गत भी प्रबंध की वैज्ञानिकता पर बल दिया एवं उसे विज्ञान बनाए जाने के तरीकों का खुलासा किया। इस संदर्भ में उन्होंने प्रबंध के अंतर्गत आनुभविक शोधों एवं विभिन्न प्रकार के अध्ययनों पर

बल दिया।[22] तीसरे, चार्ल्स ए. बियर्ड जैसे विचारकों का तर्क है कि लोक प्रशासन में यथार्थता, व्यावहारिकता एवं निश्चितता अधिक है। इस अर्थ में इसे विज्ञान माना जा सकता है। उन्होंने यह तर्क दिया है कि लोक प्रशासन के क्षेत्र में ऐसे नियमों एवं स्वयं सिद्ध सूत्रों का विकास हो चुका है जिनके बारे में अनुभव के आधार पर यह कहा जा सकता है कि वे व्यावहारिक प्रयोग में लाए जा सकते हैं तथा उनकी सहायता से पूर्वानुमान लगाए जा सकते हैं। चतुर्थ, हर्बर्ट साइमन, ने भी लोक प्रशासन की वैज्ञानिकता के दावे की पुष्टि की। पंचम, एक तर्क यह भी दिया जाता है कि विज्ञान से तात्पर्य यदि ऐसी प्रक्रिया से है जिसके अंतर्गत प्रत्येक विशिष्टता की कोई गणितीय प्रक्रिया निहित की जा सके और सभी विशिष्टताओं और प्रक्रियाओं को अवकलन समीकरण के रूप में समुचित ढंग से दर्शाया जा सके तब तो प्रशासन विज्ञान नहीं है। इस अर्थ में तो केवल खगोल भौतिकी को ही विज्ञान की संज्ञा दी जा सकती है।

इस प्रकार यह दृष्टिकोण लोक प्रशासन को एक तकनीकी कार्य मानते हुए तथा इसके अंतर्गत अपनाए जाने वाली व्यावहारिकता, यथार्थता, नियमितता, शोध एवं अनुसंधान इत्यादि के आधार पर इसे विज्ञान बनाए जाने का समर्थन करता है और काफी हद तक इसे विज्ञान मानता है, क्योंकि यह अपने कार्यों के संपादन में वैज्ञानिक पद्धति के तरीकों को अपनाता है।

इस संदर्भ में रूमकी बसु ने अपनी पुस्तक *लोक प्रशासन: संकल्पनाएं एवं सिद्धांत* में कुछ भिन्न तर्क प्रस्तुत किया है। उन्होंने यह लिखा है कि किसी भी शैक्षिक विषय को तभी विज्ञान माना जा सकता है जब वह यह साबित करे कि उसने सिद्धांत का एक समुच्चय (Set) तैयार कर लिया है जिन्हें सार्वभौमिक रूप से लागू किया जा सकता है। क्या लोक प्रशासन में ऐसे सिद्धांतों का ढांचा या समुच्चय मौजूद है। वस्तुत: नियागक एवं नैतिक मूल्यों का अभाव, व्यवहारों का पूर्वानुमान एवं सिद्धांतों का सार्वभौमिक प्रयोग किसी भी विज्ञान के अनिवार्य लक्षण हैं। किंतु ये लोक प्रशासन में पूरी तरह उपस्थित नहीं है।

लोक प्रशासन को तभी विज्ञान माना जा सकता है जब वह निम्न तीन शर्तों को पूरा करे। *प्रथम*, लोक प्रशासन के अंतर्गत नियामक या प्रासंगिक मूल्यों के स्थानों की स्पष्ट पहचान की जानी चाहिए और इसे सुनिश्चित कर लिया जाना चाहिए। *दूसरे*, लोक प्रशासन के क्षेत्र में मानव-स्वभाव की पूरी समझ होनी चाहिए। *तीसरे*, प्रशासन के सिद्धांत प्रति सांस्कृतिक (Cross-cultural) अध्ययनों के समूह से उत्पन्न होने चाहिए ताकि वे सांस्कृतिक पूर्वाग्रहों से अपेक्षाकृत मुक्त रह सकें।

इसमें संदेह नहीं कि पिछले सौ से अधिक वर्षों में लोक प्रशासन के विज्ञान ने उल्लेखनीय विकास किया है। अहस्तक्षेपकारी राज्य के आधुनिक लोक कल्याणकारी राज्य के रूप में रूपांतर ने इसके क्षेत्र का व्यापक विस्तार किया है। अब सरकार के कार्य बढ़ गए हैं तथा सरकार में कार्यकुशलता की समस्या के बारे में दिलचस्पी बढ़ी है जो दीर्घ काल तक परीक्षण प्रणाली के माध्यम से एक कला रही थी। टेलर जैसे औद्योगिक अभियंताओं ने वैज्ञानिक तकनीक का मार्ग प्रशस्त किया जिसका बल जांच-प्रयोग, पर्यवेक्षण, आंकड़ों का संग्रह, वर्गीकरण व विश्लेषण तथा कानूनों एवं सिद्धांतों के सूत्रीकरण पर था। वैज्ञानिक विधि की

परवर्ती प्रगति ने प्रशासन के संगठन, नियोजन, कार्मिक प्रशासन और बजटीय नियंत्रण जैसे पक्षों के महत्त्व को काफी बढ़ा दिया। पिछले कुछ दशकों में मेटकाफ, फ़ेयोल, फॉलेट, मूनी, ड्रकर जैसे विचारकों के अतिरिक्त प्रशासन एवं प्रबंध पर लिखने वाले अन्य लेखकों की बाढ़ आ गई है। क्रमश: इन प्रलेखों एवं स्त्रोतों के योगदानों को लोक प्रशासन के विज्ञान एवं कला के रूप में एकत्र कर दिया गया है।[23]

अंत में, उपर्युक्त विश्लेषण के आधार पर यह कहा जा सकता है कि लोक प्रशासन प्राकृतिक विजय की तरह विज्ञान नहीं है, न ही इसे वैसा बनाया जाना चाहिए। यह सच है चूंकि यह वैज्ञानिक पद्धतियों एवं तरीकों को अपनाता है तो इस अर्थ में यह अन्य सामाजिक विज्ञानों की तरह ही विज्ञान है। वस्तुत: लोक प्रशासन विज्ञान भी है और कला भी। यह कला इस अर्थ में है कि इसमें उत्तमता, नेतृत्व, उत्साह तथा उच्च विचारों की आवश्यकता होती है तथा यह विज्ञान इस अर्थ में है कि इसमें आगमनात्मक विश्लेषण, सतर्कतायुक्त नियोजन तथा विवेकपूर्ण साधनों की आवश्यकता है। इस प्रकार लोक प्रशासन के अंतर्गत कला एवं विज्ञान दोनों के समान रूप से दर्शन होते हैं।

1.3 लोक प्रशासन का क्षेत्र

लोक प्रशासन के अध्ययन एवं विश्लेषण का क्षेत्र काफी विस्तृत एवं व्यापक है। आमतौर पर ''लोक'' (Public) शब्द का अर्थ ''राज्य'' एवं ''सरकार'' से लगाया जाता है। इस अर्थ में राज्य एवं सरकार से जुड़ी हुई तमाम चीजें लोक प्रशासन के क्षेत्र में आ जाती हैं। इसमें राज्य के सामाजिक-आर्थिक संसाधन तथा मानवीय एवं भौतिक स्त्रोतों का शासन एवं प्रबंधन भी शामिल हो जाता है। अध्ययन की सुविधा की दृष्टि से लोक प्रशासन के क्षेत्र की चर्चा निम्न बिंदुओं के अंतर्गत की जा सकती है।

प्रथम, व्यापक दृष्टि से देखें तो लोक प्रशासन सरकार के तीनों अंगों – विधायिका, कार्यपालिका एवं न्यापालिका से संबंधित है। इस दृष्टिकोण के अनुसार लोक प्रशासन में वे सभी कार्य आ जाते हैं जिनका ध्येय लोकनीति का निर्धारण एवं उनका कार्यान्वयन करना होता है इसके अंतर्गत सार्वजनिक नीति से संबंधित सभी प्रक्रियाएं आ जाती हैं। इस संदर्भ में एफ. ए. निग्रो ने लोक प्रशासन के क्षेत्र की व्यापक परिभाषा दी है। उनके अनुसार लोक प्रशासन लोक समाज में एक सहयोगी एवं सामूहिक प्रयास है; लोक प्रशासन में कार्यपालिका, विधायिका एवं न्यायपालिका और तीनों के परस्पर संबंध शामिल हैं; इसकी लोकनीति की रचना में प्रमुख भूमिका होती है और इस अर्थ में लोक प्रशासन राजनीतिक क्रिया का एक भाग है; तथा लोक प्रशासन समाज की सेवा करने के क्रम में निजी समूहों एवं व्यक्तियों से घनिष्ठ रूप में जुड़ा हुआ है।[24]

दूसरा, संकुचित अर्थ में लोक प्रशासन के क्षेत्र को केवल कार्यकारी कार्यों तक सीमित समझा जाता है। इस दृष्टिकोण के समर्थकों के अनुसार लोक प्रशासन का संबंध सिर्फ कार्यपालिका शाखा से है। एफ. एच. मार्क्स के शब्दों में, 'अपने अधिकतम दायरे में लोक प्रशासन लोक नीति के क्षेत्राधिकार के प्रत्येक क्षेत्र और गतिविधि को समाविष्ट करता है

.....तथापि स्थापित प्रथा के द्वारा लोक प्रशासन मुख्यतः सरकार की कार्यपालिका शाखा को सौंपे, असैनिक कार्यों के प्रभावी निष्पादन के लिए आवश्यक संगठन, कार्मिकों, व्यवहारों एवं प्रक्रियाओं से ही परिभाषित होने लगा है।[25] वस्तुतः इसका सरोकार सरकार की कार्यपालिका शाखा के सभी स्तरों – राष्ट्रीय, राज्य एवं स्थानीय – की गतिविधियों से है।

तीसरे, पिफनर के अनुसार लोक प्रशासन का सरोकार सरकार के ''क्या'' और ''कैसे'' से है।[26] यहाँ ''क्या'' का निहितार्थ विषय-वस्तु से किसी क्षेत्र का एक ऐसा तकनीकी ज्ञान जो प्रशासक को कार्य निष्पादित करने में सामर्थ्यवान बनाता है। और ''कैसे'' का निहितार्थ प्रबंधन की तकनीक से है। इसे लूथर गुलिक ने पोस्डकोर्ब (POSDCORB) के सारांश के रूप में प्रस्तुत किया है।

चौथा, एक आदर्शवादी दृष्टि से देखें तो लोक प्रशासन का सरोकार राज्य के लोक कल्याणकारी दृष्टिकोण से भी है। चूंकि इस दृष्टिकोण के अंतर्गत राज्य एवं लोक प्रशासन को समानार्थी माना जाता है, इसलिए लोक प्रशासन का सरोकार भी लोक कल्याणकारी हो जाता है। लोक कल्याणकारी राज्य की धारणा के अनुरूप लोक प्रशासन का प्रमुख ध्येय लोगों को सद् जीवन एवं सु शासन उपलब्ध करवाना भी हो जाता है। आज लोक प्रशासन व्यक्ति के जन्म से लेकर उसकी मृत्यु तक किसी-न-किसी रूप में उसके जीवन के सभी पक्षों से जुड़ चुका है और सामाजिक न्याय एवं सामाजिक परिवर्तन का महान साधन भी साबित हो रहा है।

पांचवें, लोक प्रशासन के सरोकार एवं अध्ययन क्षेत्र के संदर्भ में वैसे तो विचारकों में मतभेद व्याप्त हैं तथापि उनमें निम्न बातों पर सहमति दिखाई पड़ती है - नियोजन, संगठन, कर्मचारियों की नियुक्ति, पहल करना, प्रत्यायोजन, निर्देशन, सर्वेक्षण, समन्वय एवं मूल्यांकन आदि।

अंत में, लोक प्रशासन के अध्ययन क्षेत्र के रूप में मुख्यतः प्रशासनिक एवं संगठनात्मक सिद्धांतों के अध्ययन; सार्वजनिक कार्मिक प्रशासन का अध्ययन; सार्वजनिक वित्तीय प्रशासन का अध्ययन; तुलनात्मक लोक प्रशासन का अध्ययन; प्रशासन के परिवेश का अध्ययन तथा लोकनीति का अध्ययन; इत्यादि शामिल हैं।

1.4 लोक प्रशासन का महत्त्व

लोक कल्याणकारी राज्य की धारणा के उदय ने तथा पुलिसिया एवं निषेधात्मक राज्य की संकल्पना के ह्रास ने आधुनिक विश्व में लोक प्रशासन की भूमिका में अपूर्व वृद्धि की है। लोक प्रशासन आधुनिक राज्य का एक अनिवार्य तत्त्व बन चुका है जो राज्य के निरंतर बढ़ते हुए कार्य क्षेत्र के संदर्भ में महती भूमिका का निर्वहन करता है। आधुनिक राज्य अपने सामाजिक, आर्थिक एवं कल्याणकारी कार्यों की सफलता के लिए बहुत हद तक लोक प्रशासन पर निर्भर करता है। राज्य एवं शासन का स्वरूप चाहे लोकतांत्रिक हो या अलोकतांत्रिक; उदारवादी हो या सर्वाधिकारवादी या साम्यवादी प्रायः सभी प्रकार के राज्यों में लोक प्रशासन की भूमिका का महत्त्व बढ़ गया है। चाहे वे विकसित देश हों या विकासशील देश, सभी प्रकार के देशों में आज लोक प्रशासन सामाजिक-आर्थिक परिवर्तन की चुनौतियों

का सामना करते हुए राष्ट्र-निर्माण एवं राष्ट्रीय विकास में महत्त्वपूर्ण योगदान दे रहा है। आधुनिक वैश्वीकरण के युग में जहाँ निजी प्रशासन का महत्त्व बढ़ता जा रहा है, वहाँ लोक प्रशासन का महत्त्व भी कम नहीं हुआ है। यह सच हैं कि आज राज्य की भूमिका थोड़ी सीमित हुई है, फिर भी राज्य ने अपनी संप्रभुता का पूरी तरह से त्याग नहीं किया है। ऐसे में लोक प्रशासन की चुनौतियां और अधिक बढ़ गई हैं और वह नए सिरे से अपनी भूमिका को परिभाषित करने में लगा हुआ है। वास्तविकता तो यह है आधुनिक राज्यों के लोकतांत्रिक-लोक कल्याणकारी स्वरूप ने लोक प्रशासन अथवा नौकरशाही की सामाजिक-आर्थिक भूमिका को काफी विस्तृत एवं व्यापक बना दिया है। आधुनिक राज्यों की नौकरशाही पर निर्भरता इतनी अधिक बढ़ गई है कि अपनी विभिन्न प्रकार की नीतियों एवं कार्यक्रमों के निष्पादन के लिए वे हमेशा लोक प्रशासन का मुंह ताकते रहते हैं। पं. जवाहर लाल नेहरू ने लोक प्रशासन के महत्त्व का प्रतिपादन निम्न शब्दों में किया है – 'लोक प्रशासन सभ्य जीवन का रक्षक मात्र नहीं है वरन् सामाजिक न्याय एवं सामाजिक परिवर्तन का महान साधन है।'

इसमें संदेह नहीं कि आधुनिक समय में राज्य की गतिविधियों के क्रमिक विस्तार के साथ लोक प्रशासन का महत्त्व अनवरत बढ़ता जा रहा है। लोक प्रशासन अब व्यक्ति के साथ-साथ समुदाय के दैनिक जीवन का सर्व आलिप्त कारक है जिसने तथाकथित "प्रशासकीय राज्य" (administrative state) का अभ्युदय देखा है। लोक प्रशासन के कार्यों में सर्वत्र विस्तार हो रहा है, भले ही वह पूंजीवादी-उदारवादी, समाजवादी या तृतीय विश्व के विकासशील देश हों, प्राय: सभी प्रकार के राज्यों में इसके कार्यों का व्यापक विस्तार हुआ है। अहस्तक्षेपवादी राज्य जिसके कार्य सिर्फ कानून एवं व्यवस्था बनाए रखने तक सीमित थे, की आरंभिक उदारवादी धारणा आज पूरी तरह अप्रचलित एवं अप्रासांगिक हो चुकी है। आधुनिक राज्य ने आर्थिक एवं सामाजिक परिवर्तन की नई भूमिका के साथ-साथ नागरिकों को जीवन की आधुनिक सुविधाएं शिक्षा, स्वास्थ्य, परिवहन के बेहतर साधन और रोजगार के अधिकाधिक अवसर प्रदान करने आदि की जिम्मेदारी ले ली है।[27] इसने लोक प्रशासन के महत्त्व में काफी वृद्धि की है। मार्शल डियॉफ के शब्दों में प्रशासन प्रत्येक नागरिक के लिए महत्त्व का विषय है, क्योंकि जो सेवाएं उसे मिलती हैं, जो कर वह देता है और जिन व्यक्तिगत स्वतंत्रताओं का वह उपभोग करता है, वह प्रशासन के सफल कार्य-निष्पादन पर निर्भर करता है। आधुनिक युग की बहुत-सी महत्त्वपूर्ण गहन समस्याएं जैसे स्वतंत्रता एवं संगठन में समन्वय की समस्या, प्रशासन के नौकरशाही क्षेत्र के इर्द-गिर्द घूमती रहती हैं। यही कारण है कि लोक प्रशासन राजनीतिक सिद्धांत एवं दर्शन का महत्त्वपूर्ण विषय बन गया है।

आधुनिक विश्व में राज्य के कार्यों को कई तत्त्वों ने विस्तार प्रदान किया है। इनमें प्रमुख हैं औद्योगीकरण के युग का उदय एवं उसके परिणामस्वरूप शहरीकरण में वृद्धि; राज्य के दर्शन का व्यक्तिवाद से सामाजिक कल्याणवाद में रूपांतरण; दो विश्व युद्धों के परिणामस्वरूप उत्पन्न हुई अंतर्राष्ट्रीय विकट परिस्थितियां तथा जनसंख्या वृद्धि के फलस्वरूप लोगों की मूलभूत आवश्यकताओं की पूर्ति की समस्या आदि। इन कारकों ने लोक प्रशासन के कार्य क्षेत्र एवं नवीन चुनौतियों को व्यापकता प्रदान की। इन समस्याओं के संदर्भ में कई राज्यों ने नियोजन का मार्ग अपनाया। इन कारकों ने मिलकर एक *वृहद समाज* (great society) की

संकल्पना का विकास किया जिसने अधिकांश विकासशील एवं प्रगतिशील देशों में ''बड़ी सरकार'' (big government) की स्थापना में योग दिया। एफ. एम. मार्क्स के अनुसार बड़ी सरकार को अपने कार्यों को करने के लिए बड़े उपकरणों की आवश्यकता होती है। अतः लोक प्रशासन नए एवं सकारात्मक उद्देश्यों को पाना चाहता है। कल्याणकारी राज्य के आधारभूत सिद्धांतों ने लोक प्रशासन के कार्य क्षेत्र को बिल्कुल बदल दिया है जिसका परिणाम यह हुआ कि पुराने नियामकीय कार्यों की प्रधानता बिल्कुल कम हो गई तथा विभिन्न प्रकार की सेवाएं प्रदान करने के साथ-साथ विकास एवं अनुसंधान कार्य करने के लिए नवनिर्मित विभागों का महत्त्व काफी बढ़ गया।

इस संदर्भ में ग्लैडन (Gladden) ने लोक प्रशासन की सफलता के लिए एवं उसकी प्रभावोत्पादकता के लिए तीन बातों पर बल दिया है।

प्रथम, यह कार्यात्मक लक्ष्यों को पूरा करने में अवश्य सक्षम हो जिसके लिए इसका निर्माण किया जाता है। *द्वितीय*, यह सामाजिक परिवेश के परिवर्तनों और प्रशासनिक तकनीक के आम विकास दोनों के माध्यम से अभिगृहीत दीर्घकालीन परिवर्तनों से निपटने में जरूरी रूप से सक्षम हो। *तृतीय*, एक केंद्रीकृत योजना के अनुरूप चलते हुए यह पृथक विभागीय इकाइयों की भिन्न-भिन्न खास मांगों को पूरा करने में भी आवश्यक तौर पर सक्षम हो।

इस प्रकार, ग्लैडन ने लोक प्रशासन की एक सक्षम प्रणाली के लिए उपर्युक्त तीन आवश्यक लक्ष्यों की पहचान की है।[28]

लोकतंत्र में लोक प्रशासन की भूमिका

लोकतांत्रिक शासन प्रणाली आधुनिक विश्व की सबसे स्वीकृत, बेहतर और प्रभावोत्पादक शासन प्रणाली मानी जाती है। जन सहमति पर आधारित इस शासन प्रणाली को लोकप्रिय शासन, उत्तरदायी शासन, बहुमत के शासन, प्रतिनिधित्यात्मक शासन आदि के रूप में सामान्यतया परिभाषित किया जाता है जो लोकतांत्रिक मूल्यों – स्वतंत्रता, समानता, अधिकार, न्याय, सामाजिक न्याय, लोकतांत्रिक संस्थाएं एवं भावनाएं आदि – में आस्था रखती है। इस संदर्भ में स्वतः ही लोकतंत्र में लोक प्रशासन की भूमिका बढ़ जाती है। लोकतांत्रिक देशों में लोक प्रशासन के लिए यह आवश्यक हो जाता है कि वह अपने कार्यों की सफलता के लिए निरंतर जन-संपर्क का कार्य करे, प्रशासन में जनसहभागिता की वृद्धि पर बल दे, लोगों के अधिकार, स्वतंत्रता एवं भूमिका का सम्मान करे, प्रशासनिक सत्ता के विकेंद्रीकरण में विश्वास रखे तथा निर्णय-निर्माण के लिए लोकतांत्रिक केंद्रों की स्थापना पर बल दे।

इस प्रकार देखें तो लोकतंत्र में लोक प्रशासन की सर्वाधिक मान्य भूमिका सेवक की है, स्वामी की नहीं। इस परिप्रेक्ष्य में यह लोकतांत्रिक समाजों में लोकहित एवं जन-इच्छा का सम्मान करता है; लोकमत के प्रति उत्तरदायी होता है; नीति-निर्माण एवं नीति-निष्पादन में जन भागीदारी को सुनिश्चित करता है; विकेंद्रीकरण की प्रक्रिया का अनुगमन करता है, जन-संपर्क एवं जन सहयोग प्राप्त करने की कोशिश करता है तथा निष्पक्षता एवं पारदर्शिता को बनाए रखे जाने पर बल देता है। वस्तुतः लोकतंत्र में प्रशासन एक नैतिक कार्य है और प्रशासक एक नैतिक अभिकर्ता। प्रशासन का मुख्य उद्देश्य सार्वजनिक हित का संरक्षण एवं

संवर्धन होता है तथा लोक नीतियों के निर्धारण एवं उनके कार्यान्वयन में तथा सामाजिक-आर्थिक उत्थान में इसकी सृजनात्मक भूमिका होती है।

लोक प्रशासन के महत्त्व की चर्चा व्यापक दृष्टि से मुख्यत: दो शीर्षकों के अंतर्गत की जा सकती है – विकसित देशों में लोक प्रशासन की भूमिका और विकासशील देशों में लोक प्रशासन की भूमिका।

| विकसित देशों में लोक प्रशासन की भूमिका

लोक प्रशासन सभी प्रकार के समाजों में महत्त्वपूर्ण भूमिका अदा करता है। किंतु इसकी भूमिका विकसित देशों में विकासशील देशों से थोड़ी भिन्न होती है। विकसित देश वे देश हैं जहाँ औद्योगीकरण एवं आधुनिकीकरण का स्तर काफी ऊँचा है और जहाँ आर्थिक विकास के फलस्वरूप राष्ट्रीय उत्पादन में इतनी अधिक वृद्धि हो चुकी है कि इससे राष्ट्रीय आय में वृद्धि के साथ-साथ लोगों की बचत क्षमता भी बढ़ी है। ऐसे देश सामान्यतया पूंजीवादी देश कहलाते हैं जो वैश्विक पूंजीवाद एवं वित्तीय पूंजीवाद के विश्वव्यापी विस्तार में विश्वास करते हैं। ऐसे समाज में विवर्तन (differentiations) की प्रक्रिया के फलस्वरुप सामाजिक व्यवस्थाओं की स्वायत्तता व समझदारी बढ़ जाती है। रिग्स ने इस तरह विकास को 'सामाजिक व्यवस्थाओं की बढ़ती हुई स्वायत्तता की प्रक्रिया और विवर्तन के उठते हुए स्तर द्वारा संभव बनाई गई प्रक्रिया' के रूप में परिभाषित किया है।[29] उल्लेखनीय है कि विकसित देशों में आर्थिक विकास उस स्तर तक पहुंच चुका है कि समाज व लोगों की कृषि पर निर्भरता कम हो गई।

| विकसित समाजों में लोक प्रशासन की विशेषताएं

प्रथम, विकसित देशों में सरकारी संगठन अत्यंत विभेदित एवं कार्य की दृष्टि से विशिष्ट होता है तथा कार्यों का आबंटन आरोपित मापदंडों से अधिक उपलब्धिजनक मापदंडों पर आधारित होता है। नौकरशाही उच्च श्रेणी के आंतरिक विशिष्टीकरण से अंकित होता है। कार्मिकों का चयन प्राय: योग्यता या प्रतिभा के आधार पर होता है।

विकसित समाजों में कानून और राजनीतिक निर्णय अधिकांशत: तर्कसंगत होते हैं। पारंपरिक अभिजन वर्ग ने लोकनीति को प्रभावित करने वाली कोई भी वास्तविक शक्ति खो दी है।

सरकार और प्रशासन यहाँ के समाज में सर्वव्याप्त हो गए हैं और नागरिक जीवन के अधिकांश क्षेत्रों को प्रभावित करते हैं।

इन समाजों में राजनीतिक शक्ति एवं वैधता के बीच सहसंबंध होता है क्योंकि लोक-रुचि और सामाजिक क्रियाकलापों में एक प्रकार का जुड़ाव होता है।

संक्षेप में, इन समाजों में राजनीतिक या सरकारी अधिकारी उन पदों के वैध पदाधिकारी के रूप में सामान्यत: देखे जाते हैं और शक्ति तथा पदों का अंतरण निर्धारित नियमों एवं प्रक्रियाओं के अनुसार ही होने की ओर प्रवृत्त होता है।

विकसित समाज में लोक प्रशासन के कुछ महत्त्वपूर्ण लक्षणों की भी पहचान की गई है। वे निम्न हैं-

प्रथम, विकसित समाजों में सार्वजनिक नौकरशाही विशाल संगठनात्मक रूप से जटिल एवं विविध कार्यों वाली होती है क्योंकि वे अनेक इकाइयों एवं उप-इकाइयों में विभक्त होती है। इन इकाइयों के लिए सामान्य और तकनीकी दोनों चरित्र के कार्मिकों की जरूरत होती है जो एक साथ व्यावसायिक विशिष्टता का प्रतिनिधित्व करते हैं। यहाँ संगठनात्मक और कार्यात्मक दृष्टि से नौकरशाही वेबेरियन प्रारूप (Weberian model) की तरह लगती है।

द्वितीय, यहाँ राजनीतिक व्यवस्थाओं में स्थिरता पाई जाती है जिसके परिणाम स्वरूप इन समाजों में लोक सेवाएं पूर्ण रूप से विकसित हैं। राजनीतिक प्रक्रिया में लोक सेवा की भूमिका सुस्पष्ट है और सामान्यतः इसे एक स्वायत्त संस्था के रूप में स्वीकार किया जाता है।

तृतीय, लोक प्रशासन विकसित देशों में व्यावसायिक प्रवृत्ति का होता है। औद्योगिक समाज में लोक सेवाएं धीरे-धीरे एक व्यवसाय का रूप ले लेती हैं तथा सेवा के अंतर्गत तकनीकी विशेषीकरण विकसित हो जाता है। अनेक कारणों से विकसित राज्यों का नौकरशाही में व्यावसायिक दृष्टिकोण बढ़ता जाता है। इसमें भर्ती के समय समान योग्यता देखी जाती है, समान शैक्षणिक पृष्ठभूमि पर बल दिया जाता है। प्रशिक्षण में एकरूपता देखी जाती है अपनी विलक्षण विशेषताओं के कारण यह निजी प्रशासन से भिन्न एक व्यवसाय बन जाती है।

चतुर्थ, विकसित एवं आधुनिकीकृत राजनीतिक प्रणालियों में नौकरशाही अन्य कार्यात्मक दृष्टि से राजनीतिक संस्थाओं के प्रभावी नियंत्रण में होती है।[30]

अंत में, विकसित देशों में नौकरशाही को अधिक विधिसंगत, कार्यकुशल एवं राजनीतिक दृष्टि से उत्तरदायी समझा जाता है। विकासशील देशों की तुलना में विकसित देशों में लोक प्रशासन की भूमिका थोड़ी भिन्न होती है। यहाँ भी लोक प्रशासन का कार्य कानून एवं व्यवस्था को बनाए रखना एवं लोक नीतियों का कार्यान्वयन है। औद्योगीकरण की प्रक्रिया ने विशाल संगठनों एवं उद्यमों को जन्म दिया है जिसके फलस्वरूप इन समाजों में प्रदूषण, पर्यावरण संरक्षण, शहरीकरण, शस्त्रीकरण एवं हिंसा व आतंकवाद इत्यादि की समस्याएं खड़ी हो गई हैं। इन समस्याओं ने इन समाजों में नौकरशाही की चुनौतियों को बढ़ा दिया है। चूंकि अधिकांश औद्योगिक उन्नत समाजों की प्रकृति लोक कल्याणकारी है, अतः इन देशों में लोक प्रशासन को लोक कल्याणकारी भूमिका निभानी पड़ती है। विकसित समाजों में प्रशासनिक समस्याओं के संदर्भ में इरा शरकासकी (Ira Sharkausky) ने लिखा है कि इन देशों में एक व्यापक समस्या अनेक सेवाओं एवं नियामक संस्थाओं के सामंजस्य का भी अभाव है। यह समस्या अक्सर स्थानीय स्तर पर दिखाई पड़ती है जहाँ प्राधिकारी अपने कार्यक्रमों को बनाते एवं कार्यान्वित करते हैं। साथ ही वे उन कार्यक्रमों को भी कार्यान्वित करते हैं जो राष्ट्रीय अधिकारियों द्वारा निर्मित एवं प्रायोजित होते हैं। दूसरे, जब एक से अधिक इकाइयां नीति-निर्माण, वित्तयन और कार्यान्वयन का कार्य करती है तो 'कौन क्या करता है' की समस्या उत्पन्न हो जाती है। *तीसरे*, इन समाजों में नौकरशाही अभी भी अभिजात्य वर्ग के प्रभाव से मुक्त नहीं हो पाई है। कभी-कभी राजनीतिज्ञों का वर्चस्व होता है यदि वे किसी

मामले में रुचि लेते हैं, किंतु निर्वाचित अधिकारियों के कार्यक्रम में भी एकीकरण का अभाव होता है।[31]

समग्रत: यह कहा जा सकता है कि उन्नत औद्योगिक विकसित समाजों में लोक प्रशासन के संदर्भ में जिस प्रारूप का विकास हुआ वह मुख्यत: "प्रशासकीय राज्य" के रूप में विकसित हुआ है। ऐसे समाज में लोक प्रशासन स्थूल रूप में मुख्यत: निम्न प्रकार के कार्यों का संपादन करता है।

1. नियामक और निरोधक कार्य के अंतर्गत इन समाजों में लोक प्रशासन कानूनों का क्रियान्वयन करता है, राजस्व एकत्रित करता है, आंतरिक व्यवस्था बनाए रखता है तथा विदेशी आक्रमण से देश की सुरक्षा करता है।

2. सेवाधर्मी कार्य के अंतर्गत यह शिक्षा, स्वास्थ्य, संस्कृति, मनोरंजन, सामाजिक बीमा, बेरोजगारी राहत, भवन-निर्माण, परिवहन एवं संचार का कार्य करता है।

3. उद्यम-संबंधी कार्य के अंतर्गत विकसित समाज में लोक प्रशासन निजी उद्यमों को सहायता एवं प्रोत्साहन देता है, उनकी समस्याओं का निराकरण करता है उनमें समन्वय स्थापित करने का प्रयास करता है।

इस प्रकार स्पष्ट है विकसित देशों में लोक प्रशासन का कार्य मुख्यत: समन्वय, मार्गदर्शन एवं नेतृत्व का है। यहाँ लोक प्रशासन की प्रकृति नौकरशाहीतंत्रीय न होकर प्रबंधकीय अधिक दिखती है।

विकासशील देशों में लोक प्रशासन की भूमिका
Role of public administration in developing countries

विकासशील देश, तृतीय विश्व के वे देश हैं जो द्वितीय विश्व युद्धोपरांत विउपनिवेशीकरण की प्रक्रिया स्वरूप नए एवं स्वतंत्र राष्ट्रों के रूप में उदित हुए। एशिया, अफ्रीका एवं लैटिन अमेरिका के इन देशों के बीच कई अर्थों में समानता थी। सभी उपनिवेशवाद के तिक्त अनुभव से वाकिफ थे और प्राय: सभी राष्ट्रों के समक्ष राष्ट्र-निर्माण एवं राष्ट्र-विकास की चुनौतियां खड़ी थीं। इन चुनौतियों से निपटने के लिए लोक प्रशासन की सशक्त एवं सकारात्मक भूमिका अपेक्षित थी। फलत: इन राष्ट्रों में राष्ट्र-निर्माण एवं राष्ट्रीय विकास की प्रक्रिया में लोक प्रशासन ने अपना महत्त्वपूर्ण एवं सराहनीय योगदान दिया। विकासशील देशों को अल्पविकसित एवं अविकसित देशों के नाम से भी जाना जाता है। ये वे देश हैं जिनमें विकास की प्रबल संभावनाएं हैं किंतु ये राष्ट्र पारगमन की प्रक्रिया में फंसे हैं और सामाजिक उथल-पुथल, आर्थिक मंदी एवं प्रशासनिक दुर्बलताओं की गंभीर समस्याओं का सामना कर रहे हैं। सामाजिक प्रारूप के रूप में वे पारंपरिकता से आधुनिकता की ओर और रिग्स के शब्दों में अग्रेरिया (Agreria) से इंडस्ट्रिया (Industria) की ओर प्रवृत्त हैं।[32]

विकासशील देशों के कुछ सामान्य लक्षण ढूंढे जा सकते हैं। इन देशों में अधिकांश देश कृषि प्रधान हैं, इन देशों की उत्पादकता कम है तथा यहां शिक्षा, साक्षरता का अभाव एवं बेरोजगारी का स्तर ऊंचा है। जनसंख्या आधिक्य, उद्यमीय योग्यता का अभाव, निर्यात पर निर्भरता, आर्थिक मंदी, महिलाओं की निम्न स्थिति, राजनीतिक अस्थिरता, राजनीतिक

जागरूकता की कमी, कुशल श्रमिकों का अभाव, योग्य, कुशल एवं ईमानदार प्रशासकों का अभाव आदि विकासशील देशों के सामान्य लक्षण के तौर पर देखे जा सकते हैं। ऐसे में लोक प्रशासन की भूमिका इन देशों में और भी अधिक महत्त्वपूर्ण हो जाती है।

न्यूनाधिक सभी विकासशील देश सामाजिक-सांस्कृतिक सुदृढ़ीकरण एवं आर्थिक-राजनीतिक विकास की चुनौतियों के साथ-साथ हिंसा, धार्मिक व सांप्रदायिक उन्माद, अल्पसंख्यकों के हितों की रक्षा, पर्यावरण संरक्षण, वैश्विक आतंकवाद, शिक्षा, स्वास्थ्य, गरीबी, बेकारी जैसी समस्याओं से जूझ रहे हैं। ऐसे में इन देशों में लोक प्रशासन की चुनौतियां काफी बढ़ गई हैं।

विकासशील समाजों में लोक प्रशासन के लक्षण
Characteristic of public administration in developing countries

विकासशील समाजों में आमतौर पर लोक प्रशासन के निम्न लक्षण दृष्टिगोचर होते हैं।

1. यहाँ लोक प्रशासन का आधारभूत ढांचा स्वदेशी नहीं, अनुकरणात्मक है। वे देश जो पूर्व-उपनिवेश नहीं थे, सहित तकरीबन सभी विकासशील देशों ने प्रशासन में नौकरशाही के किसी-न-किसी प्रारूप को अपनाया है जो किसी खास देश के प्रशासनिक प्रारूप से प्रभावित है और शायद यह किसी अन्य व्यवस्था के लिए आकस्मिक गुण भी हो।

2. इन समाजों में नौकरशाही अविकासात्मक प्रकृति की होती है और उसमें विकासात्मक कार्यक्रमों के लिए आवश्यक योग्यता का अभाव होता है। इन समाजों में संसाधन की अपेक्षा श्रम की प्रचुरता होती, किंतु यहाँ प्रबंधकीय क्षमता, विकासात्मक निपुणता एवं तकनीकी योग्यता से युक्त प्रशिक्षित प्रशासकों की कमी दिखाई पड़ती है।

3. यहाँ नौकरशाही की प्रवृत्ति गैर-विकासात्मक लक्ष्यों की प्राप्ति की ओर अधिक होती है। इसमें सिद्धांतपरक लोकहित के बदले व्यक्तिगत उन्नति पर ज्यादा बल दिया जाता है तथा उपलब्धि की जगह आरोपण पर आधारित प्रतिष्ठा को महत्त्व दिया जाता है।

4. नौकरशाही तंत्र के अंतर्गत भ्रष्टाचार, भाई-भतीजावाद एवं लालफीताशाही का बोलबाला होता है। सरकारी अधिकारी शक्ति के भूखे होते हैं तथा उनमें धन लोलुपता एवं स्वार्थपरकता पाई जाती है।[33]

5. इन देशों में प्रशासन स्वयं को तटस्थ भी नहीं रख पाता। राजनीति से वे प्रभावित भी होते हैं और राजनीति करते भी हैं।

6. इन देशों में प्रारूप और वास्तविकता के बीच व्यापक विसंगति भी दृष्टिगोचर होती है।

7. यह आज भी अपनी औपनिवेशिक एवं सामंतवादी प्रवृत्ति को छोड़ नहीं पाया है। अधिकारीगण स्वयं को जनता का सेवक नहीं, स्वामी मानने की भूल करते रहते हैं।

अंत में, समुचित प्रशासनिक संरचना का अभाव, व्यावसायिक मानकों की कमी, प्रशासनिक नेतृत्व की अकुशलता, प्रबंधकीय गुणों का अभाव, प्रशासकीय नैतिकता की अनुपस्थिति तथा प्रशासकीय उत्तरदायित्व का अभाव विकासशील देशों में नौकरशाही के सामान्य लक्षण हैं।

इस प्रकार स्पष्ट है कि विकासशील देशों में लोक प्रशासन प्रणाली के अंतर्गत कई प्रकार

की विसंगतियां एवं कमियां व्याप्त हैं। इन सबके बावजूद इन समाजों में लोक प्रशासन अथवा नौकरशाही ने राष्ट्रीय विकास एवं राष्ट्र निर्माण की प्रक्रिया में सक्रिय भूमिका निभाई है। अपनी निश्चित सीमाओं के बावजूद यही वह साधन है जिसके माध्यम से विकासशील देश की सरकारें अपने विकासात्मक लक्ष्यों को प्राप्त करने का प्रयास कर रही हैं। इन देशों में लोक प्रशासन आज कई चुनौतियों का सामना कर रहा है। सामाजिक-आर्थिक विकास की चुनौती के अलावा भूख, बीमारी, बेकारी, गरीबी, हिंसा एवं आतंकवाद, धार्मिक व सांप्रदायिक दंगे, महिला एवं बच्चों का विकास, शिक्षा, स्वास्थ्य, पानी, बिजली की उपलब्धि जैसी समस्याओं से भी आज यह जूझ रहा है। फिर भी इन देशों में लोक प्रशासन की सकारात्मक एवं प्रभावोत्पादक भूमिका के लिए यह आवश्यक है कि प्रशासनिक ढांचे के अंतर्गत संसाधनों के वितरण के लिए एक न्यायोचित वितरक-संस्था का निर्माण हो; मानव शक्ति का समुचित नियोजन एवं संवर्द्धन हो ताकि उसे परिणामोत्पादक बनाया जा सके; तथा मानवीय मस्तिष्क का विकास हो ताकि वे प्रशासन के साथ सहयोग कर सकें। इसके अलावा एक सफल लोक प्रशासन के लिए उसका सहभागी होना, निष्पक्ष व तटस्थ होना, जवाबदेय होना, विधिक होना तथा पारदर्शी होना भी जरूरी है। समग्रत: यह कहा जा सकता है कि विकासशील देशों में नौकरशाही अथवा प्रशासन जब तक राजनीति, भ्रष्टाचार व भाई-भतीजावाद से मुक्त होकर निष्पक्ष एवं निष्ठापूर्ण होकर कार्य नहीं करेंगे, जब तक निहित स्वार्थों से ऊपर उठकर लोकहित को वरीयता नहीं देंगे और जब तक खुद को जनता का सेवक नहीं समझेंगे तब तक लोक प्रशासन की सृजनात्मक एवं सकारात्मक भूमिका के महत्त्व का औचित्य सार्थक नहीं हो सकेगा।

नीति विज्ञान के रूप में लोक प्रशासन
Public administration as policy science

आधुनिक समय में लोक प्रशासन के अंतर्गत नीति विज्ञान के विकास पर ज्यादा बल दिया जा रहा है। लोक प्रशासन का अर्थ सरकार, लोकनीति के निर्धारण एवं निष्पादन से है। इस अर्थ में लोकनीति के विश्लेषण का सरोकार प्रशासकीय व्यवहार से है। चूंकि लोकनीतियों का प्रभाव समग्र राष्ट्रीय जीवन पर पड़ता है और चूंकि ये समाज के भविष्य की रूपरेखा सुनिश्चित करती हैं, अत: नीति निर्माण के क्षेत्र में वैज्ञानिक जानकारी अपेक्षित हो जाती है। उल्लेखनीय है कि सरकार द्वारा रक्षा, उद्योग, कृषि व शिक्षा आदि क्षेत्र में जो बड़े नीतिगत निर्णय लिए जाते हैं, उनकी भारी कीमत राज्य को चुकानी पड़ती है। वित्तीय व्यय के अलावा ऐसे निर्णयों के परिणाम बड़े व्यापक होते हैं। ऐसे निर्णय क्यों लिए जाते हैं, कौन-सी परिस्थितियां सरकार को नीति निर्धारण के लिए विवश करती हैं, इन बीमारियों तक कैसे पहुंचा जाता है तथा इसके संभावित परिणाम क्या हो सकते हैं, ये ऐसे मौलिक प्रश्न हैं जिन्हें नीति विश्लेषक बड़ी गहराई से देखते हैं। इसलिए इस तरह के अध्ययन एवं विश्लेषण के लिए वैज्ञानिक जानकारी का होना जरूरी हो जाता है। तथ्यात्मक एवं साक्ष्यात्मक अध्ययन, सरकारी नीति निर्धारण के परिप्रेक्ष्य में इसलिए भी जरूरी है ताकि उनके आधार पर नीति विज्ञान (Policy Science) नामक अध्ययन शाखा के लिए ज्यादा-से-ज्यादा सामान्य ज्ञान जुटाया जा

सके।[34] इस संदर्भ में येजकल द्रोर (Yehezkel Dror) की मान्यता है कि 'अंशत: नीति विज्ञान का वर्णन एक ऐसी अध्ययन शाखा के रूप में किया जा सकता है जो नीति संबंधी ज्ञान की खोज करती है। नीतिगत मुद्दे की सामान्य जानकारियों को इकट्ठा करती है, सामान्य नीति-निर्माणकारी ज्ञान का अनुसंधान करती है तथा इन्हें एक विशेष अध्ययन का रूप देने के लिए संयोजित करती है।'[35]

लोकनीति का सरोकार विशिष्ट नीतियों की जानकारी से है। इस अर्थ में नीति-निर्माण संबंधी ज्ञान का निहितार्थ व्यापक एवं विस्तृत है। इसका संबंध नीति निर्माण संबंधी गतिविधियों से है कि इसका संचालन कैसे होता है तथा इसका विकास कैसे किया जा सकता है। येजकल द्रोर ने इस संदर्भ में कहा है कि 'यदि महत्त्वपूर्ण समस्याओं को समुचित तरीके से सुलझाना हो तो नीति विज्ञान को तेजी से विकास करने की जरूरत है तथा इस विकसित नीति विज्ञान का पूर्ण इस्तेमाल किया जाना चाहिए।[36]

द्रोर ने यह तर्क दिया है कि हालांकि तकनीकी विकास के कारण परिवेश का प्रभावकारी नियंत्रण सुविधाजनक हो गया है। लेकिन नीति निर्माता नियंत्रण के लिए आवश्यक तंत्र की प्रभावकारी अभिकल्पना एवं संचालन में असमर्थ हैं। अत: नीति-निर्माण तथा मूल्यांकन के लिए उत्साही और अधिकतम प्रयास करने की आवश्यकता पर बल देने की जरूरत है। इस क्षेत्र में जो भी प्रयत्न किए गए हैं वे उत्साहवर्द्धक नहीं हैं, ना ही पर्याप्त हैं। अत: कठोर नीति विश्लेषण की आवश्यकता आज सभी महसूस कर रहे हैं। जो भी हो, नीति विश्लेषण फिलहाल अध्ययन की एक सहशाखा के रूप में विकसित हुआ है। इसमें मुख्यत: तीन बातों पर बल दिया गया है-

प्रथम, सिफारिशों के स्थान पर नीतियों की समझ को विकसित करना। इसके अंतर्गत नीतियों के पर्यवेक्षण पर नहीं उनके विश्लेषण पर ज्यादा बल दिया जाता है।

द्वितीय, लोक नीति से संबंधित मुद्दों व प्रश्नों के परिप्रेक्ष्य में वैज्ञानिक ज्ञान एवं जिज्ञासा का विकास करना। इसके अंतर्गत लोकनीति के कारणों तथा परिणामों का गहन अध्ययन एवं विश्लेषण किया जाता है।

तृतीय, नीति विज्ञान संबंधी ज्ञान को विकसित करने के लिए किसी निकाय की स्थापना करना। इसके अंतर्गत सार्वभौमिक रूप से जिन उद्देश्यों की व्याख्या की गई है, उन सब के लिए व्यापक सामान्यीकरण तथा इस सामान्यीकरण तक पहुंचने के लिए विशिष्ट नीतियों के अध्ययन एवं विवेचन पर बल दिया जाता है।[37]

1.5 लोक प्रशासन एवं निजी प्रशासन

Public Administration and Private Administration

लोक प्रशासन एवं निजी प्रशासन के परस्पर संबंधों के संदर्भ में दो प्रकार के दृष्टिकोण प्रचलित हैं। एक दृष्टिकोण का प्रतिनिधित्व हेनरी फेयोल, मेरी पी. फॉलेट एवं उर्विक करते हैं जो यह तर्क देते हैं कि लोक प्रशासन एवं निजी प्रशासन के बीच कुछ मूलभूत सैद्धांतिक समानताएं हैं। दूसरे दृष्टिकोण का प्रतिनिधित्व हर्बर्ट साइमन, सर जोशिया स्टैम्प एवं पॉल. एच

एपल्बी करते हैं जो लोक प्रशासन एवं निजी प्रशासन के बीच व्याप्त महत्त्वपूर्ण अंतरों को उजागर करते हैं।

समानताएं

फेयोल, फॉलेट एवं उर्विक जैसे विचारकों का तर्क है कि सभी प्रकार के प्रशासन एक जैसे होते हैं उनकी आधारभूत विशेषताएं समान होती हैं। प्रशासन एक अविभाज्य सत्व है तथा इसके मूलभूत सिद्धांतों का प्रयोग सार्वजनिक एवं निजी सभी संगठनों में समान रूप से होता है। फेयोल के अनुसार, 'मैंने प्रशासन शब्द का जो अर्थ लगाया है और जिसे सामान्य रूप से स्वीकार किया जाता है उससे प्रशासन द्वारा की जाने वाली सेवाओं का क्षेत्र काफी विस्तृत हो जाता है। इसमें न केवल सार्वजनिक सेवाएं, अपितु प्रत्येक आकार-प्रकार और प्रयोजन को पूरा करने वाले सभी प्रकार के उद्योग शामिल हैं। इन सभी में योजना बनाने, संगठन, आदेश, समन्वय, नियंत्रण के कार्यों की आवश्यकता होती है। समुचित रूप से कार्य करने के लिए भी एक जैसे सामान्य नियमों के अनुसार कार्य करना पड़ता है। अब हमारे सामने कई प्रशासनिक विज्ञान नहीं है, अपितु केवल एक प्रशासन है जिसे सार्वजनिक और निजी मामलों में समान रूप से अच्छी तरह प्रयोग में लाया जा सकता है।[38] इस संदर्भ में उर्विक ने भी लिखा कि 'यह बात गंभीरतापूर्वक सोचना कठिन है कि बैंक में कार्य करने वाले व्यक्तियों का एक अलग जीव रसायन विज्ञान होता है, प्राध्यापकों का एक पृथक शरीर-क्रिया ज्ञान तथा राजनीतिज्ञों का एक अलग रोग मनोविज्ञान होता है। वस्तुतः ये सभी व्यक्तियों के लिए समान रूप से एक जैसे होते हैं।[39] स्पष्टतः यह विचार लोक एवं निजी प्रशासन के व्यवहार में स्पष्टतः द्रष्टव्य कुछ समानताओं पर आधारित है। लोक प्रशासन एवं निजी प्रशासन के बीच व्याप्त समानताओं की चर्चा निम्न बिंदुओं के अंतर्गत की जा सकती है।

प्रथम, संगठन की आवश्यकता की दृष्टि से लोक प्रशासन एवं निजी प्रशासन दोनों के बीच समानता व्याप्त है। प्रशासन चाहे आधिकारिक तौर पर किया जाए या निजी तौर पर संगठन की आवश्यकता दोनों में पड़ती है। संगठन प्रशासन का शरीर है। यदि मानवीय और भौतिक साधनों का उचित संगठन न किया जाए तो प्रशासन के लक्ष्यों की प्राप्ति नहीं की जा सकती।

द्वितीय, दोनों के बीच इस अर्थ में भी समानता है कि जहां निजी प्रशासन के बहुत से कार्य लोक सेवाभिमुख एवं जन कल्याणोन्मुख होते हैं वहां सरकारी प्रशासन द्वारा निष्पादित ऐसे भी कार्य हैं जो निजी प्रकृति के हैं।[40]

तृतीय कार्य प्रणाली की दृष्टि से भी लोक प्रशासन एवं निजी प्रशासन के बीच समानता है। निजी उद्यमों का प्रशासन एवं सरकारी प्रशासन एक ही रीति से निष्पादित किया जाता है। दोनों ही प्रकार के प्रशासन में समान रूप से नियोजन, संगठन, आदेश समन्वय व नियंत्रण की आवश्यकता होती है। प्रशासन चाहे व्यावसायिक हो या सरकारी निर्धारित लक्ष्यों को पूरा करने के लिए कुछ सामान्य सिद्धांतों एवं कार्य विधियों का पालन करना होता है। आंकड़े एकत्र करना, लेखा-जोखा रखना, फाइलिंग, रिपोर्ट तैयार करना, निरीक्षण करना आदि लक्षण दोनों प्रकार के प्रशासन में पाए जाते हैं।

चतुर्थ, उत्तरदायित्व की दृष्टि से भी दोनों प्रकार के प्रशासन के बीच समानता है। चूंकि दोनों प्रकार के प्रशासन के अधिकारियों के ध्येय एक जैसे होते हैं, अतः उत्तरदायित्व भी समान होते हैं।

पंचम, जन-संपर्क एवं अन्वेषण की दृष्टि से भी दोनों प्रकार के प्रशासन के अंतर्गत समानता पाई जाती है। जन-संपर्क के अभाव में न तो निजी प्रशासन सफल हो सकता है, न ही सरकारी प्रशासन। समय एवं परिस्थितियों के अनुरूप नए सिद्धांतों, तकनीकों, तरीकों, उपकरणों आदि की खोज की आवश्यकता भी दोनों प्रकार के प्रशासन को पड़ती है ताकि प्रशासन को अधिक प्रभावशाली एवं क्षमताशील बनाया जा सके।

अंत में, जब से निजी उद्यम विशाल प्रशासनिक भीमकायों के रूप में विकसित होने लगे हैं और पूरे देश में उनके कार्यालयों के जालतंत्र विकसित होने लगे हैं तब से निजी प्रशासन भी लोक प्रशासन की तरह अवैयक्तिक होने लगा है। दूसरी तरफ लोकतांत्रिक कल्याणकारी राज्य की धारणा की बढ़ती हुई लोकप्रियता के कारण प्रजातांत्रिक नियंत्रण, सार्वजनिक उत्तरदायित्व और लोकप्रिय विरोध के सिद्धांत सभी तरह के निजी संगठनों के प्रशासनिक व्यवहार में बढ़ रहे हैं।

इस प्रकार स्पष्ट है कि लोक प्रशासन एवं निजी प्रशासन के बीच कई अर्थों में समानताएं व्याप्त हैं।

असमानताएं

उपर्युक्त समानताओं के बावजूद लोक प्रशासन एवं निजी प्रशासन के बीच कई महत्त्वपूर्ण मौलिक अंतर व्याप्त है। मोहित भट्टाचार्य ने अपनी पुस्तक *लोक प्रशासन के नए आयाम* के अंतर्गत इन अंतरों को व्यापक रूप से स्पष्ट करने का प्रयास किया है। उन्होंने दोनों के बीच निम्न अंतरों को स्पष्ट किया है।

पहला, लोक प्रशासन का व्यापक उद्देश्य जनता की सेवा करना है। सामान्यतः जनकल्याण और स्थिति विशेष में संबंधित समूहों की संतुष्टि ऐसे दो उद्देश्य हैं जिन्हें लोक प्रशासन को पूरा करना होता है। इसके विपरीत निजी प्रशासन मूलतः व्यवसायिकों के फायदे के लिए लाभ को वरीयता प्रदान करता है। यदि वह अलाभकारी साबित होता है तो व्यवसाय से बाहर हो जाता है।

दूसरा, लोक प्रशासन का संचालन कठोर नियम कानूनों के अंतर्गत किया जाता है। यह भी एक कारण है कि लोक प्रशासन थोड़ा कठिन होता है। इसके अंतर्गत हमेशा लेखा-संबंधी निरीक्षण एवं अन्य विचलनकारी गतिविधियों का भय बना रहता है। दूसरी ओर निजी प्रशासन इस तरह के अवरोधकारी नियम-कानूनों से मुक्त होता है। निजी प्रशासन के अंतर्गत जो नियम-कानून अपनाए जाते हैं उनमें लचीलापन होता है और वे सुविधानुरूप बदल दिए जाते हैं।

तीसरा, सार्वजनिक क्षेत्र की संस्थाओं पर आम जनता की पैनी नजर रहती है। इस तरह की संस्थाओं की उपलब्धियों की चर्चा तो कम होती है, किंतु इनकी छोटी-सी भूल समाचार पत्रों की सुर्खियों में छाई रहती है। पुलिस प्रशासन को उदाहरण के तौर पर देखा जा सकता

है। किंतु इस तरह की बातें निजी क्षेत्र में तूल नहीं पकड़तीं न ही जनता एवं संचार साधन इस पर अपनी पैनी दृष्टि रखते हैं।

चौथा, लोक प्रशासन के अंतर्गत पक्षपात एवं भेदभाव दृष्टिगोचर होने पर जनांदोलन के रूप में जनाक्रोश फूटने की संभावना होती है। यही कारण है कि प्रशासन के अंतर्गत तटस्थता के तत्त्व पर ज्यादा बल दिया जाता है। इसके विपरीत, निजी प्रशासन के क्षेत्र में पक्षपात एवं भेदभाव बेरोक-टोक जारी रहता है। उत्पादों की पसंद एवं मूल्य-निर्धारण के संदर्भ में निजी प्रशासन खुले तौर पर भेदभाव से काम लेता है। यह उनकी व्यावसायिक संस्कृति का एक अनिवार्य हिस्सा बन चुका है।

पांचवां, उच्च सरकारी स्तर पर लोक प्रशासन का कार्य अत्यंत दुरूह एवं जटिल होता है। उच्च स्तरीय प्रशासन में इसे अनेक प्रकार के दबावों और अड़चनों का सामना करना पड़ता है, अनेक स्तर के अधिकारियों एवं लोगों के साथ विचार-विमर्श करना पड़ता है। यदि कोई राष्ट्रीय स्तर का मामला हो तो इस तरह की कई बैठकों के बाद ही कोई दिशा-निर्धारित की जाती है। इसके विपरीत, निजी प्रशासन के अंतर्गत इस तरह की जटिलताएं नहीं पाई जातीं। व्यावसायिक प्रशासन कुशलतापूर्वक व्यवस्थित होता है और इसके संचालन में एक ही व्यक्ति का दिमाग कार्य करता है।

अंत में, लोक प्रशासन का चरित्र मुख्यत: राजनीतिक ही होता है क्योंकि उसे राजनीतिक दिशा निर्देश के अंतर्गत कार्य करना पड़ता है।[41] निजी प्रशासन की प्रकृति स्वच्छंद एवं स्वायत्त प्रकार की बनी रहती है।

मूल्यांकन: यह एक तथ्य है कि लोक प्रशासन एवं निजी प्रशासन के बीच कुछ निश्चित मूलभूत अंतर व्याप्त है। तथापि दोनों में व्याप्त समानताओं के तथ्य से इंकार नहीं किया जा सकता। सत्य तो यह है कि दोनों प्रकार के प्रशासनों में अंतर केवल मात्रा का है, गुण एवं प्रकार का नहीं। लोक प्रशासन एवं निजी प्रशासन पृथक-पृथक अस्तित्व नहीं, बल्कि वे एक ही प्रशासन के दो भिन्न रूप हैं। उनकी जाति एक है प्रकार अथवा किस्में अलग हैं। वस्तुत: सभी प्रकार के प्रशासनों के अंतर्गत योजना, संगठन आदेश, समन्वय एवं नियंत्रण की आवश्यकता होती है और उन्हें अपने कार्यों के सफलतापूर्वक निष्पादन के लिए एक जैसे सामान्य सिद्धांतों का पालन करना पड़ता है। फेयोल एवं उर्विक ने भी यह तर्क दिया है कि प्रशासन कई प्रकार का नहीं, बल्कि एक ही प्रकार का होता है जिसे सार्वजनिक एवं निजी दोनों मामलों में समान रूप से प्रयुक्त किया जा सकता है। यह सच है कि लोक प्रशासन एवं निजी प्रशासन भिन्न-भिन्न वातावरण में कार्य करते हैं किंतु आज दोनों के बीच अंतर काफी कम होते जा रहे हैं। इस संदर्भ में प्रो. वाल्डो (Prof. Waldo) ने ठीक कहा है कि 'निजी प्रशासन से लोक प्रशासन का भेद करने वाले सामान्यीकरण यथा–बरताव की समानता, कानूनी अनुज्ञप्ति और कृत्य के दायित्व का विशेष ध्यान, सार्वजनिक दोष मोचन अथवा निर्णयों की न्यायसंगति, वित्तीय ईमानदारी और चेतनता या कुशलता इत्यादि का वहां सीमित अर्थों में प्रयोग होता है। वस्तुत: लोक एवं निजी प्रशासन एक ही जाति की दो उप जातियां हैं। किंतु उनके अलग-अलग मूल्य एवं तकनीक हैं जो प्रत्येक को एक विशेष चरित्र प्रदान करते हैं।'[42]

1.6 लोक प्रशासन का संक्षिप्त विकास

एक शैक्षिक विषय के रूप में लोक प्रशासन विधा के विकास का इतिहास तकरीबन 115 वर्ष पुराना है। वैसे एक गतिविधि के रूप में लोक प्रशासन उतना ही पुराना है जितनी कि सभ्यता। प्रशासन की जड़ें प्राचीन धर्मग्रंथों *महाभारत* एवं *रामायण*, कौटिल्य के *अर्थशास्त्र*, मैकियावेली के *दि प्रिंस*, अरस्तु के *पॉलिटिक्स* तथा कन्फ्यूसियस के *नीति वचन* एवं *उपदेशों* में दिखाई पड़ती है। फिर भी जहाँ तक लोक प्रशासन के एक शैक्षिक विषय के रूप में विकास की बात है तो इसके विकास का एक संक्षिप्त इतिहास रहा है। और यह विषय मुख्यत: आधुनिक युग की उपज है। पीटर सैल्फ (Peter Self) के अनुसार लोक प्रशासन के अध्ययन का विकास राजनीति विज्ञान अथवा लोकविधि के रूप में हुआ और हाल के दिनों तक लोक प्रशासन को शैक्षिक विषय के रूप में इन पुराने विषयों का सौतेला भाई ही समझा जाता था।[43] वस्तुत: लोक प्रशासन के विकास की शुरुआत-सन् 1887 में विल्सन (Wilson) के राजनीति-प्रशासन द्विभाजन (politics administration dichotomy) की पुकार से होती है। विल्सन पहला विचारक था जिसने प्रशासन को राजनीति से बिल्कुल अलग कर दिया। तब से लेकर आज तक लोक प्रशासन विकास के कई चरणों से गुजरा है। विकास के विभिन्न महत्त्वपूर्ण चरणों से गुजरते हुए लोक प्रशासन ने अपने मौजूदा स्वरूप को पाया है। अध्ययन की सुविधा के लिए लोक प्रशासन के विकास का अध्ययन निम्न चरणों व अवस्थाओं में बांट कर किया जा सकता है।

पहला चरण (1887–1926)

लोक प्रशासन के विकास की प्रथम अवस्था को राजनीति-प्रशासन द्विभाजन का चरण भी माना जाता है। इसे ''विल्सोनियन पुकार'' भी कहा जाता है जिसके अंतर्गत प्रशासन के विज्ञान की मांग की गई थी। वुडरो विल्सन ने 1887 में प्रकाशित एक लेख ''दि स्टडी ऑफ एडमिनिस्ट्रेशन'' के अंतर्गत राजनीति एवं प्रशासन को दो अलग-अलग वस्तुएं बताया। प्रकार्यात्मक दृष्टि से अब प्रशासन को राजनीति से अलग कर दिया गया एवं यह तर्क दिया गया कि प्रशासन का सरोकार राजनीतिक नीति-निर्णयों के कार्यान्वयन से है। फ्रैंक गुडनाऊ (Frank Goodnow) ने अपनी पुस्तक *पॉलिटिक्स एंड एडमिनिस्ट्रेशन* (1900) के अंतर्गत संकल्पनात्मक रूप से दोनों को अलग कर दिया।[44] उन्होंने यह तर्क दिया कि राजनीति का संबंध नीतियों एवं राज्य की इच्छा की अभिव्यक्ति से है तथा प्रशासन इन नीतियों को कार्यरूप में परिणत करने से संबंधित है। इस विश्लेषणात्मक अंतर के अलावा इन दोनों की संस्थागत अवस्थिति में भी अंतर किया गया। राजनीति की अवस्थिति विधायिका में मानी गई या सरकार के उन ऊंचे सोपानों में इसे अवस्थित बताया गया जहाँ बड़े नीतिगत निर्णय लिए जाते हैं तथा ''मूल्यों के आबंटन'' (allocation of values) संबंधी बड़े फैसले किए जाते हैं। दूसरी तरफ प्रशासन की अवस्थिति सरकार की कार्यपालिका अथवा नौकरशाही में मानी गई। इस संदर्भ में यह तर्क दिया गया कि प्रशासन की प्रक्रियाओं में कुछ निश्चित नियमितताएं एवं मूर्त्तता होती है और इन्हें अन्वेषणों के माध्यम से सहजता से जाना और नियंत्रित

किया जा सकता है। अतः यह संभव है कि प्रशासन एक विज्ञान के रूप में विकसित हो जाए।[45]

दूसरा चरण (1927–37)

लोक प्रशासन के विकास की द्वितीय अवस्था में पर्याप्त सैद्धांतिक विकास हुए। लोक प्रशासन के सैद्धांतिक विकास में विलोबी (Willoughby) की *प्रिंसिपल्स ऑफ पब्लिक एडमिनिस्ट्रेशन* (1927), मेरी पार्कर फॉलट (M. P. Follet) की *क्रियेटिव एक्सपीरियंस* (1924), हेनरी फेयोल की *जनरल एवं इंडस्ट्रीयल मैनेजमेंट* (1916), लूथर गुलिक एवं उर्विक की *पेपर्स ऑन दि साइंस ऑफ एडमिनिस्ट्रेशन* (1937) आदि पुस्तकों ने अपना महत्त्वपूर्ण योगदान दिया। इस अवस्था में यह तर्क प्रस्तुत किया गया चूंकि प्रशासन सिद्धांतों की उपस्थिति की वजह से एक विज्ञान है, अतः इसके आगे से ''लोक'' शब्द निकाल दिया जाना चाहिए, क्योंकि यह सिद्धांत ''लोक'' या सार्वजनिक एवं निजी सभी क्षेत्रों में सामान्य रूप से लागू होते हैं। लूथर गुलिक ने POSDCORB शब्द संक्षेप के रूप में प्रशासन के आधारभूत सिद्धांतों के प्रतिपादन का भी प्रयत्न किया।[46]

तीसरा चरण (1938–1946)

लोक प्रशासन के विकास की यह अवस्था मुख्यतः प्रशासनिक सिद्धांत के संदर्भ में चुनौतियों का चरण रहा। इस काल में दूसरी अवस्था में प्रतिपादित लोक प्रशासन के यांत्रिक सिद्धांत पर काफी प्रतिक्रियाएं व्यक्त की गईं और संगठन एवं प्रबंध को मानवीय बनाने की प्रक्रिया पर बल दिया गया। इस संदर्भ में महत्त्वपूर्ण योगदान एल्टन मेयो के हॉथोर्न प्रयोग का रहा। इस प्रयोग के फलस्वरूप मानव संबंधवाद के रूप में इस दृष्टिकोण ने संगठन व प्रशासन में अनौपचारिक तत्त्वों के महत्त्व का प्रतिपादन किया तथा यांत्रिक सिद्धांत की सीमाओं को उजागर किया। चेस्टर बर्नार्ड (Chester Bernard) की पुस्तक *फंक्शंस ऑफ एक्सीक्यूटिव* (1938) ने भी इस काल में संगठनात्मक विश्लेषण हेतु मनोवैज्ञानिक एवं व्यावहारिक तत्त्वों के अध्ययन एवं विश्लेषण पर बल दिया। हर्बर्ट साइमन ने भी अपनी पुस्तक *एडमिनिस्ट्रेटिव बिहेवियर* (1946) के अंतर्गत प्रशासन के यांत्रिक सिद्धांत को ''कहावतें'' मात्र कहा।

चौथा चरण (1947–67)

विकास की इस अवस्था के अंतर्गत लोक प्रशासन के यांत्रिक सिद्धांत की न सिर्फ आलोचनाएं की गईं बल्कि उसमें अंतः अनुशासनात्मक अध्ययन एवं विश्लेषण पर भी बल दिया गया। 1946 में साइमन की पुस्तक *एडमिनिस्ट्रेटिव बिहेवियर* और 1947 में राबर्ट डाल के निबंध *साइंस ऑफ पब्लिक एडमिनिस्ट्रेशनः थ्री प्रॉब्लम्स* के प्रकाशन से लोक प्रशासन के क्षेत्र में एक नए अध्याय का सूत्रपात हुआ। साइमन की पुस्तक ने न सिर्फ पुरातन सिद्धांत की सीमाओं को उजागर किया, बल्कि लोक प्रशासन के वैज्ञानिक विश्लेषण की महती आवश्यकता पर

भी बल दिया। यांत्रिक सिद्धांत के बारे में साइमन ने कहा कि उन्हें अवैज्ञानिक तरीके से निर्मित किया गया है जो मुहावरे (proverbs) मात्र से ज्यादा कुछ नहीं है।[47] साइमन ने राजनीति-प्रशासन द्विभाजन का भी खंडन किया तथा साथ ही साध्य-साधन के संबंध तथा नीति निर्माण में तर्कसम्मत सिद्धांत का मार्ग प्रशस्त किया। मनोविज्ञान एवं सामाजिक मनोविज्ञान के परिप्रेक्ष्यों एवं पद्धतियों का उपयोग करते हुए व्यवहारवाद पर आधारित *एडमिनिस्ट्रेटिव बिहेवियर* अथवा प्रशासनिक व्यवहार ने लोक प्रशासन के क्षेत्र में वैज्ञानिक परिपुष्टता की वकालत की। इसमें सबसे ज्यादा बल निर्णय प्रक्रिया पर दिया। इस प्रकार साइमनवादी दृष्टिकोण ने लोक प्रशासन को मनोविज्ञान, समाजशास्त्र, अर्थशास्त्र एवं राजनीति शास्त्र से भी जोड़ने का प्रयास किया।

इस अवस्था में डाल के 'निबंध' का महत्त्व इस अर्थ में है कि इसमें प्रशासन के विज्ञान के उद्‌भव एवं विकास के क्रम में तीन महत्त्वपूर्ण समस्याओं का उल्लेख किया गया-

प्रथम, विज्ञान मूल्य मुक्त होता है जबकि हर हालत में मूल्य प्रशासन को प्रभावित करते हैं।

द्वितीय, लोक प्रशासन के विज्ञान के लिए मानवीय पहलुओं का अध्ययन आवश्यक है और मानवीय व्यवहार सभी संभव विभिन्नताओं एवं अनिश्चितताओं से भरा होता है।

तृतीय, इसमें सीमित राष्ट्रीय एवं ऐतिहासिक संदर्भों से लिए गए कुछ उदाहरणों के आधार पर ही सार्वभौमिक सिद्धांतों को गढ़ने की प्रवृति होती है।

इस प्रकार ये तीन समस्याएं वे समस्याएं हैं जो प्रशासन के विज्ञान के विकास के मार्ग में बाधाएं उत्पन्न कर रही हैं।[48]

पांचवां चरण (1968–87) मिन्नोब्रुक सम्मेलन-I एवं नवीन लोक प्रशासन

इस अवस्था में लोक प्रशासन ने अधिक अंत:विषयी विधा का रूप लिया। वाल्डो, रिग्स व वाइनर जैसे विचारकों ने इस चरण में लोक प्रशासन के विकास में महत्त्वपूर्ण योगदान दिया। उन्होंने लोक प्रशासन के अध्ययन के अंतर्गत अर्थशास्त्र, मनोविज्ञान, समाजशास्त्र एवं राजनीतिशास्त्र जैसे विषयों के अध्ययन एवं विश्लेषण पर भी बल दिया ताकि लोक प्रशासन अंतर्विषयी बन सके। तुलनात्मक लोक प्रशासन (comparative public administration) एवं विकास प्रशासन (development administration) के सैद्धांतिक विकास को इसके परिणाम के तौर पर देखा जा सकता है।[49]

इस अवस्था में नवीन लोक प्रशासन (new public administration) का विकास एक अन्य महत्त्वपूर्ण प्रगति का सूचक था जिसका पथान्वेषण 1968 के मिन्नोब्रुक सम्मेलन (Minnowbrook Conference, 1968) ने किया। इसके पश्चात् फ्रैंक मैरिनी एवं वाल्डो की रचनाओं ने नव लोक प्रशासन के विकास के लिए सशक्त पृष्ठभूमि का निर्माण किया। नवीन लोक प्रशासन वस्तुत: एक मूल्योन्मुखी (value oriented), लक्ष्योन्मुखी एवं परिवर्तनोन्मुखी अवधारणा है, जो मूल्य मुक्त व्याख्या को अस्वीकार करती है; राजनीति-प्रशासन द्वंद्वात्मकता में विश्वास नहीं करती; यांत्रिक सिद्धांत का खंडन करती है; तथा सामाजिक परिवर्तन के लिए रचनात्मक दृष्टिकोण अपनाए जाने पर बल देती है। इस प्रकार नव लोक प्रशासन की संकल्पना वेबरवाद की विरोधी, मूल्य भारित और ग्राहक केंद्रित है जिसके मुख्य तत्त्व हैं - मूल्य (value), प्रासंगिकता (relevance), सामाजिक समता (social equity) एवं परिवर्तन (change)।[50]

छठा चरण (1988–1993) मिन्नोब्रुक सम्मेलन–II एवं नवीन लोक प्रशासन

यह अवस्था लोक प्रशासन के अंतर्गत एक महत्त्वपूर्ण परिवर्तन की अवस्था है, क्योंकि इसमें लोक प्रशासन संगठन की सीमाओं एवं पुरातन कमियों को देखते हुए नवीन लोक प्रशासन के सिद्धांत पर बल दिया गया। 1988 के मिन्नोब्रुक सम्मेलन ने वेबरवादी नौकरशाही की निश्चित सीमाओं, समाज के बहुलवादी स्वरूप तथा नवीन चुनौतियों को देखते हुए प्रशासन के अंतर्गत प्रबंधवाद पर बल दिया और इसके साथ ही विकास एवं समस्याओं के बाजारू उपायों पर विचार किया जाने लगा। इसने नवीन लोक प्रशासन के सिद्धांत का विकास किया।[51] नवीन लोक प्रशासन एक बाजारोन्मुखी (market oriented) सिद्धांत है जिसकी यह मान्यता है कि बाजार में वह सामर्थ्य है कि सरकारी प्रशासन से अधिक बेहतर ढंग से शासन संचालन कर सके। नवीन लोक प्रशासन वस्तुत: व्यवसायी शासन की सक्षमता, किफायतीपन तथा प्रभावकारिता पर बल देता है। इस सिद्धांत के विकास में आसबॉर्न (Osborn) एवं गैबलर (Gaebler) की पुस्तक *री इंवेंटिंग गवर्नमेंट* (1991) का महत्त्वपूर्ण योगदान है। जिसके अंतर्गत उन्होंने व्यवसायी या उद्यमी सरकार के 10 लक्षण गिनाए हैं – (i) उत्कर्षात्मक सरकार, (ii) समुदाय आधारित शासन, (iii) प्रतिस्पर्द्धी शासन, (iv) सेवा प्रयोजित शासन, (v) परिणामोन्मुख शासन, (vi) ग्राहकोन्मुख शासन (vii) उद्यमी शासन, (viii) पूर्वानुमान लगाने वाला शासन, (ix) विकेंद्रीकृत शासन एवं (x) बाजारोन्मुखी शासन।[52]

अंतिम अवस्था (1994 से अब तक) – कपाम (CAPAM) सम्मेलन एवं अभिशासन

लोक प्रशासन के विकास की मौजूदा अवस्था में मुख्यत: अभिशासन या सु-शासन (Good Governance) की संकल्पना पर ज्यादा बल दिया जा रहा है। 1994 के कॉमनवेल्थ एसोसिएशन ऑफ पब्लिक एडमिनिस्ट्रेशन एंड मैनेजमेंट (कपाम) (Commonwealth Association of Public Administration and Management 1994 – CAPAM) सम्मेलन ने अभिशासन के तथ्य पर व्यापक बल दिया तथा सुशासन की संकल्पना को लोकप्रियता प्रदान की। इस संदर्भ में इस सम्मेलन में निम्न बातों पर बल दिया।

1. उच्च कोटि की सेवाएं प्रदान करना;
2. सेवा प्रदान करने वाले अधिकारी की स्वायत्तता;
3. अधिकारियों के प्रदर्शन का मूल्यांकन करना; एवं उसके संदर्भ में उन्हें पुरस्कार या दंड देना;
4. कार्यों व सेवाओं के संपादन में उचित प्रबंधकीय एवं तकनीकी सहायता उपलब्ध करवाना;
5. प्रतिस्पर्धात्मक वातावरण और खुले विचार को स्वीकार करना ताकि प्रशासन अपनी चुनौतियों से निपट सके।

इन बातों पर बल प्रदान कर ''कपाम'' (CAPAM) सम्मेलन ने अभिशासन के सिद्धांत को बल प्रदान किया जिसके अंतर्गत उदार लोकतांत्रिक शासन व्यवस्था के राजनीतिक सत्ता

प्रारूप पर बल दिया जाता है; विकास के लिए सामाजिक-आर्थिक संसाधनों के प्रबंधन हेतु राजनीतिक सत्ता की सहभागितामूलक प्रक्रिया को स्वीकार किया जाता है तथा नीति-निर्माण, निर्धारण एवं उसके कार्यान्वयन की क्षमता के संदर्भ में राजनीतिक दृष्टि से स्थिर एवं शक्तिशाली सरकार पर बल दिया जाता है।[53]

अभिशासन की संकल्पना वस्तुत: सु-शासन के महत्त्व को उजागर करती है जिसके अंतर्गत प्रशासन के अंतर्गत मुख्यत: कानून के शासन, जनभागीदारी, जवाबदेयता एवं पारदर्शिता के तत्त्व पर बल दिया जाता है।

संक्षेप में, यह स्पष्ट है कि लोक प्रशासन ने पिछले सौ सवा सौ वर्षों में विकास की विभिन्न अवस्थाओं, चुनौतियों, समस्याओं एवं उथल-पुथल के दौर से गुजरते हुए अपने वर्तमान स्वरूप को पाया है। अपने मौजूदा स्वरूप में लोक प्रशासन न सिर्फ अपनी सीमाओं एवं कमियों को जान पाया है।, बल्कि उसमें अपेक्षित बदलाव लाते हुए सुशासन के आदर्श को लक्षित भी किया है।

1.7 लोक प्रशासन के अध्ययन के प्रमुख उपागम

Major approaches to the study of public administration

परंपरागत उपागम Traditional approach

सामाजिक विज्ञानों में उपागमों एवं दृष्टिकोणों का बड़ा महत्त्व है। उपागम अथवा दृष्टिकोण का निहितार्थ मानकों एवं अभिग्रहों के ऐसे समूह से है जिसके आधार पर शिक्षाविद् सैद्धांतिक तर्क-वितर्क एवं विमर्श के मापदंडों का निर्धारण करते हैं। इसके अंतर्गत शोध एवं अनुसंधान के वे मापदंड व आंकड़ें आते हैं जिनके आधार पर किसी भी परिघटना (phenomenon) का अध्ययन एवं विश्लेषण किया जाता है। किसी परिघटना के अध्ययन के लिए कई दृष्टिकोण या उपागम हो सकते हैं।

लोक प्रशासन के अध्ययन एवं विश्लेषण के संदर्भ में कई उपागमों को अपनाया जाता है। अध्ययन की सुविधा के लिए उन्हें परंपरागत एवं आधुनिक तुलनात्मक उपागमों की श्रेणियों में बांटा जा सकता है। परंपरागत उपागमों की श्रेणी में ऐतिहासिक उपागम, कानूनी उपागम, संस्थागत उपागम, शास्त्रीय अथवा यांत्रिक उपागम, वैज्ञानिक प्रबंध उपागम, एवं मानव संबंध उपागम इत्यादि का अध्ययन मुख्यत: किया जाता है।

ऐतिहासिक उपागम Historical approach

ऐतिहासिक दृष्टिकोण के विकास में प्लेटो, अरस्तु, हॉब्स, लॉक, रूसो, बेंथम, मिल, ग्रीन, हीगल एवं मार्क्स जैसे विचारकों ने बड़ा ही महत्त्वपूर्ण योगदान दिया।[54] इन विचारकों ने इतिहास के अध्ययन को भविष्य के निर्धारण में महत्त्वपूर्ण माना। यह दृष्टिकोण यह मानकर चलता है कि इतिहास में घटनाएं कुछ निश्चित नियम के अनुसार घटती हैं जिसका भविष्य की परिघटनाओं पर व्यापक प्रभाव पड़ता है। प्रत्येक प्रकार के सिद्धांत का जन्म इसी प्रक्रिया

के अनुरूप एक सुनिश्चित परिस्थिति में होता है। सेबाइन (Sabine) ने भी राजनीतिक सिद्धांत के अंतर्गत ऐतिहासिक दृष्टिकोण को महत्त्वपूर्ण माना है।[55] इस उपागम की अंतर्निहित मान्यता यह है कि इतिहास का ज्ञान किसी भी परिघटना के अध्ययन के लिए परमावश्यक है। तभी हम अतीत, वर्तमान एवं भविष्य की परिघटनाओं के बारे में संपर्क सूत्र जोड़ पाते हैं और कारण-कार्य का संबंध स्थापित कर पाते हैं।

जहाँ तक लोक प्रशासन के अध्ययन की बात है तो इसमें ऐतिहासिक दृष्टिकोण को काफी महत्त्व प्रदान किया जाता है। भूतकालीन लोक प्रशासन का अध्ययन इसी दृष्टिकोण से किया जाता है तथा सूचनाएं कालक्रम के अनुरूप संग्रहित कर उनकी व्याख्या की जाती है। गौरवशाली अतीत से युक्त समाज में यह दृष्टिकोण अत्यधिक लोकप्रिय और प्रशासकीय प्रणाली के अनोखेपन को निर्धारित करने में सहायक होता है। सत्य तो यह है कि प्रशासकीय संस्थाओं के विकास को उनके ऐतिहासिक परिप्रेक्ष्य में ही भली-भांति समझा जा सकता है और यह ऐतिहासिक उपागम द्वारा ही संभव है। उदाहरणार्थ, 1885 में स्थापित भारतीय राष्ट्रीय कांग्रेस को उसके ऐतिहासिक विकास के अध्ययन के बिना नहीं समझा जा सकता।[56] लोक प्रशासन के अध्ययन में इस दृष्टिकोण को कई प्रशासनिक चिंतकों ने अपनाया। वैसे एल. डी. व्हाइट की रचनाओं में इसका अत्यंत महत्त्वपूर्ण स्पष्टीकरण मिलता है। मार्क्स के नौकरशाही संबंधी विचारों में ऐतिहासिक दृष्टिकोण की प्रधानता देखने को मिलती है। जिसके अंतर्गत मार्क्स ने ऐतिहासिक दृष्टि से नौकरशाही के चरित्र को उद्घाटित करने का प्रयास किया है। मार्क्स के नौकरशाही एवं प्रशासन संबंधी दृष्टिकोण की चर्चा इसी अध्याय में आगे की जाएगी।[57] लोक प्रशासन के अध्ययन एवं विश्लेषण में इसके अतीत को वर्तमान प्रशासनिक पद्धतियों से जोड़कर देखना आवश्यक है। उदाहरणार्थ, भारत में प्रशासन की पृष्ठभूमि एवं विकास के समुचित अध्ययन के लिए एक ऐतिहासिक दृष्टिकोण जरूरी है। भारत में प्रशासनिक व्यवस्था के विकास को समझने के लिए औपनिवेशिक शासन के पूर्व एवं उपनिवेश कालीन भारतीय प्रशासन के लक्षणों का अध्ययन एवं विश्लेषण आवश्यक है। व्हाइट की दो रचनाएं द *फेडरलिस्ट* (1948) और द *जेफरसियंस* (1951) संयुक्त राज्य अमेरिका के आरंभिक संघीय प्रशासन के ऐतिहासिक चरित्र को स्पष्ट करती हैं।[58]

इस प्रकार यह स्पष्ट है कि लोक प्रशासन के अध्ययन का ऐतिहासिक उपागम एक महत्त्वपूर्ण उपागम है जो मुख्यत: वर्तमान प्रशासनिक सिद्धांतों, संस्थाओं, संरचनाओं एवं प्रक्रियाओं के विकास के यथार्थपरक अध्ययन के लिए उनके ऐतिहासिक विकास अथवा अतीत के अध्ययन को आवश्यक मानता है।

समालोचना: ऐतिहासिक दृष्टिकोण की निश्चित सीमाएं भी हैं। यही कारण है कि ऐतिहासिक दृष्टिकोण महत्त्वपूर्ण होते हुए भी लोक प्रशासन के चरित्र को उद्घाटित नहीं कर पाता। सर्वप्रथम तो कुछ प्रशासनिक संस्थाओं एवं संरचनाओं का विकास वर्तमान समय की उपज है जिसका ऐतिहासिक दृष्टिकोण से अध्ययन नहीं किया जा सकता। *दूसरे* ऐतिहासिक दृष्टिकोण लोक प्रशासन की जड़ें तो खोज सकता है किंतु इसके माध्यम से वर्तमान प्रशासनिक जटिलताओं एवं प्रशासनिक परिवेश का अध्ययन संभव नहीं। *तीसरे*, कुछ प्रशासनिक व्यवहार, व्यवस्थाएं एवं संरचनाएं अल्पावधि एवं तदर्थ रूप से विकसित होती हैं

और सत्य भी हो जाती हैं जिसकी कोई ऐतिहासिकता नहीं होती। *चौथे*, लोक प्रशासन के समुचित अध्ययन के लिए मनोवैज्ञानिक एवं पारिस्थितिकी दृष्टि की भी जरूरत होती है। संक्षेप में, इन सीमाओं के बावजूद ऐतिहासिक दृष्टिकोण पूरी तरह त्याज्य नहीं है। यदि हम भारत, ब्रिटेन, अमेरिका, रूस या चीन की वर्तमान प्रशासनिक व्यवस्थाओं का अध्ययन करना चाहते हैं तो उनकी ऐतिहासिक पृष्ठभूमि के ज्ञान के बिना यह संभव नहीं। इतना ही नहीं, शासक वर्ग, शासन प्रणाली एवं शासन प्रक्रिया को सही अर्थों में समझने के लिए भी ऐतिहासिक मूल्यों एवं मानकों का अध्ययन व विश्लेषण जरूरी है जो उन्हें वैधता प्रदान करते हैं।

कानूनी उपागम Legal approach

कानूनी उपागम का विकास यूरोप में हुआ। यह लोक प्रशासन का एक व्यवस्थित एवं प्राचीन दृष्टिकोण है जो लोक प्रशासन को कानून का एक अंग मानता है तथा सत्ता की औपचारिक कानूनी संरचनाओं के अध्ययन पर बल देता है। यूरोप में लोक प्रशासन का विकास कानून के अध्ययन के रूप में हुआ। वुडरो विल्सन इस दृष्टिकोण के प्रमुख समर्थक हैं। उनके अनुसार लोक प्रशासन कानून का ही एक क्रमबद्ध अध्ययन है।[59] इस दृष्टिकोण के अंतर्गत मुख्यतः सत्ता एवं शासन की कानूनी औपचारिक संरचनाओं एवं संगठनों के अध्ययन एवं विश्लेषण पर बल दिया जाता है। फलतः शासक, सत्ता एवं सार्वजनिक निकायों के कर्त्तव्यों एवं दायित्वों को निर्धारित करने वाले तथा उनकी शक्ति की सीमाएं बताने वाले संविधान, विधि संहिता, नियमों, न्यायिक निर्णयों जैसे स्त्रोतों के अध्ययन पर मुख्यतः ध्यान केंद्रित किया जाता है। जर्मनी, फ्रांस एवं बेल्जियम जैसे यूरोपीय देशों में लोक प्रशासन के अध्ययन में यह दृष्टिकोण बहुतायत अपनाया गया।[60] इन देशों में मुख्यतः संवैधानिक कानून एवं प्रशासनिक कानून प्रचलित हैं। संवैधानिक कानून के अंतर्गत जहाँ शासन के प्रमुख अंगों – विधायिका, कार्यकारी एवं न्यायपालिका का अध्ययन व विश्लेषण किया जाता है, वहाँ प्रशासनिक कानून का सरोकार मुख्यतः सार्वजनिक निगमों, विभागों, प्राधिकरणों की संरचना एवं कार्यों के अध्ययन से है। उल्लेखनीय है कि इस दृष्टिकोण के महत्त्व को देखते हुए ही अमेरिका एवं ब्रिटेन में प्रशासनिक कानून एवं प्रशासकीय न्याय के अध्ययन का प्रचलन शुरू हुआ। वस्तुतः लोक प्रशासन को किसी राष्ट्र विशेष के कानूनी ढांचे के अंतर्गत कार्य करना पड़ता है। इस परिप्रेक्ष्य में उक्त कानूनी व विधिक ढांचे के अध्ययन एवं विश्लेषण में कानूनी दृष्टिकोण अत्यंत महत्त्वपूर्ण है।

समालोचना: कानूनी दृष्टिकोण भी त्रुटिमुक्त नहीं है। यह दृष्टिकोण औपचारिक संगठन एवं संरचनाओं के अध्ययन पर इतना अधिक बल देता है कि अनौपचारिक संगठनों की भूमिका उपेक्षित हो जाती है। वस्तुतः लोक प्रशासन के अध्ययन की दृष्टि से अनौपचारिक संगठनों का भी उतना ही महत्त्व है जितना कि औपचारिक संगठनों का। दूसरे, यह दृष्टिकोण समाजशास्त्रीय, मनोवैज्ञानिक एवं वैज्ञानिक दृष्टिकोण को महत्त्व नहीं देता। तीसरे, सिर्फ कानूनी ढांचे के अंतर्गत लोक प्रशासन का समग्र व यथार्थपरक अध्ययन नहीं किया जा सकता क्योंकि प्रशासन एक निश्चित पर्यावरण में भी कार्य करता है जिसका उसके क्रियाकलापों पर

व्यापक प्रभाव पड़ता है। संक्षेप में, लोक प्रशासन के अध्ययन का कानूनी उपागम अपने आप में अधूरा तो है किंतु इसे अध्ययन क्षेत्र से निकाला नहीं जा सकता क्योंकि इसमें कोई दो राय नहीं कि प्रशासन को एक निश्चित कानूनी-प्रणाली के अंतर्गत कार्य करना पड़ता है।

संस्थागत उपागम Institutional approach

संस्थागत उपागम कानूनी उपागम से निकट रूप से जुड़ा हुआ है। इसे लोक प्रशासन के अध्ययन में आज भी व्यापक रूप से अपनाया जाता है। इसके अंतर्गत प्रशासन के अध्ययन और सरकारी संस्थाओं के बीच संबंध स्थापित करने पर बल दिया जाता है तथा विधायिका, कार्यपालिका, न्यायपालिका, प्रशासनिक सेवाएं, स्थानीय सरकार, लोक निगमों, आयोगों व विभागों आदि के अध्ययन को प्रमुखता दी जाती है। संस्थात्मक दृष्टिकोण न सिर्फ इन संरचनाओं के संगठन एवं कार्यप्रणाली पर विचार करता है बल्कि उनमें आवश्यक सुधार के उपायों को भी सुझाता है। इस दृष्टिकोण के प्रमुख समर्थक व्हाइट एवं गुलिक जैसे विचारकों ने इस उपागम को गैर-राजनीतिक एवं तकनीकी रूप से परिभाषित किया तथा इसे सिर्फ वर्णनात्मक परिधि से निकालकर सुझावपरक स्वरूप भी प्रदान किया। इस उपागम ने संगठनों, उनके सिद्धांतों, लक्ष्यों और उनकी संरचनाओं के अध्ययन को प्रशासन के अध्ययन की बुनियादी शर्त माना। आरंभ में लोक प्रशासन के लेखक प्रशासनिक कार्यकुशलता एवं अर्थव्यवस्था में सुधार के तरीकों एवं विधियों के विकास से संबंधित रहे। फलतः कई प्रशासनिक सिद्धांतों का विकास हुआ। वेबर, टेलर, फेयोल, गुलिक व उर्विक, यूवी व वाल्डो जैसे प्रशासनिक विचारकों ने प्रबंध व संगठन के अंतर्गत उत्पादकता एवं कार्यकुशलता बढ़ाने के लिए नई संरचनाओं, तकनीकों एवं प्रक्रियाओं की खोज पर ज्यादा ध्यान केंद्रित किया।[61]

समालोचना: यह सच है कि संस्थागत उपागम प्रशासनिक सिद्धांत एवं प्रशासनिक संरचनाओं के विकास के अध्ययन में महत्त्वपूर्ण हैं, तथापि इस दृष्टिकोण की सबसे बड़ी सीमा यह है कि यह पर्यावरणीय एवं अनौपचारिक संरचनाओं के अध्ययन की उपेक्षा करता है। *दूसरे*, लोक प्रशासन के अध्ययन में समाजशास्त्रीय एवं मनोवैज्ञानिक तत्त्वों की भी संस्थात्मक उपागम अनदेखी करता है जिसके अभाव में लोक प्रशासन की प्रकृति से संबंधित कोई भी अध्ययन अपूर्ण और एकपक्षीय होगा। *तीसरे*, संस्थागत उपागम की एक अन्य विसंगति यह है कि यह लोक प्रशासन को एक मशीनी या यांत्रिक स्वरूप प्रदान करता है जिसमें मानवीय तत्त्व की स्वतः उपेक्षा हो जाती है। मानवीय सरोकारों के अभाव में लोक प्रशासन का स्वतः ही कोई वजूद नहीं रह जाता। फिर भी, इस दृष्टिकोण का महत्त्व यह है कि अपनी निश्चित सीमाओं के बावजूद आज भी लोक प्रशासन के अध्येता इसे व्यापक तौर पर अपने अध्ययन में अपनाते हैं।

शास्त्रीय व यांत्रिक उपागम Classical or mechanistic approach

ऐतिहासिक, कानूनी एवं संस्थात्मक उपागमों ने लोक प्रशासन के यांत्रिक अथवा शास्त्रीय उपागम के विकास में महत्त्वपूर्ण योग दिया। लोक प्रशासन का शास्त्रीय दृष्टिकोण जिसे

औपचारिक दृष्टिकोण भी कहा जाता है को सर्वप्रथम व्यवस्थित करने का श्रेय लूथर गुलिक एवं लिंडल उर्विक को जाता है। उल्लेखनीय है इससे पूर्व वेबर, टेलर एवं फेयोल जैसे प्रशासनिक चिंतकों ने उत्पादन वृद्धि एवं अधिकतम कार्यकुशलता को लक्ष्य मानकर प्रबंध या संगठन के यांत्रिक सिद्धांत का पर्याप्त विकास किया, तथापि उसे असली जामा गुलिक एवं उर्विक ने अपनी पुस्तक *पेपर्स ऑन दि साइंस ऑफ एडमिनिस्ट्रेशन* (1937) में पहनाया। इस पुस्तक को इस क्षेत्र में मील का पत्थर माना जाता है।[62]

उल्लेखनीय है कि गुलिक ने संगठन के सिद्धांत को मुख्यत: पोस्डकॉर्ब (POSDCORB) के शब्द सूत्र में प्रतिपादित किया। उन्होंने इसके अलावा अपने विभागीकरण के सिद्धांत के अंतर्गत चार पी (four Ps) के शब्द सूत्र का भी विकास किया जिसका निहितार्थ है – उद्देश्य (purpose), प्रक्रिया (process), व्यक्ति (person) तथा स्थान (place) – ये सभी तत्त्व किसी भी कार्यकारी प्रशासन एवं संगठन में महत्त्वपूर्ण होते हैं। गुलिक ने समग्रत: प्रशासन के 10 अन्य सिद्धांतों का भी प्रतिपादन किया।[63] दूसरी ओर लिंडल उर्विक ने संगठन के आठ सामान्य सिद्धांतों का प्रतिपादन किया। बाद में उन्होंने फेयोल के 14 सिद्धांतों मूने एवं रिलें के संगठन सिद्धांत, टेलर के वैज्ञानिक प्रबंध सिद्धांत तथा फॉलेट व ग्रेक्यूनास के विचारों को एकीकृत करके संगठन के 29 उपसिद्धांतों का भी विकास किया।[64] गुलिक एवं उर्विक ने प्रशासन के जिन सामान्य सिद्धांतों का उल्लेख किया है उनकी चर्चा निम्न शीर्षकों के अंतर्गत की जा सकती है।

1. **उद्देश्य का सिद्धांत**: इसका निहितार्थ है कि संगठन के निर्माण के लिए यह आवश्यक है कि उसका कोई सामान्य उद्देश्य हो, लक्ष्य हो।

2. **विशेषीकरण का सिद्धांत**: संगठन के सदस्यों के कार्यों का विशेषीकरण संगठन के सुचारू रूप से संचालन के लिए आवश्यक है।

3. **परिभाषा का सिद्धांत**: संगठन की सफलता के लिए यह आवश्यक है इसके प्रत्येक सदस्य के कार्य विभाग एवं अधिकार क्षेत्र अच्छी तरह परिभाषित हों।

4. **आदेश की एकता**: इसका अभिप्राय है कि प्रत्येक सदस्य का सिर्फ एक बॉस होगा और वह केवल उसी से आदेश प्राप्त करेगा।

5. **उत्तरदायित्व का सिद्धांत**: संगठन का प्रत्येक सदस्य अपने उत्तरदायित्व का ईमानदारी से वहन करेगा।

6. **सहयोग का सिद्धांत**: इसका अर्थ है कि संगठन के सफल संचालन के लिए उसके विभिन्न संघटकों के बीच सहयोग एवं सामंजस्य आवश्यक है।

7. **अधिकार एवं दायित्व का सिद्धांत**: इसका अभिप्राय है कि संगठन के किसी सदस्य को यदि कोई दायित्व सौंपा जाए तो उसी अनुरूप उसे अधिकार भी दिए जाएं।

8. **नियंत्रण का क्षेत्र**: इसका निहितार्थ है कि प्रत्येक अधिकारी का नियंत्रण क्षेत्र औचित्यपूर्ण हो ताकि वह संबंद्ध क्षेत्र में प्रभावशाली नियंत्रण रख सके।

9. **पदसोपान का सिद्धांत**: प्रत्येक संगठन में ऊपर से नीचे तक अथवा उच्च स्तर से निम्न स्तर तक औपचारिक संबंधों एवं अधिकारों का स्पष्ट रेखांकन आवश्यक है।

10. **स्टाफ एवं सूत्र**: ये संगठन की दो प्रमुख इकाइयां हैं। सूत्र अभिकरण वे हैं जिनका

सरोकार विभाग के प्राथमिक कार्यों को निष्पादित करने से है। स्टाफ अभिकरण का सरोकार प्रबंधात्मक कार्यों से है।

11. **विकेंद्रीकरण का सिद्धांत:** इसका अभिप्राय है कि स्थानीय स्तर पर कार्यों एवं शक्तियों का समुचित विकेंद्रीकरण हो।

12. **प्रत्यायोजन:** उल्लेखनीय है कि क्षेत्रीय अभिकरण वस्तुत: मुख्य कार्यपालक के नाम पर अपनी शक्तियों का प्रयोग करते हैं। अत: मुख्य अधिकारी को इस संदर्भ में समय-समय पर आदेश जारी करने का और अधीनस्थ कार्यालय द्वारा दिए गए निर्देशों को बदलने का अधिकार होता है। इसे ही प्रत्यायोजन कहते हैं। जो प्रशासन के आधारभूत सिद्धांतों में से एक है।

समालोचना: गुलिक एवं उर्विक के शास्त्रीय अथवा यांत्रिक दृष्टिकोण की काफी आलोचना भी हुई है। सर्वप्रथम तो यह दृष्टिकोण मानवीय संवेदनाओं एवं मनोवृत्तियों की अवहेलना करता है जिनकी प्रशासन में महत्त्वपूर्ण भूमिका होती है। *दूसरे*, एल. डी. व्हाइट ने वैज्ञानिकता की दृष्टि से इसकी आलोचना करते हुए इसे निजी सुझाव की श्रेणी में रखा है। इतना ही नहीं, व्हाइट के अनुसार गुलिक एवं उर्विक यह नहीं बताते कि किस व्यवस्था को केंद्रीकृत होना चाहिए और किसे विकेंद्रीकृत।[65] *तीसरे*, हर्बर्ट साइमन ने यांत्रिक सिद्धांत को कहावतें मात्र इसलिए कहा कि यह मानवीय व्यवहार को संकुचित एवं सीमित दृष्टि से देखता है। साइमन ने प्रशासनिक व्यवहार के अध्ययन में तथा मानवीय व्यवहार के अध्ययन में यांत्रिक दृष्टिकोण की निश्चित सीमाओं के कारण भी इसकी आलोचना की है।[66] *चौथे*, यह दृष्टिकोण औपचारिक संगठन पर इतना अधिक बल देता है कि अनौपचारिक संगठनों की भूमिका उपेक्षित हो जाती है।

संक्षेप में, इन त्रुटियों एवं आलोचनाओं के बावजूद लोक प्रशासन के भौतिक उपागम का महत्त्व कम नहीं होता। इसके सिद्धांत आज भी लोक प्रशासन के आधारभूत सिद्धांत माने जाते है। यहाँ तक कि शास्त्रीय उपागम के कटु आलोचक साइमन भी अपने विचारों में संगठन सिद्धांत की अवेहलना नहीं कर सके। यह सच है कि गुलिक एवं उर्विक द्वारा प्रतिपादित संगठन का यांत्रिक सिद्धांत प्रशासन के सभी पहलुओं का प्रतिनिधित्व नहीं करता है। फिर भी, वे आज भी प्रशासन के हर क्षेत्र में न्यूनाधिक लागू होते हैं।

| **वैज्ञानिक प्रबंध उपागम** Scientific management approach

वैज्ञानिक प्रबंध उपागम अथवा लोक प्रशासन का वैज्ञानिक दृष्टिकोण प्रबंध की परंपरागत धारणा व "रूल ऑफ थम्ब" (Rule of Thumb) की धारणा के विरुद्ध एक तीखी प्रतिक्रिया है। यह औद्योगिक क्रांति की ओर वह मानसिक क्रांति है जो आधुनिक युग में जहाँ नित्य औद्योगिक जटिलताएं व प्रबंधकीय समस्याएं बढ़ती जा रही हैं, वहाँ संगठन की परंपरागत तकनीकों को नकारती है तथा वैज्ञानिक रीति-रिवाजों, शोधों व अनुसंधानों के माध्यम से संगठन व प्रबंध संबंधी समस्याओं का हल ढूंढ़ने की कोशिश करती है तथा प्रबंध को विज्ञान का रूप देना चाहती है। लोक प्रशासन के अंतर्गत वैज्ञानिक प्रबंध उपागम के विकास में एफ.

डब्ल्यू. टेलर का प्रमुख योगदान रहा है। यह टेलर के प्रयासों का ही नतीजा था कि प्रशासन या प्रबंध को कला की जगह विज्ञान माने जाने लगा।[67] वैज्ञानिक प्रबंध संबंधी टेलरवाद की विस्तृत चर्चा आगे के अध्यायों में की गई है।

वैज्ञानिक प्रबंध उपागम के अंतर्गत प्रबंध को विज्ञान बनाने के लिए वैज्ञानिक तकनीकों एवं प्रयोगों पर बल दिया जाता है। टेलर ने गति, समय व थकान संबंधी अध्ययन इसी संदर्भ में किए थे। *दूसरे*, यह दृष्टिकोण प्रबंध के अंतर्गत संगठन-निर्माण पर भी बल देता है ताकि यह कार्य-संचालन में सहायक हो। *तीसरे*, यह दृष्टिकोण प्रबंध के सिद्धांत के अंतर्गत काम के समुचित तरीके, कार्मिकों के वैज्ञानिक दृष्टि से चयन, उनमें परस्पर समन्वय व उनके समुचित प्रशिक्षण तथा प्रबंध एवं कामगारों के बीच परस्पर सहयोग आदि पर जोर देता है। *चौथे*, वैज्ञानिक दृष्टिकोण क्रियात्मक संगठन पद्धति को महत्त्व प्रदान कर फोरमैन में विशेषज्ञों की नियुक्ति की भी बात करता है तथा प्रबंधकों के दायित्व का निर्धारण भी करता है। अंत में, यह दृष्टिकोण संगठन व प्रबंध के अंतर्गत प्रबंधक एवं कार्मिकों के परस्पर सहयोग, परस्पर अनुक्रिया तथा परस्पर विश्वास के माध्यम से मानसिक क्रांति पर भी बल देता है।[68]

इस प्रकार लोक प्रशासन का वैज्ञानिक दृष्टिकोण वैज्ञानिकता की बात करता है, अंगूठा नियम सिद्धांत की नहीं; सहयोग पर बल देता है संघर्ष पर नहीं; अधिकतम कार्यकुशलता व उत्पादन वृद्धि की बात करता है, समृद्धि की नहीं; मानसिक क्रांति की बात करता है, हिंसात्मक क्रांति की नहीं। वस्तुतः यह एक प्रयास है जो औद्योगिक प्रबंध के क्षेत्र में विज्ञान का विकास करना चाहता है।

समालोचना: अन्य उपागमों की तरह वैज्ञानिक प्रबंध उपागम की भी कटु आलोचनाएं हुई हैं। सर्वप्रथम तो यह दृष्टिकोण प्रबंध की मशीन एवं श्रमिकों को यंत्र मानने की भूल करता है। अतः यह प्रशासन का यांत्रिक दृष्टिकोण प्रस्तुत करता है। *दूसरे*, मजदूर संघों के अनुसार यह दृष्टिकोण श्रमिकों को पूंजीपतियों के अधीन कर देता है। *तीसरे*, यह उत्पादन के मानवीय पहलुओं की अनदेखी करता है साथ ही मनोवैज्ञानिक पहलुओं की भी। *चौथे*, यह दृष्टिकोण सभी श्रमिकों को समान रूप से सामर्थ्यवान मानने की भूल करता है जबकि वास्तविकता तो यह है कि सभी श्रमिकों में एक जैसी कार्य अभिरुचियां नहीं होतीं। *पांचवें*, यह भी एक तथ्य है कि लोक प्रशासन को प्राकृतिक विज्ञान की तरह विज्ञान नहीं बनाया जा सकता। मानव संबंधवादी दृष्टिकोण से भी वैज्ञानिक दृष्टिकोण की आलोचना की जाती है। इसकी चर्चा आगे की गई है। अंत में, व्यवहारवादियों के अनुसार विज्ञान प्रबंध दृष्टिकोण कामगारों की मूलभूत समस्याओं, आवश्यकताओं, कार्य-अभिरुचियों व क्षमताओं की पूर्ण अवहेलना करता है। यही कारण है कि साइमन एवं मार्क ने इस दृष्टिकोण को ''शारीरिक संगठन सिद्धांत'' कहा है।[69]

समग्रतः इन सीमाओं के बावजूद वैज्ञानिक प्रबंध दृष्टिकोण लोक प्रशासन साहित्य को टेलर की अनूठी देन है। वास्तविकता तो यह है कि यदि इस दृष्टिकोण को सही अर्थों में लागू किया तो इससे सकारात्मक परिणाम उत्पन्न हो सकते हैं। अमेरिका एवं अन्य यूरोपीय देशों में वैज्ञानिक प्रबंध उपागम का व्यापक प्रयोग किया जाता रहा है। रूस में तो प्रशिक्षण के क्षेत्र में इस दृष्टिकोण को आज भी अपनाया जाता है। अतः वैज्ञानिक प्रबंध उपागम अधूरा होते हुए भी इसे लोक प्रशासन के अध्ययन क्षेत्र से निकाला नहीं जा सकता।

मानव संबंध उपागम Human relations approach

लोक प्रशासन का मानव संबंधवादी उपागम परंपरागत प्रशासनिक तकनीकों एवं प्रशासन की यांत्रिक धारणा की प्रतिक्रिया स्वरूप विकसित हुआ जिसने ना सिर्फ टेलर के वैज्ञानिक प्रबंध, वेबरीय बौद्धिकतावाद (rationalism), मूने के संगठन सिद्धांत, अमेरिकी प्रशासन प्रतिमान व संगठन के अन्य औपचारिक सिद्धांतों को छिन्न-भिन्न कर दिया, बल्कि संगठनीय इतिहास के एक नए प्रवाह का सूत्रपात किया जिसे मानव संबंधवाद या संगठन की अनौपचारिक संकल्पना के रूप में जाना जाता है। इस उपागम के विकास में एल्टन मेयो के अलावा मुख्य रूथलिस बर्गर, विलियम जे डिक्सन, कीथ डेविस, अलेक्स बवेलास, मास्लो डी. काईटराइट, लियानार्द सेलेस एवं क्रिस आर्गरिस जैसे विचारकों का महत्त्वपूर्ण योगदान रहा है।[70]

लोक प्रशासन के अंतर्गत संगठन का मानव संबंधवादी दृष्टिकोण संगठन के मानवीयकरण पर बल देता है। इसके निम्न उद्देश्य हैं -

प्रथम, श्रमिकों के मानवीय व्यवहार का पता लगाना एवं उसकी उत्पादक क्षमता को बढ़ाना; *द्वितीय*, संगठन एवं कामगारों के संबंधों को मजबूत करना; *तृतीय*, मानव के कार्य करने के सामर्थ्य की खोज करना; *चतुर्थ*, प्रशासन को प्रभावित करने वाले मानवीय एवं मनोवैज्ञानिक पहलुओं की खोज करना; तथा *पंचम*, अधिकतम उत्पादकता के साथ-साथ संतोष वृद्धि पर बल देना आदि।

मेयो का योगदान: एल्टन मेयो को मानव संबंधवादी उपागम का जनक कहा जाता है। मेयो एवं उनके साथियों ने शिकागो स्थित वेस्टर्न इलेक्ट्रिक कंपनी के हॉथोर्न प्लांट में 1924 से 1932 तक किए गए अपने विभिन्न प्रयोगों के आधार पर अपने मानव संबंधवाद की संकल्पना का विकास किया।[71] मेयो ने अपने प्रयोगों में यह सिद्ध किया कि मानवीय व्यवहारों पर मानव की आदतों, चरित्र, भावनाओं, समाज व्यवस्था, मूल्यों व परंपराओं का जो प्रभाव पड़ता है, उनसे संगठन भी प्रभावित होता है। 'हाथोर्न प्रयोग' के आधार पर निम्न निष्कर्ष निकाले गए-

प्रथम, एक मजदूर द्वारा किए जाने वाले कार्य की मात्रा उसके शारीरिक सामर्थ्य से निर्मित होती है।

द्वितीय, श्रमिकों की कार्य-प्रेरणा व मानसिक संतोष के लिए पुरस्कारों की महत्त्वपूर्ण भूमिका होती है।

तृतीय, विशेषीकरण को श्रम विभाजन का कुशल रूप नहीं कहा जा सकता।

चतुर्थ, प्रबंध या संगठन के आदर्शों व पुरस्कारों के प्रति कार्मिक एक व्यक्ति के रूप में नहीं एक समूह के रूप में प्रतिक्रिया करते हैं।

संक्षेप में, मेयो के निष्कर्षों एवं मानव संबंधवाद के विकास ने संगठन के औपचारिक सिद्धांत को झुठला दिया तथा संगठन के मानवीयकरण का मार्ग प्रस्तुत किया।

प्रयोग के परिणाम (implications of the experiments): हाथोर्न प्रयोगों के फलस्वरूप संगठन में अनौपचारिक तत्त्वों को महत्त्व दिया जाने लगा। *दूसरे*, कामगारों को स्वतंत्र रूप से कार्य करने की छूट दी जाने लगी। *तीसरे*, श्रमिकों की मूलभूत समस्याओं की ओर ध्यान

दिया जाने लगा। *चौथे*, संगठन की सफलता के लिए कामगारों की दशा-सुधार की आवश्यकता महसूस की गई। *पांचवें*, प्रबंध एवं श्रमिकों के बीच सहयोग के तत्त्व को बढ़ावा मिला। छठे, सामाजिक आदर्शों का महत्त्व काफी बढ़ गया तथा संगठन में श्रमिकों के बीच सामूहिक व्यवहार को बल मिला। अंत में, इन प्रयोगों के परिणामस्वरूप संगठन का बहुत हद तक मानवीयकरण हो गया।

समालोचना: किसी भी अन्य उपागम के समान मानव संबंध उपागम भी पूरी तरह आलोचना मुक्त नहीं रहा है। इस उपागम की भी तीखी आलोचनाएं हुई हैं। लॉरेन वारिट्ज, एलेक्स कैरी, पीटर ड्रकर व डेनियल सेल जैसे विचारकों ने इस उपागम की जमकर आलोचना की है। वारिट्ज ने जहाँ इसे मजदूर संघों की दृष्टि से आलोचित किया है वहाँ कैरी ने वैज्ञानिकता के अभाव के आधार पर इसकी आलोचना की है। पुन: जहाँ ड्रकर ने इसे एकपक्षीय (जो आर्थिक पहलू की उपेक्षा करता है) मानकर इस पर प्रहार किए हैं वहाँ डेनियल ने हाथोर्न प्रयोग के तरीके को ही असंगत माना है।[72]

संक्षेप में मानवीय संबंध उपागम ने पारंपरिक उपागमों की रिक्तियों को तो दूर किया किंतु इस प्रक्रिया में वह स्वयं एकपक्षीय सिद्धांत बनकर रह गया। इस प्रकार दोनों (औपचारिक व अनौपचारिक उपागम) में से कोई एक पूर्ण सिद्धांत नहीं है। सच है कि दोनों उपागम एक दूसरे के प्रति परस्पर विरोधी अभिग्रह रखते हैं तथापि दोनों एक-दूसरे के पूरक हैं। लोक प्रशासन के अध्येताओं के लिए दोनों सिद्धांतों का एक साथ अध्ययन सर्वोत्तम उपाय होगा।[73]

चाहे जो भी हो, मानव संबंधवादी दृष्टिकोण के महत्त्व से इंकार संभव नहीं है। इस दृष्टिकोण ने प्रशासनिक चिंतन के क्षेत्र में न सिर्फ औद्योगिक लोकतंत्र के विचार को प्रोत्साहित किया, बल्कि इसी दृष्टिकोण से प्रभावित होकर मैक्ग्रेगर, क्रिस आर्गरिस व लिफर्ट जैसे विचारकों ने अपने मानव संबंधवादी सिद्धांतों का विकास किया।

1.8 लोक प्रशासन के आधुनिक तुलनात्मक उपागम

Modern comparative approaches to the study of public administration

आधुनिक तुलनात्मक उपागम के अंतर्गत नौकरशाही उपागम; व्यवहारवादी उपागम, व्यवस्था उपागम, संरचनात्मक प्रकार्यात्मक उपागम, परिस्थितिकी उपागम एवं मार्क्सवादी उपागम इत्यादि को रखा जाता है।

नौकरशाही उपागम

नौकरशाही दृष्टिकोण अथवा लोक प्रशासन संबंधी नौकरशाही का आदर्श प्रारूप वैसे तो लोक प्रशासन के पुराने उपागमों की श्रेणी में आता है किंतु यहां अध्ययन की सुविधा के लिए इसे तुलनात्मक उपागमों की श्रेणी में रखा गया है। सामान्य बोलचाल में नौकरशाही एवं लोक प्रशासन को एक ही समझा जाता है। नौकरशाही शब्द की उत्पत्ति कहाँ से हुई इसकी स्पष्ट जानकारी नहीं मिलती तथापि जैसा कि मार्सटीन मार्क्स ने कहा है कि इस शब्द का पहला प्रयोग अठारहवीं सदी में एक फ्रांसीसी वाणिज्य मंत्री विंसेंट डी. गौर्नी (Winsent De-

Gourney) ने किया।[74] किंतु मैक्स वेबर पहला समाजशास्त्रीय विचारक था जिसने लोक प्रशासन अथवा नौकरशाही के सामान्य लक्षणों को ढूँढ़कर उसे आदर्श-प्रारूप के रूप में प्रस्तुत किया।

मैक्स वेबर ने नौकरशाही अथवा प्रशासन को कभी परिभाषित नहीं किया। उसने संगठन को 'नियुक्त किए गए कर्मचारियों का एक समूह' के रूप में देखने का प्रयास किया तथा प्रशासन को प्रभुत्व (domination) के रूप में परिभाषित किया है। उसके अनुसार 'सभी प्रकार के प्रशासन का निहितार्थ प्रभुत्व है। वेबर ने औद्योगिक पूंजीवादी को आधार प्रदान करने तथा संगठनात्मक स्थिरता के परिप्रेक्ष्य में अपने नौकरशाही संबंधी सिद्धांत का प्रतिपादन किया।[75]

प्रभुत्व अथवा सत्ता के जिन तीन प्रकारों – पारंपरिक, करिश्माई एवं वैध-विवेकपूर्ण – की चर्चा वेबर ने की है उसमें वैध विवेकपूर्ण सत्ता के प्रयोग के एक उपकरण के रूप में उसने नौकरशाही को परिभाषित किया है। उसने यह तर्क दिया है कि नौकरशाही के कुछ सामान्य लक्षण होते हैं जो किसी भी संगठन की सफलता के लिए अनिवार्य हैं। वेबर के नौकरशाही संबंधी विचारों की आगे विस्तार से चर्चा की गई है। एक उपागम के रूप में यहां इसकी संक्षिप्त चर्चा की जा सकती है।

नौकरशाही उपागम के अंतर्गत लोक प्रशासन अथवा नौकरशाही को एक ऐसे औपचारिक एवं वैध-विवेकपूर्ण संगठन के रूप में देखा जाता है जहां वैध विवेक सत्ता का प्रयोग संगठन के अंतर्गत अधिकतम उत्पादकता एवं कार्यकुशलता प्राप्त करने एवं नियंत्रण बनाए रखने के लिए किया जाता है। यह उपागम नौकरशाही संगठन के अंतर्गत मुख्यत: सदस्यों के बीच स्पष्ट श्रम विभाजन, तकनीकी योग्यता के आधार पर सदस्यों की नियुक्ति, पद सोपानिक संरचना, कठोर कानूनी संहिता, नियमों का कठोरता से अनुपालन एवं अनुशासन, लिखित दस्तावेज के आधार पर प्रशासन, संगठन के सदस्यों की निर्वैयक्तिता एवं निष्पक्षता, वेतन पदोन्नति एवं पेंशन की व्यवस्था इत्यादि बातों पर बल देता है। इन लक्षणों के कारण ही नौकरशाही का एकतंत्रीय संगठन अधिकतम कार्यकुशलता प्राप्त करने में सक्षम होता है।[76]

संक्षेप में, वेबर के अनुसार ये सभी लक्षण यदि किसी व्यवस्था में वास्तविक रूप से उपलब्ध न हों तो इसमें नौकरशाही के आदर्श प्रारूप का दोष नहीं है, बल्कि इसका अर्थ यह है कि उस व्यवस्था अथवा संगठन का उचित रूप से नौकरशाहीकरण नहीं हो पाया है।

समालोचना: राबर्ट के मर्टन, साइमन, लॉस्की, हीवर्ट, वेबलन, क्रोजियर, फ्रेडरिक, फिलिप सेल्जनिक, वारेन बेनिस जैसे विचारकों ने नौकरशाही उपागम की कटु आलोचनाएं की हैं। सर्वप्रथम तो नौकरशाही उपागम नियमों एवं विनियमों के कठोर अनुपालन पर इतना अधिक बल देता है कि कार्यों के संपादन में अनावश्यक देरी होती है। *दूसरे*, यह लोक कल्याणकारी राज्यों की नवीन चुनौतियों के संदर्भ में समयानुकूल ठीक नहीं बैठता। *तीसरे*, इसमें लोक संपर्क का अभाव, वर्ग अहंकार, नियमों से लगाव, प्रयोग से इंकार की प्रवृत्ति होती है। *चौथे*, यह उपागम औपचारिकता एवं तार्किकता पर अत्यधिक बल देता है और यह भूल जाता है कि संगठन के अंतर्गत दक्षता सिर्फ अनौपचारिक संगठन एवं मानव संबंधवाद को महत्त्व देकर बढ़ाई जा सकती है। *पांचवें*, इसमें भाई-भतीजावाद, लालफीताशाही एवं भ्रष्टाचार को बढ़ावा मिलता है। *छठे*, यह एक बंधा-बंधाया रूटीन है जिसमें लचीलापन एवं परिवर्तनशीलता की

कमी है। अंत में, यह दृष्टिकोण पाश्चात्य जगत से प्रेरित, यथास्थितिवाद का पोषक एवं परिवर्तन का विरोधी है जो आधुनिक वैश्वीकरण के युग में विकासशील देशों की नवीन चुनौतियों का सामना करने में सक्षम नहीं हैं। यही कारण है कि उत्तर वेबेरियन–विल्सोनियन युग में नौकरशाही की संरचना एवं भूमिका में अपेक्षित बदलाव की आवश्यकता महसूस की जा रही है।[77]

समग्रत: नौकरशाही दृष्टिकोण की निश्चित सीमाओं से इंकार नहीं किया जा सकता, किंतु इस दृष्टिकोण का सबसे बड़ा महत्व यह है कि यह आदर्श प्रारूप आज भी लोक प्रशासन के अध्येताओं के लिए चिंतन, मनन एवं विवेचन का केंद्र बिंदु बना हुआ है। इतना ही नहीं, नौकरशाही से संबंधित तुलनात्मक अध्ययन की दृष्टि से भी नौकरशाही का आदर्श प्रारूप एक आरंभ बिंदु है।

व्यवहारवादी उपागम Behavioural approach

व्यवहारवादी विचारधारा अथवा दृष्टिकोण का विकास 1930 एवं 1940 के दशक में हुआ। इसने परंपरागत संरचनात्मक एवं यांत्रिक दृष्टिकोण पर कुठाराघात किया तथा मानवीय व्यवहार के वैज्ञानिक एवं आनुभाविक अध्ययन पर बल दिया। लोक प्रशासन के अंतर्गत इस दृष्टिकोण के विकास में साइमन एवं राबर्ट डाल का प्रमुख योगदान है। इस उपागम में संगठन के अंतर्गत संबंधित व्यक्ति एवं समूहों के वास्तविक आचरण एवं व्यवहार पर ध्यान आकृष्ट किया गया।[78] साइमन के अनुसार प्रशासनिक व्यवहार व्यवहारपरक विज्ञानों का एक अंग है और लोक प्रशासन के अध्ययन में प्रशासनिक स्थितियों में व्यक्तिगत एवं सामूहिक मानवीय व्यवहार का अध्ययन होना चाहिए। इस प्रकार व्यवहारवादी उपागम लोक प्रशासन के अध्ययन एवं विश्लेषण में एकीकृत एवं अंत:विषयात्मक दृष्टिकोण अपनाए जाने पर बल देता है।[79]

लोक प्रशासन के व्यवहारवादी उपागम के अंतर्गत व्यक्ति के व्यवहार, निर्णयन प्रक्रियाओं एवं प्राधिकरण की प्रकृति, अनौपचारिक संरचनाओं एवं संप्रेषण की प्रणाली, अभिप्रेरणा (motivation) आदि तत्त्वों के अध्ययन एवं विश्लेषण पर विशेष रूप से बल दिया जाता है। व्यवहारवादियों की यह मान्यता है कि संगठन के अंतर्गत निर्णयन की प्रक्रिया मानवीय क्रियाओं से प्रभावित होती है और सभी मानवीय क्रियाएं सामाजिक, राजनीतिक, आर्थिक एवं मनोवैज्ञानिक वातावरण से अभिप्रेरित होती हैं। इस अर्थ में यह उपागम निर्देशात्मक न होकर वर्णनात्मक है और अंत:विषयी भी है। साइमन ने अपने निर्णयन सिद्धांत में इस दृष्टिकोण को व्यापक महत्त्व प्रदान किया है।

उल्लेखनीय है कि इस उपागम के अंतर्गत कार्यवाही से पूर्व प्रक्रिया को समझने का प्रयास किया जाता है। इसे निर्णय प्रक्रिया के रूप में भी जाना जाता है। ऐसी स्थिति तब उत्पन्न होती है जब व्यक्ति के पास कार्य के कई विकल्प मौजूद होते हैं। ऐसी स्थिति में व्यक्ति को ऐसा निर्णय लेना होता है अथवा ऐसे विकल्प का चुनाव करना होता है जिसमें अधिकतम लाभ एवं न्यूनतम हानि हो। साइमन ने अपने बौद्धिक गतिविधि, विकल्प गतिविधि एवं चयन गतिविधि के विचार के अंतर्गत इस तथ्य को स्पष्ट करने का प्रयास किया। इसकी चर्चा आगे के अध्यायों में विस्तृत रूप से की गई है।

समालोचना: व्यवहारवादी दृष्टिकोण की भी कुछ निश्चित सीमाएं हैं जिनकी वजह से इसकी आलोचना की जाती रही है। इस उपागम की सबसे बड़ी सीमा यह है कि यह इस सत्य को भूल जाता है कि मानवीय व्यवहार एवं नीति निर्धारण के संदर्भ में न तो सामाजिक मान-मूल्यों को लेकर एकमत हैं, न ही इन मान-मूल्यों अथवा मानकों में से किसी एक को महत्त्व देना आसान है। *दूसरे*, इस उपागम की सबसे बड़ी बाधा मानवीय प्रकृति, अभिप्रेरणा एवं व्यवहार की जटिलता एवं परिवर्तनशील सुनिश्चितता है। *तीसरे*, संगठन की मूल्य-भारित अथवा मानवीय समस्याओं की व्याख्या इस दृष्टिकोण के द्वारा नहीं की जा सकती।[80]

इन सीमाओं के बावजूद व्यवहारवादी उपागम ने लोक प्रशासन के अध्ययन क्षेत्र के विस्तार में, संगठन को अधिक मानवीय, आनुभविक एवं व्यवहारपरक बनाने में तथा लोक प्रशासन साहित्य के अंतर्गत निष्कर्षों को तथ्यात्मक ठोसता प्रदान करने में महत्त्वपूर्ण योगदान दिया है। वस्तुत: लोक प्रशासन के अध्ययन में इस दृष्टिकोण ने वैज्ञानिक अनुसंधान एवं क्रमबद्ध सिद्धांत-निर्माण को प्रोत्साहित किया। इतना ही नहीं इसने तुलनात्मक लोक प्रशासन के अध्ययन क्षेत्र के विकास में भी महत्त्वपूर्ण भूमिका का निर्वहन किया। व्यवहारवादी उपागम से प्रेरित होकर ही कई प्रशासनिक विचारकों ने अपने अध्ययन एवं शोधकार्यों में वैज्ञानिक तकनीकों का प्रयोग किया।

| **व्यवस्था उपागम** System approach

लोक प्रशासन के अध्ययन का व्यवस्थावादी दृष्टिकोण मुख्यत: सामान्य व्यवस्था दृष्टिकोण के विकास से प्रेरित है। सामान्य व्यवस्था (general system) सिद्धांत का सर्वप्रथम प्रयोग 1920 के दशक में जीव विज्ञानी लुडविंग वॉन बर्टनलफी (Bertanlafy) ने किया। बाद में रेडक्लिफ ब्राउन एवं मैलिनोवस्की ने इस दृष्टिकोण का विकास नृ विज्ञान में, टालकट पारसंस ने समाजशास्त्र में, मर्टन कैप्लान एवं जॉन बर्टन ने अंतर्राष्ट्रीय राजनीति में एवं डेविड ईस्टन एवं गैब्रियल आमंड ने राजनीति विज्ञान में इस उपागम का विकास किया।[81] लोक प्रशासन के अध्ययन व्यवस्था उपागम के विकास में हर्बर्ट साइमन एवं चेस्टर बर्नार्ड का महत्त्वपूर्ण योगदान रहा है। इनके विचारों के उल्लेख से पूर्व व्यवस्था विश्लेषण के बारे में संक्षिप्त जानकारी जरूरी है।

''व्यवस्था'' शब्द को सामान्यतया एक जटिल समग्र (complex whole) के रूप में परिभाषित किया जाता है। वस्तुत: व्यवस्था (system) विभिन्न जुड़ी हुई चीजों अथवा तत्त्वों का एक ऐसा समूह होता है जिसके तत्त्व परस्पर अंत:संबंधित होते हैं और परस्पर अंत:क्रियाएं करते हैं। व्यवस्था के तत्त्व एक-दूसरे से इस तरह जुड़े होते हैं कि यदि इसके किसी एक तत्त्व में गड़बड़ी होती है तो पूरी व्यवस्था बिगड़ जाती है। व्यवस्था विश्लेषण अथवा निवेश-निर्गत विश्लेषण (input output analysis) से डेविड ईस्टन (David Easton) का नाम अभिन्न रूप से जुड़ा हुआ है। अपनी प्रसिद्ध कृति *ए फ्रेमवर्क फॉर पॉलिटिकल एनालिसिस* (1965) के अंतर्गत ईस्टन ने अपने व्यवस्था प्रतिरूप (system model) का प्रतिपादन किया है। इस दिशा में उनकी एक अन्य पुस्तक *ए सिस्टम एनालिसिस ऑफ पॉलिटिकल लाइफ* जो कि उसी वर्ष प्रकाशित हुई थी, ने इस प्रतिरूप (model) को एक सैद्धांतिक ढांचा प्रदान किया। ईस्टन ने

राजनीतिक व्यवस्था (political system) को सामाजिक व्यवस्था की एक ऐसी खुली एवं अनुकूलनशील उपव्यवस्था माना जो "मूल्यों का आधिकारिक आबंटन" (authoritative allocation of values) करती है। राजनीतिक व्यवस्था एक निश्चित पर्यावरण में क्रियाशील होती है। उस पर्यावरण से कुछ "मांगें" (demands) उभरती हैं जिन्हें "समर्थन" (support) के आधार पर राजनीतिक व्यवस्था में "निवेश" (input) किया जाता है। उन मांगों पर जो "आधिकारिक फैसले" (authoritative decision) लिए जाते हैं उन्हें "निर्गत" (output) अथवा आधिकारिक नीतियां कहा जाता है। निर्गत वातावरण से प्रतिक्रिया कर पुन: मांग एवं समर्थन के रूप में निवेश का रूप धारण कर राजनीतिक व्यवस्था में निवेशित होता है। इसे "पुनर्निवेशन" (feedback) की प्रक्रिया कहते हैं। ईस्टन के अनुसार यदि किसी भी राजनीतिक व्यवस्था को जीवंत रहना है तो उसमें निवेश-निर्गत की निरंतरता आवश्यक है।[82]

लोक प्रशासन अथवा संगठनात्मक सिद्धांत में व्यवस्था उपागम के विकास का श्रेय मुख्यत: साइमन एवं बर्नार्ड को जाता है। साइमन ने संगठन को एक संपूर्ण व्यवस्था, वांछित परिणाम प्राप्त करने में सहायक सभी उपव्यवस्थाओं (sub-system) के समुच्चय के रूप में देखने का प्रयास किया है। उनकी मान्यता है कि संगठनात्मक संरचना और कार्य के तत्त्व मानव समस्या प्रधान प्रक्रियाओं एवं तर्कसंगत चयन के द्वारा निकलते हैं।[83] अत: संगठन को ऐसे व्यक्तियों की व्यवस्था के रूप में देखा जाता है जो चयन करते हैं और आवश्यकताओं और वातावरण के प्रति प्रतिक्रियाओं के आधार पर व्यवहार करते हैं। चेस्टर बर्नार्ड ने संगठन को एक सामाजिक व्यवस्था के रूप में देखने का प्रयास किया है। बर्नार्ड के अनुसार संगठन इससे जुड़े लोगों की एक सहकारी व्यवस्था है जो जीव वैज्ञानिक, मनोवैज्ञानिक एवं सामाजिक कारणों से परस्पर अंत:क्रियाएं करते हैं एवं सहयोगी व्यवहार करते हैं तथा समान लक्ष्य की प्राप्ति की ओर अग्रसर होते हैं। इसमें संचार, तत्परता एवं साझे उद्देश्य के तत्त्व महत्त्वपूर्ण होते हैं। वस्तुत: प्रत्येक संगठन एक सहकारी व्यवस्था होता है जिसमें सहयोगी प्रयत्न को गंभीर रूप से समन्वित होने की जरूरत है। ऐसे में कार्यपालिका की भूमिका काफी महत्त्वपूर्ण हो जाती है।[84]

अंत में, सी. वेस्ट चर्चमैन ने अपनी चर्चित कृति *दि सिस्टम एप्रोच* (1968) के अंतर्गत व्यवस्था उपागम के संदर्भ में व्यवस्था के सभी उद्देश्य और उसके निष्पादन के उपायों; एक निरोधक के रूप में कार्यशील व्यवस्था के पर्यावरण; निष्पादन में प्रयोग व्यवस्था के संसाधन; व्यवस्था के चर, लक्ष्य एवं गतिविधियों तथा व्याख्या के प्रबंधन इत्यादि बातों के अध्ययन एवं विश्लेषण पर ज्यादा बल प्रदान किया है।[85]

समालोचना: व्यवस्था उपागम की भी निश्चित सीमाएं हैं। सर्वप्रथम तो इसके अंतर्गत यह स्पष्ट नहीं है कि वातावरण के कौन से ऐसे तत्त्व हैं जो संगठन के लिए मांगें उत्पन्न करते हैं। *दूसरे*, यदि प्रशासन या संगठन का संबंध लोकनीतियों के निर्धारण एवं कार्यान्वयन से है तो यहाँ यह स्पष्ट करना जरूरी है कि इसके अंतर्गत जिन मांगों को लोकनीतियों के रूप में रूपांतरित किया जाता है उनकी प्रकृति जटिल एवं अस्पष्ट होती है। *तीसरे*, इसमें इस स्पष्टीकरण का भी अभाव है कि पर्यावरण से उत्पन्न निवेश किस प्रकार लोकनीति की संतुष्टि को प्रभावित करते हैं। अंत में, व्यवस्था उपागम यह भी स्पष्ट नहीं कर पाता कि निर्णयन

की प्रक्रिया तथा लोक नीति किस प्रकार संतुष्टि, वातावरण एवं प्रशासनिक व्यवस्था के स्वरूप द्वारा प्रभावित की जाती है।

इन विसंगतियों के बावजूद व्यवस्था उपागम प्रशासनिक संगठनों व व्यवस्थाओं के तुलनात्मक अध्ययन एवं विश्लेषण में काफी सहायक रहा है। यह उपागम नीति-प्रक्रिया को समझने एवं उसका मूल्यांकन करने का एक महत्त्वपूर्ण उपकरण माना जाता है। इसमें दो राय नहीं कि संगठनात्मक विश्लेषण में आज इस उपागम का प्रयोग व्यापक रूप से किया जाता है। इस उपागम का सबसे बड़ा महत्त्व यह है कि इसने लोक प्रशासन के अध्ययन क्षेत्र का न सिर्फ विस्तार किया, बल्कि पारिस्थितिकी दृष्टिकोण के विकास में भी एक प्रेरक तत्त्व रहा।

संरचनात्मक-प्रकार्यात्मक उपागम Structural functional approach

संरचनात्मक-प्रकार्यात्मक अथवा उपागम दृष्टिकोण मुख्यत: व्यवस्था उपागम का विस्तार है जिसने संरचना के साथ-साथ व्यवस्था अथवा संगठन के कार्यात्मक पहलुओं के अध्ययन पर विशेष रूप से बल दिया। संगठनात्मक अध्ययन एवं विश्लेषण में इस उपागम के प्रयोग की प्रेरणा रैड क्लिफ-ब्राउन और मैलिनोवस्की जैसे मानव वैज्ञानिकों की रचना से आई। समाजशास्त्र में टालकट पारसंस ने इस उपागम का व्यापक प्रयोग किया। राजनीति विज्ञान के क्षेत्र में आमंड ने ईस्टन के व्यवस्था विश्लेषण को अधूरा मानते हुए संरचनात्मक-प्रकार्यात्मक उपागम की विस्तार से व्याख्या की तथा व्यवस्था के कृत्यात्मक (functional) पक्षों एवं संरचनाओं के परस्पर अंत:क्रियाओं के अध्ययन पर बल दिया।[86] लोक प्रशासन के अध्ययन क्षेत्र में इस उपागम का प्रयोग एफ. डब्ल्यू रिग्स ने किया।

इस उपागम के अंतर्गत मुख्यत: दो बातों पर ध्यान केंद्रित किया जाता है संरचना एवं कार्य। सभी संरचनाओं का सरोकार कुछ कार्यों को करने से होता है। यहाँ कार्यों का निहितार्थ कृत्य (functions) के ढांचे के परिणामों से है और संरचनाओं का निहितार्थ क्रियाओं के ढांचे और स्वयं व्यवस्थाओं की परिणामोत्पादक संस्थाओं से होता है। संरचनात्मक-प्रकार्यात्मक उपागम विभिन्न सामाजिक प्रक्रियाओं के विश्लेषण हेतु एक महत्त्वपूर्ण उपकरण प्रदान करता है।

लोक प्रशासन के परिप्रेक्ष्य में संरचनात्मक-प्रकार्यात्मक उपागम का विकास रिग्स ने तुलनात्मक अध्ययन की दृष्टि से किया। रिग्स का मत है कि प्रत्येक व्यवस्था कई संरचनाओं से मिलकर बनी होती है और विशिष्ट प्रकार के कार्यों का संपादन करती है। एक संरचना को व्यवहार की उस रूपरेखा या प्रारूप के रूप में परिभाषित किया जा सकता है जो एक व्यवस्था की मानक बन चुकी है तथा इसके कृत्यों को संरचना की उस भूमिका से जोड़ा जा सकता है जो उस व्यवस्था में सफल हो रही है। संरचनाएं विश्लेषणात्मक एवं ठोस हो सकती हैं। विश्लेषणात्मक संरचना भावात्मक (जैसे सत्ता की संकल्पना) एवं ठोस (जैसे प्रशासनिक उपव्यवस्था) के रूप में हो सकती है। रिग्स ने इस विचार पर भी प्रकाश डाला है कि एक व्यवस्था में कई उपव्यवस्थाएं हो सकती हैं जिनके बीच निरंतर अंत:क्रियाएं होती रहती है। ये संरचनाएं पर्यावरण से तो प्रभावित होती ही हैं साथ ही अंत:सामूहिक गतिविधियों से भी प्रभावित होती हैं।[87] रिग्स के अनुसार हर समाज में पांच महत्त्वपूर्ण प्रकार के कार्य संपन्न होते हैं। ये हैं – आर्थिक, सामाजिक, संचारगत, सांकेतिक एवं राजनीतिक।[88] ठीक

इसी तरह के प्रकार्यों की आवश्यकता संपूर्ण प्रशासनिक व्यवस्था में पड़ती है जहाँ विभिन्न संरचनाएं अनेक कामों को सुनिश्चित ढंग से करती हैं। इन संरचनाओं, प्रकार्यों एवं कार्यविधियों का अध्ययन एवं विश्लेषण संरचनात्मक-प्रकार्यात्मक उपागम कहलाता है। उल्लेखनीय है कि एक व्यापक सामाजिक व्यवस्था के एक-एक अंग के रूप में प्रशासनिक व्यवस्थाओं के तुलनात्मक अध्ययन के लिए रिग्स ने इस उपागम का प्रयोग अपने *कृषिका-संक्रमणीय- औद्योगिक प्रारूप* (agraria-transria-industria-model) के प्रतिपादन के लिए किया। यही बाद में उनके समपार्श्वी समाज (prismatic society) एवं साला प्रारूपों का मुख्य आधार बना। रिग्स के समपार्श्वी समाज संबंधी विचारों की चर्चा अगले अध्याय में विस्तार से की गई है।

समालोचना: संरचनात्मक-प्रकार्यात्मक उपागम भी दोष मुक्त नहीं है। इस उपागम पर प्रमुख आक्षेप यह है कि यह दृष्टिकोण पाश्चात्य मूल्यों का समर्थक, यथास्थितिवाद का पोषक एवं परिवर्तन का विरोधी है। दूसरे, इसमें उपनिवेशवाद के प्रभाव की चर्चा से बचते हुए प्रशासनिक व्यवस्थाओं पर पर्यावरण के प्रभाव और सीमाओं की चर्चा की जाती है। किसी भी सामाजिक व्यवस्था का विश्लेषण विशेषकर विकासशील तृतीय विश्व के समाज में, औपनिवेशिक विरासत की चर्चा के बगैर उचित नहीं है। क्योंकि उपनिवेशवाद ने इन समाजों में नाटकीय परिवर्तन को प्रभावित किया है जिसका प्रभाव यहाँ की प्रशासनिक संरचनाओं एवं कृत्यों पर भी पड़ा है। अंत में, यह उपागम सभी प्रकार की प्रशासनिक व्यवस्थाओं के समग्र अध्ययन में भी अपनी सीमित उपादेयता रखता है।

फिर भी समग्रत: यह कहा जा सकता है कि अपनी सीमित उपादेयता के बावजूद संरचनात्मक-प्रकार्यात्मक उपागम तुलनात्मक लोक प्रशासन के अध्ययन एवं विश्लेषण में विशेष रूप से उपयोगी सिद्ध हुआ है। इस उपागम का महत्त्व इस दृष्टि से भी है कि यह विकसित समाजों एवं विकासशील समाजों के बीच अंतर के महत्त्वपूर्ण क्षेत्रों एवं चरों को स्पष्ट करने में भी सहायक सिद्ध हुआ है।

पारिस्थितिकी उपागम Ecological approach

लोक प्रशासन एक निश्चित परिवेश (ecology) में कार्य करता है। प्रशासन एवं उसके परिवेश में परस्पर संबंध सूत्रता होती है और दोनों एक-दूसरे को गंभीर रूप से प्रभावित करते हैं। प्रशासन की प्रकृति एवं कार्यप्रणाली को तभी अच्छी तरह समझा जा सकता है जब उसके परिवेश का सूक्ष्म अध्ययन एवं विश्लेषण किया जाए। पारिस्थितिकी उपागम के अंतर्गत प्रशासन की प्रकृति के अध्ययन के संदर्भ में प्रशासन एवं परिवेश के परस्पर अंत:संबंधों एवं अंत:क्रियाओं के अध्ययन पर विशेष रूप से बल दिया जाता है।

उल्लेखनीय है कि ''पारिस्थिति'' शब्द जीव विज्ञान से उद्भूत है जिसका निहितार्थ जीवों एवं उसके वातावरण के बीच परस्पर संबंधों का विज्ञान है।[89] लोक प्रशासन के अध्ययन में पारिस्थितिकी दृष्टिकोण को लागू करने का श्रेय जॉन गॉस (John Gaus) को जाता है। उन्होंने अपनी चर्चित पुस्तक *रिफ्लेक्शंस ऑफ पब्लिक एडमिनिस्ट्रेशन* (1945) के अंतर्गत सर्वप्रथम पारिस्थितिकी उपागम की विस्तार से व्याख्या की।[90] इसके अलावा राबर्ट डाल[91] एवं रिग्स[92]

ने भी अपनी रचनाओं के अंतर्गत पारिस्थितिकी उपागम को व्यापक आधार प्रदान किया।

पारिस्थितिकी उपागम की आधारभूत मान्यता यह है कि प्रशासनिक व्यवहार जिस प्रशासनिक संस्कृति में कार्य करता है उसके मूल्यों द्वारा विचित्र रूप से गढ़ा जाता है और बदले में प्रशासनिक संस्कृति पूरी सामाजिक व्यवस्था के साथ प्रशासनिक व्यवस्था के मूल्यों और विशेषताओं की अन्योन्य क्रिया का परिणाम है। यह उपागम लोक प्रशासन की पारिस्थितिकी के अध्ययन में व्यक्तित्व, संपदा, सामाजिक एवं वैज्ञानिक व भौतिक तकनीकों, प्राकृतिक आपदाएं एवं लोगों के व्यवहार, आकांक्षाएं एवं विचार आदि को शामिल किए जाने पर बल देता है। इस दृष्टिकोण के समर्थकों की यह मान्यता है कि लोक प्रशासन न सिर्फ अपने परिवेश से प्रभावित होता है, बल्कि उसे गंभीर रूप से प्रभावित भी करता है। परिवेश ही वह तत्त्व है जो प्रशासन के स्वरूप का निर्धारण करता है। लोक प्रशासन के वास्तविक स्वरूप का अध्ययन व विश्लेषण तभी सटीक तरीके से किया जा सकता है। जब उसका अध्ययन प्रशासन के परिवेश और परिवेश के प्रशासन पर पड़ने वाले प्रभाव के संदर्भ में किया जाए।

लोक प्रशासन के परिप्रेक्ष्य में पारिस्थितिकी उपागम के प्रतिपादकों में एफ. डब्ल्यू. रिग्स का नाम प्रमुख है। विकासशील देशों की प्रशासनिक व्यवस्थाओं के तुलनात्मक अध्ययन में, विशेषकर थाईलैंड एवं फिलीपींस के अपने अध्ययन के आधार पर रिग्स ने इस दृष्टिकोण को और अधिक विकसित किया और यह स्पष्ट करने का प्रयास किया कि किस प्रकार परिवेश प्रशासनिक व्यवस्थाओं को प्रभावित करता है। अपने इन अध्ययनों में उन्होंने सामाजिक, तकनीकी, संचारगत एवं राजनीति कारकों के प्रभाव का भी व्यापक विश्लेषण किया तथा प्रशासन एवं अर्थशास्त्र के सहसंबंधों की भी व्याख्या की।[93] इस प्रकार रिग्स ने लोक प्रशासन के अध्ययन को एक व्यापक परिप्रेक्ष्य प्रदान किया। इस दृष्टिकोण का व्यापक प्रयोग उन्होंने अपने अग्रेरिया-ट्रांजिशिया-इंडस्ट्रिया प्रारूप तथा विस्तृत-समपार्श्वी-विवर्तित समाज (fused-prismatic-diffracted society) के प्रारूप के प्रतिपादन में किया।[94]

राबर्ट डाल ने भी अपने एक निबंध के अंतर्गत पारिस्थितिकी उपागम के महत्त्व पर प्रकाश डाला है। उन्होंने यह तर्क दिया है कि लोक प्रशासन का चरित्र अंतर्विषयी और पारिस्थितिकीय होना चाहिए जिससे न केवल इसके क्षितिज को विस्तृत किया जा सके बल्कि इसके अध्ययन को भी सभी प्रकार के समाजों के लिए अधिक वैज्ञानिक और प्रासंगिक बनाया जा सके।

समालोचना: पारिस्थितिकी उपागम की भी तकरीबन वही सीमाएं हैं जो संरचनात्मक-प्रकार्यात्मक उपागम की हैं। इसकी आलोचना पाश्चात्य मूल्यों के समर्थक, परिवर्तन के विरोधी एवं यथास्थितिवाद के पोषक के रूप में की जाती है। *दूसरे*, पारिस्थितिकी दृष्टिकोण की एक बड़ी सीमा यह है कि इसके प्रतिपादकों ने इतने नए शब्दों का प्रयोग किया है कि उसके लिए एक नए शब्दकोश की रचना की जरूरत है। *तीसरे*, चूंकि यह उपागम, विशेषकर रिग्सवाद, मुख्यत: तृतीय विश्व के अध्ययन पर विशेष ध्यान देता है अत: इसका सार्वभौमीकरण नहीं किया जा सकता है। *चौथे*, विकासशील देशों के प्रशासनिक परिवेश में भी व्यापक अंतर व्याप्त हैं, ऐसे में इस दृष्टिकोण की उपादेयता सीमित हो जाती है। अंत में, आलोचकों ने इस दृष्टिकोण को अधूरा एवं एकपक्षीय मानते हुए भी आलोचना की है।

संक्षेप में, इन त्रुटियों के बावजूद पारिस्थितिकी उपागम ने लोक प्रशासन के तुलनात्मक अध्ययन क्षेत्र का व्यापक विस्तार किया है। प्रशासन एवं परिवेश के अंत:संबंध व अंत:क्रिया के अध्ययन पर बल देकर, प्रशासन के अंतर्गत मानवीय व्यवहार, सामाजिक-आर्थिक एवं राजनीतिक-मनोवैज्ञानिक कारकों को महत्त्व प्रदान कर तथा प्रति-संस्कृतियों के अध्ययन की आवश्यकता को स्पष्ट कर इस उपागम ने लोक प्रशासन के अध्ययन को एक दिशा दी है एवं एक व्यापक तुलनात्मक परिप्रेक्ष्य प्रदान किया है।

मार्क्सवादी उपागम Marxist approach

लोक प्रशासन के अध्ययन के मार्क्सवादी उपागम के विकास में स्वयं मार्क्स के विचारों का प्रमुख योगदान है। मार्क्स का प्राथमिक उद्देश्य पूंजीवादी व्यवस्था को खत्म कर वर्गविहीन, राज्यविहीन समाज (साम्यवाद) का निर्माण करना था। उन्होंने नौकरशाही संबंधी सिद्धांत का प्रतिपादन नहीं किया, न ही उनका यह ध्येय था। उन्होंने पूंजीवाद को आधार प्रदान करने वाले जिन तीन स्तंभों – सेना, पुलिस व नौकरशाही – की पहचान की, उनमें वह नौकरशाही का अध्ययन सेना व पुलिस के साथ उसके अंत:संबंधों के परिप्रेक्ष्य में किए जाने पर बल देते हैं। मार्क्स नौकरशाही के जटिल स्वरूप को समझने की कोशिश करता है। मार्क्स के नौकरशाही संबंधी विचार उसकी विभिन्न रचनाओं में बिखरे पड़े हैं। वैसे तो नौकरशाही की वैज्ञानिक विवेचना का श्रेय सामान्यत: मैक्स वेबर को जाता है किंतु वेबर से बहुत पहले नौकरशाही के ढांचे तथा व्यवहार एवं राज्य व समाज से नौकरशाही के संबंधों पर मार्क्स ने अपने विद्वतापूर्ण विचार प्रकट किए थे।[95]

वैसे मार्क्स ने नौकरशाही पर व्यापक रूप से नहीं लिखा किंतु उसने जितना अपने लेखों व रचनाओं में लिखा वह नौकरशाही के यथार्थपरक स्वरूप को दिखाने की कोशिश करता है। 18वीं सदी के पूर्वार्द्ध में (1843) में मार्क्स ने सर्वप्रथम नौकरशाही पर प्रहार किए। 1843 में जर्मनी के मैशैल (Maselle) ज़िले में दुर्भिक्ष पड़ा था। इस संदर्भ में प्रशासन व राज्य की कार्रवाइयों को देखते हुए मार्क्स इस निष्कर्ष पर पहुंचा कि नौकरशाही राज्य व राज्य प्रशासन का एक अंतर्निहित भाग है जो सूचनाओं को सार्वजनिक नहीं करती और लोक हित के विरुद्ध कार्य करती है। पुन: *डाई रेनिशेजाईटुंग* (Die Rheinishe-Zeitong- the Journal at Rhineland) के मुख्य संपादक बनते ही मार्क्स ने स्वतंत्र प्रेस, राज्य सेंसरशिप एवं जंगल में होने वाली लकड़ी चोरी पर कई लेख लिखे और इस निष्कर्ष पर पहुंचे की नौकरशाही वह हथियार है जो राजनीति को विशिष्ट वर्ग के लिए सुरक्षित बनाए रखने का कार्य करती है। *दूसरे* इसी तर्क को उसने अपनी पुस्तक *क्रीटिक ऑफ हीगल्स फिलोसॉफी ऑफ राइट्स* (1844) में आगे बढ़ाया। मार्क्स ने इसमें हीगल के राज्य के दैवीकरण संबंधी सिद्धांत का खंडन किया तथा नौकरशाही को राज्य के हितों को साधने वाला उपकरण मानते हुए कहा कि नौकरशाही का ज्ञान बेहतर नहीं होता। इसमें पदानुक्रम तथा कार्यात्मक अंतरों के द्वारा एक संयोजन होता है जो अक्षमता को परस्पर बढ़ाता है। इसके अंतर्गत वरिष्ठों को मामले की पूरी जानकारी नहीं होती और अधीनस्थों को सामान्य नियमों का ज्ञान नहीं होता। इस प्रकार नौकरशाही लोकहित में कार्य करने में अक्षम होती है।

तीसरे, मार्क्स ने एटींथ ब्रुमेयर ऑफ लुई बोनापार्ट (1853) में मार्क्स ने नेपोलियन द्वितीय एवं नेपोलियन तृतीय के शासन काल की समीक्षा की है। इसमें उसने यह विचार रखा कि जब किसान असंगठित थे तो नौकरशाही शक्तिशाली थी जब किसान संगठित होकर राज्य का आधार बना नौकरशाही पर राज्य का नियंत्रण हो गया। इस प्रकार नौकरशाही का स्वरूप सांदर्भिक भी होता है।

चौथे, मार्क्स ने अपनी पुस्तक *कैपिटल* (भाग-1) में नौकरशाही की प्रशंसा भी की है। मार्क्स ने नौकरशाही की प्रशंसा इसलिए भी की कि श्रमिकों की दशा-सुधार एवं काम के घंटे को कम किए जाने संबंधी कंपनी कानून को ब्रिटेन में स्वीकार किया गया था।[96] इसमें भी पूंजीवाद की चतुराई छुपी होती है।

संक्षेप में, मार्क्स वर्ग संघर्ष के व्यापक संदर्भ में नौकरशाही को प्रभुत्वशाली शासक वर्ग का एक उपकरण मानते हैं जो इसके विशेष हितों का संवर्द्धन करता है। मार्क्स ने यह संभावना व्यक्त की कि वर्ग-संघर्ष के समाप्त होने से राज्य और इसकी नौकरशाही भी शिथिल हो जाएगी। नौकरशाही के शिथिलीकरण का अर्थ होगा पूरे समाज में इसका अवशोषण हो जाना। मार्क्स के अनुसार साम्यवादी समाज में नौकरशाही के कार्य स्वयं समाज के सदस्य द्वारा किए जाएंगे। प्रशासनिक कार्यभार अपने शोषणात्मक चरित्र को छोड़कर लोगों का नहीं, अपितु वस्तुओं के प्रशासन का अर्थ रखेंगे।[97]

समालोचना: मार्क्स के नौकरशाही संबंधी उपागम की भी आलोचना की गई है। सर्वप्रथम तो मार्क्स ने नौकरशाही के बारे में किसी सामान्य सिद्धांत का प्रतिपादन नहीं किया है। उसके नौकरशाही संबंधी विचार उसके व्यक्तिगत अनुभवों पर आधारित हैं जिसमें क्रमिकता एवं निरंतरता का अभाव है। *दूसरे*, मार्क्स ने नौकरशाही को एक संगठनात्मक विकास के रूप में नहीं, बल्कि ऐतिहासिक विकास के रूप में देखा है एवं उसके शोषणात्मक चरित्र को उद्घाटित किया है। *तीसरे*, नौकरशाही एवं राज्य की शक्ति के मूल्यांकन के माध्यम से सर्वहारा की क्रांति की धारणा भी आधुनिक विश्व में झुठलाई जा चुकी है। *चौथे*, इस बात से भी इंकार संभव नहीं कि सिर्फ आधार ही अधिरचना को प्रभावित नहीं करती, बल्कि अधिरचना भी आधार को गंभीर रूप से प्रभावित करती है। *पांचवें*, वेबर के नौकरशाही के सिद्धांत में सार्वभौमिकता का पुट है मार्क्स के नौकरशाही संबंधी विचार ऐतिहासिक एवं सांदर्भिक हैं। वस्तुतः मार्क्स का ध्येय नौकरशाही के सिद्धांत का प्रतिपादन करना नहीं था, बल्कि उसका ध्येय तो पूंजीवाद को आधार प्रदान करने वाले तत्त्वों, सेना-राज्य एवं नौकरशाही के त्रिकोणीय संबंधों – की खोज करना था ताकि उन पर प्रहार किए जा सकें।

फिर भी, मार्क्सवादी उपागम का महत्त्व यह है कि इसने नौकरशाही, इसके संगठन एवं प्रबंधन के अध्ययन पर बल देखकर तथा नौकरशाही को प्रभुत्वशाली वर्ग का उपकरण मानकर लोक प्रशासन के तुलनात्मक अध्ययन को एक नया परिप्रेक्ष्य प्रदान किया है। यही कारण है कि लोक प्रशासन के संगठन एवं स्वरूप के संदर्भ में मार्क्सवादी व्याख्याओं की होड़ लग गई है।

संदर्भ एवं टिप्पणी

1. सु-शासन (Good Governance) की अवधारणा का प्रतिपादन विश्व बैंक ने अपनी 1992 की रिपोर्ट 'गवर्नेस एंड डिवलेपमेंट' के अंतर्गत किया है। इसके अंतर्गत सुशासन के लिए मुख्यतः कानून के शासन, जनभागीदारी, जवाबदेयता एवं पारदर्शिता इत्यादि बातों पर बल दिया है।

2.(a) मार्शल ई. डियॉफ "दि स्टडी ऑफ एडमिनिस्ट्रेशन", *अमेरिकन पॉलिटिकल साईंस रिव्यू*, फरवरी 1937, पृ. 31-32

2.(b) रूमकी बसु, *लोक प्रशासन: संकल्पना एवं सिद्धांत*, नई दिल्ली, जवाहर, 1996

3. देखें, अवस्थी एवं माहेश्वरी, *लोक प्रशासन*, आगरा, लक्ष्मी नारायण अग्रवाल, 2000, पृ. 2

4. एफ. एम. मार्क्स, *एलिमेंट्स ऑफ पब्लिक एडमिनिस्ट्रेशन*, नई दिल्ली, प्रेंटिस हॉल ऑफ इंडिया, 1964, पृ. 4

5. पिफनर एवं प्रेस्थस, *पब्लिक एडमिनिस्ट्रेशन*, न्यूयॉर्क, दि रोनाल्ड प्रेस, 1960

6. जोन जे. कार्सन एंड जोसेफ पी. हैरिस, *पब्लिक एडमिनिस्ट्रेशन इन मार्डन सोसाइटी*, नई दिल्ली, मैक्ग्रा हिल, 1963, पृ. 12

7. एल. डी. व्हाइट, *इंट्रोडक्शन टु दि स्टडी ऑफ पब्लिक एडमिनिस्ट्रेशन*, न्यूयॉर्क, मैकमिलन, 1955) पृ. 1

8. विल्सन के बारे में विस्तृत जानकारी के लिए देखें, आर्थर एस. लिंक, *दि पेपर्स ऑफ वुडरो विल्सन* वोल्यूम-7 (1890-92) न्यू जर्सी, प्रिंसटन यूनिवर्सिटी प्रेस, 1968

9. मार्शल ई. डियॉफ, *उपरोक्त*

10. फैलिक्स ए. निग्रो *मॉर्डन पब्लिक एडमिनिस्ट्रेशन*, न्यूयार्क, हार्पर एंड कोलींस, 1965, पृ. 23

11. जॉन जे. कोर्सन एंड जोसेफ पी. हैरिस, *उपरोक्त*

12. फेरेल हेडी, *पब्लिक एडमिनिस्ट्रेशन: ए कंपेरेटिव पर्सपेक्टिव*, नई दिल्ली, प्रेंटिस हॉल, 1966, पृ. 24

13. ड्युवी वाल्डो, "व्हाट इज पब्लिक एडमिनिस्ट्रेशन", ए. एम. विल्यम एंड डब्ल्यू. डी. के. केरनाघन (सं) *पब्लिक एडमिनिस्ट्रेशन इन कनाडा: सेलेक्टेड रीडिंग्स*, लंदन, मेथुएन, 1968, पृ. 2-16

14. अमर्त्य सेन, *डिवलपमेंट एज फ्रीडम*, नई दिल्ली, ऑक्सफोर्ड यूनिवर्सिटी प्रेस, 2000, पृ. 281

15. रूमकी बसु, *उपरोक्त*, पृ. 5

16. एल. डी. व्हाइट, *उपरोक्त*, पृ. 1

17. लूथर गुलिक एवं एल. उर्विक (सं) *पेपर्स ऑन द साइंस ऑफ पब्लिक एडमिनिस्ट्रेशन*, न्यूयार्क, इंस्टीट्यूट *ऑफ पब्लिक एडमिनिस्ट्रेशन*, 1937, पृ. 191

18. पोस्डकोर्ब के विस्तृत विश्लेषण के लिए देखें *गुलिक एवं उर्विक, वही*

19. रूमकी बसु *उपरोक्त* से उद्धृत, पृ. 10

20. वुडरो विल्सन, "दि स्टडी ऑफ एडमिनिस्ट्रेशन", इन डी. वाल्डो (सं.) *आइडियाज एंड इश्यूज इन पब्लिक एडमिनिस्ट्रेशन* (न्यूयार्क, मैक्ग्राहिल, 1953), पृ. 66

21. चार्ल्स ए. बियर्ड "फिलोसॉफी, साइंस एंड आर्ट ऑफ एडमिनिस्ट्रेशन", वाल्डो, *वही*, पृ. 77

22. विस्तृत जानकारी के लिए देखें, प्रसाद, प्रसाद एवं सत्यनारायण (सं) *एडमिनिस्ट्रेटिव थिंकर्स*, नई दिल्ली, लाइट एंड लाइफ पब्लिशर्स, 1980

23. रूमकी बसु, *उपरोक्त*, पृ. 10-11

24. फैलिक्स ए. निग्रो, *उपरोक्त*, पृ. 25

25. एफ. एच. मार्क्स, *उपरोक्त*, पृ. 5

26. पिफनर एवं प्रेस्थस, *उपरोक्त*, पृ. 3
27. रूमकी बसु, *उपरोक्त*, पृ. 59
28. ई. एन. ग्लैडन, *दि सिविल सर्विस*, लंदन, स्टेपल्स, 1956, पृ. 123-24
29. उद्धृत, *रूमकी बसु*, *उपरोक्त*, पृ. 71
30. फेरेल हेडी, *उपरोक्त*, पृ. 38-39
31. इटा शरकान्सकी, *पब्लिक एडमिनिस्ट्रेशंस*, शिकागो, रैंड मैक्नैली, 1970, पृ. 33
32. रूमकी बसु, *उपरोक्त*, पृ. 76
33. फेरेल हेडी, *उपरोक्त*, पृ. 69-72
34. मोहित भट्टाचार्य, *उपरोक्त*, पृ. 98
35. येज्कल ड्रोर, *पब्लिक पॉलिसी मेकिंग: री एक्जामिंड*, स्क्रैटन/पेनसिलवेनिया, चैंडलर पब्लिशिंग कंपनी, 1968, पृ. 8
36. *वही*, पृ. 9
37. मोहित भट्टाचार्य, *उपरोक्त*, पृ. 98-99
38. यह उक्ति फेयोल की पुस्तक *जनरल एंड इंडस्ट्रीयल मैनेजमेंट*, लंदन, इंटरनेशनल मैनेजमेंट इंस्टीट्यूट, (1930) को दी गई उर्विक की प्रस्तावना से उद्धृत है। पृ. xv
39. *उर्विक*, *वही*, पृ. xvi
40. रूमकी बसु, *वही*, पृ. 5
41. मोहित भट्टाचार्य, *लोक प्रशासन के नए आयाम*, नई दिल्ली, जवाहर, 2000, पृ. 23-24
42. यह कथन रूमकी बसु की *उपरोक्त* पुस्तक से उद्धृत है। पृ. 9
43. पीटर सैल्फ, *एडमिनिस्ट्रेटिव थ्योरीज एवं पॉलिटिक्स*, लंदन, एलन एंड अनिवन, 1972, पृ. 12
44. देखें फ्रैंक गुडनाऊ, *पॉलिटिक्स एंड एडमिनिस्ट्रेशन*, न्यूयार्क, मैकमिलन, 1900
45. मोहित भट्टाचार्य, *उपरोक्त*, पृ. 7
46. अवस्थी एवं माहेश्वरी, *उपरोक्त*, पृ. 17
47. हर्बर्ट साइमन, *एडमिनिस्ट्रेटिव बिहेवियर*, न्यूयॉर्क, फ्री प्रेस, 1947, पृ. 44
48. देखें राबर्ट डाल, *साइंस ऑफ पब्लिक एडमिनिस्ट्रेशन: थ्री प्रॉब्लम्स*, पब्लिक एडमिनिस्ट्रेशन रिव्यू वोल्यूम-7, 1947
49. अवस्थी एवं माहेश्वरी, *उपरोक्त*, पृ. 18
50. विस्तृत विवरण के लिए देखें, *मोहित भट्टाचार्य*, *उपरोक्त*, पृ. 11-14
51. विद्युत चक्रवर्ती, *री-इंवेंटिंग पब्लिक एडमिनिस्ट्रेशन: दि इंडियन एक्सपीरियेंस*, नई दिल्ली, ओरियंट ब्लैकस्वॉन, 2007, पृ. 149-50
52. नव लोक प्रबंध पर विस्तृत विश्लेषण के लिए देखें *मोहित भट्टाचार्य*, *उपरोक्त*, पृ. 333-348
53. अभिशासन पर विस्तृत विवेचन के लिए देखें *विद्युत चक्रवर्ती*, *उपरोक्त*, पृ. 68-106
54. एस. पी. वर्मा, *आधुनिक राजनीति सिद्धांत*, नई दिल्ली, विकास पब्लिशिंग हाउस, 1993, पृ. 32
55. विस्तृत विवेचन के लिए देखें, जॉर्ज एच. सेबाइन, *ए हिस्ट्री ऑफ पॉलिटिकल थ्योरी*, न्यूयार्क, हेनरी होल्ट, 1937
56. अवस्थी एवं माहेश्वरी, *लोक प्रशासन*, आगरा, लक्ष्मी नारायण अग्रवाल, 2000, पृ. 9
57. विस्तृत जानकारी के लिए देखें, श्री राम माहेश्वरी, *प्रशासनिक विचारक*, नई दिल्ली, मैकमिलन, 2004, पृ. 264-70

58. रूमकी बसु, *लोक प्रशासन: संकल्पना एवं सिद्धांत,* नई दिल्ली, जवाहर, 1996, पृ. 37
59. अवस्थी एवं माहेश्वरी, *पूर्वोक्त* , पृ. 9
60. रूमकी बसु, *पूर्वोक्त,* पृ. 38
61. *वही,* पृ. 38-39
62. विस्तृत विवरण के लिए देखें, प्रसाद, प्रसाद एवं सत्यनारायण (सं), *प्रशासनिक चिंतक,* नई दिल्ली, जवाहर, 2002 पृ. 99-117
63. पोस्डकॉर्ब एवं चार पी (Four P's) के विस्तृत विचेचन एवं गुलिक द्वारा प्रतिपादित संगठन के सिद्धांतों के लिए देखें श्री राम माहेश्वरी, *प्रशासनिक विचारक,* नई दिल्ली, मैकमिलन, 2004, पृ. 137-140
64. विस्तृत जानकारी के लिए देखें प्रसाद, प्रसाद एवं सत्यनारायण, पूर्वोक्त
65. एल. डी. व्हाइट, *एन इंट्रोडक्शन टु दि स्टडी ऑफ एडमिनिस्ट्रेशन,* न्यूयॉर्क, मैकमिलन 1948, पृ. 37
66. हर्बर्ट साइमन, *एडमिनिस्ट्रेटिव बिहेवियर: ए डिसीजन मेकिंग प्रोसेस इन एडमिनिस्ट्रेटिव ऑर्गेनाइजेशन,* न्यूयॉर्क, दि फ्री प्रेस 1965, पृ. 20
67. वैज्ञानिक प्रबंध संबंधी टेलर के विस्तृत विचारों की जानकारी के लिए देखें, *श्री राम माहेश्वरी, पूर्वोक्त,* पृ. 93-107
68. विस्तृत जानकारी के लिए देखें, प्रसाद, प्रसाद एवं सत्यनारायण (सं) *पूर्वोक्त,* पृ. 68-80
69. *वही,* पृ. 79
70. देखें रूमकी बसु, *पूर्वोक्त,* पृ. 127-28
71. विस्तृत विवेचन के लिए देखें, प्रसाद, प्रसाद एवं सत्यनारायण, पूर्वोक्त
72. *वही,* पृ. 146-147
73. रूमकी बसु, *पूर्वोक्त,* पृ. 182
74. उद्धृत, मोहित भट्टाचार्य, *लोक प्रशासन के नए आयाम,* नई दिल्ली, जवाहर, 2003, पृ. 47
75. देखें, मैक्स वेबर, *दि थ्योरी ऑफ सोशल एंड इकोनोमिक आर्गेनाइजेशन,* न्यूयॉर्क, फ्री प्रेस 1464, पृ. 337
76. देखें, प्रसाद, प्रसाद एवं सत्यनारायण, पूर्वोक्त, पृ. 81-98
77. देखें, विद्युत चक्रवर्ती, पूर्वोक्त, पृ. 14-67
78. अवस्थी एवं माहेश्वरी, पूर्वोक्त, पृ. 9-10
79. रूमकी बसु, *पूर्वोक्त,* पृ. 40-42
80. रूमकी बसु, *पूर्वोक्त,* पृ. 42
81. राजनीति व्यवस्था विश्लेषण संबंधी विस्तृत जानकारी के लिए देखें, एस. पी. वर्मा, *पूर्वोक्त,* पृ. 140-180
82. *वही,* पृ. 154-161
83. हर्बर्ट साइमन एंड जेम्स मार्च, *ऑर्गेनाइजेशन,* न्यूयॉर्क, जॉन विली एंड संस, 1959, पृ. 169
84. चेस्टर बर्नार्ड के सामाजिक व्यवस्था संबंधी विचारों के विस्तृत विवेचन के लिए देखें, प्रसाद, प्रसाद एवं सत्यनारायण (सं), *पूर्वोक्त,* पृ. 149-163
85. सी. वेस्ट. चर्चमैन, *दि सिस्टम एप्रोच,* न्यूयॉर्क, डेल, 1968
86. देखें एस. पी. वर्मा, *पूर्वोक्त*
87. श्री राम *माहेश्वरी, पूर्वोक्त,* पृ. 235
88. एफ. डब्ल्यू रिग्स, *एडमिनिस्ट्रेशन इन डेवलपिंग कंट्रीज: दि स्टडी ऑफ प्रिज्मैटिक सोसायटीज,* हॉटन मिफ्लिंग को, बोस्टन, 1964, पृ. 99
89. जे. डब्ल्यू. ब्यूस, *ह्यूमन इकोलॉजी,* लंदन, ऑक्सफोर्ड यूनिवर्सिटी प्रेस, 1935, पृ. 232

90. देखें जॉन एम. गौस, *रिफ्लेक्शंस ऑफ पब्लिक एडमिनिस्ट्रेशन*, लंदन, ऑक्सफोर्ड यूनिवर्सिटी प्रेस 1958, पृ. 1-19
91. रॉबर्ट डाल "दि साइंस ऑफ पब्लिक एडमिनिस्ट्रेशनः थ्री प्रॉब्लेम्स", *पब्लिक एडमिनिस्ट्रेशन रिव्यू* वोल्यूम VII (1); 1947, पृ. 1-11
92. विस्तृत विवरण के लिए देखें, एफ. डब्ल्यू रिग्स, *दि इकॉलॉजी ऑफ पब्लिक एडमिनिस्ट्रेशन*, बम्बई, एशिया पब्लिशिंग हाउस, 1961
93. *वही*
94. राबर्ट डाल, पूर्वोक्त
95. मोहित भट्टाचार्य, पूर्वोक्त, पृ. 49
96. देखें विद्युत चक्रवर्ती, *पूर्वोक्त*, पृ. 21-23
97. रूमकी बसु, *पूर्वोक्त*, पृ. 51

2

प्रशासनिक सिद्धांत

Administrative theories

शास्त्रीय सिद्धांत, वैज्ञानिक प्रबंध, मानव संबंध सिद्धांत, बौद्धिक-निर्णय निर्धारण

लोक प्रशासन के सिद्धांत विविध स्रोतों से लिए गए हैं। ''प्रशासन'' शब्द का अर्थ ''गतिविधि'' अथवा ''प्रकार्य'' है। जबकि संगठन का अर्थ वह स्थान है जहां प्रशासन अधिष्ठित होता है तथा जिसके अंदर उसका संचालन होता है। अवधारणात्मक दृष्टि से ''प्रशासन'' की तुलना में संगठन शब्द का अर्थ ज्यादा व्यापक है। लोक प्रशासन में हम ''संगठन'' के व्यवस्थित अध्ययन की प्रवृत्ति को 19वीं सदी के बाद और 20वीं सदी के समय में खोज सकते हैं। लूथर गुलिक, उर्विक, हेनरी फेयोल, फ्रेडरिक टेलर, मैक्स वेबर, एल्टन मेयो, चेस्टर बर्नार्ड, हर्बर्ट साइमन, जैसे विचारकों की रचनाओं में संगठन के वैज्ञानिक अध्ययन के प्रयास हुए हैं। लूथर गुलिक तथा उर्विक ने अपने तथा अन्य लोगों के अनुभवों तथा अध्ययनों को एकत्रित करके प्रशासन तथा संगठन के सामान्य सिद्धांतों के निर्माण में योगदान दिया। अपने प्रयोगों के आधार पर फ्रेडरिक टेलर ने संगठन में कार्यकुशलता तथा मितव्ययिता में सुधार के उद्देश्य से व्यापक वैज्ञानिक प्रबंध के सिद्धांत निर्मित किए। जर्मन समाजशास्त्री मैक्स वेबर ने नौकरशाही की अवधारणा पर ध्यान केंद्रित किया। एल्टन मेयो ने मानवीय संबंधात्मक सिद्धांत और हर्बर्ट साइमन ने निर्णय निर्माण प्रक्रिया में मूल्य वरीयताओं के संबंध में मानव व्यवहार का विश्लेषण प्रस्तुत किया। डगलस मैक्ग्रेगर एवं अब्राहम मैस्लो ने सामाजिक-मनोवैज्ञानिक दृष्टि से तथा फ्रेड डब्ल्यू. रिग्स ने पारिस्थितिकीय उपागम के आधार पर संगठन का अध्ययन प्रस्तुत किया है।

वस्तुत: आधुनिक संगठन सिद्धांत आज भी विकास की प्रक्रिया में है। विभिन्न विचारकों एवं विद्वानों ने संगठन का अध्ययन विभिन्न दृष्टिकोणों से किया है। इन सिद्धांतों को निम्नलिखित वर्गों में रखा जा सकता है:

1. शास्त्रीय उपागम: हेनरी फेयोल, लूथर गुलिक एवं लिंडल उर्विक
2. वैज्ञानिक प्रबंध उपागम : फ्रेडरिक टेलर

प्रवीण कुमार झा, एसोसिएट प्रोफेसर, शहीद भगत सिंह कॉलेज, दिल्ली विश्वविद्यालय

3. नौकरशाही उपागम: मैक्स वेबर
4. मानवीय संबंधात्मक उपागम : एल्टन मेयो
5. व्यवहारवादी उपागम: हर्बर्ट साइमन

2.1 शास्त्रीय उपागम

Classical approach

संगठन की शास्त्रीय विचारधारा को पुरातनवादी विचारधारा, प्रतिष्ठित विचारधारा, परंपरावादी विचारधारा, यांत्रिक विचारधारा, औपचारिक विचारधारा या संरचनात्मक सिद्धांत के नाम से भी जाना जाता है। शास्त्रीय सिद्धांतों की सर्वाधिक महत्त्वपूर्ण विशेषता है – इनकी संगठन सिद्धांतों के निर्माण के विषय में विशेष चिंता। शास्त्रीय विचारकों ने संगठन में कार्य-विभाजन पूर्ण करने के सच्चे आधारों को खोजने तथा कुशलता के लिए कार्य समन्वय के प्रभावी तरीकों को ढूंढने का प्रयास किया। उन्होंने विभिन्न गतिविधियों तथा उनके अंतर्संबंधों की सही परिभाषा पर बल दिया तथा कार्य सुचारू रूप से कराने के लिए संगठन में कार्यरत लोगों के ऊपर अवरोध तथा नियंत्रण पद्धति द्वारा सत्ता प्रयोग का सुझाव दिया।

शास्त्रीय उपागम के अंतर्गत हेनरी फेयोल, लूथर गुलिक, उर्विक, फ्रेडरिक टेलर तथा मैक्स वेबर के विचारों का अध्ययन किया जाता है। फेयोल, गुलिक तथा उर्विक ने संगठन सिद्धांतों पर बल दिया, वहीं टेलर ने ''वैज्ञानिक प्रबंध मॉडल'' तथा वेबर ने ''नौकरशाही मॉडल'' प्रस्तुत किया। इन विचारकों ने संगठन में ''कुशलता तथा मितव्ययिता'' पर जोर दिया।

हेनरी फेयोल

हेनरी फेयोल का जन्म 1841 में एक मध्य वर्गीय फ्रांसीसी परिवार में हुआ था। खदान इंजीनियरिंग में स्नातक करने के बाद फेयोल की नौकरी एक खदान कंपनी में इंजीनियर के पद पर लग गई। 1888 में तरक्की करते हुए फेयोल कंपनी के प्रबंध निदेशक पद पर पहुंच गए। उनके प्रबंध निदेशक रहने के दौरान वह खदान कंपनी दिवालिएपन की कगार से उबर कर मजबूत वित्तीय हैसियत वाली कंपनी बन गई। जैसा कि उर्विक कहते हैं-वह सफलता जो फेयोल ने अपने प्रबंध निदेशक के पद पर रहते हासिल की फ्रांस के औद्योगिक इतिहास में एक अतिरंजनापूर्ण घटना है।[1]

खनन इंजीनियरिंग और भूगर्भ शास्त्र पर दस किताबें लिखने के अलावा उन्होंने प्रबंधन पर तमाम पर्चे लिखे। उनकी लिखी किताबों में सबसे बेहतरीन किताब- *सामान्य और औद्यौगिक प्रबंधन* (1916) है। इस अकेली किताब के प्रकाशन से उनकी ख्याति बहुत बढ़ गई। यह किताब आज तक पुनर्प्रकाशित हो रही है।[2] उनके प्रमुख लेख हैं – ''जनरल प्रिंसिपल्स ऑफ एडमिनिस्ट्रेशन'' (1908), ''इम्पोर्टेंस ऑफ द एडमिनिस्ट्रेशन फंक्शन इन द कंडक्ट ऑफ बिजनेस'' (1917), ''द रिफॉर्म ऑफ द पब्लिक

सर्विस (1908), ''द इंडस्ट्रीयलाइजेशन ऑफ द स्टेट'' (1919), ''एडमिनिस्ट्रेटिव रिफॉर्म्स ऑफ द पोस्ट्स एंड टेलीग्राफ'' (1921) ''एवं द एडमिनिस्ट्रेशन थ्योरी इन द स्टेट'' (1923)।

हेनरी फेयोल ने प्रशासन तथा प्रबंध में कोई अंतर नहीं माना है। उन्होंने संगठन के सर्वोच्च या शीर्ष स्तर के लिए उच्च प्रबंध के बजाय ''प्रशासन'' शब्द का प्रयोग किया है। फेयोल का विचार था कि प्रशासन या प्रबंध के सिद्धांत सार्वभौमिक होते हैं, अत: उन्हें व्यवसाय, उद्योग, सेना, सरकार, शिक्षा, चिकित्सा, राजनीति, धर्म, युद्ध या समाज सेवा इत्यादि किसी भी क्षेत्र में प्रयुक्त किया जा सकता है। अत: कहा जा सकता है कि फेयोल की दृष्टि में निजी तथा लोक प्रशासन में कोई भेद नहीं है। फेयोल के शब्दों में, 'प्रशासन शब्द को मैंने जो अर्थ दिया है और जो सामान्य रूप से स्वीकृत हुआ है वह प्रशासनिक विज्ञान क्षेत्र को वृहद आयाम प्रदान करता है। इसके दायरे में न केवल लोक सेवा अपितु हर प्रकार के उद्यम, वर्णन के हर प्रारूप और उद्देश्य आते हैं क्योंकि सभी उद्यमों में योजना, संगठन, आदेश, समन्वय और नियंत्रण की आवश्यकता पड़ती है। सही प्रकार से काम करने के लिए सभी को एक जैसे सामान्य सिद्धांतों का अनुसरण करना पड़ता है। ऐसे में हम विभिन्न तरह के विज्ञानों से मुखातिब नहीं होंगे बल्कि एक से ही विज्ञान का सामना करेंगे जो समान रूप से लोक सेवा, तथा निजी मामलों में प्रयुक्त होगा।'[3]

फेयोल के अनुसार किसी गतिविधि के उद्देश्य को पाने के लिए प्रशासन और प्रबंधन में विभाजन करना तर्कसंगत नहीं है। वह कहते हैं, 'प्रबंधन, संस्थानों के ''प्रशासन'' में बहुत महत्त्वपूर्ण भूमिका निभाता है। संस्थानों में हर तरह के संस्थान शामिल हैं-औद्योगिक, व्यापारिक, राजनीतिक, धार्मिक व अन्य ... ये छोटे और बड़े सभी तरह के हैं।'[4]

औद्योगिक संस्थानों की तमाम गतिविधियों को फेयोल छह समूहों में विभाजित करते हैं:

1. **तकनीकी गतिविधियाँ** (technical activities) (उत्पादन, निर्माण, अनुकूलन): दूसरी गतिविधियों के मुकाबले ये गतिविधियां उन्नति करने और लक्ष्य हासिल करने में बहुत ज्यादा सहायक होती हैं।

2. **वाणिज्यिक गतिविधियाँ** (commercial activities) (बेचना, खरीदना विनिमय): वाणिज्यिक गतिविधियों में कुशाग्र बुद्धि और निर्णय क्षमता के साथ बाजार की जानकारी, प्रतियोगियों की ताकत का ज्ञान, दूरगामी नजरिया, संबंधों का फायदा उठाने की कला और मूल्यों को नियंत्रित रखने का ज्ञान होना भी शामिल है।

3. **वित्तीय गतिविधियाँ** (financial activities) (पूंजी की तलाश और उसका महत्तम उपयोग): पूँजी की प्राप्ति तथा उसके श्रेष्ठतम उपयोग से संबंधित गतिविधियों को फेयोल ने वित्तीय गतिविधियों की श्रेणी में रखा है। संयंत्र, कच्ची सामग्री, मशीनों, कार्मिकों तथा विस्तार कार्यों हेतु पूँजी की प्राथमिक आवश्यकता है। अत: पूँजी की प्राप्ति, उपलब्ध कोष का श्रेष्ठतम उपयोग तथा उपयुक्त वित्तीय प्रबंध अत्यावश्यक है।

4. **सुरक्षा गतिविधियाँ** (security activities) (लोगों और संपत्ति की सुरक्षा हेतु): उपक्रम के कार्मिकों तथा संपत्ति की सुरक्षा भी एक जरूरी गतिविधि है। चोरी, बाढ़, आग, हड़ताल तथा तोड़फोड़ से बचाव के लिए समय रहते व्यवस्थाएँ की जानी चाहिए।

5. **लेखांकन गतिविधियाँ** (accounting activities) (माल सूची, तुलन पत्र, लागत और

सांख्यिकी): फेयोल ने हिसाब-किताब रखने, बैलेंस शीट (तुलन-पत्र) बनाने, लागत तथा सांख्यिकी से संबंधित विवरण रखने की क्रियाओं को लेखांकन गतिविधियों की श्रेणी में रखा है। एक कुशल लेखांकन व्यवस्था से ही संगठन की वित्तीय स्थिति का आभास होता है। यह एक सशक्त प्रबंधकीय हथियार है।

6. **प्रबंधकीय गतिविधियाँ** (managerial activities) (योजना बनाने, संगठित करने, आदेश देने, समन्वय तथा नियंत्रण करने (POCCoC) की गतिविधियां): इन्हें फेयोल ने प्रबंधकीय गतिविधियों के वर्ग में रखा है। फेयोल के अनुसार प्रबंध एक कार्य है, एक गतिविधि है तथा एक अर्जित प्रतिभा है।

प्रबंध के कार्य

फेयोल ने प्रबंध के कार्यों को पाँच भागों में विभक्त किया है।

नियोजन (planning): हेनरी फेयोल की दृष्टि में नियोजन का अर्थ है – "आगे देखना।" आगे देखने से तात्पर्य भविष्य का मूल्यांकन और आवश्यक व्यवस्था करने से है। इसीलिए फेयोल ने नियोजन को "प्रबंध का बहुमूल्य उपकरण" कहा है। नियोजन किसी कार्यवाही का सबसे प्रमुख औजार और दस्तावेजी प्रारूप होता है। यह तात्कालिक घटनाओं को दीर्घकालिक लक्ष्यों से पृथक करने की क्षमता देता है। एकता, निरंतरता, लचीलापन और सुस्पष्टता अच्छे नियोजन के मुख्य गुण हैं।[5]

संगठन (organisation): चाहे किसी औद्यौगिक प्रतिष्ठान को संगठित करना हो अथवा सरकारी एजेंसी को, इसके लिए निम्न चीजों की जरूरत पड़ती है – कच्चा माल, औजार, पूंजी तथा कामगार आदि। फेयोल इन गतिविधियों को दो वर्गों में बांटते हैं – भौतिक संगठन और मानव संगठन। इसमें नेतृत्व और संगठन-संरचना दोनों शामिल हैं।

आदेश (command): फेयोल के अनुसार आदेश या कमान का उद्देश्य संपूर्ण संगठन के हित में सभी कार्मिकों से अनुकूल प्रत्युत्तर या निष्पादन प्राप्त करना है। फेयोल यह भी मानते हैं कि आदेश की कला, प्रबंधक के व्यक्तिगत गुणों तथा प्रबंध के सामान्य सिद्धांतों के ज्ञान पर निर्भर करती है। इसकी दक्षता प्रत्येक व्यक्ति में भिन्न-भिन्न हो सकती है।

आदेश या कमान कृत्य करने वाले प्रबंधक अर्थात् नेतृत्वकर्ता को चाहिए कि वह अपने कार्मिकों का पूर्ण ज्ञान रखें। अक्षम को निकाल दे। व्यवसाय तथा इसके कार्मिकों को एक-दूसरे से जोड़ने वाली व्यवस्था से परिचित हो। समय-समय पर अंकेक्षण करे तथा सारांश चार्ट का उपयोग करे। विस्तृत विवरण में न डूबे और कार्मिकों में एकता, चुस्ती, पहल तथा वफादारी के लक्ष्य बनाए।[6]

संयोजन (co-ordination): इसका मुख्य उद्देश्य मिल-जुलकर काम करना है और सभी तरह की गतिविधियों में समरूपता लाना है ताकि संगठन को काम करने में आसानी हो सके। इसके अलावा संयोजन का अनिवार्य रूप से एक लक्ष्य यह भी है कि यह अलग-अलग विभागों के प्रयासों में तालमेल बनाए और इन विभागों की तमाम गतिविधियों को संगठन के व्यापक उद्देश्य के परिप्रेक्ष्य में लाए।[7]

नियंत्रण (control): इसका उद्देश्य है स्वीकृत योजनाओं, स्थापित सिद्धांतों और जारी किए गए दिशा-निर्देशों के बीच समरूपता लाना। इस प्रक्रिया में कमजोरियां और गलतियां उजागर होती हैं, जिन्हें सुधार कर इनकी पुनरावृत्ति रोकी जाती है। प्रभावी नियंत्रण के लिए इसे एक यथोचित समय में लागू किया जाना चाहिए और सुनिश्चित किया जाना चाहिए कि यह लागू हो। फेयोल नियंत्रण शब्द को वृहत फ्रांसीसी परिप्रेक्ष्य में इस्तेमाल करते हैं जिसके आशय हैं - निगरानी, जांचने, परीक्षण, अनुश्रवण तथा फीडबैक मुहैय्या करना आदि।

फेयोल के प्रबंध सिद्धांत
Principles of management

फेयोल ने अपनी पुस्तक *जनरल एवं इंडस्ट्रियल मैनेजमेंट* में प्रबंध के चौदह सिद्धांतों का विकास किया। जिनका संक्षेप में निम्नानुसार उल्लेख किया जा सकता है।

कार्य का विभाजन (division of work): कार्य के विभाजन का उद्देश्य विशेषीकरण के सिद्धांत से लाभ प्राप्त करना है जिसका प्रयोग न केवल तकनीकी कार्य में बल्कि सभी अन्य कार्यों में किया जा सकता है। टेलर के विपरीत, फेयोल ने बताया कि कार्य-विभाजन की अपनी स्पष्ट सीमाएं हैं।

प्राधिकार तथा उत्तरदायित्व (authority and responsibility): प्राधिकार और उत्तरदायित्व परस्पर संबद्ध शब्द हैं। उत्तरदायित्व प्राधिकार का अनिवार्य समानाधिकारी होता है और वे साथ-साथ कार्य करते हैं। एक आदर्श प्रबंधक से आशा की जाती है कि उसके पास आधिकारिक स्थिति और उसके अंतर्निहित निजी प्राधिकार से उत्पन्न आधिकारिक प्राधिकार होगा। इस निजी प्राधिकार में 'बुद्धि, अनुभव, नैतिक मूल्य, नेतृत्व की क्षमता, विगत सेवा आदि शामिल होते हैं।'

अनुशासन (discipline): सार रूप में अनुशासन कर्मचारियों द्वारा प्रदर्शित आज्ञाकारिता, निवेदन, ऊर्जा शक्ति तथा आदर सूचक व्यवहार है। 'अनुशासन वही है जिसे नेता करारों के अनुपालन के माध्यम से बनाते हैं, क्योंकि करार अनुशासन की औपचारिकताओं का वर्णन करते हैं। अनुशासन की तीन पूर्वापेक्षाएं हैं: (i) सभी स्तरों पर उत्तम पर्यवेक्षक, (ii) स्पष्ट और उचित करार, और (iii) दंड या प्रतिबंध का विवेकपूर्ण अनुप्रयोग।'

आदेश की एकता (unity of command): इस सिद्धांत के अनुसार कर्मचारी को केवल एक वरिष्ठ अधिकारी से आदेश प्राप्त करने चाहिए। द्वैध आदेश सभी प्रतिष्ठानों में बरबादी लाता है, क्योंकि प्राधिकार की अवहेलना होती है, अनुशासन खतरे में पड़ जाता है, व्यवस्था अस्तव्यस्त होती है और स्थिरता को खतरा पैदा हो जाता है।

निर्देश की एकता (unity of direction): इस सिद्धांत का संबंध संगठन की एकात्मकता से माना जाता है, न कि कार्मिकों की एकात्मकता से। निर्देश की एकता का तात्पर्य यह है कि एक उद्देश्य की पूर्ति हेतु की जाने वाली क्रियाओं के समूह (योजना) का संचालन केवल एक व्यक्ति द्वारा किया जाना चाहिए तथा उसकी एक ही योजना होनी चाहिए। एक ही योजना कई व्यक्तियों को सौंप देने से क्रियान्वयन में बाधाएँ आती हैं। फेयोल के अनुसार - दो सिर

वाला शरीर, मानव अथवा पशु जगत, सभी जगह राक्षस माना जाता है तथा उसे जीवित रहने में कठिनाई अनुभव होती है।

सामान्य हित के प्रति वैयक्तिक हित की अधीनता (subordination of individual interest to general interest): सामान्य हित वैयक्तिक हित पर अभिभावी होना चाहिए परंतु महत्त्वाकांक्षा, आलस्य, कमजोरी और अन्य प्रवृत्तियों जैसे कुछ कारकों में सामान्य हित का महत्त्व कम करने की प्रवृत्ति होती है।

कार्मिकों का पारिश्रमिक (remuneration): प्रदान की गई सेवाओं की कीमत के रूप में, पारिश्रमिक दोनों पक्षों के लिए उचित और संतोषजनक होने चाहिए।

केंद्रीकरण (centralisation): प्रत्येक कार्य जो अधीनस्थ की भूमिका के महत्त्व को बढ़ाने के लिए किया जाता है वह विकेंद्रीकरण है, प्रत्येक कार्य जो इसे कम करने के लिए किया जाता है वह केंद्रीकरण है। केंद्रीकरण अथवा विकेंद्रीकरण का प्रश्न कार्मिकों के सभी गुणों के प्रभावकारी उपयोग की कुंजी है।

सोपानीय क्रम (scalar chain): यह संचार के उद्देश्य से वरिष्ठ अधिकारियों का एक क्रम है अथवा उच्चतम कार्यपालक से लेकर निम्नतम कर्मचारी तक प्राधिकार की एक रेखा है। तीव्र कार्यवाई की आवश्यकता को ''गैंग प्लांक'' अथवा प्रत्यक्ष संपर्क का उपयोग कर प्राधिकार रेखा को समुचित महत्त्व देकर पूरा किया जाना चाहिए।

क्रमबद्धता (order): यह वस्तुओं और व्यक्तियों के संबंध में संगठन का एक सिद्धांत है। भौतिक व्यवस्था की यह अपेक्षा है कि 'प्रत्येक चीज का एक स्थान हो तथा प्रत्येक चीज अपनी जगह पर रहे' और सामाजिक व्यवस्था की मांग है कि 'सही व्यक्ति को सही जगह मिले।'

समता (equity): समता न्याय से बड़ी है क्योंकि यह ''दया और न्याय के योग से उत्पन्न होती है।'' समता के अनुप्रयोग के लिए बहुत अच्छे विवेक, अनुभव और उत्तम स्वभाव की आवश्यकता होती है ताकि कर्मचारियों से समर्पण और वफादारी प्राप्त की जा सके।

कार्यकाल की स्थिरता (security of tenure): कार्यकाल की स्थिरता कर्मचारी को नया कार्य करने के प्रति अभ्यस्त बनाने तथा उसे अच्छा कार्य करने में समर्थ बनाने के लिए अनिवार्य है।

पहल (initiative): योजना पेश करने तथा उसे निष्पादित करने की स्वतंत्रता को ही पहल के रूप में जाना जाता है जिससे मनुष्यों के उत्साह और ऊर्जा में वृद्धि होती है। चूंकि पहल 'उन सर्वाधिक तीव्र संतोषों में से एक है जिसको बुद्धिमान मनुष्य अनुभव करता है।' फेयोल ने प्रबंधकों को सलाह दी कि वे कर्मचारियों को यथासंभव पहल करने के लिए प्रेरित करें।

समूह भावना (espirit de corps): यह इस कहावत पर आधारित है कि ''एकता में बल'' है। यह आदेश की एकता के सिद्धांत का विस्तार भी है जिसके द्वारा समूह कार्य सुनिश्चित किया जाता है। उद्यम में समुचित ''समूह भावना'' कायम रखने के लिए दुरुपयोग से बचा जाना चाहिए।[8]

फेयोल साफ-साफ शब्दों में यह कहते हैं कि प्रबंधन के सिद्धांत जड़ नहीं होते।

एकीकृत या समन्वित दृष्टिकोण

Integral view

फेयोल उन विद्वानों में अग्रणी हैं जो प्रशासन को प्रबंधकीय दृष्टिकोण (managerial view) से देखने के बजाय एकीकृत या समन्वित दृष्टिकोण (integral view) से देखते हैं अर्थात् प्रशासन में केवल उच्च स्तरीय नीति निर्माता या निर्णयकर्ता उच्चाधिकारी ही नहीं बल्कि संगठन के वे समस्त कार्मिक सम्मिलित होते हैं जिनका संबंध संगठन की उन क्रियाओं से होता है जो संगठन की नीतियों, उद्देश्यों तथा कार्यों के क्रियान्वयन से जुड़े होते हैं। फेयोल की मान्यता है कि 'प्रशासन किसी-न-किसी मात्रा में प्रत्येक कार्मिक के कार्यों का एक भाग होता है, चाहे वह कार्मिक साधारण अथवा निम्न पदधारक ही क्यों न हो।'

प्रशिक्षण: फेयोल प्रशासन के क्षेत्र में व्यवस्थित प्रशिक्षण का सुझाव देने वालों में भी अग्रणी थे। वह फ्रांस के यांत्रिकी महाविद्यालयों की इसलिए आलोचना करते थे कि इन विद्यालयों ने प्रशासन को अपने पाठ्यक्रम से बाहर कर रखा था। फेयोल का सुझाव है कि प्रशिक्षण एक सतत् प्रक्रिया है जो एक स्कूल से शुरू हो कर किसी संगठन के कर्मचारी हो जाने तक जारी रहती है। उनका मानना है कि किसी भी संस्थान के वरिष्ठ अधिकारी अपने मातहतों के अध्यापकों की तरह होते हैं।

दलीय मोर्चा (गैंग प्लैंक): श्रेणीबद्ध संगठनों में यह सिर्फ अपनी स्थिति से छलांग लगाने की जरूरत को ही व्यक्त करता है। हालांकि फेयोल औपचारिक संगठनों पर बल देते हैं फिर भी वह औपचारिकतावाद में मौजूद अनुरूपण और पद सोपान के खतरों से भी सचेत हैं। इस हेतु फेयोल ने गैंग प्लैंक व्यवस्था का सुझाव देते हुए कहा है कि आवश्यकता होने पर

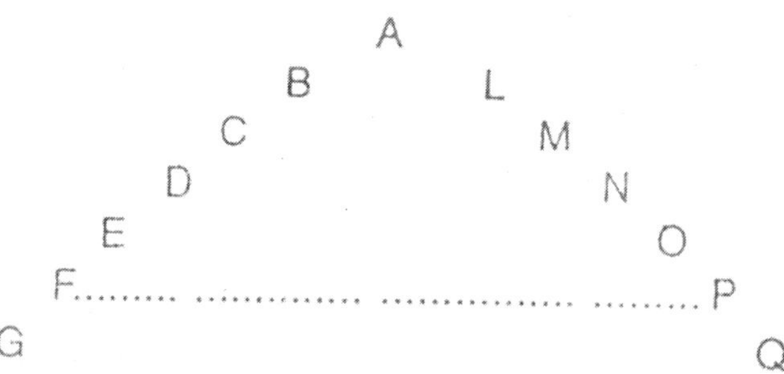

समस्तरीय अधिकारी बिना शीर्ष तक जाए तथा पुन: नीचे तक आने के बजाय सीधे ही (पुल बनाकर) संपर्क स्थापित कर सकते हैं। फेयोल के अनुसार, संगठन में एक संभाग के अधिकारी को दूसरे संभाग के समस्तरीय अधिकारी से कार्य पड़ता हो तो गैंग प्लैंक विधि का सहारा ले लेना चाहिए। लेकिन फेयोल अनुभव करते हैं कि यह निजी संगठन में तो सरलता से हो सकता है किंतु सरकारी संगठनों में जहाँ सत्ता के सूत्र अस्पष्ट होते हैं, कम उपयोगी हो सकता है। गैंग प्लैंक शब्द का अर्थ है, ''नाव के अंदर या बाहर चलने के लिए लकड़ी

का उठाऊ तख्ता।'' यहाँ दिए चित्र में यह स्वत: ही स्पष्ट हो रहा है।

इस चित्र में अगर F संचार के उपयुक्त माध्यमों के सिद्धांत का अनुसरण करता है तो वह P तक अपना संदेश अथवा फाइल 'E', 'D' सहित नौ स्तरों को समेटने वाले बिंदुओं के जरिये पहुंचा सकता है। मगर यह F के लिए तभी संभव है जब वह गैंग प्लैंक का इस्तेमाल करे और A सहित अन्य मध्यस्थों तक खुद गुजरने से बचे। एक और बात ध्यान देने की है कि यह 'गैंग प्लैंक' वरिष्ठता को मान्यता देते (इस मामले में E और O) हों। लेकिन चित्र के अनुसार यदि F और P के बीच असहमति पैदा हो जाती है तो मामले को अपने नजदीकी वरिष्ठ क्रम को सौंप देना चाहिए।

आलोचनात्मक मूल्यांकन: फेयोलवाद की कई स्तरों पर आलोचना भी की गई है। संरचनावादियों का तर्क है कि प्रकार्यात्मक वर्गीकरण पर इतना जोर देने के बावजूद फेयोल ने संरचनात्मक पहलू की उपेक्षा की है। विश्लेषण की अपनी इसी सीमा की वजह से फेयोल के विश्लेषण को दोषी पाया गया है।[9] हेनरी फेयोल के मुताबिक आदेश की एकता का सिद्धांत सबसे महत्त्वपूर्ण है। इसका उल्लघंन ''सिर्फ दंडमुक्ति'' की स्थिति में ही किया जा सकता है। आदेश की एकता सिद्धांत के हालिया आलोचकों का कहना है कि उस संगठन में इस सिद्धांत पर आधारित पदानुक्रम को मजबूत करना व्यर्थ होगा जिस संगठन में एकता की भावना नाम मात्र की हो, जहां व्यक्तिगत संपर्क बहुत सीमित हों तथा चीजों के देखने और समझने के नजरिये में खासा मतभेद हो।[10] फेयोल के विचार प्रशासन की शास्त्रीय विचारधारा का प्रतिनिधित्व करते हैं जिसमें संगठन की औपचारिकता, नियम तथा कार्यप्रणाली पर यांत्रिक दृष्टिकोण अपनाया गया है अर्थात् फेयोल ने भी मानव-संबंधों की उपेक्षा की है।

पीटर ड्रकर मानते हैं कि फेयोल ने जीवंत व्यवसायों में यांत्रिक संगठनों के ''आदर्श'' या ''सार्वभौमिक'' प्रतिमान थोपने की कोशिश की है। फेयोल के 14 सिद्धांत अतिराव से भरपूर हैं। ड्रकर यह भी कहते हैं कि फेयोल के सिद्धांत उनके कोयला कंपनी में कार्य करते हुए प्राप्त अनुभवों पर आधारित हैं जो आज के विशाल एवं जटिल संगठनों में व्यावहारिक सिद्ध नहीं हो सकते हैं।[11] बर्नार्ड और साइमन, फेयोल के विचारों की व्यापक आलोचना करते हुए कहते हैं, ''प्रबंधकीय संगठन को मात्र औपचारिक संगठनों की संरचना हेतु ''सिद्धांत समूह'' गढ़कर नहीं समझाया जा सकता।[12] इनके मुताबिक संगठन में काम करने वाले कर्मचारियों का व्यवहार नियंत्रित व्यवहार से कई मामलों में अलग होता है।

फेयोल पर यह आरोप गलत है कि उनके सिद्धांत यांत्रिक हैं। वह खुद ही सतर्क थे कि उनके सिद्धांतों को दृढ़ नियमों की तरह नहीं लिया जाना चाहिए। उनके शब्दों में 'प्रबंध के मामले में कुछ भी पूर्ण नहीं है। कभी-कभी ऐसा भी होता है कि एक ही नियम को भिन्न परिस्थिति में, भिन्न अर्थ के साथ समय और संदर्भ के हिसाब से दूसरी तरह इस्तेमाल किया जाता है।'[13]

फेयोल द्वारा विकसित सिद्धांतों का आज व्यापक रूप से योजना बनाने तथा कंपनी के संरचनात्मक विकास में सहयोग देने के लिए इस्तेमाल होता है। उनके द्वारा सुझाए गए 14 प्रबंध सिद्धांतों में से एक ''दिशा की एकता'' (हर गतिविधि के लिए एक ही मुख्य अधिकारी और एक ही योजना, आदेश की एकता, एक ही बॉस का होना) एवं उपयोगिता का सिद्धांत

जो इस बात की चर्चा करता है कि जिम्मेदारी अधिकार के बराबर होनी चाहिए वर्तमान में बहुत ज्यादा प्रासंगिक एवं उपयोगी हैं ।

| लूथर गुलिक और लिंडल उर्विक

1920 तथा 1930 के दशकों के दौरान फेयोल के सिद्धांतों का विकास अनेक लेखकों ने किया। इस संदर्भ में लूथर गुलिक तथा लिंडल उर्विक का नाम विशेष रूप से उल्लेखनीय है। इन्हें उद्योग जगत तथा सरकार का व्यापक अनुभव था तथा ये दोनों व्यावहारिक तौर पर सुधारक के रूप में सक्रिय थे। इन दोनों लेखकों ने संगठन का एक शास्त्रीय सिद्धांत विकसित किया जो ''प्रशासकीय प्रबंधन-सिद्धांत'' के रूप में जाना जाता है। इन दोनों का यह विश्वास था कि सिद्धांतों के आधार पर प्रशासन के विज्ञान का विकास संभव है। 1937 में गुलिक तथा उर्विक ने ''पेपर ऑन द साइंस ऑफ एडमिनिस्ट्रेशन'' का संपादन किया। यह राष्ट्रपति रूजवेल्ट द्वारा स्थापित प्रशासनिक प्रबंधन की समिति द्वारा प्रदत्त रिपोर्ट थी। इन दोनों के अनुसार, 'इस रिपोर्ट की मुख्य स्थापना यह है कि कुछ ऐसे नियम हैं जो आगमनात्मक रीति से मानवीय संगठनों के अध्ययन तक पहुंचा सकते हैं। इन नियमों द्वारा किसी भी प्रकार के मानव-संघ की व्यवस्था का संचालन-प्रशासन किया जा सकता है।' इन नियमों का अध्ययन एक तकनीकी प्रश्न के रूप में किया जा सकता है। इसमें उद्यम के उद्देश्यों का ध्यान रखना जरूरी नहीं है और न ही जो व्यक्ति इस उद्यम में समाविष्ट हैं उनका ध्यान रखना अनिवार्य है। यह भी जरूरी नहीं है कि एक तकनीकी प्रश्न के रूप में अध्ययन करते समय इन नियमों की रचना के लिए जिम्मेदार संवैधानिक, राजनीतिक अथवा सामाजिक सिद्धांतों का ख्याल रखा जाए। यह सार्वभौमिकता तथा सक्रियतावाद का मुखर स्वर था। इसका अर्थ यह था कि प्रशासन सार्वभौमिक रूप से एक विज्ञान है और इसके नियम हर जगह लागू किए जा सकते हैं।

उर्विक ने संगठन को गतिविधियों का निर्धारक माना है और इसकी परिधि में वैसी गतिविधियों का उल्लेख किया है जो योजना अथवा उद्देश्य को हासिल करने के लिए आवश्यक होती हैं। संगठन इन गतिविधियों को सामूहिक रूप से हासिल करने से पहले उन्हें व्यक्तिगत स्तर पर वर्गीकृत करता है।[14]

उर्विक ने संगठन के आठ सिद्धांतों का उल्लेख किया है जो इस प्रकार हैं:

(i) लक्ष्यों का सिद्धांत: संगठन को उद्देश्य की अभिव्यक्ति भी करनी चाहिए।

(ii) अनुकूलता का सिद्धांत: अधिकार एवं जिम्मेदारी दोनों एक-दूसरे के बराबर होने चाहिए।

(iii) जिम्मेदारी का सिद्धांत: अपने मातहतों से काम लेने की जिम्मेदारी हर हाल में उच्च अधिकारियों पर होनी चाहिए।

(iv) परिमापक सिद्धांत

(v) विस्तार के नियंत्रण का सिद्धांत: एक उच्च अधिकारी सीधे नियंत्रण नहीं कर सकता। यह काम उसके मातहत पांच या छह लोग करते हैं जिनके काम आपस में जुड़े होते हैं।

(vi) विशेषज्ञता का सिद्धांत: एक व्यक्ति को एक ही कार्य संचालन तक सीमित रखता है।

(vii) संयोजन का सिद्धांत

(viii) परिभाषा का सिद्धांत: प्रत्येक कर्त्तव्य का स्पष्ट निर्धारण[15]

बाद में उन्होंने फेयोल के 14 प्रशासनिक सिद्धांतों, मूने एवं रिले के सिद्धांत, प्रक्रिया और प्रभाव, टेलर के प्रबंधन सिद्धांत तथा फोलेट व ग्रेक्युनास के विचारों को एकीकृत करके 29 सिद्धांत तथा उनके उपसिद्धांत विकसित किए जो कि इस प्रकार हैं –

1. जांच-पड़ताल; 2. पूर्वानुमान; 3. योजना; 4. संगति; 5. संगठन; 6. संयोजन; 7. व्यवस्था; 8. आदेश; 9. नियंत्रण; 10. संयोजन सिद्धांत; 11. प्रभुत्व; 12. परिमापन प्रक्रिया; 13. कार्य का विभाजन; 14. नेतृत्व; 15. प्रतिनिधित्व; 16. प्रकार्य परिभाषा; 17. दृढ़ता; 18. कार्यान्वयन की क्षमता; 19. विश्लेषणात्मक; 20. साधारण हित; 21. केंद्रीकरण; 22. कर्मचारी निश्चित करना; 23. आत्मा; 24. चयन और नियुक्ति; 25. पुरस्कार एवं प्रतिबंध; 26. पहल; 27. अंशधारिता; 28. अनुशासन और 29. स्थिरता[16]

गुलिक ने प्रक्रिया अभिकल्पन के दस सिद्धांत सुझाए हैं।[17] ये इस प्रकार हैं:

1. कार्य विभाजन अथवा विशेषज्ञता; 2. विभागीय संगठनों के आधार; 3. श्रेणी क्रम के माध्यम से संयोजन; 4 सचेष्ट संयोजन; 5. समितियों के जरिये समायोजन; 6. विकेंद्रीकरण; 7. आदेश की एकता; 8. कर्मचारियों का श्रेणी विभाजन; 9. प्रतिनिधित्व और 10. नियंत्रण सीमा।

प्रशासन के इन दस सूचीबद्ध सिद्धांतों में से गुलिक कार्य के विभाजन पर विशेष रूप से जोर देते हैं। वह कहते हैं कि सही मायनों में काम का विभाजन ही संगठन का कारण है।[18] गुलिक ने काम विभाजन के चार आधारभूत सिद्धांत बतलाए हैं। गुलिक ने इन्हें "4 पी" का नाम दिया है, – उद्देश्य अथवा कार्य (purpose), प्रक्रिया (process), व्यक्ति अथवा ग्राहक (person), और स्थान (place)। उन्होंने विभागीकरण की अवधारणा के परिप्रेक्ष्य में इन मूलभूत कारकों की अच्छाई और बुराई को विस्तृत विवेचना का विषय बनाया है।

विज्ञानवाद के जोर में गुलिक ने सात नियमों की स्थापना की। इसे पोस्डकार्ब (POSDCORB) के रूप में अभिव्यक्त किया जाता है। इस पद में पी-नियोजन (planning), ओ-संगठनकार्य (organisation), एस-कर्मचारी-वर्ग (staffing), डी-निर्देशन (direction), सी-समन्वय (coordination) आर-संवाद प्रेषण (reporting) तथा बी-बजट (budgeting) के लिए प्रयुक्त हुआ है।,

योजना (planning) का काम संगठन में उपलब्ध मानवीय और भौतिक संसाधनों का आकलन करना है तथा इन संसाधनों के जरिये उपयुक्त तरीके से संगठन के लक्ष्यों को हासिल करना है।

संगठन (organisation) के नाम से उन गतिविधियों का परिचालन होता है जिनके द्वारा हम लक्ष्यों को हासिल करते हैं।

कर्मचारी वर्ग (staffing) कर्मचारियों के चयन की प्रक्रिया का सूचक है। यह कार्मिक

संगठन के सभी मामलों से संबंध रखता है जिनमें भर्ती, चयन, प्रोन्नति, अनुशासन, अवकाश वगैरह आते हैं।

निर्देशन (direction) संगठन के प्रबंधकों द्वारा अपने मातहतों को आदेश जारी करने और उनकी गतिविधियों को संचालित करने की प्रक्रिया की सूचना देता है।

संयोजन (coordination) विभिन्न इकाइयों और कर्मचारियों के बीच सहयोग को सुनिश्चित कर टीम भावना विकसित करता है।

संवाद प्रेषण (reporting) समूची प्रक्रिया वस्तुतः सूचनाओं के नीचे से ऊपर की ओर प्रवाह की प्रक्रिया है जो कि संकेत रूप में अक्षर 'आर' द्वारा सूचित की जाती है।

बजटिंग (budgeting) इसमें वित्तीय प्रशासन का संपूर्ण क्षेत्र आता है।

गुलिक और उर्विक के कुछ अन्य सिद्धांत इस प्रकार हैं।

(i) जनता तथा संगठनात्मक ढांचे में नजदीकी तौर पर पूरक संबंध होना चाहिए।

(ii) आदेशों की एकता संगठन के लिए अनिवार्य है।

(iii) उत्तरदायित्व तथा प्राधिकार में समानुपातिक संबंध होना चाहिए। प्रत्यायोजन की योजना ध्यानपूर्वक संपन्न होनी चाहिए।

(iv) नियंत्रण का विस्तार-क्षेत्र किसी संगठन में उचित तरीके से होना चाहिए। इस पर उर्विक का विचार है, 'कोई भी उच्चाधिकारी एक समय में पांच या ज्यादा से ज्यादा छह मातहतों के काम का ही निरीक्षण कर सकता है जिनके काम आपस में एक-दूसरे से जुड़े हों।' वह यह भी कहते हैं कि यदि मातहतों की संख्या में अंकगणितीय ढंग से वृद्धि हो रही हो तो उनके काम पर प्रभावी निरीक्षण के लिए अधिकारियों और मातहतों के बीच ज्यमितीय रिश्ते विकसित होने चाहिए।[19] गुलिक उर्विक की बात से सहमत नहीं दिखते कि मातहतों की कम से कम संख्या निश्चित की जाए जिससे कि अधिकारी प्रभावशाली ढंग से उन पर नियंत्रण रख सकें। इसके बजाए वह कुछ उन कारकों पर ध्यान देते हैं जो विस्तार के नियंत्रण को दृढ़ करते हैं। उन्होंने ऐसे चार कारकों को चिन्हित किया था।[20]

प्रथम, विस्तार सबसे पहले व्यक्तिगत रूप से सुपरवाइजरों के व्यक्तित्व पर निर्भर करता है।

दूसरे, तीव्र बुद्धि और प्रभावशाली व्यक्तित्व वाला उच्चधिकारी अपने मातहत कर्मचारियों पर आसानी से प्रभाव डालता है।

तीसरे, जहां पर सभी मातहत कर्मचारी एक ही तरह के काम में लगे हों, वहां उनका प्रभावशाली ढंग से निरीक्षण करना आसान होगा।

चौथे, विस्तार ऐसे संगठनों में आसानी से संभव होगा जो लंबे समय से अस्तित्व में हैं।

स्टाफ का सिद्धांत

यह नेतृत्व की एकता के सिद्धांत से उदभूत हुआ है। जब सारे अधिकार किसी एक व्यक्ति के पास होते हैं तो उसे संगठन चलाने के लिए सहायकों की जरूरत पड़ती है। ये सहायक सामान्य और विशिष्ट स्टाफ उपलब्ध कराते हैं। विशिष्ट स्टाफ किसी अधिकार का सीधे उपयोग नहीं करता बल्कि वह तो जनरल स्टाफ को महज सलाह देता है और समय पर जरूरी

जानकारियां उपलब्ध कराता है। आमतौर पर इन सूचनाओं का इस्तेमाल जानने, सोचने और योजना बनाने में होता है। उर्विक और गुलिक सामान्य स्टाफ के लिए निम्नलिखित दिशा-निर्देश तय करते हैं –

1. उन्हें विशिष्ट स्टाफ से आदेश प्राप्त करना,
2. इन आदेशों को आगे भेजना और
3. काम की निगरानी करना। साथ ही इन्हें विशेष काम की जिम्मेदारी लिए बिना ही विशिष्ट स्टाफ के काम में हाथ बंटाना चाहिए।[21]

प्राधिकार का स्रोत किसी एक शीर्ष अधिकारी में साफ-साफ निहित होना चाहिए। उर्विक का इसके पीछे तर्क यह था कि समितियां गैर जिम्मेदाराना व्यवहार को प्रश्रय देती हैं। उर्विक के शब्दों में समिति एक ऐसा निगम है 'जिसमें न तो शाप देने के लिए आत्मा और न ही लात मारने के लिए शरीर होता है।'[22]

आलोचनात्मक मूल्यांकन: सिद्धांतों के बारे में काफी कुछ लिखने के बाद भी वह यह स्पष्ट कर पाने में असफल थे कि वह अपने इन सिद्धांतों के माध्यम से कहना क्या चाहते हैं। एल. डी. व्हाइट कहते हैं "लाइन, स्टाफ, सहायक एजेंसियां, श्रेणीक्रम, अधिकार और केंद्रीकरण — ये तमाम शब्द प्रशासनिक परिस्थितियों का वर्गीकरण करने और यथायोग्य इनका वर्णन करने में तो उपयोगी हो सकते हैं लेकिन जहां तक सवाल प्रशासन का वैज्ञानिक सूत्रीकरण करने का है तो ये ऐसा नहीं करते। सिद्धांत कोई नियम नहीं बल्कि एक क्षेत्र के कुछ सुझाव मात्र हैं। ये महज काम में आने लायक व्यवहार के कुछ नियम सुझाते हैं जिन्हें व्यापक अनुभव ने वैधता प्रदान की है।[23] साइमन कहते हैं, 'प्रशासन के इन सिद्धांतों में एक खामी तो यही है कि इन सबके साथ इनका विलोमार्थी सिद्धांत भी जुड़ा है। एक तरह से ये सिद्धांत मुहावरों की तरह जोड़ों में हैं। रोचक बात तो यह है कि इन सिद्धांतों और इनके विलोमार्थी दोनों एक ही समय में सक्रिय रहते हैं और ऐसा कोई संकेत नहीं है जिससे स्पष्ट ढंग से पता चल सके कि सही कौन है और गलत कौन है। इससे तात्कालिक भ्रम पैदा होता है कि आखिर लागू किसे किया जाए।'[24]

उदाहरण के लिए, इनका एक सिद्धांत कहता है कि विशेषज्ञता से कार्य कुशलता बढ़ती है। मगर इसमें यह स्पष्ट नहीं किया गया कि क्षेत्र विशेष की विशेषज्ञता अच्छी होती है या कार्य संचालन की विशेषज्ञता बेहतर होती है। यहां ऐसा लगता है कि विशेषज्ञता के सिद्धांतों में दिख रही सरलता भ्रामक है। वह एक ऐसी जटिल सरलता है जिसमें किंतु-परंतु की अनेकार्थता छिपी है।[25]

शास्त्रीय प्रशासनिक विज्ञान की शायद सबसे बड़ी असफलता 'इसके सिद्धांतों का वैज्ञानिक कसौटी पर खरा न उतरना' है। इसी वजह से विज्ञान होने का उसका दावा कमजोर है। शास्त्रीय प्रशासनिक संगठनों की इसलिए भी आलोचना हुई है कि इन्होंने संगठन में मानवीय कारकों की अनदेखी की है। शास्त्रीय सिद्धांतकारों की यह एक बड़ी खामी है कि वे आमतौर पर संगठनों में व्यक्तियों की भूमिका को नगण्य मानते रहे हैं। अल्फ्रेड डायमांट कहते हैं प्रशासनिक संगठनों की अधिकतर अवधारणाएं अपने स्थायी होने की जिद से ग्रसित हैं, जबकि हकीकत यह है कि ऐसे संगठनों के उद्देश्य आर्थिक, सामाजिक और राजनीतिक उत्प्रेरणाओं

के कारण लगातार बदलते रहते हैं। इसलिए यह जरूरी है कि संगठन के इस परिवर्तनीय तत्त्व पर सिद्धांतकारों की स्पष्ट राय हो।

साइमन और मार्च शास्त्रीय प्रशासनिक विज्ञान की महत्त्वपूर्ण सीमाओं को इंगित करते हैं। इनमें से एक तो गलत प्रोत्साहन से संबंधित है, जबकि दूसरी सीमा यह है कि संगठनात्मक व्यवहार को परिभाषित करते समय संगठन के आंतरिक मतभेदों और हितों पर बहुत मामूली विचार ही किया गया है। साइमन और मार्च इसी क्रम में तीसरी सीमा यह चिन्हित करते हैं कि एक व्यापक और जटिल सूचना संशोधन व्यवस्था के रूप में मनुष्य की सीमाओं पर भी कम ध्यान दिया गया है।[26]

मगर व्यापक आलोचना के बावजूद आज भी प्रशासनिक साहित्य में, शास्त्रीय सिद्धांत का ही प्रमुख स्थान है। प्रशासन की कोई ऐसी पुस्तक नहीं है जो संगठन के सिद्धांतों के बिना पूर्ण हो।

2.2 वैज्ञानिक प्रबंध

19वीं एवं 20वीं सदी की महान् क्रांतियों में "प्रबंध क्रांति" (managerial revolution) भी एक है। इस प्रबंध क्रांति की शुरूआत संयुक्त राज्य अमेरिका में हुई और उसे निर्णायक मोड़ फ्रेडरिक टेलर ने दिया। टेलर विश्वास करते थे कि "सर्वश्रेष्ठ प्रबंधन असली विज्ञान है" जो हर तरह की मानवीय गतिविधियों में लागू होता है। इसलिए आमतौर पर उनका न केवल वैज्ञानिक प्रबंधन के पितामह के रूप में सम्मान किया जाता है अपितु उन्हें आधुनिक प्रबंध तकनीकों और पद्धतियों का प्रणेता भी समझा जाता है। कौंत (Comte) के समान ही टेलरवाद प्रबंध एवं उत्पादन के क्षेत्रों में कल्पना, रूढ़िवाद और परंपराओं के स्थान पर मापन, विधि का शासन, अधिकतम उत्पादन, आदि को संस्थापित करके प्रत्यक्षवाद को आगे बढ़ाता है।

फ्रेडरिक टेलर

फ्रेडरिक विनस्लो टेलर का जन्म 20 मार्च 1856 को पेंसिलवेनिया राज्य के जर्मन टाउन में हुआ था। उन्होंने फ्रांस और जर्मनी के अलावा फिलिप्स एक्सेटर अकादमी में भी पढ़ाई की। 1874 में जब वह महज 18 साल के थे तब उन्होंने फिलाडेल्फिया की इंटरप्राइज हाइड्रयूलिक वर्क्स में काम करना शुरू कर दिया। 1878 में वह मिडवले स्टील कंपनी में एक "लेबर" की हैसियत से काम करने गए और 1884 में यहीं मुख्य इंजीनियर बने। 1890 में वह एक कागज मिल मैन्युफैक्चरिंग इनवेस्टमेंट कंपनी में महाप्रबंधक बने। प्रबंधन विशेषज्ञ फ्रेडरिक अच्छे खासे वैज्ञानिक भी थे। उन्होंने एक कटाई का औजार, स्टील गर्म करके संसाधित करने की पद्धति, स्टील का हथौड़ा, विद्युत ऊर्जा से चलने वाला लदाई यंत्र, टूल फीडिंग मैकेनिज्म तथा छेद करने वाले उपकरणों का अविष्कार किया।

एफ. डब्ल्यू. टेलर की प्रमुख पुस्तकें एवं लेख *ए ट्रीटाइज ऑन क्रंकीट, प्लेन एंड रीइंफोर्सड मैटेरियल* (1905), *शॉप मैनेजमेंट* (1910), द *प्रिंसिपल्स ऑफ साइंटिफिक मैनेजमेंट एंड क्रकींट कोस्ट* (1912) हैं।

टेलर के पहले शोध 'उजरती दर व्यवस्था' (piece rate system) को "वेतन भुगतान सिद्धांत" के रूप में एक असाधारण योगदान माना जाता है। उन्होंने एक बिल्कुल नई व्यवस्था की रूपरेखा रखी जिसके तीन हिस्से हैं:

प्रथम समय और अध्ययन के जरिए काम का निरीक्षण और विश्लेषण ताकि दर अथवा मानक निर्धारित किया जा सके; *दूसरे* उजरती काम की भिन्न दर और *तीसरे* भुगतान व्यक्ति को करना न कि व्यक्ति के पद को।

टेलर प्रबंध की एक नई और परिपूर्ण अवधारणा विकसित करना चाहते थे। वह इस बात के हिमायती थे कि पारंपरिक प्रबंधकों को अधिकारवादी नजरिया त्यागकर एक नया और व्यापक नजरिया विकसित करना चाहिए जिसमें उन्हें अपने काम के लिए योजना संगठन और नियंत्रण जैसे तत्त्वों को वृहत परिप्रेक्ष्य में शामिल करना चाहिए। अपने दूसरे शोध प्रबंध "शॉप मैनेजमेंट" में टेलर ने कार्यशाला संगठन और प्रबंध तंत्र की विस्तार से चर्चा की है।[27] टेलर कहते हैं: औद्योगिक कार्यकुशलता बढ़ाने के लिए प्रबंध तंत्र का उद्देश्य अधिकतम वेतन देना और उत्पादन कीमत को कम से कम करने का लक्ष्य होना चाहिए। प्रबंध तंत्र को प्रबंधन समस्याओं के निदान के लिए शोध के वैज्ञानिक तरीकों और प्रयोगों का इस्तेमाल करना चाहिए। काम की परिस्थितियों का मानकीकरण करना चाहिए और इसी के चलते कामगारों की नियुक्ति का वैज्ञानिक आधार होना चाहिए। प्रबंध को हर हाल में कामगारों के औपचारिक प्रशिक्षण की व्यवस्था करनी चाहिए। साथ ही, नए नियुक्त कामगारों को खास निर्देश दिए जाने चाहिए जिससे कि वे काम के लिए मानक औजारों और विधि का ही इस्तेमाल करें। श्रमिक संगठन की वैज्ञानिक व्यवस्था के तहत श्रमिकों और प्रबंध के बीच दोस्ताना सहयोग होना चाहिए।

वैज्ञानिक प्रबंध या टेलरवाद की प्रमुख मान्यताएँ

एफ. डब्ल्यू. टेलर द्वारा प्रतिपादित वैज्ञानिक प्रबंध के सिद्धांतों का निर्माण उन्होंने अपने उन अनुभवों के आधार पर किया था जो उन्हें एक श्रमिक, पर्यवेक्षक तथा मुख्य इंजीनियर के रूप में कार्य करते हुए प्राप्त हुए थे। तीन दशक के इस संघर्ष में टेलर ने कई प्रकार के तकनीकी प्रयोगों के पश्चात् प्रबंध में निम्नांकित कमियाँ पाई-

प्रथम प्रबंध को, प्रबंधकों तथा श्रमिकों के उत्तरदायित्वों की स्पष्ट पहचान नहीं रहती; *द्वितीय* कार्य के प्रभावी मानकों की कमी; और *तृतीय* वस्तुत: श्रमिकों द्वारा कार्य की "प्राकृतिक सोल्जरिंग"[28] तथा "व्यवस्थित सोल्जरिंग"[29] अपनाने के कारण सीमित उत्पादन होता है।

वैज्ञानिक प्रबंध के सिद्धांत

टेलर का प्रबंध दर्शन आपसी हितों और वैज्ञानिक प्रबंध के चार प्रमुख सिद्धांतों पर आधारित था। जो निम्नलिखित हैं:

1. एक वास्तविक विज्ञान का विकास
2. कामगारों का वैज्ञानिक ढंग से चयन
3. कामगारों का वैज्ञानिक शिक्षण और उनका विकास
4. लोगों और प्रबंध के बीच अंतरंग और मैत्रीपूर्ण सहयोग[30]

काम के एक वास्तविक विज्ञान का विकास: जब विज्ञान को एक संगठित ज्ञान माना जाता है तो हम किसी कामगार के हर काम को विज्ञान में बदल सकते हैं। कामगारों और प्रबंध तंत्र दोनों के लिए यह जानना जरूरी है कि एक समुचित दिन का काम क्या होता है। यह दोनों के हित में है। इससे कामगार ''बॉस'' की अनावश्यक आलोचना से बचता है और प्रबंध तंत्र कामगारों से अधिक से अधिक काम ले पाता है। अब कुशल कारीगरों के जरिए अनुकूल परिस्थितियों में पूरे दिन का किया गया काम क्या होता है इसके लिए एक वैज्ञानिक पड़ताल की आवश्यकता है। पड़ताल के परिणामों का वर्गीकरण करने और आदर्श कार्य पद्धति अथवा जिसे काम करने का सबसे बेहतर तरीका कहा जाता है उसे जानने के लिए इन वर्गीकृत परिणामों को नियमों और विधानों के रूप में सारणीबद्ध करना होता है। काम के इस तरह के वैज्ञानिक प्रबंध के विकास से ज्यादा उत्पादन, ऊंचे वेतन और कंपनी के लिए वृहद लाभ हासिल करना संभव होता है।

श्रमिकों का वैज्ञानिक चयन तथा उनका उत्तरोत्तर विकास: किसी भी कार्य के सफल, प्रभावी तथा कुशल निष्पादन के लिए यह आवश्यक है कि श्रमिकों का चयन उनकी शारीरिक एवं मानसिक क्षमताओं के आधार पर किया जाए। किसी कार्य हेतु कौन-सा श्रमिक उपयुक्त रहेगा इसके निर्धारण हेतु कार्य का वैज्ञानिक अध्ययन तथा श्रमिक की क्षमताओं का निष्पक्ष आकलन किया जाना चाहिए। टेलर की यह मान्यता भी थी कि प्रत्येक श्रमिक में असीम संभावनाएँ या क्षमताएँ विद्यमान रहती हैं। अत: प्रबंध को यह देखना चाहिए कि वह प्रत्येक श्रमिक को ऐसे अवसर तथा प्रोत्साहन प्रदान करे कि श्रमिक उत्तरोत्तर विकास करता रहे। साथ ही यह भी आवश्यक है कि श्रमिक नई पद्धतियों, नए उपकरणों तथा परिवर्तित परिस्थितियों में स्वेच्छा तथा उत्साह से कार्य करें[31]।

कामगारों का वैज्ञानिक शिक्षण और उनका विकास: कामगार अपना काम करें और वह काम की अपनी पुरानी पद्धति की तरफ भी न लौटें, यह सुनिश्चित करने के लिए कुछ लोगों की जरूरत पड़ती है जो उन्हें लगातार इसके लिए प्रेरित कर सकते हैं। टेलर समझते हैं कि यह विशिष्ट जिम्मेदारी प्रबंध तंत्र की है। उनका विश्वास है कि कामगार प्रबंध तंत्र के प्रति हमेशा सहयोगी दृष्टिकोण अपनाए। लेकिन यही स्थिति कमोबेश प्रबंधन पक्ष की ओर से नहीं होती। टेलर कहते हैं कि दोनों पक्षों के साथ आने और परस्पर सामंजस्य कायम करने की इस प्रक्रिया में एक प्रकार की बौद्धिक क्रांति का सूत्रपात करने का सामर्थ्य है।

प्रबंध तथा श्रमिकों के कार्य एवं उत्तरदायित्व में विभाजन तथा अंतरंग और मैत्रीपूर्ण सहयोग: वैज्ञानिक प्रबंध का यह सिद्धांत मानता है कि प्रबंधकों तथा श्रमिकों के

मध्य कार्य एवं उत्तरदायित्वों का स्पष्ट विभाजन होना चाहिए जबकि परंपरागत प्रबंध या शास्त्रीय प्रबंध में कार्य की सारी जिम्मेदारी श्रमिकों पर लाद दी जाती थी। टेलर की मान्यता थी कि यदि वैज्ञानिक आधारों पर कार्य का विभाजन हो तो प्रबंध एवं श्रमिकों में संघर्ष नहीं बल्कि सहमति एवं सहकारिता का भाव उत्पन्न होगा।

मानसिक क्रांति

वैज्ञानिक प्रबंध की परिभाषा देते हुए टेलर ने कहा है कि वैज्ञानिक प्रबंध किसी विशिष्ट संगठन या उद्योग में कार्य करने वाले कार्मिकों की दृष्टि में एक मानसिक क्रांति (mental revolution) है। वस्तुत: टेलर की मान्यता यह थी कि उद्योगों के मालिकों, श्रमिकों तथा उपभोक्ताओं के हितों में कोई मतभेद नहीं होते हैं बल्कि इनके हित परस्पर जुड़े होते हैं। चूँकि प्रबंध का मुख्य लक्ष्य अधिकतम कार्यकुशलता तथा संपन्नता का स्तर प्राप्त करना होता है, अत: उन वैज्ञानिक विधियों, उपकरणों तथा सिद्धांतों को अपनाना चाहिए जो प्रबंध के लक्ष्यों की प्राप्ति में प्रभावी योगदान कर सकें।

'टेलर की दृष्टि में वैज्ञानिक प्रबंधवाद एक मानसिक क्रांति है जो उद्यमों के मालिकों के अधिकतम लाभ के साथ-साथ श्रमिकों की संपन्नता भी सुनिश्चित करती है।' टेलर के अनुसार वैज्ञानिक प्रबंधन का आधारभूत लक्ष्य, श्रमिकों और प्रबंधन प्रणाली को अपने कर्त्तव्यों, कार्यों, अपने अनुयायियों तथा अपनी रोजमर्रा की तमाम समस्याओं को देखने और समझने में सक्षम बनाने के लिए एक मानसिक क्रांति का सूत्रपात करना है जिसमें इन सभी गतिविधियों को समाहित किया जा सके। यह तथ्य इस बात को स्वीकार्य बना देता है कि प्रबंध (वैज्ञानिक प्रबंध) और कामगारों के हित एक-दूसरे के विरोधी नहीं हैं। साथ ही, यह भी पता चलता है कि परस्पर समृद्धि परस्पर सहयोग से ही संभव है। टेलर कहते हैं कि जब तक श्रमिकों और प्रबंधकों में यह मानसिक क्रांति नहीं होती, तब तक वैज्ञानिक प्रबंध का कोई अस्तित्व नहीं है।[32] टेलर का यह मानना था कि वैज्ञानिक प्रबंधन की मौजूदगी में श्रमिक और प्रबंध तंत्र दोनों पक्षों के स्वभाव में जो क्रांतिकारी परिवर्तन होता है वह है लाभ के बंटवारे को लेकर दोनों के नजरिए में बदलाव। वैज्ञानिक प्रबंध के प्रभाव में ये दोनों पक्ष लाभ के बंटवारे पर झगड़ा करने के बजाय अपना ध्यान इसे और अधिक बढ़ाने पर केंद्रित करते हैं। इस तरह ये लाभ को इतना ज्यादा बढ़ा देते हैं कि इसके विभाजन पर झगड़ा लगभग अनावश्यक हो जाता है।[33] ऐसी स्थिति आ जाने के बाद दोनों पक्ष एक-दूसरे के शत्रु नहीं रह जाते और परस्पर विरोध में काम करना बंद कर देते हैं। इस स्थिति में दोनों पक्षों के लक्ष्य एक हो जाते हैं लेकिन ध्यान रखने की बात है ऐसा तभी होता है जब लाभ आश्चर्यचकित कर देने वाली मात्रा तक बढ़ जाता है। लाभ बढ़ने की स्थिति में इसका भान दोनों ही पक्षों को हो जाता है। इसकी अभिव्यक्ति मैत्रीपूर्ण सहयोग में वृद्धि के रूप में होती है। इसके फलस्वरूप दोनों ही पक्ष इस तथ्य का अनुभव करने लगते हैं कि अतीत में झगड़ते रहने के बजाय वर्तमान में सहयोग के कारण कितना ज्यादा लाभ है क्योंकि यह एक ऐसा समय होता है जब मजदूरों के वेतनों में भारी बढ़ोतरी और उत्पादक के लाभ में भी उतनी ही बढ़ोतरी के लिए काफी संभावना होती है। समय का यही वह बिंदु है जब दोनों ही पक्षों की मानसिक

प्रवृत्तियों में व्यापक बदलाव आ चुका होता है। ये बदलाव युद्ध की जगह शांति लड़ाई-झगड़े की जगह आत्मिक सहयोग दोनों पक्षों के विपरीतगामी होने की जगह दोनों के एकपथगामी होने तथा परस्पर अविश्वास की जगह एक-दूसरे पर विश्वास करने और शत्रु के दोस्त में परिवर्तित हो जाने जैसी आश्चर्यजनक उपलब्धियों का पथ प्रशस्त करते हैं।

अपवाद के सिद्धांत Exception principle

इसकी मान्यता यह है कि अपवाद स्वरूप कुछ ही मामले उच्च प्रबंधकों तक पहुँचने चाहिए अर्थात् अधिकांश प्रकरणों का निपटारा अधीनस्थों द्वारा ही कर दिया जाना चाहिए। अधीनस्थों को अपने अधिकार एवं कार्यक्षेत्र के बाहर के तथा गंभीर प्रकृति के मामले ही उच्च प्रबंधकों तक भेजने चाहिए ताकि प्रबंधकों का मूल्यवान समय उद्यम की महत्त्वपूर्ण गतिविधियों में काम आ सके। अर्थात् जिन कार्यों का मानकीकरण हो चुका है उनका पर्यवेक्षकों द्वारा दैनन्दिन रूप से मूल्यांकन हो सकता है, किंतु अमानकीकृत कार्यों के विवाद ही उच्च प्रबंधकों तक जाने चाहिए। इसे management by exception[34] या reporting by responsibility भी कहा जाता है। कतिपय विद्वानों ने "अपवाद के द्वारा प्रबंध" को विल्फ्रेडो पैरेटो के द एटी ट्वेंटी प्रिंसिपल (the eighty twenty principle)[35] (Pareto Law) या प्रिंसिपल ऑफ लीस्ट एफर्ट (principle of least effort) या प्रिंसिपल ऑफ इंबेलेंस (principle of imbalance) का पर्याय भी बताया है।

कार्यकारी फोरमैन Functional foreman

टेलर को रैखिक व्यवस्था अथवा सैन्य प्रकार के संगठनों की कार्यक्षमता पर संदेह था जिसमें हर व्यक्ति एक ही बॉस के अधीन होता है। उन्होंने इस व्यवस्था की जगह एक कार्यकारी फोरमैन की व्यवस्था का प्रस्ताव रखा जिसमें श्रमिकों को आंशिक रूप से विशेषज्ञ आठ सुपरवाइजरों से आदेश प्राप्त होते थे। इस तरह टेलर ने काम का विभाजन सिर्फ कामगारों के स्तर पर ही नहीं किया अपितु सुपरवाइजरों के स्तर पर भी कर दिया। उन्होंने आठ कार्यकारी अधिकारियों में से चार को योजना बनाने की जिम्मेदारी सौंप दी जबकि शेष चार को इन योजनाओं को लागू करने का उत्तरदायित्व सौंपा। इस विभाजन के मुताबिक— गैंग बॉस, रिपेयर बॉस, स्पीड बॉस और इंस्पेक्टर—ये चारों योजनाओं को लागू कराने के लिए जिम्मेदार होते हैं जबकि दूसरी ओर-कार्यादेश और नियमित बाबू, निर्देश कार्ड बाबू, समय और लागत बाबू तथा कारखाना अनुशासन अधिकारी आदि योजना बनाने वाले अधिकारी होते हैं। टेलर ने ऐसे नौ गुणों का भी उल्लेख किया है जिनके कारण कोई फोरमैन एक अच्छा फोरमैन साबित हो सकता है। ये नौ गुण हैं – विशेष शिक्षा अथवा तकनीकी ज्ञान, हस्त कौशल और ताकत, व्यवहार कौशल, ऊर्जा, धैर्य, ईमानदारी, विवेक और अच्छा स्वास्थ्य।[36]

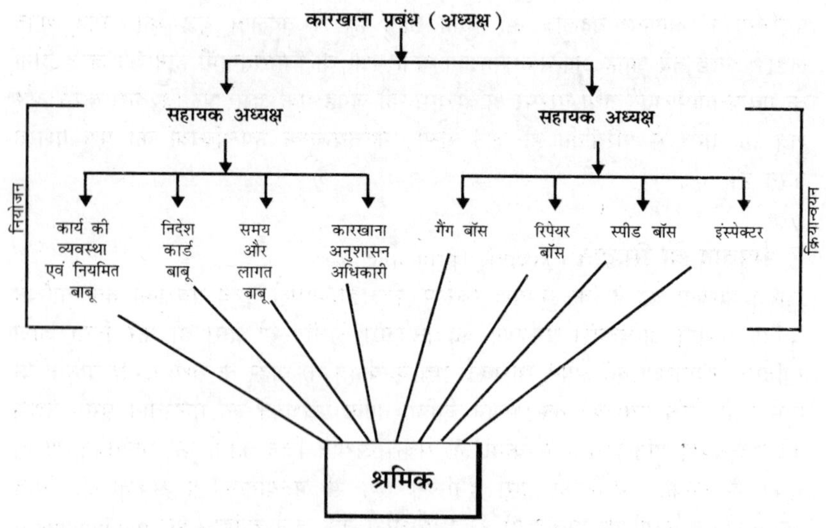

गति और समय अध्ययन Motion and time study

गति और समय के अध्ययन का संबंध काम को सर्वोत्तम तरीके से तथा उसे मानक समय में पूरा करने से है। गति से संबंधित अध्ययन के सरोकार उपयुक्त कार्यप्रविधि से हैं। इसमें कच्ची सामग्री, उपकरण तथा औजार और शरीर तथा हाथ के संचालन को अध्ययन का विषय बनाया जाता है। इसके बाद समय से संबंधित अध्ययन की बारी आती है। यह वह स्थिति होती है जब काम को करने की एक उपयुक्त विधि ढूंढ़ ली जाती है। इसके अंतर्गत कार्य को पूरा करने की एक उपयुक्त अवधि को निर्धारित किया जाता है।

वैज्ञानिक प्रबंध के इन सभी सिद्धांतों का सार इस प्रकार दिया जाता है[37]

(i) विज्ञान का प्रयोग, न कि अगूँठा-नियम (rule of thumb) या काम चलाऊ तरीका
(ii) समरसता एवं शांति, न कि संघर्ष या मनमुटाव
(iii) सहयोग, न कि व्यक्तिवाद
(iv) सीमित उत्पाद की जगह अधिकतम उत्पाद
(v) अधिकतम कार्यकुशलता और संपन्नता का विकास

आलोचनात्मक मूल्यांकन: टेलर के वैज्ञानिक प्रबंधन का विरोध प्रबंधकों तथा श्रमिकों दोनों ने ही तुरंत शुरू कर दिया। प्रबंधकों को यह बात पसंद नहीं आई कि उनके अपने निर्णयों तथा विवेक की जगह वैज्ञानिक प्रविधियों को तरजीह दी जाए। श्रमिकों ने कार्य संपन्न करने की अवधि तथा अपने सभी प्रकार के कामों के मानकीकरण का विरोध किया। श्रमिकों को यह बात बिल्कुल पसंद नहीं आई कि उनसे आदमी के बदले यंत्र जैसा व्यवहार किया जाए। सबसे ज्यादा विरोध श्रमिकों के नेताओं ने किया। उन्हें लगा कि इस तरह के प्रबंधन से उनकी भूमिका खतरे में पड़ जाएगी तथा श्रमिकों के संगठनों का विकास नहीं हो सकेगा।

टेलर का मानना था कि कर्मचारियों और मालिकों के बीच वैज्ञानिक नियमों से संचालित

प्रबंधन द्वारा प्रभावकारी सहयोग संबंध विकसित होंगे। श्रमिक संगठन इस स्थिति में प्रभावहीन हो जाते। इसी कारण 1912 में अमेरिकी कांग्रेस के निम्न सदन ''प्रतिनिधि सभा'' की एक विशेष समिति गठित की गई थी। इस समिति ने न तो श्रमिकों का पक्ष लिया और न ही टेलर का, लेकिन 1915 में मजदूर संघों की माँग पर ही आर्मी एप्रोप्रिएशन एक्ट में संशोधन के द्वारा सेना की आयुध फैक्ट्री में प्रीमियम या बोनस के भुगतान और स्टॉपवाच के प्रयोग पर प्रतिबंध लगाया गया था। इसी प्रकार अमेरिकी औद्योगिक संबंध आयोग के लिए प्रो. रॉबर्ट हाक्सी द्वारा की गई जाँच के पश्चात् यह निष्कर्ष सामने आया था कि वैज्ञानिक प्रबंध की मान्यताएँ उत्पादन के यांत्रिक पक्ष पर केंद्रित थीं तथा इसमें मानवीय पक्षों को नजरअंदाज कर दिया गया है।

टेलर का आदमी को अपने स्वभाव से आलसी और काम को टालने वाला तथा झगड़ालू बताने वाला दर्शन गलत साबित हो गया। ब्राउन ने साक्ष्यपूर्ण विश्लेषण किया है, जिसका निष्कर्ष यह है कि 'काम आदमी के जीवन का जरूरी हिस्सा है, क्योंकि यह उसे समाज से जोड़ता है और साथ ही सामाजिक प्रतिष्ठा प्रदान करता है .... जब कोई मजदूर काम नहीं करता या काम से जी चुराता है तो इसके लिए वह नहीं बल्कि वे सामाजिक, मनोवैज्ञानिक परिस्थितियां जिम्मेदारी होती हैं जो काम के लिए अनुकूल माहौल नहीं बनने देती''।[38]

टेलर की आलोचना इस बात को लेकर भी हुई है कि वह कार्य की संरचना को ठीक से समझ नहीं पाए। काम को लघुतम इकाई में बांटने तथा विशेषज्ञता का कठोर आग्रह करने के कारण उन्हें आलोचना का शिकार होना पड़ा। उनकी कार्य संरचना के मुताबिक काम का निर्वैयक्तीकरण हो जाता है। मजदूर मशीन का मात्र पुर्जा बनकर रह जाता है, मजदूरों का मशीनीकरण भी हो सकता है जिसके मनोवैज्ञानिक और शारीरिक दुष्परिणाम हो सकते हैं। जैसा कि पीटर ड्रकर ने कहा है, 'ऐसे में संगठन कमजोर अभियांत्रिकी मानवीय संबंधों और उत्पादन कुशलता तथा उत्पादन के मानदंडों का नमूना बनकर रह जाता है।'[39]

टेलर की उनके ''काम की योजना'' और ''स्टाफ में विभाजन'' सिद्धांत को लेकर भी आलोचना हुई। कहा गया है कि ऐसी स्थिति में टीम भावना विकसित नहीं की जा सकती और यह मानी हुई बात है कि अगर योजना कार्यान्वयन की प्रक्रिया से पूरी तरह अलग हुई तो कंपनी की प्रगति में मजदूरों का योगदान सुनिश्चित कर पाना मुश्किल होता है। टेलर पर विभाजन के नियम के परिणामों की उपेक्षा करने का आरोप भी लगा क्योंकि काम का न्यूनतम विभाजन इसके परिणाम को भी न्यूनतम बना देता है।[40]

अर्नेस्ट डेल ने टेलरवाद की आलोचना करते हुए कहा है, 'टेलर ने प्रबंध के एक विज्ञान को विकसित नहीं किया था बल्कि उसने प्रबंध के लिए वैज्ञानिक दृष्टिकोण का विकास किया था। टेलर ने वे विधियाँ बताई थीं जो कंपनी के उत्पादन क्षेत्र में प्रयोग की जा सकती थीं। वास्तव में टेलर औद्योगिक इंजीनियरिंग का जनक था, न कि वैज्ञानिक प्रबंध का।'[41]

फेडरिक हर्जबर्ग का कहना है, 'वैज्ञानिक प्रबंध में भी खुद को संतुष्ट करने के लिए कई भविष्यवाणीनुमा प्रवृत्तियाँ व्याप्त हैं। कार्यकुशलता, वैज्ञानिक प्रबंध का आधार मानी जाती है जबकि कार्यकुशलता के लिए कार्य को यथासंभव छोटी-छोटी इकाइयों में तोड़ना (विशिष्टीकरण) पड़ता है। इससे तो मानवीय क्षमताओं का वैसे ही कम सदुपयोग होगा तथा यह तो श्रमिकों

से अपरिपक्व व्यवहार की अपेक्षा करती है। यही वह इच्छा है जिसे सभी व्यक्ति रखते हैं अर्थात कम से कम जटिल कार्य करना पड़े तथा जहाँ तक हो सके उसे दूसरों पर टाला जा सके।' एल्टन मेयो तथा पीटर ड्रकर सहित बहुत से विचारकों का मानना है कि वैज्ञानिक प्रबंध सिद्धांत में मानव-संबंधों को भुला दिया गया है तथा संगठन की कुशलता तथा उत्पादकता के संबंध में नियमों, मशीनों और विशेषज्ञता पर अधिक बल दिया गया है। इसी तरह ड्रकर कहते हैं, 'वैज्ञानिक प्रबंध में नियोजन एवं क्रियान्वयन को पृथक रखा गया है। क्या यह संभव है कि एक शरीर तो भोजन करे तथा दूसरा शरीर उसे पचाए?' एल्टन मेयो वैज्ञानिक प्रबंध तथा समाजवाद को ''झूठे नारे'' का नाम देते हैं तथा इसे भीड़ परिकल्पना (rabble hypothesis) का पर्याय मानते हैं।[42]

व्यवहारवादियों ने टेलर पर आरोप लगाया है कि उनका वैज्ञानिक प्रबंध सिद्धांत श्रमिक की पहल, व्यक्तिगत स्वतंत्रता, जिम्मेदारी और बुद्धि प्रयोग कर सकने की उसकी क्षमता को खत्म कर देता है। हर्बर्ट ए साइमन और मार्च ने वैज्ञानिक प्रबंध को ''मनोवैज्ञानिक संगठन का सिद्धांत'' कहा है।[43]

टेलर के नियमों एवं सिद्धांतों के प्रति वे प्रबंधक भी सशंकित थे जो बिना उच्च शिक्षा प्राप्त किए उच्च प्रबंधकीय पदों पर पहुंच गए थे। टेलर का मानना था कि ऐसे लोग बिना उच्च शिक्षित विशेषज्ञों की मदद के प्रबंधन के दायित्वों का निर्वाह करने में सक्षम नहीं हैं।[44]

टेलरवाद की उपयोगिता इसी से प्रमाणित हो जाती है कि 1918 में रूसी नेता लेनिन ने कहा था, 'हमें टेलर की नई पद्धति का अध्ययन करना चाहिए। इसका विधिवत् अभ्यास करना चाहिए तथा इसे लागू करना चाहिए।' समाजवादी राज्य रूस में स्तेखानोवाद[45] के रूप में वैज्ञानिक प्रबंध प्रसिद्ध हुआ तो पूँजीवादी राष्ट्र अमेरिका में यह फोर्डवाद[46] के रूप में भी प्रचलित रहा है। वस्तुत: फोर्डवाद तथा टेलरवाद लगभग समान विचारधाराएँ हैं। टेलरवाद तथा फोर्डवाद में अंतर यह है कि टेलरवाद में श्रमिक महत्त्वपूर्ण हैं जबकि फोर्डवाद में मशीन को प्राथमिकता दी गई है। अत: फोर्डवाद को परिचालन की दृष्टि में उत्तर टेलरवाद कहा जाता है।

गैंट का ''बार चार्ट'' भी वैज्ञानिक प्रबंध को आगे बढ़ाने में सहायक रहा। टेलर के सहकर्मी इंजीनियर हेनरी लॉरेंस गैंट (1861-1919) द्वारा विकसित किया गया बार चार्ट किसी भी परियोजना या कार्य की प्रगति को मापने की पद्धति है। इससे निर्धारित निष्पादन तथा वास्तविक निष्पादन का चित्रण किया जा सकता है।

वैज्ञानिक प्रबंधन के विचार ने प्रशासनिक विचारों तथा प्रबंधकीय व्यवहार को बहुत ज्यादा प्रभावित किया। प्रशासनिक प्रबंधन के सिद्धांतकारों ने जिस अवधारणात्मक ढांचे को बाद के दिनों में अपनाया वह दरअसल टेलर के विचारों पर ही आधारित था। सत्ता के प्राधिकार तथा उत्तरदायित्वों का साफ-साफ निरूपण, नियंत्रण के कार्य में मानकों का प्रयोग, नियोजन और संचालन में विभेद, प्रकार्यात्मक संगठन, श्रमिकों को प्रोत्साहित करने वाली पद्धति, निवारण तथा विशिष्टीकरण द्वारा प्रबंधन आदि विषयों पर टेलर द्वारा प्रतिपादित विचारों ने बाद के दिनों में प्रबंधन को बहुत ज्यादा प्रभावित किया।

निष्कर्ष: यद्यपि टेलर का कार्य आलोचनाओं का शिकार हुआ है तथापि टेलर के आलोचक पीटर ड्रकर भी वह स्वीकार करते हैं कि ''टेलर के विचार आज भी अध्ययन के आधार हैं।''

इसे दुर्भाग्य ही कहा जाएगा कि टेलर के वैज्ञानिक प्रबंध की सभी पक्षों ने आलोचना की है। फिर भी हेनरी फेयोल, एल. गैंट, एच. एमर्सन एवं फ्रेंक गिलब्रेथ ने टेलरवाद को आगे बढ़ाया।

संक्षेप में, टेलर ने सिद्धांत और व्यवहार अवधारणा, प्रयोग और कर्म तथा वचन को एक ही व्यक्ति के जीवन में स्थान देने का प्रयास किया। उनके वैज्ञानिक प्रबंध ने बढ़ते आर्थिक सुधारों व आर्थिक गतिविधियों पर गहरा प्रभाव डाला।[47]

2.3 नौकरशाही उपागम Bureaucratic approach

नौकरशाही या प्रशासन तंत्र (ब्यूरोक्रेसी) शब्द का पहली बार इस्तेमाल अठारहवीं सदी के उत्तरार्द्ध में फ्रेंच अर्थशास्त्री एम. डे. गूरने ने किया। ब्रितानी समाज विज्ञानियों ने इस शब्द का इस्तेमाल उन्नीसवीं सदी में शुरू किया।[48] अग्रगण्य राजनीतिक अर्थशास्त्री जे एस. मिल ने अपनी विश्लेषण शृंखला में प्रशासन तंत्र को भी स्थान दिया। मोस्का और मिशेल दो अन्य महत्त्वपूर्ण समाजशास्त्री थे जिन्होंने नौकरशाही या प्रशासन तंत्र पर विस्तार से लिखा। परंतु नौकरशाही पर सबसे महत्त्वपूर्ण नाम के रूप में मैक्स वेबर का ही उल्लेख होता है, क्योंकि मैक्स वेबर पहले ऐसे समाजविज्ञानी हैं जिन्होंने नौकरशाही के चरित्र का व्यवस्थित अध्ययन किया।

नौकरशाही शब्द वेबर के साथ अभिन्न रूप से जुड़ा है, किंतु उसका प्रयोग अर्वाचीन है। प्रारंभ में अठारहवीं शताब्दी में इस शब्द का प्रयोग फ्रेंच सरकार के अधिकारियों की डेस्कों को ढकने वाले कपड़े के लिए लिया जाता था। बाद में जहां-जहां सरकार में निरंकुशता, संकुचित दृष्टिकोण तथा सरकारी अधिकारियों की स्वेच्छाचारिता दिखाई पड़ी, वहीं उसे "नौकरशाही" कहा जाने लगा। धीरे-धीरे इसका भावार्थ नियमों का कठोर पालन, अनुत्तरदायित्व, जटिल प्रक्रियाओं तथा निहित स्वार्थों से लिया जाने लगा। द्वितीय महायुद्ध के बाद इसे "पार्किन्सन कानून"[49] की प्रतिमूर्ति मान लिया गया जिसका संकेत नौकरशाही द्वारा सत्ता-साम्राज्य निर्माण, साधनों का अपव्यय, उदासीनता, आत्म प्रसार, आदि दुष्प्रभावपूर्ण प्रवृत्तियों से था।

मैक्स वेबर

मैक्स वेबर का जन्म 1864 में पश्चिमी जर्मनी के एक कपड़ा उत्पादक परिवार में हुआ था। 1882 में प्राथमिक स्कूल की शिक्षा पूरी करने के बाद वेबर ने हाइडलबर्ग के विधि विश्वविद्यालय में अध्ययन किया। 1889 में उन्होंने "मध्ययुगीन व्यापार संगठनों का इतिहास में योगदान" पर डॉक्टरेट उपाधि हासिल करने के लिए शोध प्रबंध जमा किया। अपना दूसरा शोध प्रबंध "रोम का कृषिकालीन इतिहास और निजी तथा सार्वजनिक कानून के लिए इसका महत्त्व" पूरा करने के बाद वेबर ने एक कानूनी प्रशिक्षक की हैसियत से बर्लिन विश्वविद्यालय में काम करना शुरू किया। उन्होंने कानून विषयक अनेक शोध प्रपत्र लिखे, जिनमें मुख्यत: उस समय के सामाजिक, राजनीतिक और आर्थिक मुद्दों पर सविस्तर चर्चा की गई।

वेबर द्वारा रचित सारा साहित्य जर्मन भाषा में है जो उनकी मृत्यु के पश्चात् अंग्रेजी में विभिन्न लेखकों द्वारा अनूदित होकर शेष विश्व के सामने आया। वेबर की प्रमुख कृतियाँ

हैं – *द प्रोस्टेंट एथिक एंड स्पिरिट ऑफ कैपिटलिज्म* (1905), *द रीलिजन ऑफ चाइना: कंफ्यूशियसीज्म एंड फासीज्म* (1916), *द रीलिजन ऑफ इंडिया* (1916), *इकोनॉमी एंड सोसायटी* (1921), *द सिटी* (1921), *सोशिओलाजी ऑफ रीलिजन* (1922), *एंशियंट जूडाइज्म* (1922), *द थ्योरी ऑफ सोशल एंड पब्लिक ऑर्गेनाइजेशन* (1927) एवं *मैक्स वेबर ऑन मैथेडॉलाजी ऑफ सोशल साइंसेज* (1941) हैं।

नौकरशाही का व्यापक तथा सुस्पष्ट सिद्धांत देने का श्रेय मैक्स वेबर को दिया जाता है। नौकरशाही के उनके सिद्धांतों को, उनके द्वारा प्रस्तुत समाज की आर्थिक राजनीतिक संरचना की परिधि में रखकर देखने की जरूरत है।

नौकरशाही का अभ्युदय

आधुनिक राज्य में नौकरशाही केंद्रित प्रशासन के उदय के मुख्य कारणों की खोज में वेबर ने प्राचीन इतिहास की पड़ताल की। उन्होंने पाया कि रोमन साम्राज्य की उपव्यवसायी पद्धति की जड़ें यूनानी संस्कारों में हैं। वेबर के अनुसार नौकरशाही पर आधारित प्रशासन तभी चल सकता है जब एक विकसित मौद्रिक अर्थव्यवस्था हो जिसके पास आर्थिक संवृद्धि को बनाए रखने की क्षमता हो। वेबर के शब्दों में, 'जहां तक संबद्ध अधिकारियों के वित्तीय मुआवजे का प्रश्न है, मौद्रिक अर्थव्यवस्था का विकास नौकरशाही की पूर्व स्थिति है।' वेबर के विचार से नौकरशाही के विकास की दूसरी जरूरत है बड़े मध्यम वर्ग की मांग ताकि व्यापक जनतंत्र को फायदा पहुंचे। विशेषकर सामाजिक-आर्थिक समता के लिए इसे जरूरी माना गया। वेबर के शब्दों में, 'नौकरशाही अनिवार्यत: आधुनिक जनतंत्र की सहयोगी है। नौकरशाही की चारित्रिक विशेषता में ही यह परिणाम निहित है। कानून के समक्ष एकता की मांग का परिणाम प्राधिकार के कार्य संपादन की अमूर्त्त निरंतरता के रूप में दृष्टिगोचर होता है। साथ ही यह मामला दर मामला काम निपटाने की पद्धति के भी खिलाफ है।'

मौद्रिक अर्थव्यवस्था के विकास तथा व्यापक जनतंत्र के उदय ने नौकरशाही पर आधारित प्रशासन के लिए आधार भूमि तैयार कर दी। वेबर की दृष्टि में, आधुनिक राज्य के नौकरशाही पर आधारित होने का वास्तविक कारण तो उन मानवीय अभिप्रेरणाओं में छुपा है जिसे वेबर अपने शब्दों में प्रोटेस्टेंट नैतिकता तथा पूंजीवाद की अंत:वृत्ति कहते हैं। वेबर की मान्यता थी कि प्रोटेस्टेंट नैतिकता मानव की अस्तित्वगत परिस्थितियों में क्रांतिकारी परिवर्तन लाने का उपकरण साबित हुई है। प्रोटेस्टेंट नैतिकता के चलते एक ऐसा सामाजिक-मनोवैज्ञानिक वातावरण तैयार हुआ जिसमें तर्कसंगत नियोजन, वैयक्तिक अनुशासन, प्रौद्योगिकी तथा नौकरशाही के संगठनों का उद्‌भव हो सका। वेबर की मान्यता थी कि पूंजीवाद तथा प्रशासनिक नौकरशाही, 16वीं सदी के धार्मिक सुधारवाद की क्रांतिकारिता द्वारा उत्पन्न काम की "मनोवैज्ञानिक भावना" से पुष्पित-पल्लवित हुए।

प्रभुत्व का सिद्धांत

वेबर की रुचि नौकरशाही को एक सामाजिक प्रघटना के रूप में समझने के लिए विस्तृत

चर्चा करने में थी।[50] उनके विचारों को प्रभुत्व के उनके सिद्धांत के अधिक सामान्य संदर्भ में देखने की जरूरत है जो शासक और शासित के बीच स्थित शक्ति-संबंध का बोध कराता है। किसी प्रकार की सत्ता कायम हो जाने पर ऐसे अनेक विश्वास उठ खड़े होते हैं जो ताकत के प्रयोग को नेता और अनुयायी दोनों ही की दृष्टि से वैध ठहराते हैं। इस उपागम का दूसरा महत्त्वपूर्ण तत्त्व है प्रशासनिक उपकरण की धारणा। जब बहुत बड़े जनसमूह पर प्रभुत्व कायम किया जाता है, तब प्रशासनिक कर्मचारियों की जरूरत पड़ती है। ये कर्मचारी प्रभुत्व की मांगों को लागू करते हैं, संचालित करते हैं तथा शासक और शासित के बीच एक पुल का काम करते हैं।

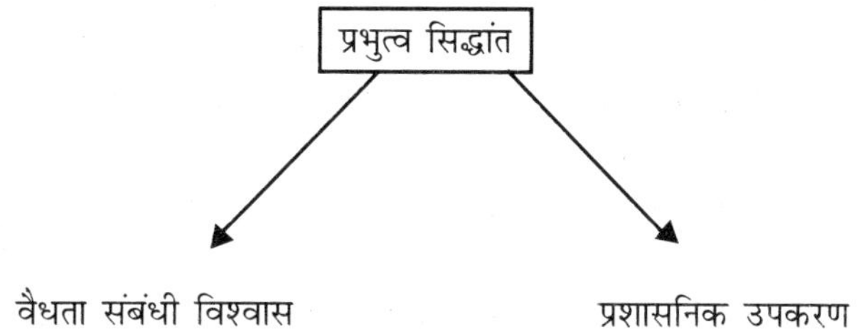

प्रभुत्व-सिद्धांत के दो मुख्य घटक हैं – वैधता संबंधी विश्वास और इससे जुड़ा हुआ प्रशासनिक उपकरण। वेबर ने तीन तरह की वैधताओं की पहचान की। ये वैधताएं तीन प्रकार के प्रभुत्व से संबंधित हैं:

पारंपरिक प्रभुत्व (traditional domination): पारंपरिक प्रभुत्व अनंत काल से निरंतर वैधता ग्रहण करता है। ऐसे पारंपरिक प्रभुत्व का इस्तेमाल करने वाले लोगों को आमतौर पर "मालिक" शब्द से संबोधित किया जाता है। उन्हें यह प्रभुत्व "वंश विरासत" की सामाजिक परंपरा के कारण हासिल होता है जिसमें उनका कोई व्यक्तिगत प्रयास शामिल नहीं होता मगर इस ओहदे का आनंद वे व्यक्तिगत रूप से ही उठाते हैं। ऐसे प्रभुत्व समाज में मौजूद रिवाजों से वैधता ग्रहण करते हैं। ऐसे प्रभुत्वसंपन्न स्वामियों का निर्णय उनकी व्यक्तिगत इच्छाओं पर निर्भर होता है। इसके लिए किसी तार्किक आधार या नीति नियामक संस्था की आवश्यकता नहीं है।

इस तरह के प्रभुत्वसंपन्न स्वामियों का आदेश पालन करने वाले लोग "अनुचर" कहलाते हैं। ये "अनुचर" अपने स्वामियों के आदेशों का पालन पूरी वफादारी से करते हुए मालिक की प्रस्थिति के प्रति गहरे आदर-भाव का प्रदर्शन करते हैं। इस पुश्तैनी प्रभुत्व में जो व्यक्ति आदेशों का पालन करते हैं वे निजी सेवक, घरेलू अधिकारी, पारिवारिक विश्वासपात्र रिश्तेदार और मालिक के चहेते होते हैं।

करिश्माई प्रभुत्व (charismatic domination): चमत्कार और उसकी स्वीकृति करिश्माई प्रभुत्व की व्यवस्था को वैधता प्रदान करती है। इस व्यवस्था के तहत जो लोग इन चमत्कारिक व्यक्तित्व वाले लोगों की आज्ञा का पालन करते हैं वे लोग किसी नियम अनुबंध या पद-मर्यादा के चलते ऐसा नहीं करते बल्कि इस तरह के व्यक्ति के प्रति शिष्यत्व भाव और उसकी

असाधारण क्षमताओं पर भयमिश्रित मुग्धता के चलते उनका अनुसरण करते हैं। चमत्कारिक व्यक्ति भी अपने प्रभुत्व के संचालन के लिए जो तंत्र निर्मित करता है उसमें वह अधिकारों या पद प्रतिस्थापन का विभाजन अनुचरों की योग्यता के आधार पर नहीं बल्कि अपने प्रति उनमें भक्तिभाव के आधार पर करता है।

वैधानिक प्रभुत्व (legal-rational domination): वैधानिक प्रकार के प्रभुत्व की विधिक स्वीकृति के पीछे यह विश्वास निहित रहता है कि कानून सर्वदा अच्छाई के लिए बनाए जाते हैं। लोग कानूनों का अनुपालन इसलिए करते हैं क्योंकि उन्हें विश्वास होता है कि इन्हें एक उपयुक्त तथा वस्तुनिष्ठ प्रावधान के आधार पर लागू किया गया है। इस प्रभुत्व में नौकरशाही प्रशासन का उपकरण होती है। नौकरशाह के पद, शासक से उसके संबंध, शासितों और सहकर्मियों के साथ उसके व्यवहार का नियमन निर्वैयक्तिक कानूनों द्वारा होता है। ये कानून तर्कसंगत ढंग से पदानुक्रम, प्रत्येक पद से जुड़े अधिकार और कर्त्तव्य, नियुक्ति की प्रविधि, सेवा की अन्य शर्तों और प्रोन्नति का निरूपण करते हैं।

वेबर के अनुसार ये तीनों तरह के प्रभुत्व तभी तक कायम रहते हैं जब तक शासित लोग इस तरह के प्रभुत्व को स्वीकृति प्रदान करते हैं। इन तीनों तरह की सत्ता-प्रणालियों में से वेबर कानूनी सत्ता-प्रणाली को उसमें निहित (भले ही यह आंशिक हो) तार्किकता के कारण ज्यादा पसंद करते हैं। यही नहीं, वेबर जोर देकर यह भी कहते हैं कि सिर्फ यही एकमात्र ऐसी प्रभुसत्ता या सत्ता-प्रणाली है जो आधुनिक सरकारों के लिए प्रासंगिक है।

नौकरशाही का ढांचा

नौकरशाही के वेबरियन मॉडल के मुख्य तत्व इस प्रकार हैं।

1. **निर्वैयक्तिक व्यवस्था** (impersonality) : वेबर की "आदर्श" नौकरशाही के परिप्रेक्ष्य में यह सबसे आकर्षक व विचारपूर्ण पहलू है। वेबर का यह सोचना कि "निर्वैयक्तिक व्यवस्था" की विचारधारा नौकरशाहों के आदेशों में और उनके अधीनस्थों द्वारा उनके अनुपालन में मौजूद होनी चाहिए। वेबर के मुताबिक आज्ञा मानने और आज्ञा मनवाने जैसी प्रक्रियाओं की दिशा इसी व्यवस्था के अंतर्गत तय होनी चाहिए।[51]

2. **नियम** (rules) : वेबर प्रदत्त तार्किक-कानूनी सत्ता की मूल विशेषता नियमबद्ध दफ्तरी कामों को निरंतर संगठित करना है। दफ्तर के कार्य व्यवहार को नियंत्रित करने वाले नियम-अधिनियम, तकनीकी नियम भी हो सकते हैं। इनके तार्किक इस्तेमाल के लिए एक विशिष्ट प्रशिक्षण की आवश्यकता होती है।[52] मर्टन ने ठीक ही कहा है कि नियमों से चिपके रहने को मूलत: साधन की तरह लिया जाता है। ... या अंतत: यह खुद ही ऐसा बन जाता है, क्योंकि अंतत: लक्ष्यों के प्रतिस्थापन की एक ऐसी परिचित प्रक्रिया घटित होती है जहां "एक उपकरणात्मक(साधन) मूल्य गंतव्य(अंतिम) मूल्य बन जाता है।"[53]

3. **दक्षता का वृत्त** (sphere of competence): वेबर के अनुसार एक विशिष्ट दक्षता वृत्त के अंदर जो तत्त्व आते हैं वे हैं – *प्रथम*, कार्य संचालन के दायित्व का वृत्त, जिसका उल्लेख श्रम विभाजन के एक हिस्से के रूप में किया गया है। *दूसरे*, दायित्व की परिधि में आने वाले कार्यों के क्रियान्वयन के लिए जरूरी अधिकारों से लैस एक पदाधिकारी की नियुक्ति। *तीसरे*,

स्पष्ट रूप से परिभाषित दबाव के साधन जो कि उनके प्रयोग की निश्चित दशाओं से जुड़े होते हैं।[54]

4. **श्रेणीबद्धता** (hierarchy): वेबर के अनुसार 'पदों का संगठन, श्रेणीबद्धता के क्रम का पालन करता है जिसके अंतर्गत हर निम्न पद किसी उच्च पद के नियंत्रण और देखरेख में होता है।'[55] वह यह भी कहते हैं, 'एक सर्वोच्च सत्ता के अधीन कार्यरत संपूर्ण प्रशासनिक दल पदों की एक स्पष्ट श्रेणीबद्धता के रूप में संगठित हैं।'[56] वेबर श्रेणीबद्धता के सिद्धांत तथा पदों के संगठन और उन प्रशासनिक कर्मचारियों के बीच अत्यंत महत्त्वपूर्ण संबंध स्थापित करते हैं जो इन पदों पर आसीन होते हैं।

5. **निजी और लोक हित** (public and private end): वेबर आदर्श नौकरशाही के ढांचे में प्रशासनिक कर्मचारियों को उत्पादन और उत्पादन के साधनों के स्वामित्व से अलग करने की वकालत करते हैं। यही नहीं, वह पदाधिकारियों के लिए हासिल पद के स्वामित्व को भी समाप्त करने की वकालत करते हैं।[57] उनका तर्क है कि कार्यालय अधिकारियों को अपने पद का दुरुपयोग करने से रोकने के लिए यह आवश्यक है।

6. **लिखित दस्तावेज** (written document): वेबर के इस सिद्धांत के अनुसार 'प्रशासनिक कार्यवाहियों, निर्णय और नियम को सूत्रबद्ध किया जाता है और लिखित रूप में सुरक्षित रखा जाता है। यह नियम उस स्थिति में भी लागू होता है जब मौखिक विमर्श एक कानून के रूप में अनिवार्य होता है।'[58] अभिलेखन प्रशासन को जनसाधारण के प्रति उत्तरदायी बनाता है और साथ ही यह भविष्य की कार्यवाहियों के लिए संदर्भ का आदान-प्रदान करता है जिससे भविष्य को ज्यादा नियोजित और नियंत्रित किया जा सके।

नौकरशाही के इस मॉडल में वेबर ने अधिकारियों की लाक्षणिक विशेषताओं की भी विस्तार से चर्चा की है, जो इस तरह हैं:

(i) ऐसा अधिकारी व्यक्तिगत तौर पर स्वतंत्र होता है और उसे अनुबंध के आधार पर किसी दफ्तरी काम के लिए नियुक्त किया जाता है।

(ii) कोई भी अधिकारी व्यक्ति निरपेक्ष नियमों के तहत अपने अधिकारों का प्रयोग करता है। ऐसे में अधिकारी की वफादारी उसके द्वारा कार्यालय के कामों को ईमानदारी से निपटाने के आधार पर तय की जाती है।

(iii) किसी अधिकारी की नियुक्ति और उसका कार्यक्षेत्र उसकी तकनीकी (प्रशासनिक) योग्यता पर निर्भर करता है।

(iv) उसका प्रशासनिक काम उसके पूरे समय का व्यवसाय होता है; और

(v) उसे काम के एवज में नियमित वेतन और पेशे के दौरान पूरे समय तक उन्नति की संभावनाओं का पुरस्कार मिलता है।

वेबर द्वारा प्रतिपादित नौकरशाही के सैद्धांतीकरण का संबंध सामूहिक गतिविधियों को तर्कसंगत बनाने वाली समाजशास्त्रीय अवधारणा से है। वेबर के अनुसार नौकरशाही का रूप बड़े पैमाने के जटिल प्रशासन के लिए सर्वाधिक सक्षम संस्थागत रूप है और आधुनिक समय के प्रशासन के अनुकूल बैठता है। वेबर जोर देकर कहते हैं कि एकतंत्रीय नौकरशाही संगठन विशुद्ध तकनीकी दृष्टिकोण से उच्चस्तरीय कार्यक्षमता हासिल करने में सक्षम है। निर्णयों की

यथातथ्यता तथा सूक्ष्मता, स्थिरता, अनुशासन की बहाली तथा विश्वसनीयता के मामले में यह अन्य संगठनों से कहीं आगे है। अन्य संस्थानों से नौकरशाही की तुलना करने का अर्थ है उत्पादन के यंत्रोत्तर साधनों से एक मशीन की तुलना करना। सामूहिक प्रशासन की जरूरत को देखते हुए आज ''नौकरशाही अपरिहार्य है। प्रशासन के क्षेत्र में चुनने के लिए बस दो विकल्प बचते हैं – नौकरशाही अथवा कलाप्रियता।''[59]

नौकरशाही तंत्र के स्थायी चरित्र और इसके सामाजिक-आर्थिक परिणामों पर प्रकाश डालते हुए वेबर ने कुछ कटु टिप्पणियां इस बात को लेकर की हैं कि कैसे व्यवहार में नौकरशाही अपना काम करती है। उनका तर्क है कि पूर्ण विकसित नौकरशाही वैसे सामाजिक ढांचों में से एक बन जाती है जिन्हें तोड़ना बहुत मुश्किल हो जाता है। नौकरशाही सत्ता के सामाजिक संबंधों का उपकरण बनकर व्यावहारिक रूप से अटूट बन जाती है। 'व्यक्तिगत रूप से एक नौकरशाह सतत प्रवाहित प्रशासन की धारा में एक ऐसी डोंगी है जिसके लिए आगे बढ़ने का रास्ता अनिवार्य रूप से निश्चित होता है।'

वेबर को नौकरशाही के दूरगामी सामाजिक-आर्थिक परिणामों का अनुमान था। परंतु उनका विचार था कि नौकरशाही के अधीन किसी खास देश और क्षेत्र-विशेष की गतिविधियों में आर्थिक-सामाजिक शक्ति के बंटवारे से नौकरशाही के वास्तविक परिणाम सामने आएंगे तथा निर्धारित होंगे। वेबर इस बात पर बड़ा जोर देते थे कि 'सत्ता अपने अधिकार तंत्र के उपकरणों का उपयोग जिस दिशा में करती है उसी पर नौकरशाही के परिणाम अंततः निर्भर रहा करते हैं।'

सामान्यतया, वेबर ने इस बात को माना कि विकसित नौकरशाही की ताकत हर जगह अप्रतिरोध्य है। राजनीतिक संप्रभु की तुलना में एक कुशल नौकरशाह कहीं आगे होता है। वेबर के अनुसार पेशेवर रूप से जानकारों की वरिष्ठता और प्रभुत्ता को बढ़ाते रहना नौकरशाही की दूसरी विशेषता है । नौकरशाही इसके लिए इन लोगों के ज्ञान तथा अभिप्रायों को छुपाकर रखती है। ''सरकारी गोपनीयता'' की अवधारणा नौकरशाही का ही आविष्कार है क्योंकि यह अपनी जानकारी तथा कार्यों को आलोचना से बचाकर रखने का प्रयास करती है। नौकरशाही संसद के प्रतिनिधियों तक को सूचना देने से कतराती है। वेबर ने लिखा है – 'नौकरशाही स्वभावतः एक शक्तिहीन और कम सूचनाएं तथा जानकारी रखने वाली संसद का स्वागत करती है क्योंकि यह अज्ञानता किसी न किसी तरह से नौकरशाही के हितों की सुरक्षा में काम आती है।'

पूर्ण विकसित नौकरशाही की स्थिति को लेकर वेबर की चिंताओं का उल्लेख अल्फ्रेड डायमांट ने किया है। डायमांट के अनुसार वेबर ने नौकरशाही को लेकर जैसी चर्चा की है उससे उसके विचारों में द्वैधता का पता चलता है। एक घोर बुद्धिवादी तरीके के रूप में आदर्श प्रकार का उसका ढांचा नौकरशाही को बिल्कुल तटस्थ उपकरण मानकर चलता है। लेकिन वेबर को अपने अनुभवों से यह भी लगता है कि नौकरशाही के शक्ति-संबंधी हित राजनीतिक ''नेतृत्व'' के वर्चस्व को धक्का पहुंचा सकते हैं।[60]

राजनीतिक वाद-विवाद से संबंधित अपने सबसे महत्त्वपूर्ण लेख ''पार्लियामेंट एंड गवर्नमेंट इन द न्यूली आर्गनाइज्ड जर्मनी'' (1918) में वेबर ने अधिकारियों के शासन से उत्पन्न

समस्याओं पर बड़े स्पष्ट ढंग से लिखा है। नौकरशाही की शक्ति प्राप्त करने की आंतरिक प्रवृत्ति से कैसे निपटा जाए यह बात वेबर को सबसे ज्यादा परेशान करती थी। अल्ब्रो ने बताया कि वेबर ने सत्ता तंत्र के प्रभाव-क्षेत्र को सामान्यतः सीमित रखने के लिए और विशेषकर नौकरशाही के शक्तिसंचय पर अंकुश लगाने के लिए अनेक प्रकार के उपायों और व्यवस्थाओं पर विचार किया है। वेबर के विचारों में अल्ब्रो ने पांच तरह की ऐसी अवस्थाओं का उल्लेख किया है।[61]

1. अधिशासी मंडल की व्यवस्था (collegial bodies); 2. शक्ति का पृथक्करण (division of power); 3. गैर-पेशेवर अथवा नैसिखिया प्रशासन (amateure administration); 4. प्रत्यक्ष प्रजातंत्र (direct democracy); 5. प्रतिनिधित्व (representative bodies)।

अधिशासी मंडल: एकाधिकार तंत्र की विरोधी अवधारणा अधिशासी मंडल की व्यवस्था है। जैसे ही एक से अधिक व्यक्ति नीतिगत निर्णयों की प्रक्रिया में शामिल होते हैं, अधिशासी मंडल का सिद्धांत अस्तित्व में आ जाता है। इसके अंतर्गत एक से अधिक व्यक्ति ही "निर्णय" ले सकते हैं। वेबर ने अधिशासी मंडल के अनेक रूपों, जैसे रोमन मंत्रणापरिषद या कांसुलेट, ब्रिटिश मंत्रिपरिषद अनेक तरह की सीनेट तथा संसद की चर्चा की है।

शक्ति का पृथक्करण: इसका अर्थ होता है किसी एक ही कार्य के उत्तरदायित्व को दो या दो से अधिक निकायों के बीच पारस्परिक समझौते के आधार पर विभाजित करना। वेबर ने इस संदर्भ में ब्रिटेन के राजा और संसद के बीच बजट को लेकर होने वाली ऐतिहासिक सहमति का हवाला दिया है।

शौकिया प्रशासन: इसके अंतर्गत सरकार प्रशासकों को प्रशासन चलाने के बदले कोई पारिश्रमिक अथवा वेतन भुगतान नहीं करती बल्कि प्रशासनिक कार्यों के लिए वैसे लोगों पर निर्भर रहती है जिनके पास स्वयं के इतने संसाधन हैं कि वे अपना समय पारिश्रमिक विहीन प्रशासनिक कार्यों में बिता सकें।

प्रत्यक्ष प्रजातंत्र: यह सिद्धांत अनेक रूपों में प्रकट हो सकता है। उदाहरणस्वरूप थोड़े समय के लिए कार्यालयों में बहाली, लाटरी पद्धति से चुनाव तथा दोबारा बहाल किए जाने की संभावना का जिक्र किया जा सकता है। इसके पीछे यह विचार निहित रहता है कि अधिकारियों को जनता के प्रति उत्तरदायी बनाने के लिए संसद के अधीन रखा जाए।

प्रतिनिधित्व: आधुनिक युग में प्रतिनिधि-निकायों का अस्तित्व सामने आया है। इसके सदस्यगण मतदान द्वारा चुने जाते हैं। ये चुने हुए प्रतिनिधि निर्णय लेने के मामले में स्वतंत्र होते हैं तथा जो लोग उन्हें चुनते हैं उन पर प्रभुत्व करने में इनकी सहभागिता होती है। राजनीतिक दलों का अस्तित्व और उनकी गतिविधियों के कारण यह व्यवस्था कायम होती है। वेबर कहते हैं कि राजनीतिज्ञ को चुनने की एक समर्थ तथा उचित प्रक्रिया होनी चाहिए। ये राजनीतिज्ञ ऐसे होने चाहिए कि नेतृत्व की क्षमता से भरपूर हों तथा प्रशासनिक उपकरणों पर नियंत्रण रख सकें। इसकी व्यवस्था के माध्यम से वेबर ने नौकरशाही पर अंकुश लगाने की सबसे अधिक संभावना देखी थी।

आलोचनात्मक मूल्यांकन: कार्ल फ्रायडरिक के अनुसार वेबर द्वारा "प्रयुक्त आदर्श प्रारूप" शब्द ही दुर्भाग्यपूर्ण है क्योंकि नौकरशाही में कुछ भी आदर्श नहीं होता है। गोल्डनर

के अनुसार किसी भी संगठन में सेवा तथा कार्य से संबंधित नियमों की जानकारी पाकर कर्मचारी न्यूनतम अपेक्षित कार्य का मापदंड निर्धारित कर लेते हैं। इसी कारण उनकी कार्यक्षमता न्यून हो जाती है। सेल्जनिक के विचार में अधीनस्थ इकाइयाँ या शाखाएँ संपूर्ण व्यवस्था के लक्ष्यों की अपेक्षा अपने सीमित लक्ष्यों पर अधिक बल देती हैं।[62]

नियमों के प्रति अधिक मोह रखने से कार्यकुशलता तीव्रता से घटती है तथा एक विशिष्ट प्रकृति की अयोग्यता उत्पन्न हो जाती है। वेबलेन ने इसे ''प्रशिक्षित अयोग्यता'' (trained incapacity) नाम दिया है जबकि माइकल क्रोजियर के अनुसार – 'इससे नौकरशाही एक जड़ संगठन बन जाती है जो अपनी गलतियों से सीखकर अपना व्यवहार नहीं सुधार पाती है।' नौकरशाही के गुणों को ब्यूरो पैथोलोजी (Bureau Pathology) उपनाम से पुकार कर भी आलोचना की जाती है। वस्तुत: ''पैथोलोजी'' का अर्थ रोगों के वैज्ञानिक अध्ययन से है। विक्टर थॉम्पसन ने ''ब्यूरो पैथोलोजी'' को असुरक्षित व्यक्तियों के उस प्रशासनिक व्यवहार के रूप में परिभाषित किया है जो दूसरों पर प्रभुत्व जमाने या उन्हें नियंत्रित करने में अपनी सत्ता प्रयुक्त करता है।

टालकट पारसंस ने वेबर की आदर्शवादी नौकरशाही की आंतरिक निरंतरता पर प्रश्न चिन्ह लगाया है। पारसंस ने वेबर के इस तथ्य की ओर ध्यान आकर्षित किया है, जिसमें उनका मानना है कि प्रशासनिक कर्मचारी तकनीकी रूप में भी उतना ही उन्नत होगा जितना कि उसे आदेश देने का अधिकार प्राप्त है। लेकिन इस तरह की अपेक्षा अपने आप में एक विरोधाभास को जन्म देती है। यह जरूरी नहीं है कि कोई प्रशासनिक अधिकारी किसी दूसरे समतुल्य पेशेवर के बराबर कौशल रखता है। ऐसा मानना एक तरह से आदमी की भिन्नता, जटिलता और उसकी मौलिकता को नकारना होगा। ऐसी स्थिति में किसी संगठन में कार्यरत कर्मचारियों के समक्ष यह दुविधा खड़ी हो जाएगी कि वे उस व्यक्ति की आज्ञा का पालन करें जो कि प्रशासनिक प्रमुख है अथवा उस व्यक्ति की आज्ञा का पालन करें जो कि वास्तव में विशेषज्ञ है।[63]

रॉबर्ट मर्टन तथा कुछ अन्य समाजशास्त्रियों ने वेबर के कानूनी-तार्किक मॉडल पर सवाल उठाए हैं क्योंकि इनका मानना है कि यह मॉडल कुछ दुष्क्रियात्मक परिणामों को भी जन्म देता है। मर्टन के मुताबिक संरचना, विशेषकर श्रेणीबद्धता और नियम, जो कि वेबर के मुताबिक तार्किक हैं आसानी से ऐसे परिणामों को जन्म दे सकते हैं जो अप्रत्याशित और संगठन के लक्ष्यों के लिए नुकसानदेह साबित हो सकते हैं।[64]

पीटर ब्लॉ का मानना है कि बदले हुए माहौल में 'सांगठनिक लक्ष्यों की प्राप्ति नौकरशाही के ढांचे में सतत बदलावों पर निर्भर करती है।' ब्लॉ के मुताबिक कुशल प्रशासन उन्हीं स्थितियों में संभव है जब प्रत्येक अधिकारी को व्यक्तिगत रूप से संगठन के लक्ष्यों को चिन्हित करने और उन्हें हासिल करने के लिए बदलती हुई परिस्थितियों में निर्णय को अपने ढंग से लागू करने की छूट हो।

साइमन और मार्च ने वेबर को गुलिक और उर्विक जैसे शास्त्रीय विचारकों की संगति में शामिल किया है, क्योंकि इन्हीं की तरह वेबर ने भी संगठन में मानव व्यवहार पर ध्यान नहीं दिया।[65] साइमन और बर्नार्ड ने तो यहां तक साबित किया है कि यदि हम वेबर के संरचनात्मक

नजरिये का अनुसरण करें तो प्रशासनिक कुशलता बाधित होगी जबकि अनौपचारिक रिश्तों और गैर दफ्तरी गतिविधियों के चलते संगठन की कुशलता को बढ़ाया जा सकता है।[66]

आलोचकों के मतानुसार नौकरशाही की ढांचागत विशेषताएं दैनंदिनी कार्यों तथा बार-बार दोहराए जाने वाले कामों के लिए तो उचित हो सकती है परंतु इन्हीं कामों को अगर नवीनता का पुट देकर किया जाए तथा सृजनात्मक ढंग से, मौलिक रूप से करने की कोशिश की जाए तो मानवीय व्यवहार के लिहाज से दुष्क्रियात्मक परिणाम सामने आने लगते हैं अर्थात् प्रक्रिया से जुड़े मानवीय व्यवहार की सुचारुता तथा उत्पादकता ऋणात्मक परिणाम देने लगती है।

वेबरकृत मॉडल विदेशी संस्कृति की उपज हैं तथा विकासशील देशों में उसकी कलमें किसी वृक्ष की भांति नहीं लगाई जा सकतीं। विकासशील देशों की नौकरशाही के अध्ययन के दौरान उसमें सामाजिक-संस्कृति को प्रतिबिंबित करने वाली व्यवहारगत भिन्नता का संकेत किया है। भारत में किए गए ऐसे अध्ययनों से पता चलता है कि यहां विकासात्मक कार्यक्रमों को पूरा करने की जरूरत सबसे ज्यादा है परंतु ज्यादातर नौकरशाही पर आधारित उपक्रम लक्ष्य प्राप्ति से अलग किसी अन्य प्रकार की गतिविधियों में लगे रहते हैं। लोक प्रशासन की एक नई शाखा का जन्म हुआ है। जिसे ''विकासात्मक प्रशासन''[67] के नाम से जाना जाता है। इसका विकास विकासशील देशों की विशेष प्रशासनिक जरूरतों को ध्यान में रखकर किया गया है।

वेरेन बेनिस जैसे समाज वैज्ञानिकों का मानना है कि 20वीं सदी की औद्योगिक आवश्यकताओं के अनुकूल सामाजिक व्यवस्था के उदय के साथ ही साथ नौकरशाही का उपयोग प्रचलन से बाहर हो जाएगा। बेनिस का यह पूर्वानुमान विकास के सिद्धांतों पर आधारित है जिसके अनुसार प्रत्येक युग अपनी प्रतिभा के अनुसार आपने अनुकूल एक सांगठनिक रूप विकसित करता है। नौकरशाही के समापन से जो रिक्तता उत्पन्न होगी उसे अस्थायी कार्य-प्रणालियों से पूरा किया जाएगा और ये कार्य-प्रणालियां तेज सामाजिक परिवर्तनों के ज्यादा अनुकूल होंगी।

वेबरवादी नौकरशाही सिद्धांत की तृतीय विश्व के संदर्भ में प्रासंगिकता

वेबरवादी नौकरशाही की अवधारणा का संबंध एवं झुकाव वैसे तो पश्चिमी जगत से है। बावजूद इसके इसकी विशेष प्रासंगिकता को तृतीय विश्व के विशेष संदर्भ में देखने की जरूरत है।

तृतीय विश्व का संबंध द्वितीय विश्वयुद्ध के उपरांत स्वाधीन हुए देशों से है। इसके अंतर्गत मुख्य रूप से एशिया, अफ्रीका एवं लैटिन अमेरिका के देश आते हैं। तृतीय विश्व की समस्याएँ अत्यंत विचित्र, जटिल एवं विशिष्ट दिखाई पड़ती है। इन देशों में विकास के लक्ष्यों को प्राप्त करने के लिए राज्य रूपी संस्था का महत्त्वपूर्ण योगदान होता है। राज्य की व्यवस्था में नौकरशाही सर्वाधिक शक्तिशाली प्रतीत होती है। इसे तृतीय विश्व के समाज में ''माई-बाप'' अथवा ''अन्नदाता'' के रूप में देखा जाता है।

वेबरवादी नौकरशाही की अवधारणा वैसे तो मूल रूप से विकसित देशों की नौकरशाही एवं उसके कार्यकलाप का वर्णन करती है। इसके बावजूद विकासशील देशों में भी वेबर की अवधारणा को एक प्रस्थान बिंदु मानते हुए व्यवहारिक प्रयोग किए गए। गौरतलब है कि जीवन की वास्तविक परिस्थितियों में नौकरशाही के वेबरवादी सिद्धांत के क्रियान्वयन का प्रयास किया गया। इस प्रकार के प्रयासों ने वास्तविक स्थिति में वेबर के विचारों को नया आयाम प्रदान किया।

वेबरवादी नौकरशाही सिद्धांतों को तृतीय विश्व के संदर्भ में समझने के लिए ओफ्फे द्वारा सुझाए गए तर्कों को देखना होगा। स्पष्ट हो कि क्लाउस ओफ्फे ने वेबर प्रदत्त मॉडल की कटु आलोचना प्रस्तुत की। ओफ्फे के अनुसार, 'नौकरशाही पर आधारित प्रशासन सामाजिक कार्यों का वह संस्कारित और शर्त्तों के अधीन रहने वाला सांगठनिक ढांचा है जो अपनी प्रतिमाओं के संरचना विन्यास का विवरण तथा प्रतिरोध करता है।' नियमों से आबद्ध नौकरशाही का सीधा तात्पर्य ऐसी नौकरशाही सत्ता से है जो बेज़ा नियम कानूनों से संलिप्त रहती है। ऐसी नौकरशाही विकास बनाम नियम कानून में नियम कानून को अधिक प्रबलता देती है। भले ही इससे विकास प्रभावित क्यों न हो? इसमें यांत्रिकता के गुणों के साथ वैधानिक मानकों को लागू किया जाता है। स्पष्ट है कि इस प्रकार की ''सांगठनिक युक्तिपरकता'' को विशेष रूप से ग्रहण करने का प्रयास ओफ्फे ने किया है और इसे सांगठनिक तर्कसंगतता (organisational rationality) कहते हैं। जिसका संबंध सामाजिक वातावरण की कार्यात्मक जरूरतों को नौकरशाही उपकरणों से पूरा करने के संदर्भ में देखा जा सकता है।

उल्लेखनीय है कि वेबर द्वारा प्रस्तुत मॉडल पर ओफ्फे द्वारा की गई टिप्पणियों से विश्लेषण की नई धारा का जन्म होता है तथा तीसरी दुनिया के देशों के लिए इसका बहुत ज्यादा महत्त्व है। ओफ्फे ने वेबर द्वारा प्रयोग में लाए गए दो वर्गीकरण – सांगठनिक तर्कसंगतता तथा तंत्रगत तर्कसंगतता (system rationality) के बीच एक विभाजन रेखा खींची है। ओफ्फे के मतानुसार इन दोनों का एक साथ अस्तित्व संभव नहीं है। ओफ्फे के अनुसार दुर्लभ परिस्थितियों में जब समाजगत स्थितियाँ ऐसी हों कि नियमों को अबाधित ढंग से लागू करने की गुंजाइश हो वैसी परिस्थिति में तर्कसंगतता (rationality) के ये दोनों ही प्रकार एक-दूसरे के साथ सर्वसमावेशी दिखाई देते हैं लेकिन इस तरह के प्रतिबद्ध प्रशासनिक कार्य में प्रशासनिक स्वायत्तता को शिथिल करने की प्रवृत्ति होती है। कई बार अचानक आए सामाजिक परिवर्तन की स्थिति में नियम कानून की अनदेखी की जाती है। इस संदर्भ में ओफ्फे ने बहुत दिलचस्प ढंग से कहा है कि- 'प्रशासनिक कार्यों के खींचे हुए खाके वैसे कानून या नियम नहीं है जिन्हें आज्ञा मानकर अनुगमन किया जाए। इन्हें एक संसाधन के रूप में समझना चाहिए तथा कार्य-विशेष की उपयुक्तता की कसौटी पर कस कर देखना चाहिए कि उसके दृष्टिकोण से यह उचित है, पर्याप्त है या नहीं।'[68]

रॉबर्ट प्रेस्थस का मानना है कि मैक्स वेबर की नौकरशाही की अवधारणा मानव प्रेरणा के बारे में अप्रत्यक्ष धारणाएं गढ़ती है जो कि जरूरी नहीं है कि गैर पश्चिमी दुनिया में भी लागू हों। विलियम डिलेने का कहना है कि आनुवंशिक नौकरशाही विकासशील देशों में वेबेरियन नौकरशाही के मुकाबले कहीं ज्यादा अनुकूल साबित हो सकती है। जोसेफ ला

पालोम्बरा का कहना है कि विकासशील देशों के लिए रूस और चीन के तरीके का प्रशासन वेबरियन नौकरशाही के मुकाबले कहीं ज्यादा प्रभावी साबित हो सकता है। ला पालोम्बरा इंगित करते हैं कि 'वेबर के प्रतिमानों से व्युत्पन्न भारग्रस्त नौकरशाही आर्थिक बदलावों के लिए एक प्रभावहीन उपकरण साबित होगी।' इसको साबित करने के लिए वह भारतीय उदाहरण पेश करते हुए कहते हैं, 'भारत जैसी जगह में, लोक प्रशासक भारतीय लोक सेवा की परंपरा में आ खड़े होंगे जो कि विकास उद्यमियों के रूप में बहुत कम उपयोगी हैं। ये खासकर उन लोगों के मुकाबले कम उपयोगी हैं जो कि नौकरशाही के स्तरों, पद सोपान और निष्पक्षता के झंझट में नहीं बंधे।'[69]

विकासशील राष्ट्रों में प्रवर्तित लोक प्रशासनिक व्यवस्था अतीत की विरासत अर्थात् औपनिवेशिक काल का अवशेष मानी जाती है। उपनिवेश शासन के दौरान नौकरशाही की जो भूमिका तथा स्थिति थी वह आज के संदर्भों में सर्वथा अनुपयुक्त है। वेबर का प्रतिमान मुख्यत: पूँजीवादी अर्थव्यवस्था के संदर्भ में विकसित किया गया था जबकि विकासशील राष्ट्रों की अर्थव्यवस्था समाजवादी या मिश्रित प्रकृति की है अत: बाधाएँ आती हैं।

नौकरशाही का वेबर का प्रतिमान संभवत: उच्च स्तरीय राजनीतिक प्रतिबद्धता तथा परिपक्वता की माँग करता है जो विकासशील देशों में दुर्लभ है। परंपरा और तार्किकता दो विरोधी पक्ष हैं। वेबर का प्रतिमान तार्किकता की माँग करता है जबकि विकासशील देश परंपराओं को जीते हैं। यहाँ एक समाज में कई समाज तथा कई परिवर्तन-प्रवृत्तियाँ एक साथ चलती हैं।

इस प्रकार नियमों से बंधी हुई रूढ़ नौकरशाही किसी विकासशील देश के बहुमुखी तथा जटिल आर्थिक-सामाजिक विकास के काम को पूरा करने के लिहाज से अपर्याप्त साबित होती है। सांगठनिक तर्कसंगतता तथा तंत्रगत युक्तिपरकता तेज सामाजिक पुनर्संरचना के क्रम में लाचार हो जाती है। अधिकांश उत्तर औपनिवेशिक समाज विडंबना के शिकार हैं तथा प्रशासन के नए रूपों को लागू करने के नवीन प्रयासों को नौकरशाही का प्रभुत्व हतोत्साहित करता है। ओफ्फे ने जिस तंत्रगत युक्तिसंगतता की बात की है उसका स्रोत सामाजिक वातावरण में ही मिलेगा प्रशासनिक कार्यों को पहले से ही निर्धारित करने वाले नौकरशाही के पूर्व निर्धारित जड़ नियमों की जगह समाज को जिन कार्यक्रमों की अपेक्षा है तथा जैसे परिणामों की उम्मीद है वे कार्यक्रम ही सरकारी नीति तथा सरकारी कामों के मुख्य संचालक होने चाहिए।

समग्र रूप से देखें तो स्पष्ट है कि वेबर के नौकरशाही मॉडल की तृतीय विश्व के संबंध में काफी आलोचना की गई है। फिर भी नौकरशाही संबंधी पहली व्यवस्थित विचारधारा के रूप में उसकी अभी भी प्रासंगिकता है। वेबर द्वारा उठाए गए मुद्दे जैसे कार्यकुशलता, नीतियों का अनुसरण करने की वचनबद्धता तृतीय विश्व के "साला मॉडल" (SALA Model developd by Rigs) से प्रेरित नौकरशाही का पथप्रदर्शन कर सकता है। अतएव वेबर के नौकरशाही सिद्धांत में मौजूद मूलभूत तत्वों, नियमों, कानूनों के प्रति संलग्नता को तृतीय विश्व के देशों में ग्रहण करने की आवश्यकता है।

निष्कर्ष: वेबर ने अपने आदर्श प्रकार को जर्मनी की तात्कालिक परिस्थितियों के हिसाब

से खड़ा किया था, इसलिए ऐसा कहना कि यह आधुनिक परिस्थितियों के लिए अनुकूल नहीं है, अनुचित है। क्योंकि 20वीं सदी की शुरूआत में वेबर सहित किसी को भी यह अनुमान नहीं था कि अगले पांच-छह दशकों में समाज के स्वभाव में आमूल-चूल परिवर्तन हो जाएगा। अगर वेबर कहते हैं कि उनका कानूनी-तार्किक मॉडल सर्वश्रेष्ठ और स्थायी है तो हमें याद रखना चाहिए कि वे यह बात पारंपरिक और चमत्कारिक संगठनों के साथ उनकी तुलना के बाद कह रहे थे।

वेबर द्वारा प्रस्तुत मॉडल की विविध आलोचनाओं से मूल वेबरीय अवधारणा की महत्ता साबित होती है। आज हम व्यवहार में देखते हैं कि दुनिया के सभी समाज वेबर को सही साबित कर रहे हैं, क्योंकि वेबर ने कहा था कि एक बार जो समाज नौकरशाही से शासित हो चुका वह इसे कभी नहीं त्याग पाएगा। हम देखते हैं कि भारत सहित तमाम अफ्रो-एशियाई देश विदेशी शासन से तो मुक्त हो गए मगर ये देश इन औपनिवेशिक देशों द्वारा स्थापित नौकरशाही से मुक्त नहीं हो पाए।

नि:संदेह वेबर के मॉडल में नकारात्मक और सकारात्मक दोनों ही तत्त्व हैं। श्रेष्ठता के हिसाब से चयन और तकनीकी योग्यता, पदाधिकारियों में पदों के विनियोग का पूर्ण अभाव आदि तत्त्व सकारात्मक तत्त्वों की श्रेणी में आते हैं, जबकि निर्वैयक्तिक व्यवस्था, नियम, दक्षता, श्रेणीबद्धता, तकनीकी नियम, लिखित दस्तावेज जैसे तत्त्व नकारात्मकता की श्रेणी में आते हैं। वेबर का मूल्यांकन करते समय उनके समग्र लेखन को ध्यान में रखना चाहिए और विशेषकर उसके राजनीतिक लेखन की अनदेखी नहीं की जानी चाहिए क्योंकि इस लेखन में वेबर वास्तविक राजनीतिक जीवन में नौकरशाही के आलोचक बनकर उभरते हैं न कि एक अभिजात्यपूर्ण तर्कपरकता के प्रवक्ता के रूप में।

2.4 मानवीय संबंधात्मक उपागम

Human relations approach

मानव संबंधात्मक सिद्धांत के आधारभूत नियम अमेरिकी समाजशास्त्री एल्टन मेयो द्वारा बीसवीं सदी के दूसरे दशक के अंतिम तथा तीसरे दशक के प्रारंभिक चरण में प्रतिपादित किए गए थे। प्रोफेसर एल्टन मेयो और उनके हाथोर्न शोध औद्योगिक समाजशास्त्र और मनोविज्ञान पर इतना व्यापक अध्ययन है कि उन्हें संगठन की मानवीय संबंध पद्धति का पितामह माना जाता है।

एल्टन मेयो

प्रोफेसर मेयो का जन्म 1880 में एडीलेड (आस्ट्रेलिया) में हुआ। 1899 में उन्होंने एडीलेड विश्वविद्यालय से तर्क और दर्शनशास्त्र पर स्नातकोत्तर डिग्री हासिल की। प्रथम विश्वयुद्ध में मनोविकृति का शिकार हुए सैनिकों की मेयो ने कुशलतापूर्वक मनोचिकित्सा की। इस वजह से उन्हें 1919 में क्वींसलैंड विश्वविद्यालय के दर्शनशास्त्र विभाग का अध्यक्ष नियुक्त किया

गया। विश्वविद्यालय में काम करते हुए उन्होंने और भी कई विषय पढ़ाए, जैसे तर्क और नैतिक शास्त्र आदि। थोड़े दिनों बाद मेयो अमेरिका चले गए। वहां पेंसिलवेनिया विश्वविद्यालय के ह्वार्टन स्कूल ऑफ बिजनेस एडमिनिस्ट्रेशन में इंडस्ट्रियल प्रोफेसर नियुक्त हुए। उन्होंने अपना पूरा ध्यान निजी औद्योगिक संस्थानों पर केंद्रित किया।

मेयो के अध्ययन पर विश्वप्रसिद्ध मनोवैज्ञानिक पियरे जॉनेट तथा सिग्मंड फ्रायड का गहरा प्रभाव था। अपने सभी शोध कार्यक्रमों में मेयो ने क्लीनिकल प्रविधि अपनाई जिसमें उन्होंने अपना ध्यान कामगारों के व्यवहार उनकी उत्पादन क्षमता, मनोविज्ञान, शारीरिक तथा उनके आर्थिक पहलुओं पर केंद्रित किया।

एल्टन मेयो द्वारा लिखित प्रसिद्ध पुस्तकें – *डेमोक्रेसी एंड फ्रीडम: एस्सेज इन सोशल लॉजिक* (1919); *साइकोलॉजी एंड रीलिजन* (1922); *ह्यूमन प्रॉब्लम्स ऑफ एन इंडस्ट्रियल सिविलाइजेशन* (1933); *सोशल प्रॉब्लम्स ऑफ एन इंडस्ट्रियल सिविलाइजेशन* (1945); *पोलिटिकल प्रॉब्लम्स ऑफ एन इंडस्ट्रियल सिविलाइजेशन* (1947); तथा *सम नोट्स ऑन द साइकॉलोजी ऑफ पियरे जैनेट* (1947). हैं।

इसके अतिरिक्त रोथलिस बर्जर तथा डिक्सन की *मैंनेजमेंट एंड द वर्कर* (1939) एवं रोथलिस बर्जर की द *इल्यूसिव फेनोमीना* (1977) में भी एल्टन मेयो के कार्यों का संकलन किया गया है।

द फर्स्ट इन्क्वायरी The First Enquiry

मेयो ने फिलाडेल्फिया के निकट स्थित एक कपड़ा मिल में 1923 में यह शोधकार्य किया। उन्होंने इस अध्ययन का नाम दिया " द फर्स्ट इन्क्वायरी"। यह मिल एक आदर्श मिल मानी जाती थी जो अपने श्रमिकों को पर्याप्त सुख-सुविधाएँ प्रदान करती थी। मिल के अध्यक्ष प्रथम विश्व युद्ध में कर्नल रह चुके थे तथा अधिकांश श्रमिक इस कर्नल के अधीन सैनिक रहे थे। प्रबंधक वर्ग भी प्रगतिशील तथा मानवीय था फिर भी मिल के एक विशेष खंड में गंभीर समस्या बनी हुई थी। इस खंड के श्रमिकों को वित्तीय प्रोत्साहन सहित अन्य सभी उपाय करके देखे जा चुके थे, किंतु समस्या हल न होने पर प्रबंधकों ने यह समस्या पेंसिलवेनिया विश्वविद्यालय को सौंप दी। मिल में आकर मेयो ने समस्या का भौतिक, सामाजिक, मनोवैज्ञानिक तथा शारीरिक सभी दृष्टियों से विश्लेषण किया तथा सहभागी अवलोकन के पश्चात् पाया कि इस खंड में छेद करने वाला प्रत्येक श्रमिक पैरों में दर्द से पीड़ित था जिसका तुरंत कोई उपचार उपलब्ध न था। श्रमिकों को यह दर्द 30 गज लंबे गलियारे में बार-बार ऊपर-नीचे जाने से होता था। प्रत्येक श्रमिक 10-14 मशीनों के धागे पर ध्यान रखता था तथा शोर एवं अधिक दूरी के कारण दूसरे श्रमिक से बात भी नहीं कर पाता था। इसी कारण इस खंड के श्रमिक थकान तथा कुंठा से ग्रस्त थे। चूँकि वे मिल के अध्यक्ष (कर्नल) के अधीन सैनिक रह चुके थे, अत: अनुशासन के कारण अपनी पीड़ा बता भी नहीं पाते थे। मेयो ने यह सब बातें वहाँ कार्यरत एक नर्स के माध्यम से पता की थीं क्योंकि श्रमिक अपनी सारी व्यथा नर्स को बताते थे।

नर्स से प्राप्त जानकारी के पश्चात् मेयो ने श्रमिकों के लिए कार्य के दौरान विश्राम की व्यवस्था करवाई। इसके नतीजे बहुत उत्साहजनक रहे। कालांतर में विश्राम की योजना सभी खंडों तथा निरीक्षकों के लिए भी कर दी गई तथा मनोबल, उत्साह एवं उत्पादन में वृद्धि हुई। कर्नल (अध्यक्ष) ने मेयो के सुझावों के अतिरिक्त एक काम यह किया कि विश्राम के समय का नियंत्रण कामगारों पर ही छोड़ दिया। एक तरह से उन्हें उस समय के लिए बिल्कुल मुक्त कर दिया जिसका नतीजा यह निकला कि कामगारों के बीच विचार-विमर्श का आदान-प्रदान होने लगा। इस तरह सलाह-मशविरे के क्रम में उनमें सामाजिक संवाद शुरू हुआ जिससे उनके अंदर एक नई जागृति का संचार हुआ। इसने 'रेबल अवधारणा' पर प्रश्न चिह्न लगाए जो मानती है कि 'मनुष्य असंगठित लोगों का समूह है और मूलतः अपने स्वार्थों से परिचालित होता है'।

2.5 हाथोर्न प्रयोग

मानव-संबंध उपागम को भलीभाँति समझने के लिए हाथोर्न प्रयोगों[70] को जानना आवश्यक है, जिनके परिणामस्वरूप मानव-संबंध सिद्धांत स्थापित हुआ। ये प्रयोग संयुक्त राज्य अमेरिका की जनरल इलेक्ट्रिक कंपनी की वेस्टर्न इलेक्ट्रिक कंपनी के शिकागो शहर के समीप हाथोर्न नामक स्थान पर स्थित विशाल संयंत्र में किए गए थे। आस्ट्रेलिया के जॉर्ज एल्टन मेयो तथा अमेरिका की रोथलिस बर्जर हाथोर्न प्रयोगों से जुड़े हुए प्रमुख शोधकर्ता थे। इन प्रयोगों का विस्तृत विवरण रोथलिस बर्जर तथा विलियम जे. डिक्सन द्वारा रचित पुस्तक *मैंनेजमेंट एंड द वर्कर* में उपलब्ध है।

महान् प्रकाश व्यवस्था प्रयोग
The great illumination experiment (1924-27)

यह प्रयोग राष्ट्रीय विज्ञान अकादमी की राष्ट्रीय शोध परिषद् तथा हाथोर्न फैक्ट्री के निरीक्षक जार्ज पेनॉक एवं अन्य साथियों द्वारा शुरू किए गए थे। प्रयोग के अन्तर्गत 6-6 लड़कियों के समूह (नियंत्रित एवं प्रयोगरत) बना दिए गए। दोनों समूहों के पास एक समान कार्य था। यह प्रयोग दो कमरों में इन लड़कियों के समूहों के कार्य-निष्पादन तथा प्रकाश व्यवस्था के सह संबंध को जानने के लिए किया गया था। प्रारंभ में कमरों का प्रकाश तथा अन्य सुविधाएँ स्थिर रखी गईं। शनैःशनैः प्रकाश को कम या ज्यादा करके यह देखा गया कि इससे उत्पादन पर क्या प्रभाव पड़ता है। डेढ़ वर्ष तक शोध करने के बाद यह निष्कर्ष निकला कि प्रकाश को या अन्य सुविधाओं को कम-ज्यादा करने से उत्पादन में कमी नहीं बल्कि दोनों समूहों के उत्पादन में बढ़ोतरी हुई।

रिले एसेम्बली टैस्ट रूम प्रयोग

प्रकाश व्यवस्था कम-ज्यादा होने से उत्पादन में उल्लेखनीय अंतर न आने पर शोधकर्ताओं

ने प्रकाश-सिद्धांत छोड़कर दिहाड़ी, विश्राम के क्षण तथा काम की अवधि को नियंत्रित कर प्रयोग किए। इसके बाद समूह-प्रोत्साहन योजना के स्थान पर प्रति व्यक्ति दर योजना शुरू की परंतु उत्पादन निरंतर बढ़ता ही रहा। इसी तरह काम के घंटों, प्रति सप्ताह काम की अवधि, कॉफी एवं सूप की सुविधा इत्यादि प्रावधानों ने भी उत्पादन बढ़ाया। ऐसी स्थिति में शोधकर्ताओं ने उपर्युक्त सभी सुविधाएँ समाप्त कर (केवल प्रति व्यक्ति दर को छोड़कर) परिणाम देखने चाहे किंतु आश्चर्यजनक रूप से केवल कुछ ही दिन उत्पादन गिरा लेकिन शीघ्र ही उत्पादन का स्तर बहुत अधिक बढ़ गया। इतना उत्पादन तो पहले भी कभी नहीं रहा था। स्पष्ट है प्रकाश व्यवस्था, प्रोत्साहन योजना, विश्राम के क्षण उत्पादकता से प्रत्यक्षत: संबंधित नहीं थे। इसे हाथोर्न प्रभाव (Hawthorne effect) नाम दिया गया। अर्थात् श्रमिकों को प्रयोगकर्ताओं के प्रयोगों का पता था अत: वे जानबूझकर ऐसा करते थे।

शोध के परिणामों को देखकर मेयो ने यह निष्कर्ष निकाला कि संभवत: श्रमिकों (लड़कियों) की प्रवृत्ति उनके व्यवहार के लिए उत्तरदायी है तथा इन श्रमिकों ने मिलकर अपना एक समाज बना लिया है। श्रमिकों ने अपने ऊपर हो रहे प्रयोगों के कारण योजना में भागीदारी की दर भी बढ़ा दी होगी। इस प्रकार मेयो ने "सामाजिक मनुष्य" की व्याख्या की। इस संबंध में मेयो ने पाँच प्रकार की उपकल्पनाओं की चर्चा की तथा अंत में निष्कर्ष दिया कि कार्य संतुष्टि मूलत: समूह की अनौपचारिक सामाजिक रचना पर निर्भर करती है, अत: निरीक्षकों को ऐसा व्यवहार करना चाहिए ताकि श्रमिक अपनी बात खुलकर कह सकें। पर्यवेक्षण तथा मनोबल प्रत्यक्षत: संबद्ध हैं।

इस तरह मेयो और उनके शोध दल ने रोबर्ट ओवेन को पुन: प्रासंगिक बनाया जो हमेशा मिल मालिकों से कहा करता था कि कामगारों पर मशीनों से ज्यादा ध्यान दो। मेयो ने महसूस किया कि काम से संतुष्टि कामगारों के बीच विकसित होने वाले अनौपचारिक सामाजिक ढांचे पर निर्भर करती है। उन्होंने महसूस किया कि सुपरवाइजरों को भी नए ढंग से प्रशिक्षित किया जाना चाहिए ताकि वे अपने मातहतों में व्यक्तिगत रूप से रुचि लें और अपने पहले वाले दृष्टिकोण को त्याग सकें। मेयो ने यह भी अवलोकन किया कि प्रबंधकों द्वारा कामगारों को आपस में मिलने-जुलने के लिए प्रेरित किया जाना चाहिए। कामगारों के बीच उत्साह का संचार करना एक तरह से सुपरवाइजर की गतिविधि का ही एक अंग होना चाहिए। इस तरह से मेयो के निष्कर्षों के आलोक में निरीक्षण, उत्साह और उत्पादकता मानवीय संबंध विवेचना की आधारशिला बन गई। मेयो के इन प्रायोगिक निष्कर्षों को वृहद प्रकाश की संज्ञा दी गई क्योंकि उनके इन निष्कर्षों से औद्योगिक संबंधों की नई अवधारणाओं पर रोशनी पड़ी।

मानवीय प्रवृत्तियाँ तथा भावनाएँ प्रयोग

Human attitudes and sentiments experiments (1928-31)

इस प्रयोग को करने से पूर्व सर्वप्रथम मेयो ने संयंत्र के कुछ कार्मिकों को प्रश्नावली भरने के कार्य में प्रशिक्षित किया। प्रशिक्षित दल द्वारा हाथोर्न संयंत्र के 25 हजार कार्मिकों में से 21126 श्रमिकों से साक्षात्कार करके एक प्रश्नावली भरवाई गई। हार्वर्ड अध्ययन दल ने इस

शोध में मानवीय व्यवहार तथा भावनाओं को जानने का प्रयास किया। प्रत्येक श्रमिक से यह कहा गया कि वह प्रबंध की नीतियों, कार्यक्रमों, कार्य के माहौल तथा मालिकों के व्यवहार के बारे में अपने विचार खुलकर प्रकट करे। इस प्रयोग ने श्रमिकों की कल्पना शक्ति को बढ़ावा दिया तथा लगभग सभी श्रमिकों ने अपने दिल का गुबार निकाला। परिणाम यह निकला कि बिना फैक्ट्री के माहौल, भौतिक सुविधाओं तथा वेतन में परिवर्तन किए ही कुछ उत्पादन बढ़ गया तथा श्रमिकों के व्यवहार में सकारात्मक परिवर्तन भी आया। श्रमिकों की शिकायतें दो प्रकार की थीं।

प्रथम प्रत्यक्ष एवं भौतिक शिकायतें और *दूसरी* अप्रत्यक्ष एवं मनोवैज्ञानिक शिकायतें।

हार्वर्ड अध्ययन दल ने निष्कर्ष निकाला कि श्रमिकों द्वारा वर्णित शिकायतों तथा तथ्यों में कोई रिश्ता नहीं है। श्रमिकों की पारिवारिक त्रासदियाँ, बीमारियाँ तथा व्यक्तिगत समस्याएँ ही उनकी कार्यक्षमता को बाधित करती हैं। इन समस्याओं को मेयो ने निराशावादी ख्यालीपुलाव (pessimistic reveries) कहा है। इस प्रयोग से तीन बातें स्पष्ट हुईं –

(i) श्रमिकों ने कंपनी द्वारा समस्याएँ जानने की पहल की सराहना की तथा श्रमिकों को लगा कि वे प्रबंध में अपना योगदान दे रहे हैं।
(ii) इससे पर्यवेक्षकों के व्यवहार में परिवर्तन हुआ क्योंकि उन्हें लगा कि उनकी कार्यप्रणाली पर शोधदल की नजर है तथा श्रमिक खुलकर बात कह सकते हैं।
(iii) इससे श्रमिकों में अपने साथियों को बेहतर ढंग से समझने की सोच उत्पन्न हुई तथा उन्होंने व्यवहार के नए तरीके सीखे।

वस्तुतः कार्मिक के मनोबल को बनाए रखने के लिए उसके कार्य पर्यावरण में व्यक्ति की भावनात्मक तथा आत्मसम्मान की आवश्यकताओं की पूर्ति होनी चाहिए। मेयो के अनुसार, 'यदि ऐसा नहीं होगा तो व्यक्ति में निराशा, कुंठा तथा मानकहीनता (anomie) पैदा हो जाएँगी।'

सामाजिक संगठन प्रयोग या बैंक वायरिंग प्रयोग

Bank wiring experiment (1931-32)

यह प्रयोग जॉर्ज एल्टन मेयो द्वारा हाथोर्न संयंत्र में किया गया अंतिम प्रयोग था जो समूह के व्यवहार के विश्लेषण पर आधारित था। अध्ययन दल ने अवलोकन के द्वारा समूह-व्यवहार को जाँचा था। श्रमिकों का चयन तीन ऐसे समूहों से किया गया था जो एक-दूसरे से कार्य के आधार पर जुड़े हुए थे। ये काम धातु को सोल्डर करना, टर्मिनल लगाना तथा तार लगाना थे। इन श्रमिकों को वेतन, समूह-प्रोत्साहन योजना के अंतर्गत दिया जाता था, अर्थात् प्रत्येक सदस्य को समूह के कुल उत्पादन के आधार पर उसका अंश मिलता था। प्रयोग के दौरान यह पाया गया कि समूह ने उत्पादन का अपना एक मानक निश्चित कर लिया था जो प्रबंध द्वारा निर्धारित मानक से बहुत कम था। समूह अपने किसी भी सदस्य को उत्पादन घटाने या बढ़ाने की अनुमति नहीं देता था। यद्यपि यह समूह (श्रमिक) अधिक उत्पादन में सक्षम था किंतु उत्पादन दर को स्थिर बनाए रखने के लिए पूर्ण क्षमता से कार्य नहीं करता था। समूह में अत्यधिक एकता थी तथा समूह ने निम्नांकित नियम बना लिए थे:

(i) कोई भी सदस्य निर्धारित सीमा से ज्यादा काम नहीं कर सकता था। वह ऐसा करता था तो उसे दर बिगाड़ने वाला (rate buster) माना जाता था।

(ii) ठीक इसी तरह कोई भी कामगार निर्धारित लक्ष्य से कम काम भी नहीं करता था। अगर वह ऐसा करता था तो उसे चेसलर (chesler) समझा जाता था।

(iii) कोई भी सदस्य सुपरवाइजर के समक्ष अपने किसी सहकर्मी के बारे में निंदा -शिकायत के लहजे में कोई बात नहीं कर सकता था। अगर वह ऐसा करता था तो उसे मुखबिर (squealer) करार दिया जाता था।

(iv) समूह के बीच परस्पर इस बात की सहमति थी कि आपस में किसी भी सदस्य को न तो सामाजिक दूरी बनानी चाहिए और न ही अधिकारियों की तरह का बर्ताव करना चाहिए। उदाहरणार्थ, यदि कोई निरीक्षक है तो उसे आपस में निरीक्षक की ही तरह पेश नहीं आना चाहिए।[71]

मेयो और उनकी हार्वर्ड टीम ने पाया कि समूह के इस व्यवहार का प्रबंध या संयंत्र की सामान्य आर्थिक परिस्थिति से कोई लेना देना नहीं था। मगर श्रमिक विभाग से बाहर के कर्मचारियों, यथा-कुशल ''अधिकारी'' और ''प्रौद्योगिकीविदों'' के अनावश्यक हस्तक्षेप को काम में व्यवधान पैदा करने वाले कारकों के रूप में देखते थे।

इन प्रयोगों से निष्कर्ष निकला कि संगठन एक सामाजिक प्रणाली है; उत्पादकता काम करने वालों की सेवा की दशाओं पर निर्भर है। श्रमिक भी मनुष्य हैं संगठन में उनकी उपेक्षा करना अनुचित है। संगठन की मानव संबंध विचाराधारा का सार है कि संगठनात्मक व्यवहार काफी जटिल होता है और संगठनात्मक समस्याओं के विश्लेषण एवं समाधान के लिए बहुपक्षीय प्रकृति का ज्ञान परमावश्यक है। संगठन संबंधी समस्याओं का समाधान करने के लिए मनुष्यों की प्रकृति का और इनके अनौपचारिक संगठनों का भी अध्ययन किया जाना चाहिए।

एल्टन मेयो के अध्ययन का निष्कर्ष यह था कि संगठन के मानवीय पक्ष को अनदेखा नहीं किया जाना चाहिए। तकनीकी और आर्थिक पहलुओं पर ज्यादा बल देने की अपेक्षा प्रबंधकों को मानवीय स्थितियों, प्रेरणा और श्रमिकों से संबंध स्थापित करने पर ध्यान देना चाहिए। मेयो का विचार था कि सहयोग प्राप्त करने के लिए सत्ता की अवधारणा विशेषज्ञता की अपेक्षा सामाजिक कौशल पर आधारित होनी चाहिए।

इन प्रयोगों ने औपचारिक संगठन में अनौपचारिक संगठनों की महत्ता को सिद्ध कर दिया। अनौपचारिक समूह अपने सदस्यों पर सामाजिक नियंत्रण करते हैं तथा समूह की आदतों एवं अभिवृत्तियों को निर्धारित करते हैं। यह अनौपचारिक समूह समकक्षों के समूह (peer group) भी कहलाते हैं।

आलोचनात्मक मूल्यांकन: मेयो पर आरोप लगा कि वह यूनियन प्रतिनिधियों को सुपरवाइजरों की जगह स्थापित करना चाहते हैं। मुक्त समाज में यूनियन की भूमिका को न समझ पाने के कारण भी उनकी आलोचना की गई।[72] कारे जैसे आलोचक ने कहा कि हाथोर्न प्रयोग कार्यक्रम के लिए ''सहकारी'' लड़कियों को चुना गया जो प्रयोग में हिस्सेदारी के लिए इच्छुक थीं। मगर यह प्रयोग ''व्यर्थ'' था क्योंकि पांच-छह के प्रतिदर्श को लेकर सार्वभौमिक

निष्कर्ष नहीं निकाले जा सकते। यह सामान्यीकरण है। वे हाथोर्न प्रयोग को वैज्ञानिक आधार से पूरी तरह वंचित बताते हैं।[73] पीटर एफ ड्रकर मानव संबंधवादियों की यह कहकर आलोचना करते हैं कि उनमें आर्थिक चेतना के आयामों का अभाव है। वह यह भी अनुभव करते हैं कि हार्वर्ड समूह ने काम की प्रकृति की उपेक्षा करते हुए इसकी जगह अंतर्वैयक्तिक संबंधों पर बल दिया।[74] मेयो की आलोचना संगठन के लोगों के प्रति भावुक संकेंद्रण के लिए भी की गई जिसके चलते उन्होंने काम, उद्देश्य, नरमी और दिशाहीनता की अवहेलना की है।[75] मेयो की इस वजह से भी आलोचना हुई है कि लोगों के निजी जीवन और विचारों पर वह पितृसत्तात्मक प्रभुत्व के आरोपण को प्रोत्साहित करते हैं।[76] मेयो के आलोचक कहते हैं कि उनके दर्शन में द्वंद्व के लिए कोई जगह नहीं है। वह व्यक्तिगत मातहत तथा विशिष्ट प्रशासकों के सामूहिक हितों के जरिये सांगठनिक सौहार्द हासिल करना चाहते हैं।[77]

निष्कर्ष: इन आलोचनाओं के बावजूद प्रशासनिक संगठन में मेयो के योगदान को आधुनिक समय की महान खोजों में शुमार किया जाता है। मेयो पहले ऐसे व्यक्ति थे जिन्होंने वैज्ञानिक प्रबंध युग की पारंपरिक पद्धति से हटकर एक नए दृष्टिकोण से औद्योगिक श्रमिकों की समस्याओं को हल करने का प्रयास किया। प्रवृत्तियों तथा संवेदनाओं पर आधारित सामाजिक संगठन दरअसल कर्मचारियों के बीच संबंधों का एक जाल होता है। हाथोर्न में अनुसंधानकर्ताओं ने संगठन की औपचारिक और अनौपचारिक संरचनाओं के बीच भेद को स्पष्ट किया। औपचारिक ढांचा नियमाधारित और संरचनाबद्ध होता है। इसके विपरीत अनौपचारिक ढांचा संगठन के सदस्यों के वास्तविक व्यवहार का समग्र निरूपण है। हाथोर्न अध्ययन का सबसे महत्त्वपूर्ण निष्कर्ष यह था कि सामाजिक और मनोवैज्ञानिक कारक कार्य-स्थल पर कामगारों की संतुष्टि तथा संगठन की उत्पादकता के सबसे महत्त्वपूर्ण निर्धारक होते हैं।

2.6 मेयो एवं टेलरः तुलनात्मक अध्ययन

दोनों विचारकों के विचार में कुछ समानताएं तथा कुछ बिंदुओं पर दोनों के दृष्टिकोण में मतभेद हैं।

समानताएं

1. प्रबंधक, प्रशासन और संगठन को वैज्ञानिक दृष्टि से देखने एवं परखने का प्रयास
2. दोनों में कम उत्पादन के कारणों को जानने की इच्छा
3. संघर्ष एवं मनमुटावों को हानिकारक मानना तथा सहयोग को बढ़ावा देना
4. दोनों का निष्कर्ष यह है कि संगठन में कुछ निश्चित परिवर्तन कर देने से समस्याओं का समाधान संभव है
5. संगठनात्मक समस्याओं के लिए प्रबंध को दोषी मानना तथा श्रमिकों एवं प्रबंधकों में न्यायोचित संबंधों की स्थापना पर बल देना।

असमानताएं

फ्रेडरिक टेलर		एल्टन मेयो	
1.	वैज्ञानिक प्रबंध के जनक	1.	मानव-संबंध विचारधारा के मुख्य समर्थक
2.	सिद्धांतों की सार्वभौमिकता	2.	कोई सार्वभौमिक सिद्धांत नहीं
3.	"आर्थिक मानव" दृष्टिकोण की मान्यता	3.	"सामाजिक मानव" विचारधारा की मान्यता
4.	व्यक्तिगत उपलब्धि एवं स्वहित पर बल	4.	समूह भावना तथा सहयोग सहित "अनौपचारिक संगठन" पर बल
5.	कार्य करने के प्रमाणित और आदर्श तरीके	5.	कार्यरत मानव में अंतर-व्यवहारिक संबंध
6.	संगठन में व्यक्ति को "एक इकाई" ही मानना	6.	संगठन में व्यक्ति को "समूहों का एक सदस्य" भी मानना
7.	भौतिक पर्यावरण एवं संसाधनों पर बल	7.	सामाजिक-मनोवैज्ञानिक पर्यावरण पर बल
8.	कार्य और समय का सिद्धांत, प्रोत्साहन, वेतन, योजना, कार्यात्मक दक्षता	8.	वर्गीय, गतिमान, प्रोत्साहन, मनोबल, कार्य संतुष्टि की धारणाएँ
9.	"कार्य की उचित विधियों" पर ध्यान	9.	"सामाजिक संबंधों" पर ध्यान
10.	मानसिक क्रांति के समर्थक	10.	मानवीय सहयोग के समर्थक
11.	यह मान्यता कि उत्पादकता से कार्य संतुष्टि बढ़ती है	11.	यह मान्यता कि संतुष्टि से उत्पादकता बढ़ती है
12.	भौतिकशास्त्र, रसायनशास्त्र और अंकगणित का प्रयोग	12.	मनोविज्ञान, समाजशास्त्र और मानवशास्त्र के ज्ञान का प्रयोग
13.	उत्पादकता और कार्यक्षमता में सुधार	13.	दृष्टिकोणों और मनोबल में सुधार

2.7 निर्णय निर्धारण: हर्बर्ट साइमन

Herbert Simon : decision making

साइमन के विचार व्यवहारवादी चिंतकों में अग्रणी माने जाते हैं। व्यवहारवादी विचारधारा में व्यक्ति के संगठन के साथ संबंधों का अध्ययन किया जाता है। इस उपागम का मुख्य ध्यान संगठन के कार्यकरण में व्यक्ति के आंतरिक मूल्यों तथा विचारशीलता पर होता है। साइमन का चिंतन भी मुख्यत: इसी उपागम का विस्तार है। निर्णय लेने की प्रक्रिया का विश्लेषण करने संबंधी उनके अदभुत योगदान को मान्यता देते हुए उन्हें 1978 में नोबेल पुरस्कार दिया गया।

हर्बर्ट साइमन

साइमन अमेरिका के विख्यात राजनीतिक और सामाजिक वैज्ञानिक हैं। उनका जन्म 1916 में विस्कोंसिन में हुआ। उन्होंने शिकागो विश्वविद्यालय से राजनीति विज्ञान विषय में डॉक्टरेट की उपाधि हासिल की। अपने कैरिअर की शुरूआत नगरपालिका प्रशासन में करते हुए उन्होंने कई किताबें लिखीं। उन्होंने एक विशेषज्ञ सलाहकार के रूप में कई संस्थानों (संगठनों) के विभिन्न पदों पर काम किया। प्रशासनिक चिंतन में उनका योगदान और उनकी प्रसिद्धि उनके लेखों के रूप में दृष्टव्य है जिनका अनुवाद दुनिया की कई भाषाओं में हुआ है। इनमें तुर्की, फारसी और चीनी भाषाएं भी शामिल हैं। उनके कुछ महत्त्वपूर्ण प्रकाशन हैं – *प्रशासकीय व्यवहार* (1947); *फंडामेंटल रिसर्च इन एडमिनिस्ट्रेशन* (1953); *आर्गेनइजेशंस* (1958); *द न्यू साइंस ऑफ आटोमेशन* (1960); *साइंस ऑफ द आर्टीफिसियल* (1969); *ह्यूमन प्रॉब्लम सॉलविंग* (1972)।

हर्बर्ट साइमन का योगदान

साइमन का मुख्य ध्येय प्रशासन को एक ऐसा विशुद्ध विज्ञान बनाने का रहा है जिसमें तथ्यों का अधिकाधिक समावेश हो तथा मूल्यों का तथ्यों से पृथक्करण हो, ताकि सुदृढ़ एवं तार्किक निर्णय लिए जा सकें। कंप्यूटर आधारित तकनीकों को अपनाकर प्रशासन में वैज्ञानिक पुट लाने के समर्थक साइमन का मानना है कि यदि प्रशासन एक विशुद्ध विज्ञान बन सके तो यह उन प्रश्नों के उत्तर दे सकेगा जो कि प्रशासनिक कार्यकुशलता से संबंधित हैं, पर साइमन को यह भी चिंता है कि यदि प्रशासन विशुद्ध विज्ञान बन जाता है तो यह सामाजिक रुचियों तथा भावनाओं से दूर हो सकता है। प्रशासन को परिभाषित करते हुए साइमन कहते हैं – 'व्यापक दृष्टि से प्रशासन उसे कह सकते हैं जिसमें सामूहिक उद्देश्यों की प्राप्ति हेतु सहयोगपूर्वक क्रियाएँ की जाती हैं।'

साइमन ''प्रशासन'' को निर्णय लेने की प्रक्रिया के समतुल्य मानते हैं। उन्होंने इस बात पर जोर दिया कि निर्णय कैसे लिए जाते हैं और कैसे उन्हें और ज्यादा प्रभावशाली बनाया जा सकता है। संकीर्णता और पारंपरिक दृष्टिकोण की व्यर्थता पर कठोर टिप्पणी करते हुए वह कहते हैं कि इससे पहले कि कोई प्रशासन के संबंध में ''अपरिवर्तनीय'' सिद्धांत गढ़े, उसे इस व्याख्या में भी सक्षम होना चाहिए कि वस्तुतः एक प्रशासकीय संगठन सटीक ढंग से दिखता कैसे है और यथातथ्य यह कैसे काम करता है।[78]

साइमन प्रशासन की पारंपरिक अवधारणाओं को मिथक और मुहावरा कहते हैं। उनकी नजरों में नियंत्रण की एकता, विस्तार और सदृश श्रम विभाजन के ये सिद्धांत संदिग्ध और विरोधाभासी हैं। इसका कारण वह परिस्थितियों की पर्याप्त रूप से जांच के अभाव, शब्दों के स्पष्ट निर्धारण (विवेचन) और वास्तविक परिस्थितियों के व्यापक शोध की कमी मानते हैं।[79] साइमन कहते हैं कि ये सिद्धांत मनुष्यों के रहने लायक मकान की अपेक्षा ऐसे मकानों की एक शृंखलाबद्ध अमूर्त परिकल्पना हैं।[80] साइमन 'पोस्डकोर्ब' (POSDCORB) फार्मूले में परिकल्पित प्रशासकीय प्रक्रियाओं में परिपूर्णता और उद्देश्य प्राप्ति में उनकी उपयोगिता को

लेकर कोई अनुरूपता नहीं पाते। अपने इन तर्कों के जरिए साइमन सिद्धांत और व्यवहार के बीच गहरी होती खाई की ओर इशारा करते हैं।[81] इन सबमें साइमन के मुताबिक जो चीज छूट रही है यानी जिस कारक का अभाव है वह है निर्णय लेने की सही प्रक्रिया जिसका तात्पर्य है वैकल्पिक कार्यविधियों के बीच युक्तिसंगत अनुकूल पसंद का चुनाव।,

हर्बर्ट साइमन ने अर्थशास्त्रीय सिद्धांत के साथ दार्शनिक सिद्धांत को समन्वित करके निर्णय करने के आधुनिक सिद्धांत की आधारशिला रखी। हर्बर्ट साइमन पहले विचारक थे जिसने दार्शनिक और आर्थिक विचारों को समन्वित किया था। अपनी रचना *प्रशासकीय आचरण* (administrative behaviour) में साइमन ने सर्वप्रथम इस बात पर बल दिया है कि निर्णय से तात्पर्य तथ्यों (fact) एवं मूल्य तत्त्वों (value) का उचित योग होता है। तथ्य यथार्थ की अभिव्यक्ति है जो स्वयं चीजों की मौजूदा स्थिति, कृत्य और व्यवहार का सूचक होता है। किसी तथ्यपूर्ण आधारवाक्य को पर्यवेक्षणीय और मापनीय साधनों से साबित किया जा सकता है। उदाहरण के लिए, मेज लकड़ी से बनती है, कमरा केंद्रीय ऊष्मीकरण से गर्म किया जाता है या कक्षा में छात्रों की संख्या 20-22 होती है। ये सब तथ्यों के उदाहरण हैं। ये सत्य या असत्य होते हैं। इसके विपरीत, मूल्य से तात्पर्य पसंद से है। मूल्य प्राथमिकताओं की अभिव्यक्ति है। मूल्यगत आधारवाक्य सिर्फ मनोगत स्थितियों में ही वैध माने जा सकते हैं। जब कोई कहता है कि वह प्रातः काल घूमना पसंद करता है, तो यह पसंद की अभिव्यक्ति है। यह मूल्य वक्तव्य है। जब कोई कहता है 26 जनवरी जैसा राष्ट्रीय दिवस एक सुअवसर है तो इससे पसंद जाहिर होती है।

साइमन का मत है कि प्रत्येक निर्णय अनेक तथ्यों और एक या अनेक मूल्य वक्तव्यों का परिणाम होता है। साइमन ने उदाहरण दिया है कि मानो एक सेनापति आक्रमण की पद्धति के बारे में निर्णय करना चाहता है। वह इसे मूल्य (या महत्त्व) वक्तव्य से प्रारंभ करता है: मुझे आक्रमण करना चाहिए, शत्रु पर आक्रमण सफलतापूर्वक करना चाहिए। यह मूल्य वक्तव्य है। इसके विपरीत तथ्य वक्तव्य है: अचानक आक्रमण ही सफल होता है। यह तथ्य अनेक पूर्व अनुभवों पर आधारित है। *द्वितीय*, एक अन्य तथ्य कथन यह है कि अचानक आक्रमण की परिस्थितियों में आक्रमण का स्थान और समय निहित है। इन दोनों तथ्य एवं मूल्य संबंधी कथनों को संयुक्त करने पर निर्णय संभव होता है, अर्थात् आक्रमण के समय व स्थान व सफलतापूर्वक आक्रमण का संयोग आक्रमण संबंधी निर्णय लेने के लिए आवश्यक है। इसी प्रकार हर निर्णय तथ्य कथनों एवं मूल्य कथनों के संयोग का परिणाम है। जिस मूल्य कथन से कोई प्रारंभ करता है वह प्रथम मूल्य कथन है, और उसके बाद द्वितीय स्तर का कथन होता है।

साइमन निर्णय लेने की प्रक्रिया को तीन चरणों में बांटते हैं- बौद्धिक गतिविधि, प्रारूप गतिविधि और चयन संबंधी गतिविधि।[82]

1. **बौद्धिक गतिविधि** (intelligence activity): निर्णय प्रक्रिया का यह प्रथम चरण है। ''बौद्धिक'' शब्द सैन्य शब्दावली से लिया गया है। प्रथम चरण में समस्या का पता लगाया जाता है तथा आवश्यक सूचना, आँकड़े एवं तथ्य एकत्र किए जाते हैं अर्थात् इस चरण में निर्णय लेने के अवसरों तथा स्थितियों का पता लगाया जाता है।

2. **प्रारूप गतिविधि** (design activity): इस द्वितीय चरण में विभिन्न विकल्पों तथा संभावित कार्यविधियों का विकास एवं विश्लेषण किया जाता है। यह चरण समस्या तथा उसके संभावित विकल्पों के आकलन एवं समाधान के संबंध में चिंतन का है।

3. **विकल्प चयन गतिविधि** (choice activity): निर्णयन का यह तीसरा तथा अंतिम चरण है। इस चरण में समस्त उपलब्ध विकल्पों या कार्यविधियों में से किसी एक का चयन कर लिया जाता है जो सर्वोत्कृष्ट (निर्णयकर्ता की दृष्टि में) हो।

साइमन कहते हैं कि देखने में तो ये तीनों चरण साधारण और एक-दूसरे के क्रमागत लगते हैं लेकिन व्यवहार में इनका यह क्रम विन्यास बहुत जटिल है, क्योंकि इनमें से प्रत्येक चरण की निर्णय प्रक्रिया का भी अपना एक क्रम विन्यास है। उदाहरण के लिए, चयन के चरण में बौद्धिक गतिविधि का भी समावेश हो सकता है और प्रारूप गतिविधि का भी अर्थात् किसी भी चरण में तीनों चरण शामिल हो सकते हैं।

साइमन जोर देकर कहते हैं कि चयन करते समय तार्किक होना जरूरी है। वह तार्किकता को मूल्य व्यवस्था की शब्दावली में, प्राथमिकतापूर्ण वैकल्पिक व्यवहार के चयन के रूप में लेते हैं जिसके व्यावहारिक परिणामों का मूल्यांकन संभव है।[83] साइमन कहते हैं कि किसी भी प्रकार के चयन के लिए उस संबंध में हर तरह का ज्ञान आवश्यक है। साथ ही, इस चयन के परिणामों का पूर्वानुमान भी आवश्यक है। इसके लिए यह भी आवश्यक है कि सभी संभावित वैकल्पिक व्यवहारों में भी चयन किया जाए।[84] वह तार्किकता का साधन-साध्य के संदर्भ में विवेचन करते हैं। कोई भी निर्णय उसी समय तार्किक माना जाता है जबकि उसमें निर्धारित लक्ष्यों या साध्यों को प्राप्त करने हेतु उपयुक्त साधनों का प्रयोग किया गया हो।

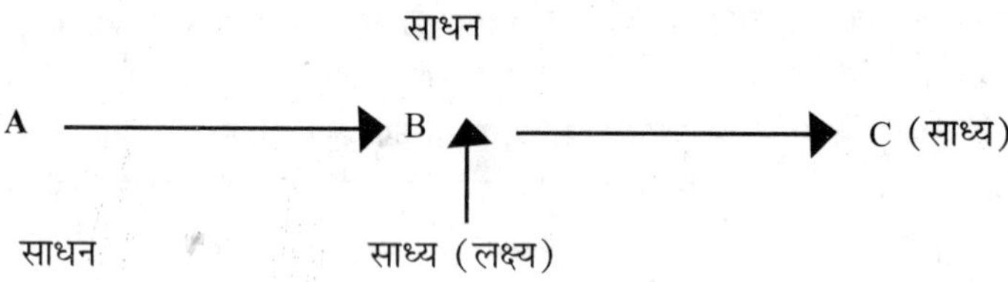

हालांकि तार्किकता की यह साधारण परीक्षा बहुत कठिन है। इसकी वजह यह है कि आमतौर पर साधन और साध्य एक-दूसरे में घुले-मिले होते हैं। उनको बिल्कुल अलग कर पाना मुश्किल होता है। संभव है आज की तारीख में जो "साधन" है वह भविष्य में "साध्य" हो जाए। इसे ही सामान्य तौर पर "साध्य-साधन शृंखला" अथवा क्रमिकता कहा गया है।[85] साइमन इशारा करते हैं कि साधन-साध्य क्रमिकता विरले ही एकीकृत होती है। पूरी तरह से एक शृंखला के रूप में उनका एकीकरण कभी-कभार ही दिखता है। अक्सर संगठन की गतिविधियों और अंतिम लक्ष्यों के बीच संबंध धुंधला ही रहता है, अथवा ये निर्णायक लक्ष्य अपूर्णता के साथ तय किए जाते हैं या फिर निर्णायक लक्ष्यों के बीच आपसी मतभेद या विरोधाभास होते हैं अथवा उन साधनों में ही ऐसे मतभेद होते हैं जो इन्हें प्राप्त करने के लिए चुने गए होते हैं।[86]

साइमन विभिन्न प्रकार की तार्किकताओं के बीच भिन्नता तय करते हैं। उनके हिसाब से निर्णय इस प्रकार के होते हैं[87]:

(i) वस्तुनिष्ठ तार्किकता (objectively rational) : वह निर्णय, जहां प्रदत्त और परिस्थितियों में सही व्यवहार का अधिकतम उपयोग होता है

(ii) विषयनिष्ठ तार्किकता (subjectively rational): वह निर्णय, जहां विषय ज्ञान के सापेक्ष तार्किकता का अधिकतम इस्तेमाल हो

(iii) सचेतन तार्किकता (consciously rational): वह निर्णय, जहां साध्य-साधन समायोजन एक सजग प्रक्रिया के अंतर्गत हो सकता है

(iv) सुविचारित तार्किकता (deliberately rational): वह निर्णय है जिसमें साधन एवं साध्य के बीच जानबूझ कर सामंजस्य स्थापित किया जाता है

(v) संगठनात्मक तार्किकता (organisationlly rational): ये निर्णय वे हैं जो संगठन के लक्ष्यों की ओर उन्मुख होते हैं।

(vi) व्यक्तिगत तार्किकता (personally rational): वह है जिसमें निर्णय व्यक्तिगत उद्देश्यों की ओर निर्देशित होता है।

प्रशासनिक व्यवहार के संदर्भ में पूर्ण तार्किकता की अवधारणा को साइमन उचित नहीं मानते। पूर्ण तार्किकता की यह अवधारणा निम्न अनुमानों पर आधारित होती है:

प्रथम किसी समस्या के होने पर निर्णयकर्ता उससे संबंधित सभी विकल्पों से परिचित होता है, जिसके अभाव में यह निर्णय नहीं किया जा सकता। अत: निर्णय करने के पहले विकल्पों का पता लगाना जरूरी है।

द्वितीय विकल्प के हर परिणाम का ज्ञान होना चाहिए। हर विकल्प के कुछ अच्छे-बुरे परिणाम होते हैं।

तृतीय अत्यंत उचित चुनाव होना चाहिए। इस दृष्टि से भविष्य का अनुमान लगाने की क्षमता होनी चाहिए। एक परिणाम आज अच्छा हो सकता है, संभव है कल अच्छा न हो और हो सकता है परसों वह बुरा हो जाए।

अत: किसी परिणाम के सही अनुमान के लिए भविष्य में दृष्टिपात करने की क्षमता होनी चाहिए। अत: यदि कोई निर्णय उचित होना है तो इन तीन शर्तों का पूर्ण होना आवश्यक है, लेकिन कोई भी चुनाव शत प्रतिशत सही नहीं हो सकता। जिस दुनिया में हम रहते हैं उसमें शत-प्रतिशत उचित निर्णय असंभव है। सापेक्ष दृष्टि से उचित निर्णय एक ऐसी स्थिति है जिसमें कुछ विकल्प और उनके कुछ परिणाम ज्ञात होते हैं, और इनमें से चुनाव किया जाता है। वास्तविक रूप में यही संभव भी है। हर्बर्ट साइमन ने समय के प्रभाव पर प्रकाश डाला है; और अर्थशास्त्रियों द्वारा जब अधिकतम लाभ के विचार का प्रचार किया जा रहा था उस समय साइमन ने काल की सीमा पर बल दिया। एक स्थिति या एक संगठन जब अधिकतम के लिए प्रयत्नशील होता है तो समय का तत्त्व बाधक बनता है। एक व्यक्ति को एक समय के अंदर ही निर्णय लेने पड़ते हैं। आज का अच्छा निर्णय कल बुरा हो सकता है, और यह निर्णय भविष्य में अच्छा हो सकता है।

सत्य तो यह है कि हम जीवन में यह देखते हैं कि कोई निर्णय लेने के लिए कुछ परिस्थितियाँ विद्यमान हों। इसका अर्थ है कि जिस प्रकार हम निर्णय का निरीक्षण करते हैं वह कुछ परिस्थितियों और सीमाओं पर निर्भर है।

पहली सीमा यह है कि मनुष्य के लिए निरपेक्ष निर्णय करना, संभव नहीं है जो संभव है वह 'बाधित तार्किकता' (bounded rationality) है।

द्वितीय बाधा संतुष्टि का तत्त्व है अर्थात् निर्णय संतुष्ट करने वाला होना चाहिए।

तीसरी बाधा डूबती रकम अर्थात् निष्क्रियता के तत्त्व की है। यदि हम एक निर्णय ले चुके हैं तो दूसरा निर्णय लेने में असमर्थ हो जाते हैं। उदाहरण के लिए, यदि कोई व्यक्ति इंजीनियर है तो डॉक्टर के पद पर नियुक्त नहीं हो सकता।

चूंकि प्रशासनिक मनुष्य न तो सभी संभावित विकल्पों के बारे में सोच सकता है, और न ही उनके संभावित परिणामों का अनुमान लगा सकता है, इसलिए वह "चरम हल" तक पहुंचने के बजाय "पर्याप्त" या 'किसी तरीके से काम चल जाए' जैसी स्थितियों से ही संतुष्ट हो जाता है। एक बात यह भी है कि प्रशासनिक व्यक्ति इस बात को भलीभांति महसूस करता है कि वह जिस दुनिया से ताल्लुक रखता है, वह वास्तविक दुनिया का एक साधारण संस्करण मात्र है। इसलिए वह अपने निर्णय का चयन उपस्थित परिस्थितियों की उस साधारण तस्वीर का इस्तेमाल करते हुए करता है जो उन कुछ एक घटकों से मिलकर बनी होती है जिन्हें वह अपने संदर्भ से सबसे ज्यादा प्रासंगिक और निर्णायक पाता है।[88] साइमन तथा मार्च ने संतोष (satisfaction) तथा पर्याप्त (sufficing) को मिला कर एक नया शब्द "सैटिस्फाइसिंग" (satisficing) गढ़ा है जो संतोषजनक या कम से कम पर्याप्त का अर्थ देता है। एक तरह से साइमन का प्रशासनिक व्यक्ति तर्कसंगत बनने की कोशिश करता है। चूंकि वह महत्तम क्षमताएं नहीं रखता, इसलिए सिर्फ 'पर्याप्त' तक ही पहुंच पाता है।,

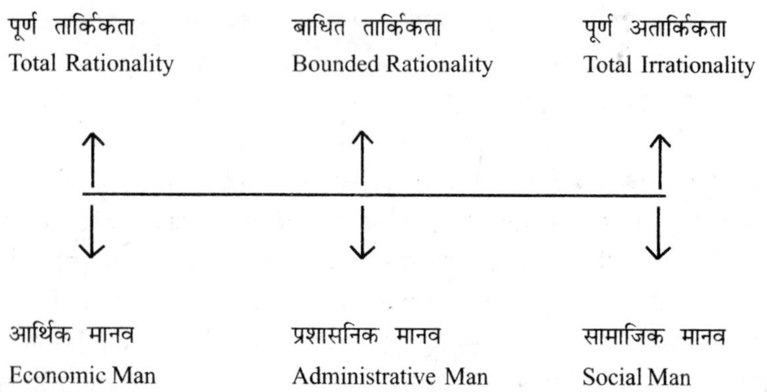

प्रशासनिक व्यक्ति के मॉडल की रचना के बाद सर्वोच्च सीमा तक पहुंचने के रास्ते में आने वाली अड़चनों और रूकावटों पर साइमन ने प्रकाश डाला है।

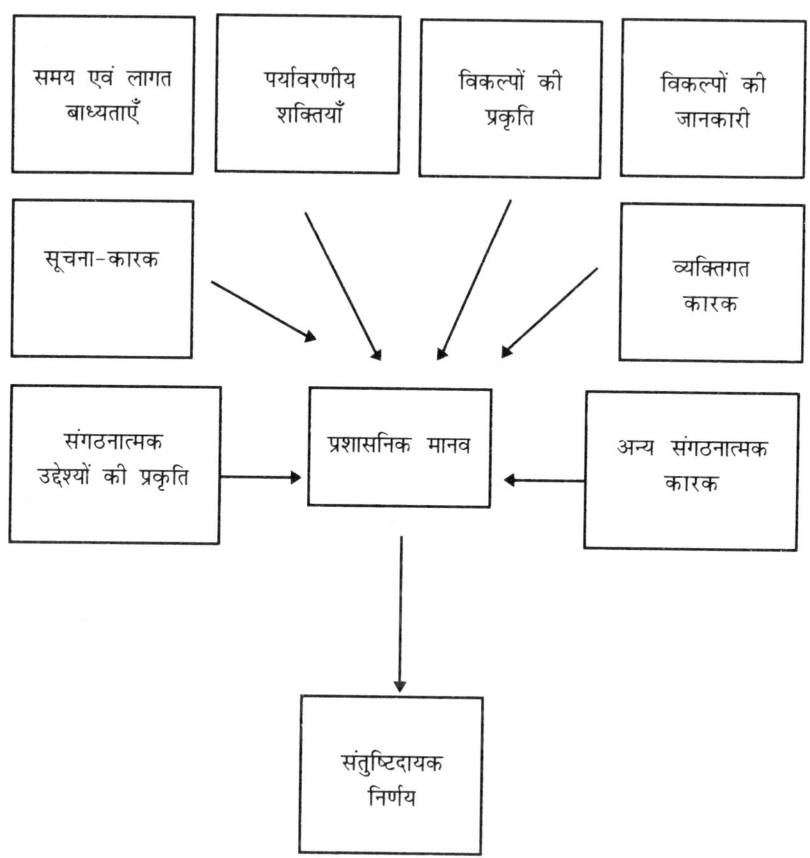

बाधित तार्किकता के लिए उत्तरदायी कारक

प्रशासनिक मानव प्रतिमान में निर्णयन के आठ चरण होते हैं-

1. समस्या को परिभाषित करना
2. अभिलाषा का उपयुक्त स्तर निर्धारित करना
3. एक एकल आशाजनक विकल्प की सूक्ष्म समस्या क्षेत्र अन्वेषण विधि का उपयोग करना
4. यदि कोई व्यावहारिक विकल्प नहीं मिल सके तो-

i) अभिलाषा के स्तर को नीचे की ओर ले जाना

ii) एक नए वैकल्पिक समाधान की खोज करना

5. व्यावहारिक विकल्प की खोज के पश्चात् इसकी स्वीकार्यता निश्चित करने के लिए मूल्यांकन करना
6. यदि चयनित विकल्प स्वीकार करने योग्य नहीं है तो नए विकल्प को खोजना
7. यदि खोजा गया विकल्प स्वीकार करने योग्य है तो समाधान को क्रियान्वित करना
8. इस निर्णय के क्रियान्वयन के आधार पर भविष्य में इससे मिलती-जुलती समस्याओं का समाधान या अभिलाषा के स्तर को उच्च या निम्न करने का आधार बनाना

साइमन निर्णयों को दो भिन्न कोटियों में विभक्त करते हैं इन्हें निश्चित निर्धारित निर्णय (programmed decisions) तथा अनिश्चित और अनिर्धारित निर्णय (unprogrammed decisions) की संज्ञा देते हैं। निश्चित निर्णय से तात्पर्य है कि एक निश्चित कार्यक्रम या उसकी रूपरेखा हमारे दिमाग में है। उसको क्रियान्वित करने से उसका समाधान स्वत: ही प्राप्त हो जाता है। हर सरकारी नियम या उपनियम एक कार्यक्रम है, और उसके क्रियान्वयन से एक निश्चित निर्णय प्राप्त होता है। उदाहरण के लिए, नियम यह है कि निर्धारित शर्तें पूर्ण करने वाले आवेदक को लाइसेंस दे दिया जाए। ऐसे मामलों में यह निर्णय करते समय कि आवेदक को लाइसेंस दिया जाए या न दिया जाए हम केवल यह देखते हैं कि उसने निर्धारित शर्तें पूरी की हैं या नहीं।

अनियोजित निर्णय वे निर्णय होते हैं जो नए, संरचनाविहीन, परिणामदायक और स्वतंत्र रूप से नियंत्रण संभालने वाले होते हैं, क्योंकि उनके लिए पहले से बनी-बनाई कोई कार्य पद्धति नहीं होती। ऐसे हर मामले में कार्यकारी अधिकारी को नया निर्णय लेना पड़ता है। नियोजित निर्णयों को लागू करने की तकनीकें हैं – स्वभाव, ज्ञान तथा कुशलता और अनौपचारिक संवाद माध्यम, इत्यादि जबकि अनियोजित निर्णयों को लागू करने के उपाय हैं- अधिकारियों को चयन और प्रशिक्षण से हासिल उच्चस्तरीय कुशलता तथा उनमें प्रयोगधर्मिता की क्षमता, इत्यादि। सत्य तो यह है कि निश्चित और अनिश्चित निर्णय एक ही लंबे सप्तरंगी प्रकाश के दो छोर हैं। मानव जीवन में कोई निर्णय पूरी तरह अनिश्चित नहीं होता; जीवन में पर्याप्त ज्ञान और अनुभव स्वत: ही संचित होता है। अनिश्चित परिस्थितियों का सामना करने के लिए मनुष्य के मस्तिष्क में एक रूपरेखा, जो चाहे जैसी भी हो, विद्यमान होती है। इसी प्रकार कोई पूर्ण निश्चित निर्णय संभव नहीं है।

उचित निर्णय करने के क्षेत्र में विगत वर्षों में महत्त्वपूर्ण प्रगति हुई है। निर्णय का औचित्यपूर्ण होना कई दृष्टियों से महत्त्वपूर्ण है। जब प्रशासन में कोई निर्णय लेना होता है तो उसमें जोखिम (risk) रहता है। जोखिम को कम करने की दिशा में अनेक प्रयत्न हुए हैं, और हो रहे हैं। आज सभी संगठनों में ज्यादा से ज्यादा तथ्य संकलित किए जाते हैं। कंप्यूटर से तथ्य एकत्र करने में भरपूर सहायता मिली है। गणितीय साधनों, जैसे प्रचालन शोध, ''इलेक्ट्रानिक डाटा प्रोसेसिंग'', ''सिस्टम एनालिसिस'' तथा ''कंप्यूटर सिम्युलेशन'' इत्यादि का निर्णय लेने में लाभप्रद ढंग से इस्तेमाल किया जा रहा है। ऐसी तकनीकों के इस्तेमाल से मध्य स्तर के प्रबंधकीय कार्मिकों पर निर्भरता समाप्त होगी तथा निर्णय लेने

की प्रक्रिया का केंद्रीकरण होगा। हालांकि साइमन इस बात को भी कहते हैं कि कंप्यूटर और निर्णय लेने की दूसरी नई तकनीकों के इस्तेमाल से इस केंद्रीकरण का पुनः विकेंद्रीकरण होगा।1[89]

जैसे-जैसे निर्णय लेने की प्रक्रिया में कंप्यूटरों और सिम्युलेशन मॉडलों का इस्तेमाल बढ़ता है वैसे-वैसे ज्यादा से ज्यादा निर्णय योजित होते जाते हैं जिससे निर्णयकरण प्रक्रिया तथा व्यवहार में तार्किकता बढ़ती है। फलस्वरूप संगठनात्मक तार्किकता का भी विस्तार होता है। इसी वजह से साइमन चाहते हैं कि जहां तक संभव हो निर्णय लेने की प्रक्रिया का कंप्यूटरीकरण कर दिया जाए, निर्णय लेने की प्रक्रिया को तार्किक और मशीनीकृत बनाने का फायदा यह होगा कि अधिकारियों के लिए काम करना सरल हो जाएगा और व्यापक अर्थों में यह संतोषदायक भी होगा।[90] इतना होते हुए भी यह मानना पड़ेगा कि जोखिम पूरी तरह समाप्त नहीं किया जा सकता। हर निर्णय में कुछ जोखिम तो रहता ही है।

निर्णयों को स्वीकृत कराने की दिशा में भी प्रगति हुई है। निर्णयों का महत्त्व तो इसी में है कि उन्हें क्रियान्वित किया जाए अन्यथा वे केवल कपोल कल्पना ही हैं। निर्णय तीन तरीकों से स्वीकृत कराए जा सकते हैं। एक तरीका शक्ति के प्रयोग का है। दूसरा तरीका भावनात्मक सहानुभूति और सम्मोहन का है। निर्णयों को स्वीकृत कराने के ये दोनों तरीके खतरों से खाली नहीं हैं। तीसरा तरीका सहयोगियों में निर्णय के प्रति समान आदर और औचित्य का भाव जाग्रत करना है। यह तभी संभव है जब उन्हें परिस्थिति और तथ्यों से अवगत कराया जाए। ऐसी स्थिति में वे भी वही निर्णय लेंगे जो निर्णयकर्त्ता ने लिया है। इसे हम परस्पर विचार-विमर्श या प्रशिक्षण के माध्यम से विकसित कर सकते हैं। उच्चाधिकारियों को निर्णय लेते समय अपने अधीन अधिकारियों से परामर्श करना चाहिए, भले ही वह उनके परामर्श को न माने। मुख्य कार्यपालक के द्वारा एक बार अपने अधीनस्थों से परामर्श करने पर नैतिक दृष्टि से उसका पक्ष सबल हो जाता है, और अधीनस्थों में संतोष की भावना उत्पन्न होती है। विचार-विमर्श के अभाव से अधिक खतरनाक कोई तत्त्व निर्णय के क्रियान्वयन में बाधक नहीं होता।

आलोचनात्मक मूल्यांकन: साइमन का निर्णय सिद्धांत नैतिक मूल्य के प्रति अरुचि दिखाता है। साइमन का कहना है कि ''अच्छा और बुरा'' जैसे शब्द जब प्रशासन के अध्ययन में आते हैं तो उनका प्रयोग कभी-कभार ही स्वच्छ-नैतिक अर्थ में किया जाता है। वे कार्य-प्रणालियाँ जो संगठन के लक्ष्यों को प्राप्त करने में सहायक होती हैं, अच्छी कहलाती हैं। आलोचकों के विचार में निर्णय-प्रक्रिया में नैतिक मूल्यों के प्रति उदासीनता 'अनैतिकता को उचित ठहराना है, इसका उद्देश्य निर्णय करने वालों को उनकी अनैतिक क्रियाओं से मुक्त करना है।'[91]

क्रिस आर्गिरिस मानते हैं कि साइमन ने अपनी तार्किकता की अवधारणा में अन्तः प्रेरणा, परंपरा तथा विश्वास की भूमिका को नहीं पहचाना है। साइमन का सिद्धांत यथास्थिति पर ध्यान केंद्रित करता है।[92] कुछ आलोचकों के अनुसार निर्णय करने का सिद्धांत, जिसका उद्देश्य संगठनात्मक क्रिया का युक्तिसंगतिकरण था, वास्तव में पूँजीवादी अनैतिकता को अधिक उचित ठहराने का सिद्धांत सिद्ध हुआ है।[93]

साइमन का प्रतिमान यह मानता है कि प्रशासन सभी समाजों में एक जैसी भूमिका निभाता

है लेकिन सत्य यह है कि विकासशील देशों की प्रशासनिक व्यवस्था विकसित देशों की प्रशासनिक व्यवस्था से सर्वथा भिन्न होती है।

नॉर्टन ई. लांग ने कहा है कि साइमन के विचार नौकरशाही पर लागू नहीं हो सकते हैं क्योंकि नौकरशाही न तो तटस्थ साधन है और न हो सकती है। इसका कारण यह है कि मूल्य मनुष्य के साथ चिपके रहते हैं।[94] साइमन द्वारा प्रतिपादित निर्णय निर्धारण प्रक्रिया के अध्ययन में तथ्यों और मूल्यों के बीच प्रत्यक्षतावादी तार्किक भेद अंतर्निहित है। उनके इस दृष्टिकोण का विरोध निम्नलिखित आधार पर हुआ है: पहला, उनके इस दृष्टिकोण के कारण आरोप लगाया गया है कि यह राजनीतिक प्रशासन के बदनाम द्विभाजन सिद्धांत को नए ढ़ंग से पुनर्जीवित करता है। दूसरा, निर्णयकर्ताओं के लिए इसके प्रभाव हानिकर हैं। तीसरा, यह साइमन के मूल सिद्धांत के लिए अप्रासंगिक है।[95]

साइमन की "कुशलता की कसौटी" अवधारणा की भी आलोचना निम्न बिंदुओं पर हुई है:

1. यह प्रशासन की यांत्रिक अवधारणा को जन्म देती है
2. साध्य और साधन के बीच अनिश्चित किस्म के संबंध कायम करती है।
3. कुशलता प्रशासन का एकमात्र लक्ष्य नहीं होती और न ही हो सकती है।

कुशलता की प्रासंगिकता तभी होती है जब संसाधनों की कमी हो और संगठन के सदस्यों को इस कमी का पता हो। इसी वजह से साइमन ने अपने बाद के निष्कर्षों में कुशलता के आधार को निम्न स्तरों के निर्णयों में लागू किए जाने लायक बताया।[96]

तमाम आलोचनाओं के बाद भी इस बात से इन्कार नहीं किया जा सकता है कि साइमन के निर्णय सिद्धांत ने, संगठनों में जैसे वास्तव में निर्णय लिए जाते हैं, के संबंध में महत्त्वपूर्ण जानकारी एवं योगदान दिया है।

| संदर्भ एवं टिप्पणी

1. L. Urwick in his foreward to the English translation of Henry Fayol's *General and Industrial Management*, London, Issac Pitman, 157, p. vii.
2. D.S. Pugh, *et al., Writers on Organisation*, p.60
3. Fayol, Henry, "The Administrative Theory in the State", *Papers on the Science of Administration*, (eosQ)., L. Gulick and L. Urwick, New York, Columbia University Press, 1937.
4. Quoted in D.S. Pugh. D.J. Hickson and C.R. Hinning, *Writers on Organisations*, Ontario, Penguin, 1976, p. 60.
5. Fayol, op.cit, pp. 43-45.
6. Ibid., pp. 97-98.
7. Ibid., p. 103.
8. Ibid., pp. 19-41.

9. L. Urwick and E.F.L. Breach, *The Making of Scientific Management*, Vol.I, London, Issac Pitman, 1955, p. 43.
10. Henery H. Albers, *Principles of Organisation and Management*, New York, John Wiley, 1961, p.110.
11. Peter F. Drucker, *Management : Tasks, Responsibility, Practices*, London, Heineman, 1974, p.559
12. Chester Bernard, *The Functions of the Executives*, Cambridge, Mass, Harvard University Press, 1938, p. 163 and Herbert A. Simon, *Administrative Behaviour*, New York, The Free Press, 1957, Chapter II.
13. Fayol, op. cit., p. 19.
14. L. Urwick, *The Elements of Administration*, London, Sir Issac Pitman & Sons Ltd., 1947, p.36
15. Quoted in Daniel A. Wren, The Evolution of Management Thought, New York, The Ronald Press Company, 1972, pp. 357-58.
16. L. Urwick, op.cit., pp. 118-23.
17. Luther Gulick, "*Notes on the Theory of Organisation*", in Luther Gulick and L. Urwick (eds.), *Papers on the Science of Administration*, New York, Institute of Public Administration, 1937.
18. Ibid., p.3.
19. L. Urwick, op.cit., pp. 52 - 53.
20. Luther Gulick, op.cit., pp. 7 -9.
21. D. Gvishiani, *Organisation and Management*, Moscow, Progress Publishers, 1972, p. 198
22. L. Urwick, op.cit., p. 72.
23. L.D. White, *An Introduction to the Study of Administration*, New York, Macmillan Company, 1948, p. 37.
24. Herbert A. Simon, "Administrative Behaviour: A Study of Decision-Making Process in Administrative Organisation", New York, The Free Press, 1965, p.20.
25. Ibid., p.21.
26. J.G. March and H. Simon, op.cit.
27. Claude S. George. *The History of Management Thought*, New Delhi, Prentice Hall, 1972. p.92
28. प्राकृतिक सोल्जरिंग (Natural Soldiering) वह है जो कुछ लोगों के स्वभाव में कार्य से जी चुराने का परिचायक है।
29. व्यवस्थित सोल्जरिंग (Systematic Soldiering) यह दूसरों के कार्य के आधार पर अपना मानक तय कर लेने का अर्थ देती है।
30. *Shop Management, The Principles of Scientific Management and F.W. Taylors Testimony before a Special Committee of the House of Representatives* in 1912, were later published in one volume under the title Scientific Management, New York, Harper Brothers, 1947.
31. S.A. Sapre, *F.W. Taylor's: His Philosophy of Scientific Management*, Bombay, Government, Central Press, 1970, p.14
32. Quoted in Daniel A. Wren, *The Evolution of Management Thought*, New York, The Ronald Press Company, 1972, p. 142-43.
33. Ibid., p. 143

34. Frederick W. Taylor. op. cit., pp. 120-30.
35. पैरेटो सिद्धांत इस मान्यता पर टिका है कि 80 प्रतिशत उपलब्धियाँ 20 प्रतिशत प्रयासों पर टिकी होती हैं अर्थात शेष 80 प्रतिशत प्रयास निरर्थक रहते हैं।
36. Frederick W. Taylor, op. cit, p. 96
37. Ibid., p. 140
38. J.A.C. Brown, *The Social Psychology of Industry*, Harmadsworth, Penguin books, 1954.
39. Quoted in S.A. Sapre, op. cit., p.25.
40. Ibid., pp. 24-26.
41. Ernest Dale, *Management Theory and Practice*, New York, McGraw Hill Book Company.
42. डेविड रिकार्डो द्वारा प्रतिपादित रैब्बल परिकल्पना मनुष्य को असंगठित लोगों का ऐसा झुंड मानती है जो केवल स्वार्थ से संचालित होता है।
43. James G. March and Herbert A. Simon, *Organisations*, New York, John Wiley & Sons, 1958, pp. 12-22.
44. Bertram M. Gross, *The Managing of Organisation: The Administrative Struggle*, Vol. I, New York, The Free Press, 1964, p.125
45. वैज्ञानिक प्रबंध सिद्धांत समाजवादी रूस में स्तेखानोवाद के रूप में प्रसिद्ध हुआ।
46. पूंजीवादी राष्ट्र अमेरिका में वैज्ञानिक प्रबंध सिद्धांत फोर्डवाद के रूप में प्रचलित हुआ। टेलरवाद तथा फोर्डवाद में अंतर यह है कि टेलरवाद में श्रमिक महत्त्वपूर्ण हैं, वहां फोर्डवाद में मशीन को विशेष तरजीह दी गई है।
47. Bertram M. Gross, op. cit, p. 128
48. Ferrel Heady, *Public Administration: A Comparative Perspective,* Prentice-Hall, 1966, p. 16.
49. Parkinson Law, पार्किन्सन कानून का तात्पर्य है कर्मचारियों की संख्या में निरंतर वृद्धि होने से उनके बीच काम का बंटवारा हो जाता है। इसका प्रमुख कारण अधिकारियों द्वारा एक-दूसरे के लिए कार्य सुलभता की स्थिति प्रदान करना है।
50. See Nicos P. Mouzelis, *Organisation and Bureaucracy*, Chicago, Aldine Publishing Company, 1970.
51. This stands good even for political offices.
52. Max Weber, *The Theory of Social and Economic Organisation*, Translated by Parsons and Handerson, and (ed.), by Talcott Parsons, New York, The Free Press, 1969, p. 330.
53. Ibid., p. 331.
54. Robert K. Merton, et al., (ed.), *Reader in Bureaucracy*, Glencoe, The Free Press, 1952.p.365.
55. Max Weber, op. cit., p. 331.
56. Ibid., p. 333.
57. Ibid., p. 332.
58. Ibid.
59. Ibid., p. 337.
60. Alfred Diamont "The Bureaucratic Model: Max Weber Rejected, Rediscovered., Reformed", in Ferrel Heady and Sybil L. Stokes (eds.), *Papers in Comparative Public Administration*, The University of Michigan, 1962.
61. *Martin Albrow, Bureaucracy*, London, The Macmillan Press Ltd., 1978, pp. 47

62. P. Selznick, *TVA and the Grass Roots*, University of California Press, 1949.
63. Talcott Parsons, *Structure and Process of Modern Societies*, Glencoe, The Free Press.
64. Martin Albrow, op. cit., p. 55.
65. James G. March and Herbert Simon, *Organisation*, New York, John Wiley and Sons, 1963, p. 36.
66. Peter M. Blau, *Bureaucracy in Modern Society*, New York, Random House, 1962, p. 36
67. Development Administration.
68. Claus Offe, *Disorganised Capitalism: Contemporary Transformations of Work and Politics*, Cambridge, Polity Press, 1985, pp. 300-316.
69. Joseph La Palombara, "Bureaucracy and Political Development", in his edited *Bureaucracy and Political Development*, Princeton, N.J. Princeton University Press, 1963, p. 12.
70. For details of the Hawthorne's experiments see, Fritz J. Roethlisberger and William J. Dickson, *Management and the Worker*, Cambridge, Mass. , Harvard University Press, 1939.
71. Ibid., p. 522
72. Harold L. Sheppard, "The treatment of Unionism in Managerial Sociology", *American Sociological Review*, Vol. 14, No. 2, April 1949, pp. 310-313.
73. For details see Alex Carey, "The Howthorne Studies: A Radical Criticism", *American Sociological Review*, Vol. 32, No. 3, June 1967, pp. 403-416.
74. Peter F. Drucker, *The Practice of Management*, London, Murcury Books, 1961, pp. 272-273.
75. R.J.S. Baker, *Administrative Theory and Public Administration*, London, Hutchinson University Library, 1972, p. 44.
76. William H. Whyte, *The Organisation Man*, Penguin Books, 1960, pp. 36-40 and 45-46.
77. *International Encyclopedia of the Social Sciences*, Vol. 10, p. 83.
78. Herbert A. Simon, *Administrative Behaviour*, op.cit., pp.19-20.
79. R.J.S. Baker, *Administrative Theory and Public Administration*, London, Hutchinson University Library, 1972, p. 51
80. Herbert A. Simon , *Administrative Behaviour*, op.cit. p. xvi.
81. James G. March, and Herbert A. Simon, op.cit. Ch. II
82. Herbert A. Simon, *The New Science of Management Decision*, New York, Harper and Row Publishers, Inc., 1960, pp.1-4.
83. Herbert A. Simon , *Administrative Behaviour*, op.cit. p.75
84. Ibid., p 81
85. Fred Luthans, *Organisational Behaviour: A Modern Behavioural Approach to Management*, Tokyo, McGraw-Hill Kogakusha, Ltd., 1973, p. 191.
86. Herbert A. Simon , *Administrative Behaviour*, op.cit. p. 64.
87. Ibid., pp. 76-77
88. Ibid., pp. 44-45
89. Herbert A. Simon, *The New Science of Management Decision*, op.cit., pp. 44-45.
90. Ibid., p. 50
91. B. Venkateswarlu; "Theories of Organisation and Development", in Sushila Kaushik (ed.); *Public Administration – An Alternative Perspective*; Delhi, Ajanta Publication. 1984, p. 33.

92. Chris Argyris, "Some limits of Rational Man Organisation Theory", *Public Administration Review*, Vol. 33, No. 3, May-June 1973, p. 255.
93. B. Venkateswarlu; "*Theories of Organisation and Development*", op.cit., p.33.
94. V. Subramaniam, "Fact and Value in Decision-Making", *Public Administration Review*, Vol. XXIII No. 4, December 1963, p. 233.
95. Ibid., p. 232
96. Bertain M. Gross *Organisation and their Managing*, New York, The Free Press 1968, pp. 104-5.

Warren, Bennis, *On Becoming a Leader*, Illinois, Austin Press and Erwin Inc., 1995.

Randall, Collins, Max Weber, A Skeleton Key : *Masters of Social Theory,* New Delhi, Sage Publications, 1990.

Yehezkel, Dror, The Capacity to Govern : *A Report to the club of Rome*, London, Frank Cass Publishers, 2001.

Peter F., Drucker, *Management Challenges for the 21st Century*, Oxford, Butterworth Heinemann, 1999.

Peter F., Drucker, *Managing for the Future*, Oxford, Buterworth Heinemann, 1992.

Peter F., Ducker, *Managing in a Time of Great Change*, New York, Truman Tally Books, 1995.

Vachaspati, Gorola, *Kautiliyam Arthashastra*, Varanasi, Choukhamba Prakashan, 2000.

J.G., March, *A Primer on Decision-Making*, New York, Free Press, 1994.

Peter, B. Guy, *There Polities of Bureaucracy*, New York. Longman, 1995.

D. Ravindra, Prasad, V.S. Prasad, & P. Satyanarayana (Ed.), *Administrative Thinkers*, New Delhi, Sterling Publishers (P) Ltd., 1990.

3 विकास प्रशासन

Development administration

विकास प्रशासन के तत्त्व, विकास प्रशासन के अध्ययन के देश-कालिक आयाम, विकास प्रशासन की राजनीति

''विकास प्रशासन'' की अवधारणा बहुत पुरानी नहीं है। इस शब्द का प्रयोग तथा विश्लेषण आधुनिक समय में ही हुआ है। आज के समय में ''विकास'' शब्द का प्रयोग आमतौर से आर्थिक विकास दर में वृद्धि और समाज में आधुनिकीकरण की प्रक्रिया के संदर्भ में किया जाता है पर लोक प्रशासन में इसका उदय विकासशील राष्ट्रों में आर्थिक, सामाजिक तथा राजनैतिक बदलाव से संबंधित है। यह शब्द समाज में लाए जाने वाले सामाजिक, आर्थिक तथा राजनैतिक बदलाव से संबंधित है तथा इसने लोक प्रशासन में एक नए आयाम की शुरूआत की। एडवर्ड वाइडनर के शब्दों में, विकास गतिशील है जो सदैव चलता रहता है। विकास मन की स्थिति, प्रवृत्ति तथा एक दशा है, जो एक निश्चित लक्ष्य के बजाय एक विशिष्ट दिशा में परिवर्तन की गति है।

द्वितीय विश्व-युद्ध के पश्चात् एशिया, अफ्रीका तथा लैटिन अमेरिका के कई राज्यों ने साम्राज्यवादी शासन से स्वतंत्रता प्राप्त की तथा विश्व के नक्शे पर कई नए प्रभुत्त्व संपन्न राज्यों का उदय हुआ। यह नवोदित राष्ट्र अपने साथ कई नई तथा कठिन चुनौतियां, जैसे, निर्धनता, अशिक्षा, बीमारियां तथा कुपोषण, कम कृषिगत तथा औद्योगिक उत्पादन लेकर सामने आए। इनको सुलझाने के लिए सामाजिक, आर्थिक तथा राजनैतिक परिवर्तन एवं विकास बेहद आवश्यक थ। आरंभ में इन राष्ट्रों ने विकसित पाश्चात्य देशों को ही अपने विकास का मॉडल स्वीकार किया। इस कार्य में इन्हें पाश्चात्य विकसित राष्ट्रों द्वारा आर्थिक तथा तकनीकी सहायता भी प्राप्त हुई परंतु इन देशों की विकास की गति धीमी बनी रही। 1960 के दशक में तुलनात्मक प्रशासनिक समूह (CAG) ने अपने अध्ययन के द्वारा यह जानने का प्रयास किया कि इन विकासशील राष्ट्रों के लिए ''विकास मॉडल'' का क्या स्वरूप होना चाहिए तथा इसे प्राप्त करने के लिए किस प्रकार की विकास-प्रक्रिया अपनाई जानी चाहिए जिसके द्वारा इनकी विकास की रफ्तार तीव्रतम हो सके। इसी दौरान रिग्स ने समपाश्वींय (prismatic)[1]

संगीता राय, असिस्टेंट प्रोफेसर, शहीद भगत सिंह कॉलेज, दिल्ली विश्वविद्यालय

समाजों में पाई जानी वाली प्रशासनिक व्यवस्था तथा उनके पर्यावरण का विशद विवेचन किया। इसके द्वारा उन्होंने यह स्पष्ट किया कि इन देशों में नियामकीय प्रशासन के बजाय विकास प्रशासन की स्थापना का प्रयत्न किया जाना चाहिए।

3.1 'विकास प्रशासन' शब्द का विकास

''विकास प्रशासन'' शब्द का प्रयोग प्रथम बार भारत के एक प्रशासनिक अधिकारी यू. एल. गोस्वामी ने अपने लेख ''दि स्ट्रक्चर ऑफ पब्लिक एडमिनिस्ट्रेशन इन इंडिया'' में 1955 में किया था। इसके उपरांत फ्रेड डब्ल्यू. रिग्स, एडवर्ड वाइडनर, जोसेफ पालोम्बरा जैसे विद्वानों ने इसे लोकप्रिय बनाया। 1963 में अमेरिकन सोसाइटी फॉर पब्लिक एडमिनिस्ट्रेशन ने फ्रेड डब्ल्यू रिग्स की अध्यक्षता में तुलनात्मक प्रशासनिक समूह (Comparative Administration Group - CAG) का गठन विकासशील राष्ट्रों में प्रशासनिक प्रवृत्तियों के परीक्षण के लिए किया। विकासशील देशों में लोक प्रशासन के लिए दी जा रही तकनीकी सहायता से अमेरिकी सरकार के कार्यक्रमों तथा उनके परिणामों से निराश होकर तुलनात्मक प्रशासन समूह के सदस्यों ने स्वयं कुछ तीसरे विश्व के देशों के सामाजिक, आर्थिक तथा राजनीतिक परिवेश में प्रशासनिक समस्याओं का अध्ययन करते हुए विभिन्न शोध कार्यक्रम तथा अध्ययन गोष्ठियां आयोजित कीं। परंतु 1960 के मध्य के दौरान ''विकास प्रशासन'' विकासशील राष्ट्रों के बीच बेहद लोकप्रिय हो गया परंतु तब तक इसका पूर्ण अर्थ स्पष्ट तौर पर नहीं आया था।[2] 1969–71 के दौरान यह विषय लोक प्रशासनिक शास्त्रियों के मध्य बेहद लोकप्रिय हो गया तथा इस विषय पर अनेक पुस्तकें भी प्रकाशित हुईं।[3] परंतु विकास प्रशासन की अवधारणा एवं उपागम को विस्तारित करने का श्रेय एडवर्ड वाइडनर को जाता है जिन्होंने इसे लक्ष्योन्मुखी तथा परिवर्तनोन्मुखी प्रशासनिक प्रणाली माना है।[4] वी. ए. पाई पनंदीकर ने विकास प्रशासन को प्रशासन द्वारा ''योजनाबद्ध परिवर्तन'' के रूप में देखा है।[5] रिग्स ने विकास प्रशासन के अंतर्गत ''पारिस्थितिकीय अध्ययन'' का विकास किया है।

विकास प्रशासन क्या है?

विकास प्रशासन का मूल उद्देश्य सामाजिक, आर्थिक तथा राजनैतिक परिवर्तन है। सरकारी व्यवस्थाओं के अंतर्गत विकास प्रशासन वह प्रक्रिया है जो एक संगठन का इन प्रगतिशील राजनीतिक, आर्थिक तथा सामाजिक लक्ष्यों की ओर मार्गदर्शन करती है जिन लक्ष्यों को किसी न किसी प्रकार अधिकृत ढंग से निर्मित किया गया है। द्वितीय विश्व युद्ध के बाद नवस्वतंत्र एशिया, अफ्रीका तथा दक्षिणी अमेरिका के देशों के सम्मुख अविकसित कृषि प्रणाली, अविकसित अर्थव्यवस्था, सामाजिक गतिहीनता, अशिक्षा, कमज़ोर स्वास्थ्य, कमज़ोर तथा अविकसित राजनीतिक तथा प्रशासनिक संस्थान जैसी गंभीर समस्याएं थीं। अत: उनके सामने मुख्य कार्य शीघ्रता से सामाजिक, आर्थिक तथा राजनीतिक विकास तथा राष्ट्रीय एकीकरण प्राप्त करना था। इन समस्याओं को सुलझाने के लिए तथा इन राष्ट्रों की अपेक्षाकृत कम

विकसित सामाजिक, आर्थिक तथा राजनीतिक अवस्था को एक सुविकसित राजनीति व्यवस्था में परिवर्तित करने के लिए ''विकास प्रशासन'' का आगमन हुआ।

विकास प्रशासन की अनेक व्याख्याएं की जा चुकी हैं जिनमें विकास प्रशासन को निश्चित लक्ष्य की बजाय एक दिशा के रूप में देखा गया है। विकास एक विशिष्ट दिशा में नियोजन द्वारा निर्धारित तथा शासकीय कार्यों द्वारा निर्देशित परिवर्तन की एक गति है। अत: विकास प्रशासन का अर्थ ''विकास कार्यक्रमों का प्रशासन'' है। रिग्स के अनुसार ''विकास प्रशासन'' शब्द के दो परस्पर संबद्ध अर्थ हैं जिनमें *पहला* लोक प्रशासन प्रणाली द्वारा संचालित समाज में सामाजिक-आर्थिक तथा राजनीतिक परिवर्तन से संबंधित है तथा *दूसरा* प्रशासनिक क्षमताओं का नवीन समस्याओं को सुलझाने के लिए तथा अधिक मजबूत बनाने के लिए भीतरी परिवर्तन की गति का अध्ययन है। अत: विकास प्रशासन के दो आयाम हैं: 1. विकास का प्रशासन; 2. प्रशासन का विकास।

1. **विकास का प्रशासन** (development administration): इसके अंतर्गत प्रशासनिक व्यवस्था द्वारा जन-आवश्यकतानुसार कुछ वैकासिक लक्ष्य निर्धारित किया जाना तथा उन लक्ष्यों को प्राप्त करने के लिए सरकारी संगठनों तथा प्रशासनिक विभागों द्वारा प्रयोग में लाई गई प्रक्रियाओं, नीतियों तथा योजनाओं को कार्यान्वयन करने का उल्लेख आता है। फ्रेड डब्ल्यू. रिग्स के अनुसार विकास प्रशासन उस सामूहिक प्रयास से संबंधित है जो इन विकास संबंधित उद्देश्यों को वास्तविक करने के लिए विभिन्न योजनाओं तथा कार्यों के निर्माण से जुड़े हैं।[6] एडवर्ड वाइडनर के विचारानुसार विकास प्रशासन प्रगतिशील राजनीति, आर्थिक और सामाजिक लक्ष्यों की उपलब्धि की ओर संगठन के मार्ग-दर्शन की प्रक्रिया का रूप होता है। ये विभिन्न लक्ष्य अधिकृत रूप से निश्चित किए गए होते हैं।[7]

2. **प्रशासन का विकास** (administrative development): विकास प्रशासन का मुख्य विषय विकासात्मक गतिविधियां होती हैं जिसे बदलती हुई परिस्थितियों तथा आवश्यकताओं के अनुरूप परिवर्तित या संशोधित करने के लिए प्रशासनिक विकास आवश्यक है। अत: ''प्रशासनिक विकास'' विकास प्रशासन का एक आवश्यक परिणाम है। इसका प्रमुख उद्देश्य निर्धारित प्रगतिशील नवीनतापरक लक्ष्य प्राप्त करने के लिए प्रशासनिक प्रणाली में सुधार, प्रशासनिक प्रक्रिया में आधुनिकीकरण, प्रशासकों की मनोवृत्ति तथा आचरण में वास्तविक बदलाव द्वारा प्रशासनिक तंत्र की सामर्थ्य तथा क्षमता में विकास करना है। रिग्स के अनुसार, 'प्रशासनिक विकास, निर्दिष्ट लक्ष्यों को प्राप्त करने के लिए उपलब्ध साधनों का उपयोग करने की बढ़ती हुई प्रभावशीलता का प्रतिमान है।' गेराल्ड केडन के अनुसार – 'प्रशासनिक सुधारों का अर्थ उस प्रक्रिया से है जिसमें प्रशासनिक व्यवस्था की कार्यकुशलता एवं गुणवत्ता में वृद्धि के लिए कृत्रिम (सुनियोजित) ढंग से अर्थात् जानबूझकर परिवर्तन किए जाते हैं।' अत: विकास प्रशासन में केवल प्रशासन द्वारा विकास ही महत्त्वपूर्ण नहीं है अपितु विकास कार्यों को पूर्ण करने वाली प्रशासनिक व्यवस्था में परिस्थिति तथा जन-आवश्यकताओं के अनुसार परिवर्तन भी आवश्यक है। ''प्रशासनिक विकास'' हर जगह घटित होता है और इसमें स्थान का कोई महत्त्व नहीं होता (अर्थात् इस बात का महत्त्व नहीं होता है कि यह विकासशील देश है या विकसित देश)। प्रशासनिक विकास

की कुछ मानक कोटियां हैं: 1. आकार में वृद्धि, तथा बजटीय आबंटन, 2. बढ़ती हुई विविधता अथवा विविधीकरण एवं विशेषीकरण, 3. प्रशासनिक कर्मचारियों को ज्यादा पेशेवर बनाना।

विकास प्रशासन तथा प्रशासनिक विकास में अंतर

विकास प्रशासन जहां प्रशासनिक विकास से संबंधित है वहीं दोनों ही प्रक्रियाओं में अंतर भी है। विकास प्रशासन का उद्देश्य परिवर्तन लाना है परंतु यह परिवर्तन सकारात्मक होता है तथा इसका उद्देश्य सामाजिक-आर्थिक उन्नति, नियोजित परिवर्तन तथा जनकल्याण के लिए निर्मित नीतियों एवं परियोजनाओं को लागू करना है यद्यपि प्रशासनिक विकास को विकास प्रशासन की एक आवश्यक शर्त माना गया है तथापि यह आवश्यक नहीं है कि विकास कार्यों को पूर्ण करने का कार्य विकसित प्रशासनिक प्रणाली ही करे। द्वितीय विश्व युद्ध के पश्चात् जब इन विकासशील राष्ट्रों को स्वतंत्रता प्राप्त हुई तब इनकी प्रशासनिक व्यवस्था विकसित नहीं थी। उस वक्त इन्हीं अविकसित प्रशासनिक व्यवस्था के द्वारा ही इन राष्ट्रों में विकास कार्य प्रारंभ किया गया था। लेकिन यह भी सत्य है कि विकास प्रशासन के लक्ष्य बिना प्रशासनिक विकास को प्राप्त करना असंभव नहीं परंतु कठिन अवश्य हैं। विकास प्रशासन उसी स्थिति में सफलतापूर्वक कार्य कर सकता है जब उसमें विकास कार्यों को सफलतापूर्वक संपादित करने की प्रशासनिक क्षमता तथा योग्यता हो। विकास प्रशासन केवल विकास कार्यक्रमों का संचालन ही नहीं अपितु यह एक पूर्ण प्रक्रिया है जिसकी सफलता इस कार्य को पूर्ण करने वाली संस्था की क्षमता पर निर्भर करती है। अत: विकास प्रशाासन की सफलता के लिए यह आवश्यक है कि इससे संबंधित प्रशासनिक व्यवस्था समय तथा परिस्थिति के अनुसार स्वयं को विकसित कर ले।

विकास प्रशासन तथा प्रशासनिक विकास में अंतर्संबंध

''विकास प्रशासन'' के विद्यार्थियों का यह मानना है कि इसके दोनों ही आयाम — विकास का प्रशासन तथा प्रशासन का विकास — कार्यात्मक रूप से एक-दूसरे से संबंधित हैं। विकास प्रशासन की परिभाषाओं में भी एक ''कार्योन्मुख'' तथा ''लक्ष्योन्मुख'' प्रशासनिक प्रणाली पर ही मुख्य बल दिया गया है। रिग्स का मानना है कि इन दोनों पक्षों की परस्पर संबद्धता में ''अंडे और मुर्गी'' जैसा कार्य-कारण भाव है जिसके आधार पर यह कहना मुश्किल है कि कौन पहले अस्तित्व में आया।

जहां विकास प्रशासन ''योजनाबद्ध परिवर्तन का प्रशासन है'' वहीं यह आवश्यक हो जाता है कि योजना-निर्माण तथा क्रियान्वयन के सभी पक्ष हर प्रकार की बाधाओं, समस्याओं तथा संभावित संकटों से परिचित हो। अत: यह आवश्यक हो जाता है कि विकास प्रशासन की प्रक्रिया में प्रशासनिक विकास भी होता रहे। आज के तकनीकी युग में यह प्रक्रिया और भी ज्यादा आवश्यक हो जाती है। तकनीकी विकास जहां कई नई सुविधाएं जैसे इंटरनेट, फैक्स, कंप्यूटर, सैटेलाइट, मोबाईल फोन इत्यादि समाज को देता है वहीं यह अपने साथ कई नई

प्रकार की समस्याएं भी लाता है जिन्हें सुलझाने के लिए यह आवश्यक है कि प्रशासनिक व्यवस्था इन तकनीकों से भली-भांति परिचित हो।

अत: रिग्स के विचारानुसार विकास प्रशासन के लिए आवश्यक है कि पर्यावरण में आए परिवर्तन के अनुसार इस कार्य से संबंधित प्रशासन को भी सुदृढ़ बनाया जाए।

3.2 विकास प्रशासन: अर्थ

ऑक्सफोर्ड डिक्शनरी (Concise Oxford Dictionary) के अनुसार ''विकास'' शब्द का अर्थ उच्चतर, पूर्णतर और अधिकतर परिपक्वतापूर्ण ''वर्धन'' (growth) की स्थिति है। लोक प्रशासन के अंतर्गत विकास का अर्थ सामाजिक ढांचे की प्रगति के साथ देखा जाता है। किसी भी समाज में प्रगति की ओर आया हुआ बदलाव ही विकास होता है। परंतु विकास प्रशासन के प्रवक्ताओं ने अंतिम परिपक्व स्थिति को निश्चित किए बिना एक अवस्था से दूसरी अवस्था में समाज के गतिशील परिवर्तन के रूप में विकास को देखा है। विकास नियोजित तरीके से शासकीय निर्देशों के द्वारा लाए गए परिवर्तन की गति है। परंतु कोई निश्चित लक्ष्य न होने के कारण इसका अर्थ एवं लक्ष्य बेहद परिवर्तनशील है तथा इसका उद्देश्य सर्वदा जीवन की बेहतर स्थिति प्राप्त करने से संबंधित है।

विकास प्रशासन की कुछ प्रमुख परिभाषाएं निम्नलिखित हैं:-

एडवर्ड वाइडनर के अनुसार, ''विकास प्रशासन एक कार्योन्मुखी-लक्ष्योन्मुखी प्रशासनिक व्यवस्था है।'' उनके अनुसार सरकार में विकास प्रशासन ''वह प्रक्रिया है जो एक संगठन के प्रगतिशील राजनीतिक, आर्थिक तथा सामाजिक लक्ष्यों की ओर मार्गदर्शन करती है जिन लक्ष्यों को किसी न किसी प्रकार अधिकृत ढंग से निर्मित किया गया है।''[8]

जे. डी. मांटगोमेरी के अनुसार, विकास सामान्यत: परिवर्तन के ऐसे सामान्य भाग को समझा गया है जो स्थूल रूप से पूर्व-निर्धारित या योजनाबद्ध एवं प्रशासित किया गया हो या कम-से-कम सरकारी क्रिया द्वारा प्रभावित हो।[9] उनके अनुसार ''विकास प्रशासन का अर्थ अर्थव्यवस्था (कृषि या उद्योग में, या इन दोनों में से किसी के सहयोग के लिए पूंजीगत आधार संरचना में) में योजनाबद्ध परिवर्तन और कुछ सीमा तक राज्य के सामाजिक कार्य (शिक्षा व जन स्वास्थ्य) में विकास है।''[10]

फेनसॉड के अनुसार, 'विकास प्रशासन नवीनता को लाने वाले मूल्यों का वाहक है... इसमें वे सभी नए कार्य सम्मिलित होते हैं जो विकासशील देशों ने आधुनिकीकरण तथा औद्योगीकरण के मार्ग पर चलने के लिए अपने हाथों में लिए हैं। साधारणतया विकास प्रशासन में वे संगठन व साधन सम्मिलित हैं जो नियोजन, आर्थिक विकास तथा राष्ट्रीय आय का प्रसार करने के लिए साधनों को जुटाने और बांटने के लिए स्थापित किए जाते हैं।'[11]

डोनाल्ड सी. स्टोंज के अनुसार, ''विकास प्रशासन का संबंध राष्ट्रीय विकास को पूरा करना होता है। परिवर्तन के लक्ष्य, मूल्य तथा रणनीतियां भिन्न-भिन्न हो सकती हैं, परंतु कुछ मूल प्रक्रियाएं होती हैं जिनके द्वारा लक्ष्यों पर सहमति प्राप्त की जाती है और योजनाएँ, नीतियां,

कार्यक्रम तथा प्रोजेक्ट (Four P's – Plans, Policies, Programmes and Projects) बनाए और लागू किए जाते हैं।''

रमेश कुमार अरोरा के अनुसार, 'विकास प्रशासन शब्द दो परस्पर संबद्ध अर्थों में प्रयुक्त होता है: *प्रथम* यह विकास कार्यक्रमों के प्रशासन तथा बड़े पैमाने के संगठनों—विशेषतया सरकारी संगठनों द्वारा प्रयोग की गई रीतियों एवं उनके वैकासिक लक्ष्यों को पूरा करने के लिए रचित नीतियों और योजनाओं के कार्यान्वयन का उल्लेख करता है; *दूसरे*, इसमें प्रशासनिक सामर्थ्यों को सुदृढ़ करने का भाव सम्मिलित रहता है। ये दोनों पक्ष, अर्थात् विकास का प्रशासन तथा प्रशासन का विकास, विकास प्रशासन की अधिकांश परिभाषाओं में संयुक्त हैं।''[12]

वी. ए. पाई. पनंदीकर के अनुसार 'विकास प्रशासन उस संरचना, संगठन तथा संगठनात्मक व्यवहार से संबंधित है जो सामाजिक, आर्थिक एवं राजनीतिक परिवर्तन की उन योजनाओं एवं कार्यक्रमों को पूरा करने के लिए हैं जिन्हें सरकार ने पूरा करना स्वीकार किया है।'[13] उनके अनुसार 'योजनाबद्ध परिवर्तन का प्रशासन ही विकास प्रशासन है जो विभिन्न नियोजित प्रयासों से परिवर्तन एवं समृद्धि लाने का प्रयास करता है।'

जे. एन. खोसला के अनुसार विकास प्रशासन विकास संबंधित प्रशासनिक कार्यों का पूर्ण रूप है। वास्तविकता में यह लोक प्रशासन का वह भाग है जो विकासशील लक्ष्यों, नीतियों तथा कार्यक्रमों से संबंधित है। यह विकास मूल्यों तथा लक्ष्यों का विशेष रूप है जोकि विकास प्रशासन को विशेषता तथा महत्त्व प्रदान करता है।[14]

जी. एफ. गैंट ने विकास प्रशासन को 'लोक प्रशासन का वह पहलू कहा है जिसमें लोक अभिकरणों को इस प्रकार संगठित तथा प्रशासित करने पर ध्यान दिया जाए जिसमें सामाजिक एवं आर्थिक विकास के लिए निर्धारित कार्यक्रमों को प्रोत्साहित और आगे बढ़ाया जा सके। इसका उद्देश्य आम लोगों की दृष्टि में परिवर्तन को आकर्षक और संभव बनाना है।'

जार्ज गैंट के अनुसार, 'विकासपरक प्रशासन अपने उद्देश्यों, अपनी निष्ठाओं तथा अपने गुणों से चरित्र प्राप्त करता है। विकासपरक प्रशासन का उद्देश्य होता है सामाजिक-आर्थिक विकास के तयशुदा कार्यक्रमों को अभिप्रेरित करना और उसे सफलता की राह पर आगे बढ़ाना। दरअसल विकासपरक प्रशासन के उद्देश्य यथास्थिति को बहाल रखने के बजाय परिवर्तन, अन्वेषण तथा प्रगति के प्रति कटिबद्ध होते हैं।'[15]

उपरोक्त परिभाषाओं से हम यह कह सकते हैं कि विकास प्रशासन का मुख्य बल एक कार्योन्मुख (action-oriented), लक्ष्योन्मुख (goal-oriented), विकासोन्मुख (development-oriented) तथा परिवर्तन-उन्मुख (change-oriented) प्रशासनिक प्रणाली पर है। अत: हम यह कह सकते हैं कि –

(i) विकास प्रशासन का मुख्य लक्ष्य दिशात्मक परिवर्तन है।
(ii) यह एक बेहतर तथा विकसित स्थिति (आर्थिक तथा सामाजिक) प्राप्त करने की कोशिश है।
(iii) कोई निर्धारित लक्ष्य निश्चित न होने के कारण इसकी प्रकृति बेहद परिवर्तनशील है।
(iv) संयुक्त योजनाबद्ध प्रयास होने के कारण यह निर्धारित समय के अंतर्गत न्यूनतम लागत से कई निश्चित तथा अनिश्चित लक्ष्यों को प्राप्त करने में मददगार है।

(v) यह तीसरे विश्व के अंतर्गत आने वाले राष्ट्रों की विभिन्न प्रकार की समस्याओं को सुलझाने के लिए एक बेहतरीन साझा प्रयास है।

(vi) यह सिर्फ विकास का प्रशासन ही नहीं अपितु प्रशासन का विकास भी है।

(vii) यह दोनों ही विकासशील तथा विकसित राष्ट्रों में विकास तथा आधुनिकता लाने के लिए एक प्रशासनिक तंत्र है।

अतः यह समाज को आधुनिकीकरण की ओर अग्रसर करने हेतु निर्देशन देने, एवं राष्ट्र-निर्माण तथा सामाजिक एवं आर्थिक प्रगति की प्रक्रियाओं में योगदान देने के लिए एक प्रशासनिक प्रयास है। संक्षेप में, ओ. पी. द्विवेदी तथा आर. बी. जैन के शब्दों में 'विकास प्रशासन' लोक प्रशासन का वह पहलू है जो कि सरकारी प्रभाव के माध्यम से प्रगतिशील, राजनीतिक, सामाजिक, आर्थिक लक्ष्यों में परिवर्तन पर जोर देता है।[16] विकासात्मक प्रशासन में एक विस्तृत क्षितिज सम्मिलित है इसमें न केवल भौतिक संसाधनों का उत्पादन या उनका प्रयोग ही आता है बल्कि दृष्टिकोण, रीति-रिवाज एवं प्रभावों के परिवर्तन भी इसी में सम्मिलित हैं।

तुलनात्मक लोक प्रशासनिक दल ने विकास प्रशासन में अत्यधिक रुचि ली है तथा इस समूह ने विकास प्रशासन के क्षेत्र में अनुसंधान करने के लिए विकासशील राष्ट्रों के सामाजिक, आर्थिक, राजनीतिक तथा सांस्कृतिक परिवेश के संदर्भ में प्रशासनिक समस्याओं के अध्ययन पर ध्यान केंद्रित किया। विमशेद रफेली ने तुलनात्मक लोक प्रशासन के साहित्य में दो परस्पर संयुक्त विचार चिंतन लक्षित किए हैं: 1. सिद्धांत-निर्माण; तथा 2. विकास प्रशासन।

तुलनात्मक लोक प्रशासन से सिद्धांत निर्माण का अधिकांश कार्य "विकास" से संबद्ध है जबकि विकास प्रशासन का अध्ययन सिद्धांत निर्माण से जुड़ा है।[17]

विकास प्रशासन की विशेषताएँ

Characteristics of development administration

अमेरिका में तुलनात्मक लोक प्रशासन समूह के विद्वानों द्वारा विकसित विकास प्रशासन की अवधारणा मूलतः आधुनिक प्रवृत्ति की है। अपनी प्रकृति के कारण विकास प्रशासन को विकासशील राष्ट्रों में उभरती हुई नव-प्रशासनिक व्यवस्था के साथ जोड़कर देखा जाता है जोकि इन राष्ट्रों में व्यवस्था बनाए रखने के लिए प्रथम आवश्यकता है। पाई पानिन्दीकर, क्शीशसागर तथा मोहित भट्टाचार्य के अनुसार विकास प्रशासन की विशेषताओं को चार तत्त्वों या लक्षणों से परिभाषित किया जा सकता है- 1. परिवर्तनोन्मुखी, 2. परिणामोन्मुखी, 3. नागरिक सेवा-उन्मुखी तथा 4. कार्य के प्रति वचनबद्धता। "विकास प्रशासन" की संकल्पना को समझने के लिए उसके प्रमुख तत्त्व या विशेषताओं को समझना आवश्यक है जो निम्नलिखित हैं:

1. **परिवर्तनोन्मुखी** (change-oriented): राष्ट्रीय विकास का अर्थ सामान्यतया संपूर्ण बदलाव तथा विकास होता है। इसके अंतर्गत यह संभव नहीं है कि कोई भी महत्त्वपूर्ण आर्थिक, राजनैतिक या प्रशासनिक परिवर्तन किसी सामाजिक मूल्यों या विचारों में बिना परिवर्तन के लाया जा सके। अतः विकास प्रशासन की विशिष्ट विशेषता इसके द्वारा लाए गए

सामाजिक-आर्थिक परिवर्तन हैं। इसकी यही विशेषता इसे प्रचलनात्मक प्रशासन से भिन्न करती है जिसका मुख्य प्रयोजन यथास्थिति बनाए रखना होता है। इस परिवर्तन की प्रक्रिया में नौकरशाह एक महत्त्वपूर्ण भूमिका निभाता है। परंतु इसके लिए यह आवश्यक है कि इसके पारंपरिक ढांचे तथा प्रकृति में बदलाव लाया जाए जोकि पूर्ण सामाजिक, आर्थिक, राजनैतिक विकास के लिए आवश्यक है। विकास प्रशासन में "दिशात्मक परिवर्तन" के लिए "दक्षतापूर्ण" ढंग से विकास संबंधी लक्ष्यों को उपलब्ध करने के लिए प्रशासनिक क्षमता में वृद्धि तथा इसकी प्रकृति में सुधार योजनाबद्ध विकास के विचार से संबद्ध है, जो निर्धारित कालावधि के अंतर्गत न्यूनतम लागत से निश्चित लक्ष्यों को उपलब्ध करने के कार्यक्रम से संबंधित है।

2. **लक्ष्य-उन्मुखी तथा परिणामोन्मुखी** (goal oriented and result oriented): चूंकि सामाजिक-आर्थिक तथा राजनैतिक-प्रशासनिक प्रगति तथा बदलाव के कार्य को सीमित समय सीमा के अंतर्गत पूर्ण करना है, अत: विकास प्रशासन के लिए यह अनिवार्य है कि वह लक्ष्योन्मुखी तथा परिणामोन्मुखी हो। पनंदीकर तथा क्वीशसागर के अनुसार परिणामोन्मुखी का अर्थ नौकरशाह द्वारा किए गए किसी कार्यक्रम की पूर्णता तथा दक्षता से संबद्ध है। विकास प्रशासन की सफलता को इसके द्वारा तथा इससे जुड़ी प्रशासनिक व्यवस्था के द्वारा लाई गई वृद्धि से देखा जाता है। उदाहरण के लिए, उद्योग या कृषि क्षेत्र में उत्पादन की वृद्धि से, आर्थिक तौर से प्रति व्यक्ति की आय में वृद्धि से या सामाजिक तौर पर साक्षरता या स्वास्थ्य से देखा जाता है।

3. **वचनबद्धता** (commitment to work): विकास प्रशासन में शामिल प्रशासनिक अधिकारियों की कार्यों के प्रति रुचि तथा वचनबद्धता इसकी सफलता के लिए अनिवार्य है। बिना उनकी रुचि तथा वचनबद्धता के संस्थात्मक लक्ष्य तथा उसकी पूर्णता में मेल असंभव है। अत: नौकरशाही से यह आशा की जाती है कि उन्हें सौंपे गए कार्यों से वे भावनात्मक दृष्टि से जुड़ें तथा उनमें तल्लीन होकर उन्हें पूर्ण करें।

4. **ग्राहकोन्मुखी तथा नागरिक सेवा-उन्मुखी** (client oriented and citizen participation oriented): विकास प्रशासन की सफलता विकास कार्य में नागरिक-सहभागिता तथा ग्राहकों/नागरिकों की संतुष्टि से देखी जाती है। यह पूर्णतया ग्राहकोन्मुखी तथा नागरिक सेवा-उन्मुखी है। निश्चित केंद्रित समूहों में आने वाले व्यक्तियों की आवश्यकताओं की पूर्ति ही वह मानदंड है जिसके आधार पर विकास प्रशासन की सफलता का मूल्यांकन किया जाता है। यद्यपि विकास सामाजिक-आर्थिक बदलाव से संबंधित है इसे ज़ोर-जबदरस्ती से नहीं अपितु जन-इच्छा तथा जन-सहभागिता से ही लाया जा सकता है। अत: विकास प्रशासन का लक्ष्य केवल नागरिकों को कुछ देना ही नहीं बल्कि उनकी सहभागिता (दोनों ही–कार्यक्रम बनाने तथा लागू करने में) प्राप्त करना भी है जोकि नौकरशाह की प्रकृति पर काफी हद तक आश्रित है।

5. **कालिक आयाम या तात्कालिकता** (temporal dimension): विकास प्रशासन में समय का विशेष महत्त्व है। इसका मुख्य कारण विकास प्रशासन का उद्देश्य है जोकि शीघ्रता से लाया गया सामाजिक-आर्थिक बदलाव है। इसी उद्देश्य की पूर्ति के लिए सभी विकास कार्यक्रमों को एक निश्चित काल-सीमा के लिए तैयार किया जाता है तथा उसी समय-सीमा

के अंतर्गत पूर्ण करने का प्रयत्न किया जाता है। विकास प्रशासन में समय, स्थान तथा परिस्थिति को बहुत महत्त्व दिया जाता है। विकास प्रशासन का यह आयाम पूर्ण स्थायित्व की वकालत ही नहीं करता है बल्कि परिस्थिति अनुसार निर्णय लेने की क्षमता को भी महत्त्व देता है। एक निश्चित समय सीमा में पूर्ण लक्ष्य प्राप्त करना ही विकास प्रशासन का मुख्य उद्देश्य है।

6. **नवाचार** (new methods and technique): विकास के लिए यह आवश्यक है कि इसको प्राप्त करने के लिए प्रशासन का तरीका परंपरागत न हो बल्कि यह नए ढांचों, पद्धतियों तथा कार्यक्रमों को अपनाने के लिए तैयार हो।

7. **प्रशासन तंत्र में लचीलापन** (flexibility in administrative system): किसी भी समाज में सामाजिक, आर्थिक तथा राजनीतिक विकास के लिए परिवर्तन का नियोजित किया जाना जरूरी है। परंपरागत प्रशासन तंत्र नौकरशाही पर आधारित था जबकि विकास प्रशासन में प्रशासन तंत्र को राजनीतिज्ञों तथा स्वयंसेवी संस्थाओं के साथ मिल-जुलकर कार्य करना होता है। विकास की प्रक्रिया में जहां निश्चितता आवश्यक है वहीं राजनीतिक तथा सामाजिक वातावरण में कभी-कभी अस्थिरता आ जाती है। अत: संस्थात्मक सामाजिक तथा आर्थिक परिवर्तन में प्रशासन मुख्य एजेंट के रूप में कार्य करता है। परंतु सामाजिक-आर्थिक विकास की चुनौतियों का सामना करने के लिए नौकरशाही के लिए यह जरूरी है कि वह नए वातावरण के अनुसार स्वयं को ढाले तथा नियमों के जाल से बंधकर नहीं अपितु विशिष्ट परिस्थितियों में स्वविवेक तथा जनसहयोग से कार्य करे।

8. **योजनाबद्ध विकास** (planning based development): विकास प्रशासन को दिशात्मक प्रशासन बनाने के लिए तथा कम लागत से ज्यादा परिणाम निर्धारित कालावधि में पाने के लिए योजनाबद्ध विकास आवश्यक है। "नियोजन" या "योजनाबद्ध विकास" के विचार को पारंपरिक लोक प्रशासन में भी महत्त्वपूर्ण स्थान दिया गया था। परंतु विकास प्रशासन के अंतर्गत लक्ष्य स्थापित करने तथा विभिन्न कार्यक्रमों तथा योजनाओं के द्वारा उसे प्राप्त करने के लिए योजनाबद्ध विकास को प्रथम स्थान दिया गया है। आज विकास प्रशासन नियोजन, नीति, कार्यक्रमों और योजनाओं के सूत्रण और उनके कार्यान्वयन से निकट रूप से संबंधित है। वी. ए. पाई पनंदीकर ने भी विकास प्रशासन को "योजनाबद्ध परिवर्तन के प्रशासन" के रूप में देखा है।

3.3 विकास प्रशासन की प्रकृति

Nature of development administration

विकास प्रशासन जहां परिवर्तनोन्मुखता, परिणामोन्मुखता, प्रतिबद्धता, ग्राहकोन्मुखता, तात्कालिकता तथा जनसहभागिता की विशेषताओं से युक्त है वहीं इसे इतना विशिष्ट इसकी प्रकृति बनाती है।

विकास प्रशासन का प्रमुख ध्येय एक निश्चित उद्देश्य या लक्ष्य (जोकि सामाजिक तथा आर्थिक प्रगति से संबंधित हो) की प्राप्ति है। इसके लिए आवश्यक हो जाता है कि इसमें एक निश्चित लक्ष्य सभी विकास संबंधित योजनाओं के लिए निर्धारित किया जाए (जैसे, किसी

क्षेत्र के विकास के लिए आवश्यक कार्य तय करना, यथा, सड़क निर्माण, स्वास्थ्य कल्याण के लिए विविध योजनाएँ, इत्यादि) तथा उस लक्ष्य को नियोजन के द्वारा निश्चित दिशा में सही समय-सीमा के अंतर्गत प्राप्त करने का प्रयत्न किया जाए।

विकास प्रशासन का उद्देश्य जनकल्याण के लिए आर्थिक तथा सामाजिक परिवर्तन लाना है जिसे पूर्ण करने के लिए यह आवश्यक है कि इसे लागू करने वाली प्रशासनिक प्रणाली परिवर्तनोन्मुख हो तथा इसके अंतर्गत बनाई गई विभिन्न परियोजनाओं में आवश्यकतानुसार लचीलापन हो। विकास प्रशासन के लिए यह आवश्यक है कि वह परिवर्तित परिस्थितियों के अनुसार अपनी नीतियों तथा प्रक्रियाओं में परिवर्तन ला सके। इसके लिए यह भी अति आवश्यक है कि विकास प्रशासन से संबद्ध प्रशासनिक तंत्र में भी आवश्यकतानुसार लचीलापन हो।

विकास प्रशासन का उद्देश्य समाज को एक निम्न आर्थिक-सामाजिक-राजनैतिक व्यवस्था से बेहतर आर्थिक-सामाजिक-राजनैतिक व्यवस्था की ओर ले जाना है। अत: इसके अंतर्गत संपूर्ण कार्य में प्रगतिशीलता देखी जा सकती है जो कि समाज में सकारात्मक परिवर्तन ला सके। परंतु यहां प्रश्न उठता है कि यह श्रेष्ठतर आर्थिक-सामाजिक-राजनैतिक व्यवस्था का अर्थ क्या है तथा विकास का अंतिम लक्ष्य क्या है? यह अंतिम लक्ष्य स्थापित करना तो संभव नहीं है क्योंकि प्रत्येक योजना के लागू होने के साथ नई आवश्यकताएं तथा लक्ष्य उभर कर सामने आ जाते हैं। परंतु यह श्रेष्ठतर व्यवस्था का लक्ष्य स्थापित करने के लिए तथा इसे कम लागत तथा निश्चित समय-सीमा के अंतर्गत पूर्ण करने के लिए नियोजित विकास आवश्यक है। इस नियोजित प्रयास को अपनाना विकास प्रशासन की प्रकृति का महत्त्वपूर्ण भाग है। भारत में सामाजिक-आर्थिक परिवर्तन के लिए निर्मित होने वाली पंचवर्षीय योजनाएं आर्थिक नियोजन का ही व्यावहारिक रूप हैं।

विकास प्रशासन का प्रमुख उद्देश्य जन-कल्याण तथा राष्ट्र-प्रगति है जिसे विभिन्न कार्यक्रमों तथा योजनाओं द्वारा प्रशासनिक प्रणाली के प्रयत्न से पूर्ण किया जाता है। परंतु यह कार्य जनसहभागिता के बिना पूर्ण ही नहीं हो सकता है। अत: विकास प्रशासन में जनसहभागिता बेहद आवश्यक है। इस कथन का सत्य रूप विकासशील देशों में देखा जा सकता है जहां विभिन्न विकास कार्यक्रम जैसे स्वास्थ्य कार्यक्रमों, पर्यावरण परियोजनाओं तथा शिक्षा प्रसार इत्यादि की सफलता मुख्य रूप से उस समुदाय के सहयोग तथा सहभागिता पर निर्भर करती है जिसके लिए वह योजना निर्मित हुई है।

विकास प्रशासन का उद्देश्य समाज में प्रगति की ओर सकारात्मक परिवर्तन लाना है वहीं विकास प्रशासन की प्रकृति, परिवर्तन के अनुरूप स्वयं को ढालने की है। समाज की समस्याओं, आवश्यकताओं तथा मांगों के अनुरूप एक निश्चित दिशा में सुनियोजित प्रयास करके परिवर्तन लाना विकास प्रशासन की विशिष्टता है।

3.4 विकास प्रशासन के विभिन्न आयाम

Dimensions of development administration

विकास प्रशासन के आयाम में वे सभी संस्थाएं शामिल होती हैं जो इसके द्वारा लाए परिवर्तन

से प्रभावित होती हैं तथा इसके द्वारा लक्ष्य स्थापित करने की प्रक्रिया में तथा उन्हें विभिन्न योजनाओं द्वारा वास्तविक करने की प्रक्रिया को प्रभावित भी करते हैं। रिग्स के अनुसार सामान्य रूप से प्रशासन में महत्त्वपूर्ण परिवर्तन पर्यावरण में परिवर्तन के बिना नहीं लाए जा सकते हैं, और पर्यावरण स्वयं तब तक परिवर्तित नहीं हो सकता जब तक कि विकास कार्यक्रमों के प्रशासन को सुदृढ़ नहीं किया जाता। अत: सभी प्रशासनिक तंत्र अपने पर्यावरण के साथ ''आदान-प्रदान'' की प्रक्रिया में संलग्न होते हैं जिसके अंतर्गत समाज की आवश्यकता ''इनपुट्स'' के रूप में प्रशासनिक विभाग तक पहुंचती है तथा इन आवश्यकताओं को लक्ष्य बनाकर प्रशासनिक विभाग उन्हें पूर्ण करने का प्रयास ''आउटपुट'' के रूप में करता है। इस प्रक्रिया में विकास प्रशासन में राजनीतिक प्रभाव भले ही विशेष महत्त्व रखता है परंतु आर्थिक तथा सामाजिक प्रभाव भी कम महत्त्वपूर्ण नहीं हैं। अत: यहां हम विकास प्रशासन के तीनों प्रमुख आयामों का विस्तार से अध्ययन करेंगे।

राजनीतिक संदर्भ: किसी भी राष्ट्र के राजनीतिक विकास कार्य में वहां के राजनीतिक दल, दबाव समूह, विधायिका, न्यायपालिका, तथा नागरिकों की भूमिका प्रमुख होती है। परंतु किसी भी विकास संबंधी व्याख्या में प्रशासनिक व्यवस्था, तथा उसमें परिवर्तन प्रमुख स्थान प्राप्त करते हैं। इसका कारण राजनीतिक व्यवस्था में अस्थिरता है जिसके कारण प्रशासनिक व्यवस्था ही संस्थात्मक, सामाजिक तथा आर्थिक परिवर्तन के एजेंट की भूमिका निभाती है। अत: जहां सरकार मुख्य नियोजक, प्रोत्साहक, शक्तिदायक तथा बढ़े हुए विकास प्रयत्नों के संचालक का कार्य करती है वहीं वास्तविकता में इन्हें पूर्ण प्रशासनिक व्यवस्था ही करती है। अत: किसी भी सरकारी योजना की सफलता तथा असफलता उसकी प्रशासनिक व्यवस्था पर निर्भर करती है।

विकास प्रशासन के विभिन्न समर्थक जैसे ल्यूशिचन पाई, सेमुएल आइसेनस्टाड्ट तथा जोसेफ पालोम्बरा का मत है कि राजनीतिक प्रणाली को नियंत्रित करने वाला प्रशासन तंत्र संभवत: वैकासिक उद्देश्यों के लिए प्रशासन की प्रभावशीलता बढ़ाने की अपेक्षा अपनी शक्ति बढ़ाने में अधिक रुचि रखता है। स्पष्टतया, इस प्रकार का संतुलनोन्मुख अभिगम विकासमान समाजों में गतिशील परिवर्तन की आवश्यकताओं के प्रति अधिक संवेदनशील प्रतीत नहीं होता। इस समस्या को सुलझाने के लिए रिग्स के विचार उत्तम प्रतीत होते हैं। उनके अनुसार आधुनिक सरकारी व्यवस्था को प्रभावी ढंग से कार्य करने के लिए, दोनों महत्त्वपूर्ण संस्थाओं (राजनीतिक तथा प्रशासनिक) के बीच शक्तियों का पूर्ण विभाजन तथा संतुलन आवश्यक है। अमेरिका तथा अन्य पश्चिमी विकसित राष्ट्रों में इस प्रकार की व्यवस्था देखी जा सकती है परंतु विकासशील राष्ट्रों में यह विभाजन अभी पूर्ण रूप से विकसित नहीं हुआ है।

अत: प्रशासन के राजनीतिक संदर्भ में यह कहा जा सकता है कि विकासशील देशों में दोनों ही – राजनीतिक तथा प्रशासनिक व्यवस्था में विकास तथा परिवर्तन आवश्यक है ताकि इन राष्ट्रों द्वारा स्थापित लक्ष्य पूर्ण रूप से लागू किए जा सकें।

आर्थिक संदर्भ: आर्थिक विकास सामान्य रूप से प्रशासनिक विकास का सहगामी है। अत: विकासशील राष्ट्रों में आर्थिक विकास लोक प्रशासन का एक महत्त्वपूर्ण आयाम है। क्योंकि किसी भी राष्ट्र की विकास स्थिति मापने के लिए उस राष्ट्र की जी. डी. पी. (Gross

Domestic Product) को तुलनात्मक आधार माना जाता है इसलिए नवस्वतंत्र विकासशील राष्ट्रों में आर्थिक परियोजनाएं एक स्वीकृत उपकरण बन चुकी हैं। जे. डी. मांटगोमरी के अनुसार, विकास प्रशासन का अभिप्राय अर्थव्यवस्था (कृषि, उद्योग तथा पूंजीगत आधार संरचना) में और राज्य की सामाजिक सेवाओं (विशेष रूप से शिक्षा और सार्वजनिक स्वास्थ्य) में योजनाबद्ध परिवर्तन करने से है।

परंतु जहां प्रशासन का एक महत्त्वपूर्ण लक्ष्य आर्थिक विकास है वहीं इस कार्य को पूर्ण करने वाले प्रशासनिक अधिकारियों की आय तथा आमदनी यह निश्चित करती है कि उस राष्ट्र में इस महत्त्वपूर्ण कार्य को वास्तव में कार्यान्वित करने के लिए कितने योग्य व्यक्ति शामिल हैं। जहां पश्चिमी विकसित राष्ट्रों में आर्थिक विकास प्रशासनिक विकास के पूर्व हुआ वहीं ज्यादातर विकासशील राष्ट्रों में इसके विपरीत अवस्था रही है। अत: एक परिवर्तन–अभिकर्ता के रूप में प्रशासनिक विभाग से यह उम्मीद की जाती है कि वह उच्च–शिक्षित हो तथा अपने राष्ट्र तथा कार्य के प्रति वचनबद्ध हो। परंतु यह तब तक संभव नहीं है जब तक वह राष्ट्र उनके लिए उपयुक्त वेतन प्रणाली स्थापित करने में समर्थ न हो। ऐसा देखा गया है कि इन विकासशील राष्ट्रों में सार्वजनिक अधिकारियों का न्यून वेतन उच्च शिक्षित व्यक्तियों जैसे डॉक्टर, इंजीनियर, इत्यादि जो विकास कार्य में महत्त्वपूर्ण योगदान दे सकते हैं, को अपनी ओर आकर्षित नहीं कर पाता तथा जो व्यक्ति इस कार्य में शामिल होते हैं वह निम्न वेतन की वजह से भ्रष्ट हो जाते हैं। भ्रष्टाचार तथा भ्रष्ट अधिकारी विकास प्रशासन के लिए दुष्प्रभावी प्रमाणित हो सकते हैं। अत: उपयुक्त, शीघ्र तथा लक्ष्य केंद्रित आर्थिक विकास के लिए यह आवश्यक है कि विकासशील राष्ट्रों में प्रशासनिक अधिकारियों को उनके कार्य के तथा आवश्यकतानुसार वेतन मिले और विकास कार्यों को उत्तम तरीके से निष्पादित करने के लिए उन्हें उचित प्रशिक्षण मिले।

सामाजिक संदर्भ: विकास प्रशासन सामाजिक विकास तथा परिवर्तन के प्रति भी वचनबद्ध है। कई महत्त्वपूर्ण क्षेत्र जैसे स्वास्थ्य कल्याण तथा विकास, सांस्कृतिक सुविधाएं, शिक्षा तथा साक्षरता स्तर, महिलाओं की स्थिति में प्रगति, बच्चों की सुरक्षा, मज़दूर का वेतन तथा जीवनशैली में उन्नति, मानव अधिकार आदि सामाजिक क्षेत्र में आते हैं जिनका परिवर्तन तथा विकास किए बिना राष्ट्रीय विकास संभव नहीं है। उद्देश्यों को पूर्ण करने के लिए विभिन्न संस्थाएं (जैसे राजनीतिक तथा दबाव समूह) सरकारी तथा प्रशासनिक व्यवस्था पर अपना दबाव स्थापित करने की कोशिश करती हैं। परंतु यह कार्य जहां सामाजिक कल्याण, सामाजिक विकास तथा बेहतर जीवन शैली प्रदान करने के नाम पर किया जाता है वहीं इस कार्य का मुख्य उद्देश्य समाज कल्याण न होकर राजनीतिक कल्याण होता है। अत: इन कार्यों की सफलता भी निश्चित तौर पर व्यक्त नहीं की जा सकती। दूसरी तरफ अगर विकसित राज्यों की ओर देखा जाए तो उन राष्ट्रों के सभी वैकासिक तथा कल्याणकारी कार्य समाज को ध्यान में रखकर किए जाते हैं ना कि राजनीतिक कल्याण को ध्यान में रखकर। अत: दोनों ही राष्ट्रों में इन योजनाओं की सफलता या असफलता इन आधारों पर मापी जा सकती है।

रिग्स के अनुसार विकसित राष्ट्रों की विशेषता वहां मौजूद औपचारिक तथा जटिल संगठन है। उनके अनुसार सामाजिक प्रणाली की विकास–स्थिति उतनी ही ऊंची होती है जितने

अधिक संगठन वहां मौजूद होते हैं। परंतु उन्होंने इन "संगठनेतर" इकाइयों के मध्य क्षमताओं का भेद स्पष्ट नहीं किया है। उनके अनुसार प्रत्येक संस्कृति या समाज में संस्कृति के नाम पर विकास को समर्थन देने वाले एवं उसका प्रतिरोध करने वाले घटक पाए जाते हैं। विकास कार्य में शामिल प्रशासनिक प्रणाली पर सामाजिक मूल्यों का गहरा प्रभाव पड़ता है। अत: हम यह कह सकते हैं कि जहां पिछड़े सांस्कृतिक क्षेत्र में जनसहभागिता द्वारा विकास लाना उतना आसान कार्य नहीं है वहीं उन राष्ट्रों या विकास केंद्रित क्षेत्रों में रहने वाले व्यक्तियों के मूल्यों तथा विचारों का विरोध कर विकास कार्य करना संभव नहीं है। अत: जहां सांस्कृतिक संदर्भ, धार्मिक मूल्य, भाषा इत्यादि इन राष्ट्रों में विशेष महत्त्व रखते हैं वहीं प्रशासनिक व्यवस्था द्वारा यह आवश्यक हो जाता है कि वह कोई भी योजना बनाने से पहले विकास केंद्रित क्षेत्र के सांस्कृतिक मूल्यों तथा जनावश्यकताओं को ध्यान में रखकर ही कोई परियोजना तैयार करे तथा उन्हें लागू करे।

विकास प्रशासन के तीनों आयाम–राजनीतिक, आर्थिक तथा सामाजिक–विकास के संदर्भ में एक-दूसरे से जुड़े हुए हैं। पूर्ण विकास के लिए किसी भी आयाम को भुलाया नहीं जा सकता है। राजनीतिक संदर्भ के अंतर्गत विकास प्रशासन के लिए यह महत्त्वपूर्ण है कि राजनीतिक तथा प्रशासनिक संस्थाओं के बीच शक्तियों का पूर्ण विभाजन तथा संतुलन हो; आर्थिक संदर्भ के लिए यह आवश्यक है कि विभिन्न विकास योजनाओं तथा परियोजनाओं द्वारा राष्ट्रीय जी.डी.पी. तथा राष्ट्रीय आय में उन्नति हो; तथा सामाजिक संदर्भ के अंतर्गत यह आवश्यक है कि इन राष्ट्रों में सामाजिक प्रगति व परिवर्तन हो तथा नई सामाजिक स्थिति में वहां रहने वाले व्यक्तियों की आमदनी तथा जीवन-शैली में उन्नति हो। संक्षेप में हम यह कह सकते हैं कि विकास प्रशासन एक ऐसी प्रशासनिक व्यवस्था तथा कार्य या क्षेत्र है जिसमें न केवल भौतिक संसाधनों का उत्पादन या प्रयोग ही आता है बल्कि समाज, सामाजिक व्यवस्था तथा दृष्टिकोण, रीति-रिवाज एवं प्रभावों के परिवर्तन भी इसी में सम्मिलित हैं।

3.5 विकास प्रशासन का क्षेत्र

Areas of development administration

विकास प्रशासन अपने उद्देश्यों के कारण शुरूआत से ही केवल लोक प्रशासन में ही नहीं अपितु अन्य समाजशास्त्रियों के लिए भी महत्त्वपूर्ण विषय बन चुका है। इसका क्षेत्र काफी व्यापक है परंतु अध्ययन की दृष्टि से इन क्षेत्रों को निम्न भागों में बांटा जा सकता है:

1. **सामान्य प्रशासन** (general administration): इसके अंतर्गत सामान्य प्रशासनिक कार्य जैसे सरकारी नीतियों को निर्धारित करना, राजनीति एवं प्रशासन के मध्य समन्वय स्थापित करना, प्रशासनिक कार्यों को निर्देशित तथा नियंत्रित करना शामिल है। यह कार्य भले सामान्य लगते हैं परंतु विकास संबंधित योजनाएं तथा परियोजनाएं बनाने में प्रथम भूमिका इनकी ही होती है।

2. **विस्तार एवं सामुदायिक क्षेत्र** (extension and community service): विस्तार एवं सामुदायिक कार्यों को सरकारी संस्थाओं तथा व्यक्तियों के बीच सामूहिक सहयोग के परिणाम

के रूप में देखा जाता है। इस परिकल्पना का आधार इस विचार पर आधारित है कि जहां सरकार विभिन्न विकास संबंधित योजनाओं तथा परियोजनाओं के पूर्ण निर्धारक की भूमिका निभाती है वहीं सारे विकास कार्यों का मुख्य लाभकेंद्र जनता होती है। अत: जहां यह विकास कार्य जनकल्याण के लिए किए जाते हैं वहीं उनके सहयोग के बिना इस कार्य में पूर्ण सफलता प्राप्त करना निश्चित नहीं है। जहां इन्हें सफलतापूर्वक लागू भी किया जाता है वहां यह आवश्यक नहीं है कि इसे जनस्वीकृति भी प्राप्त हो जाए। अत: इन विकास कार्यों की सफलता के लिए यह आवश्यक है कि किसी भी योजना को बनाते समय उस क्षेत्र की सामाजिक स्थिति, सामाजिक विचार तथा आवश्यकताओं का विस्तार से अध्ययन किया जाए तथा उसी के अनुरूप जनसहयोग से योजनाओं का निर्माण किया जाए तथा उन्हें लागू किया जाए।

3. **कार्यक्रमों का संचालन** (programme management): विकास कार्यक्रमों के संचालन में कई प्रकार की परेशानियों को विकास के प्रत्येक स्तर तथा समाज के प्रत्येक क्षेत्र में देखा जा सकता है जैसे किसी भी योजना को वास्तविक करने के लिए उपयुक्त संस्थाओं को चुनना, उस संस्था में उपयुक्त व्यक्ति को वह कार्य नामांकित करना, उस कार्य से संबंधित अधिकार तथा संसाधन उपलब्ध कराना इत्यादि। परंतु इन कार्यों की पूर्ण सफलता उपयुक्त संसाधनों की उपलब्धि तथा संबंधित अधिकारियों की वचनबद्धता तथा कार्यकुशलता पर आश्रित रहती है जिसमें समय तथा आवश्यकतानुसार पूर्ति न होने पर पूर्ण कार्यक्रम विफल हो जाते हैं।

4. **परियोजना संचालन** (project management): परियोजनाओं का संचालन विकास प्रशासन में विशेष महत्त्व रखता है। इसका कारण यह है कि ज्यादातर परियोजनाएं नए निवेश, मानव संसाधन तथा वस्तु संसाधन की नई आवश्यकताओं के साथ उभर कर सामने आती हैं। कम समय में निर्धारित सफलता के लिए यह आवश्यक है कि इसमें संस्थाओं को ही आवश्यकतानुसार निर्णय लेने का अधिकार प्राप्त हो। परंतु इसके लिए यह आवश्यक है कि इन कार्यों को पूर्ण करने के लिए उच्च कोटि के तथा परियोजना की आवश्यकतानुसार शिक्षित अधिकारियों को ही यह कार्य तथा अधिकार सौंपा जाए। प्रत्येक परियोजना में इसके निर्माण के साथ इसे विभिन्न तकनीकों तथा तरीकों के आधार पर विभिन्न स्तरों में बांट दिया जाता है। किसी भी परियोजना की पूर्ण सफलता के लिए यह आवश्यक है कि विभिन्न स्तरों पर कार्य विशेषज्ञ को ही कार्य सौंपा जाए तथा हर स्तर का पूर्ण अंकेक्षण किया जाए तथा इसी के आधार पर पुन: निवेश तथा स्तरों में संशोधन किया जाए।

5. **क्षेत्रीय विकास** (area development): क्षेत्रीय विकास प्रशासन का बेहद जटिल क्षेत्र है। पूर्ण राष्ट्रीय विकास के लिए यह आवश्यक है कि इसके समस्त क्षेत्रों का पूर्ण तथा एकस्तरीय विकास हो। साथ ही इस समस्या को सुलझाने के लिए ऐसा सोचा गया था कि प्रत्येक क्षेत्र की विकास से संबंधित आवश्यकताओं तथा समस्याओं को वहां के अधिकारियों तथा संस्थाओं द्वारा ही हल किया जाएगा। परंतु इसके लिए यह आवश्यक है कि निर्णय लेने के अधिकार तथा विभिन्न परियोजनाओं को बनाने तथा लागू करने का अधिकार क्षेत्रीय अधिकारियों को ही प्राप्त हो। इसका कारण यह है कि कोई भी विकास कार्यक्रम अपने साथ सामाजिक परिवर्तन भी लाता है। यह परिवर्तन अगर क्षेत्रीय आवश्यकताओं तथा विचारों पर आधारित न हो तो उसमें सफलता मिलना संभव नहीं है। प्रत्येक क्षेत्र अन्य क्षेत्रों से

संसाधन की उपलब्धि, आवश्यकता तथा विकास उद्देश्य के आधार पर अलग होता है, परंतु विकास कार्यों के उद्देश्य, योजना तथा परियोजनाओं के निर्माण में केंद्र मुख्य भूमिका निभाता है। यहां तक की राज्य (जोकि आगे जिला स्तर में, जिला खंडों में तथा खंड ग्रामीण स्तर पर विभाजित हैं) भी इसमें विशेष भूमिका अदा नहीं करता। परंतु जहां प्रत्येक योजना की सफलता के लिए जनसहयोग आवश्यक है वहीं यह जरूरी है कि योजनाओं का निर्माण जनसहयोग से करने के लिए क्षेत्रीय प्रशासन को संबंधित अधिकार प्रदान किया जाना चाहिए।

6. **नगरीय विकास तथा प्रशासन** (urban development and administration): नगरीय विकास के लिए नगर निगम तथा नगरपालिकाओं जैसी संस्थाओं का निर्माण किया गया है। जिनका प्रमुख कार्य जनावश्यकताओं तथा बदलती हुई परिस्थितियों तथा मांगों के आधार पर नगरों में विकास कार्य करना है। परंतु स्थानीय संस्थाओं की सबसे कठिन समस्या वित्तीय अपर्याप्तता है। इसका कारण यह है कि इनके पास लोगों की बढ़ती हुई आवश्यकताओं की पूर्ति करने के लिए पर्याप्त आर्थिक स्रोत नहीं है तथा नगरीय विकास अधिकारियों के पास अपने कार्यों को पूर्ण दक्षता से करने के लिए पर्याप्त साधन नहीं हैं। अत: वित्तीय साधनों की कमी, अधिकारियों के निम्न वेतनमान, राज्य सरकार तथा राजनीतिज्ञों का आवश्यकता से अधिक हस्तक्षेप, व्यापक भ्रष्टाचार, नगरीय विकास की कतिपय समस्याएं हैं जिन्हें सुलझाए बिना विकास प्रशासन को सफलता प्राप्त होना असंभव प्रतीत होता है।

7. **कार्मिक विकास तथा प्रशासन** (personnel development and administration): पिछले कुछ वर्षों में ऐसा देखा गया है कि विकासशील राज्यों में जहां विकास के लिए प्रशासनिक अधिकारी मुख्य भूमिका अदा करते हैं वहीं इन अधिकारियों की प्रशिक्षण प्रक्रिया में बदलाव लाने की मांग की जाती रही है ताकि यह अधिकारी विकास संबंधित कार्य दक्षता से कर सकें। परंतु इन राज्यों में जहां विकास कर्मचारियों के सुधार के नाम पर केवल उनकी संख्या पर ही ध्यान दिया गया है वहीं प्रशासनिक अधिकारियों को दिए गए कार्य, इन कार्यों को पूर्ण करने की प्रक्रिया तथा उनके व्यवहार में कोई बदलाव नहीं आया है। विकास कार्यों में जहां यह अधिकारी योजनाओं के निर्माण से उन्हें लागू करने तक विशेष भूमिका अदा करते हैं वहीं यह आवश्यक हो जाता है कि उनकी प्रशिक्षण प्रक्रिया में उन्हें तकनीकी शिक्षा, योजनाओं के निर्माण तथा संचालन प्रक्रिया की शिक्षा प्रदान करने को विशेष महत्त्व दिया जाना चाहिए। इसके साथ उन्हें अपने कार्य के उद्देश्य तथा राष्ट्र के लिए उनकी आवश्यकता का पूर्ण ज्ञान होना चाहिए।

8. **बहुआयामी** (multidimensional): उपरोक्त वर्णित सभी क्षेत्र विकास प्रशासन के मुख्य कार्यों का वर्णन करते हैं। परंतु वास्तव में देखा जाए तो कार्यात्मक दृष्टि से विकास प्रशासन का कार्यक्षेत्र अत्यंत विशाल है तथा यह लगभग लोक प्रशासन के समान ही है। परंतु दोनों के बीच अंतर का एक महत्त्वपूर्ण आधार है विकास। यह विकास प्रशासन का मुख्य उद्देश्य है, जो इसे लगभग सभी राष्ट्रीय सामाजिक-आर्थिक विकास संबंधित कार्यक्षेत्रों – जैसे कृषि, सिंचाई, परिवहन, शिक्षा, स्वास्थ्य, सामाजिक न्याय, उद्योग इत्यादि के साथ प्रत्यक्ष रूप से संबंधित करते हुए लोक प्रशासन से भी अधिक महत्त्वपूर्ण विषय बना देता है।

विकासशील तथा विकासरहित प्रशासन

Developing and undeveloped administration

अक्सर किसी भी राष्ट्र को विकसित, विकासशील या विकासरहित संज्ञा प्रदान करने के लिए विकास प्रशासन तथा पारंपरिक प्रशासन में उनके नियम, नीतियाँ तथा सिद्धांत लागू करने की प्रक्रिया के आधार पर तथा उनके लक्ष्य, क्षेत्र, जटिलता तथा विकास प्रशासन में नवीनीकरण की मात्रा के आधार पर भेद किया जाता है। परंतु जहां इन आधारों पर विकसित, विकासरहित तथा विकासशील प्रशासन में भेद किया जाता है वहीं तुलनात्मक लोक प्रशासन के पास कोई संपूर्ण विकसित मॉडल नहीं है। यह भेद केवल उनकी प्रशासनिक व्यवस्था के कार्य पर आधारित हैं और जहां विकसित राष्ट्रों की प्रशासनिक व्यवस्था को लक्ष्य बनाकर विकास प्रशासन कार्य करता है वहीं इस परिवर्तन का कोई अंत नहीं है। विकसित पश्चिमी समाज आर्थिक उथल-पुथल के दौर से गुज़र रहे हैं और इन समस्याओं को सुलझाने के लिए वह स्वयं सामाजिक, आर्थिक तथा राजनीतिक परिवर्तन की स्थिति का सामना कर रहे हैं। अतः विकास प्रशासन का उद्देश्य जहां नवीनीकरण है वहीं इस नवीनीकरण का कोई अंत नहीं है।

3.6 विकास प्रशासन की राजनीति

विकास प्रशासन वास्तव में एक प्रक्रिया है जो पूर्व निर्धारित लक्ष्यों को प्राप्त करने के उद्देश्य से प्रेरित तथा अभिमुख होती है। इन प्रक्रियाओं को निश्चित करने के लिए दोनों ही संस्था-शासन तथा प्रशासन को साथ मिलकर कार्य करना जरूरी है। शासन जिन लोक कल्याणकारी एवं महत्त्वपूर्ण कार्यों, नीतियों और योजनाओं को निर्धारित करता है उन्हें लागू करने का दायित्व प्रशासन पर होता है। आज के समय में विकास एवं प्रशासन का महत्त्व काफी बढ़ गया है तथा विकास प्रशासन शासन व्यवस्था का केंद्र बिंदु बन गया है। परंतु जहां विकास कार्य में शासन तथा प्रशासन दोनों एक-दूसरे के पूरक माने जाते हैं वहीं दोनों ही संस्थाएँ विवादों से भी ग्रस्त रहती हैं। इसका मुख्य कारण हर नई नीति के साथ जनता की बढ़ती हुई आवश्यकताएँ तथा अपेक्षाएँ हैं जोकि अक्सर पूर्ण नहीं हो पातीं। इसका प्रमुख कारण जन-सहभागिता का अभाव, शासन तथा प्रशासन में भ्रष्टाचार तथा नीति-निर्माण एवं निष्पादन में कमी कहे जा सकते हैं। इसका एक प्रमुख कारण विकास द्वारा आया बदलाव भी है जो हर व्यक्ति या समूह को संतुष्ट नहीं कर पाता। ''विकास'' का वास्तविक अर्थ जहां यथास्थिति में परिवर्तन है वहीं यह प्रक्रिया अनिवार्य रूप से सामाजिक शक्ति संरचना को प्रभावित करती है तथा विभिन्न शक्ति-समूहों के बीच तनाव एवं संघर्षों को जन्म देती है। यह तनाव तथा संघर्ष राजनीतिक प्रक्रिया को, विकास कार्यक्रमों तथा नीतियों को पुनः प्रभावित करते हैं।

इस बात की पुष्टि पश्चिम बंगाल के हुगली जिले में बसे एक छोटे से कृषि प्रधान क्षेत्र सिंगूर से हो जाती है। 2006 में टाटा मोटर्स ने सी.पी.आई. से हुए एक समझौते के तहत इसकी 997 एकड़ जमीन अपनी नई 'नैनो' कार की फैक्टरी स्थापित करने के लिए भूमि अधिग्रहण अधिनियम के अंतर्गत हासिल की। इस समझौते के साथ टाटा मोटर्स ने यह वायदा किया कि

इस परियोजना के द्वारा कोई 70 विक्रेताओं का इस शहर में आगमन होगा तथा इस प्रक्रिया में करीब 1000 करोड़ तक का निवेश भी होगा जोकि शहरी विकास में मददगार होगा। साथ ही उन्होंने विस्थापित किसानों को वित्तीय सहायता के साथ फैक्टरी में नौकरी देने का भी वायदा किया। परंतु इस समझौते का ममता बैनर्जी की अध्यक्षता में तृणमूल कांग्रेस तथा किसानों तथा अन्य समूहों ने जमकर विरोध किया। इन विरोधों को रोकने के लिए राज्य सरकार ने आपराधिक प्रक्रिया संहिता की धारा 144 की सहायता ली परंतु इसे कोलकता उच्च-न्यायालय ने शक्ति का दुरुपयोग मानते हुए गलत बताया। 21 जनवरी, 2007 को फैक्टरी बनाने का कार्य शुरू हो गया। परंतु जन विरोध के कारण अंतत: 3 अक्टूबर, 2008 को टाटा मोटर्स ने सिंगूर में कार्य रोककर उसे गुजरात में स्थानांतरित कर लिया।

इन सबके दौरान एक सवाल जो उठता है वह यह है कि क्या विकास कार्य के लिए हमारी कृषि-प्रधान जमीन तथा उस पर आश्रित जनता का बलिदान देना उचित है। बेशक औद्योगीकरण देश की उन्नति में सहयोग देता है परंतु क्या हम इस उन्नति के लिए जन-साधारण की आवश्यकताओं को, उनकी अपेक्षाओं को अनदेखा तो नहीं कर रहे हैं। अत: इन सब में भले ही विजय तृणमूल कांग्रेस की हुई परंतु हार जनसाधारण की अपेक्षाओं की हुई।

जहां विकास में "क्या", तथा "किसके लिए" जैसे प्रश्न प्राथमिक तौर पर राजनीतिक प्रश्न हैं वहीं इस प्रक्रिया में "कैसे" तथा "किस प्रकार" एक प्रशासनिक समस्या है जिनका निष्पादन करना उनका कर्त्तव्य है। अत: हम यह कह सकते हैं कि विकास प्रशासन में नीति-निर्माण से लेकर उन्हें क्रियान्वित करने तक की प्रक्रिया अविभाज्य रूप से राजनीतिक प्रक्रिया से जुड़ी होती है तथा यह क्षेत्रीय राजनीति से प्रभावित भी होती है तथा उसे प्रभावित भी करती है।

विकास प्रशासन तथा लोक प्रशासन
Development administration and public administration

अक्सर कतिपय विद्वान विकास प्रशासन को लोक प्रशासन के अन्य पक्षों, जैसे कानून-व्यवस्था तथा न्यायिक प्रशासन से बिलकुल अलग करके देखते हैं। फ्रेड रिग्स तथा केडेन जैसे विद्वान लोक प्रशासन और विकास प्रशासन दोनों को अलग मानते हैं परंतु जे. एन. खोसला तथा जार्ज गैंट जैसे विद्वान विकास प्रशासन को लोक प्रशासन की शाखा मानते हैं। वास्तव में विकास प्रशासन लोक प्रशासन का ही एक भाग है परंतु दोनों में व्यावहारिक तौर पर कुछ अंतर देखा जा सकता है। जहां विकास प्रशासन का संबंध विकासशील कार्यों से ही है वहीं लोक प्रशासन में इन विकास कार्यों के अलावा अनेक कार्य जैसे पुलिस, राजस्व प्रशासन इत्यादि भी आता है। अत: लोक प्रशासन का क्षेत्र बेहद व्यापक है और विकास प्रशासन इसकी एक शाखा मात्र है।

लोक प्रशासन तथा विकास प्रशासन में कोई विशेष विरोध नहीं है अपितु विकास प्रशासन के कार्यों तथा उद्देश्यों को पूर्ण करने के लिए लोक प्रशासन के अंतर्गत उपयुक्त अभिकरणों, विभागों तथा पदों की रचना की जाती है। अवधारणात्मक और व्यावहारिक तौर पर इस तरह

के अलगाव से विशिष्ट सार्वजनिक संस्थाओं पर ध्यान केंद्रित करने में मदद मिलती है। मिसाल के तौर पर कृषिगत उत्पाद, सिंचाई जल आदि से इनका प्रत्यक्ष संबंध होता है। वास्तव में विकास प्रशासन का मूल्यांकन भी ऐसी ही क्षेत्राधारित उपलब्धियों को आधार मानकर होता है। संक्षेप में हम यह कह सकते हैं कि विकास प्रशासन भले ही लोक प्रशासन की शाखा मात्र है परंतु विकास प्रशासन की वजह से लोक प्रशासन की संरचना में सुधार तथा परिवर्तन देखा गया है।

विकास प्रशासन तथा गैर-विकास प्रशासन
Development and non-developmental administration

विकास प्रशासन तथा गैर-विकास प्रशासन या अ-विकास प्रशासन दोनों ही प्रशासनिक व्यवस्था के कार्यों के अलग-अलग विभाग से संबंधित हैं। जहां विकास प्रशासन का उद्देश्य परिवर्तन, आर्थिक-सामाजिक उन्नति तथा एक बेहतर राज्य की स्थापना है वहीं गैर-विकास प्रशासन का कार्य सरकार तथा संविधान द्वारा स्थापित मूल्यों तथा आदर्शों को व्यावहारिकता में लागू करना है। परंतु दोनों ही व्यवस्थाएं एक-दूसरे को प्रभावित करती हैं जैसे रोजमर्रा के तौर पर उगाही जाने वाली भूमि-राजस्व की रकम तथा कानून-व्यवस्था की बहाली विकास की स्थितियों का निर्माण करती हैं। इन कार्यों को जब तक सुचारू रूप से न किया जाए तब तक विकास कार्य में भी प्रगति संभव नहीं है। विकास का एक और महत्त्वपूर्ण कार्य पूंजीगत संपदा जैसे सड़क, बांध इत्यादि का निर्माण तथा देखभाल है। सामान्यत: इनका निर्माण विकास से संबंधित कोष के धन से होता है परंतु रोजमर्रा में इनकी देखभाल का कार्य अ-विकास प्रशासन के द्वारा किया जाता है। अत: रोजमर्रा के प्रशासनिक कार्यों तथा विकास प्रशासन के बीच बहुत हद तक पारस्परिक निर्भरता होती है।

अत: चूंकि वर्तमान में अधिकांश विभाग तथा संगठन विकास कार्यक्रमों से किसी-न-किसी रूप में संबंधित अवश्य हैं, विकास प्रशासन तथा गैर-विकास प्रशासन के मध्य द्विविभाजन करना सरल नहीं है।

विकास प्रशासन तथा नौकरशाह

एक अल्प या कम विकसित सामाजिक-आर्थिक व्यवस्था को पूर्ण विकसित सामाजिक-आर्थिक व्यवस्था में परिवर्तित करना ही विकास प्रशासन का उद्देश्य है। परंतु यह कार्य बड़ा ही जटिल है तथा इस कार्य को पूर्ण नियोजित विकास प्रक्रिया के द्वारा ही पूर्ण किया जा सकता है। जहां सामान्य तौर पर, सरकार मुख्य नियोजक, प्रोत्साहक, शक्तिदायक तथा बढ़े हुए विकास प्रयत्नों के संचालक के रूप में कार्य करती है वहीं वास्तव में राजनीतिक व्यवस्था में अस्थिरता की समस्या, असंतुलित सामाजिक व्यवस्था तथा विकास कार्यों की जटिलता इसे आवश्यक बना देती है कि यह कार्य स्थिर सरकारी संगठन को ही सौंपा जाए। अत: इन राष्ट्रों में यह कार्य नौकरशाह के द्वारा ही किया जाता है।

विकास प्रशासन एक ऐसा क्षेत्र/प्रक्रिया है जिसमें शामिल अधिकारियों के लिए यह महत्त्वपूर्ण हो जाता है कि वह उच्च शिक्षित तथा योग्य व्यक्ति हों जो जनसहयोग द्वारा राष्ट्रीय

विकास का जटिल परंतु अति-महत्त्वपूर्ण कार्यक्रम समय में करने की क्षमता रखता हो। परंतु हेराल्ड लास्की नौकरशाह को एक ऐसी प्रशासनिक व्यवस्था मानते हैं जिसमें 'यंत्रवत् कार्य के लिए उत्कंठा, नियमों के लिए लोचशीलता का बलिदान, निर्णय लेने में देरी और नवीन प्रयोगों का अवरोध, रूढ़िवादी दृष्किोण, आदि बातें प्रभावशाली रहती हैं।'[18] अत: जहां इसे इसके स्थायित्व, राजनीति से तटस्थता, व्यावसायिक प्रकृति, उच्च शिक्षा, वचनबद्धता, कार्य-दक्षता, इत्यादि विशेषताओं के आधार पर विकास प्रशासन का कार्य सौंपा गया था वहीं वास्तव में यह भ्रष्टाचार, लाल-फीताशाही, राजनीति में संलग्नता, शासन करने की अहं-वृत्ति, विशेषज्ञों की उपेक्षा, जनउपेक्षा इत्यादि विशेषताओं से युक्त पाए गए हैं। अत: विकास प्रशासन में जहां सामाजिक-आर्थिक परिवर्तन को शीघ्रता से लाना आवश्यक है वहीं नौकरशाह की क्षमता को इस कार्य को पूर्ण करने के लिए कम माना गया है।

इन समस्याओं का मुख्य स्रोत नौकरशाही की प्रकृति तथा संस्कृति है। रिग्स[19] के अनुसार विकासशील देशों में नौकरशाही की संस्कृति औपनिवेशिक शासन की खुमारी से उबर नहीं पाई है। नौकरशाही पर आधारित शासन के अंतर्गत, औपनिवेशिक शासन काल में नौकरशाही की सामान्य प्रवृत्ति तानाशाही की थी। वह केंद्राभिमुखी थी तथा जनता की उपेक्षा करती थी। शासक और शासित के बीच संबंध ''माई-बाप'' और ''जी हूजूर'' वाला था। उपनिवेशवाद की समाप्ति के बाद लोकप्रिय शासन की स्थापना हुई। साम्राज्यवादी शासन की जगह जनतंत्र ने ले ली। इस लोकप्रिय शासन के सामने समस्या थी शासन करने वाली नौकरशाही को लोकसेवा में प्रवृत्त नौकरशाही के रूप में बदलना तथा उसे राजनीतिक नेतृत्व एवं जनता के प्रति उत्तरदायी बनाना। समय की आवश्यकतानुसार इन राज्यों में शीघ्र विकास बेहद आवश्यक था। अत: इन नव-निर्मित राष्ट्रों ने विकास के उपलब्ध मॉडल को अपनाना ही सही समझा। अत: जिस प्रकार विकसित राष्ट्रों ने (जैसे सोवियत रूस, फ्रांस, इत्यादि) प्रशासनिक व्यवस्था के द्वारा नियोजित विकास के मॉडल को सफलतापूर्वक अपनाया था उसी तरह इन विकासशील राष्ट्रों ने भी प्रशासनिक व्यवस्था द्वारा नियोजित विकास के मॉडल को अपनाया। परंतु इन विकासशील राष्ट्रों में विकास की असफलता का कारण नौकरशाही प्रकृति में उपलब्ध स्पष्ट अंतर है जिनका विश्लेषण प्रशासनिक व्यवस्था की कमियों को जानने के लिए बेहद आवश्यक है।

अधिक विकसित देशों की श्रेणी में, सामान्यत:, जो देश सम्मिलित होते हैं, वे हैं पश्चिमी यूरोप के देश, उत्तरी अमेरिका, ऑस्ट्रेलिया, रूस, जापान तथा दक्षिणी कोरिया। इन देशों की प्रशासनिक व्यवस्थाओं में बड़े उच्च दर्जे का कार्य विशेषीकरण देखा जा सकता है। इन राष्ट्रों में प्रशासनिक विभाग का विकेंद्रीकरण निश्चित उद्देश्य की प्राप्ति के लिए कार्य विशेषीकरण के आधार पर किया जाता है, जैसे – कृषि, यातायात, संचालन, बजट-संबंधी, जन-संपर्क, नियोजन, आदि। इसके अतिरिक्त, एक अलग प्रकार के राजनीतिक ढांचे-राजनीतिक दल, चुनाव, कार्यकारी अध्यक्ष, मंत्रिमंडल, संसद, नियमों का निर्माण करने तथा लक्ष्यों को निर्धारित करने के लिए स्थापित किए जाते हैं जिनको तदोपरांत प्रशासनिक ढांचा लागू करता है।[20] इन राष्ट्रों में कार्यों अथवा भूमिकाओं का बंटवारा पारिवारिक स्थिति अथवा सामाजिक वर्ग के आधार पर न होकर व्यक्तियों की व्यक्तिगत उपलब्धियों के आधार पर किया जाता

है।[21] इन उपलब्धियों के साथ सार्वजनिक कार्यों में जनता की रुचि तथा उलझाव भी बहुत अधिक देखा जा सकता है। राजनीतिक चेतना बहुत अधिक फैल चुकी है। अत: निर्णय करने तथा उनको लागू करने की प्रक्रियाओं में सक्रिय भाग लेने के लिए जनता का संघटन किया जाता है। ईश शारकैन्सकी के अनुसार अधिक विकसित देशों में नौकरशाही की तीन विशेषताएं देखी जा सकती हैं:[22] 1. नौकरशाही का आकार बड़ा होता है जिसमें बहुत अधिक छोटे भाग होते हैं जिनके कर्मचारी विशेषज्ञ होते हैं, जो कार्यों के विशेषीकरण और सरकार की क्रियाओं के विस्तृत दायरे को प्रतिबिंबित करते हैं; 2. नौकरशाही सरकार की अन्य विधिसंगत शाखाओं से आदेश प्राप्त करती है; 3. नौकरशाही को पेशेवर समझा जाता है जो नौकरशाहों में विशेषीकरण का एक चिन्ह होती है।

इन देशों में नौकरशाही की विशेषताओं का उल्लेख फेरल हैडी ने भी किया है जो निम्नलिखित है:[23] 1. लोकसेवा का आकार बड़ा और जटिल होता है तथा यह एक सहायक के रूप में कार्य करती है, अर्थात् यह समझा जाता है कि इसका ध्येय राजनीतिक निर्णय करने वालों की नीतियों को लागू करना है; 2. नौकरशाही पेशेवर होने की भावना को दर्शाती है – अर्थात् यह लोकसेवा को एक पेशा मानकर कार्य करती है और इसका यह भी अर्थ लिया जाता है कि सेवा के अंतर्गत यह एक व्यावसायिक अथवा तकनीकी विशेषीकरण के संकुचित क्षेत्र से जुड़ी होती है; 3. नौकरशाही में उच्च प्रकार का विशेषीकरण होता है और इसकी व्यवस्था में वे सभी व्यवसाय तथा पेशे प्रतिबिंबित होते हैं जो समाज में पाए जाते हैं; 4. राजनीतिक प्रक्रिया में नौकरशाही की भूमिका काफी स्पष्ट होती है और नौकरशाही तथा अन्य राजनीतिक संस्थानों के विभाजन की रेखा प्राय: निश्चित और मान्य होती है। इस स्पष्ट विभाजन का कारण स्थायी राजनीतिक व्यवस्था तथा पूर्ण विकसित प्रशासनिक व्यवस्था होती है; 5. नौकरशाही पर अन्य क्रियागत विशिष्ट राजनीतिक संस्थानों द्वारा प्रभावी नीति-नियंत्रण रखा जाता है।

विकासशील देशों की श्रेणी में अफ्रीका, एशिया (जापान तथा दक्षिण कोरिया को छोड़कर) तथा दक्षिणी अमेरिका के देश तथा कुछ द्वीपीय राष्ट्र आते हैं। इन विकासशील देशों में द्वितीय विश्व युद्ध के पश्चात् प्रभुत्वसंपन्न राज्य की स्थापना से शीघ्र विकास की आवश्यकता उभर कर सामने आई तथा इन राष्ट्रों ने पश्चिमी नमूने पर आधुनिकीकरण की प्रक्रिया अपनाई किंतु इस प्रक्रिया में परंपरागत समाज का संस्थात्मक आधार भी चलता रहा जिससे द्वैधात्मक स्थिति पैदा हो गई। रिग्स के अनुसार, 'पश्चिमी मॉडलों के नमूनों पर बनाए गए और औपचारिक तौर पर ऊपर से ठूंसे गए संस्थान पहले से चले आ रहे परंपरागत रूप के देशी संस्थानों के साथ-साथ रहते हैं और इस प्रकार विषमजातीय परस्पर-व्यापन का एक जटिल नमूना बन जाता है। नए नमूने केंद्र तथा समाज के उच्च स्तरों पर अधिक अच्छी प्रकार पनपते हैं, पुराने नमूने बाह्य सतह, ग्रामीण प्रदेशों और समाज के निम्न स्तरों पर अधिक सशक्त रूप से प्रचलित रहते हैं, परंतु इनका मिश्रण सर्वत्र होता है जो नए रूपों को जन्म देता है, जो न तो पश्चिमी और न ही परंपरागत संस्थात्मक व्यवस्थाओं के प्रतीक होते हैं।'[24] रिग्स आगे कहते हैं कि विकासशील देशों के विभिन्न कार्यात्मक क्षेत्रों में परिवर्तन की गति एकसार नहीं होती। लोक प्रशासन में विकास जितनी तेजी से हो पाता है, उतनी तेजी से

राजनीतिक संस्थानों, जैसे-राजनीतिक कार्यकारिणी, विधान-मंडल, चुनाव-प्रणालियों आदि (प्रक्रिया) में नहीं हो पाता। इसका परिणाम यह होता है कि विकासशील समाजों में नौकरशाही अधिक प्रभुत्वशाली बन जाती है और यह बेमेल प्रभाव का प्रयोग करती है जिसके बहुत गंभीर परिणाम होते हैं।[25]

विकासशील देशों में मौजूद नौकरशाही की मुख्य विशेषताओं का वर्णन फैरेल हैडी ने निम्नलिखित प्रकार किया है:[26] 1. प्रशासन का मूल प्रारूप देशी न होकर अनुकरणात्मक है; 2. विकास के कार्यक्रमों के लिए जिस कुशल जनशक्ति की आवश्यकता है, नौकरशाही में उसकी कमी है; 3. नौकरशाही ऐसी धारणाओं पर बल देती है जो उत्पादनोन्मुखी नहीं होती, अर्थात् वे कार्यक्रमों के लक्ष्यों की प्राप्ति को छोड़कर अन्य लक्ष्यों को पूरा करने के लिए कार्य करती है; 4. आकार और यथार्थता के बीच विशाल भेद होता है; 5. परिचालन की स्वायत्तता।

यह सभी विशेषताएं मिलकर नौकरशाही की वैधता, कार्यकुशलता और राजनीतिक प्रत्युत्तरदायिता को कम करती है। ऐसी नौकरशाही अत्यधिक श्रेणीबद्ध होने की प्रवृत्ति रखती हैं और इन पर ऐसे समूह का प्रभुत्व हो जाता है जो सांस्कृतिक और सामाजिक दृष्टि से साधारण जनता का प्रतिनिधित्व नहीं करता। ओ. ग्लैन स्टेहल कुछ ऐसे तत्त्वों का उल्लेख करते हैं जो अधिकतर विकासशील देशों में लोक प्रशासनों को प्रभावित करते चले जा रहे हैं। जो हैं[27] सांस्कृतिक बंधन, भूतपूर्व औपनिवेशिक स्थिति, अभिजनों या विशिष्ट वर्ग की मजबूत स्थिति, विशेषज्ञों का कम सम्मान तथा बुद्धिजीवियों का देश छोड़ कर जाना।

परंतु इन विचारों का अर्थ यह नहीं है कि इन राष्ट्रों में नौकरशाही अपने कार्यों के द्वारा कोई विशेष उपलब्धि प्राप्त न कर सकी। वास्तव में, ईसनतैत (Eisenstedt) के विचारानुसार, 'विकासशील देशों में नौकरशाही ने एक संगठित राज्य के आकार को बनाए रखने में सहायता की है, साथ ही इसने वह क्षमता भी उत्पन्न की है जो विभिन्न मांगों का विलयन कर सके और उनको प्रभावी ढंग से नियंत्रित कर सके। नौकरशाही न केवल एकीकरण और केंद्रीकरण का महत्त्वपूर्ण उपकरण बनी, अपितु इसने शासकों की निरंतर नीति लागू करने में सहायता की। इसके अतिरिक्त इसने साधनों का संघटन कर, जनशक्ति तथा राजनीतिक समर्थन के लिए भी महत्त्वपूर्ण उपकरण का काम किया है।'[28] अत: यह कहना उपयुक्त होगा की प्रशासनिक व्यवस्था या नौकरशाही को नकारने तथा इसकी अवहेलना करने के बजाए इसका उपचार आवश्यक है जिसके द्वारा इस व्यवस्था में प्रतिबिंबित दोषों को तथा उनके कारणों को जानकर उनमें सुधार किया जा सके।

निम्नलिखित कुछ सुधार कार्य या परिवर्तन व्यक्त किए गए हैं जो नौकरशाही को विकास-कार्यों के लिए बेहतर बनाने में सहायक सिद्ध हो सकते हैं:

1. **सत्ता का विकेंद्रीकरण:** अधिकारियों में सत्ता का अत्यधिक केंद्रीकरण होने से ही उनमें नौकरशाही प्रवृत्ति पनपती है तथा उन्हें प्रभुत्वशाली भूमिका प्रदान करती है। सत्ता के विकेंद्रीकरण के द्वारा जहां नौकरशाही को इन दोषों से मुक्त किया जा सकता है वहीं साथ में क्षेत्रीय इकाइयों को मौके पर ही निर्णय लेने का अधिकार मिल जाने से उन्हें अनिश्चित समय के लिए केंद्रीय अनुमति की प्रतीक्षा किए बिना जल्द से जल्द कार्य पूर्ण करने की सुविधा

भी प्राप्त हो जाती है। इस प्रकार से निष्पादित कार्यों में जनसहयोग तथा जनसहभागिता भी अपेक्षाकृत अधिक देखी जा सकती है।

2. **विशेषज्ञता:** किसी भी कार्यक्रम की सफलता के लिए यह आवश्यक है कि उन्हें पूर्ण करने वाले अधिकारियों को कार्य की आवश्यकताओं तथा निष्पादन के सही तरीकों का पूर्ण ज्ञान हो। इसके लिए यह आवश्यक है कि प्रत्येक विकास कार्यक्रम को उस कार्यक्रम के विशेषज्ञ द्वारा ही कार्यान्वित किया जाए। अत: यह जरूरी है कि नौकरशाही की कार्मिक संरचना विशेषज्ञता तथा योग्यता पर आधारित होनी चाहिए तथा उनके कार्य मूल्यांकन तथा संगठन में पदोन्नति का मानदंड भी योग्यता ही होना चाहिए।

3. **व्यावहारिकता में परिवर्तन:** विकास प्रशासन की आवश्यकताओं तथा उद्देश्यों को ध्यान में रखते हुए यह आवश्यक हो जाता है कि इसे कार्यान्वित करने वाली संस्था नौकरशाही समय तथा जनावश्यकताओं के अनुसार परिवर्तनोन्मुखी, परिणामोन्मुखी, तथा जनोन्मुखी हो जिसके लिए उनके व्यवहार में परिवर्तन आवश्यक है।

4. **राजनीतिज्ञों की श्रेष्ठता:** विकास के प्रयासों में नौकरशाह को चाहिए कि वह राजनीतिज्ञों (जोकि वास्तव में जनता का प्रतिनिधि है) को सहयोगी मानें तथा उनके साथ मिलकर काम करें। यह प्रथा जहां लोकतांत्रिक व्यवस्था को सही अर्थ प्रदान करेगी वहीं यह मंत्रियों के द्वारा नौकरशाही पर नियंत्रण रखने में भी मदद करेगी। परंतु इसके लिए यह आवश्यक है मंत्री-पद पर आसीन व्यक्ति योग्य तथा कार्यकुशल हो अन्यथा सरकारी सेवक उन पर हावी होकर पुन: अपनी स्थिति मजबूत बना लेंगे।

5. **प्रत्यायोजित विधि निर्माण की मात्रा में कमी:** प्रत्यायोजित विधि निर्माण ही नौकरशाह की बढ़ती हुई निरंकुशता का कारण है। अत: यह आवश्यक है कि नौकरशाह को अधिक उपयोगी तथा कार्यकुशल बनाने के लिए इसमें कमी की जाए।

6. **जनसहभागिता:** सहकारी ढंग से निर्णय करने तथा मिलजुल कर समस्याओं का समाधान करने को प्रोत्साहन देने के लिए इन संगठनों में तथा इनके कार्य करने के ढंग में संशोधन जरूरी है। इसके लिए यह आवश्यक है कि विकास के कार्यक्रमों में जनता का सहयोग, दोनों ही कार्यों में – कार्यक्रमों को रूपांकित करने में तथा उन्हें लागू करने में प्रोत्साहित किया जाए।

7. **भ्रष्टाचार नियंत्रण:** प्रशासन में भ्रष्टाचार को समाप्त करने के लिए यह आवश्यक है कि सरकार द्वारा ऐसे प्रशासनिक न्यायाधिकरणों की स्थापना की जाए जहां नागरिक बिना किसी परेशानी के सिविल कर्मचारियों के विरुद्ध अपनी शिकायत दर्ज कर सकें।

3.7 विकास प्रशासन के अध्ययन के देशकालिक आयाम

विकास प्रशासन का विकास: एक आरंभिक प्रयास

द्वितीय विश्व युद्ध के पश्चात् कई अफ्रो-एशियाई राष्ट्र औपनिवेशिक साम्राज्य के ध्वस्त होने के साथ संप्रभु राष्ट्रों के रूप में उभर कर आए तथा इनके विकास के स्तर को ध्यान में रखकर

इन्हें 'तीसरे विश्व' की संज्ञा प्रदान की गई। भारत सहित इन सभी विकासशील राष्ट्रों ने अपनी असमानता, निर्धनता, बीमारी, कुपोषण तथा विभिन्न तरह के अन्य सामाजिक-आर्थिक शोषणों से छुटकारा पाने के लिए शीघ्र सामाजिक-आर्थिक रूपांतरण को आवश्यक माना तथा नियोजित विकास का मार्ग अपनाया। शुरूआत में जब इन राष्ट्रों में विकास कार्य पचास के दशक में आरंभ हुआ तब विकास "प्रौद्योगिकीकरण" तथा "औद्योगिकीकरण" के अर्थ में देखा गया तथा अन्नोत्पादन, सड़कों के निर्माण, नहरों के निर्माण, बुनियादी औद्योगिकीकरण इत्यादि को प्राथमिकता दी गई तथा इस लक्ष्य को प्राप्त करने के लिए तकनीकी विशेषज्ञता, नियोजन, प्रबंधन तथा निर्देशन पर ज़ोर दिया गया।

अत: जहां विकास के शुरूआती दौर में प्रौद्योगिकरण, औद्योगिकरण तथा आधुनिकीकरण को महत्त्व देते हुए इन राष्ट्रों ने पश्चिमी विकसित देशों की विकास प्रक्रिया तथा जीवन-शैली को अपनाने का प्रयत्न किया वहीं सत्तर तथा अस्सी के दशक में इस प्रक्रिया की कमी तथा जमीनी वास्तविकता उभर कर सामने आने लगी तथा यह महसूस किया जाने लगा कि इस प्रकार की प्रक्रिया में जहां जी.डी.पी. तथा राष्ट्रीय आय में बढ़ोत्तरी की जा सकती है वहीं पूर्ण सामाजिक-आर्थिक विकास प्राप्त करना संभव नहीं है। इस प्रक्रिया के द्वारा समाज में मौजूद निर्धनता तथा असमानता दूर नहीं हो रही है।

विकास प्रक्रिया में बदलाव: वास्तव में विकास प्रशासन सिर्फ पश्चिमी राष्ट्रों का अनुकरण करते हुए आर्थिक तथा सामाजिक परिवर्तन की ओर एक प्रक्रिया मात्र बनकर रह गई जिसे प्राप्त करने के लिए तकनीकों को तो विशेष महत्त्व दिया गया परंतु जन-अपेक्षाओं तथा आकांक्षाओं को स्थान देना जरूरी नहीं समझा गया। जूलियस न्यरेरे जैसे नेताओं ने इस कमी को दूर करने के लिए विकास कार्यों को जनोन्मुखी बनाने की तथा जनता को सहभागिता का अधिकार प्रदान किए जाने की आवश्यकता पर ज़ोर दिया। अत: इस दौरान क्षेत्रोन्मुखता तथा विकास प्रक्रिया में जन-भागीदारी पर जोर दिया गया। इस बात को स्पष्ट रूप से रॉबर्ट चैम्बर ने इस प्रकार व्यक्त किया: '1950 के दशक में विकास की रूपरेखा "हवाई" दृष्टिकोण से खींची गई थी। 1970 के दशक में क्षेत्रोन्मुखता और प्रतिभागिता पर आधारित अभिगम ने "हेलीकाप्टर" दृष्टिकोण को जन्म दिया और थोड़ी कम ऊंचाई से उड़ने वाले इस विमान पर चढ़े विशेषज्ञ अब अपने लक्षित जनसमूह का ज्यादा सही अवलोकन कर पाने का दावा कर सकते थे। ये विशेषज्ञ मानो अपने नीचे के लोगों के बीच कहीं भी उतर सकते थे ताकि अपने विचारों की अभिपुष्टि कर सकें।'[29] यहां सबसे महत्त्वपूर्ण बात यह है कि "हवाई जहाज" से 'हेलीकाप्टर' तक के इस परिवर्तन के बावजूद जमीनी वास्तविकता को वहां से बहुत दूर बैठकर, ऊपर से अवलोकन करने की पुरानी पद्धति में कोई बदलाव नहीं आया। दोनों ही मामलों में विशेषज्ञों का विचार था कि 'उन्हें नीचे रहने वाले पिछड़े लोगों की अपेक्षा बेहतर जानकारी है।'

रॉबर्ट चैम्बर ने अपने विचार इसी संदर्भ में व्यक्त करते हुए "उत्क्रमण" (reversal) के विचार को जन्म दिया। चैम्बर के शब्दों में 'ग्रामीण निर्धनों के लिए कम खोने और ज्यादा पाने के लिहाज से व्युत्क्रम तथा उत्क्रमण की जरूरत है: जहां पेशे से संबंधित विद्वान काम करते हैं और रहते हैं, उनके स्थान को उलटना, संसाधनों के विकेंद्रीकरण तथा पृथक्करण

में व्युत्क्रम स्थापित करना, पेशेगत मूल्यों एवं प्राथमिकताओं में व्युत्क्रम, पहली सूची को आखिरी सूची के रूप में देखना, विशेषीकरण में व्युत्क्रम, अर्धांशों में पड़े निर्धनों का निर्धनों के द्वारा ही शोषण और उसकी पहचान को संभव बनाने की प्रक्रिया, अब तक अज्ञात संसाधनों और विधाओं के बीच आ जुड़ने वाली संभावनाओं, पेशेवर समूहों तथा विभागों को जानना-पहचानना जरूरी हो जाता है। इस व्युत्क्रम में जरूरत होती है उन पेशेवर विशेषज्ञों की जो अन्वेषी होते हैं तथा बहुविधाओं में गति और रुचि रखते हैं; इसमें ऐसे लोगों की जरूरत होती है जो बार-बार यह पूछते हैं कि उनके इन विकल्पों और कामों से किसे लाभ होगा तथा कौन घाटा उठाएगा।'[30]

चैम्बर द्वारा प्रतिपादित "व्युत्क्रम अथवा उलट-फेर" का यह निर्दशनकारी सांचा (paradigm) जमीनी वास्तविकताओं–पारिस्थितिकी, वानिकी, कृषि प्रणाली अथवा आजीविका प्राप्त करने की अन्य कार्यनीतियों को एक अ-रैखिक, अनुकूलनाधारित एवं विलगावकारी रूप में देखता है। चैम्बर की दृष्टि में "विकास" विकेंद्रित एवं बहुविधोन्मुखी होता है। नौकरशाही और बाजार इसे केंद्राभिमुखी बनाते हैं। इसके विपरीत परिस्थितिकी तथा आजीविका की कार्यनीतियां इन्हें जटिल होने पर भी स्थायी तथा अपनाने योग्य बना पाती है।[31] चैम्बर के अनुसार चूंकि विकास प्रक्रिया में गरीब जनता पर ध्यान नहीं दिया जा रहा है जो इसकी सफलता के लिए आवश्यक है अत: वह स्पष्ट रूप में एक नई शुरूआत पर बल देते हैं जो "उलट-फेर" के सिद्धांत पर आधारित हो।

अत: विकास, जोकि एक बहुउद्देशीय प्रक्रिया है, के उद्देश्य में बदलाव देखा गया है तथा जहां आरंभिक दौर में शीर्ष-मूल-उपागम (top-down-approach) द्वारा मुख्य बल उत्पादकता को बढ़ाना तथा संवृद्धि लाने को दिया गया था इस उपागम की कमियों को देखकर इस प्रक्रिया में बदलाव की आवश्यकता महसूस की गई तथा निर्धनता-उन्मूलन तथा सामाजिक न्याय पर बल दिया जाने लगा। परंतु यह विचार मात्र अकादमिक दायरे के अंतर्गत ही रह गया तथा व्यवहारिकता में यह कार्य अभी भी केंद्र में स्थित राजनीतिक तथा प्रशासनिक ढांचों द्वारा ही नियोजित तथा कार्यान्वित किया जाता है। फिर भी इस बदलते हुए समय की आवश्यकतानुसार विकास संबंधित नियोजित कार्यक्रमों में जनकल्याणकारी लक्ष्य जैसे पूर्ण साक्षरता का प्रयास, जन-स्वास्थ्य कल्याण संबंधित कार्यक्रम, इत्यादि देखे जा सकते हैं। परंतु इन हालात में विकास का अर्थ केवल केंद्र की सुविधानुसार कार्यान्वित कार्यक्रम रह जाता है जो यह निर्धारित करता है कि दूर परिधि पर स्थित जगहों पर क्या-क्या करना है और क्या नहीं करना है। अत: देश के कोने-कोने में विभिन्न कार्यक्रम जैसे जवाहर रोजगार योजना, इंदिरा आवास योजना इत्यादि देखे जा सकते हैं जिनकी जड़ें तो केंद्र में होती हैं परंतु क्रियान्वयन राज्य तथा संचालकीय विभागों द्वारा निर्देशित जमीन से जुड़ी संस्थाओं द्वारा किया जाता है।

इस संबंध में भारत में 73वां संवैधानिक संशोधन उल्लेखनीय है। वैसे तो पंचायती राज संस्थाओं का निर्माण पहले ही हो चुका था परंतु इस संवैधानिक संशोधन से पहले इन संस्थाओं को विशेष विकास कार्य तथा उससे संबंधित कोष नहीं सौंपा गया था। 1992 में किए गए संवैधानिक संशोधन का उद्देश्य पंचायती स्तर पर स्वशासन को सुस्थिर करना था ताकि वैयष्टिक नियोजन के जरिए सामाजिक न्याय के अनुरूप आर्थिक विकास संभव हो सके। इस

संवैधानिक संशोधन का मुख्य प्रयोजन नियोजन को तैयार करने का अधिकार "ग्राम पंचायतों" एवं इसके घटक "ग्राम सभाओं" को सौंपना था ताकि "स्थानीय लोग" नियोजन प्रक्रिया में शामिल हो सकें तथा स्थानीय जनता को अपनी योजनाएं स्वयं तैयार करने का अधिकार मिल सके। इसी संशोधन के द्वारा संविधान में ग्यारहवीं अनुसूची जोड़कर पंचायती राज संस्थाओं के अधिकार एवं शक्तियां सुनिश्चित कर दी गईं।

पंचायती राज संस्थाओं को सुदृढ़ बनाने के उपायों पर चर्चा करने के लिए 11 जुलाई, 2001 को नई दिल्ली में राज्यों के पंचायती राज के प्रभारी मंत्रियों का एक सम्मेलन आयोजित किया गया जिनमें अन्य सिफारिशों के साथ ग्राम सभाओं को सुदृढ़ बनाने के लिए अग्रलिखित चार-सूत्री कार्यप्रणाली अपनाई गई:

(i) प्रिंट, इलेक्ट्रॉनिक मीडिया और नुक्कड़ नाटकों के जरिए जागरूकता तथा पंचायत के निर्वाचित प्रतिनिधियों का प्रशिक्षण।

(ii) आवश्यकता आधारित कार्य योजनाएं बनाने और निष्पादन तथा निगरानी में समुदाय की भागीदारी।

(iii) आकलनों, विधियों की उपलब्धता तथा पंचायतों द्वारा किए गए कार्यों पर हुए खर्चों को बोर्ड पर प्रदर्शित कर पारदर्शिता, लोगों द्वारा जांच किए जाने हेतु संबंधित रिकॉर्ड उपलब्ध कराना और मांगे जाने पर न्यूनतम भुगतान से दस्तावेज की फोटोकॉपी उपलब्ध कराना।

(iv) सोशल ऑडिट के निष्कर्षों को कानूनन बाध्यकारी बनाया जाना चाहिए ताकि भ्रष्टाचार तथा निधियों के दुरुपयोग को रोका जा सके।

इसके पश्चात् पंचायती राज को सुदृढ़ तथा विकास कार्य के लिए बेहतर बनाने के लिए 5-6 अप्रैल, 2002 को अखिल भारतीय पंचायत अध्यक्ष सम्मेलन[32]; 27-28 जनवरी, 2003 को ग्रामीण विकास तथा पंचायती राज मंत्रियों का सम्मेलन[33]; मई 2003 में राज्य वित्त आयोगों के अध्यक्षों, राज्य वित्त सचिवों एवं पंचायती राज सचिवों की बैठक[34] तथा 29-30 जून, 2004 को मुख्य मंत्रियों का गोलमेज सम्मेलन[35] आयोजित किया गया।

उदारीकरण, निजीकरण एवं भूमंडलीकरण तथा विकास प्रशासन
Liberalisation, privatisation and globalisation and development administration

उदारीकरण, निजीकरण तथा भूमंडलीकरण आधुनिक युग की प्रमुख विशेषताएं हैं। इसके अंतर्गत विश्व को एक भूमंडलीय गांव के रूप में देखा जाता है जिनमें आर्थिक तथा व्यापारिक लेन-देन पर कोई रोक नहीं है। जहां तीनों शब्द - उदारीकरण, निजीकरण तथा भूमंडलीकरण का अर्थ अंतर्राष्ट्रीय एकीकरण से संबंधित है वहीं वास्तव में इन तीनों शब्दों के अर्थ में काफी अंतर है। इन तीनों शब्दों के बीच अंतर उनके अर्थ में ही मौजूद है जो निम्नलिखित है:

उदारीकरण का अर्थ व्यापार, उद्योग एवं निवेश पर लगे कानूनी प्रतिबंधों को ढील देकर या पूर्ण रूप से समाप्त करके आयात तथा निर्यात को आसान बनाना है। इसके अंतर्गत पूर्व

विकास प्रक्रिया द्वारा स्थापित सरकारीकरण को कम करके या फिर पूर्ण रूप से समाप्त करके निजीकरण को महत्त्व देने की प्रक्रिया से है।

निजीकरण का अर्थ प्रमुखत: व्यापारिक या आर्थिक क्षेत्र में सरकारी हस्तक्षेप को कम करके उद्योग, व्यापार तथा अन्य व्यावसायिक क्षेत्रों को निजी क्षेत्रों की खुली प्रतिस्पर्धा के लिए छोड़ देना है। इसका अभिप्राय आर्थिक क्रियाओं में सरकारी हस्तक्षेप को कम करके प्रतिस्पर्धा पर आधारित निजी क्षेत्र को प्रोत्साहित करना है तथा नए व्यावसायिक एवं औद्योगिक प्रतिष्ठानों की स्थापना करते समय निजी क्षेत्र को प्राथमिकता देना है।

भूमंडलीकरण का अर्थ आर्थिक रूप से वैश्विक एकीकरण से है। इसका अर्थ विश्व में उपलब्ध सभी संसाधनों, ज्ञान, टेक्नोलॉजी इत्यादि को एक ही स्तर पर ले आने से है। इसका उद्देश्य आर्थिक स्तर पर विश्व के विभिन्न राष्ट्रों के बीच राजनीतिक सीमाओं का अंत करके एक वैश्विक बाजार की स्थापना से है जिसमें किसी भी प्रकार के आर्थिक लेन-देन पर कोई प्रतिबंध नहीं होगा।

भूमंडलीकरण का विकास प्रशासन पर प्रभाव

भूमंडलीकरण के कारण राज्य तथा सरकार के कार्यों में काफी परिवर्तन आ गया। जहां पहले सभी क्षेत्रों में सरकार का पूर्ण नियंत्रण होता था वह ही यह निश्चित करती थी कि अगले पांच-वर्षों में कहां-कहां तथा किस प्रकार से उद्योगीकरण लाना है तथा यह किस प्रकार से स्थानीय लोगों के लिए कल्याणकारी होगा वहीं अब यह निर्णय निजी व्यवस्थाओं द्वारा जनकल्याण के लिए नहीं अपितु अपने मुनाफ़े को अधिक रखने के आधार पर किया जाएगा। अत: उदारीकरण के परिणामस्वरूप विकास की संपूर्ण रणनीति में भारी बदलाव आया है। जो इस प्रकार है:

प्रथम, राज्य की भूमिका तथा कार्य क्षेत्र में कटौती उदारीकरण का सबसे महत्त्वपूर्ण प्रभाव है। विकास प्रशासन की प्रक्रिया में राज्य तथा सरकार की भूमिका नियोजित विकास के द्वारा बेहद व्यापक हो गई थी। परंतु उदारीकरण के परिणामस्वरूप सरकार की भूमिका में काफी बदलाव आ गया है तथा आर्थिक स्तर पर निजी क्षेत्र बिना किसी सरकारी प्रतिबंध के कार्य करते हैं। इसके परिणामस्वरूप भूमंडलीकरण के दौर में राज्य तथा सरकार का आकार धीरे-धीरे सिकुड़ता जा रहा है।

दूसरे, उदारीकरण के दौर में लोक प्रशासन की भूमिका में काफी परिवर्तन आया है। जहां पहले सरकार तथा नौकरशाही एक नियंत्रणकारी भूमिका अदा करते थे जिसमें उनका स्वरूप नकारात्मक था वहीं अब उन्हें निजीकरण का समर्थन करते हुए एक सकारात्मक तथा सहयोगात्मक तथा मार्गदर्शक (facilitator) की भूमिका अदा करनी है।

तीसरे, उदारीकरण से पूर्व सरकार के नियोजित विकास में प्रमुखता आर्थिक विकास को दी जाती थी वहीं आर्थिक उदारीकरण के पश्चात् सरकार की भूमिका आर्थिक क्षेत्र में कम हो गई है। वहीं सामाजिक क्षेत्र में इसका प्रभाव काफी व्यापक हो गया है। भारत में ही उदाहरण के तौर पर उदारीकरण के पश्चात् पंचवर्षीय योजनाओं में सामाजिक विकास तथा कल्याण को प्रमुख स्थान दिया गया है।

चौथे, भूमंडलीकरण तथा उदारीकरण का असर केवल ऊपर से ही नहीं अपितु इसका असर निचले स्तर पर भी देखा जा सकता है। अत: जहां ऊपरी स्तर पर भूमंडलीकरण का अर्थ आर्थिक निजीकरण तथा वैश्वीकरण से है वहीं नीचे से भूमंडलीकरण से अभिप्राय– स्थानीय एवं धरातलीय स्तर पर महिला सशक्तीकरण, सर्वशिक्षा, मानव अधिकार, पर्यावरण संरक्षण जैसे क्षेत्रों में जनसहभागिता को प्रोत्साहित करना है। इन सभी क्षेत्रों में राज्य और सरकारी प्रशासन का हस्तक्षेप कम करते हुए जन संगठनों एवं नागरिक समाज को दायित्व सौंपना है।

अत: वैश्वीकरण ने ऐसी परिस्थितियां उत्पन्न कर दी हैं जिनके अंतर्गत सरकार बड़े मुद्दों के परिप्रेक्ष्य में अति लघु नजर आती है और साथ ही, कई बार सरकारें छोटी समस्याओं से निपटने में अक्षम नजर आती हैं। डेविड हैल्ड ने 24 जनवरी, 2002 को ओपन डेमोक्रेसी फोरम पर चर्चा में भाग लेते हुए टिप्पणी की कि 'विश्वव्यापी अंत:संबद्धता कोई नई चीज नहीं है, यह कुछ सौ वर्षों से अस्तित्व में है। लेकिन अगर कोई इसकी वृद्धि पर सूक्षम दृष्टि दौड़ाता है तो पाता है कि अब अर्थशास्त्र, राजनीति से लेकर संस्कृति और कानून तक का सतत स्वरूप परिवर्तन हो रहा है, जो एक नई किस्म की विश्व व्यवस्था को जन्म दे रहा है।'[36] हैल्ड की दो टिप्पणियां इस संबंध में अहम हैं: *प्रथम* भूमंडलीय अंतिम स्थिति या अकेली चीज नहीं है, लोकतंत्र या औद्योगीकरण से कुछ ज्यादा है। ये प्रक्रियाएं हैं, जिनमें मानव मामलों के बदलते रिश्ते शामिल हैं और *दूसरे* - यह अर्थ नहीं लगाया जाना चाहिए कि स्थानीय का अब कोई महत्त्व नहीं रह गया है, बल्कि ''स्थानीय'' एक अलग ढंग से महत्त्वपूर्ण है। इसे अर्थशास्त्र, राजनीति, संस्कृति और देशांतर की जटिल दुनिया में नए संदर्भों में परिभाषित किया जा रहा है।[37]

3.8 टिकाऊ या धारित विकास

Subtainable development

जब कभी विकास की ओर कोई नई प्रगति होती है, उसका सीधा असर पर्यावरण पर होता है। द्वितीय विश्व युद्ध से पहले ही औद्योगीकरण की जो प्रक्रिया पश्चिमी देशों में शुरू हुई थी वह पर्यावरण को काफी हद तक प्रभावित कर रही थी। द्वितीय विश्व युद्ध के पश्चात् कई नए राष्ट्रों का उदय हुआ तथा इन सभी राष्ट्रों ने शीघ्र प्रगति तथा विकास के लिए पश्चिमी देशों के मॉडल को अपनाया जिसका परिणाम अनियोजित, अव्यवस्थित, विध्वंसकारी तथा दिशाहीन प्रगति के रूप में हुआ। विश्व स्तर पर कम होते प्राकृतिक संसाधन, लुप्त होते जीव-जंतु, पृथ्वी का बढ़ता हुआ तापमान तथा समाप्त हो रहा भूजल भविष्य में आने वाले जिस संकट की ओर इशारा कर रहा है उसका जल्द उपचार अतिआवश्यक है। इसके लिए विकास प्रक्रिया को पर्यावरण को ध्यान में रखकर ही नियोजित प्रक्रिया के माध्यम से किया जाना जरूरी है।

संयुक्त राष्ट्र के शुरूआत के दशकों में पर्यावरण पर विचार विभिन्न एजेंडों में देखा जा सकता है परंतु इस दिशा में गंभीर प्रयास बहुत पुराने नहीं हैं। जहां 1960 के दशक में समुद्री

प्रदूषण को नियंत्रित करने के लिए कुछ समझौते किए गए वहीं 1970 के दशक में पर्यावरण पर बढ़ते हुए विकास का प्रभाव तथा इसके मानव जाति पर होते असर पर चिंता व्यक्त की गई। 1972 में स्टॉकहोम में आयोजित संयुक्त राष्ट्र सम्मेलन के एजेंडा में मानव पर्यावरण को भी रखा गया। इसमें आर्थिक विकास तथा पर्यावरणीय क्षय के बीच संबंध पर चिंता व्यक्त की गई तथा इसके परिणामस्वरूप विभिन्न राष्ट्रीय सरकारों ने मिलकर संयुक्त राष्ट्र पर्यावरण कार्यक्रम (United Nations Environment Programme (UNEP)) स्थापित किया। परंतु इस दौरान इस समस्या को सुलझाने की प्रक्रिया धीमी ही रही जिसमें पर्यावरणीय क्षय जारी रहा। इसकी वजह से वैश्विक तापमान बढ़ता रहा, ओजोन परत का क्षय जारी रहा तथा जल प्रदूषण जैसी समस्याएं और भी ज्यादा चिंताजनक हो गई।

1980 के दशक में विकास के स्तर के बढ़ने के साथ-साथ पर्यावरण संरक्षण की समस्या भी अंतर्राष्ट्रीय एजेंडा में विशेष स्थान प्राप्त करती रही जिसके परिणामस्वरूप संयुक्त राष्ट्र के समक्ष 1987 में टिकाऊ या धारित विकास के विषय में ब्रंटलैंड रिपोर्ट प्रस्तुत की गई। इसके अनुसार - 'धारित विकास वह विकास है जो भावी पीढ़ियों की क्षमताओं के साथ समझौता किए बिना वर्तमान पीढ़ी की आवश्यकताओं की पूर्ति करने का प्रयास करता है।' 1992 में रियो डी जेनिरो में पर्यावरण एवं विकास पर संयुक्त राष्ट्र सम्मेलन आयोजित किया गया जो पृथ्वी सम्मेलन के नाम से विख्यात हुआ। इस सम्मेलन में एजेंडा 21 सरकारों द्वारा पारित किया गया। इस सम्मेलन में पर्यावरण तथा विकास के संदर्भ में विश्व के अधिकांश राष्ट्रों ने गंभीर चिंता प्रकट की। इस सम्मेलन का मुख्य ध्येय सरकारों द्वारा विस्तृत योजनाओं का निर्माण है जो विश्व को उसकी आर्थिक वृद्धि के मौजूदा मॉडल से अलग एक टिकाऊ विकास कार्यक्रम की परियोजना तैयार करना है जो विकास के साथ पर्यावरणीय साधनों को सुरक्षित तथा नवीकृत भी करेगा। 1997 में एजेंडा 21 पर अमल करने के लिए संयुक्त राष्ट्र महासभा में एक विशेष अधिवेशन आयोजित किया गया जिसमें एक बार फिर पर्यावरण में सुधार के लिए ग्रीनहाउस गैसों के उत्सर्जन को घटाने के लिए कानूनी तौर पर बंधनकारी लक्ष्य तय करना, ऊर्जा उत्पादन, वितरण और उपयोग के टिकाऊ तरीकों की ओर ज्यादा ताकत के साथ बढ़ना इत्यादि सिफारिशों पर अमल किया गया। 1992 के पृथ्वी शिखर सम्मेलन के बाद दस वर्ष में हुई प्रगति की समीक्षा करने के लिए 2002 में टिकाऊ विकास पर पुन: विश्व शिखर सम्मेलन जोहांसबर्ग में आयोजित किया गया।

2002 के विश्व सम्मेलन में संयुक्त राष्ट्र द्वारा स्वीकृत परिभाषा के अनुसार – 'पृथ्वी की वास्तविक क्षमता से अधिक प्राकृतिक संसाधनों को उपयोग किए बिना विश्व के सभी लोगों के जीवन की गुणवत्ता में सुधार करना ही धारित विकास है।' इस सम्मेलन में जहां टिकाऊ विकास के केंद्रीय महत्त्व की पुष्टि हुई वहीं इस सम्मेलन में कुछ गंभीर चुनौतियों पर विशेष ध्यान देने की आवश्यकता पर भी चर्चा हुई। यह गंभीर चुनौतियां समयबद्ध विशिष्ट लक्ष्यों की प्राप्ति के लिए निश्चित प्रतिबद्धताएं, मत्स्य प्रजातियों की रक्षा तथा पुनर्स्थापना, प्राकृतिक संसाधनों के दुरुपयोग को कम करना, स्वच्छ पेयजल सुनिश्चित करना, पर्यावरण से जुड़ी स्वास्थ्य समस्याओं को कम करना, इत्यादि हैं। संयुक्त राष्ट्र के अनुसार धारित विकास के लिए यह आवश्यक है कि समाज के सभी मुख्य क्षेत्र—आर्थिक वृद्धि, प्राकृतिक संसाधन,

पर्यावरण का संरक्षण तथा सामाजिक विकास – को एक साथ ध्यान में रखकर ही विकास कार्य नियोजित तथा क्रियान्वित किया जाए।

संयुक्त राष्ट्र धारित विकास की अवधारणा को विश्व एवं जनकल्याण के लिए विशेष महत्त्व दे रहा है। परंतु इसकी सफलता के लिए राष्ट्रीय सहयोग तथा जन सहयोग आवश्यक है जिसके बिना इस प्रकार की योजना की सफलता असंभव है। अत: हमें ऐसे विकास की आवश्यकता है जो न केवल सभी व्यक्तियों को गरिमामय जीवन देने में समर्थ हो बल्कि पर्यावरणीय संरक्षण के साथ-साथ भावी पीढ़ियों का भविष्य भी संवार सके।

मूल्यांकन: विकास प्रशासन का विषय जहां द्वितीय विश्व युद्ध के बाद लोक शास्त्रियों के लिए चर्चा का विशेष विषय रहा है वहीं इसकी प्रगति तथा उपलब्धियां भी चर्चा का विशेष कारण रही हैं। 1996 में मानव विकास रिपोर्ट (human development report) ने विकास के कारण अमीर तथा गरीब के मध्य बढ़ती हुई खाई तथा उसके कारण मानव विकास की बिगड़ती हुई स्थिति के बारे में चिंता व्यक्त की। रिपोर्ट के अनुसार यह आवश्यक है कि राज्य सरकार इस प्रक्रिया पर जल्द-से-जल्द जांच तथा सुधार का कार्य प्रारंभ करे ताकि आर्थिक विकास की इस कोशिश का नकारात्मक असर कम हो सके। एक सुनियोजित प्रयास से विकास के द्वारा आने वाली बेरोजगारी, विध्वंसकारी, आवाज़विहीन, जड़विहीन तथा भविष्यविहीन विकास को रोका जा सकता है।[38]

इस रिपोर्ट द्वारा अवलोकित विकास के ये तत्त्व बेहद गंभीर हैं। इसके अनुसार:

रोजगारविहीन विकास (jobless development) का अर्थ है कि पूर्ण समाज का आर्थिक विकास तो हो रहा है परंतु इस आर्थिक उन्नति में रोजगार की उपलब्धि सिकुड़ती जा रही है। विध्वंसकारी विकास (ruthless development) का अर्थ है कि राज्य में विकास तो है परंतु इसके द्वारा सिर्फ अमीरों को ही फायदा हो रहा है। इस वजह से अमीर-गरीब के बीच खाई और बढ़ती जा रही है। आवाज़विहीन विकास (voiceless development) का अर्थ है आर्थिक उन्नति की इस प्रक्रिया में लोकतंत्रीय मूल्यों को महत्त्व नहीं दिया गया है तथा इस कार्य में जनता का समर्थन तथा सहयोग योजना बनाने तथा क्रियान्वित करने में नहीं लिया गया है। जड़विहीन विकास (rootless development) का अर्थ है कि यह प्रक्रिया हमारी संस्कृति तथा सभ्यता के अनुरूप नहीं है। भविष्यहीन विकास (futureless development) का अर्थ है कि विकास प्रक्रिया में हम आज की आवश्यकता को ध्यान में रखकर उपलब्ध प्राकृतिक संसाधनों को आवश्यकता से ज्यादा खर्च कर रहे हैं। इसका परिणाम भविष्य के लिए बुरा हो सकता है जब कोई भी संसाधन उपलब्ध नहीं होगा।

नेफ तथा द्विवेदी[39] ने विकास प्रशासन के पतन (downfall) के बारे में अपना विचार प्रस्तुत करते हुए कहा है कि सामाजिक व्यवस्था के विषय में प्रस्तुत सभी विचार चाहे वह समाज शास्त्र से संबंधित हों या लोक प्रशासन या औद्योगिक व्यवस्था से – आज पतन की स्थिति पर खड़े हैं। इसके लिए वह चार कारणों पर ध्यान आकर्षित करते हैं: पद्धति का संकट (crisis of methodology), विकास सिद्धांत का संकट (crisis of development theory), राजनीति सिद्धांत का संकट (crisis of political theory), तथा प्रशासनिक सिद्धांत का संकट (crisis of administrative theory)। इन सबका असर, विकास सिद्धांत का आध्यात्मिक पतन है।

विकास प्रशासन को एक बड़ा झटका तीसरे विश्व के राज्यों द्वारा वर्ल्ड बैंक निर्देशित नई उदारीकरण, निजीकरण तथा भूमंडलीकरण की नीति अपनाए जाने के साथ राज्य की सिकुड़ती हुई भूमिका से लगा। अंत में हम यह कह सकते हैं कि विकास प्रशासन द्वारा परिभाषित राज्य का विकास संबंधित कार्य अब तीसरे विश्व में पूर्ण हो चुका है तथा आज यह राज्य द्वारा उदारीकरण, निजीकरण तथा भूमंडलीकरण की नीति अपनाए जाने के कारण एक ऐसी स्थिति पर खड़ा है जहां इसकी भूमिका को सामाजिक तथा पर्यावरण के संदर्भ में एक बार फिर परिभाषित करना आवश्यक है। इस बदलती परिस्थिति में विकास प्रशासन की भूमिका खत्म नहीं हो रही है अपितु इसे सामाजिक क्षेत्र में तथा पर्यावरण की सुरक्षा के लिए एक विशेष भूमिका संपूर्ण राष्ट्र के विकास के लिए निभानी है।

संदर्भ एवं टिप्पणी

1. फ्रेड रिग्स ने इस मॉडल को विस्तार से अपनी पुस्तक *Administration in Developing Countries*, Houghton Mifflin, Boston, 1964 तथा *The Ecology of Public Administration*, Asia Publishing House, Bombay, 1962 में दिया है।

   इन पुस्तकों में रिग्स ने अलग-अलग समाजों को दो आदर्श ध्रुवीय प्रकार में बांटा है: (a) प्रकीर्णित समाज (refracte society): इस समाज में हर कार्य के लिए उसकी संवादी संरचना होती है और यह अपने काम में विशिष्टतायुक्त होती है। (b) संलयित अथवा संपुटित समाज (fuses society): इस समाज में कोई एक संरचना सारे काम करती है।

   रिग्स ने 'प्रिज्मेटिक समाज' को इन दो ध्रुवों के बीच का मध्यवर्ती रूप मानकर उसे अवधारणाबद्ध किया। इस समाज में संलयित तथा प्रकीर्णित दोनों ही समाजों की विशेषताएं पाई जाती हैं।
2. 'विकास प्रशासन' से संबंधित प्रथम पुस्तकें Irving Swerdlow की संपादित पुस्तक *Development Administration: concepts and problems*, (Syracuse, N.Y., Syracuse University Press, 1963) थी।
3. इस दौरान विकास प्रशासन से संबंधित कई पुस्तकें जैसे Ralph Braibanti द्वारा संपादित *Political and Administrative Development*; Fred W. Riggs द्वारा संपादित *Frontiers of Development Administration*; Edward W. Weidner द्वारा संपादित *Development Administratiion in Asia*; Dwight Waldo द्वारा संपादित *Temporal Dimensions of Development Administration* तथा James J. Heaphey द्वारा संपादित पुस्तक, *Spatial Dimensions of Development Administration*, Duke University Press के द्वारा प्रकाशित हुईं।
4. Edward W. Weidner, *Development Administration: A New Focus for Research*, in Ferrel Heady and Sybil L. Stokes (ed.), Papers in Comparative Public Administration, University of Michigan, Ann Arbor, 1962.
5. पाई पनंदीकर, "डेवलपमेंट एडमिनिस्ट्रेशन – एन एप्रोच", *इंडियन जर्नल ऑफ पब्लिक एडमिनिस्ट्रेशन*, खंड 10, नं. 1, जनवरी-मार्च 1964, पृ. 35

6. Fred W. Riggs – 'The Context of Development Administration' in Fred W. Riggs (ed.) Frontiers of Development Administration, Duke University Press, USA. 1971, p. 73.
7. एडवर्ड वाइडनर, ''डेवेलपमेंट एडमिनिस्ट्रेशन: ए न्यू फोकस फॉर रिसर्च'', फैरल हैडी तथा सिविल स्टोक्स (सं), पेपर्स, ऑन कंपेरेटिव पब्लिक एडमिनिस्ट्रेशन, ऐन ऑरबर: इन्स्टीट्यूट ऑफ पब्लिक एडमिनिस्ट्रेशन, यूनिवर्सिटी ऑफ मिशिगन, 1962, पृ. 98
8. वाइडनर, ''डेवलपमेंट एडमिनिस्ट्रेशन: ए न्यू फोकस फॉर सर्च'', हिडि तथा स्टॉक (संपादित), पेपर्स इन कंपेरेटिव एडमिनिस्ट्रेशन, 1962, पृ. 98
9. मांटगोमेरी, *'ए रॉयल इन्वीटेशन: वेरिएशन्स ऑन थ्री क्लासिक थीम्स'*, मांटगोमेरी एंड सिफिन (संपादित), एप्रोचेज टू डेवलपमेंट, 1966, पृ. 259
10. Ibid, पृ. 259
11. फेनसॉड, ''द स्ट्रक्चर ऑफ डेवलपमेंट एडमिनिस्ट्रेशन'', स्वांडलोव (संपादित), डेवलपमेंट एडमिनिस्ट्रेशन: अवधारणा एवं समस्याएं, 1963, पृ. 2
12. रमेश कुमार अरोरा, *तुलनात्मक लोक प्रशासन*, राजस्थान हिंदी अकादमी, जयपुर, 1983, पृ. 125
13. पाई पनंदीकर, डेवलपमेंट एडमिनिस्ट्रेशन – एन एप्रोच, इंडियन जर्नल ऑफ पब्लिक एडमिनिस्ट्रेशन, अंक-10, नं. 1, जनवरी-मार्च, 1964, पृ. 35-36
14. जे. एन. खोसला, 'रिसर्च इन डेवलपमेंट एडमिनिस्ट्रेशन' पाई पनंदीकर (संपादित) *डेवलपमेंट एडमिनिस्ट्रेशन इन इंडिया*, 1974, पृ. 217
15. George F. Gant, *Development Administration: Concepts, Goals, Methods*, The University of Wisconsin Press, 1979, pp. 20-21
16. ओ. पी. द्विवेदी तथा आर. बी. जैन, *इंडियाज एडमिनिस्ट्रेटीव स्टेट*, नई दिल्ली, 1985, पृ. 214
17. रमेश कुमार अरोरा, उपरोक्त, पृ. 124
18. H. J. Laski, Bureaucracy, Encyclopaedia of Social Sciences, Vol. III, p. 70
19. मोहित भट्टाचार्य, *लोक प्रशासन के नए आयाम*, जवाहर पब्लिशर्स एंड डिस्ट्रीब्यूटर्स, नई दिल्ली, 2008, पृ. 294
20. Fred W. Riggs, Bureaucrats and Political Development: A Paradoxical View; in Joseph La Palombara (ed.); Bureaucracy and Political Development; Princeton University Press, Princeton; 1963; p. 122
21. Ira, Sharkansky, *Public Administration–Policy making in Government Agencies*; Rand McNally College Publishing Co., Chicago; 1978, p. 31
22. Ibid., pp. 31-32
23. In David Nachmias and David H. Rosenbloom; Bureaucratic Culture–Citizens and Administrators in Israel, Croom Helm Ltd, London, 1978, pp. 38-39
24. Fred W. Riggs; op. cit., pp. 122-23
25. Ibid.
26. David Nachmias and David H. Rosenbloom, op. cit., pp. 37-38
27. O. Glen Stehl "Public Personnel Policy in Developing Nations", in Sudesh Kumar Sharma (ed.), *Dynamics of Development – An International Perspective*; Vol. 1, Concept Publishing Co., Delhi, 1978, pp. 393-397
28. S. N. Eisenstadt, "Bureaucracy and Political Development" in Joseph La Palombara (ed.), *Bureucracy and Political Development*, Princeton University Press, Princeton; 1953, p. 110

29. Robert Chambers, *Rural Development: Putting the Last First*, Longman, 1983

30. Robert Chambers, "The State and Rural Development: Ideologies and an Agenda for the 1990s", in Christopher Colclough and James Manor (ed.), *State or Markets? New-liberalism and the Development Policy, Debate*, Clarendon Paperbacks, Clarendon Press, Oxford, 1993

31. Robert Chambers, *Rural Development: Putting the Last First*, op. cit.

32. 5-6 अप्रैल, 2002 को अखिल भारतीय पंचायत अध्यक्ष सम्मेलन नई दिल्ली में आयोजित किया गया ताकि राज्यों के साथ निर्वाचित प्रतिनिधियों के परस्पर क्रियाकलापों के जरिए पंचायतीराज प्रणाली को सुदृढ़ बनाने के लिए सर्वसम्मति बनाई जा सके। सम्मेलन में अन्य बातों के साथ-साथ पंचायतों की वित्तीय और प्रशासनिक शक्तियां बढ़ाने का प्रस्ताव किया गया ताकि उन्हें स्वशासन की व्यवहारार्थ संस्थाओं के रूप में कार्य करने में सक्षम बनाया जा सके। (यह वार्षिक रिपोर्ट, 2003-04, भारत सरकार – ग्रामीण विकास मंत्रालय, पृ. 3-4, से ली गई है)

33. 27-28 जनवरी, 2003 को राज्यों के पंचायतीराज मंत्रियों और ग्रामीण विकास मंत्रियों का सम्मेलन आयोजित किया गया जिसमें राज्यों को विशेष रूप से निधियों, कार्यों और कार्मिकों की सुपुर्दगी के कार्य में तेजी लाने और ग्रामसभाओं को समर्थ बनाने का आग्रह किया गया। (यह वार्षिक रिपोर्ट 2003-04, भारत सरकार-ग्रामीण विकास मंत्रालय पृ. 4 से ली गई है)

34. 9 मई, 2003 को राष्ट्रीय ग्रामीण विकास संस्थान, हैदराबाद में राज्य वित्त आयोगों के अध्यक्षों, राज्य वित्त सचिवों और पंचायतीराज सचिवों की एक बैठक हुई जिसमें स्थानीय निकायों के वित्त को बढ़ाने से संबंधी मुद्दों पर चर्चा की गई और राज्य सरकारों पर इस दिशा में तत्काल कारवाई करने के लिए दबाव डाला गया था। (यह वार्षिक रिपोर्ट 2003-04, भारत सरकार-ग्रामीण विकास मंत्रालय पृ. 4 से ली गई है)

35. 29-30 जून, 2004 को मुख्यमंत्रियों के गोलमेज सम्मेलन में लिए गए फैसले के अनुसार पंचायती राज मंत्रालय ने देश के विभिन्न भागों – कोलकाता, मैसूर, रायपुर, चंडीगढ़, श्रीनगर, गुवाहाटी एवं जयपुर में 7 गोलमेज सम्मेलनों का आयोजन किया गया। इन गोलमेज सम्मेलनों में बनी सहमति के अंतर्गत कार्यवाही के लिए पंचायती राज के 18 पहलुओं से संबंधित 150 कार्य बिंदु शामिल हैं जिन पर प्रभाव सुपुर्दगी निर्भर करती है। अगर इन सबको एक साथ लिया जाए तो इनमें संविधान की मूल भावना के अनुसार पंचायती राज संस्थाओं को कार्यों, कार्यकर्ताओं और वित्तीय ससाधनों के पूर्ण सुपुर्दगी का लक्ष्य प्राप्त करने की समयबद्ध कार्य योजना का निर्माण हो जाता है। (यह वार्षिक रिपोर्ट 2005-06, भारन सरकार-पंचायतीराज मंत्रालय, पृ. 9 से ली गई है।

36. मोहित भट्टाचार्य, *लोक प्रशासन के नए आयाम*, जवाहर पब्लिशर्स एंड डिस्ट्रीब्यूटर्स, दिल्ली, 2008, पृ. 420

37. Ibid, पृ. 421

38. Human Development Report 1996, Published for the UNDP by Oxford University Press, 1996

39. J. Nef and O.P. Dwivedi, "Development Theory and Administration: A fence around an Empty Lot?" *The Indian Journal of Public Administration*, January-March, 1981

लोकनीति का बोध

Understanding public policy

अवधारणा एवं सिद्धांत, लोक प्रशासन में नीति निर्धारण की सार्थकता, नीति निर्धारण की प्रक्रिया, क्रियान्वयन और मूल्यांकन

नीति निर्माण सरकार की सर्वाधिक महत्त्वपूर्ण क्रियाओं में से एक है। इसे लोक प्रशासन का केंद्रीय तत्त्व माना जाता है क्योंकि नीति निर्माण प्रक्रिया में सरकार के तीनों अंग–कार्यपालिका, विधायिका और न्यायपालिका–किसी न किसी रूप में संबद्ध होते हैं। दरअसल, नीति वह माध्यम या साधन है जिसके सहारे लक्ष्यों को प्राप्त किया जाता है। किसी भी राष्ट्र के सामने आंतरिक और बाह्य कई तरह की समस्याएं होती हैं। इन समस्याओं से निबटने के लिए उन समस्याग्रस्त क्षेत्रों से संबद्ध नीतियां बनानी पड़ती हैं। नीतियों के अभाव में न तो वर्तमान समस्याओं से निबटा जा सकता है और न ही भावी संकट को चिह्नित कर उसका समाधान किया जा सकता है। नीतियों का अभाव अंततः अराजकता को ही आमंत्रित करता है।

4.1 लोकनीति का अर्थ एवं प्रकार

नीति शब्द को कभी-कभी नियम, प्रथा, प्रक्रिया और योजना आदि जैसे शब्दों का समानार्थक समझ लिया जाता है जबकि नीति और इन शब्दों में मूलभूत अंतर है। नीति गतिशील और लचीली होती है। जरूरत को देखते हुए नीति में आसानी से परिवर्तन किया जा सकता है, जबकि नियम अपेक्षाकृत जटिल और कठोर होते हैं। नीतियाँ सामान्यतः नियमों की अपेक्षा विस्तृत होती है। एक व्यापक नीति के तहत ही नियम कानून बनाए जाते हैं। नियम नीति के अंतर्गत मूलतः मार्गदर्शक की तरह होते हैं जो करने और न करने योग्य कार्यों में अंतर करते हैं।

इसी तरह, प्रथा/रीति-रिवाज और नीति में भी मूलभूत अंतर है। प्रथाएं समाज में स्वतः विकसित होती हैं। ये एक पीढ़ी से दूसरी पीढ़ी को हस्तांतरित होती रहती हैं। ये लगभग स्थायी होती हैं और नई समस्याओं के संदर्भ में इनमें बदलाव की गुंजाइश न के बराबर होती है।

शंभु नाथ दुबे, असिस्टेंट प्रोफेसर, आत्मा राम सनातम धर्म कॉलेज, दिल्ली विश्वविद्यालय

इसके विपरीत नीतियां समाज के सचेत हस्तक्षेप के फलस्वरूप विकसित होती हैं और आवश्यकतानुसार उसमें कभी भी आवश्यक परिवर्तन किया जा सकता है। यह एक पीढ़ी से दूसरी पीढ़ी को हस्तांतरित नहीं होती बल्कि अपने संदर्भों में पूर्ववर्ती नीतियों की समीक्षा करती हैं और जरूरत होने पर उसमें आवश्यक संशोधन करती हैं। यह बहुत संभव है कि नवीन संदर्भों में पूर्ववर्ती नीतियों में आमूल-चूल परिवर्तन ही कर दिया जाए।

यहां एक और बात पर ध्यान रखने की जरूरत है कि नीतियों और रीति-रिवाजों के बीच अनिवार्यतः विरोध नहीं होता। यह बहुत संभव है कि नीतियां उस समाज के रीति-रिवाजों और प्रथाओं के अनुकूल हों लेकिन यह इस बात पर अधिक निर्भर करेगा कि उन रीति-रिवाजों में प्रगतिशील तत्त्व कितने हैं।

नीति और निर्णय में भी अंतर है। इसे भी जान लेना आवश्यक है। निर्णय प्रायः नीति के क्षेत्र के भीतर ही किया जाता है। यद्यपि नीति अपने आप में एक बड़ा निर्णय है। तथापि यह बहुत संभव है कि एक व्यापक नीति के तहत कई तरह के निर्णय लेने पड़ जाएं। नीति प्रक्रिया से भी भिन्न है। नीति का संबंध मौलिक मामलों से है जबकि प्रक्रिया का संबंध किसी नीति को प्रभावकारी बनाने के तरीके से होता है। वास्तव में प्रक्रिया वह तरीका है जिसके माध्यम से कार्य का निष्पादन होता है।

विभिन्न विद्वानों ने नीति को परिभाषित करने की कोशिश की है। इनमें से कुछ इस प्रकार हैं – टैरी के अनुसार, 'नीति उस कार्रवाई की शाब्दिक लिखित या विहित बुनियादी मार्गदर्शक है जिसे प्रबंधक अपनाता है तथा जिसका अनुगमन करता है।'[1]

डिमॉक के अनुसार, 'नीतियां सजगता से निर्धारित आचरण के वे नियम हैं जो प्रशासनिक निर्णयों का मार्गदर्शन करते हैं।'[2]

थॉमस आर. डाई के अनुसार, 'लोकनीति वह है जिसके अंतर्गत या तो सरकार कुछ करती है या कुछ नहीं करना चाहती है।'[3]

लोकनीति के अर्थ को समझने के लिए निम्नलिखित बातें अत्यंत महत्त्वपूर्ण हैं–

प्रथम, लोकनीति प्रधानतः सरकारी क्षेत्र से संबद्ध है। गैर सरकारी क्षेत्र इससे प्रभावित हो सकते हैं और इसे प्रभावित भी कर सकते हैं।

दूसरे, नीतियां मूलतः मार्गदर्शक हैं जो योजना बनाने, संविधान के अनुरूप कार्य करने तथा वांछित लक्ष्यों को प्राप्त करने में सहायता देती हैं।

तीसरे, नीतियां अपने स्वरूप में सकारात्मक और नकारात्मक दोनों हो सकती हैं। सकारात्मक रूप में इसमें किसी प्रश्न या समस्या के संदर्भ में सरकारी हस्तक्षेप का निर्णय शामिल हो सकता है जबकि किसी प्रश्न या समस्या के संदर्भ में अहस्तक्षेप की नीति भी अपनाई जा सकती है। यह इसका नकारात्मक स्वरूप है।

लोकनीति के प्रकार

लोकनीति का क्षेत्र बहुत व्यापक है। इन्हें कुछ श्रेणियों में विभाजित करना काफी मुश्किल काम है। कोई भी विभाजन अंतिम नहीं हो सकता क्योंकि इसके बावजूद कुछ न कुछ छूट ही जाता है। फिर भी सुविधा के लिए लोकनीति के निम्नलिखित प्रकार किए जा सकते हैं:

1. **मूलभूत या बुनियादी नीतियां** (substantive policies): ये नीतियां मूलत: संवैधानिक या समाज संबद्ध होती हैं। इन्हें सर्वव्यापी नीतियां भी कहा जा सकता है। ये नीतियां किसी खास वर्ग, क्षेत्र, समुदाय आदि से संबंधित न होकर पूरे समाज के विकास से संबंधित होती हैं। शिक्षा, स्वास्थ्य, रोजगार, कानून व्यवस्था आदि से संबद्ध नीतियां इसी श्रेणी में आती हैं।

2. **नियंत्रक नीतियां** (regulatory policies): नियंत्रक नीतियों का संबंध उद्योग, व्यापार, सुरक्षा उपायों, लोक हितकारी सेवाओं आदि के नियंत्रण से है। नियंत्रण का काम सरकार की संस्थाएं करती हैं। ये संस्थाएं प्राय: स्वायत होती हैं। जैसे भारतीय रिजर्व बैंक, निर्वाचन आयोग, प्रसार भारती, राज्य परिवहन निगम आदि संस्थाएं नियंत्रक क्रियाओं से जुड़ी हुई हैं। ये संस्थाएं समय-समय पर अपने क्षेत्रों से संबद्ध नीतियों की घोषणा करती हैं और नीतिगत निर्णय भी लेती हैं।

3. **वितरक नीतियां** (distributive policies): ये नीतियां समाज के खास वर्गों से संबद्ध होती हैं। इन नीतियों का मूल सरोकार उन वर्गों या समूहों से होता है जो विकास की प्रक्रिया में किसी कारण से भी पीछे छूट गए हों। इन नीतियों का उद्देश्य पिछड़े तबकों को मुख्यधारा में शामिल करना होता है। इसमें विशेष अवसर और लोक कल्याण के सभी कार्यक्रम आते हैं। यह एक लगातार चलने वाली प्रक्रिया है। लक्ष्य की प्राप्ति होने तक यह प्रक्रिया निरंतर चलती रहती है। सामाजिक-आर्थिक परिवर्तन लाने में वितरक नीतियों की काफी महत्त्वपूर्ण भूमिका होती है। लोकतंत्र की असली ताकत इन वितरक नीतियों में ही परिलक्षित होती है।

लोक प्रशासन में नीति निर्माण की प्रासंगिकता
Relevance of policy making in public administration

लोक प्रशासन अपेक्षाकृत एक आधुनिक अनुशासन है। प्रारंभिक विद्वानों ने नीति निर्माण और लोक प्रशासन को एक-दूसरे से असंबद्ध माना है। वे नीति निर्माण को प्रशासन के कार्य क्षेत्र से बाहर मानते हैं। नीति और प्रशासन के बीच सुनिश्चित भेद करने का सर्वप्रथम श्रेय वुडरो विल्सन को जाता है। उन्होंने 1887 में प्रकाशित अपने निबंध "प्रशासन का अध्ययन" (the study of administration) में राजनीति और प्रशासन के बीच अलगाव पर जोर दिया। उनका मानना था कि नीति निर्माण एक राजनीतिक कार्य है जबकि प्रशासन का संबंध केवल नीतियों को लागू करने से है। इनका मानना था कि प्रशासनिक प्रश्न राजनीतिक नहीं होते। विल्सन का अनुसरण गुडनाउ ने भी किया और यही विचार रखा।[4] इन दोनों के विचारों का प्रभाव आगे कई दशकों तक रहा। इसी क्रम में 1926 में व्हाइट ने अपनी पुस्तक *इंट्रोडक्शन टु द स्टडी ऑफ पब्लिक एडमिनिस्ट्रेशन* के प्रथम संस्करण में प्रशासन और राजनीति के बीच अलगाव की जोरदार वकालत की।

यह विचार आगे बहुत दिनों तक कायम नहीं रह सका। विद्वानों ने यह माना कि प्रशासन और नीति को एक-दूसरे से बिल्कुल अलग नहीं किया जा सकता। प्रशासन और राजनीति के अन्योन्याश्रय संबंध पर अधिक बल दिया जाने लगा। लूथर गुलिक इस दृष्टिकोण के अग्रणी चिंतकों में से थे। एक अन्य महत्त्वपूर्ण विचारक एपल्बी का दृष्टिकोण भी इसी मत के साथ जुड़ा है कि राजनीति और प्रशासन एक ऐसे युग्म की तरह है जिन्हें अलग नहीं किया जा

सकता। एपल्बी के शब्दों में, 'प्रशासक निरंतर भविष्य के लिए नियम निर्धारित करते रहते हैं और प्रशासक ही निरंतर यह निश्चित करते हैं कि कानून क्या है, कार्रवाई के अर्थ में इसका तात्पर्य क्या है, तथा इस प्रक्रिया में आदान-प्रदान और भविष्य के आदान-प्रदान के संबंध में दोनों पक्षों अर्थात् प्रशासन और नीति के अपने अलग-अलग अधिकार क्या होंगे। प्रशासक एक अन्य प्रकार से भी भावी नीति निर्माण में भाग लेते हैं, वे विधान मंडल के लिए प्रस्तावों एवं सुझावों का स्वरूप निश्चित करते हैं। यह नीति निर्माण का एक भाग होता है।'[5]

संसदीय प्रणाली वाले देशों में नीति निर्माण और प्रशासन को एक-दूसरे से अलग नहीं किया जा सकता। संसदीय प्रणाली में कार्यपालिका और विधायिका एक-दूसरे से अभिन्न होते हैं। विधायिका के सदस्य ही कार्यपालिका के सदस्य होते हैं और पूरी कार्यपालिका विधायिका के प्रति जवाबदेह होती है। ऐसी परिस्थिति में नीति-निर्माण और प्रशासन का एक अटूट रिश्ता बन जाता है। इस संदर्भ में पीटर ओडेगार्ड (Peter Odegard) ने बिल्कुल ठीक कहा है कि नीति और प्रशासन राजनीति के जुड़वां बच्चे हैं जो एक-दूसरे से अलग नहीं किए जा सकते। उपरोक्त बातें न सिर्फ संसदीय प्रणाली वाले देशों के लिए सही हैं बल्कि अध्यक्षीय प्रणाली वाले देशों के संदर्भ में भी बहुत हद तक सही हैं, जहाँ शक्तियों के पृथक्कीकरण का सिद्धांत लागू होता है।

यह बात ठीक है कि नीति-निर्माण प्रधानतः विधायिका का काम है, क्योंकि नीति का आधार तथा प्रारूप विधान के द्वारा ही निर्धारित और निश्चित होता है। पर इस पूरी प्रक्रिया में प्रशासन का सहयोग महत्त्वपूर्ण होता है। जमीनी हकीकत और वास्तविक आंकड़े प्रशासन के माध्यम से प्राप्त होते हैं जिनके आधार पर नीतियों का निर्माण किया जाता है। दूसरी बात यह है कि विधायिका के लिए यह संभव नहीं है कि एक बार व्यापक नीति बनाने के बाद कार्य किए जाने के क्रम में आने वाली विभिन्न तरह की समस्याओं के संदर्भ में उन नीतियों को आवश्यक विस्तार दे सकें या उन्हें पुनः परिभाषित कर सकें। यह काम अंततः प्रशासन को ही करना होता है। इस प्रकार हम कह सकते हैं कि नीति का उद्गम स्थल तो विधायिका है लेकिन आगे के सोपानों की रचना प्रशासन के ही भिन्न-भिन्न वर्ग करते हैं। हालांकि भारत जैसे देशों में नीति निर्माण के कार्यों में प्रशासन की भूमिका निर्णायक होती जा रही है। पूरी नीति प्रशासन के द्वारा ही तैयार होती है जिसे विभागीय मंत्री के माध्यम से सदन में प्रस्तावित किया जाता है। बहुमत होने के कारण विधायिका में प्रस्ताव प्रायः स्वीकृत हो जाता है। इस तरह नीति निर्माण में प्रशासन की भूमिका काफी अहम हो गई है।

4.2 नीति निर्माण की प्रक्रिया

Process of policy formulation

नीति का निर्माण या निर्धारण एक निरंतर चलने वाली प्रक्रिया है। नीति कोई स्थिर वस्तु नहीं है और न ही यह स्थायी होती है। गतिशीलता और लचीलापन नीतियों का प्राण तत्त्व है। परिस्थितियों के अनुरूप नीतियों में परिवर्तन आवश्यक हो जाता है। इस तरह नीति निर्धारण एक निरंतर चलने वाला दायित्व है। अर्थात् एक बार नीति का निर्धारण करना ही काफी नहीं

बल्कि समय-समय पर आने वाले नए प्रश्नों और समस्याओं के आलोक में नीति का पुनर्निर्धारण भी उतना ही आवश्यक है।

चूंकि लोकनीतियां राष्ट्र के सभी नागरिकों के जीवन से संबद्ध होती हैं; उनके जीवन के लगभग हर एक पक्ष को छूती हैं, इसलिए नीति निर्माण की प्रक्रिया में समूची राजनीतिक व्यवस्था शामिल रहती है। इसीलिए नीति निर्माण एक जटिल प्रक्रिया भी है। इस प्रक्रिया में सरकार के विभिन्न अंगों के साथ-साथ गैर सरकारी माध्यमों की भी भूमिका होती है। प्रमुख सरकारी और गैर सरकारी संरचनाएं निम्नलिखित हैं:

1. **राजनीतिक कार्यपालिका:** राजनीतिक कार्यपालिका के अंतर्गत राष्ट्रपति, प्रधानमंत्री, मंत्रिमंडल, सचिवालय, विभिन्न मामलों से संबंधित मंत्रिमंडलीय समितियों और प्रधानमंत्री कार्यालय की भूमिका महत्त्वपूर्ण होती है। अध्यक्षात्मक शासन वाले देशों में राष्ट्रपति और उनका मंत्रिमंडल नीति निर्माण की पहल करता है। भारत जैसे संसदीय शासन प्रणाली वाले देशों में लोकनीति का निर्धारण प्रधानत: मंत्रिमंडल द्वारा ही किया जाता है। सरकारी गतिविधि के प्रत्येक क्षेत्र से संबंधित नीति निर्माण की शुरूआत मंत्रिमंडल से ही होती है। किसी भी प्रकार के नीतिगत प्रस्ताव की स्वीकृति मंत्रिमंडल से आवश्यक होती है। मंत्रिमंडलीय स्वीकृति के अभाव में कोई भी नीति प्रभावी नहीं हो सकती। चूंकि मंत्रिमंडल की धुरी प्रधानमंत्री होता है, इसलिए नीति निर्माण में उसकी विशेष भूमिका होती है।

नीति निर्माण में सर्वाधिक महत्त्वपूर्ण भूमिका कैबिनेट की होती है। इसमें केवल कैबिनेट स्तर के मंत्री शामिल होते हैं। कैबिनेट की बैठक निरंतर होती रहती है। लगभग अधिकांश नीतिगत फैसले इन्हीं बैठकों में लिए जाते हैं। महत्त्वपूर्ण मसलों पर कैबिनेट समितियां होती हैं। जैसे राजनीतिक मामलों की समिति, आर्थिक मामलों की समिति, सुरक्षा मामलों की समिति आदि। नीति निर्धारण में इन समितियों की महत्वपूर्ण भूगिका रहती है।

2. **प्रशासन तंत्र:** प्राय: यह माना जाता है कि प्रशासन का मुख्य काम नीतियों का क्रियान्वयन है। लेकिन अब यह धारणा पूरी तरह बदल गई है। बदले संदर्भों में प्रशासन न केवल नीतियों का क्रियान्वयन करता है बल्कि नीति-निर्माण में भी प्रभावी भूमिका अदा करता है। प्रशासन अनिवार्यत: कार्यपालिका से जुड़ा होता है इसलिए कार्यपालिका नीति निर्माण से संबंधित जो भी कार्य करती है या निर्णय लेती है उसका आधार प्रशासन द्वारा इकट्ठे किए गए आंकड़े और सूचनाएं ही होती हैं। नीति संबंधी प्रस्तावों को तैयार करने में प्रशासन की महत्ती भूमिका होती है। वास्तव में देखा जाए तो मंत्री या मंत्रिमंडल जिस नीति को प्रस्तावित करते हैं उसकी पूर्वपीठिका तो प्रशासन ही तैयार करता है।

नीति-निर्माण में प्रशासन तंत्र की भूमिका को मुख्यत: तीन क्रियाओं में विभाजित किया जा सकता है:

(i) सूचना देना: नीति निर्माण के लिए सूचनाओं का होना जरूरी है। दरअसल, सूचनाओं के आधार पर ही नीति का प्रारूप या मसौदा तैयार किया जाता है। किसी भी समस्या के स्वरूप को पहचानने के लिए आंकड़ों और उससे संबंधित विभिन्न तरह की सूचनाओं की जरूरत होती है। यह काम प्रशासन तंत्र ही करता है। प्रशासन द्वारा मुहैया कराए गए सूचनाएं और आंकड़े एक वस्तुनिष्ठ नीति का आधार बनते हैं।

(ii) परामर्श देना: नीति निर्माण संबंधी परामर्श देना भी प्रशासन का एक महत्त्वपूर्ण कार्य है। सरकार का असली मस्तिष्क तो प्रशासन तंत्र ही होता है। मंत्री या मंत्रिमंडल जो भी निर्णय लेते हैं उसमें विभागीय सचिवों, कैबिनेट सचिव आदि सचिवालय स्तर के अधिकारियों और प्रशासन तंत्र की मुख्य भूमिका होती है। यह अकारण नहीं कहा जाता है कि विभाग तो मूलत: सचिव ही चलाते हैं। इसी तरह, प्रधानमंत्री कार्यालय भी नीति संबंधी परामर्श देने में प्रभावी भूमिका निभाता है। पिछले कुछ वर्षों से प्रधानमंत्री कार्यालय की इस संबंध में निर्णायक भूमिका होती जा रही है।

(iii) विश्लेषण करना: नीति निर्माण एक जटिल प्रक्रिया है प्रशासन का काम यह होता है कि वह समस्याओं का विश्लेषण करे तथा उन समस्याओं की ओर ध्यान आकर्षित करे जिस पर तुरंत कार्रवाई की जरूरत हो। नीति प्रस्तावों को संविधान के उपबंधों, संसदीय विधियों तथा प्रचलित नियमों के संदर्भ में विश्लेषित करने का काम प्रशासन तंत्र का ही होता है।

3. **विधायिका**: नीति निर्माण के क्षेत्र में विधायिका की महत्त्वपूर्ण भूमिका होती है। विधायिका का बुनियादी काम ही नीति निर्माण है। विधायिका अपने समक्ष प्रस्तुत प्रत्येक नीति प्रस्तावों पर बहस तथा विश्लेषण करती है। हालांकि नीति संबंधी प्रस्ताव कार्यपालिका की तरफ से प्रस्तुत किया जाता है लेकिन इसकी स्वीकृति विधायिका से ही मिलती है। स्वीकृति के अभाव में इन नीतिगत प्रस्तावों का कोई महत्त्व नहीं होता। वे केवल प्रस्ताव मात्र ही रह जाते हैं। उनको क्रियान्वित नहीं किया जा सकता। स्वीकृति देने की प्रक्रिया में विधायिका प्रस्तुत मसौदे में कई तरह के संशोधन भी कर सकती है। इसमें संसदीय समितियों की महत्त्वपूर्ण भूमिका होती है।

4. **न्यायपालिका**: न्यायपालिका का मुख्य काम नीतिगत निर्णयों को वैधता प्रदान करना है। न्यायपालिका यह देखती है कि जो भी नीति बनाई गई है वह संवैधानिक प्रावधानों के अनुकूल है अथवा नहीं। अगर न्यायपालिका यह पाती है कि कोई नीति संविधान सम्मत नहीं है या संविधान की मूल भावना को ठेस पहुंचाने वाली है तो न्यायपालिका उन नीतियों में आंशिक परिवर्तन या उसे पूरी तरह रद्द कर सकती है। इस संदर्भ में न्यायपालिका यह देखती है कि कोई भी नीति नागरिकों के मौलिक अधिकारों से न टकराए। समय-समय पर न्यायपालिका द्वारा किए गए फैसले नीति-निर्माण की प्रक्रिया में सरकार के लिए मार्गदर्शक की तरह होते हैं। कई बार न्यायपालिका अपने फैसलों के माध्यम से सुझाव भी देती है जो किसी भी सरकार के लिए काफी महत्त्वपूर्ण होते हैं।

5. **दबाव एवं हित समूह**: दबाव एवं हित समूहों से तात्पर्य ऐसे संगठनों से है जो राजनीतिक प्रक्रिया में प्रत्यक्ष भागीदारी के बिना अप्रत्यक्ष रूप से राजनीतिक प्रक्रिया को प्रभावित करते हैं। नीति निर्माण में इन समूहों की काफी महत्त्वपूर्ण भूमिका होती है। ये समूह नीति को अपनी-अपनी ताकत और प्रभाव के अनुरूप प्रभावित करते हैं। जो हित समूह जितना ताकतवर होगा उसकी राजनीतिक हैसियत उतनी ही अधिक होगी और उसी मात्रा में नीति को प्रभावित करने की उसकी क्षमता भी होगी। उद्योगपतियों का समूह, किसानों का समूह, महिला संगठन, छात्र संगठन, और नागरिक समाज में कार्यरत विभिन्न तरह के संगठन हित समूह के अंतर्गत आते हैं। ये तमाम हित समूह अपनी-अपनी समस्याओं के संदर्भ में

नीति निर्माताओं का ध्यान आकर्षित करते हैं और अपने पक्ष में तमाम तरह के तथ्य और आंकड़े देकर नीति निर्माताओं को संतुष्ट करने की कोशिश करते हैं।

6. **राजनीतिक दल:** लोकतंत्र में राजनीतिक दल एक महत्त्वपूर्ण प्रभावकारी माध्यम होते हैं जिनके सहारे आम आदमी की जरूरतें और आकांक्षाएं सरकार और नीति निर्माताओं तक पहुंचती हैं। चूंकि लोकतांत्रिक व्यवस्था में जनता के असली प्रतिनिधि राजनीतिक दल ही होते हैं इसलिए नीति निर्माण प्रक्रिया में भी इनकी काफी प्रभावकारी भूमिका होती है। राजनीतिक दल नीतियों के लिए जनमत का निर्माण करते हैं। नीतियों को जन स्वीकृति या अस्वीकृति राजनीतिक दलों के माध्यम से ही प्राप्त होती है। राजनीतिक दल चुनाव के समय अपना घोषणा पत्र जारी करते हैं। घोषणा पत्र में विभिन्न नीतिगत मुद्दों की चर्चा होती है। जो भी राजनीतिक दल बहुमत के आधार पर सत्ता में आ जाता है वह अपने घोषणा पत्र के संदर्भ में नीति निर्माण की ओर अग्रसर होता है।

7. **लोकमत:** लोकनीतियों के निर्माण में लोकमत की भी प्रत्यक्ष या अप्रत्यक्ष भूमिका रहती है। सरकार और राजनीतिक दल उन्हीं नीतियों के निर्माण में पहल करते हैं जो लोकमत के अनुकूल हों। लोकमत की उपेक्षा कर नीति-निर्माण संभव नहीं है। आज के वैज्ञानिक युग में ऐसे अनेकों साधन हैं जो लोकमत को बनाते भी हैं और यह बताते भी हैं कि लोकमत क्या चाहता है। प्रशासकों और बुद्धिजीवियों द्वारा उठाए गए महत्त्वपूर्ण प्रश्न नागरिक समाज में सक्रिय विभिन्न संगठन, राजनीतिक दल, शिक्षण संस्थाएं, मीडिया, सिनेमा आदि लोकमत के निर्माता और अभिव्यक्त कर्ता दोनों हैं।

8. **जनसंचार माध्यम:** लोकनीति को प्रभावित करने, जन चेतना बढ़ाने तथा समाज में परिवर्तन लाने वाले साधन के रूप में जन संचार माध्यमों की भूमिका अत्यंत महत्त्वपूर्ण होती है। समाचार पत्र, पत्रिकाएं, रेडियो, टेलीविजन, समाचार चैनल आदि जनसंचार के प्रमुख माध्यम हैं। जन संचार माध्यम सरकार की जन विरोधी नीतियों और उनके दुष्प्रभावों का मूल्यांकन काफी प्रभावशाली ढंग से करते हैं तथा उसे सबके सामने लाकर रख भी देते हैं। मीडिया आलोचनात्मक टिप्पणियों के साथ-साथ जरूरी सुझाव भी देता है जो नीति-निर्माताओं के लिए काफी महत्त्वपूर्ण होते हैं।

9. **सामाजिक आंदोलन:** नीति निर्माण प्रक्रिया में सामाजिक आंदोलनों की भी काफी महत्त्वपूर्ण भूमिका होती है। देश के विभिन्न भागों में चल रहे सामाजिक आंदोलन नीति-निर्माताओं पर जबर्दस्त दबाव बनाते हैं। सामाजिक आंदोलनों के कारण नीतियों में परिवर्तन भी होता है और कई मामलों में तो नीतियां सामाजिक आंदोलनों के परिणामस्वरूप ही अस्तित्व में आती हैं। सामाजिक आंदोलन न सिर्फ नीतियों के निर्माण के वक्त वरन् उसके क्रियान्वयन के समय भी प्रमुख निर्धारक के रूप में काम करते हैं।

10. **अंतर्राष्ट्रीय एजेंसियां:** आर्थिक उदारीकरण के इस युग में अंतर्राष्ट्रीय एजेंसियां भी लोकनीति निर्माण को गहरे रूप में प्रभावित कर रही हैं। विश्व बैंक, अंतर्राष्ट्रीय मुद्रा कोष (IMF), विश्व व्यापार संगठन (WTO) आदि जैसी अंतर्राष्ट्रीय एजेंसियां विकासशील देशों में नीति निर्माण को काफी हद तक प्रभावित कर रही हैं। इसके अतिरिक्त संयुक्त राष्ट्र की कई एजेंसियां जैसे अंतर्राष्ट्रीय श्रम संगठन, विश्व स्वास्थ्य संगठन, यूनेस्को आदि भी लोकनीति

निर्माण को प्रभावित करती हैं। स्टॉकहोम में आयोजित प्रथम संयुक्त राष्ट्र सम्मेलन ने विभिन्न राष्ट्रों में बनने वाली औद्योगिक नीतियों को प्रभावित किया है। इससे विश्व के सभी देशों में पर्यावरण संबंधी जागरूकता आई है।

भारत में नीति निर्माण
Policy making in india

भारत में नीति-निर्माण एक विकेंद्रीकृत प्रक्रिया है जिसमें विभिन्न अभिकरण अपनी-अपनी भूमिका निभाते हैं। इनमें से कुछ प्रमुख अंग निम्नलिखित हैं-

1. **संविधान:** भारत में किसी भी नीति की पहली शर्त यह है कि वह किसी भी हालत में संविधान की मूल भावनाओं के विरुद्ध न हो। संविधान की प्रस्तावना और राज्य के नीति-निर्देशक तत्त्व विभिन्न नीतियों के प्रेरणा स्रोत होते हैं। इस तरह नीति-निर्माण में संविधान की व्यापक भूमिका है। एक तरफ तो वह नीतियों के गलत, सही के निर्धारण का मानदंड है तो दूसरी तरफ वह नीतियों के लिए मार्गदर्शक की भूमिका निभाता है। किसी भी नीति को न्यायालय में इस आधार पर चुनौती दी जा सकती है कि वह संविधान सम्मत नहीं है या संविधान द्वारा घोषित लक्ष्यों और उद्देश्यों के विपरीत है। इस संदर्भ में संविधान की व्याख्या करने का अंतिम अधिकार सर्वोच्च न्यायालय को है। अधिकांश मामलों में नीतियां संविधान के अनुकूल ही बनाई जाती हैं लेकिन कई बार नीतियों के अनुकूल संविधान में संशोधन भी किया जाता है। अब तक हुए सौ से भी अधिक संशोधन इस बात की पुष्टि करते हैं कि नीतियों के अनुरूप भी संविधान में अपेक्षित बदलाव किए गए हैं। इस तरह, नीतियों और संविधान का संबंध एकतरफा न होकर दोतरफा है। अर्थात् एकतरफ जहां नीतियों का मूल स्रोत संविधान है वही कतिपय मामलों में नीतियां भी संविधान को प्रभावित करती हैं। ऐसा इसलिए संभव हो पाता है कि हमारा संविधान एक जड़ संविधान नहीं है। संविधान निर्माताओं ने इसमें युगानुकूल पर्याप्त परिवर्तन की काफी गुंजाइश छोड़ रखी है।

2. **संसद:** भारत में महत्त्वपूर्ण नीतियां संसद द्वारा स्वीकृत होती हैं। बड़े नीतिगत फैसलों में संसद की सहमति आवश्यक है। बजट पास करने का अधिकार संसद को ही है जो प्रत्येक नीति का केंद्रीय स्रोत है। भारतीय संसद, बजट, अनुदान, पूरक मांगें, राष्ट्रपति के अभिभाषण पर चर्चा, प्रश्न काल आदि के माध्यम से नीति निर्माण प्रक्रिया में सक्रिय भागीदारी करती है। भारत में नीति निर्माण के काम में संसद की भूमिका के महत्त्वपूर्ण होने का एक और बड़ा कारण है। भारत में वैसे तो संघात्मक प्रणाली को अपनाया गया है लेकिन व्यवहार में यहां एक मजबूत केंद्र की स्थापना की गई है। केंद्र की तुलना में राज्यों के अधिकार एकदम न्यून हैं। संविधान में विभाजित संघ सूची, राज्य सूची और समवर्ती सूची के विषयों में राज्य सूची के विषयों की संख्या बहुत ही कम है जिन पर केवल राज्य नीति-नियम और कानून बना सकता है। राज्य सूची में किसी बड़े नीतिगत मामले को नहीं रखा गया है। ऐसे में, भूमिका संसद की महत्त्वपूर्ण भूमिका हो जाती है।

3. **मंत्रिमंडल:** भारत के लोकनीति निर्माण की केंद्रीय धुरी मंत्रिमंडल है। समस्त नीतिगत निर्णय मंत्रिमंडल द्वारा ही लिए जाते हैं। मंत्रिमंडल नीति-निर्धारण प्रक्रिया में सबसे केंद्रीय और

शक्तिशाली इकाई है। प्रत्येक विभाग या मंत्रालय की नीति का निर्धारण उस विभाग का मंत्री ही करता है। भारत में नीति निर्माण के क्षेत्र में मंत्रिमंडल की भूमिका दिनों-दिन काफी महत्त्वपूर्ण होती जा रही है। धीरे-धीरे मंत्रिमंडल नीति निर्माण की सर्वोच्च संस्था बनती जा रही है। संसदीय व्यवस्था होने के कारण हमारे यहां मंत्रिमंडल में वही लोग होते हैं जिनका संसद में बहुमत होता है। इस तरह, अधिकांश मामलों में मंत्रिमंडलीय निर्णयों को संसदीय स्वीकृति लगभग मिल ही जाती है। इसलिए अगर किसी नीति को लेकर मंत्रिमंडल में सहमति बन जाती है तो उसका संसद में पास होना निश्चित हो जाता है। आज व्यवहार में मंत्रिमंडल ही नीति निर्माण का मूल स्रोत हो गया है। कोई भी नीति संसद में विचारार्थ तभी प्रस्तुत की जाती है जब उस पर पहले मंत्रिमंडल में सर्वसहमति बन जाती है। अगर किसी मामले पर मंत्रिमंडल में मतभेद हो तो उसे संसद में प्रस्तुत ही नहीं किया जाता है। कहने का आशय यह है कि संसद में प्रस्तुत किसी भी सरकारी विधेयक के लिए मंत्रिमंडलीय सहमति अपेक्षित है।

4. **योजना आयोग:** भारत में नीति निर्माण संबंधी प्रक्रिया में योजना आयोग भी अपनी महत्त्वपूर्ण भूमिका निभाता है। हालांकि, यह मुख्यत: एक परामर्शदाता निकाय है। वर्तमान समय में इसकी भूमिका काफी बढ़ गई है। खासकर, राज्यों को इसके सुझावों की अवहेलना करना काफी कठिन हो गया है। योजना आयोग देश के विकास के लिए अपना पांच वर्ष का "रोडमैप" जारी करता है। इसे पंचवर्षीय योजना के रूप में पहचाना जाता है। सोवियत मॉडल से प्रभावित यह पंचवर्षीय योजना नेहरू की देन है। योजना आयोग का अध्यक्ष प्रधानमंत्री होता है। इसके सदस्य देश के विभिन्न क्षेत्रों के विशेषज्ञ होते हैं। योजना आयोग उन क्षेत्रों को चिह्नित करता है जिन पर विशेष ध्यान देने की जरूरत है और उसी के अनुसार धन का आबंटन भी होता है। योजना आयोग द्वारा चलाई जा रही नीतियों की हर पांच साल के बाद समीक्षा की जाती है और तत्पश्चात् आगे की पांच साल की रूपरेखा खींची जाती है। पिछले अनुभवों और कार्यक्रमों के प्रभाव का विश्लेषण कर लक्ष्यों में भी अपेक्षित परिवर्तन किया जाता है।

5. **राष्ट्रीय विकास परिषद:** इसमें प्रधानमंत्री और राज्यों के मुख्यमंत्री शामिल होते हैं। विभिन्न योजनाओं विशेषकर पंचवर्षीय योजनाओं के निर्माण में राष्ट्रीय विकास परिषद की महत्त्वपूर्ण भूमिका रहती है। इसमें विभिन्न राज्यों को अपना पक्ष रखने का मौका मिलता है। चूंकि राज्यों के पास आर्थिक संसाधन एकदम सीमित हैं इसलिए विभिन्न नीतियों के क्रियान्वयन के लिए राज्यों को केंद्र की इन एजेंसियों पर अधिक निर्भर रहना पड़ता है। राज्यों की इस मजबूरी का फायदा भी कई बार ये एजेंसियां उठाती है और कई तरह की नीतियों को मानने के लिए राज्यों को बाध्य करती हैं। कई बार इन एजेंसियों द्वारा राज्यों के धन आबंटन में भेद-भाव का भी आरोप लगता है। जो पार्टी सत्तारूढ़ होती है वह अपनी राज्य सरकारों को अनुदान देने में उदारता बरतती है वहीं विपक्षी पार्टी की राज्य सरकारों के अनुदान में कटौती भी कर देती है।

6. **न्यायपालिका:** भारत में न्यायपालिका भी नीति निर्माण प्रक्रिया में अपना योगदान देती है। विभिन्न मसलों पर उसके फैसले और सुझाव लोकनीतियों को बहुत हद तक प्रभावित करते

हैं। सरकार कई मामलों में सर्वोच्च न्यायालय से सलाह मांगती है। ये सलाह काफी हद तक नीतियों की मार्गदर्शक होती हैं। न्यायालय के फैसले कई बार नीति निर्माण के आधार पर बनते हैं। कई बार न्यायालय के फैसले के पक्ष में नीतियां बनती हैं तो कई बार न्यायालय के फैसले को निष्प्रभावी बनाने के लिए भी नीतियां बनती हैं। फैसले को निरस्त करने के लिए संविधान में संशोधन किया जाता है। ''शाहबानो मामला'' इस तरह के संशोधन का एक महत्त्वपूर्ण उदाहरण है। हालांकि संविधान में हुए संशोधन को भी वैध या अवैध ठहराने का अंतिम अधिकार सर्वोच्च न्यायालय के पास ही है।

7. **दबाव समूह**: भारत में दबाव समूह नीतियों को काफी हद तक प्रभावित करते हैं। दबाव समूह सामान्य हित के आधार पर संगठित व्यक्तियों का समूह होता है। ये समूह नीतियों को अपने अनुकूल बनाने के लिए हर संभव कोशिश करते हैं। ट्रेड यूनियन, छात्र संघ, महिला संगठन, अल्पसंख्यक मोर्चा आदि ऐसे ही दबाव समूह हैं जो नीतियों को प्रभावित करते हैं। भारत में जिस दबाव समूह की राजनीतिक और आर्थिक ताकत जितनी अधिक होती है वह नीति निर्माण को उसी अनुपात में प्रभावित करता है। अर्थात् किसी समूह विशेष की नीति निर्माण को प्रभावित करने की ताकत इस बात पर निर्भर करती है कि सत्ता में उसकी कितनी हस्तक्षेपकारी भूमिका है। सत्ता में हस्तक्षेपकारी भूमिका के आधार पर ही कमजोर और ताकतवर दबाव समूहों की पहचान की जाती है। आर्थिक और राजनीतिक रूप से ताकतवर दबाव समूह ही नीतियों को बहुत अधिक प्रभावित करने की क्षमता रखते हैं। छोटे-छोटे कमजोर दबाव समूहों की कोई महत्त्वपूर्ण भूमिका नहीं होती। उनकी आवाज प्राय: अनसुनी कर दी जाती है।

8. **राजनीतिक दल**: राजनीतिक दल चुनावी घोषणा पत्र द्वारा अपनी नीतियों को प्रस्तावित करते हैं। सत्ता प्राप्त करने के बाद वे मूलत: अपनी नीतियों को ही आगे बढ़ाते हैं। इस तरह, सरकार की नीति बहुलांश में सत्ताधारी राजनीतिक दल की ही नीति होती है। जो दल विपक्ष में होते हैं वे भी नीतियों को काफी हद तक प्रभावित करते हैं। कई बार सरकार को विपक्षी दलों के भारी विरोध और दबाव के कारण भी प्रस्तावित नीतियों को वापस लेना पड़ता है। कई बार किसी मुद्दे को कोई खास राजनीतिक दल उठाता है लेकिन कालांतर में वह सबका मुद्दा बन जाता है और सभी उसकी ओर ध्यान देना शुरू कर देते हैं। विचारधारा आधारित राजनीतिक दलों की खास नीतियां होती हैं जिसको लेकर वे हमेशा संघर्षरत और प्रयासरत रहते हैं। इसी तरह क्षेत्रीय दलों की भी अपनी नीतियां होती हैं। भारत में बहुदलीय व्यवस्था होने के कारण प्रत्येक दल अपने-अपने वोट बैंक की इच्छाओं के अनुरूप नीतियों के निर्माण के लिए दबाव बनाता है। कई बार तो किसी नीति विशेष के समर्थन में या विरोध में ही किसी नए राजनीतिक दल का उदय हो जाता है। इस तरह के दल येन-केन-प्रकारेण अपनी नीतियों के पक्ष में माहौल बनाने और उसे लागू करवाने को लेकर समर्पित होते हैं। राजनीतिक दल विभिन्न नीतियों के समर्थन में या विरोध में रैलियां, धरने, प्रदर्शन आदि का आयोजन करते रहते हैं। वस्तुत: विभिन्न तरह के राजनीतिक दल भारत के विविधता मूलक समाज में जनता की विभिन्न तरह की आकांक्षाओं का प्रतिनिधित्व करते हैं। इसलिए देश के नीति-निर्माताओं के लिए राजनीतिक दलों की उपेक्षा संभव नहीं है। विभिन्न राजनीतिक दलों की मांगों के बीच

समन्वय और संतुलन से ही एक अच्छी नीति का निर्माण संभव है। चूंकि राजनीतिक दलों को प्रत्येक पांच साल बाद चुनाव में जाना होता है इसलिए वे नीति निर्माण और उसके प्रभावों के प्रति किसी अन्य संस्था की तुलना में अधिक सचेत और जागरूक होते हैं।

9. **परामर्शदायी समितियां:** विभिन्न परामर्शदायी समितियां भी नीति निर्माण को प्रभावित करती हैं। इसमें सरकार की कुछ स्थायी समितियों के अलावा उन समितियों की भी महत्त्वपूर्ण भूमिका है जो समय-समय पर सरकार द्वारा गठित की जाती हैं। ये समितियां अपने सुझाव और सिफारिशें सरकार को सौंपती हैं जो संबद्ध मसलों पर नीति निर्माण के लिए काफी कारगर होता है।

10. **मीडिया:** मीडिया जनमत को प्रभावित करता है। नीतियों के पक्ष या विपक्ष में जनमत के निर्माण में मीडिया प्रभावशाली भूमिका निभाता है। मीडिया वर्तमान में चल रही विभिन्न नीतियों पर न सिर्फ स्वतंत्र राय देता है बल्कि आवश्यक नीतियों के लिए सुझाव भी देता है। मीडिया विभिन्न पक्षों का वस्तुनिष्ठ विश्लेषण कर जनपक्षधर नीति के लिए दबाव बनाने का काम करता है। भारत में मीडिया की भूमिका लगातार बढ़ती जा रही है। आज मीडिया प्रत्यक्ष या अप्रत्यक्ष रूप से नीतियों पर निगरानी का काम भी कर रहा है। वह नीतियों की खूबियों और खामियों को बखूबी उजागर कर रहा है। 'आर टी आई' और नरेगा जैसे व्यापक नीतिगत निर्णयों के उचित ढंग से क्रियान्वित नहीं होने की तमाम खबरें मीडिया के माध्यम से सामने आ रही हैं। अगर किसी नीति का निर्माण किसी अनैतिक दबाव में हो रहा है या हुआ है तो मीडिया उसका भंड़ाफोड़ कर रहा है। नीतियों के निर्माण में आज मीडिया की राय अहम मानी जा रही है। ऐसी कई नीतियां हैं, जिसमें, मीडिया में हो रही आलोचना के दबाव में अपेक्षित परिवर्तन करने पड़े हैं। मीडिया जहां सरकार की गलत नीतियों की खिंचाई करता है वहीं उसकी अच्छी नीतियों का जोरदार समर्थन भी करता है। आज मीडिया विभिन्न तरह के दबाव समूहों को न सिर्फ मंच प्रदान करता है बल्कि वह स्वयं एक शक्तिशाली दबाव समूह के रूप में प्रकट हुआ है जो नीतियों को प्रभावित करने में निर्णायक भूमिका निभा रहा है।

संगठन विशेष में नीति निर्माण प्रक्रिया
Policy making process in specific organisation

नीति निर्माण एक व्यापक और जटिल प्रक्रिया है। इसमें उपरोक्त सभी सरकारी और गैर सरकारी संरचनाओं की भूमिका और भागीदारी होती है। नीति निर्माण एक अमूर्त प्रक्रिया न होकर ठोस प्रक्रिया होती है। यह किसी विभाग, मंत्रालय, समिति संगठन आदि के द्वारा ही बनाई जाती है। नीति निर्माण की प्रक्रिया किसी संगठन में उच्चतम, मध्य या निम्न किसी भी स्तर से आरंभ की जा सकती है। लेकिन शुरूआत चाहे जहां से भी हो पूरा संगठन ही उसमें प्रत्यक्ष या अप्रत्यक्ष रूप से शामिल हो जाता है। एक बार एक नीति उच्चतम स्तर पर स्थापित हो जाए तो वह उन नीतियों के लिए पथ-प्रदर्शक बन जाती है जो निचले स्तर से बनकर आती हैं। लेकिन जैसा कि पहले कहा गया है, यह आवश्यक नहीं कि नीति निर्माण की प्रक्रिया हमेशा ऊपर से नीचे की ओर हो। यह नीचे से ऊपर की ओर भी हो सकती है।

किसी संगठन में नीति न केवल उच्च स्तर से शुरू होकर नीचे की ओर आती है अपितु वह निम्न स्तर से शुरू होकर ऊपर की ओर भी जाती है। लेकिन यह इस बात पर निर्भर करता है कि उस संगठन में निचले स्तर को अपने विचार अभिव्यक्त करने के लिए कितना प्रोत्साहित किया जाता है।

नीति-निर्माण के लिए कई बातों को ध्यान में रखना आवश्यक होता है। मार्टिन स्टार (Martin Star) के अनुसार सामान्य रूप से प्रयोग में लाई जाने वाली नीतियों के निर्माण के लिए निम्नलिखित तीन नियमों की आवश्यकता है–

(i) संतुलन को प्राप्त करने का प्रयास करें न कि श्रेष्ठता को।

(ii) नीति और सामाजिक मूल्यों को आधार मानकर प्रयोग करें। बड़े आकार की व्यवस्था को ध्यान से दूर रखें।

(iii) स्वीकृत परंपरा पर चलें और नवीनीकरण से बचें।

स्टार के अनुसार, प्रभावकारी नीतियां वे हैं, 'जो एक समूह द्वारा लंबे समय से एक स्वीकृत परंपरा बन चुकी हैं और जिनको समर्थन प्राप्त हो रहा है।'[6]

नीति निर्माण प्रक्रिया को लेकर चार्ल्स ई लिंडब्लॉम (Charles E. Lindblom) का कहना है कि कभी-कभी तो नीति का जन्म तब होता है जब कि नीति निर्माताओं की परस्पर राजनीतिक सहमति हो जाती है। कभी-कभी नीतियां नए अवसरों से जन्म लेती हैं, जैसे सामने आई समस्याओं से और कभी-कभार तो नीतियों का बिल्कुल निर्णय नहीं होता फिर भी घटित हो ही जाती हैं। इस तरह, लिंडब्लॉम ने नीति निर्माण को एक अत्यंत जटिल विश्लेषणात्मक और राजनीतिक प्रक्रिया माना है जिसका न तो कोई आरंभ होता है और न अंत तथा जिसकी सीमाएं तो अनिश्चित होती ही हैं।[7]

4.3 नीति क्रियान्वयन
Policy implementation

नीति निर्माण जितना आवश्यक है उतना ही आवश्यक उसका क्रियान्वयन है। क्रियान्वयन के अभाव में नीति निर्माण की कोई प्रासंगिकता नहीं है। अगर कोई नीति बहुत अच्छी हो लेकिन उसका क्रियान्वयन उचित ढंग से नहीं हो पाए तो वह अंततः असफल नीति ही कही जाएगी। कोई नीति कारगर है या नहीं, यह उसके क्रियान्वयन पर ही पूरी तरह निर्भर करता है। नीति निर्माण की तरह नीति का क्रियान्वयन भी एक व्यापक प्रक्रिया है जिसमें नीति से संबद्ध विभाग, मंत्रालय, संगठन, निगम आदि का पूरा तंत्र शामिल होता है। इसके लिए उपयुक्त ढांचे की आवश्यकता होती है। नीति का क्रियान्वयन एक पूरी प्रक्रिया है जिसमें कई चरण होते हैं। *पहले चरण* में जो 'नीति-दस्तावेज' बन कर तैयार होता है उसका बारीकी से अध्ययन किया जाता है। क्रियान्वयन से जुड़ी एजेंसियां नीति से जुड़े विभिन्न मसलों पर स्पष्टीकरण की मांग करती हैं। इस चरण में प्रत्येक तरह के अस्पष्ट बिंदुओं पर विचार-विमर्श किया जाता है और एक निश्चित समझ बनाई जाती है ताकि आगे किसी तरह के संदेह या उलझन की गुंजाइश न रहे।

इसके बाद *दूसरे चरण* में नीति को क्षेत्रवार या समूहवार बांटने का काम होता है। इसके तहत लक्षित क्षेत्र या समूह पर ध्यान दिया जाता है। उपलब्ध संसाधनों के संदर्भ में यह तय किया जाता है कि नीति को प्रथमतः किन क्षेत्रों और किन समूहों पर लागू किया जाएगा। इसके अंतर्गत यह भी देखा जाता है कि किस क्षेत्र में नीति की सर्वाधिक जरूरत है और किस क्षेत्र में अपेक्षाकृत कम। इसी आधार पर संसाधनों का भी आबंटन किया जाता है।

तीसरे चरण में नीति के क्रियान्वयन से प्रभावित होने वाले तबकों और क्षेत्रों से आवश्यक सूचनाएं और आंकड़े इकट्ठे किए जाते हैं। ये सूचनाएं और आंकड़े नीति के प्रभाव और उसके मूल्यांकन में काफी मददगार होते हैं। इसके अतिरिक्त यह भी ध्यान रखना आवश्यक है कि नीतियों का केवल सकारात्मक प्रभाव ही नहीं पड़ता बल्कि उनका नकारात्मक प्रभाव भी कुछ तबकों पर पड़ता है। इस चरण में इन नकारात्मक प्रभावों को भी लक्षित करने का काम होता है।

चौथे चरण में इन तीनों चरणों के आलोक में अर्थात् तमाम तरह की सूचनाओं, आंकड़ों और जमीनी हकीकत के संदर्भ में नीति-क्रियान्वयन के लिए एक मानदंड या मानक बनाया जाता है जो आगे के लिए राह आसान कर देता है।

संविधान में नीति निर्माण का आधिकारिक अभिकरण विधायिका को माना गया है। उसी तरह, नीति क्रियान्वयन के लिए आधिकारिक अभिकरण कार्यपालिका है। कार्यपालिका का काम व्यवहार में प्रशासन तंत्र ही करता है।

संवैधानिक स्थिति तो यही है कि विधायिका नीति निर्माण करती है और कार्यपालिका उसे लागू करती है। लेकिन संसदीय व्यवस्था के संदर्भ में यह अलगाव व्यावहारिक नहीं हो पाता क्योंकि संविधान में ही कार्यपालिका को विधायिका के प्रति उत्तरदायी ठहराया गया है। इतना ही नहीं इस व्यवस्था में विधायिका के सदस्य ही कार्यपालिका के सदस्य होते हैं। इसलिए नीति क्रियान्वयन में विधायिका की प्रत्यक्ष या अप्रत्यक्ष भूमिका होती है। जनता द्वारा चुने गए प्रतिनिधि नीति निर्माण करके ही संतुष्ट नहीं हो जाते बल्कि नीति के क्रियान्वयन के प्रति भी काफी सचेत होते हैं। विधायिका के पास ऐसे कई साधन होते हैं जिसके माध्यम से वह कार्यपालिका को नीतियों को प्रभावी ढंग से और तीव्रता से क्रियान्वित करने के लिए बाध्य कर सकती है।

नीति क्रियान्वयन में अप्रत्यक्ष रूप से ही सही, पर न्यायपालिका भी अपनी भूमिका निभाती है। संवैधानिक नीतियों की व्याख्या का अधिकार न्यायपालिका को है और उसे अंतिम माना जाता है। न्यायालय किसी नीति का उचित क्रियान्वयन नहीं होने पर क्रियान्वयन के लिए आवश्यक आदेश दे सकता है। वर्तमान युग न्यायिक सक्रियता का युग है। इस न्यायिक सक्रियता के युग में नीति क्रियान्वयन के क्षेत्र में न्यायपालिका की भूमिका लगातार बढ़ती जा रही है। ऐसे मामलों और नीतियों की संख्या लगातार बढ़ रही है जिसका क्रियान्वयन या तो न्यायालय के आदेश से शुरू हो रहा है या उसमें अपेक्षित तेजी लाई जा रही है।

नीति क्रियान्वयन मूलतः सरकार का दायित्व है। लेकिन इसमें गैर सरकारी अभिकरणों की भूमिका से इंकार नहीं किया जा सकता। इसमें विभिन्न तरह के एन.जी.ओ., दबाव समूह, मानवाधिकार संगठन, विभिन्न तरह के नागरिक संगठन आदि को रखा जा सकता है। आर्थिक

उदारीकरण के इस युग में जैसे-जैसे राज्य की भूमिका सीमित होती जा रही है, वैसे-वैसे नीति क्रियान्वयन के क्षेत्र में इन गैर सरकारी अभिकरणों की भूमिका बढ़ती जा रही है। ये अभिकरण लोकनीतियों को लेकर जनता को जागरूक भी कर रहे हैं और उनके ठीक ढंग से क्रियान्वयन के लिए आवश्यक संघर्ष भी कर रहे हैं। विभिन्न तरह के सामाजिक, आर्थिक कार्यक्रमों में इनकी सक्रिय भागीदारी हो रही है।

नीति क्रियान्वयन के मार्ग में मुख्य बाधाएँ

नीति-निर्माण और नीति क्रियान्वयन से संबंधित समूची प्रक्रिया को जानने के बाद यह जानना भी आवश्यक है कि वे कौन सी बाधाएँ हैं जो नीति को ठीक ढंग से क्रियान्वित नहीं होने देती। यह आम धारणा है कि नीतियां तो बहुत अच्छी होती हैं लेकिन उनका क्रियान्वयन ठीक ढंग से नहीं हो पाता। ठीक ढंग से क्रियान्वयन नहीं होने के कारण ही आजादी के बाद से अपनाई गई तमाम नीतियों ने बारंबार अपने घोषित उद्देश्यों के विपरीत ही परिणाम दिए हैं। अथाह धन खर्च करने के बावजूद अधिकांश योजनाएं अपने लक्ष्यों को प्राप्त नहीं कर पाई हैं। संयुक्त राष्ट्र की मानव विकास रिपोर्ट में हम आज भी निचले पायदान पर खड़े हैं।

नीति क्रियान्वयन के मार्ग में कुछ मुख्य बाधाएँ निम्नलिखित हैं–

त्रुटिपूर्ण नीति

किसी भी नीति के क्रियान्वयन की पहली शर्त है उसका त्रुटिरहित होना। अगर नीति के बुनियादी स्वरूप ही दोषपूर्ण हों तो उसे क्रियान्वित करने में असंख्य बाधाएँ आएंगी। कई बार नीतियां बिना गहन अध्ययन और शोध के ही तैयार कर ली जाती हैं। इस संबंध में दूसरी बात यह है कि किसी भी नीति के पीछे एक सोच काम करती है। अगर उस सोच में ही बुनियादी कमी हो तो उसका असर नीति पर भी पड़ता है। नीति भी उस कमी की शिकार हो जाती हैं। ऐसी स्थिति में उसको लागू करना काफी कठिन हो जाता है और नीति भी अपने घोषित लक्ष्य को प्राप्त नहीं कर पाती है। सरकारें प्राय: समस्याओं के ऊपरी कारणों पर ध्यान देती हैं उसके बुनियादी कारणों पर नहीं। इसे एक उदाहरण से समझा जा सकता है। नक्सलवाद देश में एक गंभीर समस्या का रूप ले चुका है। इसे आंतरिक सुरक्षा के लिए सबसे बड़ा खतरा माना जा रहा है। इस समस्या से निबटने के लिए अब तक अथाह संसाधन झोंके जा चुके हैं। बावजूद इसके नक्सल आंदोलन कमजोर पड़ने की जगह और फैल रहा है। इसका मूल कारण यह है कि सरकारी नीति इसे कानून-व्यवस्था की समस्या मानने की है। जबकि वास्तव में इस समस्या के तार बेरोजगारी, गरीबी, भुखमरी, शोषण आदि से जुड़े हुए हैं। अर्थात् यह एक राजनीतिक-आर्थिक समस्या अधिक है और इससे दोनों मोर्चों पर निबटा जाना चाहिए। कहने का तात्पर्य यह है कि नक्सल समस्या से निबटने वाली नीति के पीछे जो सोच काम कर रही है उसमें बदलाव लाए बिना वांछित लक्ष्य को प्राप्त नहीं किया जा सकता है।

क्रियान्वयन अधिकारियों का जमीनी हकीकत से अपरिचय

नीति क्रियान्वयन के मार्ग में दूसरी सबसे बड़ी बाधा इसके लिए जिम्मेवार अधिकारियों का एक विशिष्ट वर्गीय चरित्र है। लोकनीतियां तो आम जनता के लिए बनाई जाती हैं और उन्हीं के बीच उनका क्रियान्वयन भी होता है। लेकिन दुखद तथ्य यह है कि जिन अधिकारियों के हाथ में इन नीतियों का क्रियान्वयन होता है वे जनता के सीधे संपर्क में नहीं होते। वे न तो जनता की भाषा और न उसका सामाजिक मनोविज्ञान समझते हैं। क्षेत्र विशेष की जनता के सामाजिक मनोविज्ञान को समझे बिना किसी भी नीति का क्रियान्वयन मुश्किल है। जनता की भावनाओं को न समझने के कारण कई बार अच्छी नीतियों को भी क्रियान्वित करना असंभव हो जाता है।

इस समस्या को दूर करने का अब प्रयास किया जा रहा है। इसके तहत पंचायती राज व्यवस्था को और सशक्त बनाया जा रहा है। अब विकास के तमाम कार्य सीधे पंचायतों के हाथों में दिए जा रहे हैं। इसके अलावा धन का आबंटन भी सीधे उन्हें हो रहा है। फिर भी, इस दिशा में और प्रयास की जरूरत है।

विशिष्ट वर्गों की अवरोधक भूमिका

नीति-क्रियान्वयन में एक बहुत बड़ी बाधा समाज में ऊंची हैसियत रखने वाले तबकों से आती है। यह विशिष्ट वर्ग सामाजिक-आर्थिक-राजनीतिक किसी भी प्रकार का हो सकता है। समाज का यह तबका तमाम सरकारी नीतियों और योजनाओं का फायदा खुद ही हड़प लेता है और उसे निचले तबकों तक पहुंचने ही नहीं देता। विकास संबंधी अधिकांश योजनाओं पर इन्हीं तबकों का वर्चस्व होता है। इसमें इनके साथ संबंधित अधिकारियों की भी मिलीभगत होती है। यह बात ग्रामीण क्षेत्रों में अधिक देखने को मिलती है, क्योंकि विभिन्न कारणों से ग्रामीण विशिष्ट वर्ग निर्णायक स्थिति में रहता है। गरीबों के नाम पर चलने वाली तमाम योजनाओं का वह अपने पक्ष में इस्तेमाल कर लेता है और गरीबों की स्थिति वहीं की वहीं रहती है।

जागरूकता का अभाव

जागरूकता के अभाव के कारण भी नीतियों का क्रियान्वयन ठीक से नहीं हो पाता। कतिपय मामलों में तो आम जनता को योजनाओं का पता ही नहीं चलता। जनता के अपने अधिकारों के प्रति सजग नहीं रहने से क्रियान्वयन अभिकरण गैर जिम्मेदार हो जाते हैं। वे नीति का क्रियान्वयन मनमाने तरीके से करते हैं या उसे सिर्फ कागजी कार्रवाई तक सीमित कर देते हैं। किसी भी नीति के क्रियान्वयन के लिए एक जागरूक समाज का होना बहुत जरूरी है, क्योंकि नीतियों से प्रभावित अंततः जनता ही होती है और उसे ही इसके प्रति सचेत होना होगा।

भ्रष्टाचार

नीतियों के क्रियान्वयन में सबसे बड़ी बाधा भ्रष्टाचार है। इसे हम केंद्रीय समस्या के रूप में

भी चिह्नित कर सकते हैं। भ्रष्टाचार पूरी प्रशासनिक मशीनरी में ऊपर से नीचे तक व्याप्त है। भ्रष्टाचार ने पूरे तंत्र को ही खोखला करके रख दिया है। भ्रष्टाचार इतना सर्वव्यापी हो गया है कि कोई भी नीति, कोई भी योजना, चाहे वह कितनी भी अच्छी क्यों न हो भ्रष्टाचार की भेंट चढ़ जाती है। भ्रष्टाचार अब तो हमारे रोजमर्रा के जीवन में भी सहज स्वीकार्य हो चुका है। बिल्कुल उचित काम भी बगैर रिश्वत के नहीं होता। किसी भी नीति के तहत लाभान्वितों को अपना लाभ ग्रहण करने के लिए रिश्वत देना लगभग अनिवार्य हो गया है। भ्रष्टाचार के बारे में भूतपूर्व प्रधानमंत्री स्व. राजीव गांधी का वह कथन काफी प्रसिद्ध है जिसमें उन्होंने कहा था कि जनहित तथा विकास हेतु निर्धारित एक रुपये में से 15 पैसे ही लाभ प्राप्त करने वाले को मिल पाता है और शेष 85 पैसे बिचौलिए तथा सरकारी अधिकारी डकार जाते हैं। स्पष्ट है भ्रष्टाचार को समाप्त किए बिना किसी भी नीति के उचित क्रियान्वयन की उम्मीद नहीं की जा सकती।

आंतरिक सुरक्षा की समस्या

भारत में नीति क्रियान्वयन के मार्ग में एक महत्त्वपूर्ण बाधा देश में आंतरिक सुरक्षा की स्थिति है। देश के कई भाग आतंकवाद और नक्सलवाद से प्रभावित हैं। आतंकवाद और नक्सल प्रभावित किसी भी क्षेत्र में कोई भी नीति ठीक ढंग से क्रियान्वित नहीं हो पाती। इन क्षेत्रों में कोई अधिकारी या कर्मचारी जाने से कतराता है। वस्तुतः आतंकवाद और नक्सलवाद से प्रभावित वही क्षेत्र है जो विकास की दृष्टि से काफी पिछड़े हैं। नक्सली और आतंकवादी अपने प्रभाव वाले क्षेत्रों में किसी भी तरह की विकास योजनाओं को क्रियान्वित नहीं होने दे रहे हैं। जिन हिस्सों में इस तरह की समस्या नहीं है वहां भी आंतरिक सुरक्षा की स्थिति कोई बहुत अच्छी नहीं है। सुदूर क्षेत्रों में स्थानीय दबंग जातियों और असामाजिक तत्त्वों का आतंक कायम है। इनके रहते कोई अधिकारी वहां सुरक्षित महसूस नहीं करता। फलस्वरूप वह इनके दबाव में काम करने को मजबूर हो जाता है। जब तक अपराध को नियंत्रित नहीं किया जाएगा तब तक किसी भी नीति का उचित क्रियान्वयन नहीं हो सकता।

बुनियादी ढांचे का अभाव

नीतियों के उचित क्रियान्वयन में एक और बड़ी बाधा नीतियों के अनुकूल बुनियादी ढांचे का न होना भी है। यह अक्सर होता है कि नीतियों को बनाते समय और उन्हें लागू करते समय उस नीति के आवश्यक बुनियादी ढांचे की चिंता नहीं की जाती। इस कारण नीतियों का क्रियान्वयन प्रभावी नहीं हो पाता या उसमें काफी देर लग जाती है। सुदूर गांवों में बिजली, सड़क, यातायात आदि जैसे बुनियादी ढांचें की जर्बदस्त कमी होती है। इस बात की अनदेखी करके कई बार नीतियां घोषित कर दी जाती है। उदाहरण के लिए, जिस गांव में सड़क और बिजली नहीं है उसे वहां टेलीफोन एक्सचेंज बैठाकर टेलीफोन से जोड़ दिया जाता है। लेकिन बिजली के अभाव में इनका सुचारू रूप से काम करना लगभग असंभव है। इसी तरह कई और मामले होते हैं। जमीनी हकीकत को परखे बिना नीतियों को क्रियान्वित नहीं किया जा सकता।

4.4 नीति मूल्यांकन

Policy evaluation

नीतियों को लागू करने के बाद उससे पड़ने वाले प्रभावों का वस्तुनिष्ठ ढंग से मूल्यांकन आवश्यक है। नीतियों के मूल्यांकन से ही इस बात का पता लगाया जाता है कि जिन लक्ष्यों और उद्देश्यों के लिए नीतियों की शुरूआत हुई उसमें कहां तक सफलता मिली? नीतियों का मूल्यांकन इसलिए भी जरूरी है ताकि यह पता लगाया जा सके कि जिन तबकों और समूहों के लिए नीति का निर्माण और उसका क्रियान्वयन किया गया, उन तक इन नीतियों का कितना लाभ पहुंचा? इसी के साथ-साथ मूल्यांकन के द्वारा यह भी देखा जाता है कि अगर लक्षित समूहों को नीतियों का पर्याप्त लाभ नहीं मिल पा रहा है तो उसमें कौन से सुधार लाए जाएं कि नीतियां अपने वांछित लक्ष्यों और उद्देश्यों को प्राप्त कर सकें। मूल्यांकन में नीतियों के सकारात्मक और नकारात्मक दोनों पक्षों का विस्तृत विवेचन कर आगे का मार्ग तैयार किया जाता है। जिन नीतियों का सकारात्मक प्रभाव अधिक होता है उन्हें कुछ सुधारों के साथ और बेहतर कर आगे जारी रखा जाता है और जिन नीतियों का कोई खास सकारात्मक प्रभाव नहीं दिखता उन पर फिर से पुनर्विचार किया जाता है।

जैसे नीति निर्माण और उसका क्रियान्वयन एक व्यापक प्रक्रिया है उसी तरह नीति का मूल्यांकन भी एक व्यापक प्रक्रिया है जिसमें विभिन्न संगठन, संस्थाएं और अभिकरण अपनी भागीदारी करते हैं और अपनी भूमिका निभाते हैं। इनमें से कुछ महत्त्वपूर्ण संस्थाएं निम्नलिखित हैं–

योजना आयोग: योजना आयोग न सिर्फ नीतियों का निर्माण करता है बल्कि उनका उचित मूल्यांकन भी करता है। इसके लिए इसका खुद का तंत्र है जिसका नाम योजना मूल्यांकन संगठन है। इसका मुख्य काम योजना आयोग की नीतियों और कार्यक्रमों का मूल्यांकन करना है। मूल्यांकन से प्राप्त परिणामों के आधार पर ही योजना आयोग विभिन्न मद में संसाधनों का वितरण और पुनर्वितरण करता है।

संसदीय समिति: विभिन्न संसदीय समितियां जैसे सार्वजनिक लेखा समिति, आकलन समिति, सार्वजनिक उपक्रम समिति आदि संसद में प्रस्तुत अपनी रिपोर्टों में नीतियों का मूल्यांकन भी करती हैं। ये समितियां नीतियों का मूल्यांकन कर विभिन्न तरह की सिफारिशें भी करती हैं ताकि नीतियों के दोषों को दूर कर उन्हें और कारगर बनाया जा सके। इसके अतिरिक्त विभिन्न विभागों और मंत्रालयों से जुड़ी संसदीय समितियां भी होती हैं। ये समितियां संबद्ध विभागों के काम-काज और नीतियों पर बराबर नजर रखती हैं।

नियंत्रक तथा महालेखा परीक्षक: नियंत्रक और महालेखा परीक्षक संसद में प्रस्तुत अपनी वार्षिक रिपोर्ट के माध्यम से लोकनीतियों का एक वस्तुनिष्ठ और प्रभावी मूल्यांकन प्रस्तुत करता है। इस रिपोर्ट में यह विस्तृत रूप से बताया जाता है कि नीतियों के क्रियान्वयन में क्या खामियां रहीं जिसके कारण नीतियां अपने उद्देश्यों और लक्ष्यों को हासिल करने में नाकाम रहीं। खामियों को बतलाने के साथ-साथ यह भी बताया जाता है कि कौन-कौन से सुधार आवश्यक हैं। रिपोर्ट नीतियों के क्रियान्वयन में की गई वित्तीय गड़बड़ियों को भी उजागर करती हैं। रिपोर्ट न सिर्फ क्रियान्वयन के दौरान विभिन्न तरह की वित्तीय अनियमितताओं का

खुलासा करती है बल्कि इसके लिए जिम्मेवार अधिकारियों को भी चिह्नित करती है।

राजनीतिक दल: राजनीतिक दलों द्वारा लोकनीतियों का सतत मूल्यांकन चलता रहता है। इसमें विपक्षी दलों की महत्त्वपूर्ण भूमिका होती है। राजनीतिक दल सरकार की नीतियों पर अपना विचार समय-समय पर प्रकट करते रहते हैं। राजनीतिक दल निरंतर आम जनता के संपर्क में रहते हैं। उन्हें अपने कार्यकर्त्ताओं के माध्यम से नीतियों की जमीनी हकीकत और उसके पड़ने वाले प्रभावों की जानकारी मिलती रहती है। अगर कोई नीति जनता को नुकसान पहुंचा रही है तो राजनीतिक दल इस तरह की जन विरोधी नीति के विरुद्ध आंदोलन छेड़ते हैं और सरकार को इन नीतियों पर पुनर्विचार के लिए बाध्य करते हैं।

मीडिया: वर्तमान समय में मीडिया लोकनीतियों के मूल्यांकन में अत्यंत प्रभावकारी भूमिका निभा रहा है। मीडिया का मूल काम ही सरकारी नीतियों का जनता की दृष्टि से मूल्यांकन है। मीडिया की इस भूमिका के कारण ही उसे लोकतंत्र का चौथा स्तंभ माना गया है। अखबारों में संपादकीय टिप्पणी और विश्लेषणात्मक लेखों के माध्यम से लोकनीतियों के मूल्यांकन का काम लगातार होता रहता है। आंतरिक मसलों से संबंधित विविध नीतियों से लेकर विदेश नीति तक के मसलों पर भी मीडिया में मूल्यांकन होता है। मीडिया आज इतना शक्तिशाली हो गया है कि कोई भी उसकी आलोचना को नजरअंदाज नहीं कर पाता। नीति-निर्माताओं के लिए मीडिया की आलोचना का विशेष महत्त्व होता है, क्योंकि यह एक शक्तिशाली माध्यम है जो जनमत को सर्वाधिक प्रभावित करता है।

इसी तरह, लोकनीतियों को केंद्र में रखकर कई तरह के शोधपरक लेख महत्त्वपूर्ण पत्रिकाओं में प्रकाशित होते हैं। ये लेख भी लोकनीतियों के मूल्यांकन में महत्त्वपूर्ण भूमिका निभाते हैं। इसके अलावा, विभिन्न विद्वानों द्वारा समय-समय पर लोकनीतियों का विश्लेषण करते हुए पुस्तकें और ''मोनोग्राफ'' लिखे जाते हैं। ये सभी लोकनीति के मूल्यांकन से ही संबद्ध होते हैं।

गैर सरकारी संगठन (एन.जी.ओ.): हमारे समय में एन.जी.ओ. की भूमिका लगातार बढ़ रही है। ये गैर सरकारी संगठन भी लोकनीतियों का अपने ढंग से मूल्यांकन कर सरकार को न सिर्फ परामर्श देते हैं बल्कि आवश्यक नीतियों को बनाने के लिए दबाव भी डालते हैं। आज कई एन.जी.ओ., पर्यावरण, मानवाधिकार, जन स्वास्थ्य, शिक्षा, महिला विकास आदि क्षेत्रों में लोकनीतियों के समुचित और व्यवस्थित मूल्यांकन की दिशा में सक्रिय हैं। गैर सरकारी संगठनों द्वारा सरकारी नीतियों के निरंतर मूल्यांकन का प्रभाव देश के नीति-निर्माताओं पर भी पड़ता है और वे उसमें अपेक्षित सुधार भी करते हैं।

अनुसंधान संस्थान: लोकनीतियों के मूल्यांकन के लिए कुछ अनुसंधान संस्थान विशेष रूप से लगे हुए हैं। नीति अनुसंधान केंद्र (centre for policy research) विभिन्न लोकनीतियों का गहराई से अनुसंधान कर उनका मूल्यांकन प्रस्तुत करता है। इसी तरह, रक्षा संबंधी नीतियों के मूल्यांकन के लिए भारतीय प्रतिरक्षा अनुसंधान संस्थान है। सरकार की वाणिज्य संबंधी नीतियों का मूल्यांकन विदेश व्यापार संस्थान करता है। इसके अतिरिक्त कई और निजी तथा सरकारी अनुसंधान संस्थान है जो लोकनीतियों का प्रभावी मूल्यांकन कर रहे हैं।

विश्वविद्यालय: लोकनीतियों के मूल्यांकन के क्षेत्र में विश्वविद्यालय भी एक महत्त्वपूर्ण

केंद्र हैं। विश्वविद्यालयों में निरंतर विभिन्न विषयों पर शोध कार्य चलते रहते हैं। इन शोध कार्यों में सरकार की विभिन्न नीतियों का पर्याप्त मूल्यांकन होता है। इसके अतिरिक्त विश्वविद्यालयों में बौद्धिक सेमिनारों का लगातार आयोजन होता रहता है। इन आयोजनों में विषयों के विशेषज्ञ भाग लेते हैं। इन सेमिनारों में लोकनीतियों की पूरी स्वतंत्रता के साथ समीक्षा की जाती है।

4.5 लोकनीति का महत्त्व

भारतीय समाज अधिकांशतः एक पिछड़ा समाज है। गरीबी, भुखमरी, कुपोषण, बेरोजगारी, अशिक्षा, बीमारी, सामाजिक-आर्थिक असमानता, सांप्रदायिकता आदि विकराल समस्याओं से हमारा देश बुरी तरह जूझ रहा है। इन बुराइयों का सामना और समाधान लोकनीति के माध्यम से ही किया जा सकता है। इस दृष्टि से भारत जैसे विकासशील देश में राज्य की भूमिका केवल कानून और व्यवस्था देखने तक सीमित नहीं हो सकती।

विकासशील देशों में राजनीति की वही भूमिका नहीं हो सकती जो कि विकसित देशों में है। विकासशील देशों में राजनीति की कहीं व्यापक और महती भूमिका है। भारत जैसे विकासशील देश में राजनीति सामाजिक-आर्थिक परिवर्तन का सबसे शक्तिशाली माध्यम है। इस देश में तमाम बड़े परिवर्तन राजनीति के माध्यम से ही घटित हुए हैं। सामाजिक परिवर्तन की दिशा में बढ़ाए गए हर एक कदम को राजनीति ने ही संभव बनाया है। आज भारत की अधिकांश गरीब जनता के पास अंतिम और एक मात्र ताकत ''वोट'' की ताकत है। इस ''वोट'' की ताकत से ही वह राजनीति को प्रभावित करता है और राजनीति इस ताकत के कारण ही उसका ख्याल करती है। इसलिए भारत में जब तक लोकतंत्र रहेगा और उसमें गरीबों, शोषितों, पीड़ितों की संख्या बहुसंख्यक होगी तब तक लोकनीति का महत्त्व बना रहेगा।

दरअसल राजनीति का क्रियात्मक रूप लोकनीति के माध्यम से ही परिलक्षित होता है। जिस तरह की राजनीतिक ताकतें सत्ता में रहेंगी, लोकनीति का स्वरूप भी उसी तरह का होगा और जिस तरह की लोकनीति होगी उसी तरह हमारी समस्याओं का स्वरूप होगा तथा उसी के अनुरूप बहुसंख्यक जनता की दीन-दशा होगी।

इस प्रकार, एकतरफ, इस देश की तमाम समस्याओं की जड़ में लोकनीति है तो दूसरी तरफ इस देश की तमाम समस्याओं का समाधान भी लोकनीति ही है। इस कारण, लोकनीति के अध्ययन का महत्त्व बहुत बढ़ जाता है। सामाजिक, आर्थिक, राजनीतिक आदि किसी भी मामले में रुचि रखने वालों के लिए लोकनीति को समझना आवश्यक ही नहीं बल्कि अनिवार्य भी है। यहां आकर लोकनीति का क्षेत्र काफी व्यापक और विस्तृत हो जाता है और वह लोक प्रशासन के दायरे से भी बाहर निकल जाता है।

लोकनीति की हमेशा से दोहरी भूमिका रही है और आज भी है। लोकनीति जहां सामाजिक-आर्थिक परिवर्तन को ला सकती है वहीं वह इन परिवर्तनों को रोक भी सकती है। इसलिए लोकनीति का निर्धारण काफी सोच-समझकर किया जाना चाहिए। सबसे बड़ी बात है कि लोकनीति का निर्धारण तो एक सरकार करती है लेकिन उसका असर आने वाली कई पीढ़ियों पर पड़ता है। नेहरू युग की कई नीतियों का प्रभाव आज भी कायम है। उस

दौर की नीतियों के अच्छे और बुरे परिणामों के हम आज भी साक्षी हो सकते हैं। इस संदर्भ में यह कहना कोई अत्युक्ति नहीं होगी कि स्वातंत्रयोत्तर भारत का इतिहास बहुत हद तक लोकनीतियों का ही इतिहास है। स्वातंत्र्योत्तर भारत की राजनीति, अर्थव्यवस्था, समाज आदि को समझने के लिए लोकनीतियों का अध्ययन आवश्यक है।

आज दुर्भाग्य यह है कि छः दशक बाद भी लोकनीति की समस्त प्रक्रिया से समाज का बहुलांश गायब है। आज भी नीति निर्माण प्रक्रिया में उन वंचित तबकों के लिए कोई जगह नहीं है। यह विडंबना ही है कि जो तबका नीतियों से सबसे अधिक प्रभावित होता है और जिसके लिए अधिकांश नीतियां बनाई जाती हैं, वही इस नीति-निर्माण प्रक्रिया से बाहर है। देश की बहुसंख्यक आबादी को दर किनार कर बनाई गई नीति कभी कारगर नहीं हो सकती। अगर नीतियों को कारगर और प्रभावी बनाना है तो इसके लिए नीति निर्माताओं को इस प्रक्रिया में बहुसंख्यक जनता की भागीदारी सुनिश्चित करनी होगी।

संदर्भ एवं टिप्पणी

1. G.R., Terry, . – *Principles of Management*, 1954, p. 171
2. M.E., Dimock, and Demock, G.O., *Public Administration* 1956, p,. 82
3. थॉमस आर डाई, *अंडरस्टैंडिंग पब्लिक पॉलिसी,* प्रेंटिस-हाल, आई.एन.सी. एंगिलवुड क्लिपन्स, एन. जे. 1978, पृ. 73
4. F.J., Goodrow, *Politics and Administration – A Study in Government*, New York, Macmillan, 1900
5. Paul. H., Appleby, *Policy and Administration* 1949, p. 7
6. के. स्टार, मार्टिन, *मैनेजमेंट: ए मॉडर्न एप्रोच, न्यूयॉर्क*, आई.एन.सी. 1971, पृ. 425-28
7. चार्ल्स ई. लिंडब्लॉम, द *पॉलिसी मेकिंग प्रासेस*, इंगलवुड क्लिपस, एन. जे. प्रेंटिस हॉल, आई. एन. सी. 1968

समसामयिक विकास

Contemporary developments

नवीन लोक प्रबंधन, सुशासन और कॉरपोरेट शासन

नवीन लोक प्रबंधन (New Public Management (NPM)) की सैद्धांतिक आधारशिला 1970 के दशक के उत्तरार्द्ध में युनाइटेड किंगडम, ऑस्ट्रेलिया, और न्यूजीलैंड में रखी गई और तब से इसने अन्य देशों को भी अपने प्रभाव क्षेत्र में ले लिया है। नवीन लोक प्रबंधन बड़ी तेजी से अब पुराने लोक प्रशासन[1] की जगह ले रहा है। इसका उद्देश्य है रूपांतरण के माध्यम से एक उपक्रमी, व्यवसाय-तुल्य, ध्येय एवं विचार दर्शन से उत्प्रेरित सरकार की नवीन खोज, जो अपनी भूमिका ''नाव खेने'' की जगह ''स्टीयरिंग संभालने'' के रूप में बदल लेती है। नवीन लोक प्रबंधन (NPM) के दो आधारभूत सिद्धांत हैं प्रबंधनवाद (मैनेजेरियलिज्म – अर्थात् विकेंद्रीकरण एवं प्रतिभागात्मक प्रबंधन पर आधारित एक अग्रसक्रिय, परिणामोन्मुख एवं ग्राहक-केंद्रित सरकार) और बाजारीकरण (मार्केटाइजेशन – अर्थात लोक सेवाओं के लिए शुल्क लेना, लाभों के सृजन के माध्यम से बाजार का विकास, विखंडन के जरिए यूनिट्स के बीच प्रतियोगिता का सूत्रपात, एवं कॉन्ट्रैक्टिंग के जरिए लोक सेवा प्रदाय में प्रतियोगिता को जन्म देना)।[2] अभी हाल तक सरकारें एक ठेठ किस्म की आपूर्ति-पक्षीय उन्मुखता से आक्रांत थीं जिसमें विकास संबंधी प्राथमिकताएँ कल्याणकारी राज्य तथा केंद्रीकृत नियोजन की अवधारणाओं से घिरी हुई थीं, तथा नागरिकों को लोक सेवाओं के केवल निष्क्रिय प्राप्तकर्ता या हितग्राही के नजरिये से देखा जाता था। मॉडल नवीन लोक प्रबंधन एक द्विस्तरीय परिघटना है।[3] सर्वप्रथम तो यह अपेक्षाकृत आधुनिक व्यवसाय कार्य-प्रथाओं से सार्वजनिक सेक्टर में आयातित केंद्रीय सिद्धांतों एवं लोक विकल्प प्रभावित सिद्धांत पर आधारित प्रबंधकीय परिवर्तन का एक सुविकसित एवं तर्कसंगत सिद्धांत रहा है। नवीन लोक प्रबंधन के अंतर्गत तीन मुख्य संयोजक विषय हैं: अपखंडन, प्रतिस्पर्द्धा एवं प्रोत्साहन।

अपखंडन: विशाल सार्वजनिक सेक्टर श्रृंखला को उसी तरह विखंडित करना जैसाकि पहले

अभय प्रसाद सिंह, असिस्टेंट प्रोफेसर, पीजीडीएवी कॉलेज, दिल्ली विश्वविद्यालय

डॉ. मनोज सिन्हा, एसोसिएट प्रोफेसर, रामलाल आनंद कॉलेज (संध्या), दिल्ली विश्वविद्यालय

कभी विशाल प्राइवेट कॉर्पोरेशन यू-फॉर्म से एम-फॉर्म (मल्टिफर्म) में चले आए थे, और इस प्रकार आंतरिक रूप से उन्हें नियंत्रण की ज़्यादा व्यापक तथा सपाट श्रेणियाँ प्राप्त हुई थीं। इस अलग किस्म की पद्धति को सहज बनाने के लिए सूचना एवं प्रबंधकीय प्रणाली को पुन: विनिर्दिष्ट किया जा सका था। सार्वजनिक सेक्टर में, इस थीम का मतलब था कार्मिक, सूचना-प्रौद्योगिकी, अधिप्राप्ति, एवं अन्य प्रकार्यों[4] के क्षेत्र में सरकार में व्याप्त पिछली कार्य प्रथाओं को दृढ़ता से लोचशील बनाना, और साथ ही विभिन्न कार्य-प्रथाओं को बहाल रखने के लिए आवश्यक प्रबंधन सूचना प्रणालियों का निर्माण।

प्रतियोगिता: सार्वजनिक संरचनाओं में क्रेता/प्रदाता पृथक्कीकरण का सूत्रपात ताकि प्रावधानों (प्रोविजन) के अनेक रूपों का विकास किया जा सके तथा संभावित प्रदाताओं के बीच और प्रतियोगिता सृजित की जा सके। संसाधनों के वितरण के लिए (श्रेणीबद्ध निर्णयन के स्थान पर) प्रतियोगिता प्रक्रियाओं का और अधिक आंतरिक उपयोग किया गया। राज्य प्रशासन एवं लोक प्रावधानों के "मुख्य" क्षेत्र सिकुड़कर छोटे हो गए तथा आपूर्तिकर्ता कई शाखाओं में बँट गए।

प्रोत्साहन: प्रबंधकों और स्टाफ को काम में लगाने तथा प्रसारित लोक सेवा अथवा प्रोफेशनल विचार-दर्शन के तौर पर कार्य प्रदर्शन को पुरस्कृत करने का तरीका छोड़कर उसके बदले आर्थिक आधारित, विशिष्ट कार्य प्रदर्शन प्रोत्साहन पर ज्यादा जोर देने की दिशा में बढ़ना। सार्वजनिक सेक्टर में, यदि डगलस के सांस्कृतिक सिद्धांत की शब्दावली[5] का प्रयोग करें, तो इस परिवर्तन का मतलब था "डाउन ग्रिड और डाउन ग्रुप"। प्रोफेशनल समूहों के लिए इसका प्रभाव खास तौर पर उल्लेखनीय रहा है।

5.1 नवीन लोक प्रबंधन

New Public Management

नवीन लोक प्रबंधन के बारे में विविध और व्यापक साहित्य पाया जाता है। इसके अंतर्गत सरकारी दस्तावेज़ भी शामिल हैं, जैसे न्यूजीलैंड ट्रेजरी का गवर्नमेंट मैनेजमेंट। न्यूजीलैंड नवीन लोक प्रबंधन को अपनाने वाला पहला देश है। ऑस्बार्न और गैब्लर की *रीइवेंटिंग गवर्नमेंट* पुस्तक के लिए बिल क्लिंटन ने एक प्रशंसात्मक नोट में लिखा है "यह एक ब्लूप्रिंट है"। चूंकि क्लिंटन एक डेमोक्रेट हैं, अत: नवीन लोक प्रबंधन आसानी से वामपंथ और दक्षिणपंथ की सीमा लांघ जाता है। न्यूजीलैंड वह देश है जहां नवीन लोक प्रबंधन एक प्रणाली (system) के रूप में लागू है। वहां और कोई प्रणाली नहीं है। 1984 में न्यूजीलैंड ने बाजार आधारित सुधारों को लागू करने का निश्चय किया – एक ऐसे समय जबकि OECD में यह सबसे गरीब देशों की श्रेणी में शामिल हो गया था। सरकार, वाणिज्य नियंत्रण, जन कल्याण, श्रम बाजार की कठोरताओं इत्यादि में काफी धन बर्बाद हुआ और घाटा बढ़ता ही चला गया।

नवीन लोक प्रबंधन के सिद्धांत

नवीन लोक प्रबंधन सार्वजनिक संसाधन के व्यवस्थापन तथा लोक सेवा प्रदायता के विषयों

में विनियमन (डी-रेग्युलेशन), गैर लाइसेंसीकरण (डी-लाइसेंसिंग), अ-परिदान (डी-सब्सिडाइजेशन), तथा विकेंद्रीकरण (डी-सेंट्रलाइजेशन) पर जोर देता है।

1. **प्रदायन** (provision) **को उत्पादन से अलग करना:** यह कॉन्ट्रैक्टिंग आउट का तर्क है। राज्य प्रदान तो करता है लेकिन यह कुछ भी उत्पादन नहीं करता। यह काम निजी सेक्टर का है। इसके कई लाभ हैं। राज्य कर्णधार है, जबकि निजी क्षेत्र नाव खेने वाले हैं। प्रदायन (प्रोविजन) को उत्पादन से अलग करने के तीन तरीके हैं: (i) निजीकरण: यह पूर्ण पृथक्कीकरण है; (ii) अनुबंधीकरण (कॉन्ट्रैक्चराइजेशन): यह आंशिक पृथक्कीकरण है; एवं (iii) हाइविंग-ऑफ: किसी एजेंसी की छत्रछाया में दे देना।

2. **उपभोक्ताओं की सेवा:** लोक सेवाओं की भारी मांग है। अत: अफसरतंत्र का काम है अपने ग्राहकों की सेवा करना। भारत में, यह तरीका आईएएस तबके को मालूम नहीं है जो हमारे शहरों का नक्शा तक नहीं रखता। सूचना पर उनका एकाधिकार है, इसकी मांग है, लेकिन आयशर जैसी एक निजी कंपनी को नक्शे प्रस्तुत करने पड़े।

3. **बाजार मूल्यन:** कर की जगह बाजार मूल्यन, इसके कारण अफसरतंत्र को ग्राहकों की बेहतर सेवा कर पाने की क्षमता मिलती है और पूर्ववर्ती विभागों को भी ''स्वतंत्र मुनाफा केंद्रों'' के रूप में संचालित किए जा सकने की संभावना प्राप्त होती है।

4. **सुस्पष्ट परिदान (सब्सिडी):** सब्सिडी यदि कोई हो तो, स्पष्ट रूप से निर्धारित की जानी चाहिए तथा दूसरे मूल्यों को प्रभावित किए बिना लक्षित समूहों तक उनकी सीधी पहुँच होनी चाहिए। फूड स्टाम्प्स तथा शैक्षणिक वाउचरों के मामले में, मार्केट मूल्य पर असर नहीं पड़ता।

5. **प्रतियोगिता एवं विकल्प का विस्तार:** जब प्रतियोगी फर्मों के बीच कार्य प्रस्तावित किया जाना हो तो सबसे लाभकारी परिणाम के सबसे ज्यादा उभरने की संभावना होती है। वाउचर्स तथा फूड स्टाम्प्स दोनों ही की स्थिति में, प्रतिग्राही (प्राप्तकर्ता) को एक ग्राहक के सारे विकल्प उपलब्ध होते हैं।

6. **प्रदायन (प्रोविजन) का विकेंद्रीकरण:** यह नियंत्रण (सब्सिडियैरिटी) के सिद्धांत के अनुरूप है जिसमें यह कहा गया है कि प्रदायन का कार्य सरकार के सबसे निचले स्तर के हवाले कर दिया जाना चाहिए जो कि प्रभावी रूप से इसकी देखभाल कर सकता है। अगर नगरपालिका यह काम कर सके तो करने दीजिए। यदि नहीं, तो उससे ऊँचे स्तर पर जाइए, और यदि वे भी न कर सकें तभी यह काम राष्ट्रीय सरकार के जिम्मे होना चाहिए।

7. **समुदायों का सशक्तीकरण:** जिससे नागरिक नवीन कल्पनाशील एवं कम लागत वाले माध्यमों से लोक सेवाओं की जरूरतों का प्रत्युत्तर देने में सक्षम हों।

8. **विनियमन:** इससे अफसरतंत्र की नियमों से चिपकी हुई लालफीताशाही का प्रभुत्व समाप्त हो जाएगा जो कि प्रगति के मार्ग में एक बड़ी बाधा है।

नवीन लोक प्रबंधन पर चर्चा

नवीन लोक प्रबंधन के बारे में व्यापक एवं बहुरंगी अवधारणाएँ व्याप्त हैं। कुछ लोग नवीन लोक प्रबंधन को पूंजीवाद की तीसरी लहर के प्रतिविचार के रूप में और कुछ लोग लोक

शासन के एक नए रूप में देखते हैं। कुछ लोग नवीन लोक प्रबंधन को प्रशासनिक प्रबंधकीय सुधार के रूप में भी देखते हैं। नवीन लोक प्रबंधन के अभ्युदय की सैद्धांतिक पृष्ठभूमि पश्चिमी जगत में काइनीशियन लोक कल्याणकारी राज्यों के प्रति उपजी तीखी प्रतिक्रिया में निहित है। इसके प्रत्युत्तर में मुख्यतः दो सैद्धांतिक धाराएँ उभरीं। फ्रेडरिक हायेक, रॉबर्ट नॉजिक, मिल्टन फ्रायडमैन तथा अन्य कई विद्वानों ने एक अनुदार राजनीतिक-आर्थिक व्यवस्था के सिद्धांत का प्रणयन किया। उनके सैद्धांतिक नुस्खे ने पश्चिम में "न्यू राइट" आंदोलन को संकेतित किया। दूसरी सैद्धांतिक अभिव्यक्ति बुचैनन, निस्केनेन, विन्सेंट ऑस्ट्रॉम तथा गैब्लर जैसे विद्वानों की थी। कुल मिलाकर, उनके सिद्धांतों ने नवीन लोक प्रबंधन के संरचनात्मक घटकों का कार्य किया।

एनपीएम तथा पूंजीवाद का विकास

शायद यह बहस की जा सकती है कि नवीन लोक प्रबंधन (NPM) एक द्वंद्वात्मक प्रक्रिया को पूरा करता है जिसके जरिए प्रतियोगिता की पूंजीवादी पद्धति का संस्थापन तीन लहरों में कर दिया गया है और अंततः इसकी मान्यता का प्रसार पूरे समाज में होने लगा है। पहली लहर के अंतर्गत, प्रतियोगिता की स्थापना आधार-तल (बेस) पर तथा अर्थव्यवस्था के निजी सेक्टर (मार्केट) में की गई। दूसरी लहर में, प्रतियोगिता परम संरचना (सुपरस्ट्रक्चर) में संस्थापित की गई तथा प्रतिनिधियों का चयन सरकार की विधायिका के लिए किया गया। तीसरी और अंतिम लहर, नवीन लोक प्रबंधन, एक संश्लेषण है जो आधार-तल और परम संरचना दोनों में साथ-साथ परिघटित होती है। आधार-तल में यह अर्थव्यवस्था के सार्वजनिक सेक्टर को अर्थात् कल्याणकारी राज्य के सेवा-प्रदायन को प्रभावित करती है। परम संरचना में यह सरकार की कार्यपालिका और लोक प्रशासन को प्रभावित करती है।

नवीन लोक प्रबंधन एक सुधार आंदोलन है, न कि केवल एक प्रशासनिक सिद्धांत। "आंदोलन" की अवधारणा राजनीतिक है, तथा यह भी अन्य आंदोलनों से शायद ही भिन्न है जो अपने निजी हित के साथ-साथ पूरे समाज के लिए क्या बेहतर है इन दोनों ही बातों का सम्मिश्रण प्रस्तुत करते हैं। ऑल्सेन ने जिन तीन लहरों – 1960 और 1970 के दशक की लाल लहर, 1970 और 1980 के दशक की हरित लहर तथा 1980 और 1990 के दशक की नीली लहर[6] – का उल्लेख किया था, और जिन्होंने कालक्रम में नॉर्डिक कल्याणकारी राज्य के समक्ष चुनौती पेश की, उनकी तुलना में नवीन लोक प्रबंधन को एक वैचारिक आंदोलन के रूप में देखा जा सकता है। नवीन लोक प्रबंधन को एक प्रैक्टिशनर-प्रेरित प्रशासनिक आंदोलन के रूप में भी देखा जा सकता है जो इस बात की पुष्टि करता है कि लोक प्रशासन स्वयं में राजनीतिक कर्ता हैं और लोकतांत्रिक राजनीतिक इच्छा[7] के महज तटस्थ उपकरण नहीं। और फिर नवीन लोक प्रबंधन को प्रशासनिक शोध के दायरे में भी एक आंदोलन माना जा सकता है, जो कि लोक मामलों के प्रशासन के लिए एक नया विचार-दर्शन है और इस बात की पुष्टि करता है कि प्रशासनिक शोध सामाजिक इंजीनियरिंग है। लगता है यह बाद वाली मान्यता इसके उद्‌गम का बेहतर वर्णन

करती है[8] तथा उसे इस तथ्य का भी बल प्राप्त है कि कथित अभिप्राय निजी सेक्टर से प्रबंधकीय पद्धतियों की नकल करना है जहाँ वैज्ञानिक प्रबंधन की दीर्घकालीन परंपराएँ रही हैं।

प्रतियोगिता

वह तथ्य जोकि मुक्त बाजार नवकल्पना मशीन और नवीन लोक प्रबंधन दोनों के लिए सामान्य है, वह है प्रतियोगिता। पीटर्स[9], जोकि वर्तमान प्रयासों से उत्पन्न होने वाले चार मॉडलों को पुराने लोक प्रशासन में सुधार लाने के रूप में देखते हैं, नवीन लोक प्रबंधन को सुधार के मार्केट मॉडल्स के अंतर्गत शामिल करते हैं। 'प्रतियोगिता के सद्गुण में आधारभूत विश्वास एवं विनिमय तथा लाभों के आदर्शीकृत ढाँचे के अतिरिक्त वास्तव में कोई भी एकल बाजार मॉडल नहीं है।'[10] नवीन लोक प्रबंधन के बारे में हुड[11] के आरंभिक लेख में प्रतियोगिता को लोक प्रबंधन के सात मूल सिद्धांतों में से एक माना गया है। ऑस्बॉर्न और गैब्लर ने यह कहकर कि 'ज्यादातर उद्यमी सरकारें सेवा-प्रदाताओं के बीच प्रतियोगिताओं को प्रोत्साहित करती हैं, सरकार की नई तलाश शुरू की।' उनकी पुस्तक ने क्लिंटन प्रशासन की राष्ट्रीय कार्य प्रदर्शन समीक्षा को प्रेरित किया जिसमें ग्राहक को प्राथमिकता देने का पहला चरण था– ग्राहक को अपनी बात कहने और अपना विकल्प चुनने का अधिकार देना; और दूसरा चरण था सेवा संगठनों को परस्पर प्रतियोगी बनाना।

वैचारिक सिद्धांत के रूप में प्रतियोगिता: नवीन लोक प्रबंधन का संबंध आर्थिक-राजनीतिक विचारों के इतिहास और उनके बाद विकसित होने वाली समाज की संस्थाओं से जोड़ा गया है। मुक्त बाजार नवकल्पना मशीन तथा नवीन लोक प्रबंधन के बीच के संबंध को समझने के लिए, हम मार्क्स तथा खास तौर पर "जर्मन विचारधारा"[12] में विकसित इतिहास की भौतिकवादी अवधारणा की ओर मुख़ातिब हो सकते हैं। यहाँ मार्क्स ने यह व्याख्या की है कि किस प्रकार किसी समाज की आर्थिक प्रणाली उसके सभी कार्यकलापों का निर्धारण करती है। आधार (base) तथा परम संरचना (superstructure) के सुपरिचित भौतिकवादी ढाँचे का प्रयोग करते हुए हम यह देखते हैं कि उपरोक्त तीन लहरों में किस प्रकार प्रतियोगिता की पूँजीवादी पद्धति का संस्थापन किया और तदोपरांत यह पूरे समाज में अपनी मान्यता का विस्तार कर चुका है।

पहली लहर का संबंध एडम स्मिथ और उनकी पुस्तक *दि वेल्थ ऑफ नेशंस* (1776) से है। इस लहर में, प्रतियोगिता की स्थापना आधार (बेस) तथा अर्थतंत्र के निजी सेक्टर में की गई जहाँ बाजार मुख्य संस्था है। यहाँ प्रतियोगिता ग्राहकों के हितों को पूरा करने के लिए है। मुख्य चुनौती है बाजार के एकाधिकार की रोकथाम।

दूसरी लहर के अंतर्गत, प्रतियोगिता की स्थापना परम संरचना (सुपर स्ट्रक्चर) में की गई और प्रतिनिधियों के चयन का कार्य सरकार की विधायिका शाखा को सौंपा गया। लोकतांत्रिक अभिजातवाद में राजनीतिक दलों के बीच की प्रतिद्वंद्विता वैसी ही है जैसी बाजार की फर्मों के बीच की प्रतियोगिता। इस लहर का संबंध श्युम्पीटर (Schumpeter) के "पूँजीवाद, समाजवाद और लोकतंत्र" तथा डाउंस के "लोकतंत्र के एक आर्थिक सिद्धांत" से है। यहाँ

प्रतियोगिता का अभिप्राय मतदाताओं के हितों को आगे बढ़ाने से है। मुख्य चुनौती है एकदलीय शक्ति के एकाधिकार को रोकना।

तीसरी और अंतिम संस्थापन लहर है नवीन लोक प्रबंधन। जैसाकि ऐतिहासिक भौतिकवाद की द्वंद्वात्मक पद्धतियों द्वारा पूर्वानुमान लगाया गया था, यह एक संश्लेषण है जो कि एक ही समय में आधार और परम संरचना दोनों ही में घटित होता है। आधार स्तर पर यह अर्थतंत्र के निजी सेक्टर पर प्रहार करता है अर्थात् कल्याणकारी राज्य के सेवा प्रदायन पर। परम संरचना में यह सरकार की कार्यपालिका शाखा तथा लोक प्रशासन पर प्रहार करता है। हम इस लहर का संबंध हुड के *ए पब्लिक मैनेजमेंट फॉर ऑल सीजंस*, हुड और जैक्सन के *एडमिनिस्ट्रेटिव आर्ग्युमेंट*, तथा ऑस्बॉर्न एवं गैब्लर के *री-इनवेंटिंग गवर्नमेंट* से जोड़ते हैं।

यह तीसरी लहर एक ऐसे सेक्टर को प्रभावित करती है जहाँ एकाधिकार को एकदम स्वाभाविक मान लिया गया है। परम संरचना में यह समाज की सर्वोच्च कार्यपालिका शक्ति को प्रभावित करती है। आधार में लोक एकाधिकार को एकमात्र सुगम समाधान मान लिया गया था, जबकि प्रदान की जाने वाली सेवा कोई सार्वजनिक हित हो जिसका वित्त पोषण टैक्स के अलावा अन्य किसी तरीके से करना संभव न हो। सीमित संसाधनों के दोहन के लिए यह अत्यावश्यक था क्योंकि एकमात्र और स्वीकार्य विकल्प था निजी एकाधिकार। यह ऐसी सेवाओं के लिए ज्यादा वांछित विकल्प था जिसके बारे में बहुसंख्यक लोग यह चाहते थे कि उन्हें आवश्यकता के आधार पर प्रदान किया जाए, भले ही क्रयशक्ति कुछ भी हो। इसमें अभिप्राय यह निहित था कि मार्केट मैकेनिज्म समानता और न्याय के कारणों से खारिज कर दिया गया था।

तीसरी लहर में प्रतियोगिता का अभिप्राय उपयोगकर्ता (वाणिज्यीकृत सार्वजनिक सेक्टर बेस द्वारा सेवा प्राप्त करने पर ग्राहक से उपभोक्ता के रूप में नया नामकरण) के हितों को बढ़ावा देना है। मुख्य चुनौती एकाधिकार को रोकना नहीं बल्कि मौजूदा एकाधिकारों को तोड़ना है। बेस (आधार) में इसका अभिप्राय वास्तविक प्रतियोगिता आरंभ करना है। सुपर स्ट्रक्चर (परम संरचना) में इसका अभिप्राय है वे साधन जो प्रतियोगिता की तरह दिखते हैं। सरकार के कई प्रकार्य (फंक्शन) सार्वजनिक दायित्व हैं महज इसलिए कि निजी सेक्टर उनका प्रबंधन नहीं कर सकता। लेकिन हम व्यवसाय जगत के कुछ पहलुओं को सार्वजनिक क्षेत्र में प्रत्यारोपित कर सकते हैं। हम एक ऐसा वातावरण बना सकते हैं जो संघीय मैनेजरों को भी लागत कम करने और ग्राहक सेवा को बेहतर बनाने के उसी संघर्ष में डाल सके जो प्राइवेट मैनेजरों के लिए बाध्यकारी संघर्ष है।

लोक शासन के अल्पकालिक परिदृश्य में, पुराने लोक प्रशासन से नवीन लोक प्रबंधन में संक्रमण एक क्रांति प्रतीत होता है। लेकिन पूँजीवादी समाज के स्थानिक परिदृश्य में इसका अभिप्राय मात्र इतना होता है कि सार्वजनिक सेक्टर का परिणाम पक्ष बाकी के समानांतर रहे। मार्क्स पूँजीवादी समाज के क्षैतिज विभेद, बुर्जुआ और सर्वहारा के रूप में इसके विभाजन, को लेकर इस हद तक विचारमग्न रहे कि कुछ लोग उन पर यह आरोप लगाते हैं कि उन्होंने इस तथ्य की बिल्कुल ही अनदेखी कर दी कि अफसरशाही आधुनिक राजनीतिक एवं सामाजिक-आर्थिक जीवन[13] का केंद्रीय परिदृश्य है। नवीन लोक प्रबंधन का सरोकार पूँजीवादी

समाज के लंबवत (वर्टिकल) विभेद से है जो बिल्कुल ही अलग किस्म की संस्कृतियों और अर्थव्यवस्थाओं के साथ सार्वजनिक एवं प्राइवेट सेक्टर के रूप में इसके विभाजन हैं। इस लंबवत विभेद की ओर रोजगार एवं कार्य-मूल्यों[14] और साथ ही निर्वाचन व्यवहार[15] से जुड़े छात्रों की अभिरुचि आकर्षित हुई है।

नवीन लोक प्रबंधन एक प्रगति के रूप में

नवीन लोक प्रबंधन आंदोलन ने राष्ट्रों के आर्थिक विकास के सभी स्तरों पर प्रहार किया है। लेकिन विकास के चरण सिद्धांत (stage theory)[16] के नज़रिये से, यह उत्तर उद्योग समाज[17] एवं सूचना युग[18] के लिए यह खास रोचक तथ्य है, जिस दिशा में आज राष्ट्रों का विकास हो रहा है

नवीन लोक प्रबंधन वॉन राइट की चुनौती का भी जवाब देता है। यह इस बात को मान्यता देता है कि मानवीय प्रगति की एकमात्र निर्णायक स्वयं मानव जाति है—उपभोक्ता, मतदाता एवं उपयोगकर्ता के रूप में तथा प्रगति का एकमात्र मान्य मापदंड है लोक कल्याणकारी राज्य की खास जीवन-परिस्थिति में लोगों का अपना कल्याण। प्रगति के बारे में वॉन राइट द्वारा दी गई परिभाषा, उनकी पुस्तक *इंट्रोडक्शन टु दि प्रिंसिपल्स ऑफ मोरल्स एंड लेजिस्लेशन*[19] में, बैंथम के उपयोगितावादी सिद्धांत "ज्यादा से ज्यादा लोगों के लिए ज्यादा से ज्यादा खुशी" को प्रतिध्वनित करती है। आधुनिक आर्थिक सिद्धांत अनिवार्यत: उपयोगितावादी है (वार्क 2000) तथा नवीन लोक प्रबंधन लोक प्रशासन के क्षेत्र में इसे कार्यरत करता है। पूँजीवाद सेवा उद्योगों और सार्वजनिक सेक्टर दोनों में प्रगति का यंत्र है।

उत्तरदायित्व: पहले और अब

नवीन लोक प्रबंधन उत्तरदायित्व, परिणाम, प्रतियोगिता, पारदर्शिता तथा आनुबंधिक संबंधों पर आश्रित है और इस तरह पुराने सिद्धांत वाले लोक प्रशासन से बिल्कुल भिन्नता दर्शाता है जहाँ विभिन्न प्रकार के उत्तरदायित्व इनपुट प्रक्रियाओं और प्रविधियों, पदाधिकारिक नियंत्रण, वैधानिकता, विश्वास एवं सांस्कृतिक परंपराओं पर निर्भर हुआ करते थे। उत्तरदायित्व का विकास सरल से जटिल प्रादर्शों की ओर हुआ है। कुछ तरीकों में, लोक प्रशासन की ग्राहकोन्मुख प्रणाली द्वारा उद्दिष्ट "बॉटम-अप" परिदृश्य बहुत ही लोकतांत्रिक एवं सहभागितापूर्ण लगता है। यह कार्यक्रमों द्वारा प्रत्यक्ष रूप से प्रभावित लोगों एवं ग्राहकों को उन्हें प्राप्त होने वाली सेवाओं की मात्रा, प्रकार और गुणवत्ता पर अच्छा-खासा प्रभाव डाल सकने की क्षमता प्रदान करता है। लेकिन साथ ही साथ, एक खास ग्राहक समूह को वांछित सेवाएँ प्रदान करना अन्य कार्यक्रमों से संसाधनों को सोख सकता है। इसके साथ ही, लोकतांत्रिक उत्तरदायित्व की समस्या भी है।

दुविधाएं

निस्संदेह, इस विचार के खिलाफ कई आपत्तियाँ प्रकट की गई हैं कि मुक्त मार्केट नवकल्पना

मशीनी प्रगति ला रही है। प्रथम लहर वाले उपभोक्ताओं पर विचार करें। पूँजीवाद उनकी क्षमता को बिल्कुल स्वीकार करके चलता है, इसके विरोधी उनकी अक्षमता को बिल्कुल स्वीकार करके चलते हैं। पूँजीवादी आर्थिक सिद्धांत का क्षमतावान उपभोक्ता सर्वश्रेष्ठ, पूर्ण-सूचित, सुविचारित, स्थिर, शक्तिमान, सहयोगी, अपेक्षा से भरा हुआ, समान, एवं उत्तरदायी है। राजनीतिक संरक्षण की आवश्यकता से ग्रस्त अक्षम उपभोक्ता का आसानी से शोषण किया जा सकता है, उसका अपना कोई विचार नहीं होता, वह अनिश्चयपूर्ण, अस्थिर, दुर्बल, प्रतिक्रियात्मक, मांग कर पाने में अक्षम और उत्तरदायित्व ले सकने में असमर्थ होता है।

दूसरी लहर वाले वोटरों पर विचार करें। राजनीतिक अभिजातों के बीच प्रतियोगिता के रूप में लोकतंत्र की जो अवधारणा कायम की गई है, जिसमें नागरिक मूकदर्शक हुआ करते हैं और जिन्हें कभी-कभार एक बुजुर्ग पंच की भूमिका निभाने को आमंत्रित किया जाता है, उसकी सहभागितापूर्ण[20], विचारपूर्ण[21], एवं समुदायवादी[22] लोकतंत्र के पक्षधरों द्वारा आलोचना की गई है। वॉन राइट ने सच्चे लोकतंत्र का मूर्त रूप कहकर इसकी निंदा की जहाँ इसके निर्माण और संरक्षण में सभी नागरिक भागीदार होते हैं।

यदि लोक सेवा का केवल ग्राहकोन्मुख विचार-दर्शन अपनाया जाए तो ऐसे सर्वसामान्य आदर्श बहुत कम ही हैं जिनसे संगठनों के कार्य-प्रदर्शन के बारे में निर्णय लिया जा सके। राजनीतिक पदाधिकारी लोक अफसरतंत्रों पर नजर रखने और जब कभी वे कानून-विरुद्ध कार्य करें तो उन्हें दंडित कर पाने में कम ही सक्षम हैं। सेवा उपभोक्ताओं के प्रति उत्तरदायी होने का दबाव निर्वाचित प्रतिनिधियों के माध्यम से आम जनता के प्रति उत्तरदायी होने के सरकार के अनिवार्य कर्तव्य के विपरीत जाता है। अतः इनपुट और आउटपुट लोकतंत्र के बीच संघर्ष की संभावना होती है। इससे यह सवाल उठता है कि सेवा के कुछ पहलुओं में सुधार लाने के बावजूद, ग्राहक सेवा, प्रतियोगिता और अनुबंधन (कॉन्ट्रैक्टिंग) पर आधारित नवीन लोक प्रबंधन के सुधारात्मक उपाय कहीं नागरिक दायित्व, प्रतिबद्धता एवं राजनीतिक समानता तथा दायित्व भावना को कमजोर न कर दें।

तो फिर तीसरी लहर के उपयोगकर्ताओं का क्या होगा? क्या वे अपने भविष्य को लेकर अधिक निश्चिंत हैं? नवीन लोक प्रबंधन की संभवतः सबसे ज्यादा की जाने वाली आलोचना यह है कि यह एकल-आयामी (one dimensional) है और इसमें सारे कार्यकलापों का सतत रूप से आर्थिक तार्किकीकरण कर दिया जाता है। नवीन लोक प्रबंधन के आदर्श उद्देश्य का वर्णन राष्ट्रीय कार्य-प्रदर्शन समीक्षा (national performance review) पर अमेरिकी उप-राष्ट्रपति अल गोर की रिपोर्ट के इस शीर्षक द्वारा कर दिया गया है: ''वह सरकार जिसका काम बेहतर और लागत कम हो''[23]।

| नवीन लोक प्रबंधन के विकास को प्रभावित करने वाले कारक

नवीन लोक प्रबंधन वैश्वीकरण और उदारीकरण के दौर में लोक अफसरतंत्र को नई दिशा में मोड़ने और उसे नई संरचना देने का प्रयास है। नवीन लोक प्रबंधन के परिप्रेक्ष्यों के विकास में योगदान देने वाले प्रमुख कारक निम्नांकित हैं:

1. **अफसरशाही प्रशासन तथा सरकारी व्यय के अत्यधिक बढ़ने के खिलाफ प्रतिक्रिया:** लोक प्रशासन पर वैश्वीकरण का बहुत अधिक प्रभाव रहा है। वैश्वीकरण ने कई परिवर्तनों के संकेत दिए, जैसे राज्यों के बीच पहले से अधिक अंतर्निर्भरता, राष्ट्रों के बीच व्यापार बाधाओं में कमी, सूचना एवं संचार टेक्नोलॉजी का बढ़ता प्रयोग और सार्वजनिक तथा निजी सेक्टरों के बीच घनिष्ठ समायोजन। मौजूदा राज्य अफसरशाही इन चुनौतियों का सामना करने में सक्षम नहीं थी क्योंकि वह बहुत ही अनियंत्रित, संवेदनाहीन, अक्षम और अप्रभावी थी तथा उभरती हुई प्रतियोगिता का सामना करने के लिए उपयुक्त नहीं थी।

1980 के दशक में, उपरोक्त खामियों के कारण अफसरशाही की घोर आलोचना की जाने लगी। साथ ही, 1970 और 1980 के दशकों में, जनकल्याण की ओर उन्मुखता के कारण सरकारी खर्च काफी बढ़ गया जिसका प्रबंधन विशाल राज्य अफसरशाही द्वारा बड़ी बदइंतजामी के साथ किया गया। इन परिस्थितियों में, तत्कालीन स्थितियों के अधीन राज्य के आकार और उसकी भूमिका दोनों पर सवाल खड़े किए गए।

2. **नव-उदारवाद का प्रभाव:** जहाँ तक राज्य की प्रगति और भूमिका का संबंध है, नव-उदारवाद की राजनीतिक विचारधारा 1980 और 1990 के दशकों में पूरी प्रमुखता से छाई रही। नव-उदारवाद ने राज्य के विरुद्ध बाजारों की प्रभुत्वपूर्ण उपस्थिति, राज्य को कल्याणकारी कार्यकलापों में पृष्ठभूमि में रखने तथा वैयक्तिक स्वतंत्रता और स्वाधीनता की वकालत की। नवीन लोक प्रबंधन के उत्थान में नव-उदारवाद के सिद्धांतों का पुरजोर असर रहा है।

3. **इंग्लैंड और अमेरिका में न्यू राइट विचार-दर्शन का प्रभाव:** 1970 के दशक में, मार्केट मैकेनिज्म के जरिए संसाधनों के और अधिक प्रभावी संवितरण तथा सामाजिक-आर्थिक दायरे में राज्य की कम भूमिका की वकालत करने वाला न्यू राइट विचार-दर्शन इंग्लैंड और अमेरिका में छा गया। अत: यह आश्चर्य की बात नहीं है कि इन देशों में नया लोक प्रबंधन परिदृश्य सर्वाधिक लोकप्रिय था।

4. **वाशिंगटन सहमति:** वाशिंगटन सहमति आर्थिक सुधारों से संबंधित वे उपाय हैं जो 1980 के दशक में लैटिन अमेरिकी देशों में व्याप्त आर्थिक संकट के मद्देनजर अर्थतंत्र की पुन:संरचना के इरादे से आईएमएफ, वर्ल्ड बैंक, यू.एस. कांग्रेस तथा विलियमसन जैसे कुछ विद्वानों द्वारा विकसित किए गए थे। यह एक संरचनात्मक सामंजस्य एवं आर्थिक स्थिरीकरण कार्यक्रम है जिसने व्यापारिक एवं आर्थिक उदारीकरण, निजीकरण तथा घरेलू मार्केट के विनियमन (डी-रेग्युलेशन) की वकालत की। वाशिंगटन सहमति के सिद्धांत नवीन लोक प्रबंधन के परिदृश्य से बहुत ज्यादा मेल खाते हैं।

5. **''पब्लिक चॉयस'' (लोक विकल्प) एप्रोच का प्रभाव:** फुल्लॉक, निस्केनेन, बुकानैन इत्यादि जैसे अर्थशास्त्रियों द्वारा प्रतिपादित पब्लिक चॉयस (लोक विकल्प) एप्रोच में यह तर्क दिया जाता है कि मानवीय व्यवहार की सबसे प्रमुख विशेषता है आत्महित। इसे बहुसंख्य लोक सेवा एजेंसियों के व्यवस्थापन के माध्यम से विस्तृत किया जाना चाहिए जो कि लोगों के लिए विकल्प के दायरे का विस्तार करेंगे। इसमें बहुल लोक सेवा डिलिवरी मैकेनिज्मों के बीच प्रतियोगिता और प्रभावशीलता पर जोर दिया गया है। इस तरीके ने नवीन लोक प्रबंधन के बुनियादी सिद्धांतों पर असर डाला है।

इस प्रकार, नवीन लोक प्रबंधन एक ऐसा परिदृश्य है जिस पर कई उत्प्रेरक तत्त्वों का प्रभाव पड़ा है जिसने राज्य को पृष्ठभूमि में रखने, मार्केट मैकेनिज्म को प्रमुख रूप से उभारने एवं प्रतियोगिता तथा प्रभावशीलता की जरूरत को समर्थित किया।

अभिशासन का विचार तथा नवीन लोक प्रबंधन
The idea of governance and NPM

अभिशासन या शासन (governance) संबंधी साहित्य तथा नवीन लोक प्रबंधन के बारे में सतत बढ़ती हुई विद्वता द्वारा लोक सेवा के दो प्रादर्शों का वर्णन किया गया है जोकि सरकार के एक 'नव-आविष्कृत' रूप की झलक दिखाते हैं जिसका प्रबंधन बाजार अर्थशास्त्र से होता है और इसी से यह सरकार अपने उद्देश्य भी ग्रहण करती है, न कि लोकतांत्रिक सिद्धांत से।[24] हालाँकि कुछ लोग इन शब्दों का प्रयोग परस्पर परिवर्तनशील रूप से करते हैं, लेकिन ज्यादातर शोधों में इन दोनों के बीच अंतर किया गया है। अनिवार्यत: अभिशासन एक राजनीतिक सिद्धांत है जबकि नवीन लोक प्रबंधन एक संगठनात्मक सिद्धांत है।[25] जैसाकि स्टोकर ने इसका वर्णन किया है, अभिशासन सरकार चलाने की शैलियों के विकास की ओर संकेत करता है जिनमें सार्वजनिक तथा निजी सेक्टरों के बीच और उनके अंदर की सीमा-रेखाएँ धुँधली हो गई हैं। अभिशासन का सार-तत्त्व उन तौर-तरीकों पर ध्यान केंद्रित करना है जो प्राधिकार की शरण और सरकार के अनुमोदनों पर आश्रित न हों। अभिशासन (कुछ लोगों के लिए) कॉन्ट्रैक्टिंग, फ्रैंचाइजिंग तथा नियमन के नए स्वरूपों की संभावना है। संक्षेप में, यह नवीन लोक प्रबंधन के बारे में है तथापि, अभिशासन प्रबंधकीय उपकरणों के नए समूहों से कहीं बढ़कर है। यह लोक सेवाओं के उत्पादन में ज्यादा प्रभावशीलता हासिल करने से भी कहीं बढ़कर है।

पीटर्स और पियरे सहमति के साथ यह कहते हैं कि अभिशासन प्रक्रिया से संबंधित है जबकि नवीन लोक प्रबंधन का संबंध परिणामों से है। अंतिम रूप से, अभिशासन का ताल्लुक सुव्यवस्थित शासन और सामूहिक कार्य के लिए स्थितियों का सृजन करने से है।[26] जैसा कि उम्मीद की जानी चाहिए, साहित्य के संश्लेषण के लिए किए जाने वाले सभी प्रयासों का प्रेरणा-स्रोत अलग-अलग परंपराओं में प्राप्त सिद्धांतों में है।

मैथियासेन ने नवीन लोक प्रबंधन को ''प्रतिमान परिवर्तन'' (Paradigm Shift) कहकर पुकारा है तथा आर्थिक सहयोग एवं विकास संगठन (OECD) द्वारा जारी किए गए दस्तावेज़ों की श्रृंखला में बताया गया है कि बाहर के देशों में पनप रहे नए विचारों ने अफसरतांत्रिक मॉडल को हटाकर एक नया प्रबंधकीय प्रतिमान स्थापित किया है।[27] नवीन लोक प्रबंधन नए प्रतिमान का प्रतिनिधित्व कर रहा हो या नहीं किंतु क्षमता, प्रभावशीलता तथा गुणात्मक सेवा के परिणामों पर केंद्रित संगठनात्मक सुधारों के जरिए सार्वजनिक सेक्टर को रूपांतरित करने के इसके प्रयास शासन के वृहत्तर, राजनीतिक सिद्धांत के खाँचे में अच्छी तरह बैठ रहे हैं। कबूलियन के अनुसार इन नए विचारों के खास तत्त्व कुछ साझा सिद्धांत समूहों पर आधारित लगते हैं। कार्यान्वयन प्रणालियों का विश्लेषण ट्रांजैक्शंस (लेन-देन) के रूप में किया जा सकता है, जिसमें बातचीत पर आधारित अनुबंधों, सूचना संबंधी विसंगतियों, अधिग्रहण,

किराये की प्राप्ति, नैतिक संकट तथा अनुपालन निगरानी संबंधी समस्याओं पर ध्यान दिया गया हो। जैसाकि पीटर्स और पियरे द्वारा व्यक्त किया गया है, ऐसे प्रबंधकीय उपकरणों के समक्ष जो अत्यंत केंद्रीकृत, पदानुक्रमित संरचनाओं की जगह विकेंद्रीकृत प्रबंधकीय वातावरण का सृजन कर रहे हों - एक ऐसा वातावरण जिसमें संसाधनों के संवितरण एवं सेवा-प्रदायन संबंधी निर्णय डिलिवरी-बिंदु के निकटतम लिए जाते हों। शासन का मतलब है 'सार्वजनिक सेक्टर के संसाधनों को कुछ हद तक राजनीतिक नियंत्रण के दायरे में रखना तथा कार्य करने की सरकार की क्षमता के संधारण के लिए रणनीतियों का विकास'।[28]

नवीन लोक प्रबंधन की निश्चित धरोहर पर संदेहवाद (skepticism) के बावजूद, लिन को नवीन लोक प्रबंधन को लेकर 'क्षणिक आवेश' का अनुभव हो रहा है जोकि आंशिक रूप से अन्वेषण के योग्य है क्योंकि यह लोक प्रबंधन के क्षेत्र में विशिष्ट तथा जाँची-परखी प्रगति की दिशा में ले जा सकता है। इसके अलावा, लिन नवीन लोक प्रबंधन के अध्ययन को बेहतर एवं सिद्धांत आधारित प्रादर्शों के निर्माण के एक अवसर के रूप में देखते हैं। वस्तुत: एक अन्य कृति में लिन और उनके सह-लेखकों ने नवीन लोक प्रबंधन में निरूपित प्रथाओं के अनुरूप ''शासन के तर्क'' के लिए दलील भी पेश की है और नवीन लोक प्रबंधन की इन प्रथाओं को लिन ने एक ''गतिशील, अभिक्रियात्मक तथा सतत जारी सामाजिक-राजनीतिक प्रक्रिया'' के रूप में देखा है 'जो लोक कार्यक्रमों के कार्य प्रदर्शन को आकर्षित करती है तथा सरकार के कार्यकलापों में परिवर्तन या रूपांतरण के लिए खास रणनीतियों के परिणामों पर विचार करती है'। लिन के अनुसार अभिशासन का तर्क इसलिए उपयोगी है क्योंकि इसमें विद्वानों से अपेक्षा की गई है कि वे नीति और कार्यक्रम के कार्यान्वयन को 'औपचारिक रूप से पदानुक्रमित (hierarchical), अनिवार्यत: राजनीतिक एवं शिथिल रूप से उन दोनों से संयुक्त' मॉडल बनाएँ।[29]

संक्षेप में, शासन और नवीन लोक प्रबंधन शोधकर्ताओं को परिणामों या कार्य-प्रदर्शन के बहिर्जात (top-down) एवं सड़क-स्तरीय (bottom-up) के बीच के तथाकथित द्विविभाजन में उलझे बिना नीति एवं नीति के प्रभावों को तय करने वाले कारकों का अन्वेषण करने देते हैं। पीटर्स एवं पियरे का सुझाव है कि नवीन लोक प्रबंधन के उपकरण अपेक्षाकृत व्यापक रूप से पाए जाने वाले प्रतीत होते हैं जबकि अभिशासन एक ऐसी प्रक्रिया है जो अपने राजनीतिक एवं सांस्कृतिक वातावरण के प्रति संवेदनशील है और इस प्रकार 'अलग-अलग संस्थात्मक रूपों में उसके अलग-अलग राष्ट्रीय प्रसंग में दिखने' की संभावना है। मैथियासेन के अनुसार हालाँकि हमारी प्रवृत्ति नवीन लोक प्रबंधन को महज बेहतरीन प्रथाओं की एक सूची के रूप में देखने की हो सकती है लेकिन हकीकत में नवीन लोक प्रबंधन की अवधारणा की प्रायोगिकता और प्रभावशीलता एक क्षेत्र या देश से दूसरे क्षेत्र या देश तक बहुत अधिक अलग-अलग हो सकती है। कार्यान्वयन सिद्धांतवादियों के लिए एक स्पष्ट प्रश्न यह है कि नीति क्षेत्रों में इसके प्रयोग और प्रभाव में क्या बोधगम्य रूपों में अंतर दिखाई पड़ता है?

शासन और नवीन लोक प्रबंधन में सामान्य विशेषताएँ

अभिशासन और नवीन लोकतंत्र प्रबंधन की विशेषताओं में शामिल हैं औपचारिक सरकार

के एक सतत रूप से बाधित दायरे में निर्वाचित अधिकारियों की भूमिका को लेकर बदलते हुए विचार। अभिशासन के सिद्धांत में इस बात पर जोर दिया गया है कि सुशासन तब होता है जब सरकार अपने व्यय में मितव्ययिता बरतती है, अपनी शक्तियों को कम करती है, विनम्र भूमिका निभाती है तथा एक ऐसे साझेदार के रूप में जो शायद ही किसी अन्य साझेदार से ज्यादा महत्त्वपूर्ण हो, निजी हितों और समूहों के नेटवर्क में अपना कार्य संचालन करती है। इस प्रसंग में, सामान्यत: नेताओं द्वारा लक्ष्यों और प्राथमिकताओं को तय कर लिए जाने के बाद नीति की व्याख्या के लिए व्यवहार में लाए जाने वाले पारंपरिक राजनीतिक चरों (variables) कार्य संपादन के लिए प्रयुक्त प्रशासनिक बलों की तुलना में कम महत्त्वपूर्ण जो जाते हैं। इसी तरह, अभिशासन और नवीन लोक प्रबंधन दोनों में ही 'कर्णधारण' (स्टीयरिंग) एक प्रमुख अवधारणा है। जैसाकि *री-इन्वेंटिंग गवर्नमेंट* की प्रस्तावना में कहा गया है कि 'अच्छी सरकारें पतवार चलाने के बजाय एक हाथ नियंत्रक पर रखती हैं', इसकी विशेषता होती है केंद्रीकरण से विकेंद्रीकरण की ओर, पुनर्वितरण से नियमन की ओर, और लोक सेवाओं के प्रबंधन से मार्केट सिद्धांतों के जरिए प्रबंधन की ओर जाना।

अभिशासन (जो सिद्धांतों के सुसंगठन का प्रस्ताव रखता है) तथा नवीन लोक प्रबंधन (जो और अधिक विशिष्ट कार्यान्वयन की रणनीतियाँ उपलब्ध कराता है) को कार्यान्वयन के अध्ययन क्षेत्र में लागू करने के लिए, नवीन लोक प्रबंधन के लक्ष्यों का निर्धारण किया जाना चाहिए। नागरिकों की वैध आवश्यकताओं को समानता से पूरा करने की चिंता कुछ नीति-क्षेत्रों में अभी भी जारी है (विशेष रूप से स्वास्थ्य सेवाओं एवं मेडिकेड इंश्योरेंस के क्षेत्रों में)। किंतु यह प्रश्न तो प्राय: पूछा ही नहीं जाता है कि क्या राज्य कल्याण पात्रता रखने वाले सभी ग्राहकों को समानतापूर्वक सेवाएँ दे रहे हैं या नहीं। इसके बदले, जैसाकि कल्याण नीति के साथ लागू किया गया है, ऐसा लगता है मानों स्टीयरिंग का रूप-निर्धारण प्रधानत: विविध संगठनात्मक नेटवर्कों की सहायता करने के लिए किया गया है जिसका लक्ष्य है ग्राहकीय व्यवहार में परिवर्तन लाना न कि लाभों के बहुव्यापी एवं विस्तृत डिलिवरी को सुनिश्चित करना।

अत:, नवीन लोक प्रबंधन केवल विशिष्ट प्रकार की प्रबंधन कार्यनीतियाँ और उपकरण पेश करता है जो अभिशासन की पूर्वोल्लिखित संकल्पना के दायरे में कार्यशील होते हैं।

शासन की संरचनाएँ: नवीन लोक प्रबंधन की कार्यनीतियाँ

(i) सार्वजनिक वस्तुओं को दिशानिर्देशित करने के लिए विकल्पों एवं ऐसे नियमों को तलाश सकने की लोचशीलता जो अधिक किफायती नीति परिणाम दे सकें।

(ii) सीमा-रेखाओं को कम करना, केंद्रीकृत, पदानुक्रमित सामाजिक एवं आर्थिक समस्याओं की संरचनाओं का केंद्रीकृत वातावरण, संसाधनों के संवितरण तथा डिलिवरी-बिंदु के निकट सेवा डिलिवरी के निर्णयों के साथ समाधान।

(iii) संसाधनों का आपसी बातचीत एवं साझेदारी पर आधारित संवितरण, परिणामों के स्पष्ट एवं मापे जा सकने योग्य पैमाने।

(iv) स्वायत्त स्वशासी नेटवर्क्स

(v) उत्तरदायित्व के मैकेनिज्म

(vi) सरकार पर निर्भर न होते हुए कार्य कर सकने की क्षमता। लोक संस्थाओं के प्रोग्राम प्राधिकार की डिजाइन या वैधता की संरचनाओं में पुनरावृत्ति, नागरिकों को सुझाव देना और प्रयोगधर्मिता शामिल है।

नवीन लोक प्रबंधन के कार्यान्वयन में कठिनाइयाँ

नवीन लोक प्रबंधन ने दृढ़ ग्राहकोन्मुखता की घोषणा की, तथा शिकायतों के प्रबंधन जैसे मुद्दों (जैसाकि युनाइटेड किंगडम में 1990 के सिटिजंस चार्टर की पहल के मामले में) पर कार्य करने में एजेंसियों की कार्य-विधियों में कुछ महत्वपूर्ण विकास के प्रमाण भी दृष्टिगोचर होते हैं। जनता के कई महत्त्वपूर्ण तबकों ने भी परिवर्तित वैकल्पिक अवसरों का लाभ उठाया (जैसे निजी उद्योगों में वैकल्पिक सप्लायरों के बीच अदला-बदली)। फिर भी ये परिवर्तन कुछ नकारात्मकता के साथ आए: 'आधुनिक सरकारें नागरिक समूहों के प्रति अधिक प्रतिक्रियाशील होती हैं। लेकिन जब लोक सेवा का विभाजन और विभेदीकरण किया जाता है तो सामूहिक कार्य की क्षमता में एक लागत (cost) निहित होती है।'[30]

नए नीति प्रशासनों में संस्थात्मक एवं नीतिगत जटिलता को बढ़ाने की प्रवृत्ति भी पाई जाती है। फलस्वरूप, सामाजिक समस्या-निराकरण पर नई पहलों के प्रत्यक्ष पुनर्संयोजी प्रभाव अक्सर कुछ हद तक समस्या की जटिलता में हुई वृद्धि के सापेक्ष अपना संतुलन बना लेते हैं। यह विकास विपरीत दिशा में होता है क्योंकि नीति की जटिलता सामाजिक समस्या के प्रभावी निराकरण, सूचना की माँग को विशाल बनाने, समाधानों को आगे बढ़ाने के लिए आवश्यक समाशोधन (क्लीयरेंस) बिंदुओं को उत्प्रेरित करने और खास तौर पर पहले से अधिक संयोजन संबंधी समस्याओं के सृजन को कम करने वाले तत्त्वों में से एक है। आवश्यक नहीं है कि संयोजन की समस्याएँ कारकों के बीच हितों के प्रत्यक्ष टकराव पर ही आधारित हों। समकालन (synchronization) की समस्या, डिजाइन फिट, एसाइनमेंट, और वास्तविकीकरण, कल्पनाशीलता के तत्त्वों से जुड़ी समस्याएँ इत्यादि ऐसी स्थितियों में भी पेश हो सकती हैं जबकि सभी कारक साझा लक्ष्यों की प्राप्ति के लिए एक सामान्य हित पर सहमत हों।''[31]

डिजिटल शासन का अभ्युदय

वर्तमान दौर में जो एक अलग किस्म की बात है वह है इंटरनेट, ई-मेल और वेब का विकास तथा सूचना-प्रौद्योगिकी प्रणाली की ऐसी प्रगति जिससे वह न केवल बैक-ऑफिस प्रक्रियाओं को प्रभावित करने लगी है बल्कि सरकारी एजेंसियों और नागरिक समाज के बीच के अंतर्संबंधों की सभी विशेषताओं को महत्त्वपूर्ण रूप से अपने रंग में भी रंगने लगी हैं। इंटरनेट के विकास का खास तौर पर अत्यधिक अग्रणी एवं उन्नत औद्योगिक देशों[32] के राजनीतिक एवं प्रशासनिक परिवर्तन के संदर्भ में गहरा अभिप्राय उजागर हुआ। डिजिटल-युग शासन के

अंतर्गत समस्त जटिल परिवर्तन-समूह संकेतित हैं, जिनके केंद्र में हैं आई.टी. एवं सूचना-संभारण संबंधी परिवर्तन, लेकिन जिनका विस्तार और भी अधिक है तथा जो सूचना-प्रौद्योगिकी के क्षेत्र में अतीत के प्रभावों से भी कहीं ज्यादा आयामों में अपना स्थान बनाते हैं।

डिजिटल-युग के परिवर्तनों ने पहले ही कई महत्त्वपूर्ण बदलावों को उत्प्रेरित कर दिया है: आंतरिक एवं बाहरी संवादों में ई-मेल का व्यापक प्रयोग, संस्थात्मक सूचना नेटवर्कों, वेबसाइटों तथा इंट्रानेटों का बढ़ता असर, विभिन्न क्लाइंट-समूहों के लिए इलेक्ट्रॉनिक प्राप्ति प्रणालियों का विकास, दस्तावेज़-आधारित अभिलेखन की जगह इलेक्ट्रॉनिक रिकॉर्ड-कीपिंग की ओर मूलभूत संक्रमण, और ऐसी ही अन्य बातें। डिजिटल एजेंसी के रूप में अनेक संस्थाओं या सगठनों के विकास का एक चरम बिंदु वह होता है जब वे वेबर के जमाने के फाइल और डॉक्युमेंटेशन से कहीं आगे बढ़कर, जहाँ नीति का अधिकृत संस्करण कागजी दस्तावेज़ के रूप में हुआ करता है, उस मुकाम पर पहुँचते हैं जहाँ अधिकृत संस्करण का संधारण इलेक्ट्रॉनिक (सामान्यत: इंट्रानेट पर) रूप में होता है और जरूरत पड़ने पर उसे प्रिंट किया जा सकता है।

अब अग्रणी सेक्टरों में उपभोक्ताओं को सूचना प्रदान करने तथा निगमों के साथ उन्हें सक्रिय बनाने की विधियों में परिवर्तन हो रहे हैं और इसी के साथ समकालीन सूचना-प्रौद्योगिकी संबंधी बदलाव सामाजिकी सूचना-संभारण के तौर-तरीकों और पद्धतियों में आए परिवर्तनों के माध्यम से भी कार्यशील हैं। सरकार के लिए खास तौर पर वे परिवर्तन प्रभावशाली रहे हैं जो अधिकांश समानधर्मी या एक ही प्रकार की कार्य-प्रकृति वाले निजी सेक्टर सेवा उद्योगों जैसे बैंकिंग, बीमा, तुलनाकारी विशेषज्ञ, ट्रैवेल फर्म्स, और यहाँ तक कि इलेक्ट्रॉनिक वस्तुओं के व्यापारी को प्रभावित करने वाले हैं जिन्होंने मध्यस्थता की जरूरत समाप्त कर दी है। उसी तरह, प्राप्ति (प्रौक्योरमेंट) जैसे क्षेत्रों में व्यवसाय-से-व्यवसाय स्तर तक के आपसी व्यवहार अब सीधे उस दायरे में चले आए हैं जिसके बारे में नागरिक समाज के कारकों की यह अपेक्षा रही है कि वे सरकारी दायरे हैं। प्राइवेट सेक्टर में उपभोक्ताओं और निगमों के व्यवहारों में परिवर्तन के साथ ही, इसी के समानांतर सरकारी सूचनाओं और लेन-देन की परंपराओं में भी बदलाव की प्रत्यक्ष मांग उठने लगी है।

यहाँ निहित आधे दशक का अंतराल विचारणीय है, लेकिन नए आविष्कारों के प्रसारण के तौर-तरीकों में बहुत अधिक समानताएँ हैं। डिजिटल युग की अभिशासन प्रथाओं के प्रभाव के बारे में तीन मुख्य विषय-वस्तुओं के अधीन विचार किया जा सकता है। पहली विषय-वस्तु है आंशिक रूप से नवीन लोक प्रबंधन की उभरती हुई समस्याओं के खिलाफ प्रतिक्रिया और आंशिक रूप से डिजिटल युग के अवसरों को दिखाती है। लेकिन अन्य दो विषय-वस्तुएँ नवीन लोक प्रबंधन की प्रथाओं से अनिवार्यतया पलायन की दिशा में हैं- उनके समबिंदु पर नहीं बल्कि बिल्कुल विपरीत दिशा में। ये शीर्ष विषय-वस्तुएँ हैं:

1. **पुनःएकीकरण:** डिजिटल युग टेक्नोलॉजी के अवसरों से लाभ उठाने के प्रमुख अवसर अनेक तत्त्वों को एकजुट करने में निहित हैं जिन्हें नवीन लोक प्रबंधन ने विवेकपूर्ण कॉर्पोरेट पदानुक्रमों में अलग कर दिया था, जिसमें लोक सेवाओं को उपयोगी पैकेजों में समेकित करने का भार नागरिकों तथा नागरिक समाज के अन्य कारकों के ऊपर डाल दिया गया था।

पुन:एकीकरण के प्रयास नवीन लोक प्रबंधन की थीसिस के प्रति एक विरोधात्मकता (और आंशिक रूप से संश्लेषणकारी) प्रस्तुत करते हैं।

2. **जरूरत पर आधारित समग्रतावाद**: पुन:एकीकरण में समाहित संकीर्ण, सम्मिलित अभिशासन संबंधी परिवर्तनों के विपरीत, समग्रतावादी सुधार में एजेंसियों और उनके क्लाइंटों के बीच के संपूर्ण संबंध को सरल बनाने और परिवर्तित करने की कोशिश की जाती है। वृहत्तर एवं अधिक समावेशपूर्ण प्रशासनिक ब्लॉकों के निर्माण के दायित्व का संबंध प्रक्रियाओं के ओर से छोर तक पुन:अभियंत्रण, अनावश्यक कदमों, अनुपालन की लागतों, नियंत्रणों और रूपों को अनावृत्त करने से है। यह एक अधिक स्फूर्त सरकार के विकास पर भी जोर देता है जो सामाजिक वातावरण में आए परिवर्तनों के प्रति तेजी और लोचपूर्ण ढंग से प्रतिक्रिया दे सके।

3. **डिजिटाइजेशन के परिवर्तनों का व्यापक अर्थबोध**: आई.टी. एवं संबंधित संगठनात्मक परिवर्तनों से प्राप्त समसामयिक उत्पादकता लाभों को महसूस करने के लिए यह आवश्यक है कि पूर्णत: डिजिटल ऑपरेशनों की ओर संक्रमण द्वारा खोले गए अवसरों का और अधिक मूलभूत संग्रहण किया जाए। इलेक्ट्रॉनिक चैनलों को पारंपरिक प्रशासनिक एवं बिज़नेस प्रक्रियाओं के पूरक के रूप में देखे जाने के बदले वे सच्चे अर्थों में रूपांतरकारी हो जाते हैं।

ऑटोमेटेड प्रक्रियाओं के नए स्वरूपों में खास तौर पर प्राइवेट सेक्टर में पहले पहल 'जीरो-टच टेक्नोलॉजी' (ZTT) का समावेश किया गया है। ZTT में आदर्श बात यह है कि विक्रय या प्रशासनिक ऑपरेशन में मानवीय हस्तक्षेप की जरूरत नहीं है। सुनियोजित एवं आधुनिक सार्वजनिक एजेंसी ऑपरेशनों में संभावित ऐप्लीकेशन के विशाल क्षेत्र मौजूद हैं।[33]

आमूलचूल वि-मध्यस्थता (disintermediation) वेब-आधारित प्रक्रियाओं (समतुल्य डिजिटल टीवी या मोबाइल फोन लिंक सहित) की संभावनाओं को संकेतित करती है ताकि नागरिकों, व्यवसायों, एवं नागरिक समाज के अन्य कारकों को राज्य प्रणालियों से प्रत्यक्ष रूप से संपर्क करने की सुविधा मिल सके, और वो भी पिछले समय के लोक सेवा या एजेंसी कर्मचारी रूपी उन सर्वव्यापी द्वार-प्रहरियों से गुजरे बिना।

लोकतांत्रिक-प्रशासनिक नीति: नवीन लोक प्रबंधन एवं नवीन लोक प्रबंधन के बाद:

हाल के दशकों में हुए सार्वजनिक सुधार विभिन्न देशों की प्रशासनिक नीतियों में महत्त्वपूर्ण परिवर्तन दर्शाते हैं। उन्हें प्रमुखतया तकनीकी-उन्मुखता वाले सुधारों के रूप में देखा गया है जिनका उद्देश्य सार्वजनिक सेक्टर की संगठनात्मक रूपरेखा को बदलना तथा कभी-कभार लोकतंत्र के और अधिक सामान्य सवालों पर ध्यान केंद्रित करना है।[34]

लोकतांत्रिक परिदृश्य एवं नवीन लोक प्रबंधन सुधार

आधुनिक लोकतंत्र के राजनीतिक इतिहास को नागरिक हितों की केंद्रीयता की शब्दावली में

समय-समय पर उभरने वाले शासन (गवर्नेंस) के लोकतांत्रिक रूपों के विभिन्न प्रादर्शों का विश्लेषण करके समझा जा सकता है। अभिशासन के बदलते हुए ढर्रे मुख्यतया लोक प्रबंधन की प्रकृति और उसके स्वरूप का निर्धारण करते हैं। अत: लोकतांत्रिक-प्रशासनिक नीति एवं लोक प्रबंधन के विकल्प के बीच के संपर्क-बिंदु को समझना जरूरी है।

1. **इनपुट लोकतांत्रिक मॉडल:** बुनियादी रूप से अप्रत्यक्ष लोकतांत्रिक मॉडल है जिसे यहाँ समूहवादी मॉडल[35] कहा गया है। यह इस अवधारणा पर निर्मित है कि सरकार एक सजातीय एवं अखंडित सत्ता है। संप्रभु लोगों का सामूहिक राज्य में सामान्य हित होता है और वे राजनेताओं तथा लोक सेवकों को प्राधिकार सौंपते हैं ताकि सार्वजनिक हितों को पूरा किया जा सके।[36] यह एक केंद्रीकृत मॉडल है जिसमें राजनीतिक एवं प्रशासनिक नेताओं के पास प्रचुर शक्ति होती है और वे सामूहिक लक्ष्यों की प्राप्ति के लिए सोच-समझकर राज्य के साधनतंत्र की रूपरेखा तय करते हैं। जब पर्यावरणीय संदर्भ, हित एवं समस्याओं में परिवर्तन आता है तो वे उस साधनतंत्र को भी तदनुसार पुन:संगठित करते हैं।

2. **समूहवादी मॉडल:** इसे मूल संरचनात्मक एवं सांस्कृतिक तत्त्वों को दृढ़ करने वाले कारक के रूप में देखा जा सकता है, जिसका अर्थ है कि संरचनात्मक क्रम संस्कृति की अंतर्भूत विशेषताओं अथवा मुख्य संस्थात्मक व्यवस्थापनों[37] के साथ लय-ताल मिलाकर काम करता है। राजनीतिक नेता एक सामान्य विरासत, उद्देश्य एवं भावी नियति[38] में निरूपित समूहवादी दायित्वों एवं कर्तव्यों के अनुसार कार्यरत होते हैं। लोक सेवक उच्च शिक्षा द्वारा पहले से समाजीकृत होते हैं, राजनीतिक नेताओं के साथ वे मुख्य संस्थात्मक तौर-तरीकों और मूल्यों को अंतर्हित तथा साझा करते हैं तथा जनता की बोधगम्य इच्छा को प्रस्तुत करते हैं। आम जनता सामूहिक संस्थात्मक तौर-तरीकों और मूल्यों को साझा करती है तथा अच्छे नागरिकों की तरह व्यवहार करना सीखती है।

3. **आउटपुट लोकतांत्रिक मॉडल:** जैसाकि पीटर्स[39] द्वारा परिभाषित किया गया है, यह अफसरशाही की दूसरी भूमिका है। अप्रत्यक्ष लोकतंत्र में इसकी तटस्थ भूमिका के साथ-साथ यह वैयक्तिक या सामूहिक हितों के साथ समाज के साथ संपर्कों का एक प्रमुख समूह बनाए रखता है। आउटपुट मॉडल अफसरशाही के प्रत्यक्ष प्रभाव एवं नियंत्रण से संबंधित है। लेकिन यह पारदर्शिता, सूचना एवं वैधता से भी संबंधित है। यह प्रबंधकीय दायित्व एवं कार्य-प्रदर्शन के पूर्ववर्ती उत्तर-निर्णय पर ज्यादा ध्यान केंद्रित करता है एवं अक्सर विशेषाधिकारवादी तथा पृथक्कीकृत होता है। इसे इनपुट मॉडल के प्रति चुनौतीपूर्ण और उस पर छा जाने वाले प्रादर्श (मॉडल) के रूप में देखा जा सकता है और साथ ही अधिक प्रत्यक्ष लोकतंत्र[40] के माध्यम से उसके पूरक और शक्तिकारक के रूप में भी।

आउटपुट मॉडल वस्तुत लोकतंत्र के दो मॉडलों को समेटे हुए दिखता है – पारंपरिक अनेकतावादी मॉडल एवं नवीन वैयक्तिक-अर्थतांत्रिक मॉडल। अनेकतावादी मॉडल इस अवधारणा पर टिका हुआ है कि सरकारी साधनतंत्र विजातीय है जिसमें कई अलग-अलग शक्ति-केंद्र, संस्थाएँ और स्तर होते हैं जिनका संबंध विविध हितों से होता है। अनेकतावादी राज्य में निर्णय लेने की प्रक्रियाएँ विभिन्न हितों के बीच रस्साकशी के समान हैं जिसका अर्थ यह हुआ कि लोकनीति की विषय सामग्री सतत परिवर्तित हो रही है। ऐसे मॉडल में राजनेताओं

को वार्ताकार, मध्यस्थ एवं संयोजक (फैसिलिटेटर) की भूमिका में देखा जाता है जो कुछ हितों को संतुलित रखते और कुछ को बढ़ावा देते हैं। केंद्रीय कारक या तो लोक सेवक होते हैं जोकि सरकार की विशेषीकृत इकाइयों अथवा सरकार से बाहर के हित-समूहों का प्रतिनिधित्व करते हैं।

राजनीतिक-प्रशासनिक प्रणाली के कार्य को समझने के लिए, वैयक्तिक-आर्थिक मॉडल व्यक्तिगत कारकों की धारणा का प्रयोग करता है जो अपने-अपने हितों के पोषण में लगे हुए हैं तथा खास तरीकों से काम करने के लिए जिन्हें प्रेरक-लाभ (incentives) की जरूरत होती है। हालाँकि इस मॉडल में प्रतियोगिता लोकतंत्र के पारंपरिक मॉडल के तत्त्व शामिल होते हैं लेकिन इसे मुख्यतः आर्थिक सिद्धांतों और प्राइवेट सेक्टर प्रबंधन के विचारों पर आधारित कारकों का सामान्य परिदृश्य प्रस्तुत करने वाले के रूप में देखा जा सकता है, जिनके बारे में कहा जाता है कि मुख्य उद्देश्यों, संरचना, दायित्व एवं संस्कृति के भेदों के बावजूद सार्वजनिक सेक्टर में वे प्रासंगिक होते हैं। इस मॉडल में लोकतंत्र तथा राजनीतिक प्रणाली में अफसरशाही की भूमिका के बारे में स्पष्ट समग्र सोच-समझ का अभाव होता है। इसका मुख्य फोकस लोक सेवाओं को प्रभावी रूप से चलाने, प्रति-विकास के सिद्धांतों को लागू करने, स्पष्ट भूमिकाओं, अनुबंधों और मार्केट पर होता है। वैयक्तिक-आर्थिक मॉडल में इनपुट मॉडल द्वारा समर्थित नागरिकता की पारंपरिक अवधारणा को चुनौती दी गई है। यह समेकित करने वाली स्थिति से आगे बढ़ने का पक्षधर है, जहाँ लोग पथ-आधारित सामूहिकता से संबंधित होते हैं तथा उन्हें आक्रामक स्थिति की ओर ले जाना चाहता है जहाँ नागरिकों को अपेक्षाकृत कमजोर गठबंधन वाले परस्पर-आकर्षित व्यक्तियों के रूप में देखा जाता है। यह मॉडल संकीर्णतर उपभोक्ता/ग्राहक की भूमिका का प्रतिनिधित्व करता है जहाँ मुख्य जोर व्यक्ति के अधिकारों और उसकी पसंद-नापसंद को दिया जाता है। इस मॉडल में नई आउटपुट भूमिका मुख्यतः सेवा-प्रदायन तथा लोक सेवा से प्रत्यक्ष संपर्क के बारे में है, लेकिन साथ ही यह वैकल्पिक एवं अधिक प्रत्यक्ष किस्म की लोकतांत्रिक भागीदारी का भी प्रतिनिधित्व करता है। इसे गैर-राजनीतिक या प्रति-राजनीतिक[41] साथ ही एक विकल्प के प्रस्तोता तथा लोकतांत्रिक भागीदारी के अधिक प्रत्यक्ष स्वरूप के तौर पर भी माना जा सकता है ।

नवीन लोक प्रबंधनः आउटपुट लोकतंत्र की ओर

1980 के दशक के आरंभ में जब नवीन लोक प्रबंधन की शुरूआत हुई थी तो इसका मुख्य उद्देश्य था सरकार की अक्षमता, लोगों के लिए भागीदारी के अवसरों की कमी तथा सार्वजनिक सेक्टर की घटती हुई वैधानिकता का निराकरण करना। नवीन लोक प्रबंधन की रचना ऊपर वर्णित वैयक्तिक-आर्थिक मॉडल पर की गई थी। नवीन लोक प्रबंधन की मुख्य विशेषता आर्थिक रीतियों और मूल्यों पर इसका एक-आयामी रूप से जोर डालना है।[42] इसके भीतर आर्थिक रीतियों के वैचारिक प्रभुत्व तथा अन्य कई पारंपरिक रूप से वैधानिक रीतियों और मूल्यों – जैसे व्यापक राजनीतिक सरोकार, सेक्टर पॉलिसी लक्ष्य, प्रोफेशनल विशेषज्ञता, अनेक अधिकार एवं नियम तथा सामाजिक ग्रुपों – के उनके अधीन होने का अभिप्राय छुपा हुआ है।

नवीन लोक प्रबंधन अनिवार्यतः एक सामान्य प्रबंधन का विचार है, क्योंकि इसमें यह दलील दी गई है कि सभी प्रबंधन एकसमान चुनौतियों का सामना कर रहे होते हैं। अतः उन सबके साथ समान तौर-तरीकों का इस्तेमाल किया जाना चाहिए, न कि संरचना या दायित्व के अनुसार अलग-अलग।[43] लोक अभिशासन (पब्लिक गवर्नेंस) का नया प्रादर्श कल्याणकारी राज्य एवं नागरिक[44] इन दोनों की ही पारंपरिक धारणाओं को चुनौती देना है। यह कल्याणकारी राज्य को मार्केट-आधारित डिलिवरी प्रणाली मानता है तथा नागरिक को एक ग्राहक[45]।

वृहत्तर प्रबंधकीय विवेक की आवश्यकता एवं अधिक दायित्वशीलता के बीच नवीन लोक प्रबंधन में एक तनाव पाया जाता है[46]। इस संदर्भ में, राजनीतिक दायित्वशीलता एवं प्रबंधकीय दायित्वशीलता के बीच एक विभाजक-रेखा खींची जा सकती है[47]। पहले का संबंध उन लोगों से है जिनके पास प्रतिनिधित्वपूर्ण (डेलिगेटेड) अधिकार है, जो अपने कार्यों के लिए जनता के प्रति उत्तरदायी हैं। साथ ही इसमें "क्या किया जाना चाहिए" के बारे में बातचीत और वाद-विवाद की जगह बनी रहती है। राजनीतिक दायित्वशीलता का विशिष्ट लक्ष्य है राजनीतिक नेताओं को जनता की सदिच्छा के प्रति सुव्यवस्थित तरीके से अनुक्रियाशील बनाना। दूसरी ओर, प्रबंधकीय दायित्वशीलता एक अधिक तटस्थ एवं तकनीकी कवायद है जिसमें बुक-कीपिंग तथा यह समीक्षा शामिल है कि दायित्वों को क्षमता एवं प्रभावशीलता के साथ पूरा किया जा रहा है या नहीं[48]। इसका संबंध प्रतिनिधित्वपूर्ण अधिकार प्राप्त लोगों को सहमति आधारित कार्य-प्रदर्शन मानदंडों के अनुसार सहमति पर आधारित दायित्वों के निर्वहन के लिए तैयार करने से है। नवीन लोक प्रबंधन मुख्य रूप से प्रबंधकीय दायित्वशीलता को मजबूत बनाने पर ध्यान केंद्रित करता है। नवीन लोक प्रबंधन मॉडल एक ग्राहक प्रेरित तरीका है जिसमें लोक हित की परिभाषा नीचे से ऊपर जाने वाली प्रक्रिया-शृंखलाओं के माध्यम से दी जाती है, जो हर एजेंसी और उसके क्लाइंटों को लोकनीति की विषय-वस्तु तय करने की स्वतंत्रता देती है। यह निम्नतम इकाई के स्तर पर राज्य के साथ व्यस्त रहने वाला मॉडल है तथा केंद्रीकृत राज्य को केंद्रीय स्तर पर कार्य की अधिकता से ग्रस्त और अप्रभावी मानकर चलता है।

नवीन लोक प्रबंधन मॉडल के कुछ तत्त्व लोकतंत्र का संभावी वैकल्पिक नज़रिया पेश करते हैं। एक ऐसे लोकतंत्र का जो प्रत्यक्ष रूप से व्यक्ति की ओर उन्मुख है तथा लोक सेवाओं के संदर्भ में नागरिकों को चयन की कहीं अधिक स्वतंत्रता देता है[49]। परंतु यह इस प्रश्न का उत्तर नहीं देता कि मार्केट में विकल्प आजमाने वाले परस्पर-आकर्षित व्यक्ति एक स्थायी एवं उत्तरदायी लोकतांत्रिक प्रणाली के सृजन में कैसे योगदान दे सकते हैं। इसके अलावा, सेवा-प्रदायन एवं उनकी गुणवत्ता को प्रभावित कर सकने की उनकी क्षमता भी अस्पष्ट एवं वाद-विवाद का विषय है, तथा "क्रीमिंग" (मलाईदारी) एवं सामाजिक पृथक्कीकरण के बीच विभेद-रेखा खींचने का मुद्दा भी अत्यंत प्रासंगिक हो सकता है।

नवीन लोक प्रबंधन के प्रादर्श का सबसे महत्त्वपूर्ण भाग वह नहीं है जिसका संबंध लोकतंत्र से है बल्कि वह जिसका संबंध लोक-सेवाओं की सक्षमता, गुणवत्ता तथा उन पर पड़ने वाले प्रत्यक्ष प्रभाव से है। हो सकता है इसे "लोगों को सशक्त बनाने" के पहलू[50] का नाम दे दिया जाए। सैद्धांतिक रूप से, प्रतियोगिता एवं मार्केट के ज़रिये व्यक्तियों की भागीदारी से

प्रभावी एवं उच्च-कोटि की सेवाओं का सृजन होना चाहिए। नवीन लोक प्रबंधन आउटपुट लोकतंत्र पर जोर देता है तथा इनपुट लोकतंत्र को कमतर मानता है।

नवीन लोक प्रबंधन के बाद

Post new public administration

नवीन लोक प्रबंधन के सुधारों के विपरीत, 1990 के दशक के उत्तरार्द्ध में सुधारों का एक नया दौर प्रारंभ हुआ जिन्हें आरंभ में संयोजित सरकार या ज्वाइंड-अप गवर्नमेंट (Joined-up Government (JUG)) और बाद में समग्र सरकार या होल-ऑफ-गवर्नमेंट (Whole of Government (WG)) -- जिसे यहाँ "नवीन लोक प्रबंधन के बाद के सुधार" कहा गया है – का नाम दिया गया[51]। उनका प्रयास था कि केवल अर्थशास्त्र ही नहीं बल्कि अन्य सामाजिक विज्ञानों की अंतर्दृष्टियों से लाभ उठाते हुए भी एक अधिक समग्रतावादी कार्यनीति प्रयोग में लाई जाए[52]। नए सुधार प्रयासों को पथ निर्भरता एवं अत्यंत क्रांतिकारी नवीन लोक प्रबंधन देशों – जैसे यू.के., न्यूजीलैंड और ऑस्ट्रेलिया – में प्राप्त नकारात्मक फीडबैक के सम्मिलित परिणाम के रूप में देखा जा सकता है।[53] नवीन लोक प्रबंधन सुधार कार्यक्रमों के फलस्वरूप हुए तेज विखंडन के प्रतिक्रियास्वरूप इन देशों ने संयोजन एवं समेकीकरण (coordination and integration) की रणनीतियाँ अपना लीं। संयोजित सरकार एवं समग्र सरकार जैसे नारों ने लोक प्रशासन में संयोजन के पुराने सिद्धांत को ही एक नया लेबल दे दिया। संयोजन के मामले के अलावा, समेकीकरण की समस्या इन सुधार कार्यों के पीछे मुख्य चिंता का विषय थी[54]।

संयोजित सरकार की अवधारणा सर्वप्रथम 1997 में ब्लेयर सरकार द्वारा पेश की गई। इसका मुख्य उद्देश्य था "दुष्ट" (wicked) समस्याओं तथा ऐसे मामलों पर बेहतर पकड़ बनाना जिनकी पहुँच सेक्टरों, प्रशासनिक स्तरों तथा नीतिगत क्षेत्रों से परे थी। संयोजित सरकार को "विभागीयतावाद" (departmentalism), सुरंग दृष्टि, तथा "वर्टिकल साइलोस" के विरोधी विचार के रूप में प्रस्तुत किया गया था। यह ऐसी स्थितियों के उन्मूलन के लिए था, जिनमें अलग-अलग नीतियाँ एक-दूसरे पर प्रभुत्व जमा रही होती हैं, क्षैतिज (horizontal) एवं अनुलंबित (vertical) समन्वय प्राप्त करने की अभिलाषा का सूचक है ताकि दुर्लभ संसाधनों का बेहतर उपयोग किया जा सके, किसी खास नीतिगत क्षेत्र में विभिन्न उद्यमियों को एकजुट करके सहक्रियता का सृजन किया जा सके तथा नागरिकों को सेवाओं तक विखंडित पहुँच प्रदान न करते हुए अबाध पहुँच प्रदान की जा सके[55]।

ज्वाइंट-अप गवर्नमेंट तथा होल ऑफ गवर्नमेंट

समग्र सरकार (WG) के कार्यकलाप सरकार के किसी भी या सभी स्तरों का तक हो सकते हैं तथा सरकार के बाहर के समूहों को भी काम में लगा सकते हैं। इसका संबंध शीर्ष स्तर पर मिलाने से है, लेकिन साथ ही आधार-स्तर पर मिलाने से भी जिससे स्थानीय एकीकरण बढ़ाया जा सके। इसमें सार्वजनिक-निजी साझेदारी शामिल होती है। नवीन लोक प्रबंधन की तरह समग्र सरकार की अवधारणा विचारों और उपकरणों का परस्पर प्रासंगिक समूह पेश

नहीं करती। इसे सबसे बेहतर ढंग से सार्वजनिक सेक्टर एवं लोक सेवाओं के अधिक विखंडीकरण की समस्या के प्रति अनेक प्रतिक्रियाओं का वर्णन करने वाले तथा एकीकरण, समन्वय, एवं क्षमता बढ़ाने की अभिलाषा के एकछत्र शब्द के रूप में देखा जा सकता है।

नवीन लोक प्रबंधन के बाद के सुधारों में इनपुट लोकतांत्रिक मॉडल की तरह निर्वाचन चैनल पर ध्यान दिया जाता है और ऐसा करते हुए वे और अधिक केंद्रीकरण और समन्वय पर जोर देते हैं ताकि आधुनिक समाज की चुनौतियों का सामना किया जा सके।

पुनःकेंद्रीकरण और पुनःएकीकरण का कारण यह है कि नवीन लोक प्रबंधन के समक्ष प्रभावशीलता के प्रदायन में समस्या आती है – चाहे वह सूक्ष्म स्तर पर हो या वृहत स्तर पर। इसके साथ ही, आतंकवाद, महामारियों एवं सुनामियों से अधिकाधिक असुरक्षित संसार में नियंत्रण और संयोजन की वैधानिकता पहले से अधिक बढ़ गई है। समूहवादी मॉडल की तरह, नवीन लोक प्रबंधन के बाद के प्रयास में संरचनात्मक तथा सांस्कृतिक तत्त्वों को सम्मिलित करके नियंत्रण और समन्वय को बढ़ाने की कोशिश की गई है। मूल्य-आधारित प्रबंधन की अवधारणा इसलिए है ताकि सामूहिक लक्ष्यों एवं तौर-तरीकों के बारे में एक अधिक सामान्य सांस्कृतिक बोध उत्पन्न किया जा सके जिससे नवीन लोक प्रबंधन के विशेषीकरण एवं विखंडन को – ये भी उप-संस्कृतियों एवं अधिक संकीर्ण सांस्कृतिक केंद्र-बिंदुओं से संबंधित हैं – प्रति-संतुलित किया जा सके।

तथापि, नवीन लोक प्रबंधन के बाद के प्रयास को अभिशासन संबंधी इसकी अवधारणा उससे कहीं अधिक व्यापक रूप से परिभाषित है, क्योंकि इसका परिणाम है समाज तक पहुँच कायम करना, नागरिक समाज में व्यक्तियों और संगठित निजी कारकों को लोकनीति के बारे में जानने तथा नीति को अधिक प्रतिनिधित्वकारी बनाने में भागीदार बनने और उसे लागू करने में ज्यादा सक्षम बनाना। ये सभी तत्त्व आउटपुट मॉडलों से लिए गए हैं। संयोजित सरकार (JUG) समग्र सरकार (WG), सार्वजनिक-निजी भागीदारियों का प्रयोग, गैर-लाभ संगठनों को सहायता देना तथा उपभोक्ता फोरमों की स्थापना — ये सब इसी दिशा की ओर संकेत करते हैं।

5.2 नवीन लोक प्रबंधन तथा भारत में डिजिटल अभिशासन

नवीन लोक प्रबंधन एवं उसके आगे की यात्रा को समझने के लिए, यह आवश्यक है कि भारत में इसकी पृष्ठभूमि को प्रासंगिक रूप से देखा जाए। पिछले लगभग छः दशकों में विभिन्न आयोगों ने सु-शासन (good governance) तथा लोक संसाधनों के बेहतर प्रशासनिक प्रबंधन के बारे में अपनी अनुशंसाएँ दी हैं। उनमें से प्रमुख हैं – प्रशासनिक सुधारों, वेतन, श्रम एवं पीसीयू के बारे में पॉल एच. एपल्बी की रिपोर्ट (1953 एवं 1956) जिसे केंद्र सरकार में ओ एंड एम संगठन के लिए प्रस्तावित किया गया, और साथ ही लोकसेवकों को पुनरुन्मुख बनाने के लिए लोक प्रशासन संस्थान की स्थापना की गई। टी.टी. कृष्णमाचारी रिपोर्ट में आई.ए.एस. अधिकारियों के बेहतर प्रशिक्षण एवं बेहतर जिला प्रशासन की अनुशंसा की गई। प्रशासनिक सुधार आयोग (1966-70) ने सचिव स्तर से लेकर वित्तीय एवं योजना और विकेंद्रीकरण तक से संबंधित अनेक सुधार प्रस्तावित किए।

के. संथानम रिपोर्ट (1964) में भ्रष्टाचार के खतरे को रोकने की जरूरत पर बल दिया गया। 1983 में, आर्थिक एवं प्रशासनिक सुधारों के बारे में एल. के. झा आयोग ने कार्य-प्रदर्शन पर अधिक जोर देने के साथ-साथ दायित्वशीलता की आवश्यकता की वकालत की। नवम्बर 1996 में, प्रभावशील एवं अनुक्रियाशील प्रशासन पर संपन्न हुए प्रांतीय एवं केंद्र-शासित प्रदेशों के मुख्य सचिवों के अधिवेशन में इस बात पर जोर दिया गया था कि शासन में नागरिकों और उपभोक्ताओं को सक्रिय रूप से शामिल किया जाना चाहिए ताकि सेवा डिलिवरी एवं प्रोग्राम का कार्यान्वयन स्वशासी रूप से निर्वाचित स्थानीय निकायों के माध्यम से किया जा सके[56]।

दायित्वशीलता सुनिश्चित करने के लिए, 2005 में सूचना का अधिकार अधिनियम बना। सभी विभागों एवं मंत्रालयों में शिकायत-निवारण प्रकोष्ठ बने हुए हैं। इसके अतिरिक्त, राजनीतिक कार्यालयों में भ्रष्टाचार पर अंकुश लगाने के लिए अनेक राज्यों में लोकायुक्त कार्यरत हैं। लोक संसाधन के प्रभावी प्रबंधन एवं बेहतर अभिशासन के लिए, सूचना प्रौद्योगिकी अधिनियम बना। केंद्र एवं राज्य सरकारों द्वारा अलग-अलग पैमानों पर सिटिजन चार्टर, सामाजिक ऑडिट तथा ई-गवर्नेंस की अवधारणाओं का प्रयोग किया जा रहा है। कई लोक उद्यमों को प्रबंधकीय एवं वित्तीय रूप से स्वशासी बनाया गया है ताकि वे जनता के धन पर बोझ न बनें। सेल, भेल, ओएनजीसी, एनटीपीसी, वीएसएनएल जैसे नवरत्न विश्व पूँजीतंत्र में निर्बाध रूप से प्रतियोगी बने हुए हैं। **डिजिटल गवर्नेंस (ई-गवर्नेंस)** को भारत में नवीन लोक प्रबंधन के सर्वाधिक प्रभावशाली उपकरण के रूप में संचालित किया जा रहा है।

ई-गवर्नेंस में नागरिकों के लिए निम्नांकित प्रकार्य शामिल हैं:

(i) एक ही सूचना-स्रोत से नागरिकों को समस्त जानकारी प्रदान करना, विभिन्न संगठनों के संसाधनों का अधिकतम प्रयोग, सूचना-प्रक्रिया और वितरण के पैमानों के लिए अर्थतंत्रों की रचना, अंतःसरकार प्रतिभागिता एवं लोक उपयोगिता नेटवर्कों की स्थापना।

(ii) निर्वाचित प्रतिनिधियों को और अधिक सुलभ बनाकर तथा ई-गवर्नेंस में उनके प्रकार्यों का विस्तार करके नागरिकों को प्रतिनिधित्व देना।

(iii) वाद-विवाद, विचारों का आदान-प्रदान तथा डिलिवरी प्रणाली में गुणात्मक सुधार के लिए फ़ीडबैक को सुगम बनाकर नागरिकों की आवाज को और अधिक बुलंदी प्रदान करना।

(iv) द्विमार्गी संवाद, प्रतिभागितापूर्ण निर्णयन, सेवाओं की उपलब्धता बढ़ाकर तथा जन-सूचना एवं फ़ीडबैक प्रणाली का विकास करके लोगों की भागीदारी बढ़ाना।

(v) साझेदारी का दृष्टिकोण, सामुदायिक संलग्नता तथा ई-गवर्नमेंट में भागीदार बनने की कुशलताओं का विकास करके नागरिकों को क्रियाशील बनाना तथा नागरिकों, सेवा-उपभोक्ताओं, बिज़नेस एवं स्वयंसेवी संगठनों के लिए प्रासंगिक सूचना एवं ज्ञान हेतु स्थितियों का सृजन।[57]

भारत में ई-गवर्नेंस

भारत में ई-गवर्नेंस का जन्म 1970 के दशक में प्रतिरक्षा, आर्थिक निगरानी, योजना, के क्षेत्रों में आंतरिक अनुप्रयोगों पर फोकस के साथ चुनावों, जनगणना, टैक्स प्रशासन इत्यादि से जुड़े डाटा-संघनित प्रकार्यों के प्रबंधन के लिए सूचना और संचार टेक्नोलॉजी को प्रतिनियुक्त करने से हुआ। इनमें से ज्यादातर कार्य एकल अनुप्रयोग थे। 1980 के दशक में, राज्यव्यापी एरिया नेटवर्क (SWANs) की रचना की गई जिससे सभी जिलों को सूचना और संचार टेक्नोलॉजी नेटवर्क से जोड़ा गया। 1990 के दशक के उत्तरार्द्ध के बाद से राष्ट्रीय तथा राज्य सरकारें उत्साहपूर्वक सूचना और संचार टेक्नोलॉजी प्रणाली को अपनाती चली आ रही हैं, जिसमें खास तौर पर इंटरनेट सहित वेब-आधारित टेक्नोलॉजी शामिल है। भारत सरकार के प्रमुख विकास स्तंभों में शामिल हैं सूचना प्रौद्योगिकी (IT) अधिनियम, 2000, जिसके द्वारा इलेक्ट्रॉनिक संवाद को वैधता प्रदान की गई तथा इलेक्ट्रॉनिक तरीके से सूचनाओं के आदान-प्रदान के लिए कार्य-प्रथाओं का नियमन किया गया। एक अन्य क्रांतिकारी परिवर्तन था सूचना का अधिकार (RIT) अधिनियम, 2005, जिसके जरिये जन संस्थानों को सूचना की मांग करने वाले नागरिकों को जानकारी देने के लिए उत्तरदायी ठहराया गया। 1997 के बाद से, नागरिक घोषणा (सिटीजन चार्टर) को अपनाने के माध्यम से, हर मंत्रालय या विभाग स्पष्ट आदर्शों, समय-सारिणी तथा शिकायत निवारण मैकेनिज्म के साथ नागरिकों को विशिष्ट सेवाएँ देने के लिए कृतसंकल्प है। अन्य प्रमुख संस्थात्मक परिवर्तनों में शामिल हैं केंद्रीय सूचना एवं संचार टेक्नोलॉजी मंत्रालय (MICT) तथा हैदराबाद में एक इलेक्ट्रॉनिक गवर्नेंस केंद्र की स्थापना। ज्यादातर मंत्रालयों/विभागों ने अपने-अपने वेबसाइट भी शुरू किए हैं जिनमें वे अपने-अपने विभाग या मंत्रालय से संबंधित बुनियादी जानकारियाँ, संपर्क किए जा सकने वाले व्यक्तियों की सूची, नागरिक घोषणा, सूचना का अधिकार अधिनियम, सूचना हासिल करने के लिए केसे आवेदन करें, संबंधित वेबसाइटों के लिंक, वार्षिक रिपोर्ट, प्रकाशन एवं अन्य दस्तावेज़ संबंधी विवरण देते हैं। कुछ वेबसाइट में अभिक्रियात्मक इंटरफेस भी हुआ करते हैं, जैसे ऑनलाइन फॉर्म सब्मिशन, आवेदन की स्थिति का जायजा लेना, इत्यादि। उत्तरपूर्वी राज्यों, जम्मू-कश्मीर, अंडमान-निकोबार एवं लक्षदीप में कम्युनिटी इन्फॉर्मेशन सेंटर (CIC) या सामुदायिक सूचना केंद्र आरंभ किया गया है।

राष्ट्रीय ई-गवर्नेंस योजना

लोक सेवा प्रदायन की प्रभावशीलता, पारदर्शिता एवं विश्वसनीयता बढ़ाने के लिए 1990 के आरंभिक दशक में केंद्रीय प्रशासनिक सुधार समिति ने राज्य और नागरिकों के बीच एक इंटरफेस के रूप में ई-गवर्नेंस के उपयोग की सिफारिश की। नौवीं योजना की मध्यावधि समीक्षा एवं दसवीं योजना के ऐप्रोच पेपर में गवर्नेंस-प्रक्रिया के क्षय पर खेद प्रकट किया गया है। वर्ष 2003 के मध्य में, सूचना प्रौद्योगिकी विभाग (Department of Information Technology (DIT)) तथा प्रशासनिक सुधार एवं जन शिकायत विभाग (DAR&PG) द्वारा संकल्पित राष्ट्रीय ई-गवर्नेंस योजना (NeGP) का उद्देश्य है नागरिकों और व्यवसायों को दी जाने वाली विभिन्न लोक सेवाओं की डिलिवरी में

गति, विश्वसनीयता, सुगमता एवं पारदर्शिता बढ़ाना। राष्ट्रीय ई-गवर्नेंस ''केंद्रीकृत नियोजन एवं विकेंद्रीकृत कार्यान्वयन'' के तरीके पर आधारित है। इसमें ई-गवर्नेंस की पहल के सफल कार्यान्वयन के प्रमुख घटकों के रूप में प्रक्रिया के पुन:अभियंत्रण (प्रोसेस री-इंजीनियरिंग) तथा परिवर्तन प्रबंधन पर जोर दिया गया है[58]। राष्ट्रीय ई-गवर्नेंस का उद्देश्य विभिन्न राज्यों एवं लाइन विभागों द्वारा उठाए गए ई-गवर्नेंस संबंधी सभी कदमों के लिए एक संपर्क-सूत्र के रूप में काम करना है। सरकारी वेबसाइटों की कुल संख्या की दृष्टि से, भारत दुनिया की सूची में सातवें नंबर पर है[59]। लेकिन संयुक्त राष्ट्र ई-गवर्नेंस तत्परता रिपोर्ट के अनुसार, भारत का स्थान 191 देशों में 86वाँ है[60]। इस तरह, जमीनी हकीकत के नज़रिये से, राष्ट्रीय ई-गवर्नेंस योजना निकट भविष्य में अति महत्वाकांक्षी नजर आती है। राष्ट्रीय ई-गवर्नेंस योजना को – जिसके कार्यान्वयन की समय सीमा 2003-2007 बनाई गई थी उसे 18 मई 2006 को केबिनेट की स्वीकृति मिल गई।

दूरसंचार, निर्माण तथा बैंकिंग एवं आर्थिक सेक्टरों के बाद भारत सरकार सूचना प्रौद्योगिकी पर निवेश करने में चौथे स्थान पर है[61]। अगर हम यह मान भी लें कि आवश्यक अधोसंरचना तैयार करने में वित्तीय संकट आड़े नहीं आएगा तो भी जो डिजिटल विभाजन उभर रहा है तथा मौजूदा सामाजिक विभाजन एवं साक्षरता (केवल लिखना-पढ़ना नहीं बल्कि कंप्यूटर कुशलता भी) राष्ट्रीय ई-गवर्नेंस योजना की सफलता को गौण बना सकती है। यह देखना अभी बाकी है कि ई-गवर्नेंस के शुभारंभ से प्रशासन कितना पारदर्शी, प्रभावी एवं बाजारोन्मुख हो सकेगा। नई प्रणाली में, बिचौलियों की नई प्रजाति के अभ्युदय के साथ, पक्षपात और रिश्वत का बोलबाला हो सकता है।[62] अत:, केवल ई-गवर्नेंस के दम पर दायित्वशीलता और पारदर्शिता नहीं लाई जा सकती और न ही भ्रष्टाचार-मुक्त समाज का निर्माण किया जा सकता है। इसके लिए, वृहत स्तर पर संस्थात्मक परिवर्तन भी आवश्यक होगा।

राज्य सरकारों द्वारा ई-गवर्नेंस संबंधी पहल

राज्यों में ई-गवर्नेंस की दिशा में कुछ कदम उठाए जा चुके हैं किंतु उल्लेखनीय प्रगति आंध्र प्रदेश, गुजरात, कर्नाटक, केरल, मध्य प्रदेश, महाराष्ट्र, नई दिल्ली और तमिलनाडु में दृष्टिगोचर होती है। आंध्र प्रदेश के मामले में उल्लेखनीय बात यह है कि उसके पास ई-गवर्नेंस तथा विकास परियोजनाओं के लिए सूचना और संचार टेक्नोलॉजी का अच्छा-खासा अनुभव है। राज्य के सभी मंत्रालयों ने कई पायलेट प्रोजेक्ट चालू किए क्योंकि तत्कालीन मुख्यमंत्री ने शासन और विकास के लिए सूचना और संचार टेक्नोलॉजी की ताकत का लाभ उठाने की दिशा में सक्रिय अभिरुचि दर्शाई। एकल खिड़की समेकित नागरिकता सेवा केंद्रों (Single Window Integrated Citizen Serving Centres – ICSCs) की स्थापना की गई जिनके जरिये नागरिक सरकार से सूचना हासिल कर सकते हैं, उपयोगिता सेवाओं के बिल और संपत्ति-कर चुका सकते हैं, सर्टिफिकेट और लाइसेंस प्राप्त कर सकते हैं तथा निर्माण परमिट, संपत्ति के रजिस्ट्रेशन तथा ट्रांसपोर्ट प्रक्रियाओं के बारे में जानकारियाँ ले सकते हैं।[63] फिर भी हर प्रोजेक्ट की रूप-रचना किसी खास मंत्रालय की सूचना संबंधी आवश्यकताओं के इर्द-गिर्द की गई न कि नागरिकों की (भीतर से बाहर परिदृश्य)। अनुभव से पता चलता है कि पहले नागरिकों

की जरूरतों को तय करने की जरूरत है और उसके बाद सिस्टम को नागरिक-केंद्रित तरीके से (बाहर से भीतर परिदृश्य) डिजाइन करने की। इसके बाद, विभिन्न मंत्रालयों और जिलों को परस्पर जोड़ने वाली मेरुदंडीय संरचना अबाध एकीकरण की दिशा में ले जा सकती है और एक ही खिड़की से सेवा डिलिवरी संभव हो सकेगी। सार्वजनिक सेक्टर वातावरण से निबटने में हो रही कठिनाई है परिणामों को सार्थक तरीकों से माप सकने की, जिसके परिणामस्वरूप प्राइवेट सेक्टर से प्राप्त अवधारणाओं को लागू करने का दायरा घट गया है।

यदि ई-गवर्नेंस को "नाम बड़े पर दर्शन छोटे" की हकीकत से आगे बढ़ना है तो जरूरी है कि यह नागरिकों की समस्याओं को सुलझाए तथा भाषिक, सामाजिक, सांस्कृतिक, पर्यावरणीय, राजनीतिक एवं ऐतिहासिक मुद्दों को जगह देने के लिए स्थानिकीकरण (लोकलाइजेशन) प्रदान करते हुए विविधता के प्रति अनुक्रियाशील बने।

निजी/स्वयंसेवी सेक्टरों द्वारा ई-गवर्नेंस संबंधी पहल

केंद्र सरकार तथा अनेक राज्य सरकारों के अलावा, ई-गवर्नेंस संबंधी कई पहलें जिला सरकार की साझेदारी के साथ स्थानीय स्तर पर निजी/स्वयंसेवी सेक्टर की संस्थाओं द्वारा भी की गई हैं। ऐसा ही एक प्रोजेक्ट "ज्ञानदूत" मध्य प्रदेश के ग्रामीण क्षेत्रों में रहने वाले लोगों को ई-गवर्नमेंट तथा ई-कॉमर्स सेवाएँ प्रदान करता है।[64] आरंभ में, ग्रामीण समुदायों के विकास के लिए, "ज्ञानदूत" द्वारा सूचना और संचार टेक्नोलॉजी के उपयोग की संभावना को लेकर अति प्रचार की स्थिति थी। "ज्ञानदूत" की सफलता के निर्णायक कारकों में शामिल हैं – लीडरशिप, परिवर्तन के चैंपियन लोग, सरकार एवं कियोस्क-स्वामियों के बीच लागत की साझेदारी तथा नागरिकों की जरूरतों पर ध्यान केंद्रित करना। "ज्ञानदूत" द्वारा जिन चुनौतियों का सामना किया गया उनमें प्रमुख थीं – बिजली आपूर्ति एवं इंटरनेट सुविधा की कमी, सरकारी अधिकारियों के अक्सर होने वाले तबादले, पुनःअभियंत्रण प्रक्रिया के बिना ही सूचना और संचार टेक्नोलॉजी को आरंभ करना, तथा आर्थिक स्थायित्व का अभाव।[65]

जमीनी स्तर पर सूचना और संचार टेक्नोलॉजी ने एक अन्य पहल द्वारा इंडियन इंस्टिटयूट ऑफ टेक्नोलॉजी, मद्रास, द्वारा प्रवर्द्धित एन लॉग (n-Logue) ने त्रि-स्तरीय फ्रैंचाइज मॉडल एवं किफायती टेक्नोलॉजी के आधार पर ठोस एवं मापे जा सकने योग्य बिज़नेस मॉडल तैयार किए हैं। एन लॉग ने बिज़नेस सफलता के सबसे महत्त्वपूर्ण निर्धारक तत्त्व के रूप में कियोस्क ऑपरेटर के संसाधनों, कुशलताओं और उत्प्रेरणा को माना है। गाँव का आकार तथा बिजली की आपूर्ति इसके विकास के अन्य महत्वपूर्ण बाहरी कारक हैं।

| भारत में डिजिटल गवर्नेंस के समक्ष चुनौतियाँ

सरकार में सूचना और संचार टेक्नोलॉजी का आरंभ और उसका क्रियान्वयन कई चुनौतियों से घिरा हुआ है। ये चुनौतियाँ ई-गवर्नमेंट के कारण सरकारी संगठनों के बीच बढ़ती हुई अंत:निर्भरता तथा अंत:संगठनात्मक नेटवर्कों के उभरने से पैदा हुई हैं।

1. **तकनीकी चुनौतियाँ:** इनमें शामिल हैं – साझा डाटा की परिभाषा, संचालनात्मक

कार्य-प्रक्रियाएँ, तकनीकी मानक एवं प्रोटोकॉल्स, डाटा क्वालिटी, डाटा सुरक्षा, डाटा शेयरिंग पर नियंत्रण, साझी सुविधाओं की लागत, तथा ऑब्जेक्ट पहचान एवं नम्बरिंग। दूसरे स्तर पर, ई-गवर्नमेंट को रूपांतरित करने के मामले पर ध्यान दिया गया है ताकि उसे ग्राहक-केंद्रित और नागरिक-केंद्रित बनाया जा सके। वे मुद्दे जिनका इस प्रसंग में निराकरण किया जाना है उनमें शामिल हैं: वन-स्टॉप शॉप्स या एकल-खिड़की पोर्टल का विकास करना जो नागरिकों को व्यापक सेवाएँ दे सके। इसके लिए वेबसाइटों पर विषय-वस्तुओं का इस प्रकार प्रबंधन किया जाना शामिल है कि उनमें अधिकारों, कर्त्तव्यों, प्रक्रियाओं, संपर्कों, अक्सर पूछे जाने वाले प्रश्नों एवं फीडबैक, लेन-देन की पहचान और प्रामाणिकीकरण इत्यादि के लिए प्रणाली का विकास तथा अभिव्यक्ति की स्वतंत्रता से जुड़ी पहलें निहित हों। तीसरे स्तर का संबंध सरकार के विभिन्न सेक्टरों जैसे– स्वास्थ्य, शिक्षा, रोजगार एवं नागरिक आपूर्ति – के बीच सूचना के आदान-प्रदान और उपयोग से है। एक ओर तो उनमें से प्रत्येक की सेक्टर विशिष्ट सूचना संबंधी आवश्यकताएँ होंगी, वहीं दूसरी ओर उन्हें सामान्य सूचनाओं के संग्रहण की भी जरूरत होगी, जैसे जनसांख्यिकी आंकड़ों से संबंधित सूचनाएँ। अत: चुनौती यह है कि छिन्न-भिन्न डाटाबेस को समेकित कैसे करें तथा सूचना संरचना को मेहराबदार बनाकर एकरूपता कैसे कायम की जाए।[66]

2. **संगठनात्मक चुनौतियाँ**: ई-गवर्नमेंट के शुभारंभ से कुछ हद तक सरकार में पुन:संगठन की जरूरत बनी है। ऐसे संगठनात्मक परिवर्तनों में से एक है मानकीकरण जो प्रक्रियाओं, डाटा तथा संगठनों से फालतूपन समाप्त करने में सहायता देता है।[67] पुन:संगठन की प्रक्रिया एक चुनौती पेश करती है, जैसे नियंत्रण समाप्त होना, स्वामित्व की भावना की कमी, तकनीकी विशेषज्ञों में दूरदृष्टि का अभाव तथा सामाजिक समस्याओं को समझने में अक्षमता, तथा जड़ता।[68] सुस्पष्ट भूमिकाओं और दायित्वों के निर्वहन, शक्ति के क्षैतिज एवं आनुलंबिक विभाजन, तथा पदानुक्रमित संरचना के साथ-साथ सरकार की अफसरशाही संरचना का सूचना और संचार टेक्नोलॉजी के अनुप्रयोगों से इसकी स्थिरता एवं लोचहीनता के कारण – ज्यादा तालमेल नहीं बैठ पाता और न ही उससे अच्छी तरह अंत:संबंध ही कायम हो पाता है।

संस्थात्मक चुनौतियाँ: ई-गवर्नमेंट की संस्थात्मक चुनौतियों का जन्म मानसिक, कानूनी एवं सामाजिक-सांस्कृतिक कारकों से होता है। मानसिक बाधाओं का जन्म विवेकाधिकार एवं अधिकारियों की शक्ति में कमी – खास तौर पर गली-मुहल्लों के स्तर पर तथा इस बात की परिकल्पना से होता है कि सूचना और संचार टेक्नोलॉजी ने उनके सारे कार्य-दायित्व हथिया लिए हैं। सरकार में सूचना और संचार टेक्नोलॉजी अनुप्रयोगों के समक्ष कड़ी कानूनी बाधाओं की शुरुआत सूचनाओं की साझेदारी से हो सकती है जिसके कारण सीमा-रेखाएँ अस्पष्ट हो सकती हैं, प्रामाणिक सूचना का अभाव हो सकता है तथा दायित्वशीलता का बंधन शिथिल पड़ सकता है। पारंपरिक लोक प्रशासन में, अधिकार क्षेत्र किसी भी कारक के विशिष्ट अधिकार के अंतर्गत आते हैं जिनसे किसी दायित्व के क्षेत्राधिकार में नागरिकों के अधिकारों और कर्त्तव्यों का निर्धारण होता है और जिनके लिए ये कारक कानूनी एवं राजनीतिक तौर पर उत्तरदायी होते हैं।[61] लेकिन सूचना और संचार टेक्नोलॉजी द्वारा इस सीमा-रेखा को धुँधली

कर दिए जाने की संभावना है। इस कारण विश्वसनीयता, प्रामाणिकता एवं समेकता के नज़रिये से लोक प्रशासन पर नकारात्मक असर पड़ सकता है। इसके अलावा, भारत में ई-गवर्नमेंट के दायरे में शासन (गवर्नेंस) की नई आवश्यकताओं को शामिल करने के लिए, देश की वैधानिक व्यवस्था में संशोधन किए जाने की जरूरत हो सकती है। जोखिम से बचने एवं नई सूझ-बूझ की कमी जैसी सांस्कृतिक बाधाएँ सरकार के दायरे में सूचना और संचार टेक्नोलॉजी के आत्मार्पण को हतोत्साहित कर सकती हैं।

बाधाओं पर विजय

सरकार की स्टेकहोल्डरों (उद्यमियों) एवं सरकार के संबंध को बदल डालने की आंतरिक प्रभावशीलता और ई-गवर्नेंस की क्षमता को लेकर ढेर सारी आशाएँ हैं। ई-गवर्नेंस सबको अपने दायरे में समेट लेने वाली संरचना प्रदान करता है जिसमें ई-प्रशासन, ई-नागरिक, ई-सेवाएँ, एवं ई-समाज जैसी संकल्पनाएँ शामिल हैं। नवीन लोक प्रबंधन के सिद्धांत ई-गवर्नेंस के अध्ययन के लिए एक उपयोगी अवधारणात्मक संरचना उपलब्ध कराते हैं। ई-गवर्नेंस नवीन लोक प्रबंधन सरकार को सक्षम बनाने वाला तत्त्व है क्योंकि यह बाजारीकरण के माध्यम से परिणामों की उन्मुखता, ग्राहक-केंद्रिकता, विकेंद्रीकरण, प्रतिभागात्मक प्रबंधन एवं सेवा-प्रदायन का समर्थन करता है। यह सूचनाओं के आदान-प्रदान को तेज, गहन और सस्ता बनाता है और इस तरह सरकार की आंतरिक क्षमता को बेहतर बनाता है।

सरकार की प्रक्रियाओं को नागरिक-केंद्रित तरीके से एक नया डिजाइन देकर, एकल खिड़की से ई-सेवाएँ प्रदान करके, सरकारी अधिकारियों को नीचे की ओर नागरिकों के प्रति उत्तरदायी बनाकर, नागरिकों की आवाज बुलंद करके तथा उन्हें सशक्त और सक्षम बनाकर ई-गवर्नेंस नागरिक को मुख्य स्थान प्रदान करता है। वाडिया ने उल्लेख किया है कि भारत में ई-गवर्नेंस ने नागरिकों के लिए एक नया मार्ग प्रशस्त किया है जिससे वे उच्च राजनीतिक नेताओं और स्थानीय मंत्रियों के साथ वीडियो कॉन्फ्रेंसिंग, ऑनलाइन शिकायत निवारण और शिकायत प्रकोष्ठ[70] जैसे साधनों की सहायता से संवाद स्थापित कर सकते हैं। संबंध की इस नई विधि से, यह स्पष्ट है कि ई-गवर्नेंस सरकार तक सरल पहुँच तथा लोक सेवकों से त्वरित एवं पारदर्शी अनुक्रिया का समान अवसर प्रदान करता है।

देश के लिए ई-गवर्नेंस की संरचना के विकास की दिशा में भारत ने कई महत्त्वपूर्ण मुकाम हासिल किए हैं। फिर भी कुछ बुनियादी समस्याएँ बनी हुई हैं जो भारत में ई-गवर्नेंस के स्थायित्व और विकास के लिए चुनौतीपूर्ण हैं। इनमें शामिल हैं – बिजली आपूर्ति, टेलीफोन तथा इंटरनेट कनेक्टिविटी के मामलों में खराब अध:संरचनाएँ, समाज में व्याप्त सामाजिक विभाजन (ग्रामीण/शहरी, अमीर/गरीब, साक्षर/निरक्षर, डिजिटल रूप से समृद्ध/डिजिटल रूप से अभावग्रस्त), तथा सेवा-प्रदायन की इस नई प्रणाली के साथ भी भ्रष्टाचार का अस्तित्व।

ई-गवर्नेंस की ज्यादातर पहल में बिज़नेस मॉडल, पब्लिक-प्राइवेट पार्टनरशिप (पीपीपी), स्थानिकीकरण, समुचित टेक्नोलॉजी, स्मार्ट (SMART) सरकार के साथ इंटरफेस, उद्यमिता इत्यादि का उपयोग किया जाता है। लेकिन आगे बढ़ने और/या आरंभिक सफलता को दोहरा पाने में भी लगभग सभी असफल रह जाते हैं। विकास प्रायोजनों के संदर्भ में सूचना और

संचार टेक्नोलॉजी के साथ हुए अनुभव यह बताते हैं कि देशभर में व्याप्त ज्यादातर प्रोजेक्ट अपने आरंभिक चरण से आगे तक चल पाए हैं लेकिन उससे ज्यादा आगे बढ़ने में मुश्किलें आती रही हैं। इसका कारण था उत्साहपूर्ण अनुप्रयोगों का अभाव, अस्थायित्वपूर्ण बिज़नेस मॉडल तथा समाज में व्याप्त मौजूदा विभाजनों के समाधान में अक्षमता। यदि ई-गवर्नेंस को सचमुच नागरिकों के सशक्तीकरण की दिशा में आगे बढ़ना है तो जरूरी है कि मूल्य-संवर्द्धित सेवाओं की व्यवस्था पर और अधिक ध्यान दिया जाए, जैसे स्वास्थ्य एवं शिक्षा, जोकि नागरिकों की दीर्घकालीन जरूरतों को पूरा करती हैं और उनके ''स्तर'' में भी परिवर्तन लाती है न कि केवल उनकी ''स्थिति'' में।

निष्कर्ष: नवीन लोक प्रबंधन मॉडल 1990 के दशक में प्रभावी हो गया और इसने सरकार के पदानुक्रमित मॉडल को चुनौती दी जिसमें सार्वजनिक हित का निर्धारण समूह राजनीति द्वारा उत्प्रेरित पदानुक्रमित तथा प्रतिनिधित्वपूर्ण राजनीतिक प्रक्रिया द्वारा किया जाता था। इसमें सार्वभौमिकता की लोकप्रिय परिभाषा को फिर से परिभाषित करने की जरूरत महसूस हुई। पहले जहाँ इस पर सामूहिक फोकस दिया जाता था, यानी जहाँ लोगों का प्राथमिक दर्जा नागरिक का होता है, वहीं अब इस पर एक व्यक्ति और ग्राहक के रूप में फोकस किया जाने लगा।

पिछले दशक के दौरान, केंद्र के बार-बार कहे जाने पर, समेकीकरण, नेटवर्क तथा क्षैतिज समन्वय पर ज्यादा फोकस के कारण और साथ ही अफसरशाही की नई तलाश तथा कानून और कानूनी सिद्धांतों के शासन पर नए सिरे से जोर दिए जाने के फलस्वरूप, इस नवीन लोक प्रबंधन प्रादर्श को नवीन लोक प्रबंधन के बाद के सुधार उपायों द्वारा चुनौती दी गई है। परिणामस्वरूप, जटिलता बढ़ गई है तथा दोहरे संगठनात्मक स्वरूप उभरकर आए हैं। बहु-प्रकार्य सार्वजनिक सेक्टर में, लक्ष्यों के बीच अक्सर टकराव होते रहते हैं और उनमें बारीकी नहीं होती। ऐसी प्रणाली में, दायित्वशीलता का अर्थ होता है अनेक एवं अस्पष्ट लक्ष्यों की उपलब्धि के लिए जवाबदेह होना।

नवीन लोक प्रबंधन ने जन अधिकारियों को प्रभावित करने तथा मार्केट मैकेनिज्म एवं ग्राहक-उन्मुखता के माध्यम से सार्वजनिक निर्णय-प्रक्रिया में भागीदार बनने की कोशिश में लगे लोगों के विकल्पों को व्यापक बनाने में मदद दी है। लेकिन यह बहस की बात है कि क्या लोकतांत्रिक दृष्टिकोण से यह एक अच्छी बात है। दूसरी ओर, कोई व्यक्ति पुराने अनेकतावादी ढर्रे पर यह दलील दे सकता है कि जनता और जन अधिकारियों के बीच जितने ज्यादा सक्रिय चैनल हों उतनी अच्छी बात है। उपभोक्ता पर ज्यादा जोर दिए जाने के पक्ष में एक दलील यह होगी कि यह लोगों को राजनीतिक-प्रशासनिक प्रणाली के संचालनात्मक अंगों और उनके द्वारा प्रदत्त सेवाओं के ज्यादा घनिष्ठ संपर्क में लाता है। राजनीतिक संस्थाओं में प्रतिनिधियों को चुनना लोकतंत्र का एक अपेक्षाकृत अप्रत्यक्ष और दूरस्थ स्वरूप है जबकि लोक सेवाओं को सीधे प्रभावित करना ही ''असली बात'' है। लोकतंत्र में यह चुनने की स्वतंत्रता नागरिकों को ही होती है कि वे किस प्रकार की संस्थात्मक व्यवस्था पसंद करेंगे, और यदि वे मौजूदा प्रणाली से संतुष्ट नहीं हैं तो दूसरी व्यवस्था को आजमाना उनका विशेषाधिकार है।

लेकिन ग्राहकों के रूप में लोगों के दर्ज़े के लोकतांत्रिक मूल्य के बारे में हम एक ज्यादा संदेहवादी नज़रिया भी अपना सकते हैं। लोकतंत्र की प्रबंधनात्मक अवधारणा नागरिक दायित्व, संलग्नता और राजनीतिक समानता को कमजोर कर सकती है तथा प्रशासकों और प्रबंधकों की भूमिका का विस्तार कर दे सकती है।[71] पर जरूरत इस बात की है कि विश्वास पर आधारित सामान्य उद्देश्य के साथ एक नीति विकसित की जाए और भरोसे की भावना को मजबूत किया जाए। यह बड़ी पहेलीनुमा बात है कि एक ओर तो नवीन लोक प्रबंधन का एक लक्ष्य है लोक प्रशासन को लोगों के लिए खोलना और वहीं दूसरी ओर यह आखिरकार लोकतांत्रिक दायित्वशीलता के स्तर में कमी ला सकता है और लोक सेवाओं में से 'लोक' का ही लोप कर सकता है।[72] सुधार उपायों को आउटपुट लोकतंत्र तथा समुच्चयवादी राजनीतिक प्रक्रियाओं से दूर हटाकर तथा इनपुट लोकतंत्र एवं एकीकृत राजनीतिक प्रक्रियाओं के पक्ष में ज्यादा जोर देकर, ''नवीन लोक प्रबंधन के बाद के सुधार'' वाले उपायों द्वारा इनमें से कुछ चुनौतियों का समाधान किए जाने की आशा है।

विकसित एवं विकासशील दोनों ही देशों में, नवीन लोक प्रबंधन ने नागरिकों और उपभोक्ताओं के व्यापक हित में अभिशासन की कार्य-प्रथाओं को सुधारने के एक आंदोलन के रूप में मिले-जुले परिणाम दर्शाए हैं। विकसित देशों ने भी नवीन लोक प्रबंधन के बाद के उपाय अपनाए हैं। नागरिकों और उपभोक्ताओं के हितों को बढ़ाने के लिए, नवीन लोक प्रबंधन की कार्यनीतियों के कारण हुए सशक्तीकरण को कम करते हुए दुनिया के राजनीतिक अर्थतंत्र कल्याणवादी और साथ-साथ सु-शासन दोनों ही का उपयोग करने लगे हैं। लेकिन भारत जैसे देश सभी नागरिकों को उपभोक्ता की हैसियत प्रदान कर सकते हैं क्योंकि उनमें से अधिकतर बेघर और साधनहीन हैं और इसलिए उनके पास बिल्कुल ही क्रय-शक्ति नहीं है। हालाँकि सरकार ने डीएमआरसी, ओएनजीसी, एनटीपीसी, बैंकिंग, रेलवे जैसी संस्थाओं में नवीन लोक प्रबंधन के उपाय आरंभ किए हैं लेकिन भ्रष्टाचार अभी भी खतरे की घंटी बजा रहा है। भारतीय नागरिक और उपभोक्ता अत्यावश्यक वस्तुओं की तेजी से बढ़ती कीमतों के बोझ तले छटपटा रहे हैं। कुछ हद तक भारत अभी भी औपनिवेशिक कानूनों द्वारा शासित है। भारत में मानवाधिकार पुलिस अधिकारों के प्रति बिना कोई संवेदनशीलता दर्शाए कार्यशील है। राजनेता एवं प्रशासक अपने कार्यों में आम जनता के प्रति संवेदनशीलता नहीं दर्शाते।

भारत में नवीन लोक प्रबंधन की उपलब्धियों का अधिकाधिक लाभ उठाने की दृष्टि से सबसे बड़ी जरूरत है समय-निर्धारित राजनीतिक-प्रशासनिक सुधारों को कार्यरूप देने की ताकि राजनीतिक संस्कृति का ख़ामियाजा आम जनता को न भुगतना पड़े। सु-शासन के लिए लोकनीति उपकरण के रूप में नवीन लोक प्रबंधन को भारत में प्रभावी तथा समावेशकारी सामाजिक विकास की प्राथमिकताओं के प्रति संवेदनशील बनाना होगा। इसमें कोई संदेह नहीं कि भारत नवीन लोक प्रबंधन के एक औजार के रूप में डिजिटल गवर्नेंस के प्रयोग में अच्छी प्रगति कर रहा है लेकिन भारतीय समाज की जटिलताओं के मद्देनजर राह इतनी आसान भी नहीं। भारत में सु-शासन के मानवीय नाक-नक्श की उतनी ही दरकार है जितनी लोकनीति को नवीन लोक प्रबंधन की।

5.3 लोक प्रशासन एवं लोकनीति में सु-शासन

Good governance in public administration and public policy

''शासन या अभिशासन'' (governance) की अवधारणा कोई नई नहीं है। लेकिन यह जरूर है कि विभिन्न लोगों के लिए इसका विभिन्न अर्थ निकलता है। इस अवधारणा का वास्तविक अर्थ इस बात पर निर्भर करता है कि हम किस स्तर के शासन की बात कर रहे हैं, कौन-से लक्ष्य प्राप्त किए जाने हैं और किस तरीके का अनुसरण किया जा रहा है। यह अवधारणा एक लंबे समय से राजनीतिक एवं शैक्षणिक दोनों ही प्रकार की चर्चाओं में छाई रही है, तथा सामान्य संदर्भ में इसका अर्थ सरकार या ऐसी ही किसी सत्ता के संचालन से लिया जाता है। अभिशासन के अंतर्गत औपचारिक संस्थाओं एवं नागरिक समाज में व्याप्त संस्थाओं के बीच आपसी कार्य-व्यवहार निहित होता है। अभिशासन एक ऐसी प्रक्रिया की ओर संकेत करता है जिसके माध्यम से समाज में निहित तत्त्व शक्ति, प्राधिकार एवं प्रभाव का प्रयोग करते हैं और जनता से संबंधित नीतियों और निर्णयों को कार्यान्वित करते हैं। इस तरह ''शासन'' के दायरे में राज्य, सरकार, शासन एवं अच्छी सरकार जैसी समस्त अवधारणाओं का सामूहिक अर्थ ही निहित नहीं है बल्कि वह इन अर्थों से भी कहीं आगे जाता है। 'अच्छी सरकार' को रेखांकित करने वाले अनेक तत्त्व और सिद्धांत ''अभिशासन'' के अंतर्निहित अर्थ बन गए हैं।

अभिशासन के बारे में हम वर्ल्ड बैंक द्वारा दी गई परिभाषा के संदर्भ में विचार कर सकते हैं।[73] विश्व बैंक ने अभिशासन के तीन विशिष्ट पहलुओं की पहचान की है:

(i) राजनीतिक शासन का स्वरूप;

(ii) वह प्रक्रिया जिसके माध्यम से विकास हेतु किसी देश के आर्थिक एवं सामाजिक संसाधनों का प्रबंधन करते हुए प्राधिकार का प्रयोग किया जाता है; तथा

(iii) नीतियों की रूपरेखा तय करने, उनके निर्धारण और कार्यान्वयन तथा प्रकार्यों (functions) के निर्वहन में सरकार की क्षमता।

शासन की इस परिभाषा को अन्य एजेंसियों ने और भी अधिक विस्तारित किया है और उसमें राज्य की वैधानिकता सिद्ध करने के लिए लोकतंत्रीकरण की मात्रा, मीडिया की स्वतंत्रता, तथा सरकार की दायित्वशीलता बढ़ाने के लिए प्रशासन में पारदर्शिता, व्यक्तियों और समूहों के अधिकार, कानून का शासन स्थापित करने के लिए प्रशासन में लोगों की भागीदारी, मानवाधिकार के प्रति सम्मान और अंत में नीतियों के निर्धारण और लोगों को सेवाएँ प्रदान करने में सरकार की सक्षमता जैसी अनेक बातें शामिल की गई हैं।

अभिशासन का ऐसा तरीका अनुक्रियाशीलता एवं उत्तरदायित्व की भावना का आह्वान करता है और किसी भी देश की राजनीतिक स्थिरता एवं आर्थिक विकास को प्रभावित करता है। अभिशासन के ऊपर विश्व बैंक द्वारा जो जोर दिया गया है उसके अलावा अभिशासन के बारे में शैक्षणिक साहित्यों का हवाला देना भी जरूरी है, जिनका उद्‌गम मुख्यत: अंतर्राष्ट्रीय विकास तथा दानकर्ता एजेंसियों के साथ कार्यरत विद्वानों से हुआ है। इनमें से अधिकांश विद्वानों ने विशिष्ट रूप से प्राय: राजनीतिक वैधानिकता के विषय पर ध्यान केंद्रित किया है जो कि प्रभावी अभिशासन से उत्पन्न एक निर्भर परिवर्तनशील तत्त्व है। अभिशासन, जैसाकि यहाँ

परिभाषित है, शासन संरचनाओं का सोच-समझ कर किया गया प्रबंधन है जिसका अभिप्राय लोक दायरे का विस्तार करना है।

अभिशासन की संकल्पना

अभिशासन एक बहुत ही विस्तृत अवधारणा है जो हर स्तर पर संचालित होती है, जैसे घरेलू स्तर पर, गाँव, नगरपालिका, राष्ट्र, क्षेत्र या वैश्विक स्तर पर। संयुक्त राष्ट्र ने 'सु' शासन को सहस्राब्दिक विकास लक्ष्यों (millennium development goals) का एक अत्यावश्यक घटक माना है क्योंकि 'सुशासन' गरीबी, असमानता एवं मानवजाति की अन्य अनेक खामियों के खिलाफ संघर्ष के लिए एक आधारभूमि की रचना करता है।[74]

राष्ट्रीय परंपराओं और लोक संस्कृतियों में अंतर्निहित विविधता के कारण, साहित्य में अभिशासन की कई परिभाषाएँ पाई जाती हैं, लेकिन इन विभिन्न परिभाषाओं में से मुख्य रूप से अभिशासन के तीन प्रकारों को अलग किया जा सकता है:

पहला, राजनीतिक या लोक शासन जिसके प्राधिकार का केंद्र है राज्य, सरकार या सार्वजनिक क्षेत्र, तथा जिसका संबंध उस प्रक्रिया से है जिसके माध्यम से कोई समाज अपने काम-काज सुसंगठित करता है और अपना प्रबंधन करता है। सार्वजनिक क्षेत्र की परिभाषा 'सार्वजनिक कोष के प्रयोग द्वारा अधिगृहीत कार्यकलाप, चाहे वे प्रमुख सरकार के दायरे में या उससे बाहर हों, और चाहे वे कोष प्रत्यक्ष रूप से स्थानांतरित हों अथवा अंतर्भूत गारंटी के तौर पर उपलब्ध कराए गए हों' कहकर दी गई है।[75]

दूसरा, अर्थिक अभिशासन जिसका प्राधिकार निजी सेक्टर के पास है, का संबंध सेवाओं और वस्तुओं के उत्पादन और वितरण के लिए आवश्यक नीतियों, प्रक्रियाओं या संगठनात्मक मैकेनिज्म से है।

तीसरा, सामाजिक अभिशासन जिसका प्राधिकार नागरिक समाज के पास है और जिसके अंतर्गत नागरिक एवं गैर-लाभ संगठन भी शामिल हैं, का संबंध उन मूल्यों और मान्यताओं की प्रणाली से है जो सामाजिक व्यवहारों के घटित होने और सार्वजनिक निर्णयों के लिए जाने से है।

अभिशासन का अर्थ सरकार तक ही सीमित नहीं किया जाना चाहिए क्योंकि अभिशासन के तीन पहलू किसी भी समाज में परस्पर-निर्भर होते हैं। वास्तव में, सामाजिक अभिशासन एक प्रकार का नैतिक आधार प्रदान करता है, जबकि आर्थिक अभिशासन भौतिक आधार एवं राजनीतिक अभिशासन किसी समाज की सुव्यवस्था और एकता की गारंटी देता है। फिर भी इन तीनों में से प्रत्येक कारक को दिए गए महत्त्व में निहित अंतरों के कारण अभिशासन की परिभाषा में एक सूक्ष्म अंतर आ जाता है। एक ओर इन तीनों ही कारकों को समान स्तर पर मान लेने से अभिशासन की अवधारणा तटस्थ हो जाती है।

अभिशासन के अंतर्गत जटिल रचनाओं, प्रक्रियाओं, संबंधों तथा ऐसी संस्थाओं का समावेश है जिनके माध्यम से नागरिक एवं लोक-समूह अपने हितों के बारे में आवाज बुलंद करते हैं, अपने अधिकारों और कर्त्तव्यों का पालन करते हैं और अपने विभेदों की मध्यस्थता करते हैं।[76] दूसरी ओर, किसी समाज के दायरे में लोक, सामाजिक एवं आर्थिक अभिशासन

की भूमिका और उसके महत्त्व में निहित कुछ विभेदों की पहचान करने से हम लोक अभिशासन की सर्वोत्कृष्टता को स्वीकार करने की दिशा में आगे बढ़ते हैं। नागरिक समाज या निजी सेक्टर की तुलना में राज्य ज्यादा महत्त्वपूर्ण भूमिका निभाता है क्योंकि यह सामाजिक एवं आर्थिक दोनों ही प्रकार के अभिशासनों के लिए संगठनात्मक गतिशीलता और राजनीतिक तथा अधिकार क्षेत्र संबंधी प्रणालियाँ उपलब्ध कराता है।

अत:, अभिशासन का तात्पर्य इतना ही नहीं है कि कोई सरकार या सामाजिक संगठन किस प्रकार आपसी अभिक्रिया करते हैं बल्कि इसका संबंध नागरिकों एवं अन्य कारकों के प्रति सेवा प्रदान करने में राज्य की क्षमता से है, साथ ही इस बात से कि जन-प्रकार्यों को किस तरह पूरा किया जा रहा है, जनता के संसाधनों का प्रबंधन कैसे हो रहा है तथा लोक नियामक शक्तियों का प्रयोग कैसे किया जा रहा है। इस प्रसंग में, अभिशासन को उन परंपराओं और संस्थाओं के रूप में देखा जा सकता है जिनके माध्यम से किसी भी देश में सबके कल्याण के लिए प्राधिकार या सत्ता का प्रयोग किया जाता है। इसके अंतर्गत यह प्रक्रिया भी शामिल है कि प्राधिकारियों का चयन कैसे किया जाता है, उनकी निगरानी कैसे की जाती है, उन्हें बदला कैसे जाता है, अपने संसाधनों के प्रभावी व्यवस्थापन तथा सही नीतियों को कार्यरूप देने में सरकार की क्षमता, तथा नागरिकों और राज्य के मन में उन संस्थाओं के प्रति आदर-भावना जो उनके बीच आर्थिक एवं सामाजिक अभिक्रियाओं को प्रशासित करती हैं।[77] इसके अतिरिक्त, लोक अभिशासन सर्वसामान्य के कल्याण के व्यवस्थापन करने के एक साधन से भी कहीं बढ़कर है क्योंकि इसका संबंध व्यक्तिगत संतुष्टि एवं भौतिक समृद्धि प्राप्त करने में अपने नागरिकों की योग्यता में मदद देने में सरकार की क्षमता से जोड़ा जा सकता है। इसलिए, अभिशासन की तुलना किसी राष्ट्रीय राज्य के नागरिकों को राजनीतिक वस्तु-सामग्रियों के प्रबंधन, आपूर्ति एवं डिलिवरी से की जा सकती है। राजनीतिक वस्तु-सामग्रियाँ अनेक हैं और उनमें शामिल हैं जन सुरक्षा, कानून का शासन, राजनीतिक एवं नागरिक स्वतंत्रताएँ, चिकित्सा एवं स्वास्थ्यचर्या, स्कूल एवं शिक्षा, संचार नेटवर्क, मुद्रा एवं बैंकिंग प्रणाली, वित्तीय एवं संस्थात्मक संदर्भ, नागरिक समाज के लिए सहायता, या पर्यावरण के सामान्य तत्त्वों की साझेदारी के बारे में नियमन। अभिशासन की प्रथा सामुदायिक मूल्यों, औपचारिक परंपराओं, स्वीकृत कार्य-प्रथाओं या अलिखित आचार-संहिताओं द्वारा भी शासित होती है।[78]

सु-शासन का विचार

शासन तब सु अर्थात अच्छा होता है जब यह सामूहिक समस्याओं के निदान के लिए संसाधनों का संवितरण और व्यवस्थापन करता है या दूसरे शब्दों में, तब जबकि कोई राज्य अपने नागरिकों को आवश्यक गुणवत्ता वाली सार्वजनिक वस्तुएँ प्रभावी तरीके से मुहैया कराता है। इस तरह राज्यों का मूल्यांकन नागरिकों को प्रदत्त जन-सामग्रियों की गुणवत्ता और मात्रा दोनों ही आधारों पर किया जाना चाहिए। जन-सामग्रियों की आपूर्ति करने वाली नीतियाँ मानवाधिकार, लोकतंत्र एवं लोकतंत्रीकरण, पारदर्शिता, भागीदारी एवं सत्ता की विकेंद्रीकृत साझेदारी, स्वस्थ लोक प्रशासन, दायित्वशीलता, कानून के शासन, प्रभावशीलता, समता एवं कार्यनीतिक विचार-दर्शन के सिद्धांतों से मार्गदर्शित होती हैं।

विकास नियोजन के लिए संयुक्त राष्ट्र संघ समिति ने 1992 में जारी "गरीबी उन्मूलन एवं स्थायित्वपूर्ण विकास: परस्पर टकराते लक्ष्य?" (poverty alleviation and sustainable development: goals in conflict?) शीर्षक रिपोर्ट में निम्नांकित तत्त्वों को सु-शासन की विशेषताओं का अंग रूप माना है:

(i) प्रादेशिक एवं प्रजातीय-सांस्कृतिक प्रतिनिधित्व, संघर्षों के समाधान और शांतिपूर्वक शासन-परिवर्तन एवं संस्थात्मक नवीकरण की प्रविधि;

(ii) कार्यपालिका की शक्ति पर नियंत्रण, प्रभावी एवं सूचित विधायन, राजनीतिक नेताओं से लेकर नीचे के अफसरतंत्र तक दायित्वशीलता की स्पष्ट रेखाएँ;

(iii) कानून की खुली राजनीतिक प्रणाली जो ऐसे सक्रिय तथा जागरूक नागरिक समाज को प्रोत्साहित करती है जिसके हितों का प्रतिनिधित्व दायित्वपूर्ण सरकारी संरचनाओं के दायरे में होता है और जो यह सुनिश्चित करती हो कि जन कार्यालय कानून और सहमति पर आधारित हों;

(iv) कानून, आपराधिक न्याय और लोक व्यवस्था की एक निष्पक्ष प्रणाली जो मूलभूत नागरिक एवं राजनीतिक अधिकारों को समर्थित करती हो, व्यक्तिगत सुरक्षा का बचाव करती हो और आधुनिक आर्थिक एवं सामाजिक विकास के लिए आवश्यक आदान-प्रदान हेतु सतत, पारदर्शी नियम-विधानों का प्रसंग उपलब्ध कराती हो;

(v) प्रोफेशनल रूप से सक्षम, समर्थ एवं ईमानदार लोक सेवा जो एक दायित्वपूर्ण रूप से शासित सरकार की संरचना के दायरे में काम करती हो और जिसमें योग्यता तथा लोक हित के सिद्धांत सबसे प्रमुख स्थान रखते हों;

(vi) सही-संतुलित वित्तीय योजना, आय-व्यय एवं आर्थिक प्रबंधन तथा आर्थिक दायित्वशीलता के साथ-साथ सार्वजनिक क्षेत्र के कार्यकलापों का मूल्यांकन;

(vii) न केवल केंद्र सरकार की संस्थाओं और प्रक्रियाओं पर ध्यान रखना बल्कि उप-राष्ट्रीय एवं स्थानीय सरकार के प्राधिकारों की विशेषताओं और क्षमताओं पर भी, और साथ ही राजनीतिक एवं प्रशासनिक विकेंद्रीकरण पर भी।

यह एक व्यापक कार्यसूची को समाहित करता है जिसमें सरकार की प्रभावशाली नीतियाँ एवं प्रशासन, कानून के शासन के प्रति आदर-भावना, मानवाधिकार की रक्षा तथा एक प्रभावी नागरिक समाज शामिल हैं। लेकिन इस बात की ओर संकेत करना आवश्यक प्रतीत होता है कि यह केवल सामाजिक और राजनीतिक मामलों तक ही सीमित नहीं है बल्कि इसमें अर्थतंत्र के समुचित प्रबंधन तथा बिज़नेस में पारदर्शिता एवं साफ-सुथरी प्रतियोगिता का भी समावेश है। सु-शासन की इस व्यापक परिभाषा में चिरस्थायी विकास, खास तौर पर प्राकृतिक संसाधनों के उपयोग एवं पर्यावरणीय प्रबंधन के दृष्टिकोण से, भी एक हिस्सा है। सु-शासन के प्रभावी एवं चिरस्थायी होने के लिए जरूरी है कि उसकी जड़ें ऊर्जस्वित रूप से कार्यशील लोकतंत्र में जमी हों जो कि कानून के शासन का आदर करता हो, जहाँ प्रेस स्वतंत्र हो, नागरिक सामाजिक संगठन ऊर्जावान हों और सार्वजनिक निकाय – जैसे मानवाधिकार आयोग एवं सु-शासन, भ्रष्टाचार निरोधक ब्यूरो एवं फेयर ट्रेड कमीशन इत्यादि – प्रभावशील और स्वतंत्र हों। मानवाधिकार के विकास और संरक्षण के लिए तो कमीशन का महत्त्व है ही,

लेकिन साथ ही सरकार के पक्ष में पारदर्शिता और प्रभावशीलता सुनिश्चित करने के लिए भी। सु-शासन के लिए सरकार की विभिन्न एजेंसियों में भी पारदर्शिता और प्रभावशीलता होनी चाहिए।

संयुक्त राष्ट्र विकास कार्यक्रम 2004 में 'सु-शासन' पर एक परम लोकतांत्रिक आवश्यकता के रूप में जोर डाला गया ताकि 'समाजों को भ्रष्टाचार से मुक्त' किया जा सके, लोगों को उनके जीवन को प्रभावित करने वाले निर्णयों में भागीदार बनने तथा सरकारों को उनके कार्यों के लिए उत्तरदायी ठहराने का अधिकार, साधन और क्षमता दी जा सके। 'सु-शासन' स्त्री-पुरुष के बीच समानता को प्रोत्साहित करता है, पर्यावरण को स्थायित्व देता है, नागरिकों को व्यक्तिगत स्वतंत्रताओं का उपयोग करने में सक्षम बनाता है, तथा गरीबी, अभाव, भय एवं हिंसा को कम करने के उपकरण उपलब्ध कराता है। संयुक्त राष्ट्र संघ सु-शासन को प्रतिभागितापूर्ण, पारदर्शी एवं उत्तरदायी मानता है। यह राज्य की संस्थाओं और उनके कार्य-संचालनों का समावेश करता है तथा निजी सेक्टर एवं नागरिक सामाजिक संगठनों को भी अपने दायरे में समेटता है। व्यावहारिक रूप से, इन सिद्धांतों का परिणाम स्वतंत्र, निष्पक्ष एवं आवधिक चुनावों, प्रतिनिधि सभा, न्यायपालिका तथा राज्य से मीडिया के स्वतंत्र होने, मानवाधिकारों की गारंटी, पारदर्शी एवं उत्तरदायी संस्थाओं, विकेंद्रीकृत शक्ति से संपन्न स्थानीय सरकारों, एक नागरिक समाज जो अपनी प्राथमिकताएँ तय करता है और 'सर्वाधिक निरीह कोटि के लोगों' की जरूरतों का संरक्षण करता हो, इत्यादि माध्यमों से 'लोकतांत्रिक संस्थाओं का दृढ़ीकरण' के रूप में होना चाहिए।[79]

एक अच्छे लोक अभिशासन में अच्छे कॉर्पोरेट अभिशासन का भी गुण होता है। अच्छा लोक अभिशासन स्थायी एवं सफल अर्थतंत्र की बुनियाद है। जो अंतर्निहित सिद्धांत लोक अभिशासन में पाए जाते हैं, वे ही कॉर्पोरेट अभिशासन में भी लागू होते हैं।

प्रसिद्ध विद्वान ए. लेफ्टविच ने अच्छे अभिशासन के तीन मुख्य सूत्रों की पहचान की है – सुव्यवस्थित, राजनीतिक एवं प्रशासनिक। अभिशासन का सुव्यवस्थित उपयोग सरकार से भी अधिक व्यापक है जिसके दायरे में आंतरिक एवं बाहरी दोनों ही प्रकार की राजनीतिक और आर्थिक शक्ति के वितरण का काम आता है। दूसरी ओर, अभिशासन का राजनीतिक उपयोग लोकतांत्रिक आदेश से उत्पन्न वैधानिकता और प्राधिकार इन दोनों से संपन्न राज्य की ओर संकेत करता है। अभिशासन के प्रशासनिक उपयोग का अर्थ है एक प्रभावी, मुक्त, उत्तरदायी और अंकेक्षित (ऑडिटेड) लोक सेवा – जिसमें उचित नीतियों के निर्धारण और कार्यान्वयन तथा जो भी सार्वजनिक क्षेत्र अस्तित्व में हों उन्हें प्रबंधित करने में मदद करने वाली नौकरशाही मौजूद हो।[80]

अभिशासन का मूल्यांकन

अभिशासन का परीक्षण तीन स्तरों पर किया जा सकता है। वैश्विक स्तर पर, अभिशासन की तुलना अन्य देशों से की जा सकती है और समय-समय पर मानव विकास सूचकांक (HDI), मानव गरीबी सूचकांक (HPI) एवं ऐसे ही अन्य सूचकांकों के पैमाने पर इसका मूल्यांकन किया जा सकता है। राष्ट्रीय स्तर पर, अभिशासन का ज्यादा विस्तृत विश्लेषण अर्थव्यवस्था,

प्रभावशीलता, पारदर्शिता एवं नीति-प्रक्रिया में भागीदारी जैसे संदर्भों में किया जा सकता है। स्थानीय स्तर पर, अभिशासन का आकलन स्थानीय स्व-शासन के स्तर पर किया जाता है। अभिशासन के ज्यादातर वैश्विक मूल्यांकनों में प्रशासन के आदर्श सिद्धांतों पर ध्यान केंद्रित किया गया है, जिनके बारे में माना जाता है कि वे प्रभावी लोक-प्रशासन के विकास के आधारभूत तत्त्व हैं। जब एकबार इन सिद्धांतों की पहचान कर ली जाती है तो दूसरे चरण में शामिल होता है परिमाणात्मक इनपुट, प्रक्रियाओं तथा इन वांछित आयामों को दर्शाने वाले परिणामों में से आवश्यक पैमानों का संकलन। अभिशासन के जिन तीन आयामों को बिल्कुल ही अत्यावश्यक माना गया है वे हैं प्रभावशीलता, पारदर्शिता, एवं प्रतिभागिता।

प्रभावशीलता को संस्थात्मक एवं नीतिगत वातावरण में किसी सरकार द्वारा पूर्वानुमान की स्थिति स्थापित करने की योग्यता के रूप में देखा जाना चाहिए।[81] इसे उत्पादन और वितरण की एक आर्थिक रूप से सक्षम तथा एक निष्पक्ष एवं स्थिर वैधानिक प्रणाली के माध्यम से किया जाना चाहिए। सक्षमता नागरिकों की जरूरत के अनुरूप सरकार की सेवाओं का सही ढंग से प्राथमिकीकरण करने से भी संबंधित है। इसके अंतर्गत सुरक्षा, स्वास्थ्यचर्या, एवं शिक्षा जैसे प्रावधान आते हैं।[82] सक्षमता को संकीर्ण और साथ ही व्यापक पैमाने पर भी मापा जा सकता है। सक्षमता के संकीर्ण पैमाने का अर्थ प्रति मामले लागत जैसे विशिष्ट उपायों के संदर्भ में भी लिया जा सकता है, जैसे प्रति मरीज लागत या प्रति सेवा प्रकार के लिए लागत, उदाहरण के लिए, प्रति कचरा संग्रह पर आने वाली लागत। लेकिन सक्षमता की अवधारणा के प्रति व्यापक पैमाने की निगाह इस बात पर जमी रहती है कि सरकार किस हद तक उत्पादन और वितरण की आर्थिक रूप से सक्षम प्रणाली को बढ़ावा दे रही है और किस हद तक अनिश्चितता को कम कर रही है।

सक्षमता की व्यापक परिभाषा अर्थतंत्र के प्रबंधन और एक स्थायी एवं पूर्वानुमेय तरीके से अपनी नीतियों को कार्यान्वित करने में लोक व्यय के संवितरण एवं सरकार की संस्थाओं और उसकी क्षमता पर नजर रखती है। व्यापक परिभाषा इस कहावत को चरितार्थ करती है कि 'सही काम करना कामों को सही तरीके से करने से ज्यादा महत्वपूर्ण है।' अतः व्यवसायों और लोगों द्वारा वांछित परिणामों को हासिल करना ज्यादा महत्त्वपूर्ण है, अर्थात् स्थायी वातावरण न कि डिलिवरी में अधिकतम सक्षम होना। संकीर्ण अर्थ में, सक्षमता को बेहतर बनाने का काम या तो समान इनपुटों को कार्यान्वित करते हुए आउटपुट बढ़ाने के माध्यम से संभव है या अपेक्षाकृत कम इनपुटों को कार्यान्वित करते हुए उन्हीं आउटपुटों को बनाए रखने के माध्यम से। लेकिन व्यापक परिभाषा को स्वीकार करने का मतलब अधिकतम सक्षमता के साथ इनपुटों का प्रयोग करने के लक्ष्य की तुलना में सही आउटपुट हासिल करने के महत्त्व पर जोर देना है।[83] उदाहरण के लिए, जनसंख्या की तुलना में जजों की संख्या, मरीजों की तुलना में डॉक्टरों की संख्या, छात्रों की तुलना में शिक्षकों की संख्या – ये सब सरकार की क्षमता मापने के संकीर्ण पैमाने हैं, क्योंकि उनका ध्यान विशिष्ट क्षेत्रों पर केंद्रित होता है। ऐसा ही एक अन्य उदाहरण होगा एक साल से भी अधिक समय से अदालतों में विचाराधीन दीवानी और फौजदारी मामले (केस बैकलॉग)। किसी बिजनेस लाइसेंस को जारी किए जाने के लिए लगने वाला औसत समय कुल मिलाकर सरकार की प्रशासनिक क्षमता

का उपयोगी संकेतक हो सकता है। जरूरत से ज्यादा सरकारी कायदे-कानून न केवल सूचना सेक्टर के आर्थिक कार्यकलाप का स्तर बढ़ा देते हैं बल्कि इससे नियम-निर्धारकों को भावी आगंतुकों से रिश्वत बटोरने की भी सुविधा मिल जाती है। इस तरह सक्षमता का संबंध पारदर्शिता (भ्रष्टाचार) से जुड़ जाता है।

पारदर्शिता का मतलब है सरकार के कार्य-कलापों के बारे में आम जनता को जानकारी की सुस्पष्टता एवं उपलब्धता। सरकारों को न केवल जानकारी प्रदान करनी चाहिए बल्कि उन्हें यह भी सुनिश्चित करना चाहिए कि अधिक से अधिक नागरिकों की भागीदारी बढ़ाने के साथ-साथ ज्यादा से ज्यादा नागरिकों को ये सूचनाएँ उपलब्ध हों। पारदर्शिता की कमी सरकार में भ्रष्टाचार के अवसरों को बढ़ावा देती है तथा सार्वजनिक क्षेत्र की प्रभावशीलता को कम करती है। यदि जन साधारण की दृष्टि से सरकार की नियामक नीतियों की समीक्षा न की जाए तो सरकार की सक्षमता बुरी तरह प्रभावित हो सकती है। नियमों और नीतियों को तभी वैधानिक रूप से स्वीकारा जा सकता है जब वे बुनियादी रूप से पारदर्शी तथा विषयनिष्ठ मापदंड पर आधारित हों। अपनी नीतियों को वैधानिकता प्रदान करने के लिए, सरकारों को चाहिए कि वे राज्य के कार्यकलापों तथा उनमें निहित प्रक्रियाओं के बारे में पारदर्शी तथ्य प्रकट करें।

पारदर्शिता के लिए जरूरी है कि सरकारें न केवल जनता के पास जा रही सूचनाओं को अबाधित रहने दें बल्कि अपनी ओर से यह सक्रियता भी बरतें कि जन सूचनाएँ सरकार के कामकाज के बारे में सुझाव भी दर्शा सकें, क्योंकि जनता का सशक्तीकरण तब होता है जब वे सही तरीके से सेवाएँ प्रदान करने के लिए सरकार को बाध्य कर सकें। इस प्रकार यह सरकार की वैधता को मजबूत बनाएगा। एक स्थायी एवं पूर्वानुमेय नीति वाले वातावरण के संस्थापन के लिए जरूरी है कि सरकारें अपने आप को जनता की अग्नि-परीक्षा से गुजरने दें। इसके अंतर्गत अपने कार्यकलापों का नियमित एवं स्वतंत्र आर्थिक अंकेक्षण (ऑडिट) कराना भी शामिल है।[84]

उदाहरण के लिए, सरकार की पारदर्शिता का मूल्यांकन का प्रयास करने वाले विविध संगठनों पर नजर डालते हुए कोई भी व्यक्ति प्रशासनिक पारदर्शिता का संकेतक चुन सकता है, जैसे यह कि क्या जजों की बहाली और उन्हें पद से हटाने की प्रविधि पारदर्शी एवं संवैधानिक प्रक्रिया के अनुरूप है? पारदर्शिता का एक अन्य संकेतक हो सकता है लोकपाल कार्यालय का अस्तित्व जिसमें पर्याप्त कर्मचारी हों और वह वित्त-पोषित हो।

दायित्वशीलता सार्वजनिक क्षेत्र के कामकाज के मूल्यांकन के लिए संस्थापित मापदंडों पर आधारित है। इसके अंतर्गत संसाधनों के उपयोग की सक्षमता, व्यय-नियंत्रण एवं आंतरिक तथा बाह्य ऑडिट से परिघटित आर्थिक एवं वित्तीय दायित्वशीलता भी शामिल है।[85] दायित्वशीलता सरकार की वैधता को बेहतर बनाती है। लोक एजेंसियों के कामकाज के मूल्यांकन के मापदंडों को व्यापक बनाने के लिए, दायित्वशीलता की पुरानी और नई दोनों ही प्रकार की संरचनाओं को सर्वव्यापक बनाया जाना चाहिए तथा आम लोगों को उनसे परिचित कराया जाना चाहिए। सार्वजनिक काम-काज की ऑडिटिंग को सर्वव्यापक बनाने का काम सूचना के अधिकार, मास मीडिया की सूचित एवं उत्तरदायी भूमिका,

सामाजिक-सामुदायिक ऑडिटिंग के विकास और सबसे बढ़कर लोक सुनवाई एवं जागरूकता के माध्यम से किया जा सकता है। उत्तरदायित्व की संकल्पना में पारदर्शिता एवं भागीदारी आवश्यक घटक है।

प्रतिभागिता या भागीदारी किसी भी कार्यरत नागरिक समाज का एक अत्यावश्यक तत्त्व है। सार्वजनिक क्षेत्र मीडिया की स्वतंत्रता और बहुलता को सशक्त करने वाले विधान को कार्यान्वित करके, एक स्वतंत्र निर्वाचन प्रबंधन संस्था की स्थापना करके तथा सरकारी योजनाओं और बजट निर्धारण की निर्णय-प्रक्रिया में लोगों के सुझावों को प्रोत्साहन देकर जन-भागीदारी का विकास कर सकते हैं। भागीदारी के लिए पहले से अधिक क्षमता एवं शेयरधारकों की कुशलताओं तथा लोक प्रशासन की संस्थाओं द्वारा समर्थित स्थायित्वपरक नीतियों की जरूरत होती है। किसी भी लोकतांत्रिक समाज में भागीदारी तभी सार्थक होती हैं जब वह सबके लिए निष्पक्ष एवं समानतापूर्ण स्थान उपलब्ध कराए। सच्चे अर्थों में, शक्ति-संरचनाओं को विकेंद्रित करने वाली प्रक्रिया प्रतिभागितापूर्ण अभिशासन को जगह देती है।[86]

वैधता और प्रतिभागिता का चोली-दामन का संबंध है। प्रतिभागिता के कई आयाम होते हैं। बेहतर प्रतिभागिता मीडिया की स्वतंत्रता और बहुलता को सशक्त करने वाले विधानों के कार्यान्वयन के माध्यम से प्राप्त की जा सकती है। इसे एक स्वतंत्र एवं निष्पक्ष चुनाव करा सकने की शक्ति से संपन्न निर्वाचन प्रबंधन संस्था की स्थापना के माध्यम से प्राप्त किया जा सकता है। इसे स्थानीय सरकारों एवं आर्थिक तथा सामाजिक नीतियों और कार्यक्रमों के लिए समर्पित नागरिक सामाजिक संगठनों के बीच नियमित परामर्श के लिए संस्थापित युक्तियों के माध्यम से हासिल किया जा सकता है। इसे गरीब तबके की पहुँच के दायरे में आने वाली कानूनी सहायता तथा परामर्श प्रणालियों के जरिये प्राप्त किया जा सकता है। इसे अक्सर संपन्न होने वाले स्थानीय चुनावों और रेफरेंडम इत्यादि के माध्यम से भी पाया जा सकता है। इसे पाने के लिए ई-गवर्नमेंट (ई-सरकार) और समुदाय नेटवर्कों का सहारा लिया जा सकता है। इसे सरकारी योजनाओं एवं बजट-संबंधी निर्णय-प्रक्रिया में सूचना और संचार टेक्नोलॉजी के उपकरणों के माध्यम से लोगों के सुझाव प्राप्त करके हासिल किया जा सकता है।

अभिशासन का रूपांतरण
Transforming governance

नागरिकों की भागीदारी एवं ज्ञान-संपन्न समाज के अभ्युदय की अवधारणाओं ने अभिशासन की प्रगति को रूपांतरित करने की दिशा में महत्त्वपूर्ण भूमिका निभाई है। अवसर तक पहुँच कायम होना सु-शासन का एक अपरिहार्य तत्त्व बन गया है। विशेष तौर पर, 'सूचना युग' एवं उसके परिणामस्वरूप सूचना एवं संचार टेक्नोलॉजी (ICT) उपकरणों ने सार्वजनिक सेक्टर एवं समाज के अन्य कारकों के बीच के संबंध को बड़े निर्णायक रूप से बदल डाला है। राजनीतिक अस्थिरता के दौर में, सूचना और संचार टेक्नोलॉजी सूचना के प्रसारण का एक शक्तिशाली माध्यम साबित हुआ है। इससे भी अधिक महत्त्वपूर्ण बात यह है कि सूचना और

संचार टेक्नोलॉजी का उपयोग सरकार के कार्यकलापों के सहजीकरण(फैसिलिटेशन) और साथ ही नागरिक समाज को कार्यरत बनाने के लिए भी सतत तरीके से किया जा सकता है।[87] भूमंडलीकरण (ग्लोबलाइजेशन) ने वैश्विक संस्थाओं की भूमिका बढ़ा दी है और इसी के साथ सरकार के दायित्वों का दायरा भी बढ़ गया है। इस तरह, कोई भी राज्य जिस तरीके से अपनी अर्थव्यवस्था का संचालन करता है उसमें परिवर्तन आ गया है। दूसरी ओर, अर्थव्यवस्था की पहले से अधिक अंतर्निर्भरता के कारण इसकी नियामक भूमिका का महत्त्व घट गया है। अंत में, विकेंद्रीकरण ने नागरिकों एवं लोक प्रशासनिक संस्थाओं के बीच के संबंध को भी बदल डाला है। स्थानीय सरकारों को और अधिक लोक सेवा के दायित्व दिए जाने लगे हैं और इस तरह सेवा-प्रदाता और नागरिक के बीच अफसरशाही के स्तर घटने लगे हैं। हालाँकि विकेंद्रीकरण नौकरशाही पदसोपानों के कारण उत्पन्न भ्रष्टाचार में कमी लाता है मगर कुछ मामलों में यह स्थानीय आधिपत्य को प्रबल बना देता है। इन सभी तत्त्वों ने मिलकर न केवल सरकार के समक्ष कार्य-संचालन के नए साधन मुहैया कराए हैं बल्कि सेवाओं के लिए नई माँगों का भी सृजन किया है।

सूचना-युगः ई-गवर्नेंस एवं ई-लोकतंत्र की ओर

Information age: towards e-governance and e-democracy

सूचना-युग ने नियमन/वि-नियमन, लाइसेंसिंग, लाभों एवं जोखिम प्रबंधन के क्षेत्र में परिवर्तन ला दिए हैं। इन परिवर्तनों को उत्प्रेरित करने वाले मुख्य सिद्धांत यथासंभव कटौती से लेकर आउटसोर्सिंग तक के दायरे में आते हैं। साथ ही सरकारी कर्मचारियों को प्रशिक्षण से सशक्त बनाना और उत्पादकता व रचनात्मकता के लिए पुरस्कृत करना, नागरिकों को क्लाइंट के रूप में देखना तथा सरकार में और अधिक पारदर्शिता तथा दायित्वशीलता बढ़ाने के लिए पहल करना इत्यादि भी इसके दायरे में हैं।

इसके अलावा, सूचना युग ने मताधिकार-संपन्न एवं गैर-मताधिकार वाले/गरीब तबकों के बीच अवसरों तक पहुँच कायम करने को लेकर बनी हुई खाई को और गहरा बना दिया है। परिणामस्वरूप, सु-शासन केवल सूचना और संचार टेक्नोलॉजी द्वारा प्रस्तुत प्रभावी तरीकों को आत्मार्पित किए जाने तक ही सीमित नहीं है, बल्कि सभी नागरिकों को इस टेक्नोलॉजी तक पहुँच प्राप्त हो, अवसर तक पहुँच कायम होना विकास का एक महत्त्वपूर्ण वाहक माना गया है।[88] सूचना और संचार टेक्नोलॉजी के टूल्स तक पहुँच पाने में प्रमुख तीन बाधाओं के रूप में गरीबी, शिक्षा के अभाव एवं अधः संरचना की कमी को माना गया है।[89] सु-शासन को इन तीनों ही बाधाओं को पार करने में नागरिकों की मदद करनी होगी।

समाज की जरूरतों को पूरा करने के लिए सरकार की क्षमता को बेहतर बनाने हेतु सूचना और संचार टेक्नोलॉजी के उपयोग को ई-गवर्नेंस या ई-शासन के नाम से परिभाषित किया जाता है। इन सेवाओं में शामिल हैं नागरिकों को बेहतर तरीके से सूचना देने का काम, कार्यनीतिक योजना-प्रक्रिया का बेहतर समन्वय तथा विकासात्मक लक्ष्यों को प्राप्त करने के काम को सहज बनाना।

इसके विपरीत ई-गवर्नमेंट (ई-सरकार) केवल सरकार द्वारा सूचना और संचार टेक्नोलॉजी

के उपयोग तक सीमित है। ई-गवर्नमेंट के अंतर्गत ई-प्रशासन और ई-सेवाएँ आती हैं। ई-प्रशासन, अर्थात् प्रबंधकीय सूचना प्रणालियों के लिए डाटा संग्राहकों के सृजन और रिकॉर्डो के कंप्यूटरीकरण के लिए सूचना और संचार टेक्नोलॉजी के उपयोग, ने पारंपरिक प्रशासन को अधिक सक्षम बना दिया है।

इसके अलावा, ई-सेवाएँ अर्थात् सरकारी सेवाओं के ऑनलाइन प्रावधान ने भी क्षमता का खूब विकास किया है और साथ ही भ्रष्टाचार के प्रवेश-द्वारों को बन्द किया है।

और अंत में, ई-लोकतंत्र समाज के सभी तबकों द्वारा राज्य के अभिशासन में भाग ले सकने की क्षमता, के माध्यम से लोकतंत्र के विकास की दिशा में भी सूचना और संचार टेक्नोलॉजी महत्त्वपूर्ण भूमिका निभाते हैं। ई-लोकतंत्र पारदर्शिता, दायित्वशीलता एवं प्रतिभागिता बढ़ाने पर ध्यान केंद्रित करता है।[90]

अभिशासन के दायरे में सूचना और संचार टेक्नोलॉजी को अंगीकार करने के लाभों में शामिल हैं – लागत में कमी, ज्यादा सकारात्मक बिजनेस वातावरण तथा बिजनेस एवं उद्योग के बीच बेहतर आपसी अभिक्रिया बढ़ाकर विकास करना, निर्णय-प्रक्रिया में पारदर्शिता और दायित्वशीलता का विकास, सूचना तक पहुँच कायम करने के माध्यम से नागरिकों का सशक्तीकरण, नागरिकों को सेवा प्रदान करने में गुणवत्ता का विकास, लोक प्रशासन एवं सरकार के प्रबंधन की क्षमता को बेहतर बनाना, तथा अन्य क्षेत्रों में सूचना और संचार टेक्नोलॉजी के उपयोग द्वारा ई-समाज का मार्ग प्रशस्त करना।

भूमंडलीकरण एवं सु-शासन
Globalisation and good governance

भूमंडलीकरण या वैश्वीकरण एक जटिल एवं व्यापक अवधारणा है। आम तौर पर इसका संबंध वस्तुओं, सेवाओं, आर्थिक उत्पादों, सूचना और संस्कृति से होता है जो कि अधिक चलायमान होते हैं तथा दुनिया में जिनके "ज्यादा मुक्त रूप से" फैलने की संभावना होती है। अनेक वैश्विक फर्मों का उदय हुआ है तथा तकनीकी प्रगति के कारण बाजार अधिक समेकित हुए हैं। वास्तव में, वैश्विक संस्थाएँ विकासशील देशों को उनके आर्थिक सुधारों में मदद देती हैं लेकिन न तो वे जनता द्वारा चुनी जाती हैं और न ही जनता के प्रति उत्तरदायी होती हैं। इसके अतिरिक्त, भूमंडलीकरण ने लोकनीतियों को ज्यादा वैश्विक बना दिया है तथा विकसित देशों में सेवाओं की आपूर्ति को रूपांतरित किया है क्योंकि राज्य द्वारा की जाने वाली आपूर्ति सेवाओं की जगह अधिक से अधिक निजी सेवाएँ ले रही हैं। 1990 के दशक में अनेक विकासशील देशों ने अपनी मुद्राओं को विदेशी मुद्राओं से जकड़कर रख दिया। अधिक मौद्रिक स्थिरता प्रदान करने के बावजूद इन नीतियों ने इन देशों के लिए मौद्रिक नीतियों का दायरा सीमित कर दिया और इन राज्यों का अपनी-अपनी अर्थव्यवस्थाओं पर नियंत्रण घट गया।

भूमंडलीकरण के कारण व्यापार मूल्य-दरों में पतन भी हुआ है। इस कारण निर्यातित वस्तुओं के लिए ज्यादा बड़े बाजार का सृजन हुआ है और साथ ही साथ विकासशील विश्व में नवोदित उद्योग-धंधों के लिए सुरक्षात्मक उपायों में कमी आई है। इसके अलावा, वैश्विक

पूँजी बाजार में अपनी पहुँच के कारण, भूमंडलीकरण ने सार्वजनिक उपक्रमों के निजीकरण को बढ़ावा दिया है। और अंत में, अधिक आर्थिक प्रतिस्पर्द्धा के कारण, राज्य इस बात के लिए बाध्य हुए होंगे कि वे निर्यात-प्रोसेसिंग जोन का विकास करें और इस तरह सार्वजनिक टैक्स और नियामक प्रणालियों को कमजोर करें।

सवाल यह नहीं है कि भूमंडलीकरण ने पूरी दुनिया में लोक अभिशासन को रूपांतरित किया है या नहीं, बल्कि सवाल यह है कि इस रूपांतरण की प्रकृति और मात्रा क्या रही है।[91] भूमंडलीकरण की प्रक्रिया की एक अन्य विशेषता रही है वैश्विक संविधानवाद तथा नागरिक समाज का भूमंडलीकरण। बाल अधिकार, महिला अधिकार, मानव अधिकार, जलवायु परिवर्तन जैसे क्षेत्रों में अंतर्राष्ट्रीय कानून हस्ताक्षर करने वाले देशों को अच्छे अभिशासन के लिए एक संरचना प्रदान करते हैं। सूचना और संचार टेक्नोलॉजी के भूमंडलीकरण ने वैश्विक नागरिक समाज के घटकों के बीच समन्वय को मजबूत बनाया है।

विकेंद्रीकरण एवं सु-शासन

विकेंद्रीकरण को विश्वास, पारदर्शिता एवं दायित्वशीलता का निर्माण करने वाली सरकार के वैकल्पिक मॉडल के रूप में सुझाया गया है। विकेंद्रीकृत शासन सुव्यवस्थित एवं तालमेलपूर्ण अंतर्सबंध को परिभाषित करता है जो कि केंद्रीय सरकारों, सरकार के अन्य स्तरों, एवं गैर-सरकारी कारकों के बीच शक्ति और दायित्वों के संतुलन तथा भागीदारीपूर्ण युक्तियों के प्रयोग के माध्यम से स्थानीय निकायों द्वारा अपनी-अपनी जिम्मेवारियों के निर्वहन का परिणाम है। विकेंद्रीकरण आर्थिक, सामाजिक एवं राजनीतिक कार्यकलापों में नागरिकों की पहले से अधिक भागीदारी से गहन संबंध रखता है। इसके अतिरिक्त, यह लोगों की क्षमताओं के विकास और संवर्द्धन तथा सरकार की अनुक्रियाशीलता को बढ़ाने के लिए भी आवश्यक है।

विकेंद्रीकरण के चार मुख्य रूप हो सकते हैं:[92]

(i) विसंकेंद्रण (deconcentration): निर्णय लेने के अधिकार को पूरे प्रदेश तक पहुँचाना;

(ii) प्रत्यायोजन (delegation): निर्णय लेने का अधिकार स्थानीय सरकारों तक पहुँचाना;

(iii) हस्तांतरण (devolution): उप-राष्ट्रीय स्तरों पर सरकारी निकायों का आर्थिक एवं वैधानिक संस्थापन;

(iv) अनधिकरण (divestment): नियोजन एवं प्रशासन संबंधी दायित्वों को सरकार से लेकर प्राइवेट या गैर-सरकारी संस्थानों को प्रदान करना।

विकेंद्रीकरण को लोकतंत्रीकरण का उपकरण माना जाता है। यह मानना चाहिए कि विकेंद्रीकरण से केंद्र सरकारें अस्तित्वहीन नहीं हो जातीं, बल्कि दोनों मिलकर पूरक भूमिकाएँ निभाती हैं जिनकी सहायता से सर्वाधिक प्रभावी सेवाएँ प्रदान करना संभव होता है। विकेंद्रीकरण मौजूदा सांस्कृतिक तत्त्वों के प्रसंग में किया जाना चाहिए, उसे बदलते हुए संबंधों के प्रति संवेदनशील होना चाहिए तथा उसे प्रतिभागिता एवं साझेदारी के मैकेनिज्म को विकसित करने का प्रयास करने वाला होना चाहिए।

5.4 भारत में सु-शासन

Good governance in india

भारत में अभिशासन की अवधारणा का विकास

जब तक समय के आईने में न देखा जाए तब तक अभिशासन का कोई भी सिद्धांत बोध गम्य नहीं हो सकता। भारत में प्राचीन काल से ही अभिशासन को वर्णित किया जाता रहा है। वैदिक साहित्य सु-शासन के बारे में उत्प्रेरक विचारों का खजाना है। *'सर्वे भवंतु सुखिन'* एवं *'वसुधैव कुटुंबकम'* एवं *'असतो मा सद्गमय'* जैसे विचार सु-शासन के बारे में कुछ अत्यंत आरंभिक कथन हैं और वे लोक-आचरण की नैतिक आधार रचना पेश करते हैं। कौटिल्य के *अर्थशास्त्र* में बार-बार इस बात पर जोर दिया गया है कि राजा की खुशी प्रजा की खुशी में निहित है। जिस किसी बात से वह स्वयं खुश होता हो उसे वह अच्छा नहीं मानेगा, बल्कि उसे अच्छा मानेगा जिससे उसकी प्रजा खुश होती हो। आरंभिक काल से लेकर मध्यकालीन भारत तक सु-शासन की दिशा में कई प्रयास किए गए। चोल साम्राज्य में स्थानीय स्व-सरकार की प्रथा, लिच्छवी राजवंश के तहत गणतांत्रिक शासन की मौजूदगी, अलाउद्दीन खिलज़ी की बाजार-नीति, शासन के प्रति अकबर का धर्म-निरपेक्ष नज़रिया – ये सब भारत में सु-शासन की परंपराओं के कुछ दृष्टांत हैं।

निर्णायक रूप से अभिशासन की अवधारणा की रूपरेखा महात्मा गाँधी के नेतृत्व में लड़े गए स्वतंत्रता आंदोलन के दौरान रची गई। शोषणवादी-साम्राज्यवादी आधुनिक उपनिवेशवादी शक्तियों से भारत के लोगों का सामना होने से उन्हें शासन के एक बेहतर स्वरूप की तलाश करने का अवसर मिला। परिणामस्वरूप, भारतीयों के सुसंगठित प्रयासों के कारण कौंसिल में कई सुधार हुए और क्रमिक रूप से भारतीय लोगों को ज्यादा से ज्यादा प्रतिनिधित्व मिलने लगा। महात्मा गाँधी ने औपनिवेशिक दुनिया को साम्राज्यवाद के अभिशाप के खिलाफ लड़ने की रणनीति और तरीके सिखाए। इस प्रक्रिया में भारत के लोगों ने लोकतंत्र और शासन की एक नई भाषा सीख ली।

सु-शासन संबंधी आकांक्षाएँ भारतीय संविधान की प्रस्तावना में उल्लिखित हैं। यह प्रस्तावना शासन के लिए एक दार्शनिक आधार प्रस्तुत करती है जिसके तहत गणतांत्रिक, लोकतंत्र, न्याय, स्वतंत्रता, समानता और बंधुत्व सुनिश्चित करने के लिए जनता को संप्रभु घोषित किया गया है। मूलभूत अधिकारों के बारे में एक अलग अध्याय (अध्याय 3) है और अध्याय 4 में राज्य के नीति-निर्देशक तत्त्वों की चर्चा है। यदि इन दो अध्यायों को सर्वोच्च न्यायालय एवं उच्च न्यायालयों द्वारा दी गई विचारशील संवैधानिक व्याख्या के आलोक में पढ़ा जाए तो यह स्पष्ट हो जाता है कि सु-शासन के दायरे में आमूलचूल विस्तार हो गया है।[93]

हर राष्ट्र अपनी जनता और सरकार के साझा मूल्यों द्वारा निर्देशित होता है। ऐसे मूल्यों के प्रति पूरे राष्ट्र की प्रतिबद्धता शासन के दायरे और उसकी गुणवत्ता को बहुत अधिक प्रभावित करती है। गणतंत्र की स्थापना के समय भारतीय परिप्रेक्ष्य में ये मूल्य थे – राष्ट्रवाद, लोकतंत्र, धर्म-निरपेक्षता, गुट-निरपेक्षता एवं मिश्रित अर्थव्यवस्था। पिछले साठ वर्षों में हमारी वैचारिक अवधारणा जन अभिरुचि के अनुसार निर्धारित होती आई है। पूँजीवाद और न्यूनतम राज्य के

बजाय हमने समाजवाद को पसंद किया। राज्य के साधन को सामाजिक एवं आर्थिक परिवर्तन का प्रमुख उपकरण मानने के कारण सार्वजनिक क्षेत्र को प्राथमिक स्थान मिला और उसे उस मुकाम पर खड़ा कर दिया गया जिसका जीवंत वर्णन ''अर्थतंत्र की अदम्य ऊँचाइयाँ'' कहकर किया गया है। लेकिन नई आर्थिक नीति, 1991 के साथ ही परिदृश्य बदलने लगा।

देश में एक व्यक्ति एक वोट लागू करने का साहसिक एवं भव्य निर्णय लिया गया। सार्वभौम मताधिकार देने का अच्छा परिणाम मिला तथा उसके बाद से निम्नतम स्तर तक सत्ता के हस्तांतरण ने लाभों को सुगठित करने में मदद दी है। भारत में लोकतंत्र शासन का हृदय है। गणतंत्र के आरंभिक वर्षों में, कार्यपालकों ने अत्यंत एकतांत्रिक रूप से कार्य किया। जिला स्तर के अधिकारी नियमित रूप से याचिकाएँ और शिकायतें सुनते रहे, लोक व्यवस्था को बनाए रखने खास तौर पर – प्रजातीय एवं सांप्रदायिक उपद्रव की स्थितियों – में हस्तक्षेप किया, तथा भूमि सुधार एवं सामुदायिक विकास परियोजनाओं को कार्यान्वित करने में विवेकाधिकार का इस्तेमाल किया। जब कुलीन शासकों एवं शक्तिशाली गुटों के पक्ष में दुर्लभ संसाधनों के संवितरण की माँग जोर पकड़ने लगी तो राजनेताओं और खास तौर पर मंत्रियों की पकड़ मजबूत होने लगी।

सत्तारूढ़ दल या गठबंधन दलों के पक्ष में, राज्य क्रमशः अपनी तटस्थ भूमिका त्यागने लगा। 1960 के दशक में राज्यों में मंत्रित्व की अस्थिरता के साथ लोक सेवाओं की 'तटस्थता' पर दबाव पड़ने लगा। 1980 के दशक के उत्तरार्द्ध से गठबंधन सरकारों के कारण केंद्र के प्राधिकार के विखंडन ने इस प्रक्रिया को और गहरा तथा विस्तृत कर दिया।

फिर भी चुनाव-दर-चुनाव आम जनता अपनी आवाज बुलंद करती आ रही है, अपने प्रतिनिधियों को इस तरह बदलती आ रही है कि इससे केंद्र और राज्यों की सरकारों में भी परिवर्तन होते आए हैं। नागरिक समाज समूहों, मीडिया तथा सक्रिय न्यायपालिका द्वारा समर्थित यह परिदृश्य कार्यपालिका से दायित्वशीलता की माँग करता है और इस तरह राजनीति आवधिक चुनावों से आगे बढ़कर सु-शासन की ओर अग्रसर हुई है।

भारत में सु-शासन के घटक

भारत के परिप्रेक्ष्य में सु-शासन क्या है? सु-शासन के समक्ष खड़ी केंद्रीय चुनौती का संबंध सामाजिक विकास से है। सु-शासन का अपरिहार्य उद्देश्य सामाजिक अवसरों का विस्तार और गरीबी उन्मूलन होना चाहिए। संक्षेप में, सु-शासन का अर्थ है न्याय, सशक्तीकरण, रोजगार एवं क्षमतापूर्वक सेवा-प्रदायन सुनिश्चित करना।

न्याय सुनिश्चित करना: न्याय सुनिश्चित करने से जुड़े कई पहलू हैं, जैसे जान-माल की सुरक्षा, न्याय तक लोगों की पहुँच होना और कानून का शासन।

शांति के लिए खतरा: सबसे महत्त्वपूर्ण जन-कल्याण है सुरक्षा, खास तौर पर जान-माल की सुरक्षा। विशेष रूप से आतंकवाद (जम्मू-कश्मीर), विद्रोह (उत्तर-पूर्वी राज्य) एवं नक्सलवादी हिंसा से प्रभावित 150 भारतीय जिलों में लोगों की जान-माल की हिफ़ाजत करने का भारतीय राष्ट्र-राज्य का दायित्व चुनौतियों से घिरा हुआ है।

न्याय तक पहुँच: न्याय तक पहुँच होना इस मूलभूत सिद्धांत पर आधारित है कि लोगों को अपने अधिकारों और कर्त्तव्यों से अवगत होना चाहिए तथा कानून की गरिमा में उनका दृढ़ विश्वास होना चाहिए। लेकिन हकीकत में मामला उलट है। कुछ नागरिकों को तो अपने अधिकार ही मालूम नहीं और बहुत से ऐसे हैं जो वकीलों की कानूनी फीस नहीं चुका सकते। सबसे गंभीर चुनौती है न्याय की जटिलता क्योंकि कानूनी प्रक्रियाएँ लंबी और महँगी हैं और न्यायपालिका के पास इन मामलों के निराकरण के लिए कर्मचारियों और भौतिक ताम-झाम की कमी है। भारत में उच्च एवं निचली अदालतों में लाखों मुकदमे लंबित पड़े हैं और न्याय में देर होती है।

कानून का शासन

Rule of law

इसमें कोई संदेह नहीं कि सु-शासन की अवधारणा जीवन, स्वतंत्रता एवं खुशी प्राप्त करने के लोगों के अधिकार से जुड़ी हुई है। किसी भी लोकतंत्र में यह तभी पूरा हो सकता है जब वहाँ कानून का शासन हो। कानून के शासन की अभिव्यक्ति इस मुहावरे से होती है कि कोई भी व्यक्ति कानून से बड़ा नहीं है। हमारी संवैधानिक प्रणाली में हर व्यक्ति को कानून के सामने समानता एवं संरक्षण का अधिकार प्राप्त है। कानून द्वारा स्थापित प्रविधि के अलावा, किसी भी व्यक्ति को उसके जीवन और उसकी व्यक्तिगत स्वतंत्रता से वंचित नहीं किया जा सकता। इस तरह हर व्यक्ति की ज़िन्दगी और आजादी की हिफ़ाजत करना राज्य का अनिवार्य कर्त्तव्य है। ''केशवानंद भारती बनाम केरल राज्य'' के मामले में बहुमत की यह राय प्रकट हुई थी कि ''कानून का शासन'' और ''लोकतंत्र'' भारतीय संविधान की मूल संरचनाएँ हैं तथा संविधान की धारा 368 के अधीन वर्णित संशोधन प्रक्रिया के अनुसार उनमें संशोधन नहीं किया जा सकता।[94] इससे यह बात पुष्ट होती है कि किसी भी प्रशासनिक कार्यवाही की स्थिति में उसे वैधानिकता के मानदंड के अनुसार परखने का अंतिम अधिकार न्यायालय के पास है। प्रशासनिक या कार्यपालिका की कार्यवाही जो वैधानिकता के मानदंड पर खरी नहीं उतरती, उन्हें सक्षम न्यायालय में पीड़ित व्यक्ति द्वारा समुचित याचिका लाए जाने पर अलग से निर्धारित किया जाएगा।

इस परिदृश्य का एक आवश्यक उप-सिद्धांत है ''न्यायिक सक्रियतावाद'' (judicial activism)। कार्यपालिका की उदासीनता के खिलाफ़ उच्च न्यायालयों तथा सर्वोच्च न्यायालय में अनेक जनहित याचिकाएँ (PILs) दाखिल की जाती हैं। इसके अच्छे परिणाम मिले हैं लेकिन इससे इस कार्य के निर्वहन में जजों द्वारा निरीक्षण तथा आत्म-नियंत्रण की आवश्यकता को भी बल मिला है। परिणामस्वरूप, विभागीय प्रबंधक, 'अरावली गोल्फ क्लब बनाम चन्दर हास' के मामले में सर्वोच्च न्यायालय के एक डिविजन बेंच ने दिसंबर 2007 के आदेश में ''न्यायिक सक्रियतावाद के खिलाफ़'' चेतावनी दी तथा न्यायपालिका को बेबाक संदेश दिया कि वे ''आत्म-नियंत्रण से काम लें''।[95]

सेवा-प्रदायन

Delivery of services

सेवाओं की प्रभावी डिलिवरी की योजना की मुख्य विशेषता को इस तथ्य के आलोक में देखे जाने की जरूरत है कि माँग का प्रवाह नीचे से ऊपर की ओर होना चाहिए, न कि ऊपर से नीचे की ओर। यह सच है कि भारत सरकार और राज्य सरकारें स्वास्थ्य एवं शिक्षा की दिशा में अच्छा-खासा सार्वजनिक धन वितरित करती आ रही हैं। ये सुविधाएँ आखिरकार किनके पास पहुँच रही हैं, इसकी गहनता से जाँच करने पर यह तथ्य सामने आया है कि स्वास्थ्य और शिक्षा पर किए जाने वाले लोक-व्यय का असली फायदा गैर-गरीब तबके के लोग उठा रहे हैं। गरीबों की बस्ती में स्थित स्कूल और स्वास्थ्य केंद्र अक्सर खराब हालत में होते हैं और उनकी तकनीकी गुणवत्ता बिल्कुल निम्न कोटि की होती है।

भारत में लोक सेवा प्रदायन को बेहतर बनाने की दिशा में जिन तीन संस्थाओं ने उल्लेखनीय भूमिका निभाई है, वे हैं: (i) न्यायपालिका, (ii) मीडिया, और (iii) नागरिक समाज।

संविधान निर्माताओं ने न्यायपालिका की जिस स्वतंत्र प्रकृति की सावधानीपूर्वक रूप-रचना की वह काफी मददगार साबित हुई है। कार्यपालिका द्वारा सेवा-प्रदायन संबंधी असफलताओं को ठीक करने के लिए न्यायपालिका ने सार्थक रूप से हस्तक्षेप किए हैं। व्यक्तियों और गैर-सरकारी संगठनों (NGOs) के हाथों में जनहित याचिकाएँ (PILs) एक ताकतवर औजार के रूप में उभरी हैं। हाल के वर्षों में उच्च न्यायालयों और सर्वोच्च न्यायालय ने सेवाओं की गुणवत्ता सुधारने की दृष्टि से कई विषयों में हस्तक्षेप किए हैं। इन सेवाओं में पेंशन के भुगतान से लेकर सेवानिवृत्त अधिकारियों के मामले, लोगों को खाद्य की आपूर्ति से लेकर सार्वजनिक वितरण नेटवर्क तक के मामले शामिल हैं। दुर्भाग्य से, न्यायपालिका ढेर सारे लंबित मुकदमों के भार तले दबी पड़ी है और फैसलों में काफी देर हो रही है। वकीलों, कचहरी के महकमों और मुकदमेबाजी के बीच का आपसी संबंध अक्सर यही सुनिश्चित करने वाला होता है कि मुकदमों की तारीखें टालते-टालते खूब देर कर दी जाए। मुकदमों को निबटाने के लिए समय की कोई सीमा नहीं है।

इलेक्ट्रॉनिक और प्रिंट दोनों ही मीडिया परिवर्तन के दबाव के स्रोत के रूप में उभरे हैं। इन्होंने लोक-आकांक्षाओं को सामने लाने का काम किया है जिसके फलस्वरूप जन-अधिकारियों पर वस्तु/सेवा की डिलिवरी के लिए काफी दबाव पड़ा है।

विभिन्न क्षेत्रों में काफी संख्या में गैर-सरकारी संगठनों के अभ्युदय – जिनमें पर्यावरण से लेकर सांस्कृतिक और शैक्षणिक संगठन शामिल हैं – ने ऐसी संस्थाओं का रूप ले लिया है जो नियमित रूप से लोगों के सरोकार सामने लाते रहे हैं।

माइक्रो-फाइनेंसिंग संस्थाओं के साथ-साथ स्व-सहायता ग्रुप (SHG) भी सामाजिक पूँजी की संस्थाओं के रूप में उभर रहे हैं। स्व-सहायता समूहों का अविश्वसनीय विकास हुआ है तथा वस्तुओं की मार्केटिंग, वृद्धावस्था पेंशन के वितरण, समुदाय-आधारित खाद्य-सुरक्षा, डेयरी विकास एवं ऐसे ही अन्य क्षेत्रों में वे प्रशंसनीय कार्य कर रहे हैं।

जन-शिकायतों के निवारण के लिए सूचना एवं संचार टेक्नोलॉजी के प्रयोग के उदाहरण राष्ट्रव्यापी बहस का विषय बन चुके हैं।

प्रशासनिक प्रतिक्रियाएँ
Administrative responses

भारतीय प्रशासनिक परिदृश्य में लोक सेवा प्रदायन के क्षेत्र में बहुत ही कम सफल नव-प्रयोग और कार्य-प्रथाएँ हैं लेकिन दुखद कार्य प्रदर्शन की ढेर सारी दास्तान। दायित्वशीलता के मैकेनिज्म की एक सामान्य कमजोरी है व्यापक रूप से सेवाओं में सुधार लाने के काम में बाधा। अफसरशाही की जटिलताओं और पेचीदा प्रक्रियाओं के कारण नागरिक तथा नागरिक समाज के लिए सेवाओं की समय पर और क्वालिटी के साथ डिलिवरी करने वाली प्रणाली तलाश पाना कठिन हो जाता है। औपनिवेशिक काल से ही प्रशासनिक प्रणाली के साथ जुड़ी हुई अपारदर्शिता और गोपनीयता ने भ्रष्टाचार को तो जन्म दिया ही है, अन्याय और पक्षपात का भी बोलबाला स्थापित किया है।

प्रमुख लोक सेवकों का अक्सर तबादला किए जाने से सेवा-प्रदायन की असफलता को बल मिला है। कुछ राज्यों में एक जिलाधिकारी का औसत कार्यकाल एक साल से भी कम है। परियोजना निदेशकों के बार-बार बदलने के कारण विकास परियोजनाओं पर भी बुरा असर पड़ रहा है।

सेवा की डिलिवरी के क्षेत्र में एक अन्य महत्त्वपूर्ण कारक राजनीतिक नेतृत्व की भूमिका से संबंधित है। ऐसे राज्य में जहाँ का मुख्यमंत्री सुधार-उन्मुखी हो, सेवाओं की बेहतर डिलिवरी के परिणाम सामने आए हैं। इसी तरह, पार्टी लाइन में सेवा प्रदायन को लेकर द्विदलीय आम सहमति से भी काफी मदद मिली है। राज्य की विधान सभा में स्पष्ट बहुमत वाली स्थिर सरकारों ने भी बेहतर सेवा डिलिवरी की दिशा में योगदान दिया है।

अलग-अलग समयों और अलग-अलग राज्यों में राजनीतिक यथार्थ में भी भिन्नता पाई जाती है। उन कमजोर गठबंधन सरकारों की तुलना में जिन्हें सत्ता में बने रहने के लिए प्राय: हर रोज समझौते करने की जरूरत होती है, राज्य की विधान सभा में स्पष्ट बहुमत वाली स्थायी सरकारें अपने मुख्यमंत्री के विचार-दर्शन को आगे बढ़ाने में ज्यादा सक्षम होती हैं।

यह आम बात है कि स्वास्थ्यचर्या या आजीविका संबंधी सुविधाएँ तलाश रहे लोगों को ज़िला मुख्यालय के विभिन्न हिस्सों में स्थित अनेक सरकारी कार्यालयों के कई चक्कर लगाने पड़ते हैं। हाल के वर्षों में कई राज्यों ने नागरिकों और अधिकारियों के बीच आपसी कार्य-व्यवहार को सरल बनाने के लिए सूचना प्रौद्योगिकी का उपयोग शुरू किया है। अपने "भूमि" अभियान के दायरे में करीब 20 मिलियन किसानों के भूमि संबंधी रिकॉर्ड ऑनलाइन रूप से उपलब्ध कराके कर्नाटक ने एक उदाहरण पेश किया है। जन वितरण प्रणाली, स्कूलों में दाखिला, नागरिकों के स्वास्थ्य रिकॉर्ड – ये सब सूचना प्रौद्योगिकी के उपयोग के सुलभ दायरे में आते हैं और वे सेवा डिलिवरी को निस्संदेह बेहतर बनाएँगे। प्रोजेक्ट डायरेक्टर या जिलाधिकारी द्वारा की गई पहल और प्रतिबद्धता सेवा डिलिवरी के नए तरीकों के विकास और प्रयोग के लिए ही अनिवार्य नहीं हैं बल्कि लोगों की जरूरत के प्रति प्रशासन की समग्र छवि और उसकी अनुक्रियाशीलता की दृष्टि से भी। संदेश स्पष्ट है कि राजनीतिक नेतृत्व द्वारा समुचित रूप से सशक्त किए जाने पर प्रोजेक्ट डायरेक्टर या जिलाधिकारी को एक प्रभावी

औजार के रूप में बदला जा सकता है – न केवल सेवा डिलिवरी के क्षेत्र में नवीनता के लिए बल्कि समय पर और गुणवता के साथ डिलिवरी देने में भी।

क्षमता का विकास
Capacity building

लोक प्रशासन में क्षमता के विकास की अवधारणा लोक सेवा की व्यावसायिकता (professionalism) पर बहुत अधिक निर्भर है। जिलों तथा ग्रामीण क्षेत्रों में पदस्थ लोक सेवकों की व्यावसायिक गुणवत्ता के घटिया स्तर को लेकर जागरूकता बढ़ती जा रही है। क्षमता का विकास करने वाले कार्यक्रमों का प्रतिरोध कर्मचारियों और सुपरवाइजर दोनों के ही द्वारा किया जाता है। लोग आम तौर पर परिवर्तन पसंद नहीं करते। यह भी एक भ्रांत विश्वास है कि क्षमता विकसित करने का मतलब है और ज्यादा काम का बोझ। प्रतिरोध सुपरवाइजरों और मैनेजरों द्वारा भी किया जाता है जो अक्सर यह मान लेते हैं कि कर्मचारियों की क्षमता के विकास का मतलब होगा उनकी अपनी शक्तियों में कटौती। क्षमता विकास के कार्य में सबसे अधिक निर्णायक तत्त्व है नेतृत्व। क्षमता विकास के लिए संगठनात्मक संस्कृति को सुधारने का लक्ष्य रखने वाले अच्छे नेतृत्व की जरूरत है।

क्षमता विकास का मतलब यह नहीं है कि कर्मचारियों को वे क्या करें, कब करें, कहाँ और कैसे करें को परिभाषित करने की छूट मिल जाती है। यह बिल्कुल गलत धारणा है। क्षमता विकास द्वारा कर्मचारियों से यह माँग की जाती है कि वे दायित्वपूर्ण ढंग से व्यवहार करें तथा वे परिणाम प्रस्तुत करें जो वांछित है और जिस पर वे सहमत हुए हैं। इसका मतलब है एक ऐसा सुयोग्य प्रयास जिसमें व्यक्ति या संगठन को उनके द्वारा उठाए गए कदमों के लिए जिम्मेवार ठहराया जा सके।

सूचना तक पहुँच, भागीदारी, नई सूझ-बूझ और दायित्वशीलता क्षमता विकास के वातावरण के लिए आवश्यक हैं। पारंपरिक संगठनों में सूचना केवल उच्च-स्तरीय अफसरशाही की ही वस्तु है। इस प्रणाली को खंडित करने की जरूरत है ताकि व्यक्तियों को अपने कार्य-संपादन के लिए आवश्यक कोई भी जानकारी प्राप्त कर सकने की सुविधा मिल सके। कर्मचारियों को समूह के कार्य में भी सक्रिय भागीदारी निभाने के लिए प्रोत्साहित किया जाना चाहिए।

भारत में सु-शासन के समक्ष चुनौतियाँ

भारतीय राजनीति के सामने सु-शासन की दिशा में अभी विविध प्रकार की चुनौतियों की भरमार है। सु-शासन के विचार को कार्यरूप देने के समक्ष गरीबी, निरक्षरता, पहचान-आधारित संघर्ष, क्षेत्रीयतावाद, नक्सलवाद, आतंकवाद इत्यादि कुछ प्रबल चुनौतियाँ हैं। इन चुनौतियों के साथ-साथ राजनीति का अपराधीकरण और भ्रष्टाचार सु-शासन के पथ पर सार्थक रूप से अग्रसर होने में घातक सिद्ध हो रहे हैं।[96]

भारतीय राज्य-सत्ता को अराजक तत्त्वों से गंभीर चुनौतियाँ मिल रही हैं। जम्मू-कश्मीर का

ज़ेहादी आतंकवाद और अक्सर उसका अन्य राज्यों में फैल जाना, उत्तर-पूर्वी राज्यों में व्याप्त विद्रोह और लाल गलियारे में नक्सली आंदोलन का तेजी से व्यापक होता आधार – ये सब लोकतांत्रिक शासन के सामने खड़ी गंभीर चुनौतियाँ हैं। पूर्वोत्तर भारत में व्याप्त विद्रोह अभी नागालैंड, मणिपुर और असम तक सीमित है तथा केंद्र के पूर्ण सहयोग के साथ वहाँ की लोकतांत्रिक रूप से चुनी गई राज्य सरकारों द्वारा उनका निराकरण किया जा रहा है।

राजनीति का अपराधीकरण

राजनीतिक प्रक्रिया का अपराधीकरण तथा राजनेताओं, लोक सेवकों और व्यावसायिक घरानों के बीच अपवित्र गठजोड़ लोक नीति के निर्धारण और शासन पर घातक असर डाल रहा है। भारत के लोकतांत्रिक शासन को ज्यादा गंभीर खतरा अपराधियों और बाहुबलियों से है जो राज्य की विधान सभाओं और देश की लोकसभा में अच्छी-खासी संख्या में घुसने लगे हैं। लगता है एक ऐसी राजनीतिक संस्कृति अपनी जड़ें जमा रही है जिसमें संसद या विधान सभा की सदस्यता को निजी फायदे और आर्थिक लाभ हासिल करने के अवसर के रूप में देखा जा रहा है। ऐसे तत्त्वों ने मंत्री परिषद तक में अपनी जगह बना ली है, तथा गठबंधन राजनीति के इस दौर में प्रधानमंत्री या मुख्यमंत्री उनके खिलाफ़ कोई कड़ा कदम नहीं उठा सकते क्योंकि इससे सरकार ही गिर जाएगी।[97]

यह सच है कि जनता और मीडिया इस परिदृश्य के मूकदर्शक नहीं हैं। न्यायिक सक्रियता की प्रक्रिया ने ऐसे कई विधायकों और मंत्रियों को जेल की सैर कराने में सफलता पाई है, लेकिन, दूसरी ओर, कानून की प्रक्रियाओं को चकमा देने के लिए अन्य तरीके भी खोज निकाले गए हैं। आरोपी अपराधी जमानत पर बाहर निकल आते हैं और बेदाग छूट भी जाते हैं। उनकी जमानत याचिका की विचार अवधि और मुकदमे के दौरान डॉक्टर को कोई न कोई गंभीर बीमारी मिल ही जाती है जिससे अभियुक्त को बच निकलने का बहाना मिल जाता है। वह जेल से छूटकर किसी पाँच-सितारा अस्पताल के आरामगाह में पहुँच जाता है।

वह सवाल जो हम सबके सामने मुँह बाए खड़ा है, यह है कि लोकतंत्र के प्रवेश-द्वारों को अपराधियों के लिए किस प्रकार बंद किया जाए। चुनाव आयोग के निर्देशानुसार, भारतीय संसद द्वारा कतिपय कानून पारित किए गए हैं जो संसद या विधान सभा के लिए चुनाव लड़ रहे उम्मीदवार के लिए यह घोषित करना अनिवार्य बनाते हैं कि क्या वह ऐसे किसी अपराध का अभियुक्त है जिसके लिए उसे कानूनन दो साल या उससे अधिक की सजा मिल सकती हो और जिसके लिए अभियोग तय किए जा चुके हों। मतदाताओं की जानकारी के लिए, उम्मीदवार को यह भी खुलासा करना होगा कि क्या वह किसी ऐसे अपराध के लिए अभियुक्त रहा है जिसके लिए उसे एक साल या उससे अधिक सजा मिल चुकी हो। इन तमाम बातों ने राजनीति के अपराधीकरण को रोकने की दिशा में एक सकारात्मक वातावरण बनाया है, लेकिन जरूरत इस बात की है कि इससे भी आगे बढ़कर अपराधियों को चुनाव लड़ने से ही रोक दिया जाए। अतः यह उचित लगता है कि जन प्रतिनिधि अधिनियम 1951 की धारा 8 में संशोधन करके ऐसे लोगों को चुनाव लड़ने के अयोग्य घोषित किया जाए जिनके खिलाफ़

सक्षम न्यायाधिकरण द्वारा किसी गंभीर या घृणित अपराध या भ्रष्टाचार का आरोप लगाया गया हो।

भ्रष्टाचार

भारत में व्याप्त उच्च-स्तरीय भ्रष्टाचार को अभिशासन की गुणवत्ता सुधारने की दिशा में प्रमुख बाधा के रूप में देखा गया है। हालाँकि मानव का लालची स्वभाव स्पष्ट रूप से भ्रष्टाचार का प्रेरक तत्त्व तो है ही, लेकिन भारत में इस समस्या के बढ़ते हुए रुझान में जिन कारकों ने सहायता पहुँचाई है वे हैं संरचनात्मक प्रलोभन एवं भ्रष्टाचारियों को दंडित करने की कमजोर कानून प्रणाली।[98] कमान और नियंत्रण की जटिल एवं अपारदर्शी प्रणाली, सेवा-प्रदाता के रूप में सरकार का एकतंत्र, अविकसित कानूनी संरचना, जानकारी की कमी तथा नागरिकों के अधिकारों के बारे में कमजोर संकल्पना ने भारत में भ्रष्टाचार के फैलने में आग में घी का काम किया है।[99]

जन-जागरूकता को मजबूत बनाने के लिए सोच-समझकर चलाए गए कार्यक्रमों तथा मौजूदा भ्रष्टाचार-रोधी एजेंसियों को सशक्त बनाने की जरूरत होगी। लोक प्रशासन के क्षेत्र में सूचना के अधिकार का वैधानिक प्रावधान एक अत्यंत महत्त्वपूर्ण सुधार है। सूचना का अधिकार अधिनियम एक सुदृढ़ राष्ट्रीय संरचना प्रदान करता है जिसके दायरे में जन-जागरूकता संबंधी कार्यक्रम चलाए जा सकते हैं। फाइल प्रबंधन, सरकारी नियम-कायदों, जनता के धन के व्यय की समीक्षा संबंधित सुधारों के माध्यम से नागरिक को प्रासंगिक जानकारी दी जा सकती है जिससे सेवा-प्रदाता को जिम्मेवार ठहराया जा सके।

चुनाव सुधार

इस बात को व्यापक स्वीकृति मिली है कि चुनावों/पार्टियों को राज्य की ओर से आर्थिक सहायता दिए जाने के परिणामस्वरूप उन पार्टियों और उनके उम्मीदवारों को थोड़ी आर्थिक आत्मनिर्भरता मिलेगी और इस कारण पार्टी/चुनाव कोष जमा करने के लिए भ्रष्ट तरीकों के इस्तेमाल में कमी आएगी। सार्वजनिक कोष से दी गई आर्थिक सहायता के बड़े फायदे होंगे क्योंकि इससे चुनाव लड़ने के क्षेत्र में समानता आएगी और उम्मीदवारों को खर्च की एक निश्चित सीमा स्वीकार करनी पड़ेगी। सार्वजनिक आर्थिक सहायता के कारण गरीब उम्मीदवार अमीर उम्मीदवारों को चुनौती दे सकेंगे, वाद-विवाद में जीवंतता आएगी और प्रणाली उन्मुक्त होगी। सार्वजनिक आर्थिक सहायता के साथ-साथ मीडिया को भी मुक्त स्थान दिया जाना चाहिए।

चुनाव के लिए राज्य द्वारा दी गई वित्तीय सहायता के साथ-साथ एकाउंटिंग की भी एक सख्त प्रक्रिया होनी चाहिए जिसके तहत पार्टियों में आंतरिक लोकतंत्र बहाल करने के नियम होने चाहिए। इन तमाम बातों से लोगों की निगाह में राजनीतिक दलों की छवि सुधरेगी तथा चुनाव के नामांकनों के लिए राजनीतिक दलों के बीच लोकतांत्रिक प्रतियोगिता का एक पवित्र चक्र सृजित होगा। इस प्रक्रिया में भ्रष्ट उम्मीदवारों को कालांतर में निकाल बाहर किया जा

सकेगा। इसके कारण जीवन के विभिन्न क्षेत्रों से ईमानदार लोगों को चुनाव के कुरुक्षेत्र में उतरने का प्रोत्साहन मिलेगा।

भारत में सु-शासन के कुछ सफल प्रयास

1990 के दशक से ही, भारत में सु-शासन के आधार को व्यापक बनाने की दिशा में सरकारी एवं गैर-सरकारी एजेंसियों की ओर से प्रयास जारी हैं। शिकायत निवारण के लिए अलग से एक केबिनेट मंत्रालय बनाया गया है। सूचना के अधिकार अधिनियम (2005) के अंतर्गत केंद्र और राज्यों में मुख्य सूचना आयुक्तों की नियुक्ति की गई है। अधिकांश राज्यों में लोकायुक्त भी कार्य कर रहे हैं, तथापि, राजनीतिक दलों के बीच सहमति के अभाव में अभी तक लोकपाल की नियुक्ति नहीं हुई है। परिवहन, संचार, विधि एवं व्यवस्था, स्वास्थ्य, शिक्षा तथा ऐसे ही अन्य क्षेत्रों में कार्यरत मुख्य लोक सेवा एजेंसियों का नेटवर्क तैयार किया गया है और उन्हें उपयोगकर्ता-हितैषी (यूजर-फ्रेंडली) बनाया गया है। जन योजना, नागरिक घोषणा, सामाजिक अंकेक्षण (सोशल ऑडिटिंग), जन सुनवाई, एवं ई-शासन के क्षेत्रों में भी प्रयास किए गए हैं।

केरल में भागीदारी योजना: भागीदारी योजना एवं नीति-रचना एक सामान्य प्रवृत्ति हो गई है। भागीदारी योजना वह प्रक्रिया है जिसमें नागरिक अपनी आवश्यकताओं की पहचान कर सकते हैं और सामाजिक-राजनीतिक रूप से स्वीकार्य बातचीत के दायरे में सक्रिय बनाए जा सकने वाले संसाधनों के तहत उन आवश्यकताओं की प्राथमिकताएँ तय कर सकते हैं। भारत में, स्थानीय स्वशासी संस्थाओं के दायरे में भागीदारी योजना – जिसे जन योजना के नाम से जाना जाता है – को संस्थागत रूप देने में केरल राज्य काफी अग्रणी है। यदि सही प्रबंधन किया जाए तो भागीदारी योजना सेवा-प्रदायन के क्षेत्र में माँग पर आधारित सुधारों की दिशा में ले जा सकती है और साथ ही अनुक्रियाशील स्थानीय सरकार की ओर भी।

बंगलुरु में नागरिक रिपोर्ट कार्ड: सेवाओं की गुणवत्ता के बारे में लोगों के सरोकार के प्रत्युत्तर में पब्लिक अफेयर्स सेंटर द्वारा बंगलुरु में 1993 में नागरिक रिपोर्ट कार्ड विकसित किए गए। नागरिक रिपोर्ट कार्ड एक सर्वेक्षण के रूप में लोक सेवाओं के उपयोगकर्ताओं के द्वारा लोक सेवाओं की समीक्षा है। पिछले एक दशक में, पब्लिक अफेयर्स सेंटर ने तीन नागरिकता रिपोर्ट कार्ड जारी किए – 1994, 1999 और 2003 में। सेवाओं के बारे में की गई अन्य तकनीकी एवं आर्थिक समीक्षाओं से अलग हटकर नागरिकता रिपोर्ट कार्ड इस बात पर प्रकाश डालता है कि उपयोगकर्ताओं को सेवाओं का लाभ कैसे मिलता है और प्राप्त सेवाओं से वे किस हद तक संतुष्ट हैं। तीसरे, नागरिकता रिपोर्ट कार्ड के दायरे में बंगलुरु नगर निगम, बंगलुरु विकास प्राधिकरण, बंगलुरु विद्युत कंपनी, बंगलुरु जलापूर्ति एवं मलजल बोर्ड, बंगलुरु मेट्रोपॉलिटन ट्रांसपोर्ट कॉर्पोरेशन, भारत संचार निगम लिमिटेड, बंगलुरु पुलिस, सार्वजनिक अस्पताल तथा सड़क परिवहन प्राधिकरण जैसी लोक-एजेंसियों को भी लिया गया। इन रिपोर्ट कार्डों का प्रयोग भारत के अन्य शहरों में भी किया जा रहा है, जैसे: अहमदाबाद, कोलकाता, चेन्नई, दिल्ली, मुंबई और पुणे।

राजस्थान में सामाजिक अंकेक्षण[100]: भारत में सामाजिक दायित्वशीलता संबंधी जितनी भी युक्तियों का प्रयोग किया गया, सामाजिक अंकेक्षण (सोशल ऑडिट) उनमें अनूठा था। भारतीय प्रसंग में, सामाजिक ऑडिट पश्चिमी देशों में प्रयुक्त मैकेनिज्म से एक अलग ही परिप्रेक्ष्य और दृष्टांत पेश करता है। भारत में इसका सर्वप्रथम प्रयोग मजदूर किसान शक्ति संगठन (MKSS) द्वारा किया गया जो कि राजस्थान में मजदूरों और भूमिहीन किसानों को एकजुट करने वाली संस्था है। MKSS ने लोक दायित्वशीलता के जिस अभ्यास को आगे बढ़ाया वह काफी लोकप्रिय हुआ तथा "परिवर्तन" एवं "ऐक्शन-एड" जैसी अन्य संस्थाओं ने भी उसका प्रयोग शुरु किया।

पश्चिमी देशों में प्रयुक्त सामाजिक ऑडिट के विपरीत, जहाँ कॉर्पोरेट सेक्टर अपने सामाजिक दायित्व के हिस्से के रूप में सामाजिक नज़रिये से अपने काम-काज का लेखा-जोखा प्रस्तुत करना चाहता है, भारत में सामाजिक ऑडिट का ज्यादातर प्रयोग आधुनिक स्तर पर सेवा-प्रदायन की समीक्षा के एक उदाहरण के रूप में किया जाता रहा है। इसे 'विकास ऑडिट' भी कह सकते हैं – एक ऐसा ऑडिट जिसमें नियोजन, निर्णय-प्रक्रिया, तथा संसाधनों के आबंटन एवं कार्यक्रम विशेष के परिणामों के आकलन में विभिन्न स्टेकहोल्डरों को शामिल करने के लिए चरण-दर-चरण संरचना का प्रयोग किया जाता है। यह दायित्वशीलता में सक्षम बनाता है – प्रशासनिक प्रणाली के पदानुक्रम (हायरआर्की) या जन प्रतिनिधियों के प्रति नहीं, बल्कि प्रमुख स्टेकहोल्डरों के रूप में स्वयं लोगों के प्रति सतत बढ़ती दायित्वशीलता। अक्सर इसका लक्ष्य सरकार द्वारा प्रदत्त लोक कार्य और सेवा डिलिवरी को मापना होता है और इसके लिए जिस पद्धति का प्रयोग किया जाता है वह है कार्यों के भौतिक सत्यापन में लोगों की सक्रिय भागीदारी। यह आकलनों एवं जन सुनवाइयों आदि को रिकॉर्ड करता है।

सामाजिक ऑडिट का आरंभ नागरिक सामाजिक संगठनों द्वारा बुनियादी अधिकारों और विशिष्ट अधिकारों (entitlements) के मुद्दों के समाधान के प्रयास के रूप में तथा प्रशासन की भ्रष्ट प्रथाओं को उजागर करने के लिए किया गया था। मजदूर किसान शक्ति संगठन जैसे नागरिक सामाजिक संगठनों एवं अन्य सामाजिक कार्यकर्ताओं के सतत प्रयासों के फलस्वरूप पिछले एक-दो दशकों के दौरान देश भर में सामाजिक ऑडिट के लिए कई अनुकूल कारक प्रकट हुए हैं, जैसे: सूचना का अधिकार अधिनियम 2005 एवं राष्ट्रीय ग्रामीण रोजगार विकास योजना (NREGA), इत्यादि। उपरोक्त के अलावा, 1992 के 73वें एवं 74वें संविधान संशोधन के आलोक में सामाजिक ऑडिट का विशेष महत्त्व हो जाता है। इन संशोधनों के द्वारा स्थानीय स्वशासी संस्थाओं के जरिये विकेंद्रीकृत अभिशासन की स्थापना का आदेश दिया गया है। लेकिन इसके व्यापक प्रयोजन को देखते हुए, सामाजिक ऑडिट की प्रक्रिया की रूप-रेखा इस तरह से तैयार करने और उसे कार्यान्वित करने की जरूरत है जो कि मौजूदा (स्थानीय) परिस्थितियों के सर्वाधिक उपयुक्त हो, जिसमें इससे प्रभावित होने वाले लोगों की प्राथमिकता को दर्शाया गया हो और, सबसे बढ़कर, जो लोक हित का उद्देश्य पूरा करता हो। अंततः, यह पारदर्शिता, पूर्वानुमान, परामर्श, सहमति और दायित्वशीलता जैसे सार्वजनिक विषयों में कुछ आधारभूत नियम-कायदों को प्रोत्साहित करने का माध्यम है।

राजस्थान में जन सुनवाई[101]**:** जन सुनवाई एक प्रकार का भागीदारीपूर्ण सामाजिक ऑडिट है जिसमें सार्वजनिक बहस के दौरान सरकारी अधिकारी नागरिकों के आमने-सामने पेश किए जाते हैं। जन सुनवाई एक महत्त्वपूर्ण सूझ-बूझ भरा विचार था जिसे राजस्थान में पहले पहल मजदूर किसान शक्ति संगठन (MKSS) द्वारा शुरू किया गया और इसका उद्देश्य था जनता के धन के व्यय का सामाजिक ऑडिट प्रस्तुत करना। जन सुनवाई के दौरान लोग अपने पंचायत पदाधिकारियों द्वारा किए गए कार्यों के बारे में व्यक्तिगत एवं सामूहिक प्रमाण प्रस्तुत करते हैं। जन सुनवाई की मदद से ज्यादा बिल आने, नकली मस्टर रॉल, कम मजदूरी के भुगतान और केवल कागज पर किए गए काम जैसी भ्रष्ट प्रथाओं की पहचान करने में मदद मिलती है।

परिवर्तनः दिल्ली में एक नागरिक की पहलः अगस्त 2002 में, परिवर्तन, जो कि दिल्ली स्थित एक व्यक्तिगत पहल का नाम है, ने दिल्ली सूचना अधिकार अधिनियम का उपयोग करते हुए पिछले दो वित्तीय वर्षों के दौरान दिल्ली नगर निगम द्वारा सुन्दरनगरी तथा न्यू सीमापुरी क्षेत्रों में किए गए सभी नागरिक कार्यों की प्रतिलिपियाँ हासिल कीं। सुन्दरनगरी और सीमापुरी दिल्ली स्थित दो बस्तियाँ हैं जहाँ कम आय-वर्ग के लोग रहते हैं। अगले कुछ महीनों में, परिवर्तन के कार्यकर्ता इन दोनों ही क्षेत्रों के प्रत्येक ब्लॉक में गए, और गीत गाते हुए, नुक्कड़ों पर लोगों को जमा किया, बैठकें हुई। इन नुक्कड़ बैठकों में लोगों को उन विस्तृत कार्यों के बारे में बताया गया जिन्हें दिल्ली नगर निगम द्वारा उनके ब्लॉकों में किए जाने का दावा किया गया था और यह भी उन पर कितना धन खर्च किया गया था। इन बैठकों से यह बात उभरकर सामने आई कि बहुत सारे कार्य या तो पूरे ही नहीं किए गए थे या उनकी गुणवत्ता सही नहीं थी। निवासियों के साथ उन जगहों का मुआयना भी किया गया।

बालांगिर, उड़ीसा, में सामाजिक ऑडिट संबंधी पहलः 2001 में, ऐक्शन-एड इंडिया, NCPRI (National Campaign for People's Right to Information), मजदूर किसान शक्ति संगठन एवं जिला प्रशासनिक अधिकारियों के सहयोग से उड़ीसा के बालांगिर जिले के झरनीपल्ली पंचायत में एक ग्राम-सभा का आयोजन किया गया। ग्राम-सभा में पिछले तीन सालों में ग्राम पंचायत द्वारा किए गए विकास कार्यों का एक-दिवसीय सामाजिक ऑडिट किया गया। ऑडिट में यह पता चला कि काम पूरे नहीं किए गए लेकिन आबंटित धन का उपयोग किया गया था। हालाँकि सरकार के दिशा-निर्देशों के तहत ठेकेदारों पर प्रतिबंध लगाया गया था, फिर भी प्रोजेक्ट में इकतीस ठेकेदार कार्य कर रहे थे और इन ठेकेदारों द्वारा मस्टर रॉल का रख-रखाव नहीं किया जा रहा था। सबसे बढ़कर, सरकार के ''काम के बदले अनाज'' कार्यक्रम से, जिसका उद्देश्य गरीब लोगों को आजीविका देना था, उन्हें कोई लाभ ही नहीं मिला। गरीबी-रेखा से नीचे (BPL) के परिवारों के लिए रोजगार के सौ दिनों के लक्ष्य के बदले केवल बारह अर्द्ध-दिवसीय रोजगारों का सृजन किया गया था और गरीबी-रेखा से नीचे परिवार आंशिक मजदूरी के रूप में जन वितरण प्रणाली से सस्ती कीमत के अनाज नहीं खरीद पाए क्योंकि उनके पास वांछित राशन कार्ड नहीं थे। इस सामाजिक ऑडिट ने पूरे राज्य में ''काम के बदले अनाज'' कार्यक्रम के कार्यान्वयन को लेकर काफी हो-हल्ला मचाया और उसे बेहतर बनाने की दिशा में योगदान दिया।

सामाजिक ऑडिट सामाजिक दायित्वशीलता का एक उभरता हुआ क्षेत्र है जिसकी अपार संभावनाएँ हैं। हालाँकि भारत में सामाजिक ऑडिट लंबी दूरी तय कर चुका है फिर भी इसके सामने कई प्रमुख चुनौतियाँ अभी भी हैं। शासन की प्रक्रिया में सामाजिक ऑडिट को एक अंतर्निहित अंग बनाने की दृष्टि से तीन मुख्य चुनौतियों का समाधान करना आवश्यक है। *पहली* चुनौती है सामाजिक ऑडिट के प्रयोगों के बारे में सूचना और ज्ञान का व्यापक प्रसारण ताकि नागरिक, सरकारें और नागरिक सामाजिक संगठन इन प्रथाओं के बारे में जान लें। *दूसरी* चुनौती का संबंध अभिशासन की कार्य प्रथाओं और विकास परियोजनाओं की पद्धतियों और उपकरणों के प्रयोग से है। इसके लिए जरूरी है कि वाद-विवाद और चर्चाओं के माध्यम से स्टेकहोल्डरों को एक सामान्य मंच पर एकजुट और एकोन्मुख किया जाए। और *अंत* में, सबसे कठिन चुनौती का संबंध अभिशासन में सामाजिक दायित्वशीलता की कार्य-प्रथाओं को संस्थागत रूप देने से है। यह कार्य एक ज्यादा व्यापक परिप्रेक्ष्य अनिवार्य बनाता है क्योंकि इसके लिए स्वीकृत सामाजिक ऑडिट पद्धतियों के समानांतर सरकार की प्रक्रियाओं और उसके काम-काज की पुन:संरचना की जरूरत होगी।

भारत में ई-अभिशासन के लिए ICT की प्रमुख पहलें[102]

केरल में अक्षय: 'अक्षय' केरल का एक महत्वाकांक्षी ई-साक्षरता अभियान है जिसके अंतर्गत मलप्पुरम जिले में अक्षय ई-केंद्र स्थापित किए गए तथा केरल के सभी जिलों में 6000 से भी अधिक ई-केंद्र हैं। इन केंद्रों द्वारा हर परिवार के एक सदस्य को ई-साक्षरता दी जाती है और वे प्रत्येक गाँव में सूचना और संचार टेक्नोलॉजी के संवितरण नोड (nodes) एवं ITeS के डिलिवरी प्वाइंट के रूप में काम करते हैं। सभी अक्षय ई-केंद्र इंटरनेट से जुड़े हुए हैं और केंद्रीकृत ऑपरेटिंग सेंटर से उनका नेटवर्क स्थापित है।

अरुणाचल प्रदेश समुदाय सूचना केंद्र: आठ पूर्वोत्तर राज्यों में 2002 से समुदाय सूचना केंद्र कार्यरत हैं और वे सब अत्याधुनिक अधोसंरचनाओं से सुसज्जित हैं जिनमें एक सर्वर, पाँच क्लाइंट सिस्टम, एक वीसैट (VSAT), लेज़र प्रिंटर, एक डॉट मैट्रिक्स प्रिंटर, मॉडेम, लैन (LAN) हब, टीवी, वेबकेम और दो यूपीएस शामिल हैं। प्रत्येक केंद्र में प्रबंधकों के रूप में तथा लोगों को सेवाएँ प्रदान करने हेतु दो सीआईसी ऑपरेटर काम करते हैं। सामान्यत: वे लोगों को इंटरनेट ऐक्सेस, ईमेल, प्रिंटिंग, डाटा इंट्री और वर्ड प्रोसेसिंग जैसी सुविधाएँ देने तथा स्थानीय लोगों को प्रशिक्षण प्रदान करने का काम करते हैं। अपने रोजमर्रा के खर्चों को पूरा करने के लिए ज्यादातर सीआईसी प्रदान की गई सेवाओं के बदले उपयोगकर्ताओं से मामूली शुल्क लेते हैं।

कर्नाटक में ''भूमि'': कर्नाटक राज्य में संचालित, भूमि नामक भू-सूचना प्रणाली परियोजना देश में विद्यमान सर्वश्रेष्ठ राजस्व प्रबंधन सूचना और संचार टेक्नोलॉजी प्रोजेक्टों में से एक है। इसे 1998 में भूमि रिकॉर्डों को कंप्यूटरीकृत करने के एक वृहद प्रयास के रूप में शुरू किया गया था ताकि टाइटिल डीड (हकनामा) को अधिक सुरक्षित बनाया जा सके तथा अक्सर उभरने वाले भ्रष्टाचार के मामले खत्म किए जा सकें। वर्तमान रजिस्ट्री में कर्नाटक के 176 प्रखंडों के 6.7 मिलियन भूस्वामियों के 20 मिलियन भू-रिकॉर्ड सहेजे गए हैं।

आंध्र प्रदेश में कार्ड (CARD): आंध्र प्रदेश राज्य में कंप्यूटर-समर्थित पंजीकरण विभाग प्रशासन (CARD) को इस प्रकार तैयार किया गया है कि वह समस्त पंजीकरण सेवाओं की इलेक्ट्रॉनिक डिलिवरी आरंभ करके पारंपरिक पंजीकरण प्रणाली को प्रभावित करने वाली विसंगतियों को दूर कर सके। कार्ड का आरंभ निम्नांकित उद्देश्यों को पूरा करने के लिए किया गया – पंजीकरण प्रणाली को सरल एवं पारदर्शी बनाना, गति, क्षमता, स्थिरता एवं विश्वसनीयता लाना एवं नागरिक इंटरफेस में ठोस सुधार लाना, इत्यादि। पंजीकरण संबंधी लेन-देन का काम इलेक्ट्रॉनिक तरीके से किया जाता है और सभी संबंधित दस्तावेज़ों, ऋणभार प्रमाणपत्रों (ECs) एवं कृषि-संपदा से संबंधित प्रमाणित प्रतिलिपियों को जब और जैसे जरूरत पड़ने पर निकाला जा सकता है।

सामुदायिक ज्ञान केंद्र परियोजना[103]: सामुदायिक ज्ञान केंद्र अज़ीम प्रेमजी फाउंडेशन (APF) और कर्नाटक राज्य सरकार के बीच एक संयुक्त उपक्रम है जिसे 2001 में शुरू किया गया। प्रत्येक सामुदायिक ज्ञान केंद्र (community learning centre) के लिए राज्य सरकार हार्डवेयर एवं अन्य संबंधित खर्चे वहन करती है और फाउंडेशन का काम है सामुदायिक ज्ञान केंद्र का प्रबंधन करने वाले 'यंग इंडिया फ़ेलोज' (YIFs) के प्रबंधन और प्रशिक्षण की देखभाल करना। प्रत्येक सामुदायिक ज्ञान केंद्र स्कूल में एक अलग कमरे में स्थापित है जिसमें पाँच से लेकर आठ कंप्यूटर होते हैं। सामुदायिक ज्ञान केंद्र का प्रयोग स्कूल अवधि के दौरान कक्षा में प्राप्त ज्ञान में वृद्धि करना है। सभी की जरूरतों को पूरा करने के लिए निर्देश सभी भारतीय भाषाओं में मल्टीमीडिया मोड में दिया जाता है।

अहमदाबाद में डेयरी सूचना प्रणाली कियोस्क: अहमदाबाद के भारतीय प्रबंधन संस्थान के ई-शासन केंद्र ने डिस्क (DISK) आरंभ किया है। इसमें दो बुनियादी घटक हैं – एक ऐप्लिकेशन जो कि ग्रामीण दुग्ध संग्रह सोसायटी पर कार्यरत होता है जिसमें इंटरनेट कनेक्शन दिया जा सकता है, और दूसरा जिला स्तर पर संचालित एक पोर्टल जो कि सभी सदस्यों के बीच ट्रांजैक्शन और सूचना संबंधी जरूरतों को पूरा करता है। 2500 ग्रामीण दुग्ध संग्रह सोसायटियों पर डिस्क ने दुग्ध खरीद प्रक्रिया के स्वचालन में मदद दी है और खेड़ा जिले में अमूल डेयरी के दो सहकारी गाँवों में इसका संचालन किया गया है। आकाशगंगा नामक सॉफ्टवेयर में तेजी से दुग्ध-संग्रहण करने तथा डेयरी किसानों को जल्दी से भुगतान देने की सक्षमता जैसी खासियतें हैं।

दिल्ली स्लम कंप्यूटर कियोस्क्स प्रोजेक्ट: कंप्यूटर के प्रति जागरूकता बढ़ाने के लिए, सन 2000 से दिल्ली सरकार ने शहरी गरीबों को लक्षित करके एक अनोखी परियोजना शुरू की। कंप्यूटर-आधारित शिक्षा मॉड्यूलों का प्रयोग करने के बाद विज्ञान, गणित और अंग्रेजी जैसे विषयों में बच्चों के ग्रेड काफी बढ़ गए। समुदाय फिलहाल दिल्ली सरकार के लिए विषय-वस्तु विकास एवं मल्टिमीडिया-आधारित स्व-गतिमान शैक्षणिक संसाधनों के लिए कार्यरत है।

ई-सेवा: इलेक्ट्रॉनिक सेवा (ई-सेवा) 1999 में आरंभ किए गए ट्विन्स (TWINS) प्रोजेक्ट का ही परिवर्द्धित संस्करण है जिसे उपयोगिता भुगतान की बुनियादी सेवाओं के लिए हैदराबाद-सिकंदराबाद युगल शहरों में शुरू किया गया था। ई-सेवा केंद्र पूरे राज्य में फैल गए।

वे हर दिन सुबह 8.00 बजे से रात्रि 8.00 बजे तक और छुट्टियों के दिन सुबह 9.30 बजे से 3.30 बजे दिन तक चलते हैं। इन केंद्रों के जरिये नागरिक अपनी उपयोगिता सेवाओं के बिल चुका सकते हैं, व्यापार लाइसेंस हासिल कर सकते हैं, और सरकारी मामलों में लेन-देन का काम कर सकते हैं। प्रमाण-पत्र एवं भू-रिकॉर्ड जारी करने जैसी व्यक्तिपरक सेवाओं एवं ऑनलाइन मंडी मूल्यसूची, टेलि-कृषि, स्व-सहायता समूह के कॉमन एकाउंट जैसी सेवाओं को भी ई-सेवा पर ऑनलाइन करने के प्रयास जारी हैं।

फ्रेंड्स: केरल राज्य में बिजली और पानी, राजस्व कर, लाइसेंस शुल्क, मोटर वाहन टैक्स, विश्वविद्यालय फ़ीस इत्यादि उपयोगिता सेवाओं के भुगतान सुविधाजनक ढंग से फ्रेंड्स केंद्रों पर किए जा सकते हैं।

ग्रामसंपर्क: संसाधन, बुनियादी सुविधाओं, सरकारी कार्यक्रमों के हितग्राहियों एवं जन शिकायत के संदर्भ में ग्रामसंपर्क मध्य प्रदेश सरकार की एक सूचना और संचार टेक्नोलॉजी पहल है जिसके दायरे में मध्य प्रदेश के सभी 51000 गाँव आते हैं। इसमें तीन मॉड्यूल हैं: ग्राम परिदृश्य, समस्या निवारण एवं ग्राम प्रहरी। हर महीने अलग-अलग गाँवों के क्रम में एक ग्यारह-सूत्री मॉनिटरिंग प्रणाली इस प्रोग्राम की मॉनिटरिंग को सहज बनाती है।

ज्ञानदूत: ज्ञानदूत एक कम लागत वाली, स्व-संधारित एवं समुदाय के स्वामित्व वाली ग्रामीण इंट्रानेट प्रणाली (सूचनालय) है जो कि मध्य प्रदेश राज्य के जिलों में ग्रामीण समुदायों की विशिष्ट जरूरतों को पूरा करती है। इन केंद्रों का प्रबंधन गाँव के ही शिक्षित बेरोजगार युवकों में से चुने गए एवं प्रशिक्षित किए गए युवकों द्वारा किया जाता है। वे उद्यमियों (सूचकों) के रूप में इन सूचनालयों (जिन्हें कियोस्क के रूप में संचालित किया जाता है) का संचालन करते हैं, यूजर शुल्क व्यापक किस्म की सेवाओं के बदले में लिए जाते हैं जिनमें शामिल हैं कृषि संबंधी जानकारी, बाजार संबंधी जानकारी, स्वास्थ्य, शिक्षा, महिलाओं से संबंधित विषय, तथा जिला प्रशासन द्वारा भू-स्वामित्व, सकारात्मक कदम एवं गरीबी उन्मूलन से जुड़ी सेवाओं के प्रयोग। डायल-अप लाइनों और CorDECT टेक्नोलॉजी के प्रयोग द्वारा वायरलेस कनेक्शन के माध्यम से ये कियोस्क इंट्रानेट से जुड़े होते हैं। इन सूचनालयों को पेंटियम मल्टिमीडिया कलर कंप्यूटर और डॉट मैट्रिक्स प्रिंटर्स से सुसज्जित किया गया है। यूजर इंटरफेस मेन्यू-आधारित है तथा जानकारी स्थानीय हिन्दी भाषा में दी जाती है। ज्ञानदूत सॉफ्टवेयर की विशेषताओं में लगातार नयापन लाया जा रहा है।

हेडस्टार्ट: हेडस्टार्ट (Headstart) द्वारा मध्य प्रदेश के 6000 जन शिक्षा केंद्रों के सभी छात्रों को कंप्यूटर-सक्षम शिक्षा एवं बुनियादी कंप्यूटर ज्ञान प्रदान किया जाता है। मध्य प्रदेश में 6500 जन शिक्षा केंद्र (समूह संसाधन केंद्र) हैं जो 48 जिलों के माध्यमिक स्कूल भवनों में स्थित हैं। हेडस्टार्ट राज्य के हर जन शिक्षा केंद्र को कंप्यूटर हार्डवेयर एवं मल्टिमीडिया सॉफ्टवेयर से संपन्न बनाता है। यह जन शिक्षा केंद्र को उस माध्यमिक स्कूल के बच्चों को जिसमें यह जन शिक्षा केंद्र स्थित है, कंप्यूटर-समर्थित शिक्षा देने, तथा प्राथमिक स्कूल के बच्चों को सरल प्रदर्शनों एवं रोमांचक गेम्स के जरिये कंप्यूटर से परिचित कराने में समर्थ मीडिया यूनिट के रूप में पदस्थ करता है। प्राइमरी स्कूलों में, शिक्षक प्रशिक्षण कार्यक्रम के तहत भोज मुक्त विश्वविद्यालय की विकेंद्रीकृत प्रशिक्षण क्षमताओं का लाभ उठाते हुए, गणित

एवं विज्ञान पृष्ठभूमि वाले शिक्षकों को प्रशिक्षित किया जा रहा है। अब अन्य कार्यक्रमों के लिए समूह प्रशिक्षण के लिए भी इस पर ध्यान केंद्रित किया जा रहा है।

लोक मित्र: हिमाचल प्रदेश के हमीरपुर जिले में संचालित लोक मित्र परियोजना द्वारा एक शिकायत निवारण प्रणाली के अलावा खाली पदों, निविदाओं, बाजार भाव, वैवाहिक सेवाओं, ग्राम ई-मेल इत्यादि सूचनात्मक सेवाएँ प्रदान की जाती हैं। ऐसी ही अन्य सूचना और संचार टेक्नोलॉजी सेवाओं के लिए इस परियोजना का विस्तार हिमाचल प्रदेश के अन्य जिलों में भी किया जा रहा है।

महिती शक्ति: महिती शक्ति एक एकल-खिड़की वाली सूचना और संचार टेक्नोलॉजी सेवा है जिसके माध्यम से नागरिक सरकार के काम-काज से संबंधित सभी पहलुओं, विभिन्न लाभ योजनाओं, और राशन कार्ड पाने से लेकर वृद्धावस्था पेंशन तक की स्वीकृति पाने जैसी सेवाओं से जुड़ी सूचनाएँ हासिल कर सकते हैं। जो कोई भी इसका लाभ उठाना चाहता है, उसे अपने निकटतम निर्धारित एसटीडी/आइएसडी कियोस्क तक जाना होगा, इन्फोकियोस्क के मालिक को आवश्यक दस्तावेज़ देने होंगे और वांछित फॉर्म ऑनलाइन भरना होगा, जिसके लिए एक मामूली शुल्क लिया जाएगा।

ऑनलाइन टप्पल प्रोग्राम: जिला स्तर पर केंद्रीय रूप से संकलित एवं एकल ऑरेकल डाटाबेस पर सुव्यवस्थित रिकॉर्डो एवं ट्रांजैक्शन प्रक्रिया के विवरणों तक पहुँच कायम करने के लिए ऑनलाइन टप्पल प्रोगाम (OLTP) एक ही नेटवर्क पर आंध्र प्रदेश राज्य के सभी सरकारी विभागों को परस्पर जोड़ देता है। यह परियोजना शादनगर मंडल के दस गाँवों और बिजनेपल्ली एवं जदछेरला मंडलों, महबूबनगर जिले, के एक-एक गाँव में रहने वाले सरकारी विभागों के उपयोगकर्ताओं और नागरिकों की सेवा को सहज बनाती है जो कि खास तौर पर तैयार किए गए, इंटरनेट-समर्थित कियोस्कों के माध्यम से इन सरकारी विभागों से संपर्क कर सकते हैं। लेन-देन की प्रक्रिया अंग्रेजी और तेलुगू भाषाओं के इंटरफेस के जरिये होती है।

दृष्टि: ग्रामीण सूचना और संचार टेक्नोलॉजी अध:संरचना के तहत, दृष्टि ने पाँच भारतीय राज्यों में 90 इंटरनेट कियोस्कों की स्थापना की है जिनके माध्यम से सरकारी जानकारियाँ और बाजार भाव उपलब्ध कराए जाते हैं।

ग्राम ज्ञान केंद्र (VKC): खाद्य सुरक्षा, स्वास्थ्य, शिक्षा एवं आजीविका सुनिश्चित करने की दिशा में सहायता देने हेतु एम.एस. स्वामीनाथन रिसर्च फाउंडेशन दक्षिण भारत के गाँवों में ज्ञान केंद्रों की अवधारणा को आगे बढ़ाता चला आ रहा है। प्रोजेक्ट में स्थानीय भाषा विषय-सामग्री एवं वायरलेस इंटरनेट ऐक्सेस शामिल है।

वायर्ड ग्राम: वाराना वायर्ड ग्राम (Warana Wired Village) परियोजना के दायरे में महाराष्ट्र राज्य की वाराना नदी के इर्द-गिर्द के 70 गाँव आते हैं और इसके तहत कृषि, औषधि एवं शिक्षा के क्षेत्र में सूचना सेवाओं के लिए कियोस्कों का एक नेटवर्क जोड़ा गया है।

सूचना और संचार टेक्नोलॉजी द्वारा बहुल एवं व्यापक सूचना सेवाओं तक पहुँच कायम कराने के प्रयास के कारण – उन सूचनाओं तक जिन तक पहुँच कायम करने में आम तौर पर काफी समय और धन लग जाता – काल क्रम में ग्रामीण भारत के परिवेश में बड़े परिवर्तन

होने लगे हैं। सूचना और संचार टेक्नोलॉजी ने भारत के आम आदमी तक सेवाओं के प्रदायन एवं शिकायत निवारण अवसरों का मार्ग प्रशस्त किया है।

निष्कर्ष: सु-शासन को अभिशासन की उस संरचना के रूप में देखा जाता है जो प्रक्रियात्मक लोकतंत्र से स्वायत्त लोकतंत्र की दिशा में परिवर्तन का मार्ग प्रशस्त करती है। यह प्रतिभागितापूर्ण लोकतंत्र एवं समावेशपूर्ण विकास का एक उपकरण है। यह सभी नागरिकों को समानतापूर्ण संवैधानिक अधिकारों की प्रस्तुति का वादा करता है। वास्तव में, सु-शासन का मतलब है आपसी वार्तालाप एवं पारस्परिक विचार-विमर्श के गुणों से विभूषित लोकतंत्र। नागरिकों की चौकसी का स्तर जितना ऊँचा होगा, सु-शासन का भविष्य भी उतना ही उज्ज्वल होगा। सामाजिक रूप-रचनाओं की उलझनपूर्ण विविधता की दृष्टि से भारत की अपनी स्थिति अनूठी और विशिष्ट है। काल-क्रम में, अलग-अलग समयों और स्थानों पर, अलग-अलग गतिशीलता के साथ, यहाँ विभिन्न जातियों और समुदायों का अभ्युदय होता आया है। अत: अक्सर इन जन-समूहों के बीच सार्वजनिक वस्तुओं और सेवाओं के लिए प्रतिस्पर्द्धा तीव्र हो जाती है। कई बार तो ये प्रतिस्पर्द्धाएँ ऐसा रूप अख्तियार कर लेती हैं कि लोकतांत्रिक समझौते की कहीं कोई गुंजाइश ही नहीं दिखती। भारत में कई कानून तो आदम जमाने के हैं। भारत में सु-शासन के लिए यह अत्यावश्यक है कि आम लोगों को अधिकारों और कर्त्तव्यों दोनों ही के बारे में जागरूक बनाया जाए। भारत में सु-शासन को सुघट्य बनाने के लिए यह जरूरी है कि प्रशासनिक, राजनीतिक, एवं न्यायिक सुधार के काम जल्द से जल्द हाथ में लिए जाएँ। ई-शासन भारत में सु-शासन का अग्रदूत बनकर उभर रहा है। भारत में सूचना का अधिकार अधिनियम एवं महात्मा गाँधी राष्ट्रीय ग्रामीण रोजगार गारंटी योजना ने सु-शासन की दिशा में कीर्तिमान स्थापित किए हैं। सु-शासन को संतुलित शासन का औजार बनाने के लिए यह अनिवार्य है कि एक ओर सरकारी एवं गैर रारकारी संगठन और दूसरी ओर सहकारी संगठन आपसी तालमेल के साथ लोक-दायित्व की दिशा में अपनी-अपनी भूमिका का निर्वाह करें। कॉर्पोरेट सेक्टर सरकार से उतना ही सीख सकते हैं जितना कि सरकार कॉर्पोरेट सेक्टर से सीख सकती है, और फिर इन दोनों को मिलकर सहकारी एवं स्वयंसेवी सेक्टरों से बहुत कुछ सीखना है। संक्षेप में, भारत में सु-शासन की नीति (अर्थात् आम आदमी की नीति) में गाँधी के ''अंत्योदय'' और अंबेडकर के ''मानुस्की'' विचार-दर्शनों का प्रतिबिंबन होना चाहिए।

संदर्भ एवं टिप्पणी

1. Dunleavy, Patrick, and Christopher Hood. 1993. From old public administration to new public management. Public Money and Management 14 (3): 9–16.
2. Osborne, D. & T. Gaebler. 1992. Reinventing Government: How the Entrepreneurial Spirit is Transforming the Public Sector from Schoolhouse to Statehouse, City Hall to Pentagon. Reading, MA: Addison-Wesley.

3. Dunleavy, Patrick. 1997. The globalization of public services production: Can government be "best in world"? Public Policy and Administration 9 (2): 16–46.
4. Barzelay, Michael. 2000. The new public management: Improving research and policy dialogue. Berkeley: University of California Press.
5. Dunleavy, P., and Hood, C. (1994) From Old Public Administration to New Public Management. *Public Money and Management.* 14: 3. pp. 9-16.
6. Olsen, J. P. 1986. 'Foran en ny offentlig revolusjon'. Nytt Norsk TiosQskrift 3, 3-15. In J. P. Olsen (1988): Statsstyre og institusjonsutforming, pp. 103-118. Oslo: Universitetsforlaget.
7. Niskanen, W. 1971. *Bureaucracy and Representative Government.* Chicago: Aldine.
8. Barzelay, Michael. 2000. *The new public management: Improving research and policy dialogue.* Berkeley: University of California Press.
9. Peters, B. G. 2001 [1996]. *The Future of Governing.* 2nd Edition, Revised. Lawrence, Kansas: University of Kansas Press.
10. Peters, *Ibid*, p24
11. Hood, Christopher, and Michael Jackson. 1991. Administrative Argument. Aldershot, UK: Dartmouth.
12. Marx, K. 1970 [1846]. *The German Ideology*: Part one, with selections from parts two and three, together with Marx' "Introduction to a critique of political economy, Karl Marx and Frederick Engels, edited, with an introduction by C. J. Arthur. New York: International Publishers.
13. Avineri, S. 1976 [1968]. *The Social & Political Thought of Karl Marx.* Cambridge: Cambridge University Press.
14. Baldwin, N. J. 1991. 'Public versus Private Employees: Debunking Stereotypes'. Review of Public Personnel Administration 11 (2): 1-27.
15. Blais, A. & D. E. Blake & S. Dion. 1990. 'The Public Private-Sector Cleavage in North America: The Political Behavior and Attitudes of Public-Sector Employees'. Comparative Political Studies 23 (3): 381-403.
16. Rostow, W. W. 1960. *The Stages of Economic Growth: A Non-Communist Manifesto.* Cambridge: Cambridge University Press.
17. Bell, D. 1973. *The Coming of Post-Industrial Society: a Venture in Social Forecasting.* New York: Basic Books.
18. Castells, M. 1996. The Rise of the Network Society. T*he Information Age: Economy*, Society and Culture. Vol. I. Oxford: Blackwell.
19. Troyer, J. 2003. The Classical Utilitarians Bentham and Mill, edited, with an introduction. Indianapolis, IND: Hackett Pub. Co.
20. Pateman, C. 1970. *Participation and Democratic Theory.* Cambridge: Cambridge University Press.
21. Cohen, J. 1991. 'Deliberation and Democratic Legitimacy'. I A. Hamlin & P. Pettit (eds.): *The Good Polity. Normative Analysis of the State.* Oxford: Basil Powell.
22. See Etzioni, A. 1996. The New Golden Rule. *Community and Morality in a Democratic Society.* New York: Basic Books. Also, Etzioni, A. (ed.) 1998. *The Essential Communitarian Reader.* New York: Rowman & Littlefield Publishers.
23. Gore, A. 1993. From Red Tape to Results: Creating a Government that Works Better and Costs Less. Report of the National Performance Review. New York: Times Books/Random House. <http://.acts.poly.edu/cd/npr/htm.> Accessed 18.03.03.

24. Stoker, G. 1998. "Governance as Theory: Five Propositions." *International Social Science Journal*, Vol. 50, No. 1: 17-28.

25. Peters, B. G. and J. Pierre. 1998. "Governance Without Government? Rethinking Public Administration." *Journal of Public Administration Research and Theory*, Vol. 8, No. 2: 223-243.

26. Milward, H. B. and K. Provan. 2000. "How Networks Are Governed." In C. Heinrich and L. Lynn, eds. *Governance and Performance: Models, Methods and Results*. Washington, DC: Georgetown University Press.

27. Mathiasen, D. 1996. The New Public Management and its Critics. Paper presented at the Conference on The New Public Management in International Perspective, St. Gallen, Switzerland, July 11-13.

28. Peters, B. G. and J. Pierre. 1998. "Governance Without Government? Rethinking Public Administration." *Journal of Public Administration Research and Theory*, Vol. 8, No. 2:232

29. Lynn, L. E. Jr. 1998. 'A Critical Analysis of the New Public Management'. *International Public Management Journal*, 1 (1): 107-123.

30. OECD. 2004. Modernizing government: The synthesis. Paris: OECD. Paper presented at the thirtieth meeting of the Governance Committee. Written by Alan Matheson. p 4

31. Milgrom, Paul, and John Roberts. 1992. Economics, organization, and management. Englewood Cliffs, *NJ*: Prentice-Hall.p 90

32. Franda, Marcus. 2002. Launching into cyberspace: Internet development and politics in five world regions. Boulder, CO: Lynne Rienner.

33. Lucas, Henry C., Jr. 2002. Strategies for electronic commerce and the Internet. Cambridge, MA: MIT Press.

34. Pollitt, C. & G. Bouckaert. 2000. *Public Management Reform: A Comparative Analysis*. Oxford: Oxford University Press.

35. Aberbach, J.D. and T. Christensen (2003). "Translating Theoretical Ideas Into Modern State Reforms. Economic-Inspired Reforms and Competing Models of Governance". *Administration & Society* 35(5):491-509.

36. Olsen, J. P. (1988). Administrative Reform and Theories of Organization. In C. Campbell and B. G. Peters (eds.), *Organizing Governance: Governing Organizations*. Pittsburgh: University of Pittsburgh

37. Olsen, J.P. (2005). "May be it is time to rediscover bureaucracy". *Journal of Public Administration Research and Theory* 16: 1-24.

38. March, J. G. and J. P. Olsen (1983). "Organizing Political Life. What Administrative Reorganization Tells Us About Government". *American Political Science Review*, 77: 281-297.

39. Peters, B.Guy (2008). "Bureaucracy and democracy". Paper presented at the SOG/IPSA Conference 'New Public Management and the Quality of Government', Gothenburg, Nov. 13.-15, 2008.

40. Aberbach, J.D. and T.Christensen (2005). "Citizens and Consumers – A NPM Dilemma. Public Management Review," 7 (2): 225-246."

41. Frederickson, G. (1996). "Comparing the Reinventing Movement with the New Public Administration". *Public Administration Review*, 56 (3), May-June: 263-270.

42. Nagel, J. H. (1997). "Editor's Introduction". *Journal of Policy Analysis and Management*, 18 (3): 357-381

43. Peters, B. G. and J. Pierre (1998). "Governance Without Government? Rethinking Public Administration". *Journal of Public Administration Research and Theory*, 8 (2), 223–243.

44. Eriksen, E. O. and J. Loftager (eds.) (1996). *The Rationality of the Welfare State*. Oslo: Scandinavian University Press.

45. Olsen, J. P. (1988), *op. cit.*

46. Thomas, P. G. (1998). "The Changing Nature of Accountability". In B. G. Peters and D. J. Savoie (eosQ.), Taking Stock: Assessing Public Sector Reforms. Montreal: Canadian Centre for Management Development.

47. Day, P. and R. Klein (1987). Accountability. *Five Public Services*. London: Tavistock Publishers.

48. Gregory, R. (2001). "Transforming Governmental Culture: A Sceptical View of New Public Management". In T. Christensen and P. Lægreid (eds.), *New Public Management. The Transformation of Ideas and Practice*. Aldershot: Ashgate.

49. Christensen, T. and P. Lægreid (2001b). "New Public Management - Undermining Political Control?" In T. Christensen and P. Lægreid (eds.), New Public Management. The Transformation of Ideas and Practice. Aldershot: Ashgate.

50. Aberbach, J. D. and B. A. Rockman (1999). "The Reinvention Syndrome: Politics by Other Means?" Paper presented at the ECPR Joint Workshops, Mannheim, Germany, March 26-31, 1999.

51. Christensen, T. and P. Lægreid (2007b). The whole-of-government approach to public sector reform. *Public Administration Review*, 67 (6):. 1059-1066.

52. Bogdanor, V., ed. (2005). *Joined-Up Government. British Academy Occasional paper 5*. Oxford: Oxford University Press.

53. Perry 6 (2005) "Joined-Up Government in the West beyond Britain: A provisional Assessment". In V. Bogdanor, ed. *Joined-Up Government. British Academy Occasional papers 5*. Oxford: Oxford University Press.

54. Richards, D. and M. Smith (2006). "The Thensions of Political Control and Administrative Autonomy: from NPM to a Reconstituted Westminster Model". In T. Chriostensen and P. Lægreid, eds. *Autonomy and Regulation. Coping with agencies in the modern state*. Cheltenhan: Edward Elgar.

55. Pollitt, C. (2003). "Joint-Up Government: a Survey". *Political Studies Review*, 2: 34-49.

56. GOI, *An Agenda for Effective and Responsive Administration*, New Delhi, Ministry of Personnel, Public Grievances and Pensions, November1996.

57. Malick, M.H., and Murthy, A.V.K. (2001) The Challenges of E-Governance. *Indian Journal of Public Administration*. 47: 2. pp. 237-253.

58. MICT (2006) E-Governance. Available at: http://www.mit.gov.in/default.aspx?id=144. Viewed January 14,

59. Norris, P. (2001) *Digital Divide? Civic Engagement, Information Poverty and the Internet in Democratic Societies*. Cambridge: Cambridge University Press.

60. UNPAN (2006) E-Readiness Report. Available at: http://www.unpan.org/egovernment, Viewed May 25, 2006.

61. IT for Change (2003) E-Governance: 20 Hot eGov Projects in India. Available at: www.egovindia.com/content/top_stories/103101501.asp. Viewed January 14, 2008.

62. World Bank (Various Years) Case Studies - Better Service Delivery For Citizens. Available at: http://go.worldbank.org/XPYCQAR670 Viewed January 14, 2008

63. Schware, R. (2000) Information Technology and Public Sector Management in Developing Countries: Present Status and Future Prospects. *Indian Journal of Public Administration*. 46: 3. pp. 411-416.

64. Misra, B.P., Agarwal, A. and Kumar, A. (2001) Panel Discussion: IT and Citizen Services. The Roundtable on IT in Governance. New Delhi. January 12. Available at: http://www.ima-india.com/papers/itindex.htm.

65. Sanjay, A.K., and Gupta, V. (2004) Gyandoot: Trying to Improve Government Services for Rural Citizens in India. eGovernment for Development eTransparency Case Study No.11. Available at: http://www.egov4dev.org/gyandoot.htm Viewed January 14, 2008.

66. Snellen, I. (2005) *E-Government: A Challenge to Public Management*. In Ferlie, E., Lynn, L.E., Jr., and Pollitt, C. *The Oxford Handbook of Public Management*. Oxford: Oxford University Press.

67. Fountain, J.E. (2001) *Building the Virtual State: Information Technology and Institutional Change*. Washington, D.C.: Brookings Institution.

68. Homburg, V.M.F. (1999) *The Political Economy of Information Management*. (Diss.), Capelle a/d Ijssel: Labyrinth Publication.

69. Bekkers, V.J.J.M. (1998) *Wiring Public Organisations and Changing Organizational Jurisdictions*. In Snellen, I., and Van de Donk, W.B.H.J. (eds.) *Public Administration in an Information Age*: A Handbook. Amsterdam: IOS Press. pp. 57-77.

70. Wadia, J. (2000) Welcome to Digital Democracy. Times Computing. 22: November. Available at: http://www.timescomputing.com/20001122/nws1.html

71. Christensen, T. & P. Lægreid. 2001b. 'New Public Management: Puzzles of Democracy and the Influence of Citizens'. *The Journal of Political Philosophy*, 10 (13): 267-295.

72. Haque, M. S. (2001). "The Diminishing Publicness of Public Service under the Current Mode of Governance". *Public Administration Review*, 61 (1): 65-82

73. World Bank, *Governance: The World Bank's Experience*, World Bank Publication, Washington D.C., (1994)

74. World Bank Global Monitoring Report , *Millennium Development Goals: Strengthening Mutual Accountability, Aid, Trade, and Governance* (2006)

75. See Nick Manning, Dirk-Jan Kraan and Jana Malinska, *The OECD Project on Management in Government*, November (2006)

76. Cheema G.S., *Building Democratic Institutions: Governance Reform in Developing Countries* Kumarian Press Inc., New York, (2005) pp 4-6

77. Graham J., Amos B., Plumptre T., *Principles for Good Governance in the 21st Century*, Policy brief No. 15, Institute on Governance (2003)

78. Rotberg R.I., *Strengthening Governance: Ranking Countries would help*, The Washington Quarterly 28:1 (2004-05) pp 71-81

79. United Nations Development Programme, Strategy Note on Governance for Human Development, (2004)

80. Leftwich, A., Governance, *Democracy and Development in the Third World*, Third World Quarterly,14 (1993), p 611

81. Mimicopoulos M.G., Department of Economic and Social Affairs, United Nations, Presentation to the United Nations World Tourism Organization Knowledge Management International, *Global Issues in Local Government: Tourism Policy Approaches*, Madrid (2006)

82. Afonso A., Schuknecht L., Tanzi V., *Public Sector Efficiency: Evidence for New EU Member States and Emerging Markets*, European Central Bank, Working Paper Series No. 581 (2006)
83. *See*, The Role of Civil Society Organisations in Auditing and Public Finance Management http://www.internationalbudget.org/SAIs.pdf
84. *See*, The Movement for Right to Information In India: People's Power for the Control of Corruption, Harsh Mander and Abha Singhal Joshi, edited version published for Commonwealth Human Rights Initiatives, 1999.
85. *See* Social accountability in the Public Sector – A Conceptual Discussion – John M Ackerman Social Development Papers, Paper No. 82/March 2005. The World Bank.
86. *See* Participatory Approaches in Public Expenditure Management1, India: Mazdoor Kisan Shakti Sangathan and the Right to Information Campaign, by Parmesh Shah and Sanjay Agarwal of the South Asia Rural Development Group in the World Bank.
87. Kyj M.J., *Internet use in Ukraine's Orange Revolution*, Business Horizons vol. 49 Issue 1 (January-February 2006) pp 71-80
88. Khan M.A., *Engaged Governance: A Strategy for Mainstreaming Citizens in the Public Policy Processes,* United Nations Department of Economic and Social Affairs (2005)
89. United Nations Department of Economic and Social Affairs, Division for Public Administration and Development Management, *Global E-government Readiness Report 2004: Towards Access for Opportunity* (2004)
90. The World Bank Institute, *"E-government"* <www.worldbank.org/egov>
91. India's ICT Policy Gateway, < http://www.ictpolicy.org>
92. Mann, M., Has Globalisation Ended the Rise Of the Nation-State. Review of International Political Economy, 4 (1997).
93. Cheema G.S.,op.cit.
94. *See* for detail Kashyap, Subhash C., Our Constitution , National Book Trust,New Delhi (2004) pp 53-76
95. *See* AIR 1973 SC 1461
96. See 'Judicial Activism versus Judicial Overreach' in Times of India, 12.12.2007, New Delhi, and a series of three articles entitled 'Has judicial activism become excessive?' in Indian Express, 18.12.2007, New Delhi.
97. *See* for detail Jayal, Nirja Gopal and Pai, Sudha(ed.),*Democratic Governance in India: Challenges of Poverty, Development, and Identity* , Sage Publications, N. Delhi, (2001) pp 11-31
98. The magnitude of criminalisation of politics and politicization of crime was highlighted in the N. N. Vohra Committee Report. Ironically, there is no political party which does not give tickets to contest election in Parliamentary or Legislative elections to persons with some criminal records. Moreover, horse trading for proving majority in legislatures and saving a government from 'no-confidence motion' is some of the troubling political culture in Indian politics.
99. The Madhya Pradesh government suspended an IAS officer couple(Teenu Joshi and Arvind Joshi) following Income tax raids that unearthed Rs.3.10 Crore in cash disproportionate to their known sources of income (*The Hindu*, February 06, 2010).

100. Tax is the major source of public revenue. Many industrialists, popular sports persons, film stars, and big business houses owe tax arrears to the tune of billions. Many politicians deposit their black money in foreign banks. The volume of black money generated acts as parallel economy. Money laundering, *hawala* transactions, bribery are some other forms of prevalent corrupt practices in India.

101. Fighting for the Right to Know in India, by Aruna Roy and Nikhil Dey http://www.righttoinformation.info/ arunapaper.htm

102. The Grassroots Struggles of Rajasthan - http://www.foi- asia.org/India/Rajasthanstory.pdf Where did our money go? Effects of jansunwai http://www.gdnet.org/pdf2/gdn_library/ annual_conferences/fifth_annual_conference/kejriwal_paper.pdf

103. In order to map out an evolutionary patterns of technology use in India *see* Sarai Reader 03: Shaping Technologies, Published by CSOSQ(2003). To know the use of IT in public service delivery see Sehgal, M.K.(ed.), Corporate Governance and Restructuring of Industries, Wisdom Publications, N. Delhi(2004), pp 303-365. Also see Report of the Steering Committee on Science and Technology for Eleventh Five Year Plan (2007-12), GOI, Planning Commission, December, 2006.

6 लोकतंत्रीकरण, विकेंद्रीकरण और सामाजिक सुरक्षा

Democratization, decentralization and social protection

प्रशासन, ग्रामीण और शहरी संदर्भ में क्रियात्मक और वित्तीय विकेंद्रीकरण, सामाजिक प्रशासन और समाज के कमजोर वर्ग के लिए सामाजिक सुरक्षा

केंद्रीकरण बनाम विकेंद्रीकरण सांगठनिक स्तर पर एक चुनौतीपूर्ण समस्या है। वास्तव में यह सरकार व प्रशासन के लिए यक्ष प्रश्न बन चुका है। सामाजिक-आर्थिक नियोजन की बाध्यताएँ, राष्ट्रीय एकीकरण की आवश्यकता तथा सामरिक रणनीति की अहम जरूरतें जहाँ केंद्रीकरण की महत्ता को रेखांकित करती हैं वहीं महत्तम स्वायत्तता का राजनीतिक आश्वासन, व्यापक जन भागीदारी तथा जनोन्मुख लोकतंत्र विकेंद्रीकरण पर बल देता है। परिणामस्वरूप हम द्वंद्व की स्थिति में हैं। अवस्थी व माहेश्वरी के शब्दों में 'योजना आयोग केंद्रीकरण की ओर रूझान को दर्शाता है वहीं पंचायती राज की अवधारणा विकेंद्रीकरण का सफलतम व स्पष्टतम उदाहरण है।'[1]

6.1 लोकतंत्र का विकास एवं अर्थ

ग्रीस के नगर राज्यों से लेकर आज के प्रतिनिध्यात्मक प्रजातंत्र ने एक लंबा सफर तय किया है। जैसा कि हम जानते हैं, प्राचीन काल में ग्रीस के छोटे-छोटे नगर राज्य जनता की आम सहमति के आधार पर संचालित होते थे, लेकिन धीरे-धीरे प्रजातंत्र ने एक व्यापक रूप ग्रहण किया। हॉब्स के सीमित प्रजातंत्र की परिकल्पना को लॉक ने और अधिक व्यापक रूप देने का प्रयत्न किया। लेकिन फ्रांस की औद्योगिक क्रांति के समय जनमे प्रबुद्ध विचारक रूसो

डॉ. श्वेता मिश्रा, असिस्टेंट प्रोफेसर, गार्गी कॉलेज, दिल्ली विश्वविद्यालय
प्रदीप कुमार, वरिष्ठ शोधकर्ता, दिल्ली विश्वविद्यालय

ने प्रजातंत्र को काफी व्यापक बनाया और जनसहमति के आधार पर सरकार चलाने का एक नया नमूना (formula) पेश किया। आगे चलकर जे.एस. मिल ने प्रत्यक्ष प्रजातंत्र की परिकल्पना को अधिक सफलता न प्राप्त करते देख प्रतिनिध्यात्मक प्रजातंत्र की धारणा को काफी मुखर होकर उजागर किया।

यूँ तो स्विटजरलैंड में प्रत्यक्ष प्रजातंत्र के अवयवों के रूप में रेफरेंडम (referendum) एवं इनिशिएटिव (initiative) का विकृत स्वरूप आज भी देखने को मिलता है, लेकिन बढ़ती आबादी और सरकार जनित कार्यों में वृद्धि के साथ ही साथ वहाँ भी प्रतिनिध्यात्मक प्रजातंत्र का ही प्रचार एवं प्रसार हो रहा है।

वैश्वीकरण एवं भूमंडलीकरण के इस युग में राज्य को एक फैसीलीटेटर (facilitator) के रूप में देखा जा रहा है। जन संस्थाओं की जड़ें धीरे-धीरे मजबूत हो रही हैं, जहाँ जन सहभागिता एवं आम सहमति के आधार पर स्थानीय सरकारें चलाई जा रही हैं। इस संदर्भ में भारतवर्ष में प्रजातंत्र एवं उसकी विकेंद्रित इकाइयों का महत्त्व काफी बढ़ गया है। क्योंकि आज के भारतीय प्रजातंत्र की दिशा अब्राहम लिंकन के प्रजातंत्र ''जनता का, जनता के द्वारा, जनता के लिए'' की ओर अधिक उन्मुख है।

वह प्रक्रिया जो राजनीतिक व्यवस्था को लोकतांत्रिक स्वरूप देती है, उसे लोकतंत्रीकरण या प्रजातांत्रीकरण कहा जाता है। इस संदर्भ में तीन प्रश्न उठते हैं – इस प्रक्रिया के फलस्वरूप लोकतंत्र का क्या अर्थ है, वह कौन सी प्रक्रिया है जिसके माध्यम से इस उद्देश्य को प्राप्त किया जा सकता है, तथा यह उद्देश्य कैसे मूल्यांकित होता है।

लोकतंत्र की परिभाषा इसकी स्वाभाविक प्रकृति एवं आनुभाविक परिस्थितियों पर निर्भर करती है। जहाँ तक इसकी प्रकृति का प्रश्न है, अरस्तु के अनुसार लोकतंत्र जनता द्वारा शासित व्यवस्था है और यह तथ्य कि जनता अपने आप को शासित करती है आज भी लोकतंत्र का मुख्य अर्थ है। लेकिन इसके इर्द-गिर्द बहुत सारे उप-विचार प्रजातंत्र की परिभाषा में समाहित हो गए हैं, जिनमें *प्रथम* है कि प्रजातंत्र में जनता लगातार, चुनाव के आधार पर अपने उच्च नेताओं को चुनती है जोकि शासन नीति निर्धारित करते हैं और इसका अर्थ प्रत्यक्ष प्रजातंत्र से है।

दूसरा अर्थ यह है कि प्रजातंत्र के अंदर मत देने का अधिकार लगभग सभी वयस्कों को प्राप्त है। लोकतंत्र की परिभाषा में यह बिलकुल नई अवधारणा है क्योंकि पहले वह सरकार लोकतांत्रिक मानी जाती थी जिसमें दासों एवं स्त्रियों को तथा वैसे लोग जिनके पास स्थायी संपत्ति नहीं थी, को मत देने का अधिकार नहीं था। आजकल इसे लोकतंत्र की विकृत परिभाषा माना जाता है जिसमें कि सीमित मताधिकार होता है जैसे कि दक्षिण अफ्रीका में रंग भेद शासन के अंदर मात्र गोरे लोगों को ही मत देने का अधिकार था।

तीसरा अर्थ यह है कि प्रजातंत्र के अंदर कुछ खास तरह के अधिकार मिले होते हैं, जैसे, मत देने का अधिकार, सबके मत का समान अर्थ, सर्वोच्च पद ग्रहण करने का अधिकार तथा राजनीतिक दल या संगठन बनाने का अधिकार।

चौथा एवं अंतिम अर्थ यह है कि लोकतंत्र में राज्य के ऊपर एक ऐसा कानून है जिसे मानने के लिए सभी संस्थाएं बाध्य हैं जोकि लोकतांत्रिक संरचना एवं लोकतांत्रिक अधिकारों

की रक्षा करता है। अत: आज लोकतंत्र का अर्थ है जनता आवधिक चुनावों के आधार पर अपने आप को शासित करती है तथा उच्च नेताओं का चयन करती है जिसमें सभी वयस्क भाग ले सकते हैं, खासकर जिस कार्यालय हेतु वह योग्य पाए जाते हैं तथा जो विधि के अनुसार शासित होती हैं।

6.2 विकेंद्रीकरण

विकेंद्रीकरण की व्याख्या विभिन्न संदर्भों में अलग-अलग तरीकों से की गई है। इसके अर्थ को लेकर विद्वान एकमत नहीं हैं। एलन इसे ऐसी दुविधाग्रस्त प्रशासनिक अवधारणा मानते हैं जो पेशेवर प्रबंधन के विज्ञान व कला को दर्शाती है।[2] पिफनर तथा शेरवुड के शब्दों में कुछ अर्थों में विकेंद्रीकरण प्रबंधन का एक महत्त्वपूर्ण सिद्धांत साबित हुआ है। *पहला*, यह एक ऐसी जीवन शैली है जिसे कम से कम आंशिक रूप से आस्था के रूप में अपनाने की जरूरत है। *दूसरा* यह एक ऐसी आदर्श अवधारणा है जिसकी जड़ें लोकतंत्र में धंसी हैं। *तीसरा* शुरूआती तौर पर यह कमोबेश एक कठिन जीवनशैली को रूपांतरित करता है क्योंकि यह मानवता के अंत:स्थान में ऐतिहासिक रूप से गहरे जमी पारंपरिक सोच के प्रति नवजागरण का विद्रोह है जिसके लिए व्यवहार मूलक बदलाव की दरकार है। यही वजह है कि विकेंद्रीकरण का नया साहित्य सांगठनिक व्यवहार में बदलाव की जरूरतों को प्रमुखता से रेखांकित करता है। आम लोगों की जरूरतों व आवश्यकताओं पर सहानुभूतिपर्ण विचार, अन्य व्यक्तियों के दृष्टिकोण और राय पर सम्मानपूर्ण विचार तथा यथोचित तरीके से सही जगह व सही समय पर उसका प्रयोग, लोगों के मौलिक अधिकारों का सम्मान आदि कुछ ऐसी चीजें हैं जिसे स्वकेंद्रित मानसिकता वाला व्यक्ति व संगठन आसानी से स्वीकार नहीं कर पाता है उसके लिए आदेश व निर्देश जारी करना आसान है और दूसरों को सुनना व उन्हें उचित भागीदारी का अवसर प्रदान करना खिझाने वाला काम है। विकेंद्रीकरण के लिए इस तरह की मानसिकता को छोड़ना आवश्यक है।[3] यह स्पष्ट है कि विकेंद्रीकरण प्रशासनिक प्राधिकार का फैलाव मात्र नहीं है वरन् यह राजनीति प्राधिकार का लोकतांत्रिक हस्तांतरण भी है। इसके अलावा विकेंद्रित संगठन में जनतांत्रिक नियामकों की मौजूदगी एक अपेक्षित आवश्यकता है। इस तरह के नियामकों की उपस्थिति से प्रशासनिक संगठनों में भागीदारी सुनिश्चित होती है तथा निर्णयों व कार्य निष्पादन की गुणवत्ता व व्यापकता में उल्लेखनीय इजाफा होता है। इसके अतिरिक्त यह संगठनों के विभिन्न स्तरों को जोड़ने के अलावा जनता व संगठन के बीच बेहतर तालमेल व भागीदारी को सुनिश्चित करता है।

संगठन के अंतर्गत विकेंद्रीकरण भौतिक सुख-सुविधाओं के वितरण, स्थापन तथा अधिकारों-प्राधिकारों के समुचित व व्यापक वितरण को इंगित करता है। अर्थात् विकेंद्रीकरण एक ऐसी व्यवस्था है जहाँ आदेश-निर्देश जारी करने से लेकर उसके नियमन-नियंत्रण तथा नतीजों तक की सारी जिम्मेदारी देश भर में फैली स्थानीय इकाइयों में निहित रहती है। यह कहा जाता है कि विकेंद्रीकृत व्यवस्था में कार्य निष्पादन की पूरी जिम्मेदारी निचले स्तरों के निकायों को सौंप दी जाती है जिसका उद्देश्य प्रभावी व उत्पादनशील प्रदर्शन होता है। वहीं

बड़े मुद्दों व नीतियों पर विचार-विश्लेषण व निर्णय लेने की क्षमता संगठन के ऊपरी स्तरों में निहित रहती है। यद्यपि विकेंद्रीकरण को हस्तांतरण और प्रतिनिधित्व के पर्याय के रूप में सामान्यत: इस्तेमाल किया जाता है परंतु इन सब के अर्थ भिन्न व विशिष्ट हैं। विकेंद्रीकरण अधिकार व प्राधिकार के निचले स्तर पर व्यापक फैलाव व समुचित वितरण को व्यक्त करता है। यह राजनीतिक शक्तियों के लोकतंत्रीकरण की प्रक्रिया है जिसका उद्देश्य प्रजातांत्रिक मूल्यों को व्यवहार में लाना है। विकेंद्रीकरण निर्णय-निर्माण प्रक्रिया में व्यापक जनभागीदारी को सुनिश्चित कर संसाधनों, अधिकारों तथा शक्तियों के निचले स्तर पर व्यापक फैलाव पर अपना ध्यान केंद्रित करता है जो स्वायत्तता के दायरे को और अधिक विस्तृत तथा जनोपयोगी बनाता है। पंचायती राज विकेंद्रीकरण का एक प्रभावी उदाहरण है।

बहुत से देशों में विकेंद्रीकरण को सर्वांगीण राष्ट्रीय विकास की तकनीकी असफलता की प्रतिक्रिया के रूप में देखा जाता है। विकेंद्रीकरण केंद्रीकृत राष्ट्रीय विकास की अंतर्निहित विसंगतियों को प्रभावी तरीके से हल करने वाले विकल्प के रूप में तेजी से उभरा है।

कुछ देशों में विकेंद्रीकरण को एक ऐसी व्यवस्था के रूप में देखा जाता है जो राष्ट्रीय विकास हेतु स्थानीय संसाधनों का बेहतर दोहन व प्रबंधन सुनिश्चित करता है। विकेंद्रीकरण के माध्यम से स्थानीय लोगों की व्यापक राजनीतिक, आर्थिक व सामाजिक भागीदारी सुनिश्चित होती है। स्थानीय लोग अपनी जरूरतों, आवश्यकताओं व परिस्थितियों से बेहतर वाकिफ होते हैं फलत: नीति निर्माण व कार्यान्वयन में उनकी भागीदारी जनोपयोगी कार्यक्रमों व परियोजनाओं की सफलता की गारंटी को सुनिश्चित करती है। यह विभिन्न क्षेत्रों व वर्गों को व्यापक व यथोचित प्रतिनिधित्व देकर राष्ट्रीय एकता को भी अक्षुण्ण बनाए रखने में मदद करता है।

संक्षेप में कहें तो विकेंद्रीकरण एक ऐसा वैचारिक सिद्धांत है जो आत्मनिर्भरता, लोकतांत्रिक निर्णय-निर्माण प्रक्रिया, सरकार में व्यापक लोक भागीदारी तथा लोक सेवकों की जनोन्मुखता, पारदर्शिता तथा उत्तरदायित्व को प्रोत्साहित करता है। इस प्रकार विकेंद्रीकरण एक राजनीतिक निर्णय है तथा इसका कार्यान्वयन राष्ट्र की राजनीतिक प्रक्रिया की छवि। लोकतंत्र, विकेंद्रीकरण व विकास के सम्मिलित लक्ष्य के रूप में इसका उद्देश्य सरकारी शक्तियों तथा उत्तरदायित्वों का हस्तांतरण, राजनीतिक संस्थाओं का विकेंद्रीकरण; स्थानीय नेतृत्व का विकास तथा आर्थिक आधुनिकीकरण सुनिश्चित करना है। यद्यपि सभी विद्वान इस पर एकमत नहीं हैं।

संकुचित व तकनीकी अर्थ में प्रोफेसर हाउसन ने "लोकतांत्रिक विकेंद्रीकरण" पद का इस्तेमाल किया है जहाँ केंद्रीय सरकार के उत्तरदायित्वों का हस्तांतरण स्थानीय निकायों को किया जाता है जिनका चुनाव भौगोलिक या कार्यात्मक (functional) चुनाव क्षेत्रों के द्वारा होता है। इन स्थानीय निकायों को जहाँ कुछ अधिकारों व शक्तियों का हस्तांतरण उच्चतर प्रशासनिक तंत्र के द्वारा किया जाता है वहीं कुछ शक्तियां इन्हें सीधे विधायी या सांविधानिक व्यवस्थाओं से हस्तांतरित होती हैं।

परंतु असली कसौटी राजनीतिक एजेंसियों या संस्थाओं का विकेंद्रीकरण मात्र नहीं है वरन उत्तरदायित्वों, शक्तियों तथा प्राधिकारों का प्रभावी विकेंद्रीकरण है।

विकेंद्रीकरण का महत्त्व

प्रशासनिक विकास मूलत: त्वरित आर्थिक-सामाजिक बदलाव की ओर केंद्रित रहता है। फलस्वरूप संपूर्ण विकासशील दुनिया में विकास की जरूरतों को पूरा करने के लिए प्रशासन के नवीन सिद्धांतों व उपादनों को विकसित करने के प्रति वैश्विक राय बनती जा रही है। विकेंद्रीकरण को प्रशासन के ऐसे प्रभावी व उपयोगी साधन के रूप में देखा जाता है जो लोक सेवाओं व सुविधाओं को सीधे लाभार्थियों तक पहुंचाने का काम करता है। अधिकतर विकासशील देशों में विकेंद्रीकरण का लक्ष्य प्रशासक व जनता के बीच बेहतर व पारस्परिक तालमेल स्थापित करना है।

विकेंद्रीकरण की जरूरत कई कारणों से उभर कर आई है। *पहली* मूलभूत जन सुविधाओं जैसे भोजन, आवास, पीने के पानी की व्यवस्था प्रशासन की स्थानीय इकाइयों के माध्यम से की जा रही है। *दूसरी* विकासशील देशों में अधिकतर जनता दूर ग्रामीण क्षेत्रों में निवास करती है। प्रशासन को ग्रामीण क्षेत्रों तक प्रभावी पहुंच सुनिश्चित कर संपूर्ण राष्ट्र को एक इकाई के रूप में ढालने की व्यवस्था करनी पड़ती है। *तीसरी* कई देशों में जातीय, भाषाई तथा धार्मिक विविधताएँ तथा विशिष्टताएं होती है। प्रशासन के लिए यह अपेक्षित होता है कि वह क्षेत्रीय विविधताओं के प्रतिक्रियास्वरूप अपने आप को विकेंद्रीकृत करे। *चौथी*, क्षेत्रीय व स्थानीय संसाधनों का बेहतर दोहन, उपयोग व प्रबंधन सुनिश्चित करने के लिए प्रशासन को केंद्र की परिधि से निकलकर वहां तक पहुंचना होगा। इस प्रकार विकेंद्रीकरण स्थानीय नियोजन तथा विकास को स्थानीय संसाधनों के माध्यम से सुनिश्चित करता है। *पांचवीं* विकेंद्रीकरण का राजनीतिक व प्रशासनिक क्षेत्रों में अपना महत्त्व है। राजनीतिक रूप से विकासपरक गतिविधियों में लोक भागीदारी स्थानीय मांगों को बेहतर आवाज व आश्रय प्रदान करती है जो इसके पूरा होने की बेहतर संभावना को भी प्रदर्शित करता है। इस तरह नियोजन अधिक यथार्थपूर्ण बनता है तथा बेहतर व त्वरित राजनीतिक समर्थन को सुनिश्चित करता है। प्रशासनिक दृष्टिकोण से स्थानीय निर्णय-निर्माण प्रक्रिया में सतत भागीदारी स्थानीय क्षेत्रों को प्रबंधित व शासित करने की स्थानीय समर्थता में गुणवत्तापूर्ण वृद्धि करता है। विकेंद्रीकरण स्थानीय ऊर्जाओं का बेहतर दोहन करता है तथा विकासपरक गतिविधियों हेतु स्थानीय समर्थन को प्रोत्साहित करता है। इस तरह स्थानीय समुदाय धीरे-धीरे राजनीतिक व प्रशासनिक परिपक्वता प्राप्त करता है।

भारत में विकेंद्रीकरण का उद्भव व विकास

राष्ट्र के एक प्रमुख लक्ष्य के रूप में विकास के प्रति प्रतिबद्धता स्वतंत्रता के बाद की अवधारणा मात्र नहीं है। विकेंद्रीकृत विकास का बीज स्वतंत्रता संघर्ष के दौरान ही बो दिया गया था। लेकिन सही पल्ववन, पुष्पन व विकास स्वतंत्रता के बाद हुआ जब ग्रामीण क्षेत्रों के चहुँमुखी विकास के लिए विशेष पहल की शुरूआत हुई। प्रथम पंचवर्षीय योजना के केंद्रीय लक्ष्य को ऐसी परिस्थितियों के निर्माण के रूप में परिभाषित किया जहाँ लोगों की जीवन शैली की गुणवत्ता को एक उचित स्तर पर बनाए रखा जा सके, उसमें सतत इजाफा हो तथा आम

लोगों की विकास व न्याय में पूरी भागीदारी सुनिश्चित हो। समुदाय विकास कार्यक्रम (Community Development Programme) सी.डी.पी. को 1952 में राष्ट्रीय विस्तार सेवा (national extension service) के साथ लांच किया गया। यद्यपि यह प्रयोग अपने लक्ष्य को प्राप्त करने में असफल रहा तथा सामुदायिक प्रयास सरकारी प्रयासों के साथ सही तालमेल स्थापित नहीं कर पाया।[4]

ग्रामीण क्षेत्रों में रहने वाले करोड़ों अशिक्षित, परंपरा-ग्रसित तथा दीन-हीन लोगों के जीवन में आर्थिक व सामाजिक बदलाव को लाना निश्चय ही एक कठिन काम था। सी.डी.पी. में समतामूलक व त्वरित न्याय को लेकर कोई स्पष्ट लक्ष्य निर्धारित नहीं किया गया। परिणामत: ग्रामीण अभिजनों (elite) ने ग्रामीण व कृषि के विकास हेतु संचालित विविध कार्यक्रमों से बहुत अधिक लाभ अर्जित किया।

शुरूआत में लोकप्रिय स्थानीय संस्थाओं की अनुपस्थिति में इन कार्यक्रमों को लागू करने की जिम्मेदारी संकीर्णता के दायरे में बंद ऐसी नौकरशाही को दी गई जो आग्रहों, पूर्वाग्रहों व झूठे मान से ग्रसित थी तथा विकासपरक अभिरुचियों से अनजान थी। फलत: यह लोक सहयोग व भागीदारी को प्रोत्साहित नहीं कर सका। अफसोस की बात यह भी है कि हमारे केंद्रीय नेताओं ने भी सी.डी.पी. को अधिक महत्त्व नहीं दिया। पंचायती राज तथा ग्रामीण विकास मंत्रालयों को हमेशा कम महत्त्व दिया गया और अपेक्षाकृत असमर्थ व्यक्तियों के हाथ में इसकी बागडोर सौंपी गई।[5]

फलस्वरूप, बलवंतराय मेहता समिति की संस्तुतियों के आधार पर भारत सरकार ने लोकप्रिय स्थानीय संस्थाओं अर्थात् पंचायती राज संस्थाओं के पक्ष में शक्ति व प्राधिकार के विकेंद्रीकरण को स्वीकार किया। पंचायती राज संस्थाओं की शुरूआत 1950 व 60 के दशक में बड़ी आशा व अपेक्षा के साथ की गई। यद्यपि शुरूआती प्रोत्साहित नतीजों के बाद इनमें तेजी से गिरावट शुरू हो गई। जनता सरकार ने अशोक मेहता समिति का गठन इन संस्थाओं के प्रदर्शन में गिरावट के पीछे कारणों के अध्ययन तथा उसके प्रभावी हल सुझाने के लिए किया।

अशोक मेहता समिति ने ग्रामीण क्षेत्रों में व्याप्त परिस्थितियों का गहन अध्ययन किया तथा विकेंद्रीकरण पर केंद्रित एक भविष्य की योजना की रूपरेखा भी तैयार की। रिपोर्ट के मुताबिक पंचायती राज संस्थाओं की गिरावट के पीछे प्रमुख कारणों में – नीतिगत दोष, अनियमित व विसंगतिपूर्ण अप्रोच, दोषपूर्ण दृष्टिकोण, समन्वयात्मक मानसिकता का अभाव, क्षुद्र व निहित स्वार्थों की उपस्थिति, राजनीतिक इच्छा शक्ति व प्रशिक्षण का अभाव, अपर्याप्त आर्थिक संसाधन आदि शामिल थे। इस प्रकार पंचायती राज संस्थाओं की अवधारणा द्वंद्वात्मक विश्लेषणों की भेंट चढ़ गई।[6]

यद्यपि अशोक मेहता समिति की रिपोर्ट को केवल दो राज्यों आंध्र प्रदेश व कर्नाटक में लागू किया गया जिसे आंशिक सफलता प्राप्त हुई। बाकी राज्यों ने इसे लागू करने की कोई जरूरत महसूस नहीं की। परिणामस्वरूप अशोक मेहता समिति की रिपोर्ट का परिणाम भी बलवंत राय मेहता समिति की तरह हुआ। अशोक मेहता समिति की रिपोर्ट के प्रकाशन तथा कर्नाटक व आंध्र प्रदेश दो राज्यों में इसके लागू होने के बाद केंद्रीय स्तर पर जमीनी

लोकतांत्रिक संस्थाओं को सुदृढ़ कर लोकतांत्रिक विकेंद्रीकरण की सच्चे अर्थों में उपलब्धि हेतु विविध गतिविधियों में सरगर्मी आई।

केंद्र सरकार के प्रयास के अलावा मध्य प्रदेश, बिहार तथा राजस्थान सहित कुछ राज्यों ने इस दिशा में कई कदम उठाए। केंद्र सरकार ने कई समितियों तथा आयोगों का गठन कर उन्हें स्थानीय (ज़मीनी) लोकतांत्रिक संस्थाओं को मजबूत व उत्पादनशील बनाने हेतु बेहतर तौर-तरीके सुझाने का काम सौंपा। इनमें से कुछ थे--ग्रामीण विकास हेतु प्रशासनिक व्यवस्थाओं पर समिति 1985, एल. एम. सिंघवी समिति 1986, सहकारिता आयोग 1988, थनगन समिति 1988, नीति व कार्यक्रमों हेतु कांग्रेस समिति, 1988 आदि।[7]

इन समितियों की संस्तुतियों का केंद्रीय तत्त्व इस बात को रेखांकित करता था कि लोकतांत्रिक विकेंद्रीकरण की अवधारणा को पुष्ट बनाने के लिए एक समुचित माहौल तैयार किया जाए। सभी राजनीतिक दल इस बात को लेकर एकमत थे कि पंचायती राज संस्थानों को संविधानिक दर्जा प्रदान किया जाए। परिणामस्वरूप जुलाई 1989 में 64वां संविधान संशोधन विधेयक पेश किया गया। विधेयक को उसी साल लोकसभा ने अपेक्षित बहुमत से पारित कर दिया। परंतु राज्यसभा में यह पारित नहीं हो पाया। परिणामत: यह संविधान का हिस्सा नहीं बन सका। इसके बाद केंद्र में वी.पी. सिंह के नेतृत्व में नेशनल फ्रंट की सरकार बनी। इस सरकार ने 1990 में एक अन्य विधेयक पेश किया जो संविधान का 73वां संशोधन विधेयक कहलाया। यद्यपि जनता सरकार के गिरने के कारण इसकी परिणति भी पहले की तरह हुई।

जून 1991 में पी. वी. नरसिम्हा राव की अल्पमत कांग्रेस सरकार ने सत्ता संभाली। इसने पंचायती राज संस्थानों को पहली प्राथमिकता देते हुए 73वां संविधान संशोधन विधेयक, 1991 पेश किया जिसे 22 दिसंबर 1992 को गहन विचार-विमर्श व विवाद के बाद संसद ने पारित कर दिया। जो अब 73वां संविधान संशोधन विधेयक के रूप में जाना जाता है। 23 अप्रैल 1994 तक सभी राज्यों ने पंचायती राज संस्थानों के सुदृढ़ीकरण के लिए नवीन विधेयक पारित करने की प्रक्रिया पूरी कर ली। यद्यपि 73वां संविधान संशोधन विधेयक जम्मू और कश्मीर, मिजोरम, नागालैंड तथा देश के कुछ अनुसूचित क्षेत्रों में लागू नहीं होता।

पंचायतों के संविधानीकरण ने पंचायतों को नई पहचान प्रदान की है तथा उसके तौर-तरीकों में आमूल-चूल परिवर्तन किए हैं। संविधान ने सभी राज्यों के लिए यह अनिवार्य कर दिया है कि वह तीन-स्तरीय (छोटे राज्यों में द्वि-स्तरीय) पंचायतों का गठन करे तथा प्रत्येक पांच वर्ष में उसके लिए सीधे चुनाव आयोजित करे। जहाँ तक पंचायतों को शक्तियों व संसाधनों के हस्तांतरण का सवाल है तो संविधान ने सिर्फ इसे स्वशासन का एक संस्थान घोषित कर तथा हस्तांतरित किए जा सकने वाले अधिकारों व शक्तियों की एक निर्देशित सूची का उल्लेख भर कर मूलभूत सिद्धांतों का प्रतिपादन मात्र किया है।

ग्रामीण प्रशासन

पंचायती राज संगठनों के रूप में लोकतांत्रिक विकेंद्रीकरण का संस्थानीकरण स्थानीय स्वशासन की दिशा में महत्त्वपूर्ण और ऐतिहासिक कदम है। स्वशासन के संस्थानों के रूप

में इसकी व्याख्या दो तरीकों से की गई है। *पहला*, संविधान में इसे स्वशासन के संस्थानों के रूप में निरूपित किया गया है जिसका मतलब है स्वायत्तता और क्षेत्र-विशेष में शासन करने का पूर्ण व विशिष्ट अधिकार। वस्तुत: यह शासन का तीसरा स्तर है। दूसरा यह प्रशासनिक संघीयकरण को मजबूत करता है। 73वें संविधान संशोधन ने गांधी जी के ग्रामीण स्वशासन के स्वप्न को पूरा किया है। इस संशोधन के माध्यम से ग्रामीण प्रशासन को और अधिक बेहतर बनाया जा सकता है।

73वें संविधान संशोधन की विशेषताएँ

1. भाग (आठ) VIII के तुरंत बाद भाग IX तथा दसवीं अनुसूची के बाद ग्यारहवीं अनुसूची को संविधान में जोड़ा गया है (अनुच्छेद 243 G) जो पंचायती राज संस्थाओं के द्वारा किए जाने वाले कार्यकलापों की पूर्ण जानकारी देता है। प्रत्येक राज्य में गाँव, माध्यमिक व जिले स्तर पर पंचायतों का गठन जिससे पंचायती राज संरचना में एकरूपता। यद्यपि 20 लाख से कम जनसंख्या वाले राज्यों को माध्यमिक स्तर पर पंचायतों के गठन से छूट का विकल्प दिया गया है।

2. जहाँ (तीनों) स्तर पर पंचायतों के सभी सदस्यों का चुनाव प्रत्यक्ष तरीके से किया जाएगा, वहीं माध्यमिक तथा जिला स्तर पर अध्यक्ष का चुनाव अप्रत्यक्ष तरीके से होगा। ग्रामीण स्तर पर अध्यक्ष के चुनाव के तौर तरीकों को तय करने की जिम्मेदारी राज्य पर छोड़ी गई है। अध्यक्ष सहित सभी सदस्यों को वोट का अधिकार दिया गया है।

3. अनुसूचित जाति, जनजाति के लिए उनके जनसंख्या के अनुपात में आरक्षण की व्यवस्था की गई है। कम से कम एक-तिहाई सीट महिला उम्मीदवारों के लिए आरक्षित की गई हैं (आरक्षित तथा अनारक्षित दोनों वर्गों में) तथा इन सीटों को क्रम से पंचायत के विभिन्न चुनाव क्षेत्रों को आवंटित किया जा सकता है। अध्यक्ष पद हेतु भी इसी तरह के आरक्षण की व्यवस्था की गई है।

4. पंचायती संस्थाओं का कार्यकाल समान रूप से पांच साल निर्धारित किया गया है। विघटन या सुपर सेशन (super session) की स्थिति में चुनाव छ: माह के अंदर कराना आवश्यक होगा। यदि पंचायतों का कार्यकाल छ: माह से कम का बचा हुआ है तो पुन: चुनाव आवश्यक नहीं होगा। विघटन के बाद गठित पंचायत बचे हुए कार्यकाल को पूरा करेगी।

5. एकरूपता को सुनिश्चित करने के लिए कानून (अनुच्छेद) में इस बात की व्यवस्था की गई है कि इस संविधान संशोधन के पहले निवर्तमान सभी पंचायतें अपने कार्यकाल की अवधि तक तब तक सुचारू रूप से काम करती रहेंगी जब तक राज्य विधान सभा इस संबंध में कोई प्रस्ताव पारित कर दे या पंचायतों से संबंधित कोई कानून, जो इस संविधान संशोधन के पहले लागू हुआ हो तथा इसके प्रावधानों के विरोध में न हो, इसे विघटित या अप्रभावी न कर देता हो।

6. पंचायतों के सभी चुनावों को करने के लिए एक निर्वाचन आयोग होगा जिसमें एक राज्य निर्वाचन आयुक्त होगा जिसकी नियुक्ति राज्य सरकार करेगी। इसके अतिरिक्त मतदाता समूह के विषय से संबंधित अभिक्षण, निर्देशन व नियंत्रण की संपूर्ण जिम्मेदारी इसी पर होगी जिसमें मतदाता-समूह की पहचान व नामांकन भी शामिल है।

7. राज्य सरकार को यह अधिकार दिया गया है कि वह पंचायतों को उचित स्थानीय करों को (आरोपित करके) लगाने व एकत्रित करने के लिए अधिकृत कर सकता है तथा साथ ही संबंधित राज्य के समेकित कोष (consolidated fund) से पंचायतों को सहायक अनुदान के लिए धन का आवंटन भी कर सकती है।

8. प्रत्येक पांच साल में पंचायतों की आर्थिक स्थिति का परीक्षण तथा राज्य व स्थानीय निकायों के बीच धन के आवंटन हेतु राज्य को सुझाव देने के लिए एक वित्त आयोग के गठन का प्रावधान किया गया है।

9. राज्य सरकार पर यह जिम्मेदारी सौंपी गई है कि वह इस (संविधान) संशोधन कानून के लागू होने के एक साल के भीतर अपने संबंधित पंचायत कानूनों में यथोचित फेरबदल के लिए कानून बनाए।

कुल मिलाकर 73वें संविधान संशोधन कानून, 1992 ने भारत में पंचायती राज संस्थाओं के कुशल व प्रभावी कामकाज के लिए सामान्यत: जरूरी मार्गदर्शक सिद्धांतों का प्रावधान ही किया है। इसने पंचायती राज संस्थानों को संवैधानिक दर्जा प्रदान किया है; त्रि-स्तरीय व्यवस्था को स्थायी रूप देकर समानता व एकरूपता लाने का प्रयास किया है; प्रत्येक पांच साल में चुनाव की व्यवस्था को आवश्यक बनाकर पंचायती राज संस्थानों के तौर-तरीकों में नियमितता लाने की कोशिश की है; तथा निर्वाचन आयोग के संरक्षण में चुनाव की व्यवस्था तथा व्यापक आर्थिक स्वायत्तता देकर पंचायती राज संस्थानों के कार्यकलापों में पारदर्शिता व कुशलता को सुनिश्चित करने का काम भी किया है।

शहरी प्रशासन

स्वतंत्रता के बाद से ही जमीनी स्वशासन के पक्ष में खड़े लोगों ने स्थानीय नगरी स्वशासन के साथ सौतेला व्यवहार किया। इसी परिप्रेक्ष्य में 74वां संविधान संशोधन विधेयक 1992 में पारित कर उसे विधिपूर्वक 1 जून 1993 से लागू किया गया। इसके माध्यम से शहरी निकायों को वास्तविक अधिकार प्रदान करने की ठोस व्यवस्था की गई है।

74वें संविधान संशोधन की विशेषताएं

1. स्थानीय नगर निकाय प्रशासन को संवैधानिक दर्जा प्रदान किया गया है। त्रि-स्तरीय व्यवस्था के अंतर्गत बड़े क्षेत्रों के लिए नगर निगम छोटे क्षेत्रों के लिए नगर पालिका (या नगर परिषद) तथा गांवों से शहरों में तब्दील हो रहे कसबाई क्षेत्रों के लिए नगर पंचायत की व्यवस्था की गई है। ''स्थानीय सरकार'' राज्य का विषय होने के कारण स्थानीय नगर निकायों के काम-काज व तौर-तरीकों को निर्धारित करने का काम संबंधित राज्य विधानसभा पर छोड़ दिया गया है। संसद ने सिर्फ मोटे तौर पर एक मार्गदर्शक रूपरेखा सामने रखने की कोशिश की है।

2. लोकसभा व विधानसभा की भांति नगरीय निकायों के लिए प्रत्यक्ष चुनाव की व्यवस्था की गई है। चुनाव कराने की जिम्मेदारी राज्य निर्वाचन आयोग के जिम्मे रखी गई है।

3. अनुसूचित जाति/जन जाति की महिलाओं सहित महिलाओं के लिए एक-तिहाई आरक्षण की व्यवस्था का प्रावधान किया गया है।

4. राज्य वित्त आयोग पर नगर (निगमों) निकायों की आर्थिक समर्थता को सुनिश्चित करने की जिम्मेदारी सौंपी गई है। नगर निकायों की आर्थिक स्थिति को सुदृढ़ करने के लिए कराधानों तथा अनुदानों में बढ़ोत्तरी की गई है।

5. नगरी निकायों को 18 विषयों पर आर्थिक विकास तथा सामाजिक न्याय के लिए विविध योजनाओं व कार्यक्रमों को बनाने व लागू करने का अधिकार व समुचित शक्तियां दी गई हैं।

6. जिला योजना समिति तथा महानगरीय योजना समिति जैसी समितियों के गठन का प्रावधान किया गया है। इस प्रकार भारत में योजना को निचले स्तर तक विकेंद्रीकृत करने का प्रयास किया गया है।

7. नागरिकों के साथ अधिक निकटता के लिए वार्ड समितियों का गठन किया गया है।

कार्यात्मक विकेंद्रीकरण

73वें तथा 74वें संविधान संशोधन के लागू होने के पश्चात्, सहभागी विकास की इकाइयों एवं विकेंद्रित शासन को मजबूत करने हेतु कार्यात्मक विकेंद्रीकरण एक आवश्यक शर्त है।

अधिकार व कार्यों का हस्तांतरण

जहाँ तक शहरी निकायों व पंचायती निकायों के प्रत्येक स्तर पर अधिकारों व कामकाजों के हस्तांतरण का सवाल है तो हमें शहरी व ग्रामीण निकायों दोनों ही के तीनों स्तर पर कामकाज के वितरण की सही रूपरेखा नहीं मिलती है तथा उसमें कई कमियां व विसंगतियां मिलती हैं। इसमें कोई शक नहीं कि संविधान की ग्यारहवीं व बारहवीं अनुसूची में क्रमश: 29 व 18 विषयों को शामिल किया गया है। लेकिन प्रत्येक स्तर पर संपादित किए जाने वाले कामकाजों के वितरण पर असमंजस व अस्पष्टता की स्थिति विद्यमान है। हम देखते हैं कि पंचायती राज संस्थान तथा शहरी निकायों को सौंपे गए कामकाजों के बीच राज्यों के स्तर पर भारी असमानता व्याप्त है। अब तक के अनुभव से यह ज़ाहिर होता है कि जिला स्तर पर विभिन्न विभाग/एजेंसियां जिला अधिकारी/जिलाधीश (district collector/district magistrate) के पूर्ण निरीक्षण व नियंत्रण में ही कार्यक्रमों को लागू तथा अन्य कामकाज करते हैं। पंचायती राज संस्थान को नेपथ्य तक ही सीमित रह जाना पड़ता है।[8]

पंचायती राज संस्थानों के अधिकारों व कार्यों को लेकर तीन तरह के मॉडल्स सामने आते हैं।[9] *पहला*, वैसे राज्य जिन्होंने रूटीन तरीके से ग्यारहवीं अनुसूची में उल्लिखित विषय सूची को ध्यान में रखते हुए पंचायती राज संस्थानों के कार्यों, अधिकारों व गतिविधियों को निर्धारित करने की कोशिश की है। इन राज्यों की वार्षिक योजना बनाने, वार्षिक बजट तैयार करने, पंचायतों के निचले स्तर पर तैयार योजनाओं को अंतिम रूप देने तथा प्राकृतिक आपदा की स्थिति में मदद पहुंचाने जैसे कई अन्य काम भी इन स्थानीय निकायों को सौंपते हैं। असम, कर्नाटक, हरियाणा, पंजाब, राजस्थान व उत्तर प्रदेश जैसे राज्य इस वर्ग में आते हैं। उत्तर प्रदेश

में बिना धन के आबंटन के कामकाज सौंप दिए गए हैं। लेकिन केंद्र द्वारा प्रायोजित ''गरीबी हटाओ'' कार्यक्रमों के तहत धन उपलब्ध कराया जाता है।

इसका *दूसरा* मॉडल उड़ीसा, केरल, गुजरात, तमिलनाडु तथा पश्चिम बंगाल जैसे राज्यों में प्रचलित है। इन राज्यों में कार्यकलापों को इन दो वर्गों में विभाजित किया गया है। (i) अपरिहार्य कार्य तथा (ii) वैकल्पिक कार्य।

तीसरे मॉडल वर्ग में वैसे राज्य आते हैं जिन्होंने 11वीं अनुसूची को मार्गदर्शक मानते हुए अपनी सूची तैयार की है। इनमें आंध्र प्रदेश, मध्य प्रदेश, हिमाचल प्रदेश तथा महाराष्ट्र जैसे राज्य शामिल हैं।

इस प्रकार यह स्पष्ट है कि पंचायती राज संस्थान के कार्य-क्षेत्र को लेकर अनिश्चितता व अस्पष्टतता की स्थिति बरकरार है। प्रत्येक स्तर पर कार्य-विभाजन को निर्धारित न कर उसे राज्य सरकार के विवेक पर छोड़ दिया गया है। जिला, ब्लॉक व ग्राम स्तर में किसी को भी विविध विषयों के तहत विशिष्ट कामकाज नहीं सौंपे गए हैं। लेकिन केरल में कुछ हद तक विविध विषयों के अंतर्गत तीनों स्तरों पर कार्य-विभाजन व कार्य-आबंटन का प्रयास किया गया है।[10] मध्य प्रदेश के मुख्यमंत्री ने सही ही कहा कि '...जब तक संविधान को फिर से संशोधित कर ग्राम पंचायत, ब्लॉक पंचायत तथा जिला परिषद के हिस्से सौंपे गए कार्यों को स्पष्ट व विशिष्ट नहीं कर दिया जाता तब तक मुख्यमंत्री की कुर्सी पर बैठे व्यक्ति के हाथ में ही कठपुतली की डोर होगी और वही यह निर्णय करेगा किसे कितना, कब और क्या दिया जाए।'[11]

दूसरी ओर सभी बड़े राज्यों ने स्थानीय शहरी निकायों को निम्न जिम्मेदारियां आबंटित की हैं:

(i) लोक स्वास्थ्य, साफ-सफाई, संरक्षण तथा ठोस (कूड़ा-करकट प्रबंधन) (solid waste management) (बारहवीं अनुसूची का मद 18, 7वीं अनुसूची में राज्य सूची का मद 6)

(ii) पार्क, उद्यान तथा खेल मैदान जैसी शहरी सुख-सुविधाएं (12वीं अनुसूची का मद 12, 7वीं अनुसूची के अंतर्गत राज्य सूची का मद 18 तथा समवर्ती सूची (concurrent list) का मद 20)

(iii) कब्रिस्तान, श्मशान घाट, विद्युत शवदाह गृह (7वीं अनुसूची का मद 14)

(iv) जन्म व मृत्यु जैसे महत्त्वपूर्ण पंजीकरण (12वीं अनुसूची का मद 16, 7वीं अनुसूची का मद 30) तथा

(v) कसाई घरों (slaughter houses) तथा चर्मशोधन केंद्रों (tanneries) का नियमन (12वीं अनुसूची का मद 18, 7वीं अनुसूची में राज्य सूची का मद 15)।

जहाँ अंतिम के दो सिर्फ नियमात्मक प्रवृत्ति वाले हैं वहीं बीचवाला महानगरों में एक गंभीर समस्या है।[12]

लगभग सभी राज्यों ने अपने स्थानीय शहरी निकायों को निम्न जिम्मेदारियां सौंपी है:

(vi) शहरी वानिकी (urban forestry), पर्यावरण का संरक्षण तथा इसके विकास को बढ़ावा (12वीं अनुसूची का मद 8, 7वीं अनुसूची के अंतर्गत राज्य सूची का मद 6), दिल्ली एक बड़े अपवाद के रूप में

(vii) घरेलू औद्योगिक तथा व्यावसायिक उद्देश्यों के लिए जल की आपूर्ति (12वीं अनुसूची का मद 5 तथा 7वीं अनुसूची में राज्यसूची का मद 17) वृहत अपवाद - दिल्ली, आंध्र प्रदेश मुख्य रूप से हैदराबाद तथा मध्य प्रदेश

(viii) सड़क तथा पुल (12वीं अनुसूची का मद 4 तथा 7वीं अनुसूची में राज्य सूची का मद 13) वृहत अपवाद उत्तर प्रदेश तथा दिल्ली

(ix) मवेशी जलाशय तथा पशुओं के प्रति क्रूरता की रोकथाम। (12वीं अनुसूची का मद 15 तथा 7वीं अनुसूची में राज्य सूची का मद 15 तथा समवर्ती सूची का मद 17) बड़े अपवाद - आंध्र प्रदेश

(x) मार्ग - प्रकाशीकरण (street light), बस स्टॉप, तथा जन सुविधा जैसी लोक सुविधाओं की आपूर्ति (12वीं अनुसूची का मद 17, तथा 7वीं अनुसूची में राज्य सूची का मद 5 तथा समवर्ती सूची का मद 20) - बड़े अपवाद - आंध्र प्रदेश:[13]

कुछ अपवादों के साथ राज्यों ने निम्न जिम्मेदारियां भी आबंटित की हैं:

(xi) समाज के निम्न तबके तथा विक्लांगों व मानसिक रूप से असमर्थ व्यक्तियों का कल्याण (12वीं अनुसूची का मद 9 तथा 7वीं अनुसूची में राज्य सूची का मद 9 तथा समवर्ती सूची का मद 16) तथा

(xii) सांस्कृतिक, शैक्षणिक तथा भावात्मक पहलुओं का विकास व प्रोत्साहन (12वीं अनुसूची का मद 13 तथा 7वीं अनुसूची में राज्य सूची का मद 12/33 तथा समवर्ती सूची का मद 25)[14]

अत: यह स्पष्ट है कि शहरी निकायों के संबंध में भी कार्य-विभाजन की स्पष्टता को लेकर भारी दोष व्याप्त हैं। कई राज्यों में विधेयक की बजाय कार्यकारी अधिसूचना के जरिए अधिकारों व कार्यों को सौंपने के लिए हस्तांतरण का चलन है जिससे इसे पुन: वापस लेने या समाप्त करने का डर बना रहता है। कुछ राज्यों ने स्थानीय प्रकृति के कार्यक्रमों व योजनाओं को कोष व कर्त्ताधर्त्ताओं (functionaries) के साथ हस्तांतरित किया है। उन्होंने सैद्धांतिक रुख अपनाते हुए निरीक्षण व नियंत्रण की जिम्मेदारी जहां स्थानीय निकायों को सौंपी है वहीं नियुक्ति, बर्खास्तगी, प्रोन्नति/अवनति राज्य के अधीन बनाए रखी है, केरल ने अपने बजट का 40 प्रतिशत हिस्सा स्थानीय निकायों के साथ साझेदारी की है।[15]

वित्तीय विकेंद्रीकरण

इसके तहत स्थानीय निकायों को कर आरोपित करने तथा अन्य तरह के वित्तीय अधिकार सौंपे जाते हैं। वित्तीय अधिकारों का हस्तांतरण स्थानीय निकायों की वित्तीय स्थिति को जहां सशक्त करता है वहीं अंतत: यह स्थानीय निकायों की वित्तीय स्वायत्तता का सशक्त माध्यम भी बनता है। वित्तीय स्वायत्तता योजनाओं के निर्माण व कार्यान्वयन में स्थानीय निकायों को पूरी स्वतंत्रता का मार्ग प्रशस्त करता है। राज्य सरकारों द्वारा स्थानीय निकायों को वित्तीय अधिकारों का हस्तांतरण पंचायती राज व्यवस्था तथा स्थानीय नगरी प्रशासन के सुदृढ़ीकरण के लिए अत्यंत आवश्यक है। अपनी जरूरतों व संसाधनों के मुताबिक योजनाओं के निर्माण व उनके सफल कार्यान्वयन हेतु इन स्थानीय निकायों को वित्तीय स्वायत्तता देना अत्यंत आवश्यक है।

इसके तहत स्थानीय निकायों के द्वारा करों का संग्रह पंचायतों व नगरपालिकाओं द्वारा विभिन्न संपत्तियों का स्वामित्व, राज्य द्वारा धन का हस्तांतरण, पंचायतों व नगर निकायों का आपसी वित्तीय लेन-देन शामिल है।

वित्तीय आधार

अनुच्छेद 243M, अनुच्छेद 243 I तथा अनुच्छेद X के द्वारा पंचायती राज संस्थाओं तथा

नगरपालिकाओं को कुछ विषयों के तहत कर आरोपित करने व संग्रह करने का अधिकार दिया गया है। इन प्रावधानों से पंचायती राज संस्थाओं का सशक्तीकरण कुछ हद तक संभव हो पाया है। इसके अलावा प्रत्येक पांच साल में राज्य वित्तीय आयोग के गठन का भी प्रावधान किया गया है। वित्तीय आयोग राज्यपाल को पंचायती निकायों व नगरपालिकाओं के वित्तीय स्रोतों के बारे में सुझाव व संस्तुतियां प्रस्तुत करेगा तथा राज्य सरकार की यह जिम्मेदारी होगी कि वह इसे लागू करे।

यह महसूस किया गया है कि मोटे तौर पर वित्तीय पहलू में कोई अधिक प्रभावी सुधार नहीं हुआ है। ये स्थानीय निकाय अभी भी कमोबेश पूर्णत: राज सरकार के अनुदानों पर आश्रित हैं। इसके अलावा, अधिकतर राज्यों ने पंचायती राज संस्थाओं व नगरपालिकाओं को आबंटित या हस्तांतरित किए जाने वाले सारे विषयों के तहत धन के हस्तांतरण का काम पूरा नहीं किया है। यद्यपि इन स्थानीय निकायों को कुछ हद तक तथा कुछ विषयों के तहत करों को आरोपित करने व संग्रह करने का अधिकार दिया है लेकिन करों के आनुपातिक बंटवारे को लेकर अभी अस्पष्टता व्यापत है। यही कारण है कि तत्कालीन, प्रधानमंत्री अटल बिहारी वाजपेयी ने 4 अक्टूबर 2002 को संविधान में संशोधन की आवश्यकता पर जोर दिया ताकि स्थानीय निकायों की वित्तीय व प्रशासनिक स्थिति को सुदृढ़ किया जा सके जो अभी भी आर्थिक स्रोतों के अभाव में तंगी का शिकार बने हुए हैं।

यद्यपि यह संतोष की बात है कि कई राज्य सरकारों ने राज्य वित्तीय आयोग का गठन कर उसकी संस्तुतियों को लागू करने का काम शुरू कर दिया है। विशेष रूप से केरल, पश्चिम बंगाल तथा कर्नाटक में यह काम अधिक उल्लेखनीय रूप से हुआ है। केरल में पंचायतों को पूरे योजना-खर्च का 35 से 40 प्रतिशत अनुदान के रूप में दिया जाता है। 1996-97 से सरकार ने साहसिक कदम उठाते हुए जिला परिषद को और अधिक तथा एकमुश्त धन हस्तांतरित करने का काम शुरू किया है। सामान्य वर्ग के अधीन धनों को ग्राम, ताल्लुक तथा जिला पंचायतों के बीच 70:15:15 के अनुपात में वितरित किया जाता है। पश्चिम बंगाल में यह अनुपात 50:20:30 है। जबकि कर्नाटक में यह 25:35:40 है।[16]

अत: यह स्पष्ट है कि स्थानीय निकायों की वित्तीय स्वायत्तता पर अभी भी प्रश्नचिह्न बना हुआ है तथा वह अत्यंत सीमित अवस्था में है। सिर्फ 40 प्रतिशत तक की वित्तीय स्वायत्तता हस्तांतरित की गई है। गुजरात, कर्नाटक, मध्य प्रदेश तथा महाराष्ट्र जिला परिषद को अच्छे-खासे धन का आबंटन करते हैं, लेकिन पंचायतों को लेकर अभी भी उनमें दुविधा बनी हुई है क्योंकि धन का आबंटन किसी विशेष कार्यक्रम या परियोजना के तहत ही होता है और राज्यों ने भी यद्यपि बहुत सारे अधिकारों का हस्तांतरण किया है लेकिन धन के आबंटन की कोई उत्साहजनक स्थिति दिखाई नहीं पड़ती है।

कार्यों के हस्तांतरण के समान ही धन के हस्तांतरण का काम भी कई राज्यों में नहीं हुआ है। वित्तीय विकेंद्रीकरण का काम बहुत ही सीमित व धीमा दिखाई पड़ता है। अधिकतर संसाधनों व धन का हस्तांतरण गरीबी उन्मूलन कार्यक्रमों तक सीमित रहता है। साथ ही कार्यान्वयन-निर्देशन का काम भी केंद्र व राज्य सरकार ही तय करती है। परिणामत: वित्तीय विकेंद्रीकरण का काम बहुत थोड़े राज्यों में ही हो पाया है। इन सब के बावजूद विकेंद्रीकरण

के फलस्वरूप स्थानीय निकायों की वित्तीय हालात में महत्त्वपूर्ण सुधार देखने को मिलते हैं। राज्य वित्तीय आयोग के गठन तथा स्थानीय कर प्रशासन के प्रावधान ने इन स्थानीय निकायों को काफी हद तक सशक्त बनाने का काम किया है। इसी प्रकार मतस्य केंद्रों, तालाबों, चारागाहों आदि जैसे लाभकारी परिसंपत्तियों के स्वामित्व के हस्तांतरण से इन स्थानीय निकायों को बहुत फायदा हुआ है। पूर्व में, वित्तीय संसाधनों के अभाव में ये स्थानीय निकाय अप्रभावी व अकुशल रूप से काम कर रहे हैं।[17]

वित्तीय क्षेत्रों में विकेंद्रीकरण के प्रभाव को इस तथ्य से समझा जा सकता है कि ग्यारहवें वित्त आयोग की संदर्भ-शर्त्तों (terms of reference – TOR) के तहत पहली बार अध्यक्षीय (राष्ट्रपति) आदेश के तहत एक वित्त आयोग के गठन व उसके द्वारा राज्यों व फिर राज्यों द्वारा स्थानीय निकायों को धन के हस्तांतरण हेतु संस्तुतियां सुझाने को अनिवार्य किया गया। तदनुसार ग्यारहवें वित्त आयोग ने पांच वर्षों की अवधि में (2000-01 से 2004-05 में) पंचायतों को 1600 करोड़ तथा नगरपालिकाओं को 400 करोड़ के अनुदान देने की मांग की। इसी प्रकार बारहवें वित्त आयोग ने 2005-2010 की अवधि के दौरान राज्यों की समेकित जमा-पूंजी को समृद्ध बनाने तथा स्थानीय निकायों के संसाधनों में से वृद्धि को सुनिश्चित करने के लिए पंचायतों को 20,000 करोड़ तथा नगरपालिकाओं को 5,000 करोड़ देने की मांग की। यह स्थानीय निकायों की वित्तीय स्वायत्तता की दिशा में एक स्वागत-योग्य कदम है।

अतः विकेंद्रीकरण की प्रक्रिया को सफल, सुचारू व ठोस बनाने के लिए कार्यात्मक व वित्तीय दोनों तरह की स्वायत्तता को सुनिश्चित करना आवश्यक है। इस संबंध में स्थानीय नगर निकाय अधिक बेहतर स्थिति में है। मध्य प्रदेश, केरल व महाराष्ट्र जैसे राज्यों में जहाँ ग्रामीण विकेंद्रीकरण अपेक्षाकृत बेहतर है। वहीं तमिलनाडु, महाराष्ट्र व गुजरात जैसे राज्यों में नगरी विकेंद्रीकरण पर अधिक ठोस काम हुआ है। वित्तीय अधिकारों के हस्तांतरण को कार्यात्मक जिम्मेदारी के साथ जोड़ने की जरूरत है। व्यावहारिक स्तर पर इन दोनों के बीच बहुत बड़ा असंतुलन कायम है। परिणामतः स्थानीय स्तर के प्रदर्शन की गुणवत्ता पर खासा असर पड़ा है और वित्तीय अनुशासन व निष्पादन को भी सुनिश्चित नहीं किया जा सका है। स्थानीय निकायों के पास उपलब्ध आर्थिक स्त्रोत उनकी जरूरत के एक हिस्से को पूरा करने में ही समर्थ होते हैं। परिणामस्वरूप वे ऊंचे स्तर के सांगठनिक व सरकारी निकायों पर अपनी वित्तीय आवश्यकताओं की पूर्ति के लिए बाध्य होते हैं।[18] यद्यपि लगभग सभी राज्यों व संघ क्षेत्रों का यह दावा है कि उन्होंने सांविधानिक प्रावधानों को ध्यान में रखते हुए वित्तीय व कार्यात्मक दोनों ही तरह के अधिकारों का कमोबेश हस्तांतरण कर दिया है या उसकी प्रक्रिया में हैं लेकिन स्थानीय ग्रामीण व शहरी निकायों के हिस्से में सामान्यतः केवल पारंपरिक किस्म के कार्य ही आए हैं।[19] विकेंद्रीकरण केवल विविध अधिकारों का हस्तांतरण मात्र नहीं है वरन इसका सही अर्थ संघीय स्वायत्तता तथा आर्थिक विकास की सुनिश्चितता में निहित है। इस प्रकार वित्तीय तथा कार्यात्मक विकेंद्रीकरण लोकतांत्रिक विकेंद्रीकरण के दो महत्त्वपूर्ण पहलू हैं।

निष्कर्ष: 73वें तथा 74वें संविधान संशोधन 1993 के पारित होने के बाद से विकेंद्रीकरण की प्रक्रिया अपने मार्ग पर अग्रशील है। नई व्यवस्था के तहत लगभग सभी राज्यों में पंचायतों

व नगरपालिकाओं के त्रि-स्तरीय व्यवस्था के गठन का प्रावधान किया गया है। इसके तहत सभी राज्यों में चुनाव भी समय-समय पर संपन्न होते रहे हैं। पंचायतों व नगरपालिकाओं को कार्यों व धन के हस्तांतरण हेतु राज्यों ने कई कदम भी उठाए हैं। इन सब के बावजूद जमीनी स्तर पर पंचायतों व नगरपालिकाओं को शासन-प्रशासन के स्तर पर कई कठिनाइयों का सामना करना पड़ रहा है। वे दंतहीन, अक्षम व असमर्थ बने हुए हैं। अनुभव की तालीम है कि पंचायतों व नगरपालिकाओं को सशक्त व प्रभावी बनाने के लिए विश्वसनीय व ठोस कदम उठाए जाएं। इसकी जरूरत बार-बार कई स्तरों पर रेखांकित की जाती रही है और इस प्रक्रिया में राज्य की भूमिका बहुत महत्त्वपूर्ण व निर्णायक है। यद्यपि विकेंद्रीकरण की प्रक्रिया के तहत स्थानीय मामलों के प्रबंधन की जिम्मेदारी स्थानीय निकायों पर होगी लेकिन राज्यों को नीति व कार्यक्रम हस्तक्षेप के माध्यम से नीतिगत व विधिगत ढांचों के निर्माण तथा आधारभूत संरचनाओं के विकास में महत्त्वपूर्ण भूमिका निभानी होगी। लोगों का सशक्तीकरण कार्य व धन का हस्तांतरण, पारदर्शिता, जबावदेही, योजना इकाई तथा डिलिवरी (delivery) व्यवस्था जैसे कई मुद्दे हैं जिन पर विशेष रूप से ध्यान देने की जरूरत है।

6.3 सामाजिक प्रशासन और सामाजिक सुरक्षा

सामाजिक कल्याण प्रशासन (social welfare administration) लोक प्रशासन की अपेक्षा एक नवीन शाखा है जो कल्याणकारी राज्य के साथ धीरे-धीरे अपने कार्यक्षेत्र को व्यापक करती जा रही है। 20वीं सदी के आरंभिक दशकों में विश्व के सभी पुलिस राज्य अपनी छवि कल्याणकारी राज्य में रूपांतरित करने में सफल रहे। इसके बाद कल्याणकारी राज्य व इसकी सांगठनिक संरचना ने अपने कार्यक्षेत्र का विस्तार अपने प्रत्येक नागरिक के सभी दैनिक कार्यों जैसे–शिक्षा, परिवार, उपभोक्ता, नौकरी, समाजिक व्यवहार और जनकल्याण एवं सामाजिक सेवा आदि पर अपना सक्रिय प्रभाव छोड़ना आरंभ कर दिया है।[20]

अब प्रत्येक नागरिक को राज्य द्वारा उचित जीवनयापन का आश्वासन अनिवार्य कर दिया गया है और समाज के कमजोर लोगों जैसे–विकलांग, अनाथ बच्चे, निराश्रित वृद्ध, विधवाएँ और दलित-शोषित लोग आदि को सक्षम और समर्थ बनाने की पूर्ण जिम्मेदारी राज्य ने अपने कंधों पर ले ली है, ताकि इन लोगों के जीवन स्तर को बेहतर बनाते हुए स्वस्थ समतामूलक सामाजिक-आर्थिक-राजनीतिक वातावरण तैयार किया जा सके। वस्तुतः कालांतर में विश्व के सभी राज्यों ने पुलिसमैन अहस्तक्षेपवादी राज्य की भूमिका से बाहर निकलकर कल्याणकारी हस्तक्षेपवादी राज्य की भूमिका में रूपांतरित होने के लिए अपने प्रशासनिक और वैधानिक मंत्रालयों की संख्या में भी काफी विस्तार कर लिया है। इससे वह (राज्य) असक्षम व दलित-शोषित जरूरतमंद नागरिकों की ज़रूरतों व माँगों का सूक्ष्मता से परीक्षण करते हुए नीति-निर्माण करें और फिर उसे जमीनी स्तर पर सक्रिय रूप में अमलीजामा पहनाकर क्रियान्वित कर सके। जैसा कि यह सूची भी दर्शाती है:

1849-1982 के बीच केंद्रीय सरकारी विभागों व मंत्रालयों में वृद्धि

देश	1849	1982
फ्रांस	10	42
कनाडा	8	36
इटली	11	28
ब्रिटेन	12	22
डेनमार्क	8	20
स्वीडन	7	18
जर्मनी	12	17
नार्वे	7	17
बेल्जियम	6	15
फिनलैंड	11	15
ऑस्ट्रेलिया	7	14
अमेरिका	6	13
भारत	3-5	68-70 वर्तमान में

स्त्रोत:- स्टेट इन एडवांस्ट केपिटेलिस्ट सोसायटीज, जॉन एलन, पीटर ब्राह्म एवं पॉल लेविस, (संपादित), पॉलीटिकल एंड इकॉनोमिक फॉर्म्स ऑफ मॉडर्निटी, पॉलिटी एंड द ओपन यूनिवर्सिटी, 1993 पृष्ठ 72

जहाँ तक सामाजिक प्रशासन का स्वतंत्र शाखा के रूप में अस्तित्व का सवाल है तो इसके शुरूआती दौर 20वीं सदी के प्रारंभ में कुछ ब्रिटिश विश्वविद्यालयों ने सामाजिक कार्यकर्त्ताओं के अध्ययन के लिए इस विषय को अपनाया। इसके लिए 1901 में लंदन स्कूल ऑफ सॉशिओलोजी एंड इकॉनोमिक्स की स्थापना की गई जो 1912 में समाजशास्त्र विभाग बन गया। इसने ब्रिटेन के विभिन्न विश्वविद्यालयों में सामाजिक-कार्यकर्त्ताओं के लिए विभिन्न प्रशिक्षण कार्यक्रम व पाठ्यक्रम आरंभ किए और ब्रिटेन की भाँति विश्व के अन्य देशों ने भी सामाजिक-प्रशासन को विधा के रूप में मान्यता प्रदान करके अपने विश्वविद्यालयों में आरंभ कर दिया। पर इस आरंभिक दौर में यह सामाजिक प्रशासन की विडंबना ही रही कि इसे अन्य विधाओं से स्वतंत्र सामाजिक प्रशासन के रूप में सर्वसम्मत मान्यता नहीं मिली जिससे इसे अलग-अलग देशों में अलग-अलग नामों से संबोधित किया जाता रहा। पर संतोष की बात यह रही कि कमोबेश सभी देशों में इसके अर्थ, कार्यक्षेत्र, उद्देश्य और कार्यक्रम में समानता रही जो इस नवीन उपशाखा के लिए सकारात्मक रहा है।

अर्थ एवं परिभाषाएँ

सामाजिक प्रशासन से तात्पर्य राज्य के अशक्त, विक्लांग, दलित शोषित नागरिकों के सम्यक विकास से लिया जा सकता है जिसमें उनके स्वास्थ्य, शिक्षा, आवास, सांस्कृतिक सुविधाएँ, बच्चों की देखभाल व सरंक्षण, नारी उत्थान तथा वंचित वर्गो को सामाजिक-आर्थिक सक्षमता प्रदान करना भी शामिल है। विकास के साथ-साथ इनकी गरिमा और सम्मान व समानता का

सामाजिक-आर्थिक अहसास भी राज्य प्रशासन द्वारा प्रदान करने में राज्य की अहम भूमिका होनी चाहिए। जॉन केरियर एवं इयान केंडल के अनुसार, 'सामाजिक प्रशासन समूह प्रशासन का ही एक अंग है। सामाजिक प्रशासन से तात्पर्य उन सामाजिक नीतियों, कार्यक्रमों तथा सेवाओं से लिया जा सकता है जो सामान्य व्यक्ति और परिवार की असक्षमताओं को रोकने और उनके कल्याण के लिए उचित अवसर उपलब्ध कराने के लिए संचालित की जाती हैं।'

एंथोनी फॉर्डर के अनुसार, सामाजिक प्रशासन कल्याणकारी व्यवस्था के क्रमबद्ध एवं व्यवस्थित अध्ययन से संबंधित है, विशेषकर सरकार द्वारा प्रायोजित सामाजिक सेवाएँ इसमें शामिल होती हैं।

जबकि रिचर्ड टिटमस ने इसे अधिक स्पष्ट शब्दों में परिभाषित करने की कोशिश की है। उनके अनुसार, सामाजिक प्रशासन को वृहत स्तर पर उन सामाजिक सेवाओं के अध्ययन के रूप में परिभाषित किया जा सकता है जिनका उद्देश्य परिवार या समूह के संबंधों में व्यक्ति के जीवन की हीन अवस्थाओं को सुधारना है जिससे इन सेवाओं के ऐतिहासिक विकास का अध्ययन किया जाता है और संवैधानिक एवं ऐच्छिक संगठनों, गैर सरकारी संगठनों तथा सामाजिक कार्य के नैतिक मूल्यों एवं आस्थाओं का मूल्यांकन किया जाता है। इसमें इन सेवाओं के कार्य आर्थिक पहलू और सामाजिक प्रक्रिया में इनके आपसी सहयोग का अध्ययन किया जाता है। इसमें विभिन्न सामाजिक सेवाएँ प्रदानकर्त्ता प्रशासन तंत्र एवं संगठनों का भी विशेष अध्ययन किया जाता है। इतना ही नहीं सामाजिक प्रशासन में सेवित व्यक्तियों की जीवन आवश्यकता, पारिस्थितिकीय, आपसी संबंधों और इनके और प्रशासनिक संगठनों के बीच आपसी सहयोग व सौहार्द का भी अध्ययन किया जाता है।[21] जॉन किड़ने के शब्दों में, सामाजिक नीतियों को मूर्त समाज सेवाओं में रूपांतरित करने तथा संशोधित करने में अनुभव का प्रयोग करना ही सामाजिक प्रशासन है।[22]

डी.वी. डॉनीसन सामाजिक प्रशासन के बारे में कहते हैं कि जहाँ एक ओर सीमित अर्थ में सामाजिक प्रशासन, सामाजिक सेवाओं के विकास, संरचना एवं व्यवहारों का अध्ययन है, वहीं दूसरी ओर अपने व्यापक अर्थ में यह दर्शन सहित सभी सामाजिक विधाओं को रूपांतरित करते हुए सामाजिक समस्याओं के विश्लेषण एवं समाधान खोजना है।[23]

ऐसी ही परिभाषा वी. जगन्नाथन करते हैं, 'सामाजिक प्रशासन, वृहत अर्थ में नियामकीय, विकासपरक तथा कल्याण से संबंधित है, जबकि संकुचित अर्थ में यह सामाजिक विधानों के क्रियान्वयन से संबंधित माना जा सकता है।'

मगर इन सबसे अलग वॉल्टर फ्रीडलैंडर सामाजिक प्रशासन के बारे में मानते हैं कि, 'राजकीय अभिकरणों में सामाजिक कल्याण प्रशासन सामाजिक प्रबंधन को कार्यान्वित करता है और विधि, नियमों और विनियमों को नागरिकों (सामान्य लोगों) के लिए सेवाओं में लागू करता है। यह मानवतावादी एवं धार्मिक प्रकृति के अन्य निजी सामाजिक अभिकरणों तथा गैर-राजकीय संगठनों द्वारा संस्थानों के विशेष लक्ष्यों को कार्यरूप में लागू करता है।'[24]

महादेव प्रसाद शर्मा के विचार में लोक कल्याण प्रशासन केवल वर्तमान सभ्य जीवन का संरक्षक ही नहीं है, बल्कि वह सामाजिक परिवर्तन तथा सुधार संशोधन करने वाला तंत्र भी

है। वह एक ऐसी गतिशील शक्ति है जो जनता की इच्छा का अनुसरण करने के साथ ही साथ उसका मार्गदर्शन भी करता है।[25]

अत: विकासशील राष्ट्रों के संदर्भ में सामाजिक प्रशासन की सर्वसम्मत परिभाषा एवं अर्थ प्रदान करने के लिए 1964 में दिल्ली में "विकासशील राष्ट्रों में सामाजिक प्रशासन गोष्ठी" आयोजित की गई जिसमें स्पष्ट तौर पर तीन बिंदुओं को रेखांकित किया गया-

प्रथम सामाजिक प्रशासन एक विशिष्ट विषय नहीं है, बल्कि यह अध्ययन का बहु-अनुशासनात्मक क्षेत्र है।

दूसरा सामाजिक प्रशासन के अध्ययन का क्षेत्र आवश्यक रूप से उन वैधानिक प्रावधानों से संबंधित है जो समाज कल्याण के उद्देश्य को ध्यान में रखकर गठित किए गए हैं।

तीसरा उन वैधानिक प्रावधानों कल्याणकारी नियमों का लक्ष्य आवश्यकताओं की पूर्ति से संबंधित है—वस्तुत: व्यष्टि सामाजिक सेवाओं तथा जन-सेवाओं में विभाजक रेखा खींची गई है जो व्यापक स्तर पर समुदायों को अत्यधिक लाभ पहुँचाने का मार्ग प्रशस्त करती है।[26]

अत: सामाजिक प्रशासन का उद्देश्य प्रत्येक नागरिक को साथ लेकर चलने के नियम से प्रेरित है जहाँ प्रत्येक नागरिक को उसके सर्वांगीण विकास के संसाधन और उचित मानवीय नागरिक समाज में उसकी गरिमामयी भागीदारी प्राप्त हो सके और वहीं हर्बर्ट स्पेंसर के इस नियम की पूर्णत: अनदेखी कर दी जाए कि सर्वोत्तम को ही जीवन का अधिकार है और राज्य को केवल उन्हीं के विकास में अपनी ऊर्जा खर्च करनी चाहिए। इसके विपरीत सामाजिक प्रशासन दलित शोषितों को संबल प्रदान करते हुए सामाजिक लोकतंत्र की स्थापना का उद्देश्य रखता है जहाँ सामाजिक न्याय, समानता, शोषण व अत्याचारमुक्त नागरिक समाज, अशक्त एवं कमजोर लोगों के कल्याण के लिए भौतिक साधनों के साथ-साथ मनोवैज्ञानिक व मानसिक समृद्धि तथा प्रत्येक नागरिक को व्यक्तिगत गरिमा व स्वाभिमानपूर्ण जीवन जीने के लिए उचित सामाजिक, राजनीतिक, आर्थिक, सांस्कृतिक वातावरण तैयार करना अति महत्त्वपूर्ण दायित्व है।

सामाजिक प्रशासन की प्रकृति एवं क्षेत्र

विधा के रूप में सामाजिक प्रशासन की प्रकृति और क्षेत्र अभी उस अवस्था में नहीं पहुँच पाए हैं जहाँ इसकी प्रकृति संबंधी सारी सूचनाएँ स्पष्ट की जा सकें। अलग-अलग राज्यों में सामाजिक प्रशासन भिन्न कार्यक्षेत्र और प्रकृति पाता है और फिर भी कुछ बिंदुओं का सामान्यीकरण तो किया जा सकता है जो निम्नलिखित हैं:

शोधक नवीन विधा: लोक प्रशासन की अपेक्षा सामाजिक प्रशासन अभी अपनी शैशवावस्था में है जहाँ इसकी मान्यताएँ, क्षेत्र, प्रकृति, सांगठनिक संरचना और सिद्धांत अभी निश्चित एवं आश्वस्त नहीं हो पाए हैं जिससे कोई निश्चित अनुमान और भविष्यवाणी की जा सके[27] वस्तुत: इस कमी को पूरा करने के लिए प्रत्येक राज्य अपने यहाँ सामाजिक कल्याण प्रशासन संबंधी शोधपरक संस्थाएँ स्थापित करते रहते हैं जैसे 1912 में अमेरिका ने समाज शास्त्र विभाग और 1936 में भारत के बंबई में समाज कार्य संबंधी सर दोराबजी टाटा ग्रेजुएट स्कूल की स्थापना की गई जो अब टाटा इंस्टीट्यूट ऑफ सोशल साइंस के नाम से जाना जाता

है। दिल्ली में 1954 में इंडियन इंस्टीट्यूट ऑफ पब्लिक एडमिनिस्ट्रेशन स्थापित किया गया है। हालांकि संपूर्ण विश्व में स्वतंत्र सामाजिक कल्याण प्रशासन संस्थान अभी इतनी भारी संख्या में स्थापित नहीं किए गए हैं जहाँ इसमें क्रांतिकारी परिवर्तन की उम्मीद की जा सके। ऐसा शायद इसलिए भी है, क्योंकि अभी तक सामाजिक कल्याण प्रशासन को लोक प्रशासन की एक उपशाखा के रूप में ही देखा जाता रहा है। यद्यपि इसका तात्पर्य यह नहीं है कि इसमें शोधपरक सामग्री का अभाव है।

निश्चितता का अभाव या परस्पर निरंतरता की खोज: सामाजिक प्रशासन में जन (सामाजिक) कल्याण की सामाजिक नीति और कार्यान्वयन महत्त्वपूर्ण होता है, किंतु सामाजिक कल्याण एक ऐसी जटिल शब्दावली है जो स्वयं में निश्चित परिभाषा की समस्या से ही जूझ रही है। जबसे विश्व में "हस्तक्षेपवादी" पुलिसमैन राज्य से रूपांतरित होकर कल्याणकारी राज्य की अवधारणा परिपक्व होती गई है तबसे जन समस्या और कल्याण की सीमा भी परस्पर व्यापक होती जा रही है। राज्य का स्वरूप व प्रकृति जैसे-जैसे कल्याणकारी हुई वैसे-वैसे राज्य के मंत्रालय उनका गठन व संरचना भी पेचीदा होती चली गई है।

यद्यपि भारत में समय के साथ मंत्रालयों की संख्या लगभग पूर्णतः बदलती रहती है। मगर भारत में सामाजिक कल्याण कार्यक्रम के लिए मुख्यतः (i) अनुसूचित जाति और जनजातियाँ, (ii) अल्पसंख्यक वर्ग, (iii) विक्लांग व्यक्ति वर्ग, (iv) महिलाएँ और बच्चे, (v) वृद्ध लोग और, (vi) पिछड़ी जातियों का वर्ग है।[28] दया कृष्ण मिश्र के अनुसार, 'भारत जैसे अर्द्धविकसित देश में सामाजिक प्रशासन अनेक समस्याओं के जाल में गुथा हुआ है। यहाँ सत्ता का विकेंद्रीकरण किया गया है, किंतु उपयुक्त परंपराओं के अभाव में सही प्रशासनिक संरचना और व्यवहार नहीं होता है।[29] फिर भी इनके समाधान के लिए निरंतर एकरूपता बनाने की लगातार कोशिश की जा रही है जिससे एक सीमा तक तो निरंतरता का अभाव समाप्त होता जा रहा है और एकरूपता में वृद्धि हो रही है।

विधायी आधार पर प्रभावी बनाने में इरादतन कमी: अक्सर देखा जा सकता है कि विकसित देशों में प्रशासन एक सीमा तक नियमबद्ध और विधायी आधार पर लिपिबद्ध हो गए हैं। यद्यपि सुधार की गुंजाइश फिर भी बनी रहती है। विकासशील देशों में तो सामाजिक प्रशासन विधायी आधार पर पूर्णतः लिपिबद्ध भी नहीं हो पाए हैं। दया कृष्ण मिश्र कहते हैं, 'भारत में स्थिति यह है कि अनेक विभाग एवं निदेशालय बिना किसी विधायी आधार के समाज कल्याण कार्यक्रमों को संपन्न करने लगते हैं।'[30] इसके पीछे यह कारण भी हो सकता है कि पहले तो सामाजिक प्रशासन अपना दायरा स्थानीय स्तर से लेकर राष्ट्रीय स्तर पर फैला चुका था, किंतु यह अब राष्ट्र राज्य के दायरे को लाँघते हुए अंतर्राष्ट्रीय स्तर पर फैल चुका है जैसे, यूनीसेफ, यूनेस्को और अंतर्राष्ट्रीय गैर-सरकारी संगठन आदि। यद्यपि जब यह किसी राज्य को आर्थिक सहायता प्रदान करते है तो यह उस संगठन से उम्मीद करते हैं कि वह प्रशासनिक संगठन औपचारिक वैधानिक सीमाओं से परे जाकर कार्य करे और संगठन की सामाजिक कल्याण नीति को उद्देश्यपरक बनाते हुए समय सीमा में लागू करे। इसके विपरीत सरकारी संगठन अक्सर इनके साथ सामंजस्य बनाने में पीछे रह जाते हैं जिसका महत्त्वपूर्ण कारण नौकरशाही का वैधानिक आडंबरपूर्ण कठोर व्यवहार और योजनाओं को लागू करने में

अफसरशाही का इरादतन ढीला होना महत्त्वपूर्ण कारण होते हैं जैसे अनुसूचित जाति व जनजातियों का नियत समय सीमा में प्रशासनिक व शैक्षिक संस्थानों में आरक्षण के आधार पर भर्ती न किया जाना।

मानवतावादी दृष्टिकोण: सामाजिक प्रशासन का सबसे महत्त्वपूर्ण कार्यक्षेत्र मानवतावादी दृष्टिकोण है जैसा कि मिरियम वाटर्स भी मानते हैं, सामाजिक प्रशासन का कार्यक्षेत्र पूर्णत: अंतर्जातीय (किसी भी भेदभाव से निष्पक्ष) और अंतर्राष्ट्रीय है और इसकी प्रविधियाँ संपन्न और सुखी लोगों के साथ-साथ, दुखी और अपंग लोगों की मानवीय समस्याओं के समाधान के लिए उपयोगी भूमिका का निर्वाह करती हैं।[31] सामाजिक प्रशासन यह माँग करता है कि प्रशासन की औपचारिकताओं, नियमों से परे जाकर मानव सेवा को सर्वोच्च वरीयता दी जानी चाहिए। टी. एस. सिमे के अनुसार, 'सामाजिक प्रशासन के कार्यों में अत्याधिक लोचशीलता होनी चाहिए, जिससे यह परिस्थितियों के अनुकूल हो और लोगों की भावनाओं और आवश्यकताओं के प्रति सहानुभूति प्रकट करता हो और साथ ही जनमत के प्रति जवाबदेह एवं सजग हो।[32]

सामयिक प्रशासनिक संगठनों का आद्योपांत: सामाजिक प्रशासन की विषयवस्तु मानवीय समाज है और प्रत्येक मानवीय समाज राज्य के साथ परस्पर संपर्क क्रिया करता है जिससे लाजमी है कि राज्य की प्रकृति और विचारधारा समाज को भी अपने प्रभाव में ले लेती है जैसे 21वीं सदी में विश्व के सभी राष्ट्र-राज्य उदारीकरण, निजीकरण और भूमंडलीकरण से संचालित हो रहे हैं तो फिर सामाजिक प्रशासन की जिम्मेदारी और गहन हो जाती है, क्योंकि उसे अब यह बार-बार सूक्ष्म निरीक्षण करना पड़ेगा कि दलित-शोषित, अपाहिज-लोग, महिलाएँ, बच्चे और वृद्ध इस अंधी दौड़ में कहीं पीछे न छूट जाएँ। वस्तुत: सामाजिक प्रशासन को समाज कल्याण विभाग, बोर्ड और संगठन को आद्योपांत करना अति महत्त्वपूर्ण हो जाता है। इस बारे में जगन्नाथन का भी यही मानना है कि समाज कल्याण संगठनों में तदर्थ विकास की सामाजिक परीक्षा होती रहनी चाहिए तथा समाज कल्याण संबंधी विभागों के पुनर्गठन का औचित्य परखते रहना चाहिए।[33]

सरकारी और निजी सामाजिक प्रशासन का सामंजस्यपूर्ण प्रबंधन: समाज कल्याण के उद्देश्य की दिशा में यह महत्त्वपूर्ण कदम है कि वर्तमान में सरकारी और निजी सामाजिक प्रशासन दोनों जन कल्याण के लिए लगातार कार्य कर रहे हैं, लेकिन समस्या उस समय ज्यादा गहन रूप धारण कर लेती है जब सरकारी और निजी क्षेत्र आपस में सहयोग और सामंजस्यपूर्ण प्रबंध न की अपेक्षा पृथक व स्वायतत्ता से काम करते हैं। सरकारी क्षेत्र में कार्यरत अफसरशाही हमेशा ही अपनी श्रेष्ठता और सरकारी प्रभाव का लाभ लेती है, और अपनी विशेषज्ञ की भूमिका को श्रेष्ठ मानती है, जबकि निजी व गैर-सरकारी संगठन इसके विपरीत दावा करते हैं। विशेषज्ञ न होने के बावजूद वे जमीनी स्तर की सूचना व आँकड़े, लोगों की तत्कालीन आवश्यक मांगें और उनके साथ आसानी से घुलने-मिलने के कारण ज्यादा प्रभावी और महत्त्वपूर्ण नीति-निर्माण, कार्यान्वयन सेवाओं का वितरण अधिक प्रभावी और मानवीय जरूरत--(मनोवैज्ञानिक व शारीरिक दोनों की पूर्ति) के हिसाब से आसानी से कर सकते हैं। वस्तुत: वह सामाजिक प्रशासन की सामंजस्यता का हल आसानी से खोज लेते हैं। हेराल्ड लास्की का

भी मानना है कि, कल्याणकारी राज्य में प्रशासकों को विशेष की अपेक्षा सामान्य संबंध से काम लेना चाहिए और अपनी सच्चरित्रता का सर्वाधिक प्रयोग करना चाहिए[34] और अपने काम में लगातार लचीलापन और सामंजस्यपूर्ण प्रबंधन पर ध्यान केंद्रित करना चाहिए। अतः सरकारी और निजी दोनों ही संगठनों के मिलकर काम करने से ज्यादा पारदर्शिता, लचीलापन, नियत समय में कार्यान्वयन, जमीनी स्तर पर सशक्त उपलब्धि देखी गई है। इससे जनकल्याण की भावना के प्रति आम नागरिकों का लगाव भी लगातार बढ़ा है और जनसहभागिता का दायरा भी बढ़ा है।

सामाजिक प्रशासन के सिद्धांत

सामाजिक प्रशासन अभी तक सिद्धांत निर्माण की प्रक्रिया से ही गुजर रहा है। सामाजिक प्रशासन लोक प्रशासन की शाखा है तो यह लाजमी हो जाता है कि प्रशासनिक सिद्धांतवेत्ता लोक प्रशासन के अधीन ही सामाजिक प्रशासन के सिद्धांत खोजते हैं। पर सामाजिक प्रशासन धीरे-धीरे अपना सीमा विस्तार समाज कार्य के आधारभूत मूल्यों के माध्यम से कर रहा है, जिसे फ्रिडलैंडर ने सामाजिक प्रशासन में स्थापित करने की सफल कोशिश की है और जिसके उन्होंने पाँच सिद्धांत बनाए हैं।[35] यह पाँच सिद्धांत इस प्रकार हैं:

व्यक्ति की अंतर्निहित उपयोगिता, सत्यनिष्ठा एवं गरिमा में विश्वास: सामाजिक प्रशासन प्रत्येक व्यक्ति के व्यक्तित्व निर्माण की गारंटी देता है जिसकी प्राप्ति के लिए वह पूर्णतया समतामूलक समाज निर्माण पर जोर देता है, ताकि प्रत्येक व्यक्ति के साथ बिना किसी जाति, धर्म, रंग, वंश, लिंग या क्षेत्रीय भेदभाव के व्यवहार हो सके। सामाजिक प्रशासन सकारात्मक रूप से व्यक्तिगत आधार पर व्यक्ति के गुण पहचानने में उसे प्रोत्साहित करे, जिससे उसमें अपने गुणों के प्रति सकारात्मक दृष्टिकोण विकसित हो और असक्षमता एवं उचित अवसर के अभाव से निजात पाकर दोनों में सामंजस्य स्थापित हो सके। इससे वह व्यक्ति स्वयं के लिए गरिमा महसूस करेगा और समाज भी उसे उचित प्रतिष्ठा प्रदान करने में पूरी मदद देगा। इससे प्रत्येक व्यक्ति के मस्तिष्क में स्वयं और समाज के प्रति अपनत्व की भावना विकसित होगी। यदि सामाजिक प्रशासन ऐसा करने में असफल रहता है तो वह अपना महत्त्व एवं प्रासंगिकता खो देगा। सामाजिक प्रशासन अपना कार्य करने के लिए मुख्यतः तीन प्रकार से कार्य करता है– (i) सामाजिक व्यक्ति कार्य, (ii) सामाजिक समूह कार्य और (iii) सामुदायिक सांगठनिक कार्य।

व्यक्ति को आत्म सहायता और आत्म निर्णय का अधिकार: सामाजिक प्रशासनिक संस्था एवं सामाजिक अभिकर्ता को हमेशा शोषित एवं पीड़ित व्यक्ति की सहायता करने में सकारात्मक और नम्रतापूर्ण व्यवहार का प्रदर्शन करना चाहिए। चूँकि प्रत्येक व्यक्ति अपने निर्णय स्वयं लेना चाहता है फिर चाहे वह गलत ही क्यों न हो, लेकिन सामाजिक संस्था एवं अभिकर्त्ता को अपना कर्तव्य निभाते हुए उस व्यक्ति विशेष की समस्या और उसके हल के प्रति उसे जागरूक कर उसका उचित मार्गदर्शन करना चाहिए। लेकिन उसे यह काम बड़ी ही सावधानी से करना होगा, कहीं वह उसका मार्गदर्शन करते वक्त निर्णयकर्त्ता बनने की कोशिश न करे बैठे। इसे कोई भी सेवित अपने आत्म विश्वास और व्यक्तिगत स्वतंत्रता पर कुठाराघात समझेगा जिससे या तो वह संबंधित संस्था या कार्यकर्त्ता का सहयोग नहीं लेगा या

फिर वह उनसे पूर्णतः सहयोग नहीं करेगा और दोनों ही परिस्थितियाँ सामाजिक प्रशासन के उद्देश्य प्राप्ति में हानिकारक होंगी। फ्रीडलैंडर के अनुसार, 'समाजसेवी को यह समझ लेना चाहिए कि सेवित व्यक्ति की आर्थिक और मनोवैज्ञानिक-सामाजिक स्थिति में परिवर्तन केवल तभी हो सकता है जब उसे स्वयं की सहायता करने में सहायता दी जाए।'[36] अतः व्यक्ति को आत्मनिर्भर बनाया जाए।

सभी के लिए समान अवसर: सामाजिक प्रशासन सभी व्यक्तियों के विकास के लिए समान अवसर नियमबद्ध ही न करे, बल्कि एक सामाजिक लोकतांत्रिक परंपरा को विकसित भी करे। जहाँ किसी भी व्यक्ति की प्रशासनिक संस्थाओं में भर्ती बिना किसी भेदभाव के हो और फिर यह प्रशासनिक सामाजिक अभिकर्त्ता भी इसी परंपरा को जमीनी स्तर पर कार्यान्वित करने की पूरी कोशिश करे। ऐसा फ्रीडलैंडर भी मानते हैं कि, 'सामाजिक सेवाएँ किसी जाति, धर्म तथा वर्ग के भेदभाव के बिना सभी को उपलब्ध होनी चाहिए।'[37] ऐसा करने से व्यक्तिगत एवं सामाजिक-सामूहिक आधार पर सेवित और सामाजिक कार्यकर्त्ता के बीच स्वस्थ संबंध विकसित होंगे और लोगों में भ्रातृत्ववाद की भावना विकसित होगी। इसमें व्यक्ति की सामाजिक सोच का भी विस्तार होगा। अतः कहा जाना चाहिए कि सामाजिक कार्यकर्त्ता को अपनी व्यक्तिगत पसंद, नापसंद और पूर्वाग्रह को त्यागकर सभी दमित व पीड़ित लोगों को अपनी भावनात्मक व अन्य सेवाएँ समान रूप से आंबटित करनी चाहिए।

व्यक्ति की स्वयं, परिवार और समाज के प्रति जिम्मेदारी: वास्तव में यह एक नैतिक सिद्धांत है जो व्यक्ति से यह मांग करता है कि व्यक्ति का व्यक्तित्व निर्माण समाज में ही पूर्ण होता है। जैसाकि अरस्तु कहते हैं कि मनुष्य एक सामाजिक प्राणी है तो फिर यह लाजमी हो जाता है कि व्यक्ति इस सामाजिक अन्तर्संबंध से एक जिम्मेदार और नैतिक व्यक्ति बनेगा जो स्वयं के व्यक्त्वि का तो विकास करेगा ही, किंतु अपने परिवार और समाज के प्रति अपने कर्त्तव्यों का भी निर्वाह करेगा और सभी लोगों के साथ मानवीय आधार पर परिवार कल्याण, समाज कल्याण और सामाजिक संस्थाओं एवं लोगों को पूर्ण सम्मान देगा, ताकि वह स्वयं भी आत्म-सम्मान, आत्म-निर्णय, व्यक्तिगत अधिकार और समान अवसर बिना किसी बाधा के प्रयोग कर सके।

मूल्य निरपेक्ष अभिवृत्ति दृष्टिकोण: यह अंतिम नियम व्यावसायिक सामाजिक कार्यकर्त्ता की योग्यता दर्शाता है। इसके अनुसार व्यावसायिक कार्यकर्त्ता की अपनी रुचि व अनुभव सेवित वर्ग के प्रति कितनी भी नकारात्मक क्यों न हो किंतु उसे मूल्य-निरपेक्ष एवं तटस्थ भाव से सेवा करनी चाहिए। यदि वह ऐसा नहीं करता तो वह समाज कल्याण और उसकी सेवा के प्रति न्यायोचित नहीं होगा और न ही वह सेवित व पीड़ित लोगों को प्रोत्साहित कर पाएगा, चूँकि ऐसी स्थिति में वह पीड़ित व सेवित को मनोवैज्ञानिक संतुष्टि प्रदान नहीं कर पाएगा।

6.4 कमजोर वर्गों के लिए सामाजिक सुरक्षा
Social protection for weaker section

भारत एक संघीय राज्य है जिसकी प्रकृति पुलिस राज्य के विपरीत जन कल्याणकारी राज्य की है। डी.डी. बसु के अनुसार 'राज्य का यह कर्त्तव्य होगा कि वह प्रशासन में विधि के निर्माण

में इन सिद्धांतों का अनुसरण करे। ये प्रजातांत्रिक संविधान के अधीन राज्य के उद्देश्य को समेटे हुए हैं अर्थात् उसे कल्याणकारी राज्य होना चाहिए। वस्तुतः संविधान के अधिकांश निर्देशों का ध्येय आर्थिक और सामाजिक लोकतंत्र स्थापित करना है जिसका संकल्प प्रस्तावना, मौलिक अधिकार, नीति-निर्देशक सिद्धांत और अन्य विशेष उपबंधों में किया गया है। वस्तुतः भारतीय सामाजिक व्यवस्था का समाजवादी राज्य के बजाय समाज का समाजवादी ढांचा स्थापित करना, इसका प्रमुख उद्देश्य घोषित किया गया है।'[38] इसलिए संविधान के अनुच्छेद 38 में भी कहा गया है कि राज्य ऐसी सामाजिक व्यवस्था, जिसमें सामाजिक, आर्थिक और राजनीतिक न्याय अनुप्रमाणित होता हो, की अभिवृद्धि का प्रयास करेगा। अनुच्छेद 41 के अनुसार, बेकारी, बुढ़ापा, बीमारी और अन्य अभावों की दशाओं में लोक सहायता पाने का अधिकार नागरिकों को प्राप्त करने की कोशिश करनी चाहिए। जबकि अनुच्छेद 45 बालकों के निःशुल्क और अनिवार्य शिक्षा की व्यवस्था पर जोर देता है और अनुच्छेद 47 कहता है कि राज्य पोषाहार स्तर और जीवन स्तर को ऊंचा करने और लोक स्वास्थ्य में सुधार करने का प्रयास करेगा और मद्य तथा मादक पेयों के औषधीय प्रयोगों से भिन्न उपयोग का प्रतिषेध करेगा।[39] इस तरह संविधान ने नीति निर्देशक सिद्धांतों के माध्यम से राज्य के लिए सकारात्मक दिशा-निर्देश की व्यवस्था की है जो लोक कल्याण प्रशासन का मार्ग प्रशस्त करते हैं।

स्वतंत्रता के पश्चात आरंभिक दो दशकों में यह विडंबना रही थी कि इन संवैधानिक प्रावधानों को सांगठनिक और जमीनी स्तर पर कार्यान्वित करने वाला कोई एकीकृत जवाबदेह मंत्रालय ''संघीय केंद्रीय सरकार'' ने स्थापित नहीं किया था। लोक कल्याण के उद्देश्य को ध्यान में रखते हुए सबसे पहले 1953 में स्वैच्छिक संगठनों को प्रोत्साहन देने के लिए शिक्षा मंत्रालय के प्रस्ताव से ''केंद्रीय समाज कल्याण मंडल'' स्थापित किया गया जो केवल स्वैच्छिक संगठनों को परामर्श देने वाले निकाय तक ही सीमित रहा। समाज कल्याण से संबंधित कार्यों के निष्पादन के लिए सर्वप्रथम 1964 में संघीय स्तर पर पृथक स्वतंत्र विभाग निर्मित करने का प्रयास शुरू हुआ जिसके लिए शिक्षा, श्रम एवं रोजगार, स्वास्थ्य, वाणिज्य, उद्योग, नगरीय विकास और गृह मंत्रालय से जनकल्याण संबधित कार्यों का बँटवारा करके 14 जून 1964 को सामाजिक सुरक्षा विभाग की स्थापना कर दी गई। 1972 में इस विभाग को ''शिक्षा तथा समाज कल्याण मंत्रालय'' को सौंप दिया गया। किंतु इसे स्वतंत्र मंत्रालय का दर्जा 24 अगस्त 1979 को ''समाज कल्याण मंत्रालय'' के रूप में दिया गया, परंतु एक बार फिर इसके कार्य प्रकृति से प्रभावित होते हुए इंदिरा सरकार ने 1983-84 में इसका नाम बदलकर ''समाज एवं महिला कल्याण मंत्रालय'' कर दिया। 1998 से यह कल्याण मंत्रालय ''सामाजिक न्याय एवं अधिकारिता मंत्रालय'' के नाम से जाना जाता है। इसका केंद्रीय कार्यालय दिल्ली में स्थित शास्त्री भवन में है और यहीं से संघीय कल्याण राज्य मंत्रालयों को राज्य स्तर पर दिशा-निर्देश दिए जाते हैं।

सामाजिक न्याय एवं अधिकारिता मंत्रालय के सामाजिक सुरक्षा कार्यक्रम

इस मंत्रालय की वार्षिक रिपोर्ट 2009 के अनुसार, सामाजिक न्याय एवं अधिकारिता मंत्रालय अनुसूचित जातियों और पिछड़े वर्गों के शैक्षिक विकास, आर्थिक और सामाजिक अधिकार

प्रदान करने, विकलांग व्यक्तियों और नशीली दवाओं के आदी लोगों के पुनर्वास और वरिष्ठ नागरिकों तथा समाज के ऐसे ही अन्य वर्गों के कल्याण के लिए वचनबद्ध है।[40]

(1) **अनुसूचित जातियों के लिए कल्याणकारी योजनाएँ और सामाजिक प्रशासन:** अनुसूचित जातियों के लिए संवैधानिक मौलिक अधिकारों के अतिरिक्त राष्ट्रीय अनुसूचित जाति आयोग संवैधानिक संस्था के स्तर पर स्थापित किया गया है जो अनुसूचित जाति को प्राप्त सभी सुरक्षाओं के नियमित कार्यान्वयन की निगरानी करता है। इसके अतिरिक्त आयोग को इस वर्ग के उत्थान को बढ़ावा देने वाले वे सभी अधिकार प्राप्त हैं जो किसी मामले की सुनवाई कर रहे ''सिविल न्यायालय'' को प्राप्त होते हैं।

(2) **राष्ट्रीय सफाई कर्मचारी आयोग:** यह भी संवैधानिक संस्था है जो सफाई कर्मचारियों की शिकायत, परेशानी, भेदभाव और कल्याणकारी योजनाओं तथा कार्यक्रम को लागू करता है और उनके उचित कार्यान्वयन की जाँच नियमित रूप से करता है।

(3) **नागरिक अधिकार संरक्षण विधेयक:** नागरिक अधिकार संरक्षण विधेयक 1955 एवं छुआछूत निवारण अधिनियम 1989 को सख्ती से लागू करने के लिए आयोग दृढ़ संकल्प है। अब तक 22 राज्यों एवं केंद्रशासित प्रदेशों ने अस्पृश्यता निवारण मामलों में अनुसूचित जाति के लोगों के लिए वैधानिक मदद का प्रावधान किया है। 16 राज्यों ने नागरिक अधिकार संरक्षण अधिनियम के उल्लंघनों पर निगरानी के लिए विशेष प्रकोष्ठ स्थापित किए हैं। आंध्र प्रदेश में ऐसे मामलों के निपटारे के लिए 22 विशेष ''चल-न्यायालय'' गठित किए हैं, जबकि आंध्र प्रदेश, बिहार, छत्तीसगढ़, गुजरात, कर्नाटक, मध्य प्रदेश, राजस्थान, तमिलनाडू और उत्तर प्रदेश में 137 विशेष अदालतें ऐसे मामलों के निपटारे के लिए गठित की गई हैं। इतना ही नहीं सामाजिक न्याय तथा अधिकारिता मंत्रालय ने वर्ष 2007-2008 को ''अस्पृश्यता तथा अत्याचार मुक्त वर्ष'' घोषित किया है।[41]

(4) **शैक्षिक विकास:** इसके अंतर्गत मंत्रालय द्वारा अनुसूचित जातियों के बच्चों के शैक्षिक विकास के लिए अनेक छात्रवृत्तियाँ और योजनाएँ लागू की गई हैं जैसे अस्वच्छ व्यवसायों में कार्यरत लोगों के बच्चों के लिए दसवीं कक्षा-पूर्व छात्रवृत्ति। इसमें विशेषकर सफाई करने, मरे पशुओं की खाल उतारने और चर्मशोधन करने वाले लोगों के बच्चे शामिल हैं। राजीव गाँधी ''राष्ट्रीय फेलोशिप योजना'' में जो एस.सी.और एस.टी. शिक्षार्थी पूर्वकालिक एम.फिल और पी.एच.डी. करते हैं, उनके लिए ''कनिष्ठ अनुसंधान फेलोशिप'' जितनी राशि दी जाती है। इसके अतिरिक्त विदेश में उच्च शिक्षा के लिए छात्रवृत्तियाँ तथा अनुदान भी प्रदान किया जाता है। इसके अंतर्गत प्रत्येक विद्यार्थी को 8200 डॉलर या 5200 पौंड प्रतिवर्ष शिक्षा छात्रवृत्ति एवं निर्वाह भत्ता दिया जाता है। इसके अलावा अनुसूचित जाति, जनजाति एवं अन्य पिछड़ा वर्ग और अल्पसंख्यक सहित कमजोर वर्गों के लिए कोचिंग तथा पुस्तक सामग्री वितरण योजना भी है। जिस पर मंत्रालय ने 2006-2007 में क्रियान्वयन अभिकरणों को 391 करोड़ रुपए जारी किए और अनुसूचित जाति एवं जनजातियों के छात्र-छात्राओं के लिए छात्रावास का भी प्रावधान किया है।

(5) **आर्थिक विकास:** अनुसूचित जाति उपयोजना के लिए विशेष केंद्रीय सहायता का प्रावधान है। अनुसूचित जातियों के गरीबी रेखा से नीचे रहने वाले लोगों के आर्थिक विकास

के लिए संपूर्ण सहायता केंद्र की ओर से दी जाती है जिसे पहले ''विशेष संघटक योजना'' कहा जाता था। इसके लिए केंद्रीय सरकार ने 2006-07 में 459.15 करोड़ रुपए राज्य एवं केंद्रशासित प्रदेशों को जारी किए। राष्ट्रीय अनुसूचित जाति वित्त एवं विकास निगम ग्रामीण क्षेत्रों में 40,000 रुपए तथा शहरी इलाकों में 5,50,000 रुपए वार्षिक से नीचे गुजारे करने वाले लोगों को रोजगार के अवसर पैदा करने के लिए रियायती ब्याज पर ऋण उपलब्ध कराता है। यह निगम इस वर्ग की महिलाओं के लिए ''महिला समृद्धि योजना'' भी लागू कर रहा है जिनसे 2006-2007 तक 53,315 लाभार्थी लाभ उठा चुके हैं और राष्ट्रीय सफाई कर्मचारी वित्त एवं विकास निगम भी ''महिला समृद्धि योजना'' का संचालन करता है जिससे 2006-07 तक 77,970 लोग लाभान्वित हुए। वर्तमान में राज्य अनुसूचित जाति विकास निगम 26 राज्यों एवं केंद्र शासित प्रदेशों में लागू है। इसमें केंन्द्रीय सरकार 47 प्रतिशत और राज्य सरकार 51 प्रतिशत हिस्सा देती है। 'मैला ढोने वालों की पुनर्स्थापना योजना के अंतर्गत मैला ढोने वाले और उनके आश्रितों के पुनर्स्थापना के लिए नई रोजगार योजना 2007 में आरंभ की गई और अनुसूचित जातियों के लिए काम करने वाले स्वयंसेवी संगठनों को 36 प्रतिशत आर्थिक सहायता दी जाती है। जो एस.सी. वर्ग के लिए विकास परियोजनाओं पर काम करते हैं।[42] इनमें अखिल भारतीय स्तर पर हरिजन सेवक संघ, दिल्ली, भारतीय रेडक्रास सोसायटी, नई दिल्ली, भारतीय आदिम जाति सेवक संघ, नई दिल्ली और रामकृष्ण मिशन, पुरी आदि महत्त्वपूर्ण भूमिका निभाते हैं।

(6) **अनुसूचित जनजातियों के लिए विशेष कल्याण प्रावधान व योजनाएँ**- संवैधानिक प्रावधान के तहत अनुच्छेद 244 में कहा गया है कि राष्ट्रपति राज्यपाल के परामर्श से किसी भी क्षेत्र को अनुसूचित जनजाति क्षेत्र घोषित कर सकते हैं। अनुच्छेद 244 (2) के अनुसार छठी अनुसूची में, असम, मेघालय, त्रिपुरा और मिजोरम जनजातीय क्षेत्र घोषित किए गए हैं। पाँचवीं अनुसूची के अनुसार इसके मानदंड हैं – जनजातीय जनसंख्या का बाहुल्य; क्षेत्र का तर्कसंगत आकार और सघनता; व्यवहारिक प्रशासनिक सत्ता जैसे जिला, ब्लॉक या मंडल; और पड़ोसी क्षेत्रों की तुलना में क्षेत्र का आर्थिक पिछड़ापन।[43]

आदिम जाति कल्याण के लिए ''सामाजिक न्याय एवं अधिकारिता मंत्रालय'' ने जनजाति उपयोजना 1974-75 का आरंभ पाँचवीं पंचवर्षीय योजना की शुरूआत के साथ किया। इसके तहत सबसे पहले 21 राज्यों एवं केंद्र शासित प्रदेशों को आधार बनाया गया। यह उपयोजना इस वर्ग के विकास कार्यों को प्रोत्साहन देती है।

(7) **जंगल बाहुल्य गाँवों के विकास के लिए कार्यक्रम**: दसवीं पंचवर्षीय योजना के अंतर्गत प्रत्येक गाँव को 75 लाख रुपए औसत आबंटन किया गया और 12 राज्यों में लगभग 2,474 गाँव जंगल बाहुल्य गाँव हैं जो इसकी देख रेख में हैं।

(8) **आदिम जनजाति समूहों के लिए योजना**: 1998-99 में इन समूहों के सर्वांगीण विकास के लिए एक केंद्रीय योजना आरंभ की गई। इसके अंतर्गत अन्य किसी योजना में शामिल नहीं की गई परियोजनाओं एवं गतिविधियाँ शुरू करने के लिए समन्वित जनजातीय विकास परियोजनाओं, शोध संस्थानों और गैर-सरकारी संगठनों को वित्तीय सहायता प्रदान की जाती है।

(9) **जनजातीय क्षेत्रों में व्यवसायिक प्रशिक्षण:** इसकी शुरूआत 1992-93 में केंद्रीय योजना के रूप में की गई थी। इसमें अनुसूचित जाति के बालकों को व्यावसायिक शिक्षा, सामग्री, छात्रावास आदि की सुविधा दी जाती है। इसके अलावा सामान्य शिक्षा प्राप्त करने वाले शिक्षार्थियों को स्कूल की मुफ्त शिक्षा व छात्रवृत्ति की सुविधा भी प्रदान की जाती है।

(10) **जनजातीय बालिकाओं को शिक्षा:** जनजातीय महिलाओं में साक्षरता वृद्धि के उद्देश्य से वर्ष 1992-93 में पहली से पाँचवी कक्षा तक बालिकाओं के लिए आवासीय विद्यालयों की स्थापना हेतु इस योजना को आरंभ किया गया। इसका कार्यान्वयन राज्य सरकार के स्वायत्तशासी संस्थानों और गैर-सरकारी संगठनों की मदद से किया जाता है जिसके लिए सरकार ने दसवीं पंचवर्षीय योजना के दौरान 33.34 करोड़ रुपए आबंटित किए। 2008-09 में इस योजना की पुनर्स्थापना कर इसे नया नाम 'कम साक्षरता वाले जिलों में जनजातीय बालिकाओं में शिक्षा का सुदृढ़ीकरण' रखा है जिसमें 54 जिलों को शामिल किया गया है।[44]

(11) **अनुसूचित जातियों के छात्रों को उच्च एवं अग्रिम तकनीकी ज्ञान:** इसके लिए राजीव गांधी नेशनल फेलोशिप के तहत् प्रत्येक वर्ष लगभग 650-750 शोधार्थियों को फेलोशिप दी जाती है। इसके अतिरिक्त विज्ञान, प्रौद्योगिकी व इंजीनियरिंग में अध्ययन करने के लिए छात्रवृत्ति दी जाती है। ऐसी ही एक योजना की शुरूआत 2007-08 में की गई थी जिसमें स्नातक और परास्नातक स्तर पर मेधावी छात्रों के लिए छात्रवृत्ति की व्यवस्था है। इसके अंतर्गत 127 उच्च स्तरीय सरकारी व निजी क्षेत्र संस्थान हैं जो इसको वितरित करते हैं।

(12) **अनुसूचित जातियों के भ्रमण के लिए विशेष योजना:** इस योजना के द्वारा अनुसूचित जाति के लोगों को देश के विकसित क्षेत्रों में भ्रमण करने के लिए विशेष यात्रा भत्ता दिया जाता है ताकि वह इन विकसित क्षेत्रों से तुलनात्मक आधार पर अथवा बेहतर जीवन स्तर मापदंड विकसित कर सकें।

(13) **राष्ट्रीय अनुसूचित जनजाति वित्त तथा विकास निगम:** इनके आर्थिक विकास में तीव्रता लाने के लिए सरकार ने राष्ट्रीय अनुसूचित जाति तथा अनुसूचित जनजाति वित्त तथा विकास निगम को विभाजित करके अप्रैल 2001 में "जनजातीय मामले मंत्रालय" के अधीन राष्ट्रीय अनुसूचित जनजाति वित्त तथा विकास निगम स्थापित कर दिया है। इसे कंपनी अधिनियम की धारा 25—ऐसी कंपनी जो लाभ नहीं कमाए—के तहत लाइसेंस दिया गया। निगम की अधिसूचित शेयर पूँजी पाँच सौ करोड़ रुपए तथा प्रदत्त पूँजी 230 करोड़ रुपए है। निगम में स्वयं सहायता समूह को विकास क़ार्य में संलग्न होने के लिए विशेष योजना के अधीन प्रत्येक एस.एच.जी. को 25 लाख वित्तीय सहायता दी जाती है। इसके अतिरिक्त "आदिवासी महिला सशक्तीकरण योजना" है, जिसमें इन महिलाओं को 50 हजार रुपए तक कम ब्याज पर ऋण दिया जाता है और इस वर्ग के लोगों को स्वरोजगार स्थापित करने के लिए लघु ऋण योजना का भी प्रावधान किया गया है।[45]

(14) **ट्राईबल कॉपरेटिव मार्केटिंग डिवेलपमेंट फेडरेशन ऑफ इंडिया लिमिटेड (ट्राईफेड):** इसे बहुराज्य सहकारी समिति अधिनियम 1984 के अंतर्गत राष्ट्रीय स्तर के शीर्ष निकाय के रूप में 1987 में स्थापित किया गया है। यह जनजातियों के लघु वनोत्पाद और अधिशेष कृषि उत्पादों की बिक्री के लिए बाजार का विकास तथा सेवा प्रदाता के तौर पर

काम करता है और ट्राइब्स इंडिया के द्वारा जनजातीय उत्पादों, प्राकृतिक तथा ऑर्गेनिक उत्पादों, हस्तशिल्प आदि के विपणन विकास में सहायता करता है।

अन्य पिछड़े वर्गों का कल्याण

जनता पार्टी सरकार ने जनवरी 1979 में अति पिछड़ा वर्ग चिह्नित करने के लिए विंधेश्वरी प्रसाद मंडल की अध्यक्षता में एक पाँच सदस्यीय आयोग गठित किया। इस आयोग ने दिसंबर 1980 को अपनी रिपोर्ट सौंप दी जिसमें भारत की 52 प्रतिशत जनसंख्या को पिछड़े वर्ग व जातियों की श्रेणी में रखा गया। परंतु राजनीतिक कारणों से इस आयोग की सिफारिशें लागू नहीं की गई। 8 सितंबर 1993 को केंद्र सरकार की अधिसूचना के माध्यम से अन्य पिछड़े वर्गों को सरकारी नौकरियों में 27 प्रतिशत आरक्षण मिला[46] और अब मानव संसाधन मंत्रालय ने उच्च शिक्षा संस्थानों में भी इस वर्ग को 27 प्रतिशत आरक्षण प्रदान कर दिया है। इस वर्ग से क्रीमी लेयर को बाहर रखा गया है। पिछड़े वर्ग संबंधी समस्याओं व नीति को क्रियान्वित करने के लिए सरकार ने 1993 में ''राष्ट्रीय पिछड़ा आयोग'' का गठन किया। इस वर्ग में जिन अभिभावकों की वार्षिक आमदनी 44,500 रुपए से कम है उनके बच्चों को पहली से दसवीं तक केंद्रीय सरकार राज्य सरकारों को 50 प्रतिशत और केंद्रशासित प्रदेशों को सौ प्रतिशत सहायता व छात्रवृत्ति प्रदान करती है। इसके अतिरिक्त उच्च शिक्षा संस्थानों में इस वर्ग के लिए शिक्षार्थियों और शोधार्थियों को छात्रवृत्ति, अध्ययन सामग्री और छात्रावास आदि की सरकार व्यवस्था करती है।

ओबीसी के कल्याण के लिए ''राष्ट्रीय पिछड़ा वर्ग वित्त एवं विकास निगम'' भी स्थापित किया गया है जो गरीबी रेखा से नीचे रहने वाले ओबीसी को विशेष आर्थिक सहायता, सस्ती ब्याज दर पर स्वरोजगार के लिए ऋण आदि की व्यवस्था करता है।

अल्पसंख्यकों के लिए कल्याणकारी उपाय

1. **अल्पसंख्यक आयोग:** जनवरी 1978 में 'गृह मंत्रालय' द्वारा पारित प्रस्ताव पर स्थापित अल्पसंख्यक आयोग और राष्ट्रीय अल्पसंख्यक आयोग अधिनियम 1992 लागू होने के बाद संवैधानिक संगठन बन गया है। जिसका नाम 'राष्ट्रीय अल्पसंख्यक आयोग' रखा गया और फिर 29 जनवरी 2006 को इसके महत्त्व व गंभीरता को भाँपते हुए संघीय सरकार ने अल्पसंख्यक मामले संबंधी स्वतंत्र मंत्रालय का गठन कर दिया है जिसका प्रमुख काम, मुस्लिम, ईसाई, सिक्ख, बौद्ध और पारसी अल्पसंख्यकों के कल्याण के लिए कार्यक्रम नीति, नियोजन, समन्वय-मूल्यांकन और समीक्षा करना है। इसके अतिरिक्त यह मंत्रालय राष्ट्रीय अल्पसंख्यक आयोग 1992, वक्फ अधिनियम 1995 तथा दरगाह ख्वाजा साहब अधिनियम 1955 के कार्यान्वयन भी संभालता है।[47]

2. **राष्ट्रीय धार्मिक और भाषायी अल्पसंख्यक आयोग:** यह आयोग अल्पसंख्यकों के सामाजिक-आर्थिक विकास के लिए काम करता है। इसे मुख्यत: तीन कार्य सौंपे गए हैं- *पहला*, धार्मिक और भाषाई अल्पसंख्यकों के सामाजिक, आर्थिक रूप से पिछड़े वर्गों की पहचान के आधार के बारे में सलाह देना, *दूसरा*, इस वर्ग के सामाजिक-आर्थिक रूप से

पिछड़े लोगों के कल्याण के बारे में सुझाव देना और यह उपाय शिक्षा और सरकारी नौकरियों में आरक्षण के संदर्भ में भी होंगे और *तीसरा,* उनकी सिफरिशों को लागू करने के लिए संवैधानिक व प्रशासनिक प्रक्रिया पद्धति सुझाना और उन पर रिपोर्ट पेश करना। वैसे संवैधानिक अनुच्छेद 350 के अनुसार भाषाई अल्पसंख्यकों के कल्याण हेतु जुलाई 1957 में एक ''भाषाई अल्पसंख्यक आयोग'' विशेषाधिकारी नियुक्त किया गया है जिसका मुख्यालय इलाहाबाद में है।

3. **केंद्रीय वक्फ परिषद:** इसकी स्थापना केंद्रीय सरकार ने दिसंबर 1964 में वक्फ अधिनियम 1954 के भाग 8 (अ) के अंतर्गत की है, जबकि वर्तमान वक्फ परिषद का पुनर्गठन 18 मार्च 2005 को किया गया। इसके दो महत्त्वपूर्ण कार्य हैं- शहरी वक्फ संपत्तियों का विकास और शैक्षिक विकास कार्यक्रम।

4. **शैक्षिक एवं आर्थिक विकास संगठन और योजना:** इस वर्ग के शैक्षिक विकास के लिए ''मौलाना आजाद एजुकेशन फाउंडेशन पंजीकृत सोसाइटी'' काम करती है जिसे भारत सरकार की संचित निधि से आर्थिक सहायता दी जाती है। यह मुख्यतया मौलाना आजाद सद्भावना केंद्र, प्रतिभावान छात्राओं के लिए मौलाना आजाद राष्ट्रीय छात्रवृत्ति योजना और मौलाना आजाद साक्षरता पुरस्कार योजना का संचालन करती है। इसके अतिरिक्त अल्पसंख्यक विकास तथा वित्त निगम की स्थापना 30 सितंबर 1994 को की गई, जो गरीबी रेखा से नीचे रहने वाले अल्पसंख्यकों के लिए सहायता प्रदान करता है।

विकलांगों के लिए कल्याणकारी नीति एवं कार्यक्रम

सामाजिक प्रशासन की सबसे महत्त्वपूर्ण समस्या विकलांगों को समाज की मुख्यधारा से जोड़े रखने की है। इसके लिए संघीय सरकार ने ''विकलांग राष्ट्रीय नीति 2005'' को अंतिम रूप दिया है वैसे इसके लिए सरकारें पहले से ही कल्याणकारी नीतियाँ और कार्यक्रम चलाती रही हैं।

1. **राष्ट्रीय संस्थान:** विविध प्रकार की विकलांगता को कृत्रिम व शिक्षा पद्धति के माध्यम से गौण करने के लिए भारत सरकार ने अनेक संस्थान स्थापित किए हैं – जैसे राष्ट्रीय दृष्टिहीन संस्थान, देहरादून; राष्ट्रीय अस्थिरोग विकलांग संस्थान, कोलकाता; अली पावरजंग राष्ट्रीय बधिर संस्थान, मुंबई; राष्ट्रीय मानसिक विकलांग सस्थान, सिकंदराबाद; राष्ट्रीय पुनर्वास प्रशिक्षण एवं अनुसंधान संस्थान, कटक; शारीरिक विकलांग संस्थान, नई दिल्ली; बहु विकलांगता सशक्तिकरण संस्थान, चेन्नई।[48]

2. **आत्मविमोह, मस्तिष्क पक्षाघात, मंदबुद्धि और बहु-विकलांगता के शिकार व्यक्तियों के कल्याण के लिए राष्ट्रीय न्यास:** यह एक संवैधानिक निकाय है जिसकी स्थापना बहुल विकलांगता अधिनियम 1999 के अधीन की गई है। इस न्यास का मूल उद्देश्य इस प्रकार की विकलांगता को दूर करते हुए लोगों को आत्म-निर्भर और आत्मविश्वासी बनाना है, ताकि वह बिना किसी सहायता स्वतंत्र रूप से अपने जीवन के अधिकार का आनंद उठा सकें।

3. **विकलांगों हेतु मुख्य आयुक्त कार्यालय:** विकलांग व्यक्ति समान अवसर, अधिकारों की रक्षा और पूर्ण भागीदारी अधिनियम 1995 के अनुच्छेद 57 के अनुसार, नियुक्त मुख्य आयुक्त महत्त्वपूर्ण वैधानिक अधिकारी है जिसका मुख्य कार्य व दायित्व राज्य स्तरीय विकलांग कल्याणार्थ आयुक्त के साथ समन्वय, केंद्रीय सहायता की निगरानी और कार्यनीति का उचित क्रियान्वयन जाँचना होता है।

4. **भारतीय पुनर्वास परिषद:** यह संस्था भी संवैधानिक निकाय है जिसकी स्थापना भारतीय पुनर्वास परिषद अधिनियम 1992 के अधीन की गई है। यह परिषद मुख्यत: विकलांगों के पुनर्वास और विशिष्ट शिक्षा व व्यावसायिक प्रशिक्षण प्रदान करने का कार्यक्रम संचालित करती है। इसमें नेत्रहीन और कमजोर दृष्टि वाले बच्चों के लिए स्कूल, प्रौढ़ नेत्रहीनों के लिए प्रशिक्षण केंद्र, केंद्रीय ब्रेल प्रेस, ब्रेल उपकरणों के निर्माण के लिए कार्यशाला, क्षेत्रीय प्रशिक्षण केंद्र, राष्ट्रीय अस्थि विकलांग संस्थान, कोलकाता के लिए दिशा-निर्देश आदि कार्य करती हैं।[49]

इसके मुख्य कार्य इस प्रकार है–

(i) देशभर के सभी विकलांग कल्याणार्थ प्रशिक्षण संस्थानों में विभिन्न स्तरीय प्रशिक्षण पाठ्यक्रमों का मानकीकरण और नियमन;
(ii) विकलांगों के पुनर्वास के संदर्भ में देश के भीतर व बाहर प्रशिक्षण पाठ्यक्रम चलाने वाले प्रशिक्षण संस्थानों और विश्वविद्यालयों को मान्यता देना;
(iii) पुनर्वास और विशिष्ट शिक्षा अनुसंधान को प्रोत्साहन देना;
(iv) पुनर्वास के क्षेत्र में मान्य योग्य व्यावसायियों का केंद्रीय पुनर्वास पंजीकरण करना; और
(v) विकलांग कल्याणार्थ क्षेत्र कार्यक्रम में गैर-सरकारी संगठनों को प्रोत्साहन देना। पुनर्वास के क्षेत्र में पेशेवर कर्मी तैयार करने के लिए समन्वित क्षेत्रीय केंद्र तथा क्षेत्रीय पुनर्वास केंद्र श्रीनगर, लखनऊ, भोपाल, सुंदरनगर और गुवाहटी में स्थापित किए गए हैं।[50]

5. **भारतीय कृत्रिम अंग निर्माण निगम, कानपुर:** इसकी स्थापना 1972 में की गई थी। यहाँ कृत्रिम अंग निर्माण कार्य, विपणन, बिक्री व अंग लगाने का प्रशिक्षण व सेवाएँ दी जाती है।[51] यहाँ निर्मित उत्पादों को कोलकाता, मुंबई, चेन्नई, भुवनेश्वर और दिल्ली स्थित केंद्रों में बेचा जाता है जिसके लिए राष्ट्रीय संस्थानों और स्वयंसेवी संगठनों की भी उचित मदद का आदान-प्रदान किया जाता है।

6. **राष्ट्रीय विकलांग वित्त और विकास निगम:** यह निगम विकलांगों के आर्थिक विकास के लिए सस्ती ब्याज दर पर ऋण सुविधाएँ प्रदान करता है, लेकिन व्यावहारिक धरातल पर इस सांगठनिक प्रक्रिया को राज्य सरकारों, केंद्र शासित प्रदेशों के प्रशासनिक संगठनों, गैर-सरकारी संगठनों के माध्यम से क्रियान्वित किया जाता है। इसके अतिरिक्त निगम विकलांग छात्र-छात्राओं को व्यावसायिक शिक्षण व प्रशिक्षण के लिए ऋण प्रदान करता है।

मंत्रालय ने वृद्ध व नशीली दवाओं का सेवन करने वाले लोगों के पुनर्वास हेतु अनेक नीति एवं योजनाएँ विकसित की हैं। इसमें वृद्ध जनों के लिए राष्ट्रीय नीति है जो जनवरी 1999 से लागू है जिसका उद्देश्य परिवार को अपने बुजुर्ग सदस्यों की देखभाल के लिए प्रोत्साहन देना, वृद्ध लोगों के कल्याण के वास्ते परिवार और स्वयंसेवी तथा गैर-सरकारी संगठनों को

मदद देना, गंभीर बीमारी से पीड़ित वृद्धों को स्वास्थ्य सेवा प्रदान करना और बुजुर्गों को आत्म-निर्भर जीवनयापन करने के लिए प्रोत्साहित व आर्थिक सहायता देना महत्त्वपूर्ण है। इसके अतिरिक्त "राष्ट्रीय वृद्ध जन परिषद" है। इसका सरकार ने 2005 में पुनर्गठन किया है, ताकि वृद्ध लोगों के कल्याणार्थ नीति और कार्यक्रम का जमीनी स्तर पर क्रियान्वयन हो सके और सरकार उनके कल्याणार्थ नीति को और गहन एवं आद्योपांत करने के लिए सलाह व अनुसंधान करके उचित स्तर पर लाभ पहुँच सके। मंत्रालय इस वर्ग के लिए समन्वित कार्यक्रम भी आयोजित करता आ रहा है। इस योजना के अंतर्गत गैर-सरकारी संगठनों को परियोजना की 90 प्रतिशत वित्तीय सहायता दी जाती है जिसका प्रयोग यह संगठन वृद्धाश्रम बनाने, उसकी देखभाल करने, वृद्धों को खानपान, रहन-सहन की सुविधा उपलब्ध कराने और उनके स्वास्थ्य की उचित सेवा करने में कर सकते हैं। इन सबके अतिरक्त संघीय मंत्रालय ने राज्य सरकारों और गैर-सरकारी संगठनों की मदद से मद्यपान तथा मादक पदार्थों के सेवन की रोकथाम हेतु कार्यक्रम भी जारी किए हैं। इसके लिए सरकार 90 प्रतिशत तक आर्थिक सहायता संगठनों को उपलब्ध कराती है, जबकि पूर्वोत्तर राज्यों, जम्मू और कश्मीर और सिक्किम– में यह सहायता राशि 95 प्रतिशत तक प्रदान की जाती है और सरकार ने केंद्रीय स्तर पर केंद्रीय मद्य निषेध समिति भी गठित की है।

महिला एवं बाल विकास योजनाएँ व कार्यक्रम

भारतीय परिप्रेक्ष्य में महिलाओं और बालिकाओं के साथ सौतेला व्यवहार आम धारणा बन चुकी है जिसे काफी प्रयास के बाद वरीयता दी जाने लगी है, क्योंकि हमारी संघीय एवं राज्य सरकार इस ओर पहले से कहीं ज्यादा कठोर नीति एवं कार्यक्रम आयोजित करने लगी है। महिलाओं और बच्चों के सर्वांगीण विकास हेतु महत्त्व प्रदान करने के वास्ते पहले मानव संसाधन मंत्रालय के अधीन एक अलग "महिला एवं बाल विकास विभाग" 1985 से काम कर रहा था, लेकिन विभाग का महत्त्व और इस वर्ग की समस्याओं के प्रति जागरूकता ने सरकार को अलग से महिला एवं बाल विकास मंत्रालय गठित करने के लिए प्रेरित किया। वस्तुतः सरकार ने 30 जनवरी 2006 को इसे अलग स्वतंत्र मंत्रालय का दर्जा प्रदान कर दिया जिसके लिए सरकार ने 16 फरवरी 2006 को एक अधिसूचना जारी कर बच्चों से संबंधित कल्याण और सुरक्षा के सभी मामले जैसे किशोर बालकों की देखरेख और संरक्षण अधिनियम 2000, केंद्रीय दत्तक संसाधन एजेंसी (कारा) और दत्तक ग्रहण भी इसी मंत्रालय के कार्यक्षेत्र में सौंप दिए जो पहले सामाजिक न्याय एवं अधिकारिता मंत्रालय के अधीन थे।

1. **महिलाओं एवं बच्चों से संबंधित कानून एवं अधिनियमः** महिला एवं बाल विकास मंत्रालय निम्नलिखित अधिनियमों एवं कानूनों को क्रियान्वित करता है। इसके अतिरिक्त अंतर्राष्ट्रीय संगठनों जैसे यूनिसेफ और यूनिफेम से भी सहयोग करके अपने प्रयासों को अन्तर्राष्ट्रीय जिम्मेदारी और प्रतिबद्धता से जोड़ता है।

(i) अनैतिक व्यापार निरोधक अधिनियम, 1956 (प्रस्तुत संदर्भ में 1986 में संशोधित अधिनियम)

(ii) दहेज निरोधक कानून 1961 (1986) तक संशोधित रूप में

(iii) महिलाओं का अश्लील प्रस्तुतीकरण निरोधक कानून 1986

(iv) सती प्रथा निरोधक अधिनियम 1987

(v) राष्ट्रीय महिला आयोग अधिनियम 1990

(vi) शिशु दुग्ध विकास, दुग्धपान बोतल और शिशु आहार उत्पादन, आपूर्ति और वितरण अधिनियम 1992 (सुरक्षा तथा संरक्षण) अधिनियम 2005,

(vii) किशोर न्याय, घरेलू हिंसा, महिला सुरक्षा अधिनियम 2005

(viii) बाल अधिकार संरक्षण आयोग अधिनियम 2005

(ix) बाल अधिकार सरंक्षण आयोग अधिनियम 2005 जनवरी 2007 में अधिसूचित

(x) बाल विवाह निषेध अधिनियम (2006), जनवरी 2007 में अधिसूचित

इन विषयों पर विचार मंथन, नीति-निर्माण, कार्यक्रम व क्रियान्वयन महिला एवं बाल विकास मंत्रालय का विशेष कार्यक्षेत्र है।[52]

2. **वैधानिक संस्थाएँ और स्वायत्त संगठन:** प्रशासनिक दृष्टिकोण से मंत्रालय के अधीन दो वैधानिक संगठन राष्ट्रीय महिला आयोग और राष्ट्रीय बाल संरक्षण अधिकार आयोग और चार स्वायत्त संगठन राष्ट्रीय जनसहयोग एवं बाल विकास संस्थान, केंद्रीय सामाजिक कल्याण बोर्ड, राष्ट्रीय महिला कोष और केंद्रीय दत्तक संसाधन एजेंसी हैं।

ये सभी संगठन पंजीकृत संगठन हैं। इसके अतिरिक्त इस वर्ग के कल्याण के लिए खाद्य एवं पोषाहार बोर्ड है जो पहले खाद्य मंत्रालय का हिस्सा था, लेकिन प्रधानमंत्री नरसिंहाराव के हस्तक्षेप के बाद इसे राष्ट्रीय, पोषाहार नीति के अंतर्गत 1 अप्रैल 1993 से महिला एवं बाल विकास मंत्रालय को सौंप दिया गया। बाद में पोषाहार की समस्या और उसके व्यापक समाधान के लिए 31 जुलाई 2003 को राष्ट्रीय पोषाहार निगम की स्थापना की गई।

3. **महिला आर्थिक सशक्तीकरण संबंधी योजनाएँ:** रोजगार तथा प्रशिक्षण हेतु सहायता कार्यक्रम–इस योजना का उद्देश्य आठ परंपरागत पेशे-कृषि, पशुपालन, डेरी व्यवसाय, मछली पालन, हथकरघा, हस्तशिल्प, खादी और ग्राम उद्योग तथा रेशम कीट पालन में महिलाओं के कौशल में सहयोग करके रोजगार देना है। यह योजना सार्वजनिक क्षेत्र के संगठनों, राज्य निगमों, जिला ग्राम विकास अभिकरणों, सहकारिताओं, परिसंघों और पंजीकृत गैर-सरकारी संगठनों के सहयोग से क्रियान्वित की जा रही हैं। स्वंसिद्धा-यह मूलत: केंद्रीय महिला एवं बाल विकास मंत्रालय की एकीकृत योजना है जो ''स्वयं सहायता समूहों'' के निर्माण, जागरूकता, आर्थिक सशक्तीकरण और योजनाओं के माध्यम से महिलाओं के सर्वांगीण विकास पर ध्यान केंद्रित करती है।[53]

महिला सामाजिक सशक्तीकरण योजनाएँ:- इसमें अनेक महत्त्वपूर्ण योजनाएँ हैं–

(i) ***स्वाधार योजना*** – इस योजना की शुरुआत 2001-02 में की गई। यह मुख्य रूप से उन असहाय महिलाओं के लिए है जिन्हें उनके परिवार में किसी धार्मिक स्थल पर या अन्य जगह पर किन्हीं कारणों से छोड़ दिया जाता है। ऐसी महिलाएँ जो आंतकवाद, वेश्यावृत्ति, यौनशोषण, मानसिक रूप से विक्षिप्त, महिला कैदी, बेघर और प्राकृतिक आपदा की शिकार हैं। इस योजना के अंतर्गत उन्हें रोटी, कपड़ा, स्वास्थ्य सेवाएँ, आवास, सलाह, परामर्श और

उचित देखरेख में रखा जाता है। ऐसी महिलाओं के कल्याण के लिए अनेक प्रशिक्षित स्वयंसेवी संगठन आगे आए हैं और इन्हें सरकार की ओर से आर्थिक मदद जाती है।

(ii) ***अल्पावधि प्रवास गृह*** – यह योजना केंद्रीय सरकार ने 1969 में आरंभ की और इसे सरकार ने अप्रैल 1999 में केंद्रीय समाज कल्याण बोर्ड को सौंप दिया। यह मुख्यत: ऐसी महिलाओं और बालिकाओं को आवास सुविधा उपलब्ध कराती है जो पारिवारिक क्लेश, सामाजिक बहिष्कार, भावनात्मक रूप से पतनशील हो। इसमें जरूरतमंद महिलाओं और बच्चों को छ: माह से तीन वर्ष तक अस्थायी आश्रय दिया जाता है। इसके अतिरिक्त महिलाओं को मानसिक व शारीरिक समस्याओं से निजात दिलाने के उद्देश्य से ''केंद्रीय समाज कल्याण'' बोर्ड 1984 से ''परिवार परामर्श केंद्र'' स्वैच्छिक संगठनों की मदद से चला रहा है। इस प्रकार के परामर्श केंद्र पुलिस मुख्यालय, महिला कारागार, और अन्य महिला सेल में भी चलाए जाते हैं। इनके अतिरिक्त सरकार कामकाजी महिलाओं को हॉस्टल तथा महिलाओं और बच्चों का अवैध व्यापार रोकने के लिए अनेक स्तरीय एवं बहुआयामी उपाय भी कर रही हैं।

(iii) ***उज्ज्वला***: महिलाओं और किशोरियों के अवैध व्यापार को रोकने के उद्देश्य से 4 दिसंबर 2007 से एक व्यापक योजना उज्ज्वला आरंभ की गई। इसके पाँच प्रमुख घटक हैं: रोकथाम–मुक्ति पुनर्वास, पुन: एकीकरण तथा विदेशी महिलाओं और किशोरियों को उनके देश वापिस भेजना। इस प्रकार की कार्यवाही में अनेक गैर सरकारी संगठन राष्ट्रीय व अंतर्राष्ट्रीय स्तर पर सहयोग देते हैं और महिलाओं का व्यापक स्तर पर मानसिक पुनर्वास कार्य करते हैं।

(iv) ***जननी सुरक्षा योजना***: इसकी पहल 1 अप्रैल 2005 से की गई। यह योजना पूर्णत: केंद्र प्रायोजित है। इसका मुख्य उद्देश्य गरीबी रेखा से नीचे जीवन यापन करने वाले परिवारों की महिलाओं के मातृत्व व शिशु जन्म संबंधी समस्याओं का निवारण और उन्हें स्वास्थ्य व पोषण संबंधी जानकारी वितरित करना है। यद्यपि यह योजना पहले से ही कार्यरत थी जिसका नाम राष्ट्रीय मातृत्व लाभ योजना था।[54]

(v) ***लिंग आधारित बजट तथा लिंग डाटा***: संबंधित मंत्रालय ने लिंग भेद को समाप्त करने के उद्देश्य से 2004-05 में लिंग समानता बजट मिशन की शुरुआत पर कार्य किया। इसके लिए लिंग डाटा निर्माण पर कार्य तेज किया गया। इसके लिए महिलाओं के लिए प्रशिक्षण, दक्षता निर्माण, जागरूकता, लिंग अनुपात में वृद्धि हेतु काम किया जाने लगा, ताकि महिला सशक्तीकरण के वास्ते निष्पक्ष समतामूलक बजटिंग की जा सके। इसके लिए भारत सरकार के 56 मंत्रालयों तथा विभागों में लिंग आधारित बजट सेल स्थापित किए गए हैं।

(vi) ***स्त्री शक्ति पुरस्कार***: सामाजिक विकास के क्षेत्र में महिलाओं के महत्त्वपूर्ण योगदान के लिए केंद्र सरकार ने पाँच राष्ट्रीय पुरस्कारों की शुरुआत की है, ताकि महिलाओं को प्रोत्साहन मिल सके। यह पुरस्कार ऐतिहासिक भारतीय महिलाओं के नाम पर नामित किए गए हैं जैसे देवी अहिल्या बाई होल्कर, कन्नगी, माता जीजाबाई, रानी गिडेनलू जेलियांग और रानी लक्ष्मीबाई।[55]

बच्चों के लिए कल्याणकारी योजना एवं नीति

1. **समन्वित बाल विकास सेवा**: यह केंद्र प्रायोजित है इसका उद्देश्य है– (i) 6 वर्ष से कम

उम्र के बच्चों और गर्भवती तथा स्तनपान कराने वाली माताओं के पौष्टिक आहार तथा स्वास्थ्य स्तर में सुधार, (ii) बाल मृत्युदर, कुपोषण और स्कूली शिक्षा अधूरी छोड़ने वाले बच्चों की दर में कमी लाना, (iii) बच्चों के समुचित मनोवैज्ञानिक, शारीरिक और सामाजिक विकास पर जोर, (iv) स्वास्थ्य तथा पोषाहर शिक्षा की समुचित व्यवस्था करके माताओं तथा बच्चों के स्वास्थ्य व पोषाहार संबंधी आवश्यकताओं की क्षमता में वृद्धि।

इस प्रायोजन के लिए सरकार ने आंगनबाड़ी और कुपोषित बच्चों के लिए मुफ्त अनाज का प्रावधान किया है।[56]

2. **सड़कों पर रहने वाले बच्चों के लिए समेकित कार्यक्रम:** इस कार्यक्रम का उद्देश्य सड़क पर रहने वाले अनाथ व बेसहारा बच्चों को पुनः सामाजिक मुख्यधारा में लाना है। जिसके लिए उन्हें आश्रय, पौष्टिक आहार, स्वास्थ्य देखभाल, शिक्षा और मनोरंजन के साधन उपलब्ध कराए जाते हैं। यह कार्यक्रम केंद्रीय सरकार, राज्य सरकार, स्थानीय निकाय और अनेक स्वैच्छिक संगठनों के सहयोग से संचालित किया जाता है जिसके लिए 90 प्रतिशत खर्च केंद्र सरकार और 10 प्रतिशत अन्य संस्थान वहन करते हैं।

3. **चाइल्ड लाइन सेवाएँ:** इसका उद्देश्य मुसीबत व शोषण से पीड़ित बच्चों का उत्थान करना है। इसके लिए 1098 फोन नं. 24 घंटे मुफ्त सेवा है। यह सेवा अभी 73 शहरों में काम कर रही है। यह सेवा उन बच्चों के लिए है जो आपात स्थिति में फँसे हुए हैं। बच्चों को आवश्यकता के दौरान कानूनी, मेडिकल, पुलिस आदि सहायता उपलब्ध कराना। इसके लिए सरकार ने चाइल्ड लाइन इंडिया फाउंडेशन की भी स्थापना की है।[57]

4. **किशोर न्याय देखभाल एवं बाल संरक्षण अधिनियम 2000:** यह अधिनियम 1 अप्रैल 2001 से जम्मू और कश्मीर राज्य को छोड़कर पूरे भारत में लागू किया गया है। इसके अंतर्गत ''किशोर न्याय बोर्ड का गठन'' किया गया है जो प्रत्येक जिले में कार्यान्वित है- इस बोर्ड में एक महादंडाधिकारी, दो सामाजिक कार्यकर्त्ता जिनमें एक महिला होती है शामिल हैं।

5. **कन्या भ्रूण हत्या और बाल विवाह रोक:** इसे रोकने के उद्देश्य से सरकार ने जन्म पूर्व लिंग जांच और कन्या भ्रूण हत्या निवारण अधिनियम 1994 लागू किया है। इसे अभी और सख्ती से जमीनी स्तर पर कानूनी व प्रशासनिक आधार पर लागू किया जा रहा है, ताकि लिंग अनुपात और कन्या शोषण न हो सके। बाल विवाह रोकने के लिए बाल विवाह प्रतिरोध अधिनियम 1929 के स्थान पर ''बाल विवाह प्रतिबंध अधिनियम 2006'' कारगर बनाते हुए क्रियान्वित किया जा रहा है।[58]

6. **धन लक्ष्मी बीमा कवर सहित बालिकाओं को नकद राशि:** महिला एवं बाल विकास मंत्रालय ने बालिकाओं को सामाजिक-आर्थिक सुरक्षा प्रदान करते हुए 3 मार्च 2008 को इस योजना को आरंभ किया। इस योजना के दो उद्देश्य हैं: कन्या शिशु को बचाए रखना और उन्हें वित्तीय सहायता देना, तथा कन्या के प्रति सामाजिक मनोवृत्ति में वृद्धि करना जिससे कन्या गरीब परिवारों को बोझ न लगे। इसमें प्रत्येक कन्या को कुछ शर्तें पूरी करने पर 18 वर्ष की उम्र में सरकार द्वारा एक लाख रुपए की नकद राशि दी जाती है।

7. **यूनिसेफ का सहयोग:** महिला एवं बाल कल्याण कार्यक्रम में भारत सरकार अंतर्राष्ट्रीय

स्तर पर यूनिसेफ के कार्यक्रमों के साथ भी काम कर रही है जिसके लिए दोनों के बीच परस्पर सहयोग की नीति अपनाई गई है। इसके लिए महिला एवं बाल विकास मंत्रालय और यूनिसेफ के बीच 3 जून 2008 को नई दिल्ली में 2008-2012 की अवधि के लिए नया समझौता ''कंट्री प्रोग्राम एक्शन प्लान'' हुआ है। इसका उद्देश्य शिशु एवं मातृ मृत्यु दर में कमी लाना, कुपोषण को समाप्त करना, कन्या शिशु को प्रोत्साहन, बाल हिंसा से छुटकारा, स्वच्छ पेयजल उपलब्ध कराना और स्वच्छ पर्यावरण के लिए प्रयास करना शामिल है।

8. **बाल दिवस:** भारत सरकार बच्चों के प्रति सद्भाव व भेदभाव उन्मूलन करने के इरादे से प्रत्येक वर्ष 14 नवंबर को बाल दिवस के रूप में मनाती है, ताकि किशोरों और किशोरियों में राष्ट्रीय स्तर पर सांस्कृतिक लगाव महसूस हो सके और समाज व राष्ट्र के प्रति अपने कर्त्तव्यों को भी जानने लगें।

9. **राजीव गांधी मानव सेवा पुरस्कार:** यह पुरस्कार 1994 में आरंभ किया गया है जिसमें बच्चों के कल्याण हेतु मानव सेवा करने वालों को एक लाख रुपए नकद पुरस्कार दिया जाता है।[59]

निष्कर्ष: इस तरह भारत की संघीय व्यवस्था प्रत्येक स्तर पर जन कल्याण कार्यक्रम जारी रखकर एक समतामूलक सिविल समाज की नींव रखने में प्रतिबद्ध दिखाई पड़ती है। किंतु इतनी सारी, (वर्तमान में लगभग 27131)[60], योजनाओं और कार्यक्रमों को जमीनी स्तर पर क्रियान्वित करने में अनेक समस्याओं का सामना करना पड़ता है। चूँकि भारत का संघीय प्रशासनिक ढांचा इतना व्यापक और जटिल है कि इसमें कोई भी योजना व नीति जमीनी स्तर पर पहुँचने से पहले ही काफी विकृत हो जाती है।[61] दूसरा सामान्य नागरिक इनके बारे में जानकारी एवं प्रतिबद्धता नहीं दर्शाता है जिससे यह कार्यक्रम अक्सर भ्रष्टाचार, लाल फीताशाही और ठंडे बस्ते में चले जाते हैं। इसे दूर करने के लिए सकेंद्र प्रसाद सिंह ने सीओपी उपागम दर्शाया है। उनका मानना है कि 'सी' का मतलब conversation है जिसका तात्पर्य लोगों को उनके अधिकारों, योजनाओं, नीति और प्रशासनिक स्तर पर जागरूक करना है जिसके लिए और व्यापक स्तर पर गैर-सरकारी संगठनों को शामिल किया जाना चाहिए।[62]

दूसरा 'ओ' का तात्पर्य है ऑर्गेनाइज़िंग (organising), अर्थात् गरीब लोग एक पटल पर संगठित हो सकें और मिलकर अपने अधिकारों की माँग करें। ऐसा करने में सरकार की अपेक्षा स्वैच्छिक संगठन ज्यादा प्रभावी व जमीनी स्तरीय कार्य करते हैं। वस्तुत: यह कार्य भी इन्हें ही ज्यादा मात्रा में सौंपा जाना चाहिए। *तीसरा* 'पी' का अर्थ पार्टीसिपेशन (participation), अर्थात गरीबों को इन तमाम कार्यक्रमों में सहभागी बनाया जाए। जो मुख्यत: दो पक्षों पर क्रियान्वित होना चाहिए—पहला constructive, मतलब सहयोगात्मक सहभागिता और दूसरा डिस्ट्रीब्यूटिव मतलब वितरणात्मक सहभागिता जिससे सभी सक्रिय भागीदारी कर सकें।[63] सरकार द्वारा निर्मित नीतियों का सही व उचित तरीकों से क्रियान्वयन हो ताकि आदर्श कल्याणकारी राज्य स्थापित हो सके। वहीं प्रोफेसर अमर्त्य सेन का मानना है कि सरकार सामान्य नागरिकों को मुख्यधारा के साथ जोड़ने का व्यापक स्तर पर प्रयास करे। इसके लिए मुख्यत: पाँच प्रकार की साधन स्वरूप स्वतंत्रताएँ प्रत्येक नागरिक को प्रदान कराई जानी चाहिए— (i) राजनीतिक स्वतंत्रता, (ii) आर्थिक सुविधाएँ, (iii) सामाजिक अवसर,

(iv) पारदर्शिता की आश्वस्ति और (v) संरक्षणात्मक सुरक्षा। ये साधन स्वरूप स्वतंत्रताएँ व्यक्ति व सामाजिक पूँजी की निश्चिततापूर्ण जीवनयापन की क्षमता को बढ़ाती हैं। साथ ही साथ ये परस्पर संपोषणकारी भी होती हैं।[64]

वस्तुतः इस प्रकार की आवश्यक शर्तों का ही परिणाम है कि पंचायती स्तर से लेकर अन्य जमीनी स्तरीय संगठनों में आम नागरिकों को प्राप्त होने वाली सुविधाएँ सक्रिय व ठोस रूप दिखाने लगी हैं जिससे क्रांतिकारी परिवर्तन तो नहीं, लेकिन गुणात्मक वृद्धि के संकेत तो अवश्य दिखने लगे हैं।

| संदर्भ एवं टिप्पणी

1. A. Awasthi, and S.R. Maheshwari, *Public Administration*, Lakshmi Narain Agarwal, Agra, 1980, p. 64.
2. Quoted from *Handbook on Indian Administration*, Indira Gandhi National Open University, New Delhi, p. 15.
3. John M., Pfiffner, and P., Sherwood, *Administrative Organisation*, Prentice Hall, Englewood Cliffs, 1960, pp. 190-191.
4. S.N., Mishra, and Kushal, Sharma, *Problems and Prospects of Rural Development in India*, Uppal Publishing House, New Delhi, 1983, pp. 38-46.
5. Krishna, Bhatia, "An Exercise without Novelty", *The Hindustan Times*, July 30, 1985.
6. S.N., Mishra, *Decentralisation in Development*, Mittal Publications, New Delhi, 1991, pp. 6-7.
7. Sweta, Mishra, *Democratic Decentralisation in India*, Mittal Publications, New Delhi, 1994, p. 7.
8. C.P., Vithal, "Devolution of Powers and Functions to Panchayati Raj Institutions", *Kurukshetra*, Vol. 47, No. 2, November 1998, p. 8.
9. Ashok, Bajpai, *Panchayati Raj and Rural Development*, Sahitya Prakashan, Delhi, 1997, p. 136.
10. D.N., Gupta, *Decentralisation need for Reforms*, Concept Publishing Company, New Delhi, 2004, p. 53.
11. Mohinder, Singh, "Democratic Decentralisation in India after 73rd Amendment", in Shiv Raj Singh, et. al. (eds.), *Public Administration in the New Millennium*, Anamika Publishers, New Delhi, 2003, p. 72.
12. P.K., Chaubey, *Urban Local Bodies in India*, Indian Institute of Public Administration, New Delhi, 2004, pp. 27-28.
13. Ibid.
14. Ibid.
15. Ibid, p. 39.
16. *Panchayati Raj in India – Status Report 1999*, Task Force on Panchayati Raj, Rajiv Gandhi Foundation, New Delhi, March 2000, pp. 14-15.

17. S.N., Mishra, "The 73rd Constitution Amendment and the Local Resource Base: A Critical Appraisal," in S.S. Chahar (ed.), Governance at Grassroots Level in India, Kanishka Publishers, New Delhi, 2005, p. 73.
18. V.N., Alok, "The Role of SFCs in Fiscal Decentralisation in India", in M.A. Oommen (ed.), *Fiscal Decentralisation to Local Governments in India*, Cambridge Scholars Publishing, UK, 2008, p. 128.
19. Ibid, pp. 129-130.
20. एन्थॉनी मैक्ग्रू, द स्टेट इन एडवांस्ड केपिटलिस्ट सोसायटीज, देखें, जॉन एलन पीटर ब्राहम और पॉल लेविस (सं.), पॉलिटिकल एंड इकोनॉमिक फॉर्म्स ऑफ मॉडर्निटी, पॉलिटि एंड द ओपन यूनिवर्सिटी, 1992, पृ. 66
21. रिचर्ड एम. टिटमस (सं.), *सोशल एडमिनिस्ट्रेशन इन ए चेंजिंग सोसायटी*, देखें, एस्सेज ऑफ वेलफेयर स्टेट, जॉर्ज एलन एंड अनविन, लंदन, सन उपलब्ध नहीं, पृ. 14-15
22. जॉन सी किडने, *"सोशल वर्क एडमिनिस्ट्रेशन: एन एरिया ऑफ सोशल वर्क प्रैक्टिस", सोशल वर्क जर्नल*, अप्रैल 1950, पृ. 58
23. डी.वी. जॉनिसन, "टीचिंग ऑफ सोशल एडमिनिस्ट्रेशन", *ब्रिटिश जर्नल ऑफ सोशियोलोजी*, खंड-12, 1968, पृ. 218
24. वॉल्टर ए. फ्रिडलैंडर (सं.) *कॉन्सेप्ट एंड मैथड ऑफ सोशल वर्क*, प्रकाशन उपलब्ध नहीं, 1958, पृ. 267-68 और देखें - दयाकृष्ण मिश्र, *सामाजिक प्रशासन*, कॉलेज बुक डिपो जयपुर, सन अंकित नहीं पृ. 4
25. महादेव प्रसाद शर्मा, *लोक प्रशासन: सिद्धांत एवं व्यवहार*, किताब महल, इलाहाबाद, 1978, पृ. 55
26. सुरेन्द्र कटारिया, *लोक प्रशासन*, खंड-द्वितीय, नेशनल पब्लिकेशन, जयपुर, 2003, पृ. 348-49
27. दयाकृष्ण मिश्र, *सामाजिक प्रशासन*, पृ. 4
28. *भारत सरकार वार्षिक सूचना प्रतिवेदन 1999*, सामाजिक न्याय एवं अधिकारिता मंत्रालय, भारत सरकार, नई दिल्ली, 1999, पृ. 238-271
29. दयाकृष्ण मिश्र, *सामाजिक प्रशासन*, पृ. 4-5
30. वही, पृ. 5
31. मिरियम वेन वॉटर्स, *फिलोसोफिकल ट्रेंडस इन मॉडर्न सोशल वर्क*, प्रक्रिया, राष्ट्रीय सामाजिक कार्य सम्मेलन, 1930, पृ. 3; और देखें दयाकृष्ण मिश्र, *सामाजिक प्रशासन*, पृ. 142
32. टी. एस. सिमे, *प्रिंसिपल ऑफ सोशल एडमिनिस्ट्रेटर, न्यू एडमिनिस्ट्रेटर*, खण्ड-द्वितीय, अमेरिका, 1959, पृ. 10-11
33. वी. जगन्नाथन, *सोशल वेलफेयर आर्गेनाइजेशन*, द इंडियन इंस्टीट्यूट ऑफ पब्लिक एडमिनिस्ट्रेशन, नई दिल्ली, 1967, प्रस्तावना पृ. 10
34. एस. आर. माहेश्वरी, अमरेश्वर अवस्थी और श्रीराम माहेश्वरी, *लोक प्रशासन*, लक्ष्मी नारायण अग्रवाल, प्रकाशन, आगरा, 2005, पृ. 371
35. वॉल्टर फ्रिडलैंडर (सं.) *कॉन्सेप्ट एंड मेथड्स ऑफ सोशल वर्क*, पृ. 2-7 के लिए देखें, दयाकृष्ण मिश्र, *सामाजिक प्रशासन* पृ. 16
36. *वही*, पृ. 3 और दयाकृष्ण मिश्र, सामाजिक प्रशासन, पृ. 17
37. दयाकृष्ण मिश्र, *सामाजिक प्रशासन*, पृ. 18
38. दुर्गादास बसु, *भारत का संविधान—एक परिचय*, वाधवा एंड कंपनी, नई दिल्ली, 2004, पृ. 145

39. वही, पृ. 463

40. भारत सरकार: वार्षिक सूचना प्रतिवेदन 2009, सामाजिक न्याय एवं अधिकारिता मंत्रालय, भारत सरकार, नई दिल्ली, 2009, पृ. 1029

41. वही, पृ. 1029-30

42. वही, पृ. 1032-34

43. पी. एम. बक्षी, द *कॉन्स्टीट्यूशन ऑफ इंडिया*, यूनिवर्सल लॉ पब्लिशिंग, दिल्ली, 2008, पृ. 338-339 और देखें, डी.डी. बसु, भारत का संविधान: एक परिचय, पृ. 287

44. भारत सरकार वार्षिक सूचना प्रतिवेदन 2009, पृ. 1045-47

45. वही, पृ. 1050-51

46. सुषमा यादव और राम अवतार शर्मा, *भारतीय राजनीति ज्वलंत प्रश्न*, हिन्दी माध्यम कार्यान्वयन निदेशालय, दिल्ली विश्वविद्यालय, दिल्ली, 1997, पृ. 95

47. *भारत सरकार वार्षिक सूचना प्रतिवेदन 2009*, पृ. 1078-79

48. वही, पृ. 1059

49. दयाकृष्ण मिश्र, *सामाजिक प्रशासन*, पृ. 57-64

50. *भारत सरकार वार्षिक सूचना प्रतिवेदन 2009*, पृ. 1058-59

51. दयाकृष्ण मिश्र, *सामाजिक प्रशासन*, पृ. 65-66

52. सुषमा यादव और *राम अवतार शर्मा*, *भारतीय राजनीति ज्वलंत प्रश्न*, पृ. 111-25

53. जागृति, कल्याणकारी योजनाओं द्वारा महिला सशक्तीकरण, *कुरुक्षेत्र महिला विशेषांक*, मार्च 2009, ग्रामीण विकास मंत्रालय, भारत सरकार, नई दिल्ली, पृ. 9

54. वही, पृ. 9-10

55. *भारत सरकार वार्षिक सूचना प्रतिवेदन 2009*, पृ. 1067-68

56. दयाकृष्ण मिश्र, *सामाजिक लोक प्रशासन*, पृ. 61-71

57. भारत सरकार वार्षिक सूचना प्रतिवेदन 2009, पृ. 1070-71

58. वही, पृ. 1072-73

59. वही, पृ. 1073-75

60. सुषमा यादव का रामलाल आनंद कॉलेज में दिनांक 28-10-2009 का अध्यक्षीय संबोधन, सेमिनार एवं कार्यशाला, प्रशासन एवं लोकनीति, स्थान आर.एल.ए., कॉलेज, दिल्ली विश्वविद्यालय, दिल्ली

61. अतुल कोहली, ''स्टेट एंड रिडिस्ट्रीब्यूटिव डेवेलपमेंट इन इंडिया'', सेमिनार आयोजन, इंदिरा गांधी इंस्टीटयूट ऑफ डेवेलपमेंट रिसर्च, मुंबई 12-13 जुलाई 2007, पृ. 1-43

62. सकेंद्र प्रसाद सिंह, *पॉलीटिकल एंड एडमिनिस्ट्रेशन फॉर ए स्टेट: द नीड फॉर ए न्यू एप्रोच*, देखें एस. एल. कौशिक और प्रदीप साहनी (सं.), *पब्लिक एण्ड एडमिनिस्ट्रेशन इन इण्डिया; एमर्जिंग ट्रेन्ड्स*, किताब महल, इलाहाबाद, 1983, पृ. 83-83

63. *वही*, पृ. 84-85

64. अमर्त्य सेन, *आर्थिक विकास और स्वातंत्र्य*, राजपाल, दिल्ली, 2004, पृ. 53-55

7 नागरिक, नीति और प्रशासन

Citizen, policy and administration

सफल प्रशासन के मानदंड, लोकसेवकों की जवाबदेयता का अर्थ और प्रकार, लोक प्रशासन में स्वैच्छिक संगठन और नागरिक सहभागिता, जनशिकायत निवारण हेतु प्रशासनिक व्यवस्था, सूचना का अधिकार और अन्य प्रयोग

"किसी प्रयोजन या उद्देश्य की प्राप्ति के लिए बहुत से मनुष्यों का निर्देशन समन्वय या नियंत्रण ही प्रशासन है"। *–एल.डी. व्हाइट*

लोक प्रशासन का महत्त्व गत वर्षों में बढ़ गया है। राज्य संस्था लोक कल्याणकारी राज्य क्षेत्र में प्रवेश कर गई है। आज से दो शताब्दी पूर्व राज्य का प्रभाव क्षेत्र सीमित था। राज्य का कार्य शांति एवं सुरक्षा प्रदान करना था। आधुनिक युग की बदलती हुई सामाजिक, आर्थिक एवं राजनैतिक परिस्थिति ने राज्य की प्रकृति में आमूल परिवर्तन कर दिया है। निषेधात्मक कार्य ने लोक कल्याणकारी राज्य के सकारात्मक कार्य का स्थान ले लिया है। वर्तमान समय में राज्य प्रशासन राज्य के शांति एवं सुरक्षात्मक क्षेत्र तक सीमित न रहकर मानव सभ्यता एवं समाज के प्रत्येक कल्याणकारी क्षेत्र तक फैल गया है। प्रशासन ने मानव जीवन के हर क्षेत्र में प्रवेश कर लिया है। अत: राज्य के साथ-साथ लोक प्रशासन का महत्त्व बढ़ गया है। इसके दायित्वों एवं गतिविधियों में भी बदलाव आया है। राज्य का स्वरूप लोक कल्याणकारी की जगह प्रशासनिक हो गया है।

सूचना प्रौद्योगिकी, आर्थिक उदारीकरण तथा बढ़ती हुई जन जागरूकता के कारण संपूर्ण विश्व में परंपरागत नौकरशाही की अहंवादी शैली में परिवर्तन हुआ है। जैसाकि स्पष्ट है, राज्य एक संगठन है, प्रशासक उसका संचालक। राज्य एवं उसकी नीतियाँ कुशलतापूर्वक लागू हों इसके लिए नित्य नए प्रयोग हो रहे हैं और सफल प्रशासन के मापदंडों पर विचार किया जा रहा है। अत: प्रजातांत्रिक शासन व्यवस्था, लोक कल्याणकारी राज्य की अवधारणा, विकास

डॉ. श्वेता मिश्रा, असिस्टेंट प्रोफेसर, गार्गी कॉलेज, दिल्ली विश्वविद्यालय
मधुमिता, असिस्टेंट प्रोफेसर, रामलाल आनंद कॉलेज (सांध्य), दिल्ली विश्वविद्यालय

कार्यों के संपादन के दबाव आदि कारकों ने राज्य, सरकार एवं लोक प्रशासन के कार्यों में अभूतपूर्व वृद्धि की है।

प्रजातंत्र की भांति लोक प्रशासन भी लोगों का लोगों के लिए तथा लोगों द्वारा शासन है। प्रशासन मानव सभ्यता के विकास काल से ही चला आ रहा है। प्राचीन काल में मानवीय आवश्यकताएं सीमित एवं अल्प थीं इसलिए प्रशासन का क्षेत्र भी सीमित था। सभ्यता के विकास के साथ ही मनुष्य की आवश्यकताएं भी बढ़ गईं। इस तरह प्रशासन किसी सामान्य नीति अथवा लक्ष्य विशेष की प्राप्ति के लिए मानवीय तथा भौतिक तत्त्वों का अनूठा सामंजस्य है। किसी भी देश का लोक प्रशासन कितना सफल है इसका अनुमान लगाना कठिन है। किस हद तक प्रशासन प्रभावशील, कार्यकुशल है और अपने उद्देश्यों की प्राप्ति कर सकता है इसका अनुमान कुछ मापदंडों द्वारा किया जाता है जो निम्नलिखित हैं–

भारत के संविधान में कुछ लक्ष्य अंकित हैं जैसे देश का आर्थिक एवं सामाजिक विकास। इसमें हमें कितनी सफलता मिली है यह प्रशासन की छवि को दर्शाता है। दूसरा महत्त्वपूर्ण तत्त्व है आम आदमी के जीवन स्तर में आया सुधार। लोगों का राज्य व्यवस्था में बढ़ता विश्वास। साथ ही आर्थिक सूचकांकों की स्थिति, भ्रष्टाचार की स्थिति, लोकनीतियों की क्रियान्वयन एवं मूल्यांकन रिपोर्ट, प्रशासन के विरुद्ध जन शिकायतों की संख्या। कुछ और तत्त्व जैसे न्यायालयों में जनहित याचिकाओं एवं सरकार के विरुद्ध मुकदमों की स्थिति, आमजन को मिलने वाले निष्पक्ष न्याय। कुछ और तत्त्व जैसे राज्य या प्रशासन कहाँ तक मानव विकास में अग्रसर है तथा मानव विकास सूचकांक में भारत की स्थिति, सामाजिक क्षेत्र में दी गई सुविधाएं तथा विकास की स्थिति।[1] इन मापदंडों से प्रशासन की सफलता को आंका जा सकता है। गत वर्षों में किस प्रकार के प्रशासनिक सुधार हुए हैं और कैसे प्रशासनिक विकास के प्रयास किए गए हैं, प्रशासनिक प्रक्रियाओं एवं कानूनों की प्रभावशीलता भी प्रशासन की कुशलता का प्रमाण होती हैं। साथ ही कुछ और तत्त्व जैसे लोक सेवकों की कार्यकुशलता एवं राष्ट्र के प्रति प्रतिबद्धता, कानून एवं व्यवस्था की स्थिति तथा आम लोगों की सुरक्षा, विज्ञान प्रौद्योगिकी का विकास, प्रसार तथा उपयोग। इस प्रकार के कुछ मापदंड हमारे प्रशासन की उज्ज्वल छवि की ओर इशारा करते हैं और उनकी सफलता एवं विफलता को दर्शाते हैं।

7.1 सफल प्रशासन के मानदंड

लोकतांत्रिक कल्याणकारी राज्य के विकास में एक विरोधाभास देखने को मिल रहा है। जैसे-जैसे जनता की सेवा के लिए राज्य की शक्तियां बढ़ रही हैं लोग यह अनुभव करने लगे हैं कि सामाजिक कल्याणकारी राज्य ने उनको पृष्ठभूमि में धकेल दिया है। शक्ति भ्रष्टाचार को जन्म देती है, तथा अत्यधिक शक्ति भ्रष्टाचार का कारण बनती है। जैसे-जैसे लोक प्रशासन की मशीनरी फैलती है वह अधिक जटिल होती जाती है, इसको जवाबदेह बनाने की आवश्यकता अधिक तीव्रता से अनुभव हो रही है। आधुनिक समय में लोक प्रशासन के संदर्भ में सहमति बन रही है कि सरकारी प्रशासन की प्रमुख समस्या कुशलता प्राप्त करना नहीं है बल्कि जवाबदेही निश्चित करना है।

एक लोकतांत्रिक सरकार में, धारणा यह है कि लोक अधिकारी सरकार में जनता की सेवा के लिए कार्य करते हैं। चूंकि जिस प्रकार का कार्य लोक अधिकारी करते हैं और जिस प्रकार की सत्ता का प्रयोग होता है, इसमें जवाबदेही को निर्धारित करना कठिन हो जाता है। आज लोक प्रशासन विधानमंडल द्वारा बनाई गई नीतियों को लागू करने और कानूनों को कार्यान्वित करने का कार्य ही नहीं करते, बल्कि वे समझबूझ कर कानून भी बनाते हैं और कानूनों पर न्याय-निर्णय भी देते हैं। विधानमंडल जो कानून बनाता है वह केवल लक्ष्यों को निश्चित करते हैं। विधान में जो लुप्तांश रह जाते हैं उनको भरने के लिए विस्तृत नियम, अधिनियम तथा अवधि बनाने का कार्य प्रशासकों को सौंपा जाता है ताकि कानूनों को कार्यान्वित करने की प्रक्रिया सरल हो सके। कानूनों के कार्यान्वयन पर निगरानी रखने की समस्या आज नीति निर्णय और नीति-न्याय निर्णय पर नियंत्रण रखने के अधिक जटिल कार्य में विकसित हो गई है।[2] प्रशासन की सफलता के प्रमुख मापदंड हैं:

प्रत्युत्तरदायिता: इसका शाब्दिक अर्थ है उत्तर देना अथवा जवाब देना। लोकतंत्र में नागरिक लोक अधिकारियों से अपनी मांगों के प्रति प्रत्युत्तरदायी होने की आशा करते हैं। प्रत्युत्तरदायिता अच्छी सरकार के लिए प्रक्रियात्मक आवश्यकता है।

अनुक्रियाशील प्रशासन: यह शब्द प्रशासन की संवेदनशीलता, प्रभावशीलता तथा सहानुभूति की प्रकृति को दर्शाता है। यह अवधारणा प्रशासन की उस प्रवृत्ति को बताती है जो रुचि, उत्साह, संवेदना तथा शीघ्रता सहित जनता की आवश्यकताओं की पूर्ति करती है। पारिभाषिक दृष्टि से अनुक्रियाशील प्रशासन उन समस्त प्रशासनिक मूल्यों का सामूहिक नाम है जो प्रशासनिक तंत्र को जनता की आवश्यकताओं पर ध्यान केंद्रित करने, उनकी परिवेदनाएं दूर करने, तीव्र आर्थिक विकास करने, न्याय को विस्तारित करने तथा मानव संसाधन विकास को सुनिश्चित करने योग्य बनाने से संबंधित हैं। अनुक्रियाशील प्रशासन प्रतिनिधिपूर्ण एवं उत्तरदायी होता है।

योजना, नीति, कानून एवं कार्यक्रम के निर्माण, क्रियान्वयन तथा मूल्यांकन में जनभागीदारी होनी चाहिए। पंचायती राज, ग्राम सभा, नागरिक परिषदें तथा जनमत मंच इसी दिशा में प्रयास है। सारांशत: अनुक्रियाशील प्रशासन की अवधारणा इस बात पर बल देती है कि न केवल प्रशासन विपदा आने पर राहत कार्य संचालित करे बल्कि जनता का मानवतापूर्ण पुनर्वास भी करे।

उत्तरदायित्व: प्राय: उत्तरदायित्व तथा जवाबदेही का प्रयोग एक-दूसरे के लिए किया जाता है। जवाबदेही, उत्तरदायित्व की वैधानिक तथा पदानुक्रम स्थिति को कहते हैं, जबकि उत्तरदायित्व का अभिप्राय यह है कि लोक अधिकारी उचित प्रशासन और नीति के प्रत्यक्ष और परोक्ष मूल्यों का आदर करेंगे। उत्तरदायी लोक अधिकारी विधि को जानते हैं और उन्हें अपने कार्यक्रमों के उचित प्रशासन में विश्वास होता है। विशेषज्ञता तथा विधि ही लोक सेवा के प्रचालन का आधार बन जाते हैं।

सत्यनिष्ठा, नैतिकता तथा मूल्य: आज का राज्य कल्याणकारी राज्य से भी आगे बढ़ गया है। इसमें स्वतंत्रता प्राप्ति, न्याय, समानता और सम्मान तथा संपूर्णता को प्राप्त करने पर बल दिया जाता है। इस प्रकार के उद्देश्य जन सेवा पर बल देते हैं और अनिवार्य रूप से मूल्यों,

नियमों तथा नैतिकता के प्रश्नों को सामने ले आते हैं। आधुनिक प्रशासन की बढ़ती हुई जटिलता के लिए व्यावसायिक ज्ञान तथा विशेषज्ञता की आवश्यकता है। इसको सेवा की दिशा में चलाना आवश्यक है, और सामान्य हित के प्रति वचनबद्धता तथा भक्ति की भावना होनी चाहिए। इसलिए प्रशासनिक व्यवहार तथा इसको प्रभावित करने वाले मूल्य बहुत महत्त्वपूर्ण हैं।

सामान्यतया प्रत्येक व्यक्ति सांस्कृतिक प्रभावों, विज्ञान तथा नवीनताओं, धर्म तथा जातीय प्रभाव और जीवन के अनुभव के आधार पर अपनी मूल्य व्यवस्था निर्मित करता है। पीटर ड्रकर के अनुसार 'संस्थात्मक तथा व्यक्तिगत मूल्यों का संगम ही प्रशासन का सर्वोत्कृष्ट सिद्धांत बन जाता है।'[3]

जवाबदेही: प्रशासनिक जवाबदेही एक संगठनात्मक आवश्यकता है क्योंकि सर्वप्रथम यह लक्ष्यों के संदर्भ में इसके निष्पादन के मूल्यांकन का प्रयास करती है। अत: प्रशासन को सफल बनाने के लिए उपरोक्त मापदंड आवश्यक हैं। देश का लोक प्रशासन अपने उद्देश्यों की प्राप्ति, प्रभावशीलता, कार्यकुशलता तथा उज्ज्वल छवि के क्रम में कितना सफल है इसका अनुमान लगाया जा सकता है।

सारांशत: उन प्रशासनिक मूल्यों को स्थान दिया जाना चाहिए जो जनोन्मुख निर्णय में सहायक हों तथा प्रशासन का बदलता स्वरूप नवाचारी, गत्यात्मक, दूरदर्शी प्रभावी, कर्मठ, न्यायसम्मत, निष्पक्ष और नैतिक मूल्यों से परिपूर्ण हो। यही सफल प्रशासन के मापदंड हैं।

7.2 प्रशासन में उत्तरदायित्व या जवाबदेही

जवाबदेही के मुख्य स्वरूप

लोकसेवाएं वैध सत्ता पर आधारित सेवाएं हैं जिनको कार्य संपादन हेतु यथोचित अधिकार, आवश्यक सुरक्षा तथा पर्याप्त सुविधाएं प्रदान की गई हैं। अत: इन सेवाओं में कार्यरत कार्मिकों के उत्तरदायित्व तथा जवाबदेयता भी सुनिश्चित होनी चाहिए। ''उत्तरदायित्व'' नैतिकता के भाव से परिपूर्ण है तथा ''जवाबदेयता'' में औपचारिक एवं कानूनी बाध्यताएं समाहित हैं। संवैधानिक प्रावधानों तथा राष्ट्रीय कानूनों के अनुसरण में संरचित प्रशासनिक संगठनों के कार्मिक संविधान एवं जनता के प्रति जवाबदेय हैं।

अत: यह स्पष्ट है कि प्रशासनिक जवाबदेही एक संगठनात्मक अनिवार्यता है क्योंकि प्रथम इसका अभिप्राय एक संगठन के कार्य संपादन का इसके लक्ष्यों के आधार पर मूल्यांकन करना है। जवाबदेही प्रशासनिक उत्तरदायित्व की सहगामिनी है। जवाबदेयता शब्द की सीमा में उत्तरदायित्व स्वत: ही सम्मिलित हो जाता है। जवाबदेही तभी अर्थपूर्ण होती है जब यह घनिष्ठ और दृढ़ रूप से एक संगठन के लक्ष्यों और मुख्य कार्यों से संबंधित हो। प्रशासनिक जवाबदेही उपलब्धि चाहती है। जवाबदेही पर एक सही मानसपटल तब प्राप्त किया जा सकता है जब एक कर्मचारी अपने सरकारी कार्य को एक साधारण व्यक्ति के सामने रख कर देखें।

सरकार आज नए-नए एवं अनोखे कार्यों को अपना रही है। सामाजिक और आर्थिक क्षेत्रों

में इनका दबाव बढ़ता जा रहा है। ऐसी परिस्थिति में यह नितांत आवश्यक हो जाता है कि उन पर निरंतर निगरानी रखी जाए। कार्य किस तरीके से संपादित हो रहा है, जो नियोजित किया गया था वह उपलब्ध हुआ है अथवा इनके लिए कार्यपालिका का उत्तरदायित्व बनाए रखना आवश्यक है। कार्यपालिका का व्यवस्थापिका के प्रति उत्तरदायित्व, व्यवस्थापिका की निगरानी, न्यायिक पुनर्विलोकन, लेखा परीक्षा, नियंत्रण, मंत्रालयों में वित्तीय परामर्शात्मक व्यवस्था वे तत्त्व हैं जिनसे जवाबदेही की व्यवस्था गठित होती है। इन्हें जनसंपर्क साधनों, राजनीतिक दलों, हित समूहों, राजनीतिक एवं निर्वाचन प्रक्रियाओं तथा समाज में स्थित निगरानी रखने वाले संगठनों द्वारा सबल बनाया जाता है।

लोकतांत्रिक प्रशासनिक व्यवस्थाओं में लोक सेवक जनता के प्रति जवाबदेय हैं। भारत में कानून का स्रोत हमारा संविधान है जो संपूर्ण प्रशासन तंत्र को निर्देशित और नियंत्रित करता है। जन प्रतिनिधियों के माध्यम से गठित विधायिका जो देश के कानून एवं नीतियों के निर्माण में सर्वोच्च निकाय है, के प्रति तथा कानूनों की व्याख्या करने वाली न्यायपालिका के प्रति भी लोक सेवकों की जवाबदेयता आवश्यक है। लोक सेवकों की जवाबदेयता बहुमुखी है जिसमें स्वयं के प्रति जवाबदेयता भी सम्मिलित है।

मंत्रिपरिषद् संसद के निम्न सदन के प्रति उत्तरदायी या जवाबदेह होती है तथा यह सामूहिक या संयुक्त उत्तरदायित्व की अवधारणा से बंधी है। संसदात्मक शासन व्यवस्था में वह दल जिसका लोकसभा में बहुमत है उसे यह अधिकार है कि वह सरकार बनाए और चलाए। अतः प्रत्येक सदस्य को यह देखना होगा कि उसकी नीतियां उसके सहयोगियों द्वारा भी स्वीकार की जाएं। संसद के प्रत्येक मंत्री की जवाबदेही उन सब विषयों में होती है जो उसकी देखरेख के अधीन होते हैं। इसी प्रकार मंत्रालय में कार्यरत समस्त लोकसेवक मंत्री के प्रति जवाबदेह होते हैं। जवाबदेही संगठनात्मक और प्रक्रियात्मक रचनाओं की एक जटिल व्यवस्था से सुनिश्चित और अधिक विशिष्ट होती है। पदसोपान स्वयं जवाबदेही निर्धारण में एक अभ्यास है।[4]

अतः निम्न स्तरों पर संपन्न होने वाले कार्यों पर समुचित नियंत्रण एवं परिवीक्षण के बिना जवाबदेही क्रियान्वित नहीं की जा सकती। नियंत्रण का क्षेत्र, आदेश की एकता, निरीक्षण इत्यादि जवाबदेही को सुविधाजनक बनाने की आवश्यकता है।

कार्यपालिका इतनी विशाल हो चुकी है कि उसे तर्कसंगत एवं निरंतर जवाबदेही की व्यवस्था से प्रतिबंधित नहीं किया जा सकता। इसके लिए नवीन संस्कृति और बिना सोचे-समझे अपनाए गए दृष्टिकोणों एवं रणनीतियों के स्थान पर निश्चित प्रतिबद्धता की आवश्यकता है। जवाबदेही सकारात्मक प्रकृति की होनी चाहिए। इस प्रकार जवाबदेयता संविधान, न्यायपालिका, व्यवस्थापिका, कार्यपालिका, जनता तथा स्वयं के प्रति होती है।

जवाहदेही निश्चित करने के उपाय

1. यह आश्वस्त करने के लिए कि प्रशासक जनता की आवश्यकताओं के प्रति जवाबदेह हो, प्रतिनिधि नौकरशाही के महत्त्व की ओर संकेत किया गया। परंतु प्रशासनिक जवाबदेही केवल तभी आश्वस्त की जा सकती है यदि नौकरशाही को समाज के सभी महत्त्वपूर्ण समूहों का प्रतिनिधि बना दिया जाए।

2. प्रशासनिक प्रक्रिया में जनता की प्रत्यक्ष भागीदारी प्रशासनिक जवाबदेही को लागू करने के प्रयत्नों में से एक है। परंतु यह भी असफल रहेगी जब तक कि इस भागीदारी द्वारा नागरिकों को शिक्षित नहीं किया जाता और स्वयं समुदाय की विस्तृत सामाजिक, आर्थिक विशेषताओं के संबंध में उनको सूचित नहीं किया जाता। प्रशासकों के लिए यह अनिवार्य है कि वे अपने व्यावसायिक फैसले जनता की प्राथमिकताओं को ध्यान में रखकर करें। अत: प्रशासनिक क्रिया का लोकतांत्रिक आधार विस्तृत किया जाए।

3. जवाबदेही का सार, गुणवाची होना चाहिए। निरुत्साही निष्पादन, सुरक्षित रह कर कार्य करने का ढंग, संगठन को नेतृत्व तथा प्रेरणा प्रदान न करना आदि को हतोत्साहित किया जाना चाहिए।

4. जवाबदेही निष्पादन पर आधारित है, अत: एक उत्तरदायी सरकार व्यवस्था में नियमों तथा कार्य शैलियों को सरल बनाया जाना चाहिए। विकेंद्रीकरण तथा हस्तांतरण जवाबदेही के लिए महत्त्वपूर्ण हैं।

5. नवीनीकरण कार्य प्रणालियां जैसे सूर्यास्त विधान, जीरो बेस बजटिंग, सामाजिक लेखापरीक्षण, सूचना की स्वतंत्रता नियम, सूर्योदय संविधान आदि अपनाए जाने चाहिए, ताकि जवाबदेही को बढ़ाया जा सके। कानून, नियम तथा अधिनियम स्थायी आधार पर नहीं बनाए जाने चाहिए, सूर्यास्त-विधान की धारणा का अभिप्राय है कि नियम और अधिनियम एक सीमित अवधि के लिए बनाए जाने चाहिए। इससे इन नियमों अधिनियमों का समय-समय पर पुनर्निरीक्षण अनिवार्य हो जाएगा। इस प्रकार उनकी लगातार प्रमाणिकता पता की जा सकती है। सूचना का अधिकार इसी दिशा में की गई पहल है। श्रेष्ठतर जवाबदेही के लोक प्रशासन के नवीन मार्गों की खोज की जानी चाहिए। इसके लिए निश्चित प्रतिबद्धता आवश्यक है।

सारांशत: लोक प्रशासन और अधिक जवाबदेह हो सकता है अगर वह अपने क्षेत्र में अधिक व्यवस्थित प्रबंध का प्रयास करे। एक ऐसी प्रतिवेदन व्यवस्था क्रियान्वित की जानी चाहिए। जो संगठनात्मक उद्देश्यों की पूर्ति की दिशा में प्रगति करे और सूचना प्रदान करे। अनुसरण गतिविधि त्वरित होनी चाहिए। जवाबदेही की भावना प्रोन्नत करने के लिए प्रशासन में खुलापन अनिवार्य है। इसे प्राप्त करने के लिए आधिकारिक गोपनीयता अधिनियम को इस प्रकार संशोधित करना चाहिए कि प्रत्येक नागरिक को लोक प्रशासन के ही क्षेत्रों में आधिकारिक सूचना प्राप्त करने का अधिकार मिले।

प्रशासन एक क्रिया है और ऐसी किसी क्रिया से आम व्यक्तियों की पहल करने की क्षमता और आगे आने की प्रेरणा अनुकूल रूप से प्रभावित होनी चाहिए। यह प्रशासन की जवाबदेही को सुनिश्चित करती है। भारतीय प्रशासनिक तंत्र नौकरशाही के कठोर नियमों तथा जटिल प्रक्रियाओं से ग्रस्त है जिसमें नैतिक मूल्यों और मानवीय संवेदनाओं का समावेश नहीं है। विगत एक दशक से भारत में लोकसेवकों की जवाबदेयता के प्रति गंभीरता उत्पन्न हुई है। शिक्षा, संचार, स्वयंसेवी संगठन, न्यायालयों द्वारा लोक सेवकों के विरुद्ध टिप्पणियां, उपभोक्ता संरक्षण अधिनियम, नई आर्थिक नीति, मानवाधिकारों की मांग, विकेंद्रीकरण, वैश्वीकरण, सूचना का अधिकार इसके प्रमुख कारण हैं।

जवाबदेही का आंतरिक पहलू भी होता है। एक मंत्रालय में कार्यरत समस्त लोक सेवक मंत्री के प्रति जवाबदेह होते हैं। लोक सेवकों को चाहिए कि वे मंत्री के विचारों को समझें तथा अपनी प्रत्येक कार्यवाही में उन्हें ईमानदारी से परिलक्षित करें। नागरिकों के साथ समस्त व्यवहार में उन्हें कानूनी प्रक्रिया तथा प्राकृतिक न्याय के सिद्धांत का अनुपालन करना चाहिए। अंत में जनमत की भावनाओं का आदर भी करना चाहिए।

इस प्रकार जवाबदेही संगठनात्मक और प्रक्रियात्मक रचनाओं की एक जटिल व्यवस्था से सुनिश्चित और अधिक विशिष्ट होती है। नियंत्रण का क्षेत्र, आदेश की एकता, निरीक्षण, परिवीक्षण जवाबदेही को सुविधाजनक बनाते हैं और इस प्रकार प्रशासन को सफल।

7.3 लोक प्रशासन में गैर-सरकारी संगठन तथा नागरिक सहभागिता

NGOs and peoples participation in public administration

भागीदारी की महत्ता व प्रासंगिकता के गुण सदियों से गाए जाते रहे हैं, हाल के वर्षों में भागीदारी या सहभागिता व ग्रामीण विकास ने लोक प्रशासन के प्रमुख विषय के रूप में अपनी अलग व विशिष्ट पहचान बनाई है। संयुक्त राष्ट्र आर्थिक व सामाजिक परिषद ने सरकार व प्रशासन के सभी स्तरों पर आम लोगों की सार्थक व व्यापक भागीदारी सुनिश्चित करने पर बल दिया है। आम लोगों के साथ-साथ गैर-सरकारी संगठनों, जैसे, ट्रेड यूनियन, युवा व महिला संगठन आदि की लक्ष्य निर्धारण, नीति निर्माण तथा कार्यान्वयन में महती भूमिका को भी परिषद् ने रेखांकित किया है तथा उसे नीतिगत स्तर पर लागू करने का सुझाव दिया है।

सहभागिता के समर्थन में समाज के सभी स्तर के लोगों व संगठनों की सक्रियता दिनोंदिन बढ़ती जा रही है। विकास में भागीदारी की महत्ता इसके अर्थ व चरित्र में स्वत: शामिल है। भागीदारी का लोकप्रिय अर्थ है आम नागरिकों की प्रशासन के कामकाज में सभी प्रकार की सक्रियतापूर्ण हिस्सेदारी।[5] संयुक्त राष्ट्र अभिलेखों में भी इसे परिभाषित करने की कोशिश की गई है।[6]

भागीदारी से अर्थ है आम लोगों की शासन के काम-काज में दखल। यह प्रशासनिक कामकाज में नियुक्त सरकारी सेवकों से अलग है तथा उनकी भागीदारी को भागीदारी के अर्थ में नहीं लिया जा सकता। यह शासन-प्रशासन के किसी भी स्तर पर हो सकती है जिसमें ग्रामीण से लेकर राष्ट्रीय स्तर सभी शामिल हैं। यह सिर्फ सलाहकारी हो सकती है जैसाकि मंत्रियों, राज्यपालों या चिकित्सालय अध्यक्षों की सहायता हेतु सलाहकार समितियां होती हैं। इसी प्रकार यह निर्णय या नीति निर्माण प्रक्रिया का भी हिस्सा हो सकती है जिसका उदाहरण हमें स्थानीय निकायों की कार्यकारी समितियों में मिलता है या फिर इसका संबंध निर्णयों, नीतियों या कार्यक्रमों के वास्तविक कार्यान्वयन से भी हो सकता है जिसका सटीक उदाहरण है गांवों द्वारा सामुदायिक स्व-सहायता कार्यक्रम का परिचालन व कार्यान्वयन। भागीदारी की प्रवृत्ति प्रत्यक्ष या फिर अप्रत्यक्ष हो सकती है। प्रत्यक्ष भागीदारी का उदाहरण है सामुदायिक कार्यक्रम तथा अप्रत्यक्ष भागीदारी का उदाहरण है निर्वाचित पदाधिकारी तथा प्रतिनिधिगण। अप्रत्यक्ष भागीदारी में भागीदारी की शुद्धता व प्रासंगिकता जन प्रतिनिधियों व अधिकारियों की

जवाबदेही के स्तर से तय होती है। गैर-सरकारी संगठनों या वैधानिक निकायों के माध्यम से भी व्यक्तिगत भागीदारी संभव है। वैधानिक निकायों का संबंध केंद्रीकृत (विशेष-उद्देश्य हेतु गठित निकाय) या फिर विकेंद्रीकृत (बहु उद्देशीय स्थानीय निकाय) से हो सकता है।

इस प्रकार भागीदारी प्रशासनिक गतिविधियों में हर एक तरह के नागरिक हस्तक्षेप को शामिल करती है। यद्यपि जन भागीदारी तभी सार्थक हो सकती है जब भागीदारी में शामिल नागरिक अपने अधिकारों व उत्तरदायित्वों से पूरी तरह वाकिफ हों तथा उन्हें संबंधित कार्ययोजना की पूरी जानकारी हो। जनभागीदारी आम नागरिकों को एक ऐसा प्लेटफार्म देती है जहां वह अपनी समस्याओं व जरूरतों व आवश्यकताओं के समर्थन में अपनी सार्थक आवाज बुलंद कर सकता है तथा अपने आप को शासन प्रक्रिया का अभिन्न अंग मानकर उससे जुड़ा महसूस कर सकता है। जनभागीदारी जनोपयोगी कार्यक्रमों की सफलता को सुनिश्चित कर सकने में भी बहुत ही सहायक सिद्ध हो सकती है। जनभागीदारी जनता की ऊर्जा को भटकाव से बचा कर उसे सही व उत्पादनशील दिशा में प्रवाहित करती है। यह आम नागरिकों को सिर्फ मतदान से आगे जाकर अपनी रचनात्मकता व सच्ची नागरिकता को निखारने व संवारने का अवसर प्रदान करती है।[7] भागीदारी में भागीदारी कर रहे व्यक्ति की निर्णयात्मकता व संकल्पशीलता अनिवार्य रूप से शामिल होती है। 'भागीदारी का अर्थ है स्व-गति'।[8]

गैर-सरकारी संगठन

गैर-सरकारी संगठनों को अक्सर स्वैच्छिक संगठनों या स्वैच्छिक एजेंसियों अथवा कार्यकारी समूहों के साथ पारस्परिक रूप से जोड़ा जाता है। जहां संयुक्त राष्ट्र की शब्दावली में इसे गैर-सरकारी संगठन के रूप में सामान्यत: जाना जाता है वहीं टी. एन. चतुर्वेदी इसे स्वैच्छिक संगठन या एसोसिएशन कहना पसंद करते हैं क्योंकि गैर-सरकारी संगठन की अपेक्षा यह अधिक सकारात्मक व सार्थक अर्थ की उद्घोषणा करता है।[9] स्वैच्छिक संगठन/गैर-सरकारी संगठन को इन शब्दों में परिभाषित किया जा सकता है, 'एक ऐसा संगठन जो स्वायत्त बोर्ड के माध्यम से संचालित होता है, जिसकी नियमित अंतराल पर बैठक होती है, जो अधिकांशत: निजी स्रोतों से चंदा उगाहता है तथा उन पैसों को वैतनिक या अवैतनिक कार्यकर्त्ताओं के माध्यम से जनोपयोगी व जनकेंद्रित योजनाओं में खर्च करता है।[10]

गैर-सरकारी संगठन एक ऐसा औपचारिक, पार्टी विहीन व निजी निकाय होता है जो व्यक्तिगत या सामूहिक प्रयत्न के माध्यम से अस्तित्व में आता है तथा जिसका उद्देश्य समाज के किसी विशेष तबके के जीवन को किसी भी मायने में बेहतर बनाने पर केंद्रित होता है।[11]

रिग्स के अनुसार यह व्यक्तियों का एक ऐसा समूह होता है जिसका आधार राज्य नियंत्रण से परे स्वैच्छिक सदस्यता पर टिका होता है तथा जो सामान्य हित को अग्रसर करने पर अपना ध्यान केंद्रित करता है। स्वैच्छिक संगठन वस्तुत: व्यक्तियों का एक ऐसा समूह होता है जहां व्यक्तिगत हित का बलिदान कर सामूहिक हित को बढ़ावा देने का प्रयास किया जाता है। समूह की सदस्यता पूरी तरह से स्वैच्छिक होती है।[12]

गैर-सरकारी संगठन ऐसा संगठन होता है जहाँ के वैतनिक या अवैतनिक कार्यकर्त्ता बिना किसी बाहरी नियंत्रण के खुद के सदस्यों से नियमित, नियंत्रित व परिचालित होते हैं।[13] दूसरे शब्दों में इसे एक ऐसे सांगठनिक निकाय के रूप में परिभाषित किया जा सकता है जो जनोपयोगी व जनकेंद्रित कार्य करने के लिए स्वैच्छिक सामूहिक उपायों या संसाधनों को इकट्ठा कर उसे व्यवहार में लाने हेतु स्वत: प्रेरित होता है या फिर किसी बाह्य प्रेरणा पर टिका होता है। इसका सामूहिक उद्देश्य जनसेवाओं व सरकारी सेवाओं को और अधिक सुलभ, बेहतर तथा उपयोगी बनाने का होता है।

संयुक्त राष्ट्र शब्दावली में गैर-सरकारी संगठन ऐसे अंतर्राष्ट्रीय संगठन हैं जिसकी स्थापना अंतर-राज्यीय समझौतों के बिना होती है तथा इसमें वैसे संगठन भी शामिल हैं जो सरकारी संस्थानों व प्राधिकारों के द्वारा नामित सदस्यों को अपनी सदस्यता प्रदान करता है इस शर्त के साथ कि सांगठनिक स्वतंत्रता में उनका कोई अनुचित दखल नहीं होगा।[14]

गैर-सरकारी संगठन बाजार व राज्य की सीमा से परे ऐसे संगठन हैं जो स्वैच्छिक व आर्थिक सहयोगों के माध्यम से सामाजिक समस्याओं का सामूहिक समाधान ढूंढ़ने की कोशिश करता है।[15] माइकल बैंटन गैर-सरकारी संगठनों को एक ऐसे समूह के रूप में परिभाषित करते हैं जो एक या कई सामान्य हितों को साधने के लिए संगठित होता है।[16]

भारत में गैर-सरकारी संगठन: ऐतिहासिक पृष्ठभूमि

स्वैच्छिकतावाद या गैर-सरकारी संगठनों की शुरूआत को प्राचीन तथा मध्य युग में ढूँढा जा सकता है। इस अवधि में सामुदायिक हित से प्रेरित स्वैच्छिक शिक्षण व अनुसंधान केंद्रों का गठन किया गया जहाँ भोजन व आवास की मुफ्त व्यवस्था की जाती थी। वे अपने स्रोतों के माध्यम से धन उगाह कर चिकित्सालयों, विद्यालयों, महाविद्यालयों तथा अनाथालयों की सहायता भी करते थे।

19वीं शताब्दी के दौरान स्वैच्छिकतावाद धार्मिक तथा सामाजिक सुधार के रूप में अवतरित हुआ जहाँ सती प्रथा, जाति प्रथा, बाल-विवाह आदि जैसी कई सामाजिक कुरीतियों को दूर करने का सामूहिक रूप से स्वैच्छिक प्रयास किया गया। इस दिशा में आत्मीय समाज, ब्रह्म समाज, धर्म समाज, प्रार्थना समाज, थियोसोफिकल सोसायटी, रामकृष्ण मिशन आदि जैसे संगठन प्रकाश में आए। इन संस्थाओं ने शिक्षा प्रदान करने से लेकर कई लोक कल्याणकारी कार्यक्रमों को चलाने का स्वैच्छिक प्रयास किया।

20वीं शताब्दी में गांधी के अभ्युदय के साथ कई रचनात्मक कार्यक्रमों को संगठित तरीके से चलाने का प्रयास किया गया। चरखा, खादी, ग्रामोद्योग, बुनियादी शिक्षा, स्वच्छता अभियान तथा अस्पृश्यता उन्मूलन आदि प्रमुख रचनात्मक कार्यक्रमों में शामिल थे। उन्होंने विभिन्न कार्यक्रमों को सुदृढ़ करने के लिए हरिजन सेवक संघ, ग्रामोद्योग संघ तथा हिंदुस्तान तालीम संघ जैसे कई संगठनों को संगठित किया। इस प्रकार हम देखते हैं कि 19वीं सदी के अंत तथा 20वीं सदी के प्रारंभ में स्वैच्छिकतावाद ने भारत के सामाजिक कल्याण में महत्त्वपूर्ण भूमिका निभाई।

आजादी के बाद कृषि, स्वास्थ्य तथा सामुदायिक विकास के विस्तार कार्य पर ध्यान केंद्रित

हो गया। परिणामस्वरूप खादी तथा ग्राम उद्योगों का सरकारीकरण हो गया। सामाजिक सुधार में भी स्वैच्छिक हस्तक्षेप हमें देखने को मिला, जब बंबई में एस.एन.डी.टी. तथा टी.आई.एस. एस. जैसे शैक्षणिक संस्थानों के माध्यम से युवाओं को प्रशिक्षित करने का प्रयास शुरू किया गया। कार्यक्रमों को सहायता, पुनर्वास, कल्याण तथा दान पर केंद्रित रखा गया।

आजादी के बाद विविध विकासपरक कार्यक्रमों के लागू होने के साथ स्वैच्छिक प्रयास का केंद्र कल्याणकारी गतिविधियों से हटकर ग्रामीण विकास जैसे चुनौतीपूर्ण कार्य विशेषकर गरीबी उन्मूलन कार्यक्रमों के कार्यान्वयन पर केंद्रित हो गया। यह वह समय था जब जागरूकता व जनभागीदारी ने सिर उठाना शुरू कर दिया था। इस अवधि के दौरान चयनित समूहों जिसमें भूमिहीन मजदूर, आदिवासी, छोटे किसान, महिला, बच्चे, अनुसूचित जाति तथा अनुसूचित जनजाति आदि शामिल थे को लाभार्थी समूहों के रूप में चिन्हित किया गया।

इनमें कुछ ने जहाँ अपना ध्यान गरीबी उन्मूलन कार्यक्रमों पर केंद्रित किया वहीं कुछ ने ग्राम्य सुधार व परिवर्तन के लिए संघर्षरत संगठनों के लिए कार्यकर्त्ताओं को प्रशिक्षित करने का काम अपने हाथ में ले लिया। कुछ संगठनों ने सामाजिक कार्यकर्त्ताओं को सेमिनारों कांफ्रेंसों तथा कार्यशालाओं के माध्यम से शिक्षित, जागरूक व संवेदनशील बनाने का काम शुरू किया। इन कार्यशालाओं का एक उद्देश्य विचारों व अनुभवों का सार्थक आदान-प्रदान भी रहा।[17]

आज भारत में गैर-सरकारी संगठनों का प्रसार काफी अधिक हो चुका है। 1953 के मात्र 1739 से उनकी संख्या दस गुणा बढ़कर 1990 में 100,000 तक पहुँच चुकी है। इन 100,000 पंजीकृत संगठनों में से 25000 से 30000 सक्रिय रूप से काम कर रहे हैं। 31 दिसम्बर 1989 में एक जगह पर सबसे अधिक गैर-सरकारी संगठन भारत सरकार के गृह मंत्रालय के अधीन Foreign Contribution Regulations Act के तहत पंजीकृत थे, जिनकी संख्या 12314 थीं।[18] 1990 से 2005 के बी में इनकी संख्या 102 मिलियन हो गई है। जिसमें से 53 प्रतिशत ग्रामीण क्षेत्रों में कार्यरत हैं। 47 प्रतिशत शहरी क्षेत्रों में कार्यरत हैं उसमें से 49.6 प्रतिशत अपंजीकृत है।[18(a)]

गैर-सरकारी संगठन तथा जन भागीदारी

सरकारी एजेंसियों के प्रदर्शन में तेजी से आ रही गिरावट के कारण गैर-सरकारी संगठनों की महत्ता व प्रासंगिकता में कई गुना इजाफा हुआ है। इसका एक प्रमुख कारण है सामाजिक सुरक्षा, सामाजिक न्याय, समता, पीने के लिए पानी की व्यवस्था, ऊर्जा, वातावरण संरक्षण, जल स्रोतों की रक्षा तथा कृषि के एकीकृत विकास को लेकर सरकारी एजेंसियों की अक्षमता, अपर्याप्तता, अकुशलता तथा उनकी संवेदनहीनता। अब उम्मीदें गैर-सरकारी संगठनों पर टिकी हैं। इसका कारण है जमीनी स्तर पर काम कर रहे संगठनों की स्थानीय जरूरतों व आवश्यकताओं के प्रति अधिक जागरूकता व संवेदनशीलता।

नियोजित विकास में गरीबी उन्मूलन कार्यक्रमों की शुरूआत ने गैर-सरकारी संगठनों की प्रासंगिकता को और भी व्यापक तथा जटिल कर दिया है। उनका काम सरकारी एजेंसियों पर नजर रखना तथा उन्हें सही लाभार्थियों की पहचान करने में मदद करना है।[19]

आजादी के बाद सामुदायिक विकास कार्यक्रम पहला ग्रामीण विकास कार्यक्रम था जिसकी शुरूआत सरकार ने जोर-शोर से की। इसे आंदोलन का पर्याय बताया गया जो कि सतत स्व-सहायता तथा लोकप्रिय भागीदारी के सिद्धांत पर आधारित था। ग्रामीण विकास पर बढ़ते जोर ने गैर-सरकारी संगठनों को विकासात्मक गतिविधियों में और बढ़-चढ़ कर हिस्सा लेने के लिए प्रेरित किया है। कल्याण व दान के भाव से प्रेरित स्वैच्छिक संगठनों का दृष्टिकोण क्षेत्र विकास पर केंद्रित हो गया।

विविध पंचवर्षीय योजनाओं में गैर-सरकारी संगठनों की महती भूमिका को जनभागीदारी के परिप्रेक्ष्य में लगातार रेखांकित किया जाता रहा है। इन सब के मद्देनजर सातवीं योजना में ग्रामीण विकास में गैर-सरकारी संगठनों की भूमिका को तीव्र, व्यापक व ठोस करने के लिए अलग से धन की व्यवस्था की गई। पहली बार इसके लिए अलग से 150 करोड़ की व्यवस्था की गई।[20]

इसी तरह आठवीं योजना में भी ग्रामीण विकास में गैर-सरकारी संगठनों की भूमिका पर विशेष बल दिया गया। योजना प्रपत्र में यह कहा गया, गैर-सरकारी संगठनों का एक राष्ट्र व्यापी नेटवर्क विकसित किया जाएगा। इस नेटवर्क के सुचारू संचालन के लिए निर्माण, पुनर्निर्माण, बहुगुणन तथा संगठनात्मक विकास हेतु योजना आयोग ने विस्तृत रूपरेखा तैयार की। एकीकृत विकास के क्षेत्र में कार्य कर रहे गैर-सरकारी संगठनों के लिए एक खिड़की की व्यवस्था की गई है।[21] अन्य पंचवर्षीय योजनाओं में भी गैर-सरकारी संगठनों की विशेष भूमिका पर जोर दिया गया है।

गैर-सरकारी संगठनों की भूमिका

गैर-सरकारी संगठनों के अर्थ तथा उसके ऐतिहासिक पृष्ठभूमि पर चर्चा करने के बाद यह अपेक्षित होगा कि हम जन भागीदारी के अर्थ में गैर-सरकारी संगठनों की भूमिका की जांच-पड़ताल करें।

गैर-सरकारी संगठनों की चारित्रिक विशेषताओं में – गतिशीलता, लोकोन्मुखता, स्थानीय जरूरतों व आवश्यकताओं के प्रति जागरूकता, प्रेरक नेतृत्व तथा प्रेरित कार्यकर्त्ता, प्रभावी कार्यान्वयन आदि प्रमुख हैं इसके महत्त्व में हाल के दिनों में काफी वृद्धि हुई है।[22]

गैर-सरकारी संगठनों का सबसे महत्त्वपूर्ण कार्य होता है जनता को विकासात्मक कार्यों में पूर्ण भागीदारी के लिए प्रेरित तथा मार्गनिर्देशित करना तथा उनके लिए सही प्लेटफॉर्म व अवसर को सुनिश्चित करना। जनभागीदारी के बिना जनोन्मुख कार्यों की सफलता हमेशा संदिग्ध रहती है। इसी वजह से स्वैच्छिक संगठनों ने यह दायित्व अपने ऊपर लिया।

एक दूसरा क्षेत्र जहाँ गैर-सरकारी संगठनों की प्रभावी भूमिका होती है वह स्थानीय प्रशासन में सकारात्मक हस्तक्षेप। अधिकतर विकासशील देशों में लालफीताशाही तथा राजनीतिक हस्तक्षेप के कारण सरकारी कार्यक्रमों का लाभ वंचित तबकों तक नहीं पहुँच पाता है। यहाँ पर गैर-सरकारी संगठनों की भूमिका खासी महत्त्वपूर्ण हो जाती है। यह स्थानीय प्रशासन को जवाबदेह व जिम्मेदार बनने के लिए बाध्य करते हैं।

गैर-सरकारी संगठन जन जागरूकता फैलाते हैं, लोगों के लिए जीविकोपार्जन का साधन व अवसर मुहैय्या कराते हैं तथा उनकी सहायता व सहयोग से उनके हितैषी वातावरण तथा उपयोगी टेक्नोलॉजी का विकास व संरक्षण करते हैं। इसके अतिरिक्त सामाजिक बुराइयों के खात्मे के लिए जरूरी माहौल तैयार करते हैं। इस प्रकार गैर-सरकारी संगठन ग्रामीण क्षेत्रों में निर्माता, संरक्षक तथा विनाशक की बहुमुखी भूमिका निभाते हैं।[23]

जी. नारायण रेड्डी के अनुसार गैर-सरकारी संगठन ग्रामीण विकास में महत्त्वपूर्ण भूमिका निभाते हैं जिनमें से कुछ निम्नांकित हैं-

(i) जनता को उनके विकास के प्रयास में मदद करना

(ii) जनता में अंतर्निहित संभावनाओं को निखारने तथा उजागर करने का काम

(iii) भागीदारीपूर्ण विकास की प्रक्रिया को गति प्रदान करना

(iv) वंचित तबकों के सामाजिक न्याय को सुनिश्चित करना तथा उन्हें उनके अधिकारों व कर्त्तव्यों के बारे में जागरूक व संवेदनशील करना

(v) ग्रामीण क्षेत्रों के सामाजिक, आर्थिक तथा राजनीतिक जीवन के विकास व संवृद्धि का प्रचार-प्रसार[24]

गैर-सरकारी संगठनों की सबसे महत्त्वपूर्ण भूमिका जनता में स्थानीय स्तर पर राजनैतिक जागरूकता को उत्पन्न करने की होती है। ऐसा करते समय उन्हें तीन सिद्धांतों से दिशा निर्देशित होना चाहिए - परोपकारात्मक, विकासात्मक तथा भागीदारीपूर्ण। इसकी उपलब्धि के लिए उनके द्वारा कुछ पूर्व शर्त्तों का पूरा किया जाना जरूरी है जिनमें शामिल हैं- (i) उनकी खुद की प्रकृति जन संगठन की होनी चाहिए (ii) उन्हें स्थानीय नेतृत्व के माध्यम से आत्मनिर्भर बनने हेतु जमीनी संगठनों के विकास में मदद करनी चाहिए। (iii) उन्हें कार्यक्रमों या योजनाओं को खुद ही संचालित करने की कोशिश नहीं करनी चाहिए। (iv) उन्हें स्वरोजगार हेतु लोगों को प्रेरित तथा उनके लिए अवसर पैदा करने में सक्षम होना चाहिए। (v) उन्हें राष्ट्रीय विकास नीति का सूक्ष्म व व्यापक अध्ययन कर उन्हें आम लोगों में प्रचार-प्रसार के लिए यथोचित प्रयास करना चाहिए। (vi) सरकार द्वारा सामाजिक-आर्थिक विकास के स्रोत के रूप में उनकी पहचान साबित होनी चाहिए तथा (vii) गैर-सरकारी संगठनों में पूरा आपसी तालमेल होना चाहिए ताकि बारंबारता व बर्बादी को न्यूनतम किया जा सके।[25]

विकासात्मक कार्यक्रमों के कार्यान्वयन में भी गैर-सरकारी संगठनों की खासी भूमिका होती है। इस भूमिका को सातवीं योजना में रेखांकित किया गया। सातवीं योजना ने इन शब्दों में गैर-सरकारी संगठनों की भूमिका को रेखांकित किया – गैर-सरकारी संगठनों से विकास कार्यक्रमों के कार्यान्वयन में सार्थक व व्यापक भूमिका निभाने की अपेक्षा की जाती है, ताकि सरकारी प्रयासों को सहारा व समर्थन मिले, ग्रामीण लोगों के पास अधिक बेहतर विकल्प हों, ग्रामीण स्तर पर यह लोगों की आंख व कान की भूमिका निभाएं, ग्रामीण व देशी संस्थानों का बेहतर उपयोग सुनिश्चित हो लोगों, खासकर गरीब लोगों में गुणवत्तापूर्ण सेवाओं की मांग के लिए जागरूकता का प्रसार तथा अच्छे प्रदर्शन के लिए जवाबदेही व जिम्मेदारी को सुनिश्चित किया जा सके।[26]

गैर-सरकारी संगठन ग्रामीण जरूरतों के आधार पर स्वतंत्र रूप से अपनी गतिविधियों को संचालित करते हैं और इस प्रकार ग्रामीण विकास के दायरे को और भी अधिक व्यापक और समृद्ध करते हैं। वे ग्रामीणों को रचनात्मक कार्यों के लिए गोलबंद करते हैं। वे ग्रामीण लोगों की अतिरिक्त ऊर्जा व समय को विकासात्मक गतिविधियों में लगाने का प्रयास करते हैं।

गैर-सरकारी संगठन रचनात्मक कार्यों को करने के अलावा सरकारी कार्यशैली पर नजर रखने का काम भी करते हैं। वे सरकारी नीतियों व कार्यक्रमों की आलोचना के माध्यम से ग्रामीण विकास कार्यक्रमों की सफलता-असफलता के बारे में सरकार को जरूरी सूचना भी उपलब्ध कराते हैं।[27]

गैर-सरकारी संगठन विकास अधिकारियों को सही लाभार्थियों (विशेषकर गरीब ग्रामीण मजदूरों के हित में चलाए जाने वाला कार्यक्रम में) की पहचान तथा विकास कार्यक्रमों के स्थान चयन के बारे में जरूरी सुझाव व स्रोत भी उपलब्ध कराते हैं। ये इस बात को भी सुनिश्चित करते हैं कि मजदूरों को (विशेषकर महिला मजदूरों के संबंध में) सही वेतन मिल रहा है कि नहीं तथा उन्हें सही कार्य वातावरण उपलब्ध हो रहा है या नहीं।

गैर-सरकारी संगठन के अलावा बैंक भी ग्रामीण विकास प्रक्रिया में साझेदार होते हैं, चूंकि बैंक अधिकारियों के पास ग्रामीण विकास प्रक्रिया के संबंध में अनुभव व सूचना का अभाव होता है, इसलिए उन्हें गैर-सरकारी संगठनों पर निर्भर रहना पड़ता है। गैर-सरकारी संगठन बैंक अधिकारियों को बैंक ऋण पाने वाले लाभार्थियों की योग्यता तथा विविध ग्रामीण विकास कार्यक्रम के तहत दी जाने वाली सब्सिडी के संबंध में सही व उपयोगी सूचना मुहैय्या करते हैं। वे इस बात की भी कोशिश करते हैं कि बैंक ऋण जरूरतमंदों को सही वक्त पर तथा सही मात्रा में उपलब्ध हो। इसके अलावा ऋण के समुचित सदुपयोग तथा ऋण की समय पर वापसी के लिए जन जागरूकता अभियान भी चलाते हैं।[28]

गैर-सरकारी संगठन ग्रामीण स्तर पर सूचनाओं का प्रचार-प्रसार करते हैं। कई बार सरकारी योजनाएं, प्रोजेक्ट, नीतियां तथा कार्यक्रम आदि का आम लोगों तक यथोचित प्रचार-प्रसार नहीं हो पाता है। इसके अतिरिक्त इन योजनाओं के विवेचन-विश्लेषण का काम निचले स्तर के सरकारी कर्ता-धर्ताओं पर छोड़ दिया जाता है जो ग्रामीण जरूरतों के बारे में पर्याप्त संवेदनशील नहीं होते हैं। गैर-सरकारी संगठन विभिन्न स्रोतों व माध्यमों के द्वारा लोगों तक सूचनाओं का प्रचार-प्रसार करते हैं ताकि लोगों को गुणवत्तापूर्ण व उपयोगी सूचनाओं को पाने के अधिक अवसर व विकल्प उपलब्ध हो सकें।

इसी तरह गैर-सरकारी संगठनों की एक और महत्त्वपूर्ण भूमिका होती है उनकी लोकपाल की भूमिका। इस भूमिका के माध्यम से वे सरकारी योजनाओं व सरकारी अधिकारियों की जिम्मेदारी व जवाबदेही को सुनिश्चित करने का काम करते हैं। लोकपाल के रूप में गैर-सरकारी संगठनों का प्रयास सरकारी योजनाओं व नीतियों में परिलक्षित अनियमितताओं व गलतियों को उजागर करने का होना चाहिए ताकि सरकारी क्षेत्र में सक्षमता, सतर्कता व समयबद्धता का संगम स्थापित हो सके। नौकरशाही की अक्षमता, असंवेदनशीलता तथा गैर जिम्मेदारी की वजह से हर एक स्तर पर अनुचित देरी व अनिश्चितता की संभावना बनी रहती है। इस परिस्थिति में गैर-सरकारी संगठन लोकपाल के रूप में उचित स्तर पर सामाजिक,

राजनीतिक व वैधानिक गोलबंदी के द्वारा इन बुराइयों से प्रभावी रूप से लड़ने में सार्थक भूमिका का निर्वहन कर सकते हैं।

गैर-सरकारी संगठन पंचायती राज संस्थानों के विकास में भी महत्त्वपूर्ण भूमिका निभाता है। अब इस बात पर व्यापक सहमति है कि पंचायती राज्य संस्थानों की सफलता गैर-सरकारी संगठनों की व्यापक भागीदारी व साझेदारी पर निर्भर है। इसका मुख्य कारण है गैर-सरकारी संगठनों की लोक समाज (सिविल सोसायटी) के प्रभावी यंत्र की भूमिका। अपनी प्रतिबद्धता, अनुभव व विशेषज्ञता के द्वारा गैर-सरकारी संगठन पंचायत स्तर पर एक शिक्षक, प्रशिक्षक, प्रसारक तथा सुविधावाहक की महत्त्वपूर्ण भूमिका प्रभावी तरीके से अदा कर सकते हैं। वे इन भूमिकाओं का निर्वहन निम्न तरीकों से कर सकते हैं (i) नव-निर्वाचित पंचायती राज प्रतिनिधियों में सतत जागरूकता का विकास तथा उनका संवर्द्धन; (ii) पंचायती राज संस्थाओं के लिए स्वतंत्र व समोचित चुनाव व्यवस्था को सुनिश्चित कर; (iii) जन केंद्रित विकास पहल में पंचायतों के साथ पूरा सहयोग कर; (iv) पंचायतों को अपेक्षित शिक्षण, प्रशिक्षण तथा साधनों की आपूर्ति कर तथा अंत में; (v) देश भर में पंचायती राज संस्थाओं की कार्यप्रणाली पर खोजपूर्ण व उपयोगी नजर रखकर तथा उनमें सतत समायोजन व सुधार की गुंजाइश को सुनिश्चित कर।

निष्कर्ष: इस प्रकार यह देखा जा सकता है कि गैर-सरकारी संगठन ग्रामीण विकास प्रक्रिया में सक्रिय रूप से शामिल हैं। यदि पर्याप्त धन व मार्गनिर्देशन उपलब्ध कराया जाए तो गैर-सरकारी संगठन ग्रामीण क्षेत्रों के विकास में अत्यंत सार्थक व उपयोगी भूमिका निभा सकते हैं। चूंकि गैर-सरकारी संगठन ग्रामीण लोगों के साथ निकट रूप से संबद्ध होते हैं तो वे सही लाभार्थियों के चयन में सरकारी मशीनरी को उपयोगी सुझाव व सहयोग मुहैय्या कर सकते हैं। जन प्रतिनिधियों के साथ मिलकर काम करना जहां महत्त्वपूर्ण है वहीं यह बात भी खासी मायने रखती है कि स्वतंत्र व समोचित चुनाव तथा लोक सशक्तीकरण के बारे में समुदाय के स्तर पर जागरूकता का व्यापक प्रचार-प्रसार सुनिश्चित किया जाए। इस भूमिका को गैर-सरकारी संगठन प्रभावी व सार्थक तरीके से निभा सकते हैं।

सिर्फ कानूनों व विधिक उपायों से यथोचित सुधार व सामाजिक बदलाव को सुनिश्चित किया जा सकना संभव नहीं है। इसमें संदेह नहीं कि पंचायती राज कानून महिलाओं के लिए एक तिहाई तथा अनुसूचित जाति/जनजाति के लिए उनके जनसंख्या के अनुपात में आरक्षण की व्यवस्था करता है लेकिन जन प्रतिनिधियों की स्वतंत्र व प्रभावी कार्यक्षमता की गारंटी यह नहीं दे सकता। इस स्थिति को बदलने के लिए गैर-सरकारी संगठन इस बात को सुनिश्चित कर सकते हैं कि सिर्फ, प्रतिबद्ध, संवेदनशील व जागरूक लोग ही इस आरक्षण की व्यवस्था के माध्यम से चुनकर आएं। इसके अलावा सुदूर ग्रामीण क्षेत्रों में जन जागरूकता को प्रभावी तरीके से चलाने का काम गैर-सरकारी संगठन ही कर सकते हैं। इसके अतिरिक्त गैर-सरकारी संगठन महिला सशक्तीकरण तथा वंचित तबकों के राजनैतिक प्रशिक्षण में भी महत्त्वपूर्ण भूमिका निभाते हैं। इस प्रकार गैर-सरकारी संगठन आम लोगों के जीवन में गुणवत्तापूर्ण बदलाव को सुनिश्चित करने वाला माध्यम बनते हैं।

उपरोक्त चुनौतीपूर्ण भूमिकाओं के प्रभावी निर्वहन के लिए अधिकतर गैर-सरकारी संगठनों

के खुद के यथोचित प्रशिक्षण तथा क्षमता विकास की आवश्यकता है। इसके अलावा गैर-सरकारी संगठनों में आपसी सामंजस्य, तालमेल व सहयोग को भी विकसित करने की जरूरत है ताकि वे एक-दूसरे के संसाधन, ज्ञान व अनुभव का फायदा उठा सकें। इसके अलावा विकास क्षेत्र में अपेक्षित परिणाम पाने के लिए सरकारी व गैर-सरकारी संगठनों के बीच बेहतर तालमेल विकसित हो, इसे सुनिश्चित किया जाना भी जरूरी है। उचित तालमेल के लिए सेमिनारों व कार्यशालाओं के माध्यम से विचारों व अनुभवों का व्यापक आदान-प्रदान किया जाना अत्यंत सहायक साबित हो सकता है। ग्रामीण विकास को अल्पकालीन स्तर के बजाय दीर्घकालीन स्तर पर विकसित किया जाना चाहिए ताकि विकास की निरंतरता बनी रहे (क्योंकि विकास की प्रक्रिया एक धीमी प्रक्रिया है)। इसके अलावा इस बात को भी ध्यान में रखा जाना चाहिए कि गैर-सरकारी संगठन ग्रामीण समुदाय की पहल, संसाधनोन्मुखता तथा स्वसहायता को कुंठित न कर दें। इसके अलावा गैर-सरकारी संगठनों तथा पंचायती राज संस्थान दोनों के स्तर पर जिम्मेदारी, जवाबदेही तथा पारदर्शिता को सुनिश्चित किया जाना भी जरूरी है। इस बात को रेखांकित किया जा सकता है कि गैर-सरकारी संगठनों की उत्कृष्ट कार्य व प्रतिबद्धता तथा पंचायती राज संस्थाओं के साथ उनका निकट का तालमेल विकास प्रक्रिया संवर्द्धित व भागीदारीपूर्ण लोकतंत्र की गति को और भी व्यापक तथा संवर्द्धित कर सकता है। गैर-सरकारी संगठन लोगों को राजनीतिक रूप से प्रशिक्षित कर उन्हें विकास का बराबर का साझेदार बना सकते हैं। ये संसाधनों के महत्तम उपयोग को भी सुनिश्चित कर सकने में सहायक हो सकते हैं।[29]

7.4 जन शिकायत निवारण हेतु प्रशासनिक व्यवस्था

Role of machinery for redressal of public grievances

प्रजातांत्रिक शासन व्यवस्था, विकास कार्यों के संपादन के दबाव, लोक कल्याणकारी राज्य की अवधारणा आदि कारकों ने राज्य, सरकार एवं लोक प्रशासन के कार्यों में अभूतपूर्व वृद्धि की है। शक्ति भ्रष्टाचार को जन्म देती है तथा अत्यधिक शक्ति भ्रष्टाचार का कारण बनती है। शासन की इन शक्तियों पर नियंत्रण रखने तथा उन्हें मर्यादित करने के लिए सामान्यतः लोकतांत्रिक शासन व्यवस्थाओं में संसदीय, न्यायिक एवं मंत्रीय नियंत्रण की संवैधानिक विधियां पाई जाती हैं। लोक प्रशासन पर संसदीय नियंत्रण लोकतंत्र को सार्थकता प्रदान करता है। संसद के पास कार्यपालिका एवं प्रशासन पर नियंत्रण रखने के अनेक साधन हैं जैसे – वित्तीय अनुदान की शक्ति, जांच हेतु अनेक संसदीय समितियां एवं आयोग, संसदीय प्रश्न एवं वाद-विवाद, अविश्वास एवं "काम रोको" प्रस्ताव आदि। इन सब साधनों का सबसे बड़ा दोष यह है कि इनके द्वारा व्यक्तिगत कुशासन पर नियंत्रण एवं उससे पीड़ित पक्ष को राहत नहीं दी जा सकती। राजनीतिक कार्यपालिका एवं प्रशासनिक अधिकारी नित्य ऐसे काम करते हैं जिनमें भ्रष्टाचार की गंध का अनुभव होने पर भी उन सबके लिए संसदीय समितियां अथवा आयोगों का निर्माण करना असंभव एवं अव्यावहारिक है।

आधुनिक प्रशासनिक व्यवस्थाओं की मुख्य समस्या भ्रष्टाचार है। जब हम नागरिक एवं

प्रशासन के संबंधों की चर्चा करते हैं तो स्वतः भ्रष्टाचार नियंत्रण हेतु प्रवर्तित प्रणाली का चित्र हमारे मनोमस्तिष्क में उभरता है। वस्तुतः "नागरिक एवं प्रशासन" सहसंबंधों में जन परिवेदनाएं महत्त्वपूर्ण बिंदु हैं। परिवेदना से तात्पर्य शिकायत के आधार या किसी अवैधानिक कृत्य के विरोध या गलत हुए कार्य विशिष्ट की शिकायतनुमा समस्या से है। विश्वभर में जन शिकायत निवारण हेतु निम्नांकित प्रणालियां कार्य करती हैं-

ओम्बुडसमैनः इसकी शुरूआत स्वीडन में हुई। न्यूजीलैंड तथा ब्रिटेन में संसदीय आयुक्त तथा चीन में प्रोक्यूरेटर व्यवस्था प्रवर्तित है।

प्रशासनिक न्यायालयः फ्रांस, यूनान तथा तुर्की सहित कई अन्य देशों में प्रशासनिक कानून तथा उनके पृथक् न्यायालय कार्यरत हैं।

विभागीय नियंत्रण तथा विशिष्ट कानूनः विश्व के लगभग सभी देशों में जन शिकायत निवारण का कोई न कोई प्रशासनिक विभाग होता है।

भारतीय लोक प्रशासन में भ्रष्टाचार निवारण हेतु निम्नलिखित प्रणाली कार्यरत है।

(i) विभागीय नियंत्रण; (ii) सामान्य कानूनी प्रावधान; (iii) लेखा परीक्षण; (iv) केंद्रीय सतर्कता आयोग; (v) राज्य सतर्कता आयोग तथा भ्रष्टाचार निरोधक विभाग; (vi) केंद्रीय अन्वेषण ब्यूरो; (vii) लोकपाल तथा लोकायुक्त; (viii) सूचना का अधिकार

प्रेस द्वारा शिकायतों की अभिव्यक्ति प्रशासन पर अनौपचारिक नियंत्रण के अंतर्गत एक प्रमुख साधन है। समाचार पत्रों के माध्यम से प्रशासनिक त्रुटियों पर प्रकाशित लेख एवं संपादकीय चेतना जागृत करते हैं। प्रजातांत्रिक देशों में राजनीतिक दल तथा सामाजिक संस्थाएं भी लोक प्रशासन पर नियंत्रण रखने के प्रमुख साधन हैं परंतु भारत में ये संस्थाएं अभी बहुत सजग नहीं है। अतः जनता की शिकायतों को प्रकाश में लाने एवं भ्रष्टाचार को समाप्त करने में बहुत ज्यादा सफल नहीं है।

भारत में भ्रष्टाचार को नियंत्रण में रखने के लिए बहुत से ऐसे अनौपचारिक तंत्र का प्रयोग किया जाता है जिनमें प्रमुख हैं गैर सरकारी संगठन या स्वयंसेवी संस्थाएँ। साथ-साथ प्रेस और जनमत के विचार को भी अहम का माना जाता है क्योंकि हमारी लोकतांत्रिक व्यवस्था में जनमत ही शक्ति है।

औपचारिक प्रशासनिक संस्थाओं का उल्लेख आगे दिया जा रहा है।

विभागीय नियंत्रण

संघात्मक शासन व्यवस्था में केंद्र एवं राज्य दोनों ही स्तरों पर शासन की बागडोर जनता द्वारा चुने गए प्रतिनिधियों के हाथ में होती है। इसका प्रमुख रूप से निर्वाहन राजनीतिक मंत्री या मंत्रालय के द्वारा किया जाता है। शासन की मजबूती के लिए विपक्षी दल की पैनी नजर अति अनिवार्य है। विपक्ष का प्रमुख कार्य सरकार के विभिन्न विभागों की निष्क्रियता, गबन तथा चालू प्रोग्रामों का आलोचनात्मक अध्ययन करना है। इस प्रणाली को संसदीय नियंत्रण कहा जाता है। स्थायी लोकसेवक मंत्री की सहायता करते हैं उसके विभाग की नीतियाँ, कानून तथा कार्यक्रम बनाने में। एक निर्धारित प्रक्रिया द्वारा यह विभाग संचालित होते हैं। ऐसे में नियमों

के विरुद्ध कार्य करने वाले को उसके उच्चधिकारी नियंत्रित करते हैं। ''लोक शिकायत निदेशालय'' ऐसी संस्था है जिसमें लोक शिकायतों पर कार्यवाही होती है।

सामान्य कानूनी प्रावधान

ब्रिटिश शासनकाल में भारत जिन कानूनों और प्रावधानों से संचालित होता था वह कानून आज भी कानूनी व्यवस्था में विद्यमान हैं। इस लंबे अंतराल में कई स्तरों पर लोक सेवा आचरण नियम तथा अनुशासनात्मक कार्यवाही नियम बनाए गए हैं। जैसे सन् 1860 में निर्मित भारतीय दंड संहिता की धारा 161 में प्रशासनिक भ्रष्टाचार को दंडनीय अपराध घोषित किया गया है। इसी प्रकार समय-समय पर कई जरूरी संशोधन हुए और सन् 1947 तथा 1989 में ''भ्रष्टाचार निरोधक अधिनियम'' पारित किए गए। इनमें सन् 1860 की भारतीय दंड संहिता के अनुरूप लोक सेवकों को भ्रष्टाचार के मामलों में लिप्त पाए जाने पर दंडित करने का प्रावधान है।

लेखा परीक्षण

भारत में लेखा परीक्षण का कार्यभार ''नियंत्रक एवं महालेखा परीक्षक'' तथा उनके अधीनस्थ कार्यालयों द्वारा किया जाता है। सरकारी विभागों तथा लोक इकाइयों अथवा उपक्रमों को संपूर्ण प्रशासनिक आय-व्यय का लेखा तैयार करना होता है। राजस्व प्राप्ति तथा व्यय किये जाने वाले धन का लेखा नियमपूर्वक निर्धारित किया जाता है। अत: सरकारी विभागों का लेखा परीक्षण उपरोक्त संस्था द्वारा होता है जिससे बहुत सी अनियमितताओं का पता लगाया जा सकता है और भ्रष्टाचार को दूर किया जा सकता है।

केंद्रीय सतर्कता आयोग

संथानम समिति की अनुशंसा पर केंद्र सरकार ने ''केंद्रीय सतर्कता आयोग'' की स्थापना 11 फरवरी 1964 में की। संथानम समिति भारत में भ्रष्टाचार की समस्या के विश्लेषण तथा उस पर अंकुश लगाने हेतु बनाई गई थी। इसके द्वारा जारी प्रस्ताव तथा सुझाव के माध्यम से ''केंद्रीय सतर्कता आयोग'' का गठन हुआ। यह आयोग गृह मंत्रालय के अधीन है। इसके प्रस्ताव में एक केंद्रीय सतर्कता आयुक्त की बात कही गई थी जिनकी नियुक्त राष्ट्रपति के हस्ताक्षर से किया जाना तय हुआ। केंद्रीय सतर्कता आयुक्त हो हटाए जाने की विधि ''संघ लोक सेवा आयोग'' के किसी सदस्य जैसी है। न. श्रीनिवास हमारे देश के प्रथम सतर्कता आयुक्त रहे (1964-68)।

हालांकि 1995 में एक संशोधन हुआ जिसके माध्यम से केंद्रीय सतर्कता आयुक्त की नियुक्ति में राष्ट्रपति के हस्ताक्षर को अनिवार्य नहीं रखा गया। 1997 में वापस एक समिति का गठन किया गया। इसकी अध्यक्षता एस.वी. गिरी तथा एन.एस. वोहरा द्वारा की गई। इस समिति ने भी भ्रष्टाचार नियंत्रण के उपाय तथा सुझाव प्रस्तुत किए। इसमें कहा गया कि केंद्रीय सतर्कता आयुक्त की नियुक्ति राष्ट्रपति के हस्ताक्षर द्वारा ही की जाए। इसी बीच सर्वोच्च

न्यायालय ने 18 दिसंबर, 1997 के "जैन हवाला" मामले में सरकार को निर्देश दिया कि वह केंद्रीय सतर्कता आयोग को सांविधिक स्तर प्रदान करे। इस मुकदमे के निर्णय के पश्चात् सरकार ने 25 अगस्त, 1998 के अध्यादेश (15वाँ) के माध्यम से केंद्रीय सतर्कता आयोग को सांविधिक घोषित कर दिया। 3 सितंबर, 1998 को एन. विट्ठल ने नई व्यवस्था के अंतर्गत प्रथम मुख्य सतर्कता आयुक्त पद की शपथ ली।

परंतु सरकार ने 27 अक्टूबर, 1998 (18वाँ) को केंद्रीय सतर्कता आयोग विधेयक को जब लोकसभा में प्रस्तुत किया तो पुनः राजनीतिक अस्थिरता के कारण यह विधेयक गैर संविधिक घोषित कर दिया गया। चार वर्ष पश्चात् सतर्कता आयोग विधेयक पुनः संसद में प्रस्तुत किया गया। यह दोनों सदनों से पारित कर दिया गया। 11 दिसंबर, 2003 को "केंद्रीय सतर्कता आयोग अधिनियम 2003" को राष्ट्रपति की मंजूरी मिल गई। वर्तमान में संविधिक संस्था के रूप में "केंद्रीय सतर्कता आयोग" इसी अधिनियम के प्रावधानों से संचालित है।

2003 अधिनियम भी मुख्यतः भ्रष्टाचार निरोधक अधिनियम 1998 जैसा ही है। इसके अंतर्गत जो प्रावधान है उसके द्वारा लोकसेवकों के विरुद्ध भ्रष्टाचार के मामले में जांच की जा सकती है। इसके अंतर्गत आरोपित सभी इकाइयां आती हैं जैसे, सरकारी, लोकनिगम, सार्वजनिक कंपनियां, भारत सरकार के नियंत्रण में संचालित सोसाइटी एवं स्थानीय निकाय इत्यादि।

केंद्रीय सतर्कता आयोग की संरचना हेतु धारा-3 में एक केंद्रीय सतर्कता आयुक्त की नियुक्ति अध्यक्ष के रूप में किए जाने का प्रावधान है। इसमें 2 सदस्य सतर्कता आयुक्त के रूप में कार्यरत होंगे। इनका चयन अखिल भारतीय सेवाएं या संघ के अधीन किसी भी अन्य सेवा के ऐसे कार्यरत या सेवानिवृत्त व्यक्तियों में से किया जाएगा जिन्हें नीति निर्माण तथा प्रशासन संबंधी ज्ञान एवं अनुभव हो। धारा-4 के अंतर्गत केंद्रीय सतर्कता आयुक्त तथा अन्य आयुक्तों की नियुक्ति राष्ट्रपति के हस्ताक्षर से होगी। यह नियुक्तियां एक समिति की अनुशंसा पर चयनित व्यक्तियों द्वारा होगी। इस समिति के अध्यक्ष प्रधानमंत्री होंगे तथा गृहमंत्री एवं लोकसभा में विपक्ष के नेता इसके अन्य सदस्य होंगे।

धारा-5 में केंद्रीय सतर्कता आयोग के कार्यकाल हेतु प्रावधान है। इसके अनुसार केंद्रीय सतर्कता आयुक्त तथा आयुक्तों को 4 वर्ष अथवा 65 वर्ष की आयु, जो भी पहले हो तक पद पर नियुक्ति का प्रावधान है। त्यागपत्र, राष्ट्रपति के नाम पर दिया जा सकता है। इनके द्वारा यदि केंद्रीय सतर्कता आयुक्त या अन्य आयुक्तों के विरुद्ध दुर्व्यवहार या अक्षमता का पता चले तो इन्हें राष्ट्रपति के आदेश पर सर्वोच्च न्यायालय द्वारा जांच के लिए भेजा जाएगा। दोषी पाए जाने पर इन्हें राष्ट्रपति पद से निष्कासित कर सकते हैं। इसके अतिरिक्त राष्ट्रपति इन्हें अन्य कारणों से भी पद से हटा सकते हैं, जैसे–

- यह दिवालिया न्यायनिर्णित हो जाए;
- किसी प्रकरण में अपराध सिद्ध दोषी घोषित हो जाए जिसमें नैतिक दुराचरण भी सम्मिलित हो;
- आयोग में कार्यरत रहते हुए बाहर कहीं लाभ के रोजगार में लगे हों;
- राष्ट्रपति की राय में मानसिक या शारीरिक दुर्बलता के कारण पद के अयोग्य हों;

केंद्रीय सतर्कता आयुक्त तथा आयोग के अन्य सदस्य अपने पद पर रहते हुए भारत सरकार या किसी राज्य सरकार के अधीन लाभ का पद या कूटनीतिक कार्य या किसी अन्य पद को ग्रहण नहीं कर सकते हैं।

इनकी कार्य तथा शक्तियां इस प्रकार हैं - धारा-8

1. लोकसेवकों द्वारा भ्रष्टाचार के मामले में -केंद्रीय अन्वेषण ब्यूरो द्वारा की जाने वाली जांच का अधीक्षण;

2. केंद्र सरकार के आग्रह पर केंद्रीय मंत्रालयों, संगठनों, लोक उपक्रमों या अन्य संस्थाओं के लोक सेवकों के विरुद्ध भ्रष्टाचार संबंधी प्रकरणों की जांच करना;

3. आयोग के कार्यक्षेत्र से संबंधित मामलों पर केंद्र सरकार को परामर्श देना इत्यादि।

संक्षेप में केंद्रीय सतर्कता आयोग के कार्यक्षेत्र का उपरोक्त विवरण था जिससे आयोग शक्तिशाली, विश्वसनीय एवं स्वायत्त संस्था के रूप में उभर कर आया है। यह एक न्यायिक संस्था बन गई है। इसे भारतीय दंड संहिता 1860 तथा अपराधिक प्रक्रिया संहिता 1973 के अंतर्गत प्रावधानों द्वारा ही संचालित किया जाता है। आयोग अपनी कार्यप्रणाली, कार्य आबंटन, जांच विधि में स्वतंत्र है। केंद्रीय सतर्कता आयुक्त की अध्यक्षता में होने वाली बैठकों में प्राय: सर्वसम्मत निर्णय लेने की परंपरा है। अत: केंद्रीय सतर्कता आयोग एक सशक्त एवं प्रभावी संविधिक संस्था है जो भ्रष्टाचार के निवारण में महत्त्वपूर्ण योगदान करने में सक्षम हैं।

भारतीय ओम्बुड्समैनः लोकपाल एवं लोकायुक्त

लोकपाल संस्था का स्केंडिनेवियन नाम ओम्बुड्समैन (Ombudsman) है। यह मूलत: स्वीडिश शब्द है। इस शब्द का अर्थ है कोई भी शिकायत सुनने वाली व्यवस्था। भारत में इस संस्था को लोकपाल के नाम से जाना जाता है। प्रशासनिक न्याय के विरुद्ध शिकायत करने की वर्तमान प्रक्रियाओं की अपर्याप्तता के कारण ही स्कें‍डिनेवियन देशों में "ओम्बुड्समैन" एक लोकप्रिय संस्थान बनाया गया था। ओम्बुड्समैन की स्थापना सर्वप्रथम स्वीडन (1809), फिनलैंड (1919), डेनमार्क (1955), तथा नॉर्वे (1962) में हुई। इन स्कें‍डिनेवियन देशों के अतिरिक्त यह संस्था न्यूजीलैंड, ब्रिटेन, कनाडा तथा अमेरिका में भी कार्यरत है। न्यूजीलैंड (1962), तथा ब्रिटेन (1967) में इसे संसदीय आयुक्त प्रणाली कहा जाता है। ओम्बुड्समैन एक निष्पक्ष तथा कार्यकुशल संस्था मानी जाती है क्योंकि यह स्वतंत्रतापूर्वक किसी मुद्दे की जांच कर सरकार को कार्यवाही करने का परामर्श देती है। इसका मुख्य उद्देश्य प्रशासन तंत्र में जनता के विश्वास की वृद्धि करना है, उसके स्थान पर नई व्यवस्था का उपबंध करना नहीं।

अन्य देशों में विद्यमान ओम्बुड्समैन संस्थानों और भारतीय स्थिति का पुनरीक्षण करने के बाद प्रशासनिक सुधार आयोग ने सिफारिश की कि हमारे देश की विशिष्ट परिस्थितियों में लोगों की शिकायतों को दूर करने के लिए दो विशेष संस्थान होने चाहिए। भारत में ओम्बुड्समैन को "लोकपाल" तथा "लोकायुक्त" संस्थानों के नाम से अभिहित किया जाए। लोकपाल केंद्रीय एवं राज्यों के मंत्रियों एवं सचिवों के विरुद्ध आई हुई शिकायतों तथा लोकायुक्त सचिव स्तर के नीचे के अधिकारियों के विरुद्ध आई हुई शिकायतों की जांच के

लिए होना चाहिए। ये सभी प्राधिकरण कार्यपालिका, विधायिका और न्यायपालिका से स्वतंत्र होने चाहिए। लोकपाल की संपूर्ण कार्यवाहियां पूर्णतः गोपनीय होनी चाहिए। इसका कार्यकाल पांच वर्षों का होना निश्चित हुआ। इस प्रकार इसकी नियुक्ति राष्ट्रपति द्वारा प्रधानमंत्री एवं सदन के विरोधी दल के नेता के साथ संपर्क स्थापित करके की जाने की बात रखी गई। श्री मोरारजी देसाई की अध्यक्षता में गठित प्रशासनिक सुधार आयोग ने अपनी अंतरिम रिपोर्ट में सबसे पहले लोकपाल तथा लोकायुक्त के पदों की सृष्टि की सिफारिश की।

भारतीय लोक प्रशासन में भ्रष्टाचार एक बहुचर्चित विषय है। समय-समय पर राजनीतिज्ञों तथा उच्च अधिकारियों द्वारा शक्ति का दुरुपयोग एवं भ्रष्टाचार के कथित मामलों की छानबीन हेतु आयोगों के प्रतिवेदनों पर कार्यवाही करने में सरकार राजनैतिक एवं प्रशासनिक कारणों से असमर्थ रहती है। लोक प्रशासन पर संसद, मंत्री, न्यायालय, प्रेस, राजनीतिक दल आदि अनेक संस्थाओं द्वारा नियंत्रण रखते हुए उसे मर्यादित करने के प्रयास किए जाते हैं, परंतु जनता के हाथ में ऐसा कोई साधन अथवा संस्था नहीं है जहां नागरिक अपनी शिकायत अथवा अभियोग प्रत्यक्ष रूप से जाकर बता सके और वह संस्था नागरिकों के अभियोगों को सुनकर उनका निवारण कर सके।

भारत में भ्रष्टाचार रोकथाम के लिए कई कदम उठाए गए हैं। इन बुराइयों से मुक्ति के लिए सर्वप्रथम राजस्थान प्रशासनिक सुधार समिति ने अपनी रिपोर्ट में ओम्बुड्समैन की स्थापना की सिफारिश की। संसद सदस्य डा. एल. एम. सिंघवी ने यह मांग संसद में उठाई तथा प्रशासनिक सुधार आयोग ने भी अपने "जन अभियोग निराकरण की समस्याएं" (1966) नामक प्रतिवेदन में यह इंगित किया था कि केंद्रीय स्तर पर लोकपाल तथा राज्य स्तर पर लोकायुक्त संस्थाओं की स्थापना ओम्बुड्समैन प्रणाली के अनुसार की जानी चाहिए। आयोग की सिफारिश के आधार पर सर्वप्रथम 9 मई, 1968 को लोकपाल तथा लोकायुक्त विधेयक संसद में प्रस्तुत किया गया जो लोकसभा में पारित हो चुका था लेकिन राज्यसभा में पारित न हो पाया क्योंकि लोकसभा भंग हो गई थी। प्रधानमंत्री तथा राष्ट्रपति को लोकपाल के कार्यक्षेत्र से बाहर रखा गया था। इसके कार्यक्षेत्र पर विवाद हुआ, फिर 1971 में पुनः यह विधेयक प्रस्तुत हुआ किंतु लोकसभा भंग होने के कारण अधर में लटक गया। जनता पार्टी सरकार द्वारा 1977 में नया "लोकपाल विधेयक" संसद के सम्मुख लाया गया जिसमें प्रधानमंत्री को इसके क्षेत्राधिकार में रखते हुए पूर्ण स्वतंत्रता की बात कही गई थी। राजनीतिक अस्थिरता के उस दौर में विधेयक पारित नहीं हो पाया। चौथी बार लोकपाल विधेयक राजीव गांधी के शासनकाल में प्रधानमंत्री को इसके क्षेत्राधिकार से बाहर रखते हुए अगस्त, 1985 में प्रस्तुत हुआ जिसे स्वयं राजीव गांधी की सरकार ने ही वापस ले लिया था। पांचवीं बार लोकपाल विधेयक वी. पी. सिंह की राष्ट्रीय मोर्चा सरकार ने संसद के सम्मुख 1990 में प्रस्तुत किया था। इस विधेयक में लोकपाल को सर्वप्रथम एक व्यक्ति की अपेक्षा एक संस्था के रूप में देखते हुए एक अध्यक्ष तथा दो सदस्यों का प्रावधान किया गया था तथा प्रधानमंत्री को इसके कार्यक्षेत्र में सम्मिलित किया गया था किंतु यह सरकार भी समय से पूर्व ही सत्ता से दूर हो गई तथा लोकपाल विधेयक पूर्व की भांति पारित न हो पाया। 1996 में संयुक्त मोर्चा सरकार द्वारा तथा 1998 में वाजपेयी सरकार द्वारा भी लोकपाल विधेयक लोकसभा में पेश

किया गया था किंतु लोकसभा भंग होने के कारण विधेयक पारित न हो सका। प्रधानमंत्री को दायरे में लाते हुए नया विधेयक 14 अगस्त, 2001 को लोकसभा में प्रस्तुत किया गया। इस विधेयक पर भी विचार नहीं किया जा सका तथा 6 फरवरी, 2004 को 13वीं लोकसभा समय से पूर्व भंग हो गई। संसद में आठ बार पेश हो चुका लोकपाल विधेयक सदैव ही विवाद तथा बदकिस्मती का शिकार रहा है।

लोकपाल विधेयक 1977: जुलाई 1977 मे निर्मित लोकपाल विधेयक की दो प्रमुख विशेषताएं हैं। *प्रथम*, प्रधानमंत्री लोकपाल के क्षेत्राधिकार के बाहर नहीं हैं, अर्थात् प्रधानमंत्री के विरुद्ध भ्रष्टाचार के आरोपों की जांच करने का अधिकार लोकपाल को प्रदान किया गया है। *द्वितीय*, जांच करने के लिए लोकपाल की अपनी स्वयं की प्रशासनिक व्यवस्था। इसका अर्थ है कि लोकपाल को अपने कार्यों के लिए नियमित प्रशासन तंत्र पर निर्भर रहने की आवश्यकता नहीं रहेगी। इससे पूर्व के विधेयक में प्रधानमंत्री को लोकपाल के दायरे से बाहर रखा गया था। लोकपाल विधेयक में सार्वजनिक एवं शासकीय व्यक्तियों के दुराचार के संबंध में जांच का अधिकार प्राप्त है। शिकायत किए जाने के 5 वर्ष पूर्व तक के मामलों की जांच लोकपाल द्वारा की जा सकती है। प्रधानमंत्री, अन्य मंत्रियों, संसद सदस्यों, मुख्यमंत्रियों पर लोकपाल को क्षेत्राधिकार प्राप्त है। लोकपाल की नियुक्ति राष्ट्रपति द्वारा भारत के मुख्य न्यायाधीश, राज्यसभा के सभापति और लोकसभा में विपक्ष के नेता के परामर्श से करने की व्यवस्था है। लोकपाल का कार्यकाल 5 वर्ष निश्चित किया गया। पदावकाश के बाद वह राज्य के अधीन किसी भी पद पर नियुक्त नहीं किए जा सकते। वह किसी गंभीर दुराचार एवं अयोग्यता के आधार पर राष्ट्रपति के आदेश से पदमुक्त किए जा सकते हैं। लोकपाल को जांच करने वाले शासन तंत्र पर सीधा प्रशासनिक नियंत्रण प्रदान किया गया है।

अधिनियम में यह प्रावधान है कि अगर किसी शिकायत की छानबीन के पश्चात लोकपाल या लोकायुक्त को ऐसा विश्वास हो कि किसी कार्य में शिकायत कर्त्ता या किसी भी दूसरे व्यक्ति के प्रति अन्याय हुआ है, तो वह अपने लिखित प्रतिवेदन में लोकसेवक या संबद्ध सक्षम पदाधिकारी को सिफारिश कर सकते हैं कि इस अन्याय को एक तरीके से, प्रतिवेदन में निर्देशित अमुक समय के अंदर दूर किया जाए। एक महीने की अवधि के अंदर लोकपाल को सूचना दे देना अनिवार्य है कि प्रतिवेदन के अनुसार कार्यवाही कर दी गई है। लोकपाल अपने कार्य निष्पादन पर प्रतिवर्ष राष्ट्रपति के समक्ष प्रतिवेदन प्रस्तुत करेंगे। अगर किसी प्रतिवेदन में किसी व्यक्ति या विभाग या संस्था के खिलाफ प्रतिकूल टिप्पणी हो तो इस प्रतिवेदन में अपकृत व्यक्ति या संस्था या विभाग उनकी सुरक्षा के लिए दिए तर्कों का सारांश भी प्रस्तुत करते हैं। लोकपाल अपने प्रतिवेदन की एक प्रतिलिपि संसद को भी प्रस्तुत करते हैं।

लोकपाल विधेयक 1985 – लोकपाल विधेयक 26 अगस्त 1985, को लोकसभा में पुन: पेश किया गया था। इसका उद्देश्य उन जन प्रतिनिधियों के विरुद्ध परिवाद किए जाने पर स्थायी जांच आयोग स्थापित करना था जिनके तंत्र पर कोई भी नागरिक तत्कालीन सरकार की मर्जी की परवाह किए बिना प्रस्ताव लाकर परिवाद कर सकता है। लोकपाल की नियुक्ति राष्ट्रपति द्वारा भारत के मुख्य न्यायाधीश के परामर्श के पश्चात निश्चित हुई। लोकपाल की सभी अन्य शर्त्तें जैसे वेतन, भत्ते और पेंशन वही होगी जो भारत के मुख्य न्यायाधीश की हैं। पांच वर्ष की अवधि के लिए यह पद धारण होना था और साबित किए गए दुर्व्यवहार के आधार पर राष्ट्रपति द्वारा ही हटाया जाएगा। पद से हटाए जाने पर वह भारत सरकार या राज्य सरकार के अधीन किसी लाभ के पद पर पुन: नियुक्त नहीं किए जाएंगे। लोकपाल न केवल केंद्रीय अथवा राज्य सरकार के किसी कार्यालय या जांचकर्त्ता एजेंसी की सेवाएं प्राप्त करने के लिए समर्थ है। ये अधिकारी,

कर्मचारी और एजेंसियां लोकपाल अधिनियम के अंतर्गत अपने कृत्यों के निर्वहन में लोकपाल के प्रशासनिक नियंत्रण और निर्देश के अधीन होगा।

कोई व्यक्ति जो लोकसेवक नहीं है, निर्धारित अधिकारी के पास 1,000 रू. जमा करने के बाद लोकपाल को कदाचार के संबंध में आयोग से 5 वर्षों के भीतर परिवाद कर सकते हैं। यदि परिवाद तुच्छ या तंग करने वाले हैं और खारिज कर दिए जाते हैं तो यह धनराशि केंद्रीय सरकार के पास जमा होती है। यदि लोकपाल लिखित रूप से निर्देश दे तो धनराशि का इस्तेमाल परिवाद के अधीन जन सेवक के मुआवजे के लिए इस्तेमाल किया जाएगा। अन्य सभी मामले में धनराशि शिकायतकर्त्ता को वापस लौटा दी जाएगी। लोकपाल दो चरणों में जांच करेंगे – *पहला* होगा प्राथमिक जांच, जिसमें परिवाद की संविधि की अपेक्षाओं के पालन और गुणावगुण के आधार पर उचित परिवाद के रूप में इसकी पर्याप्तता पर विचार होता है। *दूसरा* चरण वह होता है जब लोकपाल विस्तृत जांच करते हैं। जन प्रतिनिधि को अपना पक्ष प्रस्तुत करने का एक मौका दिया जाता है। जांच बंद कमरे में होगी। जांच का अन्य किसी प्रक्रिया के संबंध में निर्णय लोकपाल द्वारा किया जाएगा।

लोकपाल विधेयक, 1989 – राष्ट्रीय मोर्चा सरकार ने नई लोकसभा के प्रथम सत्र में लोकपाल नियुक्त करने के इरादे से लोकसभा में एक विधेयक पेश किया। इसमें कुछ अपवाद थे। लोकपाल संस्थान एक सदस्यीय संस्थान न होकर तीन सदस्यीय निकाय होगा – एक अध्यक्ष और दो सदस्य। प्रधानमंत्री जिन्हें पहले विधेयक में शामिल नहीं किया गया था, को लोकपाल की परिधि में लाया गया। लोकपाल संस्था के अध्यक्ष सुप्रीम कोर्ट में न्यायाधीश रह चुके या न्यायाधीश के पद पर काम कर रहे व्यक्ति को बनाना तय हुआ। मंत्रियों के मामले की जांच के बाद लोकपाल की सिफारिश पर कार्यवाही करने का फैसला प्रधानमंत्री को दिया गया और प्रधानमंत्री के मामले में यह लोकसभा के हाथों में छोड़ा गया। लोकपाल संस्था के अध्यक्ष का वेतन और सेवा शर्तें भारत के मुख्य न्यायाधीश के समान होना तय हुआ। पद से हटाने के मामले में भी मुख्य न्यायाधीश के मामले में अपनाई जाने वाली प्रक्रिया रखी गई।

आलोचकों के अनुसार इस विधेयक की सर्वप्रथम कमजोरी यह थी कि स्वत: कार्यवाही आरंभ करने के लिए लोकपाल को कोई शक्ति प्राप्त नहीं थी। लोकपाल की अपनी कोई जांच एजेंसी नहीं थी। विधेयक की तीसरी कमी यह थी कि धारा (22) के अंतर्गत लोकपाल द्वारा जांच बंद कमरे में हो। इससे लोगों में विश्वास की कमी हो जाएगी।

लोकपाल विधेयक, 1996 – देवगोड़ा सरकार ने 13 सितंबर 1996 को लोकसभा में बहुप्रतीक्षित लोकपाल विधेयक पेश किया। विधेयक में कहा गया कि यह बहुसदस्यीय संस्था होगी जिसमें अध्यक्ष के अलावा दो सदस्य भी होंगे। इसकी नियुक्ति राष्ट्रपति एक समिति की सलाह से करेंगे जिसके अध्यक्ष प्रधानमंत्री होंगे। समिति के अन्य सदस्यों में लोकसभा अध्यक्ष, राज्यसभा के उपसभापति, लोकसभा एवं राज्यसभा के विपक्ष के नेता, गृह मंत्रालय के भार साधक मंत्री तथा सार्वजनिक शिकायत एवं कार्मिक मंत्रालय के होंगे। तीन सदस्यीय लोकपाल संस्था के अध्यक्ष सर्वोच्च न्यायालय के पूर्व अथवा वर्तमान मुख्य न्यायाधीश होंगे तथा अन्य दो सदस्य ऐसे व्यक्ति होंगे हो सर्वोच्च न्यायालय के न्यायाधीश रह चुके हैं या उस पद की योग्यता रखते हों।

लोकपाल की जांच के लिए केंद्र अथवा राज्य सरकार की किसी भी जांच एजेंसी अथवा किसी अधिकारी की सहायता लेने का अधिकार होगा। इस दौरान एजेंसी अथवा अधिकारी केवल लोकपाल के निर्देशानुसार काम करेंगे और लोकपाल को ही रिपोर्ट करेंगे। जिस आरोप की जांच लोकपाल कर रहे हैं उसकी समानोत्तर जांच आयोग अधिनियम के अंतर्गत नहीं की जा सकेगी। लोकपाल को की गई शिकायत झूठी और गलत सिद्ध होने की स्थिति में लोकपाल को शिकायत

करने वाले को न्यूनतम एक वर्ष और अधिक से अधिक तीन वर्ष के कारावास का दंड दिए जाने का प्रावधान है। इसके अलावा 50 हजार रुपये जुर्माने के तौर पर भरना होगा। यह विधेयक पूर्व में निर्मित लोकपाल विधेयक की तुलना में अधिक व्यापक था। प्रधानमंत्री को भी विधेयक के दायरे में लिया गया है।

लोकपाल विधयेक, 1998 – 3 अगस्त, 1998 को प्रधानमंत्री अटल बिहारी वाजपेयी ने बहुचर्चित लोकपाल विधेयक लोकसभा में प्रस्तुत किया। विधेयक के पारित होने पर नियुक्त किए गए लोकपाल को सेवारत एवं पूर्व प्रधानमंत्री एवं मंत्रियों तथा संसद के दोनों सदनों के सदस्यों व पूर्व सदस्यों के विरुद्ध भ्रष्टाचार के आरोपों की जांच का अधिकार दिया गया। प्रधानमंत्री को लोकपाल के दायरे में लाया गया किंतु राष्ट्रपति, उपराष्ट्रपति, लोकसभा अध्यक्ष, महालेखा परीक्षक, मुख्य निर्वाचन आयुक्त, सर्वोच्च न्यायालय के न्यायाधीशों तथा संघ लोक सेवा आयोग के सदस्यों के विरुद्ध जांच के अधिकार से इसे वंचित रखा गया।

विधेयक के अनुसार प्रस्तावित लोकपाल विधेयक त्रिसदस्यीय होना तय हुआ, जिसमें अध्यक्ष के अतिरिक्त दो अन्य सदस्य–सर्वोच्च न्यायालय के सेवारत या पूर्व मुख्य न्यायाधीश या उसके किसी न्यायाधीश को ही लोकपाल अध्यक्ष बनाया जा सकेगा जबकि इसके सदस्य के रूप में सर्वोच्च न्यायालय के सेवारत या पूर्व न्यायाधीश को नियुक्त किया जा सकेगा। इनका कार्यकाल विधेयक में तीन वर्ष का प्रस्तावित किया गया तथा यह 70 वर्ष की आयु तक ही इस पद पर रहेंगे। विधेयक के अनुसार लोकपाल की नियुक्ति सात सदस्यीय चयन समिति के आधार पर राष्ट्रपति द्वारा किया जाना था। इन सुझावों के बारे में सरकार द्वारा अपना दृष्टिकोण तय किए जाने के पहले ही 26 अप्रैल 1999 को लोकसभा भंग हो गई जिसके परिणामस्वरूप उपर्युक्त विधेयक पारित न हो पाया।

लोकपाल विधयेक 2001 – लोकपाल संस्था स्थापित करने की मंशा से इस प्रकार प्रस्तुत किए जाने वाला यह आठवां विधेयक था। इस विधेयक में ऊपर बताए गए प्रावधान ही थे -- गठन, नियुक्ति और कार्यकाल संबंधी। सेवा शर्तों में यह बदलाव थे कि लोकपाल संस्था के अध्यक्ष अथवा किसी सदस्य को तब तक उसके पद से नहीं हटाया जा सकता जब तक कि उनके विरुद्ध कदाचार अथवा असमर्थता के आरोपों की जांच भारत के मुख्य न्यायाधीश और उच्चतम न्यायालय के दो न्यायाधीशों से मिलकर बनी समिति द्वारा सही साबित न हो जाए। इसके क्षेत्राधिकार में मंत्रिपरिषद् के सभी सदस्यों, सांसदों व सरकारी कर्मचारियों के साथ-साथ प्रधानमंत्री को भी रखा गया। किंतु उच्चतम न्यायालय के न्यायाधीशों एवं निर्वाचन आयुक्तों आदि संवैधानिक पदाधिकारियों को इससे बाहर रखा गया था।

निष्कर्षत: किसी भी कार्य के प्रति भारतीय जनमानस पूर्ण गंभीर तथा प्रतिबद्ध नहीं दिखता। प्रत्येक स्तर पर छिद्रांवेषी स्वभाव स्पष्ट परिलक्षित होता है।

लोकसभा के समक्ष विभिन्न समयों में जो लोकपाल तथा लोकायुक्त विधेयक प्रस्तुत किया गया जैसा उपरोक्त अलग-अलग वर्ष में विधेयक से स्पष्ट है उसमें वर्णित निम्न विशेषताएं थी–

लोकपाल की स्थिति, वेतन तथा सेवा शर्तें भारत के उच्चतम न्यायालय के मुख्य न्यायाधीश के समान होगी। उसकी पद स्थिति तथा कार्यालय भारत के मुख्य नियंत्रक तथा महालेखा परीक्षक के स्तर का होगा। वह अपना कार्य स्वतंत्र रूप से संपन्न करेंगे। इन सब बातों को दृष्टि में रखते हुए उक्त अधिनियम में यह प्रावधान था कि भारत के राष्ट्रपति अपने हस्ताक्षर तथा मुद्रा से अंकित अधिपत्र के द्वारा लोकपाल की नियुक्ति करेंगे। लोकायुक्त की नियुक्ति के लिए राज्य के राज्यपाल की मंत्रणा आवश्यक होगी। लोकायुक्त लोकपाल के प्रशासकीय नियंत्रण के अधीन होंगे और विशेषकर उक्त अधिनियम के अंतर्गत लोकपाल शिकायतों से सुविधापूर्वक निपटारे हेतु लोकायुक्तों को ऐसे निर्देश भी दे सकते हैं जिन्हें कि वह आवश्यक समझें। लोकपाल या

लोकायुक्त संसद या विधानसभा के सदस्य नहीं हो सकेंगे और न कोई न्यास या लाभ का पद धारण करेंगे, न किसी राजनीतिक दल से संबंध रखेंगे, न कोई व्यापार करेंगे तथा पद ग्रहण करने के लिए सभी प्रकार की बातों का पालन करने के लिए बाध्य होंगे।

लोकपाल या लोकायुक्त पद ग्रहण करने के पूर्व दिनांक से पांच वर्ष की अवधि के लिए नियुक्त किए जाएंगे और पुनर्नियुक्ति के अधिकारी नहीं होंगे। भारत के राष्ट्रपति लोकपाल या लोकायुक्त को पद से तब तक नहीं हटाएंगे जब तक कि संसद के प्रत्येक सदन द्वारा उस सदन की समस्त सदस्य संख्या के बहुमत से तथा उस सदन के उपस्थित और मतदान करने वाले सदस्यों के दो-तिहाई मत से आवेदन नहीं किया गया है।

लोकपाल ऐसी शिकायत की अवस्था में जिसमें निम्न विषयों से संबंधित परिवेदना हो अनुसंधान नहीं करेंगे:

यदि ऐसा कार्य द्वितीय अनुसूची में उल्लिखित किसी विषय से संबंध रखता हो, जैसे न्याय व्यवस्थाएं, विदेशी मामले इत्यादि।

यदि परिवेदित को किसी न्यायाधिकरण से उपचार प्राप्त हो रहा हो। लोकपाल ऐसी शिकायत का अनुसंधान नहीं करेंगे जो कि उस दिनांक से जब शिकायत कार्य की परिवादी को जानकारी हुए एक वर्ष व्यतीत हो जाने के बाद की जाए। वह किसी ऐसी शिकायत का अनुसंधान नहीं करेंगे जिसमें कोई अभिकथन अंतर्ग्रस्त हो और यदि शिकायत उस दिनांक से, जबकि शिकायत कार्य का किया जाना कहा जा सकता है, पांच वर्ष बीत जाने के बाद की गई हो।

लोकपाल किसी ऐसी शिकायत का अनुसंधान करने से इंकार कर सकता है, जो कि उसके विवेकानुसार तुच्छ या क्षोभपूर्ण या सद्भावना से नहीं की गई हो या जिसके पर्याप्त कारण नहीं हों अथवा मामले की परिस्थितियों में परिवादी के लिए किसी ऐसे उपचारों का लाभ उठाना अधिक उचित हो। लोकपाल को मामलों की जांच हेतु विधेयक में विस्तृत अधिकार प्रदान किए गए हैं।

इस प्रकार लोकपाल संस्था के प्रस्तावित अधिनियम के अध्ययन के पश्चात् यह स्पष्ट है कि इसे बहुत हद तक स्वतंत्र तथा निष्पक्ष करवाने का प्रयत्न किया गया है। उसकी नियुक्ति तथा पदच्युति के प्रावधान इसका स्पष्ट प्रदर्शन करते हैं। स्कैंडिनेविया के लोकपाल के विपरीत तथा ब्रिटिश संसदीय आयुक्त की भांति लोकपाल अपनी कार्यवाही गुप्त रूप से संपादित करते हैं।

भारत में प्रस्तावित लोकपाल संस्था की काफी आलोचना हुई है। उसकी नियुक्ति का प्रस्तावित तरीका उसे संसद या राज्य विधायिका के प्रति उत्तरदायी होने से रोकता है। इसके अतिरिक्त जबकि केंद्रीय सतर्कता आयोग, सार्वजनिक शिकायतों के आयुक्त, विभागीय शिकायत प्रकोष्ठ कार्य कर रहे हैं तो फिर लोकपाल संस्था की क्या जरूरत है। यदि उपरोक्त संस्थाएं पूर्ण एवं प्रभावी रूप से कार्य नहीं कर पा रही हैं तो लोकपाल किस प्रकार प्रभावी रूप से कार्य कर सकेगा। इन आलोचनाओं के अतिरिक्त व्यावहारिक दृष्टिकोण से ऐसा कहा जाता है कि लोकपाल संस्था केवल छोटे तथा कम आबादी वाले देशों में सफल हुई है। भारत एक विशाल एवं अधिक आबादी वाला देश है जहाँ भ्रष्टाचार पूर्णरूप से अपनी जड़ें जमाए हुए है। इसी कारण नागरिकों को दैनिक कार्यों में असंख्य समस्याओं का सामना करना पड़ता है। अत: लोकपाल को अपेक्षा से अधिक शिकायतों की जांच करनी होगी जिनमें से अधिकांश शिकायतें सबूत के अभाव में रद्द कर दी जाएंगी। द्वितीय, भारत में अशिक्षा का बोलबाला है जबकि लोकपाल की संस्था पूर्णरूप से लिखित प्रक्रिया पर आधारित है।

प्रशासनिक सुधार आयोग ने लोकपाल एवं लोकायुक्त संस्था के संबंध में निम्न सिफारिशें की थीं-

1. लोकपाल व लोकायुक्त स्पष्ट रूप से स्वतंत्र एवं निष्पक्ष होने चाहिए।

2. शिकायतों की जांच गुप्त एवं अनौपचारिक रूप से की जानी चाहिए।
3. उनकी नियुक्ति जहाँ तक संभव हो गैर राजनीतिक हो।
4. उनकी पद स्थिति देश की सर्वोच्च न्यायपालिका के न्यायाधीश के समान होनी चाहिए।
5. उन्हें विवेकाधीन प्रशासनिक निर्णयों में अन्याय, भ्रष्टाचार तथा पक्षपात की जांच करनी चाहिए।
6. इस संस्था की प्रक्रिया में न्यायपालिका द्वारा हस्तक्षेप नहीं किया जाना चाहिए।
7. उन्हें आर्थिक लाभ की ओर नहीं झुकना चाहिए।

लोकायुक्त एवं उपलोकायुक्त

राज्यों में लोकायुक्त की स्थापना लोकपाल की तुलना में उत्साहजनक कही जा सकती है। सर्वप्रथम उड़ीसा राज्य ने सन 1970 में लोकायुक्त कानून पारित किया। महाराष्ट्र ने सन 1971, बिहार (1973), राजस्थान (1973), तमिलनाडु (1974), जम्मू कश्मीर (1975), मध्य प्रदेश (1981), आंध्र प्रदेश (1983), केरल (1983)। सन 2004 तक देश में 17 राज्यों में लोकायुक्त संस्था की स्थापना हो चुकी थी। हिमाचल प्रदेश, आंध्र प्रदेश, मध्य प्रदेश, गुजरात, उड़ीसा, तथा केरल में लोकायुक्त के क्षेत्राधिकार में मुख्यमंत्री भी सम्मिलित हैं। अधिसंख्य राज्यों में लोकायुक्त के लिए 5 वर्ष का कार्यकाल या 65 वर्ष की आयु जो भी पहले हो का प्रावधान किया गया है। लोकायुक्त को मंत्रियों, लोकसेवकों, स्थानीय निकायों, लोक उपक्रमों तथा राज्य अनुदानित संस्थाओं के विरुद्ध प्राप्त भ्रष्टाचार संबंधी शिकायतों की जांच का अधिकार दिया गया है। लोकायुक्त को दीवानी न्यायालय की शक्तियां प्राप्त होती हैं। लोकायुक्त राज्य की अन्वेषण एजेंसियों से सहायता ले सकते हैं। लोकायुक्त अपना वार्षिक प्रतिवेदन राज्यपाल को प्रस्तुत करते हैं जिसे राज्यपाल राज्य विधायिका में प्रस्तुत कराते हैं।

लोकायुक्त एवं उपलोकायुक्त की नियुक्ति राज्यपाल द्वारा मुख्यमंत्री एवं सदन में विपक्षी दल के नेता के साथ संपर्क स्थापित कर की जाती है। कार्यकाल पांच वर्ष का होता है। लोकायुक्त राज्य सरकार के मंत्रियों एवं सचिवों के विरुद्ध तथा उपलोकायुक्त सचिव स्तर के नीचे के अधिकारियों के विरुद्ध आई हुई शिकायतों एवं अभियोगों की जांच करते हैं। इनके वेतन, भत्ते, सेवा शर्तें तथा पद सुविधाएं क्रमशः उच्च न्यायालय के मुख्य न्यायाधीश के समान हैं। कार्य प्रणाली गोपनीय होती है। इन्हें अपने पद से केवल महाभियोग प्रक्रिया द्वारा ही अपदस्थ किया जा सकता है।

लोकायुक्त संस्था व्यावहारिक रूप से प्रभावी सिद्ध नहीं हो पाई है परंतु सैद्धांतिक दृष्टि से सुदृढ़ दिखाई देती है। लोकायुक्त की भूमिका सरकार को परामर्श देने की है। कई बार लोकसेवकों का अपराध सिद्ध हो जाने पर भी लोकायुक्त की सिफारिश पर राज्य सरकार समुचित कार्यवाही नहीं करती है। भ्रष्टाचार निवारण में निस्संदेह लोकायुक्त सशक्त भूमिका निर्वाहित कर सकते हैं। किंतु पहले इन्हें प्रभावी बनाना आवश्यक है। लोकायुक्त को संवैधानिक दर्जा दिया जाना चाहिए। इनकी भूमिका व्यावहारिक बनाई जाए। जनसाधारण तक इस संस्था का प्रचार प्रसार हो तथा लोकायुक्त की अनुशंसाओं को यथाशीघ्र क्रियान्वित किया जाए। सामान्यतः यह कहा जाता है कि भारत में लोकायुक्त नख-दंतविहीन निष्प्रभावी संस्था

है। इस संबंध में यह भी महत्त्वपूर्ण है कि केंद्रीय स्तर पर लोकपाल की स्थापना भी शीघ्र हो तथा इस संस्था का कार्यक्षेत्र भी व्यापक हो।

यह बात सर्वविदित है कि संगठन की सफलता उसके कार्यकर्त्ताओं पर निर्भर करती है तथा संगठन का पर्यावरण उनकी प्रेरक शक्ति होता है। लोकपाल संस्था के संबंध में यह बात स्पष्टत: विचारणीय है चूंकि यह संस्था सरकारी नियंत्रण से स्वतंत्र है अत: प्रभावी रूप से कार्य करेगी। परंतु इसका प्रभाव इस बात पर निर्भर करता है कि प्रशासनिक भूलों का क्षेत्र जितना संकुचित होगा उतना ही लोकपाल एवं लोकायुक्त संस्था प्रभावी होगी। जहाँ भ्रष्टाचार विस्तृत रूप से फैला हुआ है एवं दक्षता कम है वहाँ तो संपूर्ण पद्धति में सुधार की आवश्यकता है।

प्रशासनिक सुधार आयोग ने इस बात पर जोर दिया है कि स्वयं प्रशासन की शिकायतों के क्षेत्र को कम करने तथा आवश्यक उपायों का प्रावधान करने में इसे महत्त्वपूर्ण भूमिका निभानी चाहिए। नागरिकों की शिकायतों को उचित हल देने का उत्तरदायित्व सरकारी विभागों को निभाना चाहिए क्योंकि इस संस्था की प्रकृति सलाहकारी है। इसकी सिफारिशों पर कार्यवाही करना अथवा नहीं करना सरकार पर निर्भर करता है। लोकपाल संस्था की भूमिका दंडात्मक होने की जगह मौलिक रूप से सुधारात्मक है, निंदात्मक होने की बजाय शैक्षिक है, भर्त्सनात्मक होने की बजाय सहानुभूतिपूर्ण है। अत: लोकपाल को इस बात का प्रयास करना चाहिए कि नागरिकों की शिकायतों की जांच करते समय शिकायत के मूल कारण को खोजने का प्रयास करे जिससे कि भविष्य में उसी प्रकार की शिकायतें उत्पन्न नहीं हो तथा प्रशासन निर्विघ्नता से कार्य कर सके। लोकपाल के द्वारा प्रशासन में परिमार्जन संभव हो सकता है।

7.5 सूचना का अधिकार
Right to information

सूचना के अधिकार ने लोक प्रशासन साहित्य के एक प्रिय व प्रमुख विषय के रूप में तेजी से अपनी पहचान बनाई है। इसके महत्त्व व प्रासंगिकता में दिनोंदिन इजाफा होता जा रहा है। खासकर विकासशील देशों में सुशासन को सुनिश्चित करने में इसकी भूमिका असंदिग्ध है। वास्तव में शासन प्रक्रिया को सुदृढ़, सक्षम व पारदर्शी बनाने के सारे तत्त्व इसमें समाहित हैं। यह शासन व प्रशासन में लोक भागीदारी को व्यापक बनाकर जमीनी लोकतंत्र को संपन्न व सुदृढ़ बनाने का काम करता है। सरल शब्दों में कहें तो सूचना का अधिकार सुशासन की मौलिक जरूरत है। इसके द्वारा जानकारी की सुलभता बढ़ी है। यह वह अधिकार है जिसमें सरकार द्वारा लिए गए विभिन्न निर्णयों के बारे में जानकारी प्राप्त की जा सकती है। जानकारी से खुलापन आया है। विकास में सूचना की उपलब्धता एवं उसके प्रचार प्रसार का महत्त्वपूर्ण योगदान होता है। सूचना के अधिकार के माध्यम से जनमानस की उन कमजोर आवाजों को पहचान मिली है जो शासन की लालफीताशाही में दबा दी जाती थीं। अत: सूचना शक्ति हो गई है क्योंकि लोकतंत्र का आधार जवाबदेही तथा पारदर्शिता है, इस अधिकार के द्वारा

सरकारी तंत्र में भ्रष्टाचार पर अंकुश लगाया जा सकता है। भारत में "सूचना का अधिकार" अधिनियम, 2005 में कानून बन गया। यह इस प्रकार से एक प्रयास है लोकतंत्र को शक्ति प्रदान करने का।

इन सभी प्रावधानों के द्वारा भारतीय शासन व्यवस्था अपने संगठन में छुपी उन कई बुराइयों को समाप्त करने में सक्षम हो सकती है जो उसे कमजोर बना रहे हैं। भ्रष्टाचार, भाई-भतीजावाद, लालफीताशाही इत्यादि ऐसी कुछ बुराइयां हैं जिन पर काबू इन्हीं माध्यमों से तथा जनमानस की जागृत चेतना के द्वारा हो सकता है।

सूचना के अधिकार का उद्भव

सूचना के अधिकार की उत्पत्ति को मानवीय अधिकारों की वैश्विक घोषणा 1948 से जोड़ा जाता है। UDHR (Universal Declaration of Human Rights) के अनुच्छेद 19 के अनुसार, 'प्रत्येक व्यक्ति को बिना किसी रोकटोक व भेदभाव के अपने विचारों को अभिव्यक्त करने तथा किसी भी माध्यम से सूचनाओं व विचारों को प्राप्त, प्रदान व वितरण का अधि कार है, यह एक मौलिक अधिकार है तथा सभी स्वतंत्रताओं की कसौटी है जिसमें संयुक्त राष्ट्र की प्रासंगिकता निहित है।'[30]

स्वीडन ने सर्वप्रथम 1766 में अपने नागरिकों को यह अधिकार प्रदान किया। यह प्रेस एक्ट का एक हिस्सा था। यह अत्यधिक प्रशासनिक गोपनीयता के साथ-साथ प्रेस सेंसरशिप के प्रतिक्रिया स्वरूप अस्तित्व में आया।

यद्यपि बाकी देशों ने इस पर काफी देर से अमल किया। 20वीं शताब्दी के अंतिम दशक तथा 21वीं शताब्दी की शुरूआत में अधिकांश देशों ने इस अधिकार को अमल में लाने में काफी सक्रियता दिखाई। 1951 में फिनलैंड ने सूचना की स्वतंत्रता को कानून का रूप प्रदान किया। डेनमार्क व नार्वे ने 1970 में इसे अपनाया। संयुक्त राज्य अमेरिका ने 1966 में कानून पारित कर 1974 में इसमें संशोधन किया। यह कानून नागरिकों के सूचना प्राप्ति के अधिकार को सुनिश्चित कर इस बात का प्रावधान करता है कि अगर सरकार सूचना देने से इंकार करती है तो उसे इसका औचित्य सिद्ध करना होगा। ऑस्ट्रिया, फ्रांस व नीदरलैंड जैसे देशों ने 70 के दशक में इस पर कानून बनाया वहीं ऑस्ट्रेलिया, कनाडा व न्यूजीलैंड ने 80 के दशक के प्रारंभ में इस अधिकार की स्वीकृति स्वरूप इस पर कानून पारित किया।

ब्रिटेन ने प्रारंभ से ही गोपनीयता को बनाए रखने में अधिक विश्वास किया। इसके पास ऑफिशियल सीक्रेट्स एक्ट जैसा कानून था। सूचना की स्वतंत्रता कानून को इसने 2000 में पारित किया तथा 2005 में इसमें संशोधन किया। ब्रिटिश कानून सरकारी विभागों, स्थानीय निकायों तथा कई अन्य प्रकार के लोक निकायों के पास संरक्षित सभी प्रकार के "रिकॉर्डेड" सूचनाओं तक नागरिकों की पहुँच को सुनिश्चित करता है।

विकसित देशों ने 2000 तक इस पर कानून बनाने का काम लगभग पूरा कर लिया है। रॉबिन बेल (Robin Bell) तथा हेलेन वाचिरस (Helen Watchirs) ने अपने "फ्रीडम ऑफ इंफोर्मेशन: द कॉमनवेल्थ एक्सपीरियंस" नामक पेपर में विकसित

देशों में सूचना की स्वतंत्रता कानून में कुछ विशिष्ट समानताओं पर सहमति प्रदान की है। ये निम्नांकित हैं[31]–

(i) जानने की जरूरत की औपचारिकता के प्रदर्शन के बिना सरकारी रिकॉर्डों तक पहुँच का विधिक अधिकार।

(ii) सुरक्षा, व्यक्तिगत निजता, कानून कार्यान्वयन आदि जैसे चीजों को सूचना की स्वतंत्रता के दायरे से बाहर रखा।

(iii) अधिकार की अस्वीकृति की दशा में सरकारी अधिकारियों से स्वतंत्र अपील का अधिकार।

भारतीय परिदृश्य

भारत में ब्रिटिश शासन के दौरान पारित कानून के आधार पर सरकारी सूचनाओं तक जनता की पहुँच नियंत्रित व नियमित होती है। यह 1889 का official secrets act था। 1923 में इसमें संशोधन किया गया। इसमें देश की सुरक्षा, अखंडता तथा विदेशी राज्यों के साथ मैत्रीपूर्ण संबंधों से संबंधित सूचनाओं को गोपनीय तथा नागरिक पहुँच से बाहर रखने का अधिकार है। यह अवर्गीकृत सूचनाओं के उजागर को भी प्रतिबंधित करता है।

सूचना के अधिकार के संबंध में संविधान में कोई स्पष्ट प्रावधान नहीं किया गया है। यद्यपि संविधान के अनुच्छेद 19(1)a की व्याख्या UDHR के अनुच्छेद 19 के साथ करने पर व्यापक धरातल पर सूचना का अधिकार भी इसमें शामिल हो जाता है। सर्वोच्च न्यायालय ने भी अपने कई निर्णयों के द्वारा यह स्पष्ट किया है कि अनुच्छेद 19(1)a सूचना के अधिकार को समाहित करता है। उत्तर प्रदेश राज्य बनाम राज नारायण[32] केस में सर्वोच्च न्यायालय ने सूचना के अधिकार को अनुच्छेद 19(1) का एक हिस्सा बताया। सर्वोच्च न्यायालय ने अपना निर्णय इन शब्दों में दिया: 'हमारे जैसी एक लोकप्रिय व जिम्मेदार सरकार के लिए पारदर्शिता व जवाबदेही अनिवार्य है। सूचना के अधिकार का अस्वीकार जनप्रतिनिधियों व जनसेवकों को जनता से दूर व निरंकुश करता है जो लोकतंत्र की जड़ें खोदने का काम करता है। सरकारी कामकाज की गोपनीयता की आड़ में अक्षमता, अनियमितता स्वार्थ व भ्रष्टाचार का पोषण किया जाता है। लोकतंत्र में जनहित की सुरक्षा व सुनिश्चितता सर्वोच्च जरूरत है और अभिव्यक्ति की स्वतंत्रता तथा सूचना का अधिकार, जो कि एक ही शरीर के दो अंग हैं, को सुनिश्चित करना लोकतंत्र की नींव को पुख्ता करना है। जन अधिकारियों की जवाबदेही को सुनिश्चित कर तथा पारदर्शिता को व्यापक बनाकर ही अनीति, अत्याचार, दमन, स्वार्थ, भ्रष्टाचार व अक्षमता जैसे दानवों से प्रभावी तरीके से सफलतापूर्वक लड़ा जा सकता है। जनसेवकों द्वारा लोकहित में लोकोन्मुख तरीके से किए गए सारे कार्यों को जानने का अधिकार जनता को है।'

इस निर्णय को सुनाने के बाद बार-बार सर्वोच्च न्यायालय ने सूचना के अधिकार कानून की जरूरत को रेखांकित किया ताकि जनता जागरूक, शिक्षित व प्रबुद्ध तरीके से अपने मत का प्रयोग कर सके।

इसके अलावा सूचना के अधिकार को लेकर राजनीतिक प्रतिबद्धता भी रही है। 1977 में

जनता पार्टी सरकार ने एक खुली व पारदर्शी सरकार की घोषणा करते हुए कहा था कि वह सरकारी मशीनरी का दुरुपयोग रोकने का व्यापक प्रबंध सुनिश्चित करेगी।[33] 1977 में सत्ता में आने के बाद तत्कालीन प्रधानमंत्री मोरारजी देसाई ने ऑफिसियल सीक्रेट्स एक्ट 1923 को संशोधित करने के लिए कार्यकारी समूह का गठन किया ताकि जनता तक सूचनाओं का प्रवाह सुनिश्चित हो सके। लेकिन कार्यकारी समूह ने किसी भी परिवर्तन का सुझाव नहीं दिया। दूसरा प्रयास 1989 में तब किया गया जब राजीव गांधी के नेतृत्त्व वाली सरकार से जनता का तेजी से मोह भंग हो रहा था। सरकार बोफोर्स और अन्य लेन-देन को उजागर करने में हिचकिचा रही थी।[34] राष्ट्रीय मोर्चा सरकार ने अपने चुनावी घोषणा पत्र में एक खुली व पारदर्शी सरकार के प्रति प्रतिबद्धता व्यक्त करते हुए स्पष्ट शब्दों में कहा कि वह जनता के सूचना के अधिकार को सुनिश्चित करने के लिए इसे संवैधानिक दायरे में लाएगी। सत्ता में आने के बाद वी. पी. सिंह के नेतृत्त्व वाली सरकार ने ऑफिसियल सीक्रेट्स एक्ट में संशोधन का वायदा करते हुए यह स्पष्ट किया कि वह संविधान में सूचना के अधिकार को शामिल करने के लिए यथोचित प्रावधान करेगी। लेकिन यह वायदा सरकार के असमय पतन के कारण पूरा नहीं हो पाया।

इन प्रयासों के परिणामस्वरूप सूचना के अधिकार के प्रति जनता की जागरूकता में उल्लेखनीय वृद्धि हुई और इसने जल्द ही जन आंदोलन का रूप ले लिया। बाद में एन.डी.ए. सरकार ने सूचना की स्वतंत्रता विधेयक 2000 को संसद में प्रस्तुत किया। 2002 में विधेयक को अंतिम रूप से मंजूर किया गया।

इसी बीच कुछ राज्य सरकारों ने सफलतापूर्वक सूचना का अधिकार कानून पारित किया। ये राज्य थे - तमिलनाडु (1997), गोवा (1997), राजस्थान (2000), कर्नाटक (2000), दिल्ली (2001), महाराष्ट्र (2002), मध्य प्रदेश (2003), असम (2002) तथा जम्मू व कश्मीर (2004)। महाराष्ट्र व दिल्ली में राज्य स्तर पर यह कानून सबसे अधिक सफल माना गया है। लेकिन तमिलनाडु में इस अधिकार के प्रयोग पर कई बंधन आरोपित किए गए हैं।

सूचना का अधिकार कानून, 2005

सूचना की स्वतंत्रता विधेयक की खामियों ने एक बेहतर व व्यापक सूचना के अधिकार कानून की मांग को और भी तीव्र किया। तदनुसार संयुक्त प्रगतिशील गठबंधन (UPA) सरकार ने सूचना का अधिकार, 2005 विधेयक पारित किया। इस कानून को औपचारिक रूप से 13 अक्टूबर 2005 को लागू किया गया।

मुख्य विशेषताएं: यह कानून भारतीय नागरिकों की केंद्रीय सरकार व राज्य सरकारों के रिकॉर्ड्स तक पहुँच का प्रावधान करता है। इस कानून के प्रावधान के अनुसार कोई भी भारतीय नागरिक (जिसमें जम्मू व कश्मीर के नागरिक भी शामिल हैं।) लोक प्राधिकार से अपेक्षित सूचना की मांग कर सकता है तथा लोक प्राधिकार 30 दिनों के भीतर सूचना उपलब्ध कराने के लिए बाध्य है। इसके प्रावधानों में यह भी शामिल है कि प्रत्येक लोक प्राधिकार सरकारी रिकॉर्डों का त्वरित व व्यापक कंप्यूटरीकरण सुनिश्चित करेगा ताकि सूचना का त्वरित व उपयोगी प्रसार सुनिश्चित हो सके तथा जनता के पास इन रिकॉर्डों तक पहुँचने का व्यापक प्लेटफॉर्म, अवसर व सुविधा उपलब्ध हो सके।

संभावनाएं: यह कानून जम्मू-कश्मीर (जहाँ राज्य सरकार का अपना कानून है) को छोड़कर प्रत्येक राज्य व केंद्र शासित प्रदेश में लागू होता है।[35] इसके दायरे में सभी संवैधानिक संस्थानों को शामिल किया गया है। जिसमें शामिल हैं – केंद्र व राज्य दोनों की विधानपालिका, कार्यपालिका व न्यायपालिका, पंचायती राज संस्थाएं तथा स्थानीय निकाएं। यह उन निकायों व प्राधिकारों (संस्थानों) पर लागू होती है जो सरकारी स्वामित्व में है या सरकार द्वारा नियंत्रित या अधिकांश सरकारी वित्तीय सहायता पर निर्भर हैं। वैसे गैर-सरकारी संगठन भी इस कानून के दायरे में आते हैं जो प्रत्यक्ष या अप्रत्यक्ष तरीके से सरकारी वित्तीय सहायता पर निर्भर हैं। यह कानून निजी क्षेत्र पर लागू नहीं होता।

परिभाषा: यह कानून नागरिकों को निम्न अधिकार प्रदान करता है:

(i) किसी भी सूचना की मांग (सूचना को परिभाषित किया गया है)।

(ii) प्रलेखों (डॉक्यूमेंट्स) के छायाप्रति को लेने की सुविधा।

(iii) प्रलेखों, कार्यों व रिकॉर्डों के निरीक्षण की व्यवस्था।

(iv) कार्य विवरण से संबंधित सामानों के अभिप्रमाणित नमूने लेने की सुविधा।

(v) प्रिंटआउट्स (Printouts), डिसकेट्स (Diskettes), फ्लोपीज (Floppies), टेप्स (Tapes), विडियो कैसेट्स (Video Casettes) तथा किसी भी अन्य इलेक्ट्रॉनिक्स रूप में सूचना को प्राप्त करने का प्रावधान।[36]

प्रक्रिया: सूचना प्राप्त करने का इच्छुक कोई भी व्यक्ति इस बाबत अपना आवेदन लिखित या इलेक्ट्रॉनिक्स रूप से संबंधित सूचना अधिकारी को दे सकता है।[37] आवेदन के साथ अपेक्षित मूल्य का शुल्क देना अनिवार्य है। सूचना का अपेक्षित विवरण देना जरूरी है। आवेदन में उल्लिखित सूचना की आपूर्ति 30 दिनों के भीतर करना अनिवार्य है या फिर इंकार की स्थिति में कानून में निर्धारित उचित कारणों का उल्लेख अनिवार्य है।[38] यद्यपि मामला यदि किसी व्यक्ति के जीवन या स्वतंत्रता से संबंधित है तो आवेदन का जवाब 24 घंटे के भीतर देना अनिवार्य है।

सरकार की भूमिका: इस कानून में सरकार की भूमिका का भी उल्लेख है जो कानून के समुचित व सफल कार्यान्वयन के लिए अनिवार्य है। यह कानून केंद्र व राज्य सरकारों को निम्नांकित कदम उठाने की जिम्मेदारी सौंपता है।[39]–

(i) RTI के लिए लोक शिक्षण कार्यक्रम का विकास खासकर वंचित तबकों के लिए।

(ii) सरकारी अधिकारियों व संस्थानों को ऐसे कार्यक्रम के विकास व नियोजन में सक्रिय भागीदारी के लिए प्रोत्साहित करना।

(iii) सूचनाओं का प्रसार सही समय पर तथा सही तरीके से किया जाना।

(iv) अधिकारियों का प्रशिक्षण तथा प्रशिक्षण सामग्री का विकास।

(v) जनता के लिए प्रयोग निर्देशिका का संबंधित राज भाषा में निर्माण तथा प्रसार।

(vi) लोक सूचना अधिकारियों का नाम, पद, पता तथा संपर्क सूत्रों का प्रकाशन तथा सूचना शुल्क, उपलब्ध सुविधा व अस्वीकार की स्थिति में समाधान आदि जैसे विवरणों को सार्वजनिक किए जाने की व्यवस्था।

सूचना के अधिकार का महत्त्व

सु–शासन को सुनिश्चित करने में सूचना के अधिकार (RTI) की भूमिका को रेखांकित करते हुए दूसरे प्रशासनिक सुधार आयोग (ARC) की प्रथम रिपोर्ट ने निम्नांकित विचार व्यक्त किए–

सु–शासन की अनुपस्थिति में कोई भी विकास कार्यक्रम नागरिकों के जीवन स्तर में गुणवत्तापूर्ण परिवर्तन सुनिश्चित नहीं कर सकता। पारदर्शिता, जवाबदेही, अनुमान्यता तथा भागीदारी सु–शासन के चार तत्त्व हैं। पारदर्शिता से अभिप्राय है आम नागरिकों तक संबंधित सूचनाओं की बेरोकटोक पहुँच तथा सरकारी संस्थानों की कार्यशैली के बारे में सुस्पष्टता, सूचना का अधिकार नागरिकों को यह अवसर देता है कि सरकारी रिकॉर्डों को जान सके तथा तदनुसार शासन की गुणवत्ता में वृद्धि हेतु अपना जागरूक व प्रबुद्ध मत प्रदान कर सके। सरकारी संस्थानों में पारदर्शिता से काम–काज अधिक प्रभावी व उत्पादनशील व सुस्पष्ट होता है। सरकारी कार्यशैली के बारे में जानने से नागरिकों के सु–शासन के प्रति बोध व भागीदारी में भी वृद्धि होती है। स्पष्ट शब्दों में कहें तो सूचना का अधिकार सु–शासन की अनिवार्य जरूरत है।[40]

आर.टी.आई का बेहतर कार्यान्वयन शासन प्रणाली को अधिक पारदर्शी व जवाबदेह बनाने में महत्त्वपूर्ण भूमिका निभा सकता है यह न केवल भ्रष्टाचार, अक्षमता, गोपनीयता, अनिश्चितता व नागरिकों के प्रति नौकरशाही बेरुखी को कम कर सकता है वरन नागरिकों को उनका उचित अधिकार भी दिला सकता है। इसका प्रभावी कार्यान्वयन एक सतर्क वातावरण के विकास में सहायक होगा जो सुशासन की रीढ़ साबित हो सकती है।[41] भ्रष्टाचार व अक्षमता से ग्रस्त व्यवस्था में आमूल–चूल परिवर्तन लाने के सारे गुण आर.टी.आई. में मौजूद हैं। आर.टी.आई. वंचित व पिछड़े तबकों के सशक्तीकरण का एक महत्त्वपूर्ण व प्रभावी हथियार साबित हो सकता है।[42]

सूचना का अधिकार और विकेंद्रीकृत शासन

सूचना का अधिकार भारत के जमीनी लोकतंत्र को दुरुस्त करने की दिशा में एक अभूतपूर्व व निर्णायक कदम है। यह जवाबदेही व भागीदारी को सुनिश्चित करने वाला अचूक हथियार है। यह शासन के प्रत्येक स्तर पर जनता की आवाज की प्रतिध्वनि को सुनने की कारगार व्यवस्था करता है। यह शासन को जनोपयोगी व मैत्रीपूर्ण बनाता है।

सूचना का अधिकार व विकेंद्रीकृत शासन एक–दूसरे के पूरक हैं क्योंकि जवाबदेही विकेंद्रीकृत व्यवस्था के प्रभावी कार्यान्वयन के लिए अनिवार्य पूर्व शर्त्त है। जवाबदेही से मतलब है कि किस हद तक ग्राम पंचायत आम लोगों के प्रति जवाबदेही तथा उनका हित साधक है। आम नागरिक का शासन में विश्वास स्थापित करने के लिए जवाबदेही को सुनिश्चित करना अनिवार्य है। यह सत्ता के दुरुपयोग को रोकने में काफी हद तक सहायक है।[43] पंचायती राज संस्थाओं तथा शहरी स्थानीय निकायों की सफलता के लिए व्यवस्था का जवाबदेह होना नितांत जरूरी है क्योंकि आम नागरिक अपने प्रतिनिधियों से अपने हितों व आकांक्षाओं के प्रति जवाबदेह होने की उम्मीद करते हैं। यह जवाबदेही प्रत्येक दिन की होनी चाहिए न कि

पांच वर्ष में एक बार जब वोट पाने की बारी आए।[44] सूचना का अधिकार उत्तरदायित्व के सिद्धांत को सुनिश्चित करने वाला प्रमुख सहायक यंत्र है।

व्यवहार में सूचना का अधिकार

सूचना का अधिकार आंदोलन की शुरूआत का श्रेय राजस्थान के मजदूर किसान शक्ति संगठन (MKSS) नामक एक नागरिक संगठन को जाता है। यद्यपि अन्ना हजारे, निर्मला देशपांडे तथा पंकज राय जैसे सामाजिक कार्यकर्त्ताओं ने अपने स्तर पर आम आदमियों को उनके अधिकार व विशेषाधिकार के बारे में जागरूक व शिक्षित करने में अहम भूमिका निभाई। MKSS, 1950 में स्थापित एक पंजीकृत संस्था है जिसका उद्देश्य सरकारी लोक निर्माण कार्यक्रमों के कार्यान्वयन में होने वाले भ्रष्टाचार से लड़ना है। उन्होंने ग्रामीण मजदूरों द्वारा समान व पूरी मजदूरी के लिए किए जाने वाले संघर्ष को अपना समर्थन प्रदान किया। MKSS ने ग्रामीण जनता को ढोलक की थाप पर एक जगह इकट्ठा कर सरकारी कार्यक्रमों से संबंधित फाइलों के सार्वजनीकरण के लिए उकसाया। राजस्थान में MKSS ने लोकप्रिय आंदोलनों को संगठित लोक कार्यक्रमों के लिए पंचायतों द्वारा खर्चे की जाने वाली रकम तथा उनके तौर-तरीकों को सार्वजनिक करने की मांग की। जन सुनवाई का आयोजन कर उन्होंने पंचायती नेताओं व सरकारी अधिकारियों को विकासपरक कार्यक्रमों में होने वाले खर्चे के प्रति जवाबदेह होने के लिए बाध्य किया।[45] अनेक गांवों में सरपंच लोगों द्वारा मांगे गए प्राप्तियों का भुगतान करने के लिए बाध्य हुए तथा इस प्रकार जन सुनवाई कार्यक्रम पारदर्शिता व जवाबदेही को स्थानीय स्तर पर सुनिश्चित करने में बहुत हद तक कारगर रहा।[46]

अत: यह स्पष्ट हो गया कि जनहितों का पोषण करने वाले कार्यक्रमों से संबंधित सूचनाओं तक पहुँच को सुनिश्चित कर ही शासन व प्रशासन को पारदर्शी व जवाबदेह बनाया जा सकता है।

1994 के मध्य तक MKSS ने ग्रामीण लोगों को पंचायतों से उसके वार्षिक वित्तीय ब्यौरे की प्रतियां प्राप्त करने के लिए गोलबंद व संगठित करने में बहुत हद तक सफलता प्राप्त की।[47] सामाजिक अभिलेखा परीक्षण के द्वारा पारदर्शिता, जवाबदेही व समाधान की मांग का यह एक अनोखा व सफल उदाहरण साबित हुआ।

जवाबदेही सिद्धांत को ध्यान में रखते हुए सभी राज्य सरकारों ने वित्तीय लेखा परीक्षा के लिए अपने पंचायती राज कानूनों में संशोधन किया। हरियाणा, पंजाब, त्रिपुरा तथा उत्तर प्रदेश जैसे राज्यों के अलावा अधिकतर राज्यों ने सामाजिक लेखा परीक्षा से संबंधित प्रावधानों को भी अपने पंचायती राज कानूनों में स्थान दिया। केरल इसका सफल उदाहरण है जिसमें जवाबदेही का स्पष्ट उल्लेख है। कानून नागरिकों को अपनी पंचायतों से जवाबदेही की मांग का अधिकार देता है। यद्यपि नागरिकों ने अपने अधिकारों का ज्यादा प्रभावी उपयोग अब तक नहीं किया है।[48] केरल में विभिन्न विकास कार्यों पर नजर रखने के लिए मॉनीटरिंग समितियों का गठन किया गया है जो अपनी रिपोर्ट ग्रामसभा को देती हैं।[49]

मध्य प्रदेश में पंचायतों द्वारा अपने सभी कार्य-विवरण को सार्वजनिक किया जाना अनिवार्य

है। गांववासी नाममात्र के शुल्क का भुगतान कर किसी भी रिकॉर्ड (डाक्यूमेंट) की अभिप्रमाणित छायाप्रति ले सकते हैं तथा ग्राम सभा के सरल सामाजिक लेखा परीक्षा की मीटिंग में अपने प्रतिनिधियों से किसी भी प्रासंगिक विषय पर प्रश्न पूछ सकते हैं।[50]

उपरोक्त उदाहरण इस बात का प्रमाण है कि संशोधित कानूनों में जन प्रतिनिधियों की जवाबदेही को सुनिश्चित करने के लिए पर्याप्त प्रावधान किए गए हैं। इन प्रावधानों के सफल कार्यान्वयन के लिए MKSS की तरह की सामाजिक सक्रियता जरूरी है। नागरिकों को अपने अधिकारों के लिए सक्रिय होकर लड़ना पड़ेगा। उन्हें अपने अधिकारों के प्रति जागरूक व संवेदनशील होने की जरूरत है। उनकी सक्रियता सूचना के अधिकार कानून को जीवंत कर सकती है।

सूचना के अधिकार का उपयोग और उसकी महत्ता के दर्शन हमें राष्ट्रीय ग्रामीण रोजगार गारंटी कानून, 2005 में स्पष्ट रूप से होते हैं। पारदर्शिता व जवाबदेही नरेगा की पहचान है। नरेगा (NREGA) के निर्देशों के अनुसार सरकार के सभी स्तरों पर नरेगा से संबंधित आगत साधन, सामग्री, उत्पादन, प्रक्रिया तथा परिणामों का उचित रिकॉर्ड रखा जाना जरूरी है। इन सूचनाओं के सक्रिय उपयोग के लिए इस बात का नरेगा में स्पष्ट प्रावधान किया गया है। पंचायत कार्यालयों की दीवारों पर नरेगा से संबंधित सूचनाओं का सुस्पष्ट प्रदर्शन किया जाना जरूरी है। इसके अलावा इस बात का भी प्रावधान है कि नरेगा के तहत संचालित कार्यक्रमों की वित्तीय जवाबदेही को सुनिश्चित करने के लिए इससे संबंधित सभी ब्यौरों को लोक संवीक्षा के लिए सार्वजनिक किया जाना जरूरी है।[51]

सूचना के अधिकार का प्रगतिपूर्ण विकास

सूचना के अधिकार को अधिक अर्थपूर्ण व प्रभावी तथा भागीदारीपूर्ण लोकतंत्र का महत्त्वपूर्ण औजार बनाने के लिए अभी बहुत कुछ किया जाना बाकी है।

सूचना के अधिकार कानून के प्रभावी कार्यान्वयन के लिए यह जरूरी है आम नागरिक जागरूक, शिक्षित व सशक्त हों। आम नागरिकों की शासन प्रक्रिया में सक्रिय भागीदारी इस कानून की सफलता के लिए अत्यंत जरूरी है। सिर्फ कानून बनाया जाना ही काफी नहीं है। इसके प्रभावी व सफल कार्यान्वयन के लिए मजबूत राजनैतिक इच्छा शक्ति का होना अनिवार्य शर्त्त है। यह इच्छा शक्ति दोनों तरफ से हो तो इसकी सफलता में कोई संदेह नहीं रह जाता है।

सभी वित्तीय ब्यौरों का पंचायत कार्यालयों के बाहर प्रदर्शन तथा सभी सदस्यों को इसकी प्रति देने से पारदर्शिता को सुनिश्चित करने में सफलता मिल सकती है। इसके अलावा लेखा परीक्षा के प्रारंभिक ब्यौरों को भी, जिसमें लेखा परीक्षकों द्वारा उठाए गए सवाल शामिल होते हैं, पंचायतों व नगरी निकायों के संबद्ध सदस्यों को पंचायतें व नगरी निकायों के लिखित जवाब से पहले दिया जाना चाहिए। इसके उपरांत अंतिम रिपोर्ट को पंचायत तथा ग्राम सभा के वित्तीय समिति के अलावा म्यूनिसिपैलिटी तथा वार्ड सभा के समक्ष भी रखा जाना चाहिए।[52]

इसके अलावा ब्लॉक तथा जिला स्तर पर वरिष्ठ नागरिकों (गैर-राजनीतिक) की एक वॉच समिति गठित किया जाना भी सहायक सिद्ध हो सकता है। इसकी भूमिका लोकायुक्त की तरह

होनी चाहिए तथा इसकी प्रकृति सलाह-मशविरे तक सीमित होनी चाहिए। इसके पास विधिगत तथा प्रक्रियात्मक गलतियों की जांच तथा कार्यान्वयन के स्तर पर आने वाली बाधाओं की संवीक्षा का अधिकार होना चाहिए।

इसके अलावा विकास कार्यों से संबंधित सभी ब्यौरों का ब्यौरा रखने के लिए एक रजिस्टर होना चाहिए। इसमें लागत–विवरण, किए गए कार्य तथा कार्य पूरा होने की तिथि आदि से संबंधित सभी जानकारियों का ब्यौरा होना चाहिए। रजिस्टर तक ग्राम सभा के सभी सदस्यों की पहुँच सुनिश्चित की जानी चाहिए। यह पूरे किए गए कार्य की संवीक्षा का अवसर प्रदान करेगा। ग्राम पंचायत के आय तथा खर्चों से संबंधित सूचनाएं पंचों तक पहुँचे इसकी जवाबदेही सरपंच की होनी चाहिए। वित्तीय घोटालों की जांच की व्यवस्था के साथ-साथ दोषियों को कड़ी सजा सुनिश्चित करने की व्यवस्था होनी चाहिए।[53]

इसके अलावा संबंधित गैर-सरकारी संगठनों को भी इसमें शामिल किया जाना चाहिए। किसी भी नए कार्यक्रम या प्रोजेक्ट के शुरू होने से पहले ब्लॉक तथा जिला अधिकारियों को गांवों में जाकर आम लोगों को इन कार्यक्रमों के उद्देश्य, तौर-तरीके, होने वाले लाभ आदि से भली-भांति अवगत कराया जाना चाहिए। अधिकारियों तथा प्रतिनिधियों को जन संपर्क के माध्यम से सभी सूचनाओं का प्रचार-प्रसार करना चाहिए। यह जनजागरूकता को बढ़ाने में बहुत कारगर सिद्ध होगा।[54] अधिक से अधिक गैर-सरकारी संगठनों के आवक से सूचना का अधिकार एक जिम्मेदार तथा भागीदारीपूर्ण लोकतंत्र के विकास को और भी मजबूत तथा स्वर्णिम करेगा।

दिल्ली में इस दिशा में ''परिवर्तन'' नामक गैर-सरकारी संगठन की भूमिका काफी सराहनीय रही है। यह सार्वजनिक वितरण प्रणाली तथा अंत्योदय योजना के तहत विभिन्न स्कीमों को लाभार्थियों तक पहुँचाने की सफल कोशिश भी कर रहा है।[55]

अंत में मीडिया की भूमिका भी इसमें काफी सहायक सिद्ध हो सकती है। मीडिया सूचनाओं के प्रवाह को और भी तीव्र, व्यापक तथा प्रभावी कर सकता है। जनचेतना को फैलाने के लिए मीडिया को और भी सक्रिय भूमिका निभानी चाहिए। मीडिया जनता में जागरूकता का प्रसार तथा उसमें सूचनाओं का प्रामाणिक प्रवाह सुनिश्चित कर भ्रष्ट तथा अक्षम अधिकारियों को बेनकाब करने में काफी कारगर सिद्ध हो सकता है।

उपरोक्त उपाय जनअधिकारियों की जवाबदेही को सुनिश्चित करने में काफी सहायक सिद्ध हो सकता है। राजस्थान में 'जन सुनवाई' के उदाहरण से यह स्पष्ट हो गया है कि अब आम नागरिकों को और अधिक भ्रमित तथा दबाना आसान नहीं है।

यह आशा की जाती है कि सूचना का अधिकार कानून भ्रष्टाचार, निरंकुशता अक्षमता, गबन तथा सत्ता दुरूपयोग से लड़ने में जनता का महत्त्वपूर्ण हथियार बन सकता है तथा इसके अलावा यह पारदर्शिता, खुलेपन, जवाबदेही तथा भागीदारी को सुनिश्चित कर सुशासन की नींव को मजबूत बनाएगा, ऐसी आशा की की जा सकती है।

अंत में, द्वितीय प्रशासनिक सुधार आयोग के अध्यक्ष वीरप्पा मोइली के शब्दों में 'सूचना का अधिकार भागीदारीपूर्ण जनतंत्र की जड़ों को मजबूत करने में अत्यंत सहायक सिद्ध हो सकता है। यह आम नागरिकों के सशक्तीकरण का महत्त्वपूर्ण तथा कारगर औजार साबित

हो सकता है। लोकतंत्र को जनकल्याणकारी तथा जनकेंद्रित बनाने में इसकी पावन भूमिका असंदिग्ध है। खासकर दबे-कुचले तथा वंचित तबकों के लिए यह रामबाण हो सकता है। इस प्रकार सूचना के अधिकार को लोकतंत्र की जीवन रेखा बताने में कोई अतिशयोक्ति नहीं होगी।'[56]

| संदर्भ एवं टिप्पणी

1. कटारिया, सुरेन्द्र, *प्रशासन एवं लोकनीति*, मयूर पेपरबैक्स, नई दिल्ली, 2009, प. 248
2. महादेव प्रसाद, शर्मा, बी.एल., सडाना, *लोक प्रशासन: सिद्धांत एवं व्यवहार*, किताब महल, 1976, पृ. 699-700
3. एस.आर., माहेश्वरी *भारतीय प्रशासन*, ओरियंट ब्लैकस्वॉन, नई दिल्ली, 2009, पृ. 426
4. पाल. एच., एपल्बी, *पॉलिसी एंड एडमिनिस्ट्रेशन*, अलबामा यूनिवर्सिटी प्रेस 1949, पृ. 72
5. Soysal, Mumtaz, "Public Relations in Administration: The Influence of Public on the Operation of Public Administration, Excluding Electoral Right," *Central Report to XIIIth International Congress of Administrative Sciences*, Paris, 1966, Brussels, IIAS, 1966, pp. 46-47
6. *Decentralisation for National and Local Development*, United Nations Publication, New York, 1962, Series No. 6211, paragraph 97
7. Mumtaz, Soysal, *op. cit.*, p. 47
8. Giovanni, Sartori, "Concept Mistormation in Comparative Politics," American Political Science Review, Vol. LXIV, No. 4, December 1970, pp. 1050-52
9. T.N., Chaturvedi, "Voluntary Organisations and Development: Their Role and Functions," in Noorjahan Bava, ed., *Non-governmental Organisations in Development,* Kanishka Publishers, New Delhi, 1977, p. 51
10. A.K., Kapoor, and Dharamvir, Singh, *Rural Development through NGOs*, Rawat Publications, New Delhi, 1977, p. 14
11. M.M., Khan, and H.M., Zafarullah, "Non-governmental Organisations in Bangladesh: A Perspective,", *The Indian Journal of Public Administration*, Vol. 33, No. 3, July-Septermber 1987, p. 681
12. Sill, David L., "Voluntary Associations: Sociological Aspects", *International Encyclopaedia of Social Sciences*, Vol. 16, 1968, pp. 362-363
13. Gangrade, K.D. and Sooryamoorthy, R., "NGOs" Retrospect and Prospect", R.B. Jain (ed.), *NGOs in Development Perspective*, Vivek Prakashan, Delhi, 1995, p. 28
14. *Ibid.*
15. Pitschas, Rainer, "The Role of NGOs in the Modern state: A Challenge to Institutional Policy and Institutional Development in the South," R.B. Jain, *op.cit.,* p. 10
16. Banton, Michael, "Voluntary Associations: Anthropolical Aspect," *International Encyclopaedia of Social Sciences*, Vol. 16, 1968, p. 358
17. V., Krishnamurthy, "Voluntary Action in Rural Development: A Survey", *Kurukshetra*, Vol. 34, No. 1, October 1985, pp. 33-36
18. R.B., Jain, "Influencing Public Policies: Challenges to NGOs in India", in R.B. Jain, *op. cit.*, p. 59

18(a) Invisible get wide spread: The non-profit sector in India, PRIA, December, 2002
19. N.R., Inamdar, "Role of Voluntarism in Development", *The Indian Journal of Public Administration* (IJPA), Vol. 33, No. 3, July-September, 1987, pp. 430-31
20. R.B., Jain, *op.cit.*, p. 62
21. S.N., Mishra, and Chaitali, Pal, "Non-Governmental Organisations in Rural Development,", Noorjahan Bava, op. cit., p. 154
22. Vdaya Bhaskara, Reddy, "Role of Voluntary Agencies in Rural Development", *IJPA*, op. cit., p. 550
23. S.N., Mishra, and Chaitali, Pal, *op.cit.* p. 55
24. Reddy, G., Narayana] "Human Resources Development for Voluntary Action", *Khadi Gramodyog*, Vol. 33. No. 8. May 1987, pp. 331-35
25. S.N., Mishra, and Sweta, Mishra, "Good Governance, Peoples Participation and NGOs", *The Indian Journal of Public Administration*, Vol. XLIV, No. 3, July-September, 1998, p. 447
26. *Government of India, Seventh Five Year Plan 1985-90*, Planning Commission, Vol. 2, New Delhi, 1985, pp. 68-70
27. Maheshwari, S.R., "Voluntary Action in Rural Development in India," *IJPA*, *op.cit.*, p. 56
28. N.R., Inamdar, op. cit., p. 431
29. S.N., Mishra, and Chaitali, Pal, *op.cit.* p. 159
30. UN General Assembly Resolution 59(1), 65, Plenary Meeting, December 14, 1946.
31. Bell, Robin and Watchirs, Helen, "Freedom of Information: The Commonwealth Experience," *Australian Journal of Public Administration*, Vol. XLVII, No. 4, December 1988, p. 297
32. Quoted from Chadah, Sapna, "Right to Information Regime in India: A Critical Appraisal", *Indian Journal of Public Administration*, Vol. LII, No. 1, January-March, 2006, pp. 5-6
33. Jaytilak, Guha Roy, "Right to Information: A Key to Accountable & Transparent Administration", in Alka Dhameja (ed.) *Contemporary Debates in Public Administration*, Prentice Hall of India, New Delhi, 2003, p. 313
34. Jaytilak, Guha Roy, "Open Government and Administrative Culture in India", *Indian Journal of Public Administration*, Vol. 36, No. 3, July-September, 1990, p. 493
35. RTI Act section 1 (Q1)
36. *Ibid.*, section 2 (j)
37. *Ibid.*, section 6 (i)
38. *Ibid.*, section 7
39. *Ibid.*, section 26
40. Government of India, Second Administrative Reforms Commission, First Report on Right to Information: Master Key to Good Governance, June 2006, para 1.1.1, p. 1
41. S.L., Goel, "Right to Information & Administrative Reforms," *Indian Journal of Public Administration*, Vol. LIII, No. 3, July-September, 2007, p. 549
42. Shailesh, Gandhi, Right to Information – A Tool to Improve the Governance of India, http://www.bcasonline.org
43. Sweta, Mishra, "Components of Decentralised Development - II: Socio-Economic and Politico-Administrative", IGNOU, MPA-06, 2006, p. 106
44. Buddhadeb, Ghosh, "Accountability of Panchayats: Ends & Means," in L.C. Jain (ed.), *Decentralisation & Local Governance*, Orient Blackswan, New Delhi, 2005, p. 261
45. *Ibid*
46. Background Paper for Seminar on Accountability of Local Bodies and DRDAs, National Academy of Audit & Accounts, Shimla, 15-16 September, 1999, p. 29
47. Jaytilak, Guha Roy, Right to Information Initiatives and Impact, Occassional Paper, Indian Institute of Public Administration, New Delhi, March 2006, pp. 14-15

48. Buddhadeb, Ghosh, *op.cit.*, p. 261
49. D.N., Gupta, *Decentralisation Need for Reforms*, Concept Publishing Company, New Delhi, 2004, p. 48-53
50. *Ibid.*, p. 124
51. Yamini, Aiyer, and Salimah, Samji, "Guaranteeing Good Governance: Understanding the Effectiveness of Accountability Mechanisms in NREGA," The National Rural Employment Guarantee Act Design, Process & Impact, NREGA Knowledge Network, Year not mentioned (YNM), p. 235
52. Gupta, D.N., *op.cit.*, pp. 295-296
53. Singh, Mohinder, "Democratic Decentralisation in India After 73rd Amendment," in Shiv Raj Singh, et. al. (eds.), *Public Administration in the New Millennium*, Anamika Publishers, New Delhi, 2003, p. 770
54. *Ibid.*, p. 771
55. Jaytilak, Guha Roy, "Right to Information: Initiatives & Impact," *op.cit.*, p. 15.
56. Government of India, Second Administrative Reforms Commission, *op.cit.*, p.1.

1. माहेश्वरी, श्री राम, *भारतीय प्रशासन*, ओरियंट ब्लैकस्वॉन, नई दिल्ली, 2001
2. मौरिसन, हर्बर्ट, *गवर्नमेंट एंड पार्लियामेंट*, ऑक्सफोर्ड यूनिवर्सिटी प्रेस, लंदन, 1964
3. लोक सभा डिबेट्स, खंड नं. 7, 1958
4. एपल्बी, पाल एच., *पालिसी एंड एडमिनिस्ट्रेशन*, यूनिवर्सिटी ऑफ अलबामा प्रेस, अलबामा, 1949
5. कैम्पबेल, जी. ए., द *सिविल सर्विस इन ब्रिटेन*, जीराल्ड डकवर्थ, लंदन, 1965
6. माहेश्वरी, एस. आर., *पालिटिकल कंट्रोल ओवर इक्सक्यूटिव डिपार्टमेंट्स इन इंडिया*, फिलिपीन जर्नल ऑफ पब्लिक एडमिनिस्ट्रेशन, अप्रैल, 1980
7. आलोक रंजन, जिलाधिकारी: जिला प्रशासन की चुनौतियां, 2000
8. व्हाइट, एल. डी. *इंट्रोडक्शन टू दि स्टडी ऑफ पब्लिक एडमिनिस्ट्रेशन*, चतुर्थ संस्करण
9. जियाउद्दीन खां, अतरसिंह, ''प्रशासनिक संस्थाएं'', जयपुर
10. शर्मा, महादेव प्रसाद, सडाना, बी. एल, *लोक प्रशासन: सिद्धांत एवं व्यवहार*, किताब महल, दिल्ली, 1976
11. शर्मा, पी. डी. शर्मा, बी. एम., *भारत में लोक प्रशासन*, क्लासिक पब्लिशिंग हाउस, जयपुर, 1992
12. कौल, महेश्वरी नाथ और शकधर, श्यामलाल, *संसदीय प्रणाली तथा व्यवहार*, मध्य प्रदेश हिन्दी ग्रंथ अकादमी, भोपाल, 1972
13. गाडगिल, एन. बी., *अकाउंटेबिलिटी ऑफ एडमिनिस्ट्रेशन*, *IJPA*, नई दिल्ली, 1976
14. शर्मा, प्रभुदत्त, ''पार्लियामेंट्री कंट्रोल ओवर एडमिनिस्ट्रेशन इन इण्डिया'' *दि इण्डियन जर्नल ऑफ पॉलिटिकल साईंस*, 1976
15. कटारिया, एस., *प्रशासन एवं लोकनीति*, मयूर पेपरबैक्स, दिल्ली, 2008
16. कुमार, उमेश, *आधुनिक लोक प्रशासन*, नेशनल बुक आर्गेनाइजेशन, नई दिल्ली, 2005
17. शर्मा,, पी. डी. शर्मा, बी. एम., *भारत में लोक प्रशासन*, क्लासिक पब्लिशिंग हाउस, जयपुर, 1992
18. कटारिया, सुरेन्द्र, *प्रशासन एवं लोकनीति*, मयूर पेपरबैक्स, दिल्ली, 2008
19. व्हाइट, एल. डी., *इंट्रोडक्शन टू दि स्टडी ऑफ पब्लिक एडमिनिस्ट्रेशन*, चतुर्थ संस्करण
20. शर्मा, प्रभुदत्त, *पार्लियामेंट्री कंट्रोल ओवर एडमिनिस्ट्रेशन इन इंडिया, दि इंडियन जर्नल ऑफ पॉलिटिकल साइंस*, 1976 अप्रैल-जून
21. जैन तथा जैन, ''प्रिंसिपल्स ऑफ एडमिनिस्ट्रेटिव लॉ'' 1973
22. शर्मा, महादेव प्रसाद, *पब्लिक एडमिनिस्ट्रेशन-थ्योरी एण्ड प्रैक्टिस*, किताब महल, 1974
23. फाडिया एवं फाडिया, *लोक प्रशासन*, साहित्य भवन, 1998

संदर्भिका

Ahluwalia, B. K. and Shashi Ahluwalia, *Rajaji and Gandhi*, New Delhi: Allora Publications, 1979.

Ahluwalia, I. J., *Indian Economy*, New Delhi: Wiley Eastern, 1994.

Alexander, P. C., *Pen of Democracy*, Mumbai: Somayaya, 1995.

Ali, S. and Amrita Rao, 'Reinventing Public Administration for 21st Century', *Indian Journal of Public Administration*, April–June, 2000.

Ammons, David N. and Hills Debra J., 'Public Productvity and Management Review', *Sage Periodical Press*, Vol. 19, No. 1, 1994.

Appleby, Paul H., *Public Administration in India: Report of Survey*, New Delhi: Government of India, 1953.

Appleby, Paul H., *Re-examination of India's Administrative System,* New Delhi: The Government of India, 1956.

Appu, P. S., 'Decline of Indian Bureaucracy', *Yojana*, 15 August, 1985.

Arora, Ramesh K., 'New Public Administration: Premises and Performance', *Indian Journal of Public Administration*, January–June, 1990.

Arthur, S Link, (ed.), *Papers of Woodrow Wilson*, Vol. 5, Princeton: Princeton University Press, 1971.

Ashok Chanda, 'Decision-makers: Roles of Generalists and Specialists', *The Statesman*, 7 July, 1970.

Ashok Chanda, *Indian Administration*, London: Allen and Unwin Ltd., 1958.

Avasthi, A., *Central Administration*, New Delhi: Tata McGraw Hill, 1980.

Barnard, Chester, *Organisation and Management*, Massachusetts: Harvard University Press, 1948.

Barthwal, A. C., *Public Administration in India*, New Delhi: Ashish Publication, 1993.

Baru, Sanjay, 'Strategic Consequences of India's Economic Performance', *Economic and Political Weekly*, 29 June, 2002.

Beetham, David, *Max Weber and the Theory of Modern Politics*, Second Edition, London: Polity Press, 1985.

Bennis, Warren G., 'Managing the Dream: Leadership in the 21st Century', *Journal of Organisational Change Management*, Vol. 2, No. 2, 1989.

Bernard, Chester, *Functions of the Executive*, Cambridge: Harvard University Press, 1938.

Bhaduri, Amit and Deepak Nayyar, *Intelligent Person's Guide to Liberalization*, New Delhi: Penguin Books, 1996.

Bhagwati, Jagdish, *India in Transition*, Oxford: Clarendon Press, 1993.

Bhatia, Prem, *Witness to History*, Delhi: Har-Anand Publications, 1977

Blau, Peter M., *Bureaucracy in Modern Society*, New York: Random House, 1956.

Blunt, Edward, I. C. S., London: Faber, 1937.

Bonerji, S., 'Some Reflections on Administrative Reforms', *Management in Government*, Vol. 1, April–June, 1969.

Brech, E. F. L., (ed.), *Principles and Practice of Management*, London: Longman, 1953.

Bresnick, David and, *Public Organisation and Policy*, S. Scott, Dallas: Foreman and Co., 1982.

Buch, M. N., 'Bondage of Bureaucracy', *The Hindustan Times*, 10 February, 1996.

Campbell, Colin, 'Does Reinvention Need Reinvention?', *Governance and International Journal of Policy and Administration*, Vol. 8, October, 1995.

Chandler, Ralph C. and Jack C. Plano, *Public Administration Dictionary*, New York: John Wiley & Sons, 1982.

Chandler, Ralph, (ed.), *Centennial History of the American Administrative State*, New York: Free Press, 1987.

Chaturvedi, S. K., *Rural Policing in India*, New Delhi: B. R. Publishing, 1988.

Chelliah, J. Raja, 'Economic Reform Strategy for the Next Decade', *Economic and Political Weekly*, Mumbai, 4 September, 1999.

Chopra, P. N., *Sardar of India*, Delhi: Allied Publishers, 1995.

Chowdhary, D. Paul, 'Role of NGOs in National Development', *Social Welfare*, November, 1988.

Corson, John J. and Harris Joseph P., *Public Administration in Modern Society*, London: McGraw Hill, 1963.

Das, Durga,(ed.), *Sardar Patel's Correspondence*, Vol. VI, Ahmedabad: Navajivan Publishing House, 1973.

Denhardt, G., *Ethics of Public Administration*, New York: Greenwood Press, 1988.

Desai Vasant, *Fundamentals of Rural Development*, Mumbai: Himalaya Publishing, 1991.

Dey, Bata K., 'Work and Culture in India: Achievements and Failures', *Indian Journal of Public Administration*, Vol. 35, No. 2, 1989.

Dhawan Sankardas, Rani, Vallabh Bhai Patel, New Delhi: Orient Longman, 1988.

Dhawan, Gopinath, *Political Philosophy of Mahatma Gandhi*, Third Revised Edition, Ahmedabad: Navajivan Publishing House, 1957.

Donahue, Johan D, *Privatization Decision*, New York: Basic Books Publishers, 1989.

Downs, Anthony, *Economic Theory of Democracy*, New York: Harper and Row, 1957.

Dubhashi, P. R., 'Broken Authority', *The Statesman*, 11 February, 1995.

Dutt, Abhijit, *Municipal Finances in India*, New Delhi: IIPA, 1984.

Eastman, Joseph B., Place of Independent Regulatory Commision, Constitutional Review, XII, 1978.

Esman, M. J., Morturing of Developent Administration, *Public Administration and Development*, Vol. 8, No. 2, April–June 1988.

Fadia, B. L. and R. K. Menaria, *Sarkaria Commission Report and Centre-State Relations*, Agra: Sahitya Bhawan, 1990.

Fadia, B. L., 'All India Services and Sarkaria Commission Report', *Indian Journal of Public Administration*, October–December, 1991.

Fayol, Henri, *General and Industrial Management*, London: Pitman, 1949.

Felton, Monica, *I Meet Rajaji,* London: Macmillan, 1962.

Fesler, James W., *Public Administration: Theory and Practice*, Englewood Cliffs: Prentice Hall, 1980.

Forester, John, 'Bounded Rationality and the Politics of Muddling Through', *Public Administration Review*, Vol. 44, No. 1, January–February 1984.

Franda, Marcus, *Voluntary Associations and Local Development in India*, New Delhi: Young Asia Publications, 1983.

Fry, Brian R., *Mastering Public Administration from Marx Weber to Dwight Waldo*, New Jeresy: Chantham House Publishers, 1989.

Gandhi, Indira, *Indian Journal of Public Administration*, Vol. 30, No. 4, 1984.

Gandhi, M K, *Hind Swaraj*, Second Edition, Madras: G A Natesan & Co., 1926.

Gandhi, Rajiv, Name of the article, *The Economic Times*, New Delhi, 13 December, 1984.

Ghosh, Pradipto, Name of the article, *The Financial Express*, 26 November, 2002.

Godbole, Madhav, 'Good Governance: a Distant Dream', *Economic and Political Weekly*, 31 March, 2004.

Golembiewski, Robert T., *Public Administration as a Developing Discipline*, Part I, New York: Marcel Dekker, 1977.

Gouldner, P. W., 'Cosmopolitans and Locals', *Administrative Science Quarterly*, Vol. 2, 1957–58.

Gvishiani, D., *Organisation and Management*, Moscow: Progress Publishers, 1972.

Haggard, Stephen, *Developing Nations and the Politics of Global Integration*, Washington: The Brookings Institutions, 1995.

Hasnet, A. Hye, *Integral Approach to Rural Development*, New Delhi: Sterling, 1986.

Heady, Ferrel, *Public Administration: A Comparative Perspective*, New York: Marcel Dekker Inc., 1996.

Hooja, Rakesh, 'Development Role of the District Collector', *Development Policy and Administration Review*, Vol. IX, No. 1-2, January–December, 1983.

Hunter, William Wilson, *Indian Empire: Its People, History and Products*, London: Smith Elder & Co. 1892.

Iyengar, H. V. R., *Administration in India: A Historical Review*, Mumbai: Bhartiya Vidya Bhawan, 1967.

India Administrative Reforms Commission, *Report on Personnel Administration*, April, New Delhi: The Government of India, 1969.

Ministry of Finance, *Report of the Fifth Central Pay Commission*, Vol. 1, New Delhi: Ministry of Finance, 1997.

Ministry of Home Affairs, *Department of Internal Security, States & Homes*, Annual Report 2004–5, New Delhi: Ministry of Home.

U.P.S.C., *Report of the Committee on Recruitment Policy and Selection Methods*, New Delhi: UPSC, 1976.

Raina, Jai, 'As Is the Government, So Is the Civil Services', *The Hindustan Times*, 16 December, 1996.

Jalan, Bimal, 'Short Arm of Governance', *The Indian Express*, 8 April, 2004.

Jayanth, V., 'Implementing e-Governance', *The Hindu*, 8 November, 2000.

Jayaswal, K. P., *Hindu Polity*, Bangalore: Bangalore Printing & Publishing Co., 1968.

John, V. V., 'The Servant and Citizen', *The Indian Journal of Political Studies*, January, 1978.

Kamla Prasad, 'Perspective on NGO in Development', *Jharkhand Journal of Development and Management Studies*, Ranchi, Xavier Institute of Social Service, Jan.–March 2004.

Prasad, Kamla, 'Review of Bureaucrats in Business, A World Bank Policy Research Report', *Indian Journal of Pubic Administration*, Vol. 62, April–June, 1996.

Kapur, Jagdish C., 'IT and Good Governance', *Indian Journal of Public Administration*, July–September, 2000.

Keith, A. B., *Speeches and Documents on Indian Policy* 1750–1921, Vol. 1, London: Oxford University Press, 1922.

Khandwala, P. N., *Revitalising the State: A Menu of Options*, New Delhi: Sage Publications, 1999.

Khandwala, Shobhana, 'Industrial Communication: Need for a Balanced Technique', *Industrial Times,* 1 September, 1964.

Khanna, K. K., 'Indian Bureaucracy', *The Economic Times*, Delhi, 7 May, 1980.

Khera, S. S., *District Administration In India*, Mumbai: Asia Publishing House, 1964.

Klitgaad, Robert, *Controlling Corruption*, Los Angeles: University of California Press, 1988.

Kohli, Atul, *Democracy and Discontent: India's Growing Crisis of Governability*, Cambridge: Cambridge University Press, 1991.

Krishna, B., *Sardar Vallabhbhai Patel: India's Iron Man*, New Delhi: Harper Copllins, 1995.

Krishnan, R., 'Market, To Market', *The Hindustan Times*, New Delhi, 20 September, 2000.

Kurien, V., Tushar Shah and Daniel Bromley, *Agriculture and Rural Development in the 1990s and Beyond: Resigning the Chemistry between State and Institutions of Development,* Anand: IRMA.

Lewis, John P., *India's Political Economy: Governance and Reform*, New Delhi: Oxford University Press, 1995.

Lohia, Ram Manohar, *Mankind* (Weekly), Vol. 5, No.7.

Mackenzie, Brown D., *Indian Political Thought: From Manu to Gandhi*, Berkeley: University of California Press, 1958.

Maheshwari, S. R., *Administrative Reforms in India*, Place of publication: Macmillan India Ltd., 2002.

Maheswari, S. R., 'Bureaucracy or Bureaucratic Theory', *Employment News*, 17–23, October, 1992.

Maro, Paul, 'Corruption and Growth', *The Quarterly Journal of Economics*, Vol. 110, USA: MIT Press Cambridge Mass, August, 1995.

McBain, Howard Lee, *Living Constitution*, London: Macmillan, 1927.

Meherally, Yusuf, *Leaders of India*, Mumbai: Padma Publications, 1940.

Mehta, Pratap Bhanu, 'Capitalists against Capitalism', *The Indian Express*, 9 May, 2003.

Merton, Robert K., 'Bureaucratic Structure and Personality', *Social Forces*, May, 1940.

Mishra, S. N., 'Panchayati Raj Institutions: 73rd Amendment and After', *Employment News*, 14–20 August, 1993.

Misra, B. B., *Administrative History of India* 1834–1947, Oxford: Oxford University Press, 1970.

Mitchell, G. Duncan, (ed.), *Dictionary of Sociology*, London: Routledge & Kegan Paul, 1968.

Mukherji, Nirmal, 'The Steel Frame I and II', *The Statesman*, 14 and 15 November, 1994.

Murty, Narayan, *The Financial Express*, New Delhi, 1 July, 2003

Narayana Murthy, N. R., *Fifth Tata Memorial Lecture*, New Delhi: ASSOCHAM, 1 August, 2002.

Narayanan, V. N. and Sabharwal,(ed.), *INDIA at 50*, Delhi: Sterling Publishers, 1997.

Naronha, R. P., *A Tale Told by and Idiot*, New Delhi: Vikas Publishing House, 1976.

Nehru, B. K., *Nice Guys Finish Second*, India, Penguin.

Nehru, Jawaharlal, *An Autobiography*, London: Bodley Head, 1955.

Nehru, Jawaharlal, *Unity of India*, Third Edition, London: Lindsley Drummond, 1948.

Northhouse, Peter G., *Leadership: Theory and Practice*, New Delhi: Sage Publications, 2007.

Olson, Mancur, *Logic of Collective Action*, Cambridge: Harvard University Press, 1965.

Padhy, Kishore Chandra, *Rural Development in Modern India*, New Delhi: G. R. Publishing Corporation, 1986.

Peel, Michael and John Willman, *The Financial Times*, London, 20 November, 2001.

Perumal, C. A., 'Development of Teaching and Research in Public Administration in India', *Indian Journal of Public Administration*, January–July, 1991.

Rai, Usha, 'Revamp of Civil Services Exams: Needed', *The Indian Express*, 28 October, 1992.

Rajagopalachari, C. and Kumarappa, J. C., (ed.), *Nation's Voice*, Ahmedabad: Bhatta, 1932.

Rao, B. Shiva, *Framing of India's Constitution*, Vol. IV, New Delhi: IIPA, 1989.

Ray, P. N., 'Imperatives of In-Service Training and Staff Development in Indian Forest Services', *Indian Journal of Public Administration*, October–December, 1995.

Roll, Eric, *History of Economic Thought*, London: Faber and Faber, 1953.

Rose, Richard, *Giving Direction to Permanent Officials: Bureaucracy and Public Choice*, (ed.). John Eric Lane, Sage Publications, 1987.

Rosenbloom, David and Deborah, Goldman, *Public Administration: Understanding Management*, politics and law in the Public Sector, New York: McGraw Hill, 1986.

Saran, Sarojani, 'Ombudsman in India', *Indian Journal of Political Science*, April–June, 1971.

Sarkar, R. C. S., 'Specialists and Generalists', *Journal of Constitutional and Parliamentary Studies*, Vol. VII, No. 2, April- June, 1973.

Savas, E. S., *Privatisation: The Key To Better Government*, New Delhi: Tata Mcgraw Hill, 1987.

Sayre, Wallace S., 'Premises of Public Administration: Past and Emerging', *Public Administration Review*, Vol. 18, No. 2, Spring 1958.

Schick, Allen, 'Death in the Bureaucracy: the Demise of the Federal PPB', *Public Administration Review, 3*3, No. 2, March–April, 1973.

Schick, Allen, 'Road to PPB: The Stages of Budget Reform', *Administrative Reform*, December, 1966.

Seidman, Harold, 'Theory of the Autonomous Government Corporation', *Public Administration Review*, Vol. 12, Spring, 1952.

Sengupta, Bhabani, *India: Problems of Governance,* New Delhi: Konark Publishers, 1996.

Sen, Amartya, *Development as Freedom*, Oxford: Oxford University Press, 1999.

Shamastry, R., *Kautilya's Arthasastra*, Book 1, Mysore: Weslevan Mission Press, 1929.

Shastri, Sandeep, 'Development-related Standing Committees in Indian Parliament: An Assessment', *Indian Journal of Public Administration*, April–June, 1998.

Simon, Herbert A., *New Science of Management Decision,* New York: Harper Collins, 1960.

Simon, Herbert A., 'On Concepts of Organisational Goal', *Administrative Science Quarterly*, June 1964.

Singh, G. P., *Sardar Patel: Working of his mind*, Delhi: Rajhans Publications, 1949.

Sinha, Lata, 'Role and Rationale of All India Services', *Indian Journal of Public Administration*, October–December, 1990.

Sitaramayya, B. Pattabhi, *History of the Indian National Congress*, Vol. II, Mumbai, Padma Publications, 1941.

Sitaramayya, B. Pattabhi, *History of the Indian National Congress*, Vol. I, Allahabad: Working Committee of the Congress, 1935.

Slim, Viscount, 'Leadership', *Journal of the British Institute of Management*, Vol. 30, No. 1, January, 1989.

Smith, Anthony, *Nations and Nationalism in a Global Era*, Cambridge: Cambridge University Press, 1995.

Smith, Edgar W., 'Executive Responsibility', *The Society for the Advancement of Management Journal*, Vol. 3, 1938.

Sorrell, Martin, 'Foreign Policy', Carneige Endowment for International Peace, Washington, Summer 2000.

Special Report: Privatisation in Europe, *The Economist*, London, 29 June, 2001.

Stern, Robert W., *Changing India*, Cambridge University Press, 1993.

Streeten, Paul, 'Markets and States: against Minimalism and Dichotomy', *Political Economy Journal of* India, Vol. 3, 1995.

Tullock, Gordon, *Politics of Bureaucracy*, Washington: Public Affairs Press, 1965.

Tummala, Krishna K., (ed.), *Administrative Systems Abroad,* Washington: University Press of America, 1982.

Waldo, Dwight, *Administrative State*, New York; Ronald Press Co., 1948.

Waldo, Dwight, *Introduction: Retrospect and Prospect, The Administrative State*, Second Edition, New York: Holmes & Meier, 1984.

Weber, Max, *Economy and Society*, Vol. 1, New Jersey: Bedminster Press, 1968.

Weihrich, Heinz and Harold Koontz, *Management: A Global Perspective*, London: McGraw Hill, 1993.

White, J. D., 'Dissertations and Publications in Public Administration', *Public Administration Review*, Vol. 46, May/June, 1986.

White, L. D., *Introduction to Public Administration*, New Delhi: Macmillan, 1955.

Williamson, Oliver E., *Mechanism of Governance*, Oxford: Oxford University Press, 1996.

World Bank, *World Development Report 1999–2000*, New York: 2001.

अनुक्रमणिका